Abraham B. Jehoschua
Späte Scheidung

Zu diesem Buch

Familie Kaminka steht kopf: Großvater Jehudah kommt aus Amerika angereist, um sich von Großmutter Naomi, die in einer Jerusalemer Heilanstalt lebt, scheiden zu lassen. Neun Tage vor Pessach will der Sechsundsechzigjährige bei seinen drei Kindern und deren Familien in Haifa, Tel Aviv und Jerusalem verbringen, um diesen Schlußstrich zu ziehen. In Amerika erwarten ihn eine weit jüngere Frau und ein ungeborenes Kind. Die grandiose Tragikomödie, die sich in diesen neun Tagen abspielt, läßt Jehoschua in raffiniertem Wechsel der Erzählperspektiven ablaufen: Neun Tage, neun Personen, neun Sichtweisen. So wird bald klar, daß in dieser meschuggenen Familie die Großmutter, die einst kurzentschlossen, aber durchaus liebevoll mit einem Küchenmesser auf den Ehemann losging, die vielleicht ausgeglichenste Person ist. Von den sich überstürzenden Ereignissen, den absurden Pannen und kleinen Katastrophen, geht eine starke Faszination aus, enthüllen sie doch nicht zuletzt den konfliktbeladenen Alltag in einem von religiösen und politischen Spannungen heimgesuchten Land.

Abraham B. Jehoschua, geboren 1936 in Jerusalem. Lebt als freier Schriftsteller und Professor für Komparatistik in Haifa und gehört mit Amos Oz zu den populärsten Schriftstellern Israels. Zuletzt erschien auf deutsch »Die Rückkehr aus Indien« (1996).

Abraham B. Jehoschua

Späte Scheidung

Roman

Aus dem Hebräischen von
Barbara Linner

Piper München Zürich

Von Abraham B. Jehoschua liegen in der Serie Piper
außerdem vor:
Die fünf Jahreszeiten des Molcho (1556)
Angesichts der Wälder (1664)
Der Liebhaber (1769)
Die Manis (2140)

Ungekürzte Taschenbuchausgabe
Piper Verlag GmbH, München
März 1997
© 1982 Abraham B. Jehoschua
Titel der hebräischen Originalausgabe:
»Giruschim me'ucharim«, Hakibbuz
Hameuchad Verlag, Tel Aviv 1982
© der deutschsprachigen Ausgabe:
1986 Deutsche Verlags-Anstalt GmbH, Stuttgart
Umschlag: Büro Hamburg
Simone Leitenberger, Susanne Schmitt, Andrea Lühr
Foto Umschlagvorderseite: Claus Rudolph, Stuttgart
Foto Umschlagrückseite: Reto Zimpel
Gesamtherstellung: Clausen & Bosse, Leck
Printed in Germany   ISBN 3-492-21723-0

Inhalt

Sonntag

Benjy spürte es, als Da Muddy starb. Er weinte.
Er roch es. Er roch es.

WILLIAM FAULKNER

Großvater ist wirklich gekommen dachte ich es regnet draußen es war kein Traum heute Nacht ich erinnerte mich daß sie mich aufgeweckt und ihn mir gezeigt hatten denn sie hatten es mir versprochen daß sie mich sofort aufwecken würden wenn er vom Flughafen kommen würde sogar wenn ich schlafen sollte und nur deshalb war ich damit einverstanden gewesen ins Bett zu gehen und nicht auf ihn zu warten. Am Anfang hörte ich wie sie sich im Dunkeln stritten denn Papa wollte kein Licht machen aber Mama sagte ich habe es ihm versprochen und Papa sagte na und? Er wird noch genug Zeit haben ihn zu sehen. Aber Mama blieb hart nur für einen Augenblick komm Vater schau ihn dir an. Er wartet schon seit drei Tagen und fragt ununterbrochen nach dir. Was überhaupt nicht stimmte. Das Licht ging an aber ich konnte meine Augen nicht aufmachen weil mir die Helligkeit weh tat. Dann hörte ich eine heisere unbekannte Stimme die von Großvater es ist kaum zu glauben ist das wirklich Gaddi wenn ich an ihn denke ist er immer noch ein Baby ihr habt hier einen Riesen aufgezogen. Riese hat er gesagt und nicht fett. Aber Papa lachte die Zeit bleibt nicht stehen. Er ist nicht von eurem Schlag er ist wie wir groß und dick und gesund jetzt siehst du ihn nicht richtig wegen der Bettdecke aber warte nur. In der Klasse nennen ihn die Kinder Boxer er ist schon was der Schmerz schnitt mir ins Herz. Wie konnte er nur? Warum?

Pst Kedmi pst flüsterte Mama der Junge ist schon wach sie strich mir über den Kopf und versuchte mich aufzurichten aber es war zu spät wie immer Großvater hatte es schon gehört. Wer hatte es Papa erzählt? Er weiß alles. Wenn Mama jetzt Großvater wenigstens das mit meinen Drüsen erklärt hätte aber sie setzte mich nur im Bett auf und stützte mich von hinten damit ich nicht zurückfiel Gaddi wach auf hier ist Großvater er ist da mach die Augen auf und ich machte sie auf und sah Onkel Zvi mit einem Hut nur daß er ganz runzlig und größer war mit viel Haaren er weinte Mama hob mich zu ihm hoch er versuchte mich zu nehmen schwankte ließ mich fast fallen küßte mich und machte mein Gesicht ganz naß mit seinen Tränen. Er erinnert sich nicht an mich. Erinnerst du dich an mich Gaddi? Wir haben dir ja gesagt daß er schließlich kommen würde lachte Mama und auch sie hatte Tränen in den Augen. Du wolltest daß wir dich aufwek-ken. Also drückte ich meine Lippen an seine unrasierte Backe und küßte ihn. Genug sagte Papa nahm mich Großvater ab und legte mich wieder ins Bett dann waren sie auch schon bei dem Baby um sie auch anzuschauen aber sie weckten sie nicht auf wenn sie nämlich aufwacht schläft sie nicht wieder ein. Schluß sagte Papa du wirst noch genug von ihnen zu sehen bekommen mehr als dir lieb ist. Er machte das Licht aus und ich war schon fast wieder eingeschlafen als er plötzlich zurückkam und die Bettdecke hochhob wenn du schon mal wach bist könntest du gleich Pipi machen damit wir nicht wieder eine Bescherung haben. Ich muß aber nicht flüsterte ich. Versuch es man kann immer und er stellte mich auf die Füße half mir die Hausschuhe drüberzustreifen brachte mich auf die Toilette und zog mir die Pyjamahose herunter ich sah in der ganzen Wohnung Licht brennen die Koffer und Taschen und den Rücken von Großvater der seinen Hut aufhatte dasaß und Tee trank. Aber ich konnte kein Pipi machen mein Kopf schwankte über der kleinen Schüs-sel mit klarem Wasser Papa stand neben der Tür hielt pfeifend Wache. Nu? Ich hab schon sagte ich leise und spülte ganz schnell. Ich hab aber nichts gehört sagte er ich hab aber ich zog mir die Hose hinauf und ging ins Bett zurück was will er von mir rennt die ganze Zeit wie ein Polizist hinter mir her er deckte mich zu und sagte gib mir einen Kuß also gab ich ihm einen und er küßte mich kräftig und ging hinaus da hatte ich das Gefühl daß ich vielleicht doch ein bißchen was gekonnt hätte wenn ich noch gewartet hätte es war nur wegen des Pfeifens und ich schlief ein.

Und jetzt war es warm und feucht da unten ein süßlicher Geruch es war eine Bescherung ich konnte den Regen die ganze Zeit tröpfeln hören obwohl es schon fast Pessach war heute würden wir unseren Klassenseder feiern. Im Haus war es ganz still nicht einmal das Radio spielte bis Papa in der Tür stand es ist schon sieben stehst du nicht auf er kam und wollte mir die Bettdecke wegziehen aber ich hielt sie fest. Gleich sagte ich er hatte nichts gerochen und kaum war er draußen stand ich auf zog die Tür ein wenig weiter zu streifte hastig die nasse Hose ab steckte sie in meine Schultasche und verdeckte sie mit Büchern nahm eine alte Wolldecke und legte sie über den Fleck zum Aufsaugen das Baby öffnete die Augen. Ich ging ins Bad und wusch mir das Gesicht. Großvaters Koffer war verschwunden nur der Hut war auf dem Tisch liegengeblieben aus der Küche drang Kaffeeduft und Papa saß dort hinter der Zeitung.

»Wo ist Mama?«

»Sie schläft. Sie sind erst gegen Morgen ins Bett gegangen. Los, beeil dich. Es regnet, ich werde dich in die Schule bringen. Willst du ein Ei?«

»Ja.« Und ich setzte mich an den Tisch der mit Essen beladen war Papa stand auf um mir ein Spiegelei zu machen.

»Wohnt Großvater jetzt bei uns?«

»Nein, wieso denn.«

»Wird er bei Großmutter wohnen?«

Vater lachte. »Wo denn?«

»Dort, wo sie ist.«

Aber ich war noch nie dort gewesen wo sie eigentlich wohnt bloß in der Nähe.

»Nein. Er ist nur für ein paar Tage gekommen, um etwas zu erledigen, und er wird auch bei Zvi und bei Asa in Jerusalem bleiben. Danach kehrt er nach Amerika zurück.«

»Für immer?«

»Vorläufig.«

Er gab mir das Ei Kakao und Cornflakes und noch zwei Stück Brot. Er gibt mir immer so viel zum Essen und verlangt daß ich alles aufesse.

»Warum hat Großvater geweint?«

»Wann?«

»Heute Nacht.«

»Hat er geweint? Ich habe nichts gesehen. Vielleicht war ihm danach. Los, genug gefragt, beeil dich, ich muß weg . . .«

Ich begann zu essen lauschte der Stille im Haus und sah die Regentropfen am Fenster hinunterlaufen. Schließlich sagte ich: »Nur ein Junge hat mal Boxer zu mir gesagt, nicht alle . . .«

Papa ließ die Zeitung sinken betrachtete mich und lachte.

»Schon gut. Schon gut. Ich hab das bloß so erzählt. Es hat keine Bedeutung. Aber auch wenn sie dich Boxer nennen, was soll's, schick sie zum Teufel. Ich bin auch nicht gerade schlank, und du siehst, das ist überhaupt nicht schlimm, besonders wenn man groß ist.«

Er stand auf zeigte mir seinen Bauch den er absichtlich noch herausstreckte und schlug kräftig mit der Faust drauf. »Mach dir keine Gedanken, du wirst groß und stark wie ich.«

Ich wollte gar nicht sein wie er aber ich sagte nichts. Es war schon nach halb acht. Ich aß fertig ging in mein Zimmer zurück um die Schultasche zu packen und nachzuschauen ob der Fleck schon verschwunden war aber er war noch da ich brachte das Bett ein bißchen in Ordnung und das Baby schaute mir die ganze Zeit zu nur gut daß sie nicht reden kann ich steckte ihr den Schnuller in den Mund und ging an der geschlossenen Tür vorbei hinter der Großvater schlief und schaute mich um ob er etwas für mich hingelegt hatte aber es war nichts da das aussah als ob es für mich wäre. Dann ging ich ins Schlafzimmer und berührte Mama. Sie schlug sofort die Augen auf lächelte aber da war auch schon Papa hinter mir laß sie Gaddi stör sie nicht laß sie schlafen was brauchst du denn?

»Ich brauche Matze, Wein und Kopfsalat, wir haben heute eine Sederfeier in der Klasse.«

»Warum hast du das nicht gestern gesagt?«

»Ich hab es Mama gesagt.«

»Vielleicht kommst du auch ohne aus. Leih dir was von einem anderen Kind.«

»Ich steh schon auf«, sagte Mama.

»Laß nur, ich gebe es ihm, komm, aber beeil dich.«

Er ging in die Küche wickelte zwei Matze in die Zeitung ein suchte im Schrank herum und fand eine alte Flasche Wein er probierte davon verzog das Gesicht schaute mich an und sagte ihr sollt es sowieso nicht trinken das ist bloß symbolisch er goß den Wein in ein altes Einmachglas in dem vorher Oliven gewesen waren. Dann sagte er auf den Salat wirst du verzichten müssen du kannst dir ein Blatt von jemandem leihen. Ich wollte schon wieder zu Mama gehen da sagte er sei nicht so eigensinnig es ist schon spät aber ich sagte zu ihm ich muß Salat haben er suchte im Gemüsefach fand ein paar alte Blätter und gab sie mir wütend. Seit wann bist du plötzlich religiös geworden? Ich steckte alles in die Tasche die Uhr zeigte schon zehn vor acht.

»Was fehlt dir jetzt noch?«

»Das Pausenbrot.«

»Genügt dir die Matze nicht?«

»Das ist für den Seder am Schluß.«

»Gut, ich werde dich nicht verhungern lassen.« Er schnitt hastig zwei Scheiben Brot ab bestrich sie mit Schokoladencreme und begann mit den Schlüsseln zu klimpern dann war Mama da und sagte zu mir daß ich die Stiefel anziehen solle ich ging sie holen und sie kämmte mich noch Papa begann zu brüllen ich zähle bis drei dann fahre ich das Baby weinte ich nahm die Schultasche und ging die Treppe hinunter aber mitten drin fiel es mir ein und ich rannte wieder hinauf Mama machte mir auf das Baby schon im Arm.

»Was ist?«

»Nichts.«

Ich lief ins Bad öffnete die Schultasche und zog die nasse Schlafanzughose heraus versteckte sie tief im Korb mit der Schmutzwäsche. Ich ging an Großvaters Tür vorbei machte sie leise auf und sah ihn in der Dunkelheit schlafen neben ihm der offene Koffer voll Kleider aber ich sah nichts für mich dabei.

Mama berührte mich. »Du kannst ihn nachher sehen, wenn du von der Schule zurückkommst.« Ich rannte die Treppe hinunter. Papa hatte den Wagen schon gestartet die Scheibenwischer liefen weißer Dampf kam aus dem Auspuff.

»Was, zum Teufel, ist los mit dir? Was hast du wieder vergessen?«

»Nichts.«

»Es ist zum Verrücktwerden.«

Die Autoschlange wand sich den Abhang hinunter. Sie ließen Papa nicht einbiegen hupten laut Bremsen quietschten aber schließlich schaffte er es doch fluchend sich in den Verkehrsstrom einzureihen und setzte mich an der Schule ab.

Der Regen war stärker geworden die Kinder drängen ins Schulhaus jemand lief an mir vorbei und sagte schaut euch den gestiefelten Boxer an als ich ihn packen wollte war er schon verschwunden ich hatte das Gefühl daß es derselbe Junge aus der Klasse 3 A war der das schon ein paar Mal gesagt hatte. Es gab keinen Appell alle gingen gleich in die Klassenzimmer hinein es läutete unsere Lehrerin Galiah sprach über den Regen daß das vielleicht der letzte Frühjahrsregen sei und schrieb das Wort dafür malkosch an die Tafel wir schlugen die Bibel auf und noch bevor sie etwas gesagt hatte meldeten sich ein paar Kinder um auf Fragen zu antworten die noch gar nicht gestellt worden waren es gibt solche Kinder bei uns. Wir lasen über unseren Vorvater Jakob der dachte daß Joseph bei lebendigem Leib gefressen worden war weil ihn alle Brüder angelogen hatten ich dachte an Großvater ob er wohl schon aufgewacht war als Galiah zu mir sagte daß ich weiterlesen solle was fragte ich das Kapitel ist zu Ende darauf sagte sie das neue Kapitel und ich las vor. Und eine schwere Hungersnot herrschte im Lande und es geschah daß sie die Vorräte aufgegessen hatten die sie aus Ägypten gebracht hatten. Galiah unterbrach mich und fragte was Vorräte seien ich antwortete daß es eine Art Essen sei aber ich wüßte nicht genau welches dann meldete sich Sigal und sagte daß es Weizen gewesen sei denn sie hätten damals Weizen gegessen und Galiah sagte sowohl Weizen als auch andere Dinge dann sprachen wir darüber wie man aus Weizen Mehl macht und die Bäcker dann Brot daraus backen und ich machte die Schultasche auf um nachzuschauen ob die Brote noch drin waren. Schließlich läutete es und ich holte sie heraus weil ich Hunger hatte aber Galiah sagte zu mir daß ich sie wieder einstecken solle denn erst in der zweiten Pause wird gegessen.

In der Pause blieben wir in den Gängen denn draußen war es schlammig der Hausmeister ließ uns nicht hinaus die Kinder tobten und schrien und ich ging um den Jungen zu suchen der Boxer gesagt hatte er sollte nur kommen und es nochmal sagen schließlich sah ich ihn klein und mager ich ging zu ihm hin aber er lächelte nur mit seinen großen dunklen Augen ich wollte daß er es nochmal sagte damit ich es deutlich hören und ihn dann schlagen konnte aber er sagte nichts dann läutete es und er ging in seine Klasse es war tatsächlich die 3 A.

Dann hatten wir Zeichnen. Ich malte eine Sonne einen Zaun und ein Haus wie an dem Ort an dem Großmutter ist ein Mann stand neben dem Zaun einen Jungen an der Hand haltend aber der Junge geriet sehr groß fast so groß wie der Mann also gab ich ihm einen Bart machte aus ihm auch einen Mann und aus dem ersten Mann eine Frau mit Zöpfen ich zeichnete einen neuen Jungen ein Baby das auf der Erde lag ringsherum große Blumen. Ich zeigte es der Zeichenlehrerin und sie sagte sehr schön aber warum steht die Sonne so niedrig sie berührt die Leute ja fast also ging ich zu meinem Tisch zurück übermalte die Sonne mit einer schwarzen Wolke ließ es regnen und schrieb darüber malkosch und gab dem Mann und der Frau einen Regenschirm aber nicht dem Baby denn es konnte ihn ja nicht halten es würde naß werden müssen auf einmal hatte ich genug also schrieb ich Gaddi darunter zog die Brote heraus und aß sie auf denn die Zeichen-lehrerin stört es nicht wenn man bei ihr in der Stunde ißt dann zog ich noch die Hose aus und saß in Turnkleidern da. Der Regen hatte aufgehört so ging ich auf den Hof hinaus wir spielten Murmeln im Schlamm der Junge aus der 3 A der anscheinend nie mit den Kindern aus seiner Klasse spielt sondern nur mit kleine-ren war auch da er sagte nichts als ob er noch nie etwas gesagt hätte und auch nie was sagen würde er zog nur zwei Schusser heraus und schoß sie schnell und scharf. Es war ein komisches Spiel denn die Kugeln blieben im Schlamm stecken und wurden allmählich immer größer genau wie schwere langsame braune Bälle wir mußten alle lachen wie sie da dick und fett in den Pfützen herumrollten wir waren selbst über und über mit Schlamm bedeckt es war richtig lustig. Aber als es läutete und wir anfingen die Murmeln einzusammeln und sie wieder in die Hosentaschen stecken wollten dachte Ido aus meiner Klasse daß eine meiner Murmeln ihm gehöre und er fragte wo sie sei da sagte dieser Kleine ganz selbstverständlich Boxer hat sie genommen schloß sich dann einer Lehrerin an die gerade an uns vorbeikam ich tat so als ob ich nichts gehört hätte nur mein Herz zog sich zusammen und ich ging einen Stock suchen denn wenn das erst mal einreißt daß sie mich Boxer nennen dann wird das nicht mehr aufhören.

Dann hatten wir Turnen das Fach das ich am meisten hasse denn der Lehrer hackt die ganze Zeit auf mir herum daß ich mich nicht tief genug bücke oder die Arme nicht hoch genug hebe als ich über den Bock springen sollte wich ich im letzten Moment seitlich aus und streifte nur mit der Hand darüber als sie ihn höher stellten versuchte ich es erst gar nicht ich trödelte am Ende der Reihe herum und ließ die anderen an mir vorbei. Der Lehrer rief mich zu sich und sagte versuch es Gaddi ich helfe dir ich sagte ich kann nicht. Wenn du ein bißchen abnehmen würdest könntest du schon springen sagte er also sagte ich daß es nicht mit dem Essen zusammenhänge sondern mit meinen Drüsen etwas sei nicht in Ordnung mit ihnen. Da sagte er wo hast du den Blödsinn her was für Drüsen? Ich klärte ihn also über diese Drüsen auf daß ich deswegen so dick sei der Arzt hat das gesagt er hat mir am Anfang des Jahres sogar eine Bestätigung gegeben daß ich nicht springen soll. Der Turnlehrer schaute mich mit einem dermaßen hoffnungslosen Blick an daß es ein Wunder war daß mir noch nicht die Tränen in den Augen standen denn normalerweise fange ich schon an zu weinen wenn er bloß anfängt aber heute war er zu müde zum Schreien vielleicht weil die Ferien gleich anfingen. Er sagte nur beim Militär werden sie dich schon schleifen und blies in die Trillerpfeife jetzt wählt Gruppen zum Völkerball. Ich wurde als letzter gewählt und schied als erster aus so ging ich wieder einen Stock suchen und fand schließlich eine kurze Eisenstange die ich hinter einem Zaun versteckte ich hoffte daß es wieder zu regnen anfangen würde damit die Turnstunde schneller zu Ende sei.

Endlich läutete es und wir gingen hinein um unsere Tische für den Seder vorzubereiten breiteten Tischtücher aus holten die Matze den Wein und den Salat aus den Schultaschen und legten alles auf die Tische. Die Musiklehrerin kam mit dem Akkordeon und begann Pessachlieder zu spielen wir sangen und danach ging sie in die nächste Klasse damit sie auch singen konnten wir sagten die »Vier Fragen« und den »Kiddusch«* und noch ein paar andere Sachen dann hoben wir die Matze auf legten sie wieder auf die Tische zurück bedeckten sie mit dem Salat hoben sie wieder hoch und schließlich aßen wir das Ganze. Ich trank sogar den Wein den Vater mir gegeben hatte zuerst verzog ich das Gesicht aber etwas ließ mich weitertrinken und ich trank alles aus und auf einmal war ich ein bißchen betrunken. Wirklich. Ich aß sogar die Matze und den Salat von Ido der beides nicht wollte.

Wir räumten dann die Tische wieder ab und eigentlich fingen nun die Ferien an denn morgen würden wir nur noch die Zeugnisse bekommen. Ich war so betrunken daß ich fast die Treppe hinuntergefallen wäre ich ging zu dem Versteck holte die Stange und machte mich langsam auf den Heimweg an meinem alten Kindergarten vorbei ich blieb neben dem Fenster des Kindergartens stehen und betrachtete den Raum mit all den Spielsachen die ich so gut kannte und die Kindergärtnerin dieselbe die auch ich damals hatte saß auf einem kleinen Stuhl und erzählte eine Geschichte und alle kleinen Kinder saßen da und lauschten auch ich hörte der Geschichte zu die dumm und kindisch war aber trotzdem hörte ich zu denn ich erinnerte mich daran aber nicht an den Schluß neben mir standen die Eltern mit Regenmänteln für ihre Kinder sie drängelten denn sie wollten auch zuhören also ging ich ein Stückchen die Straße hinauf und setzte mich auf einen Zaun um zu sehen was geschehen würde als der Junge aus der 3 A aus der Schule herauskam sich von einem größeren Jungen verabschiedete der nach Hause ging und auf mich zukam. Als er mich auf dem Zaun sitzen sah hielt er einen Moment an überlegte und ging dann auf die andere Straßenseite hinüber lächelte vor sich hin und als er nahe herangekommen war er beobachtete mich immer noch sprang ich vom Zaun und zog die Stange unter meinem Mantel hervor da fing er mit einem Mal an zu rennen und schrie fetter Boxer ich begann ihm nachzulaufen aber er war zu schnell und der Abstand zwischen

---

* Segen über dem Wein, der zur Pessachzeremonie gehört, wie die folgenden Handlungen.

uns wurde immer größer aber plötzlich fiel er hin und bis er aufgestanden war hatte ich schon seine Schultasche gepackt und ihm mit einem Ruck den Riemen abgerissen ich hatte Recht gehabt er war schwächer als ich ich warf ihn zu Boden und ließ mich auf ihn fallen denn mein Gewicht ist mein Vorteil er versuchte zu beißen aber er schaffte es nicht und ich hob die Stange denn jetzt wollte ich ihn wirklich umbringen. Aber ein Erwachsener der in der Nähe stand lief auf uns zu packte mich energisch und sagte hör auf schämst du dich denn nicht kleine Kinder zu schlagen ich fing an zu weinen lassen Sie mich in Ruhe er ist älter als ich aber der Junge hatte sich schon befreit auch er heulte er tobte er hatte Blut im Gesicht und kläffte wie ein Hund altes Boxerarschloch und er griff nach einem Stein der auf dem Boden lag doch der Erwachsene sagte Schluß jetzt Kinder er nahm mir die Stange weg warf sie ins Gras gab dem Jungen einen Stoß und sagte zu ihm du gehst jetzt sofort nach Hause während er mich fest im Griff hielt ich sagte zu ihm lassen Sie mich doch los es begann wieder zu regnen der letzte Regen war also nicht der letzte gewesen vielleicht war er es jetzt. Der Junge ging heulend die Straße entlang er war erschrocken wegen seines Bluts und verfluchte mich ich setzte mich wieder auf den Zaun um meine Tränen zu trocknen und wartete bis er verschwunden war die Kinder kamen aus dem Kindergarten und ich schloß mich einer Nachbarin an die ihr Kind abholte ging neben ihr her als ob ich zu ihr gehörte und kam so nach Hause.

Mama öffnete mir. Pst Großvater schläft noch warum kommst du so spät? Ich brauche dich sagte sie. Ich hatte Großvater schon ganz vergessen sie sah weder den Dreck noch die Tränen. Sie war nervös und zerfahren das Baby lag im Laufstall in der Mitte des Wohnzimmers und in dem Moment in dem sie mich hereinkommen sah rief sie mich Di Di das ist ihr Name für mich so ging ich hin um ihr den Schnuller in den Mund zu stecken aber Mama sagte rühr sie nicht an du bist ganz schmutzig geh dich waschen und komm dann schnell zum Essen ich brauche dich heute ich ging mich waschen und sah meine roten Augen im Spiegel und ich dachte an diesen Jungen der sich unter mir gewunden hatte und wie er geheult hatte ich trocknete mir die Hände und ging essen.

Mama fragte hast du geweint? Warum? sagte ich. Ist was passiert? Überhaupt nichts. Ich hatte beschlossen ihr nichts zu erzählen denn sie erzählt alles Papa weiter.

»Iß nicht so schnell.«

Es war ganz still im Haus nur das Baby redete mit seinem Spielzeug.

»Hat Großvater die ganze Zeit geschlafen?«

»Ja, er ist sehr müde von der Reise und der Zeitverschiebung. Was war in der Schule los?«

»Nichts.«

»Iß nicht so schnell. Habt ihr den Seder gefeiert?«

»Ja.«

»Und was habt ihr gemacht?«

»Nichts.«

»Was heißt hier nichts? Habt ihr nicht gesungen? Oder gebetet?«

»Doch.«

»Warum sagst du dann nichts? Wo gehst du hin?«

»Den Raupen was zum Fressen geben.«

»Laß das jetzt, iß erst zu Ende.«

»Das dauert eine Minute.«

Ich ging um nach meinen Seidenraupen zu sehen heute Nacht hatte sich schon wieder eine in eine Puppe verwandelt deshalb nahm ich sie heraus und gab den anderen frische Maulbeerblätter. Seit ich in der zweiten Klasse bin weiß Mama nicht mehr wie sie mich behandeln soll sie läßt mich machen was ich will sie ist nicht streng mit mir wie Papa. Ich ging zum Tisch zurück draußen hatte ein richtiger Sturm begonnen das Telefon klingelte bestimmt war es Papa er überprüft immer zu dieser Zeit ob ich nach Hause gekommen bin. Das Baby fing an zu weinen und Mama sagte zu mir kümmer dich um sie ich ging zu ihr hin und sagte Dada aber sie weinte weiter ich blies meine Backen auf und ließ die Luft rausschnalzen um sie zum Lachen zu bringen sie hörte sofort auf zu weinen schaute mich an ihre blauen Augen voller Tränen und lächelte sogar ein bißchen aber sie bereute es gleich und fing wieder an zu weinen und ich blies wieder die Backen auf.

Mama stritt sich mit Papa in der letzten Zeit streiten sie sich ständig als sie fertig war kam sie hob das Baby aus dem Laufstall und brachte sie ins Bad um sie neu zu wickeln ich folgte ihr. Das Baby hatte einen kleinen gelben Krümel in die Windel gemacht.

»Ist das alles, was du für uns hast?« sagte Mama enttäuscht zu ihr aber das Baby gab keine Antwort. Es strampelte nur mit den Füßen in der Luft herum.

»Das Baby wird auch fett bleiben.«

»Sie ist nicht fett. Alle Babys sind so. Und hör auf sie das Baby zu nennen, sie hat einen Namen ...«

»Papa nennt sie auch das Baby.«

»Du bist nicht dein Vater und nicht alles, was dein Vater macht, ist richtig. Hör auf, sie das Baby zu nennen. Sie hat einen so süßen Namen.«

Ich sagte nichts.

»Warum legst du die ganze Zeit die Hand auf deine Brust?«

»Mir tut irgendwie das Herz weh.«

»Das Herz? Wo?«

Ich öffnete mein Hemd und zeigte es ihr.

»Dort ist nicht das Herz.«

»Wo ist es dann?«

Sie zeigte es mir. Ich legte meine Hand dorthin.

»Stimmt. Dort tut es auch weh.«

»Du redest Unsinn.«

»Nein. Ehrlich.«

»Seit wann?«

»Eigentlich schon immer.«

»Das ist nichts. Ihr habt heute Turnen gehabt.«

»Das kommt ganz bestimmt nicht vom Turnen.«

»Soll ich dich zum Arzt bringen?«

»Ja.«

»Was machst du heute Nachmittag?«

»Nichts.«

»Ich muß weg.«

»Wohin?«

»Ich muß weg, ist doch unwichtig ... etwas besorgen ... du mußt auf Rakefet aufpassen.«

»Aber ich muß auch weg.«

»Wohin? Wieso denn?«

»Maulbeerblätter pflücken.«

»Du kannst sie doch später pflücken, jetzt regnet es sowieso. Rakefet wird bald einschlafen, ich habe sie den ganzen Vormittag wachgehalten, damit sie jetzt lange schläft. Sie wird dich nicht stören.«

»Und wenn sie schreit?«

»Sie wird nicht schreien. Sonst gibst du ihr den Schnuller. Du kannst sie doch immer beruhigen. Mach ihr eines deiner lustigen Gesichter, das mag sie ... Sei so lieb, Gaddi, komm, ich weiß doch, daß du das kannst.«

Ich ging aus dem Bad.

Sie wickelte das Baby hastig fertig legte es ins Bett zog sich schnell an und stellte eine Schüssel mit sauberen Schnullern auf den Tisch Kekse eine Wasserflasche und alte Schlüssel an denen Rakefet gerne kaut und sogar noch drei Windeln aber sie warnte mich daß ich sie auf keinen Fall hochheben dürfe und falls ich sie hochheben müsse soll ich Großvater wecken.

»Weiß er, wie man mit Babys umgeht?«

»Natürlich. Er wird bald selber eines haben.«

»Wo?«

»Ach, vergiß es.« Sie bereute bereits daß sie es mir erzählt hatte.

»Aber wo denn?«

»In Amerika.«

»Warum?«

»Es ist halt so. Was macht es schon aus.«

Sie umarmte mich.

»Also, Gaddi, ich gehe. Er wird bald aufwachen. Stör ihn nicht. Rakefet wird bestimmt schlafen. Und wenn sie schreit, gib ihr einen Schnuller, dann schläft sie bestimmt wieder ein. Aber faß sie nicht mit schmutzigen Händen an.«

Sie war so nervös.

»Bringst du mir was mit?«

»Was?«

»Ein Flugzeug.«

»Gut.«

»Ein Flugzeug, keinen Hubschrauber, den hab ich schon. Kennst du den Unterschied?«

»Natürlich.«

»Warum hat er heute Nacht geweint?«

»Großvater? Weil er uns viele Jahre lang nicht gesehen hat, vor allem dich nicht.«

»Aber warum hat er geweint?«

»Vor Aufregung, vor Freude. Man kann auch vor Freude weinen.«

Sie war traurig sie ist eigentlich immer traurig aber gerade war es besonders schlimm. Sie drehte die Heizung ab sagte daß uns bestimmt nicht kalt werden würde küßte mich nochmals und verließ die Wohnung sie sagte daß sie in ein zwei Stunden zurückkommen werde. Ich ging in die Küche und öffnete den Kühlschrank um nachzusehen was drin sei dann untersuchte ich die Speisekammer nicht daß ich hungrig gewesen wäre aber für den Fall daß ich nachher Hunger bekommen würde ich fand ein Päckchen Nüsse und Schokolade die Papa gekauft hatte um sie beim Fernsehen zu essen ich nahm sie heraus und legte sie auf den Tisch. Es war ganz still im Haus ich stellte den Fernseher an aber es kam nichts und ich schaltete ihn wieder ab ich holte meine Autos aus der Schublade und stellte sie in einer Reihe auf. Aber dann hörte ich damit auf und ging nachschauen was mit Großvater war ich stellte mich neben die Tür aber ich konnte nichts hören da öffnete ich sie einen Spalt und sah die Dunkelheit und den vollen Koffer noch genau wie in der Früh und Großvater lag zusammengerollt im Bett als ob der Kopf nicht zu seinem Körper gehören würde. Das Willkommensschild mit den Blumen das ich für ihn gemacht hatte lag auf dem Tisch. Ich schloß die Tür wieder und ging in mein Zimmer das Baby schlief noch aber auf einmal drehte sie ihren Kopf und seufzte wie eine alte Frau die ein schweres Leben hinter sich hat es klang komisch ich nahm die Schachtel mit den Raupen und ging hinaus. Ich holte eine heraus setzte sie auf ein Feuerwehrauto und gab ihr ein Stückchen Maulbeerblatt damit sie auf der Fahrt etwas zu essen hätte und ich fing an sie herumzufahren um zu sehen wie sie sich dabei fühle. Plötzlich läutete das Telefon es war Onkel Asi aus Jerusalem der Großvater sprechen wollte und er konnte es gar nicht glauben als ich sagte daß er noch schliefe schläft er schon wieder? Ich sagte er schläft noch immer und Mama ist nicht zu Hause.

Willst du daß ich ihn wecke er überlegte einen Augenblick und sagte nein und daß er am Abend nochmal anrufen werde. Ich schrieb auf den Zettel neben dem Telefon Asi nahm die Raupe die inzwischen vom Feuerwehrauto heruntergekrochen war und legte sie in die Schachtel zurück ich holte eine andere heraus steckte sie in den Helikopter gab ihr auch ein Blattstückchen und flog sie in die Küche.

Dort trank ich Saft und aß einige von Papas Nüssen draußen regnete es und war ganz grau richtig Winter wie es wohl am Sederabend sein würde? Die Raupe versuchte aus dem Helikopter herauszuklettern ich gab ihr einen Nußkrümel aber sie fraß ihn nicht so steckte ich sie in den Helikopter zurück und flog sie ins Schlafzimmer von Papa und Mama ich ließ die Rolläden herunter holte eine Decke legte mich auf das große Bett und stellte den Helikopter neben mich ich zog die kleine Leiter heraus und die fette weiße Raupe die ich Sigal getauft habe glitt tatsächlich auf die Leiter und kroch auf die weiße Decke hinunter suchte sich einen Weg über die ganzen Unebenheiten bestimmt dachte sie daß sie auf dem Mond gelandet sei. Das Telefon klingelte wieder ich hob den Hörer ab Papa hat fast in jedem Zimmer ein Telefon installiert. Er war es er wunderte sich daß Großvater immer noch schlief das ist doch nicht normal sagte er ich sagte vielleicht ist er krank. Auf einmal fragte er wo bist du jetzt von welchem Telefon aus sprichst du er hat eine Nase dafür wo ich bin und was ich mache sogar wenn er weit weg ist. Also sagte ich ich spreche vom Telefon in eurem Schlafzimmer er sagte was tust du da und ich sagte gar nichts. Stell das Haus nicht allzusehr auf den Kopf vielleicht legst du dich ein bißchen hin und ruhst dich aus. Ich sagte vielleicht. Dann versuchte ich einzuschlafen denn im Haus war es ganz still und der Regen und die Dunkelheit draußen machten mich schläfrig aber vielleicht war es auch der komische Wein den ich getrunken hatte. Doch plötzlich fing das Baby an zu schreien zuerst nur ein bißchen der Anruf von Papa und seine Nervosität hatten sie aufgeweckt ich wartete ab ob sie aufhören würde denn manchmal hört sie von selber auf wenn sie nur einen kurzen bösen Traum hat daß man ihr die Flasche wegnimmt oder so was Ähnliches. Sie hörte auch auf aber sofort fing sie wieder an diesmal lauter und wollte nicht aufhören schrie und schrie in die Stille des Hauses hinein und ich war jetzt dafür verantwortlich also stand ich auf ging in unser Zimmer und steckte ihr den Schnuller in den Mund.

Aber sie wollte den Schnuller nicht sie wollte schreien und spuckte ihn wieder aus ich steckte ihn ihr wieder hinein aber sie schüttelte den Kopf und versuchte ihn loszuwerden da hielt ich sie vorsichtig am Kopf steckte ihr den Schnuller hinein und hielt ihn dort fest daß sie sich daran gewöhne so wie es Mama mit ihr macht für einen Augenblick erstarrte sie und schaute mich an als ob sie zu begreifen versuchte was sie tun sollte und fing wirklich an am Schnuller zu nuckeln so als ob sie keine andere Wahl hätte doch schließlich hatte sie genug und in dem Moment in dem ich die Hand wegnahm spuckte sie ihn aus begann wieder zu weinen und wollte ihn nicht mehr nehmen kämpfte dagegen an ganz rot vor Zorn. Komm komm sagte ich zu ihr hör auf zu schreien hier ist Di Di aber sie schrie nur noch mehr. Da ging ich aus dem Zimmer machte die Tür zu und ließ sie schreien ich schaute auf die Uhr um sicherzugehen daß sie nicht zu lange schrie Papa hatte Mama einmal erklärt daß wenn wir meinen das Baby schreie schon endlos lange höchstens fünf Minuten vergangen seien und wenn wir es aushalten könnten sie fünf Minuten schreien zu lassen würde sie schließlich von selber aufhören. Ich schaltete das Radio ein ging in die Küche und schloß die Tür um nichts hören zu müssen aber genau da klingelte das Telefon es war Onkel Zvi aus Tel-Aviv der nicht so ernst ist wie Asa aus Jerusalem sondern immer mit mir schwatzt und mir Fragen stellt er fragte auch jetzt wie es mir ginge was in der Schule los sei und was ich in den Ferien machen würde und ich antwortete ihm auf alles denn ich weiß daß er sich wirklich dafür interessiert Tatsache ist daß er sich auch an etwas erinnert was man ihm vor langer Zeit gesagt hat während des ganzen Gesprächs hörte ich das Geschrei des Babys und er sagte schließlich wer schreit denn da so die ganze Zeit die kleine Rakefet sagte ich. Ist deine Mutter bei ihr? Nein Mama ist nicht zu Hause ich bin allein mit Großvater. Er überlegte einen Moment und sagte dann gut dann gib mir meinen Alten ich sagte daß er schlafen würde worauf er meinte gut dann weck ihn nicht auf lauf und beruhige Rakefet es zerreißt mir ja sogar in Tel-Aviv das Herz wenn ich sie in Haifa weinen höre du bist ein wunderbarer Junge er sagte dann noch daß er am Abend nochmals anrufen würde.

Ich ging zu dem Baby sie war ganz rot vor Schreien in ihrem Gitterbett hatte die Decke abgeworfen streckte die Arme in die Luft und schrie als ob man sie schlachten würde ich versuchte mit ihr zu sprechen aber sie schaute mich nicht einmal an dann brachte ich ihr die Wasserflasche aber sie schlug so heftig danach daß sie auf den Boden fiel da stieg ich auf einen Stuhl und drehte sie auf den Bauch sie verstummte tatsächlich für einen Augenblick aber danach begann sie zu ächzen versuchte wegzukriechen als ob sie irgendein Ziel hätte. Ich dachte daß sie davon wenigstens müde würde aber sie erstickte nur fast im Bettuch so drehte ich sie wieder um und nun schluchzte sie richtig ich wurde so wütend auf Mama die mich allein mit ihr gelassen hatte auch noch ohne mir zu erlauben sie hochzuheben daß ich hinausging und langsam die Tür des Zimmers aufmachte in dem Großvater schlief damit vielleicht auch er das Schreien hören und mir helfen würde.

Aber er rührte sich nicht und hörte nichts lag an der Wand wie ein Lumpenhaufen ganz mit der weißen Bettdecke zugedeckt nur seine mageren Füße schauten heraus. Großvater flüsterte ich diesem Mann zu den ich gar nicht kannte ich weinte fast aber er schlief so tief.

Sie schrie die ganze Zeit dachte überhaupt nicht daran aufzuhören. Ich brachte ihr einen Keks aber sie wollte ihn nicht ich zerbröckelte ihn zu Krümeln steckte ihn in ihren offenen Mund aber sie merkte gar nicht daß sie etwas im Mund hatte sah mich gar nicht an sondern schrie nur streckte die Arme nach oben und brüllte zur Decke hinauf. Ich versuchte das Gitter aufzumachen aber ich schaffte es nicht ich habe das Patent nie verstanden. So aß ich den Keks selber zog die Schuhe aus nahm einen Stuhl und kletterte über das Gitter in das Bett das einmal meines gewesen war. Rakefet was ist denn? Komm hier ist Di Di bei dir aber sie hörte nicht sie schrie zu sehr da hob ich sie auf vorsichtig um sie nicht am Kopf zu verletzen wie Mama Papa immer warnt es gibt da eine offene Stelle wo ihr Verstand wachsen muß. Ihr Weinen wurde schwächer und plötzlich verstummte sie. Ich saß in dem Gitterbett fühlte das Gummituch das unter mir lag und hatte das

Baby auf meinen Knien ich hob ihr ein bißchen den Kopf hoch steckte ihr den Schnuller in den Mund und sie lutschte daran schaute mich endlich an irgendwie besorgt als ob ich das Problem sei nicht sie die Tränen waren mit einem Mal verschwunden als ob sie nie geweint hätte Mama hat mir einmal erklärt daß das Schreien die Sprache der Babys ist so reden sie plötzlich schloß sie ihre Augen und wurde ganz rot zuerst begriff ich nicht bis ich dann roch was sie machte. Sie strengte sich mehr und mehr an ihre Stirn legte sich in Falten wie bei einer alten Frau. So zog ich langsam meine Knie unter ihr weg sie rutschte aufs Bett zurück und war mit sich zufrieden steckte ihre Faust in den Mund um sie zu essen ich stand schnell auf kletterte über das Gitter zurück und ging aus dem Zimmer. Es war jetzt Ruhe vielleicht fünf Minuten lang sie sang sogar und plapperte vor sich hin bis ich ein Wimmern hörte sie rief mich wieder da schloß ich die Tür hinter ihr vielleicht würde sie schließlich müde werden und schlafen denn Mama hatte doch gesagt daß sie den ganzen Vormittag nicht geschlafen hatte. Ich ging ins Schlafzimmer von Mama und Papa um die Seidenraupe zu suchen und ich fand sie unter dem Bett in der Dunkelheit herumkriechen ich nahm sie und setzte sie wieder auf den Helikopter um sie auf die Erde zurückzufliegen. Das Telefon klingelte es war Großmutter Rachel unsere andere Großmutter ruft nie an sie ist krank.

Sie sagte Gaddi mein Schatz weißt du wer am Telefon ist. Ich sagte ja. Darauf sagte sie hier spricht Großmutter worauf ich ja sagte. Dann sagte sie es ist eine Ewigkeit her daß ich dich gesehen habe Gaddi warum kommst du nicht mal auf einen Besuch zu mir du weißt daß es Großmutter schwerfällt zu euch zu kommen wegen der vielen Treppen. Darauf sagte ich ja. Sie fuhr fort warum bittest du nicht deine Eltern daß sie dich zu mir bringen du hast doch jetzt Ferien willst du nicht ein bißchen bei mir bleiben ich sagte ja. Sie sagte dein Großvater ist doch heute Nacht aus Amerika zu euch gekommen freust du dich daß dein Großvater da ist und ich sagte ja. Was hat er dir denn mitgebracht erzählst du es Oma und ich sagte ja. Es ist vermutlich ein Spielzeug oder was zum Anziehen zeigst du es mir und ich sagte ja. Und nun mein Schatz erzähl mir wie geht es Rakefet. Gut antwortete ich. Hast du sie lieb und hilfst du Mama sich um sie zu kümmern ich sagte ja. Ich hoffe es und jetzt ruf mir Mama. Da sagte ich ihr daß Mama nicht daheim sei. Dann wollte sie Großvater um ihn zu begrüßen worauf ich ihr sagte daß Großvater schlafe. Er schläft *jetzt*? Ja sagte ich es ist doch jetzt Nacht für ihn. Wieso denn Nacht? Ich erklärte ihr die Sache mit der Erde und der Sonne und dem Zeitunterschied. Sie glaubte mir anscheinend nicht und sagte nur du bist wie dein Vater auf alles hast du eine Antwort. Die Raupe war wieder vom Helikopter geklettert und begann eilig das Zimmer zu durchqueren deshalb sagte ich leise einen Moment Großmutter aber die Raupe war schon unter dem Schrank ich konnte sie nicht mehr finden deshalb rannte ich um die Tür richtig zuzumachen denn das Baby fing wieder mit diesem schrecklichen Schreien an und ich kehrte zum Telefon zurück. Großmutter fragte sofort wo bist du gewesen ich wollte ihr nichts von der Raupe sagen denn sie würde es nicht verstehen und es würde sie ekeln darum sagte ich zu ihr ich habe gedacht daß Rakefet weint aber es stimmt nicht. Ich lüge sie immer an die Lügen kommen ganz von selber als ob sie darum bitten würde daß man sie belügt.

»Rakefet ist daheim? Hat Mama sie denn nicht mitgenommen?«

»Nein, sie schläft.«

»Und du bist allein mit ihr? Sie haben dich mit ihr ganz allein gelassen?«

»Da ist doch nichts dabei. Großvater ist doch auch da.«

»Aber er schläft.«

»Er würde aufstehen, wenn ich ihn wecke.«

»Gaddi, mein Schatz, sei vorsichtig. Wo ist sie?«

»In ihrem Bett.«

»Dann nimm sie auf keinen Fall hoch, du könntest sie fallenlassen.«

»Tu ich ja nicht.«

»Und wenn Mama und Papa kommen, sag ihnen, daß ich angerufen habe, es ist aber nichts Besonderes los, und daß sie dich nicht mit dem Baby allein lassen sollen.«

»Ja.«

»Und nimm dich in acht, daß du sie nicht hochhebst. Du könntest sie fallen lassen und dann wäre sie für den Rest ihres

Lebens gelähmt. Du möchtest doch keine gelähmte Schwester haben, oder?«

»Nein.«

»Also sei vorsichtig, mein Schatz. Höre ich sie nicht weinen?« Ich legte die Hand übers Telefon damit sie das furchtbare Gebrüll nicht hörte.

»Nein.«

Ich wartete darauf daß Großmutter noch etwas sagen würde aber sie sagte nichts mehr also legte ich den Hörer langsam auf.

Rakefet schrie wirklich es war kein Weinen mehr sondern einfach ein einziges anhaltendes lautes Gebrüll. Ich wußte nicht was ich tun sollte ging zu ihr hinein mit dem Schnuller der Flasche und dem Schlüsselbund aber sie stieß alles weg so ging ich wieder aus dem Zimmer und machte den Fernseher an um sie zu übertönen schaute mir eine Englischstunde an aber Rakefet war lauter als der Fernseher und begann sogar meinen Namen zu rufen Di Di ihre Not machte sie erfinderisch. Ich konnte es nicht mehr mitanhören. Ich ging zu ihr hinein sie war krebsrot Tränen strömten ihr übers Gesicht und sie stank von dem was sie angerichtet hatte. Sie tat mir richtig leid. So faßte ich einen Entschluß. Ich ging zum Kleiderschrank fand meinen alten Regenmantel zog ihn an setzte eine Wollmütze auf zog die Lederhandschuhe von Papa an und band mir ein Taschentuch von Mama über den Mund. Dann ging ich in die Küche holte die Zuckerzange rückte den Stuhl an ihr Bett aber diesmal zog ich meine Schuhe nicht aus stieg über das Gitter und setzte mich wieder in ihr Bett zu ihr. Ich öffnete aus einiger Entfernung die Windel drehte das Baby auf die Seite und zog mit der Zuckerzange die nasse volle Windel unter ihr weg ohne hinzuschauen sie war jetzt halbnackt und fing an mit den Füßen in der Luft zu strampeln. Ich warf die Zange in eine Ecke des Zimmers und gab ihr die Wasserflasche sie griff danach und trank sie fast aus sie war nun guter Laune und fing zu singen an. Ich sagte zu ihr jetzt geht es dir gut Di Di hat dich von dem ganzen Dreck befreit sie lauschte aufmerksam und ließ dann einen erstaunten Ton hören als ob sie mich zum Lachen bringen wolle drehte den Kopf zur Seite um die Windel zu betrachten die neben ihrem Kopf lag. Ich nahm die Bettdecke und deckte sie zu damit ihr nicht kalt würde und flüchtete aus dem Zimmer weg von dem Gestank. Es war schon fünf Uhr und der Regen hörte nicht auf. Ich schaute mich im Spiegel an sah ziemlich komisch aus mit den Handschuhen der Mütze und dem Mantel obwohl Rakefet sich nicht vor mir erschrocken hatte ich dachte daß ein Gewehr dazupassen würde also holte ich mir eines und legte mich hinter den großen Sessel in den Hinterhalt. Ich schoß ab und zu aber früher hatte mir das Spiel besser gefallen. Es war still im Haus. Das Baby gab keinen Laut von sich. Plötzlich fiel mir ein daß sie vielleicht nackt dort lag und sich erkälten würde. Ich ging leise hin und sah daß sie die Decke wirklich abgeworfen hatte sie war überhaupt woanders hingekrabbelt und hatte die Windel hinter sich hergezogen und alles stank um sie herum war alles verschmiert und sie versuchte danach zu greifen sprach damit und ich hatte Angst daß sie es gleich essen würde.

Da rannte ich in Großvaters Zimmer um ihn aufzuwecken berührte ihn und sagte Großvater steh schnell auf es ist was mit dem Baby passiert. Es war komisch daß ich zu ihm redete als ob ich ihn kennen würde wo ich doch noch nie mit ihm gesprochen hatte. Er drehte sich zu mir um öffnete die Augen und man sah sofort daß er nicht wußte wo er war er starrte mich an als ob er sich fragte wer ich überhaupt sei legte die Hand auf seine Stirn und fragte sich ob er nicht träume. Ich bin Gaddi sagte ich zu ihm damit er schneller begriff er lächelte streckte die Hand nach mir aus zog mich auf sein warmes Bett und fragte wieviel Uhr ist es ich antwortete schon fünf Uhr nachmittags und er fragte aber welcher Tag ist heute ist der Sonntag schon vorbei? Er schaute auf seine Uhr auf der es zehn Uhr vormittags war und sagte dann richtig es ist schon fünf ich habe endlos lang geschlafen.

»Das Baby ist ganz schmutzig. Wir müssen sie saubermachen, Mama ist nicht daheim. Es ist was passiert, du mußt mir helfen. Mama hat gesagt, ich soll dich aufwecken, denn ich darf sie nicht hochheben.«

Er stand schnell auf in seinem roten Pyjama und ging nachschauen er betrachtete sie lächelnd. Wie hat sie sich denn selber ausgezogen sie ist ja ganz erfroren schon gut wir werden sie gleich baden sie saubermachen. Ich sagte zu ihm es braucht kein Bad das kannst du nicht auch Papa kann das nicht man muß sie bloß mit dieser Flüssigkeit abreiben und ich zeigte ihm die weiße Flasche. Aber er sagte es wird schon gehen mach dir keine Sorgen zeig mir bloß wo ihre Badewanne ist und gib mir ein Handtuch hilf mir ein bißchen danach kannst du gehen. Wohin? fragte ich. Darauf sagte er bist du nicht am Weggehen? Ich sagte zu ihm wieso denn? Er meinte ich dachte daß du dich zum Weggehen angezogen hättest ich zog die Handschuhe den Mantel und die Mütze aus und sagte zu ihm das war nur so wegen einem Spiel das schon vorbei ist. Er strich mir über den Kopf.

Es war wirklich seltsam wie er noch vor einem Augenblick wie ein Toter geschlafen hatte und jetzt so im Haus herumrannte in seinem Schlafanzug groß und komisch mit dem Kopf voller weißer Haare aufrecht und flink mit hellen Augen er sah überhaupt nicht sehr alt aus. Auch das Baby das nun ruhig war nachdem sie wahrscheinlich ein bißchen von der Bescherung gegessen hatte betrachtete ihren neuen Großvater mit Interesse dachte gar nicht mehr daran zu weinen plapperte bloß ständig vor sich hin. Großvater wickelte sie in ein Laken und hob sie aus dem Bett. Sie musterte ihn ganz genau und schaute dann zu mir hin um zu wissen ob alles in Ordnung sei.

»Das ist schon in Ordnung«, sagte ich zu ihr. »Er ist dein neuer Opa aus Amerika.«

Großvater lachte und sagte ich werde lieber noch schnell einen Kaffee trinken zum Aufwachen sonst geht noch was schief du kennst dich doch in der Küche aus. Er hatte eine schnelle Art zu reden die einen an Zvi erinnerte ich holte ihm eine Tasse und Zucker brachte ihm Milch und Kaffee stellte sogar den Wasserkessel auf den Herd und sagte zu ihm daß er das Feuer anzünden solle er machte es mit einer Hand an ich holte ihm einen Kuchen aus dem Schrank und er lächelte ich sehe schon damit kennst du dich aus ich schwieg auch wenn ich wußte was er meinte er schnitt sich selbst und mir ein Stück Kuchen ab und gab es mir als ob ich der Gast wäre und nicht er. Das Wasser kochte und er goß sich mit einer Hand ein denn während der ganzen Zeit hielt er das Baby mit der anderen und dann setzte er sich hin um zu trinken. Draußen fiel ein stiller Regen rann über das Fenster warum regnet es die ganze Zeit sagte er und ich antwortete ihm das ist der Malkosch der letzte Frühjahrsregen. Er meinte das sieht aber nicht wie der Malkosch aus das ist einfach nur Regen und der wird so schnell nicht aufhören. Er schien auf diesen Regen böse zu sein und so fragte ich ihn war in Amerika der Malkosch schon? Er sagte in Amerika gibt es keinen Malkosch das ist eine israelische Erfindung und es sah so aus als ob er deswegen auf ganz Israel böse sei. Das Baby lag die ganze Zeit auf seinem Schoß schaute ihm zu wie er Kuchenstücke in den Mund steckte und Kaffee trank. Bisweilen fielen ihr vor Müdigkeit die Augen zu aber ihr Mund bewegte sich als ob sie mitessen würde. Auf einmal begann sie wieder zu wimmern er legte ein Stückchen Kuchen auf die Gabel und steckte es ihr in den Mund zuerst erschrak sie ein bißchen vor der Gabel aber dann lutschte sie am Kuchen denn sie hat noch keine Zähne er gab ihr noch ein Stück und auch das aß sie etwas verwundert. Ich weiß nicht ob Mama das erlaubt hätte wenn sie es gewußt hätte aber jetzt war er verantwortlich von dem Moment an als er aufgestanden war hatte er die Verantwortung.

Sie aß weiter und er fütterte sie mit einem Lächeln und sagte sie stinkt wirklich sehr wir müssen sie waschen. Er schob den Kuchenteller beiseite. Wer hat diesen Kuchen gebacken deine Mutter? Deine Großmutter hat ausgezeichnete Kuchen gebacken.

»Die Großmutter, die im Krankenhaus ist?«

»Ja.«

Ich schwieg. Er schaute mich an.

»Haben sie dich nie zu ihr mitgenommen?«

»Nein, sie hatten Angst, daß ich mich anstecke.«

»Daß du dich ansteckst?! Mit was denn?« Er schrie fast.

»Mit der Krankheit, die sie hat.«

»So ein Unsinn. Wer hat dir denn das erzählt?«

»Papa.«

»Was versteht denn dein Vater von solchen Dingen!«

Ich schwieg. Er sah mich an.

»Ich werde deiner Mutter sagen, sie soll dich zu deiner Großmutter mitnehmen. Sie hat dich so geliebt, als du ein Baby warst.«

Ich schwieg.

Rakefet war auf einmal ganz fest eingeschlafen ihr Mund stand

offen verschmiert mit Schokolade. Sie schläft schon sagte ich
vielleicht lohnt es sich gar nicht mehr sie zu baden.

»Mag sie es nicht, gebadet zu werden?«

»Manchmal schon. Wenn Mama ihr vorsingt, mag sie es.«

Es war sehr seltsam sich so mit einem neuen Großvater zu
unterhalten den ich nicht einmal kannte. Das Baby schlief nun
wirklich vielleicht hatte der Schokoladekuchen sie müde gemacht. Großvater überlegte. Vielleicht hatte er auch Angst davor
sie zu baden aber nachdem er nochmals an ihr gerochen hatte
entschloß er sich wir müssen du wirst mir helfen. Gut sagte ich
aber du weißt daß sie dann wieder brüllt.

»Wir werden es überleben. Als du klein warst, haben deine
Eltern dich einmal bei uns in Tel-Aviv gelassen und du hast die
ganze Nacht geschrien. Deine Großmutter hat kein Auge zugetan.«

»Hat sie sich um mich gekümmert?«

»Aber sicher.«

»War sie damals schon krank?«

»Nein, natürlich nicht.«

»Warum haben mich Papa und Mama zu euch gebracht?«

»Nur so, sie wollten ein bißchen ihre Ruhe vor dir haben.«

Er beugte sich wieder hinunter um an dem Baby zu riechen das
mitten in seinem ganzen Dreck schlief als ob ihm der Geruch
helfen könne sich zu entscheiden mir kam auf einmal der Gedanke daß ich vielleicht doch von Großmutters Krankheit angesteckt worden war sie hatte sie damals bestimmt schon. Und
plötzlich schmerzte etwas in der Nähe meines Herzens es war
sogar richtig im Herz selber. Warum hatten mich Mama und
Papa nur bei ihnen gelassen? Großvater stand auf und legte
Rakefet in ihr Bett ich zeigte ihm wo die ganzen Sachen waren
und wie man die Wanne mit Wasser füllte er öffnete den Schrank
und fing an Kleider Windeln und ein Handtuch herauszunehmen
seltsam wie er da herumwühlte als ob ihm alles erlaubt sei. Er zog
immer mehr Kleider heraus nahm sie auseinander roch an ihnen
untersuchte sie probierte wie die Knöpfe und Reißverschlüsse
funktionierten legte sie wieder zurück. Dann gab ich ihm die
Seife an der er natürlich auch roch und ich half ihm das Badewas-
ser einzulassen holte einen Elektroheizer ins Bad und stellte ihn

an. Wir hielten das Thermometer ins Wasser aber ich konnte ihm nicht sagen welche Temperatur es haben mußte er ging seine Brille holen setzte sie auf und schaute auf das Thermometer aber er wußte es auch nicht. Also sagte er zu mir daß ich die Hand ins Wasser halten und ihm sagen solle was ich fühlte ich sagte die ganze Zeit heiß aber als er es prüfte sagte er was redest du denn es ist ganz kalt schließlich bat er mich um einen Löffel und probierte das Wasser. Endlich nach vielen Vorbereitungen ging er das Baby holen das ganz tief schlief eingewickelt in das Bettuch da läutete das Telefon und ich wollte hingehen und abnehmen aber er sagte laß mich jetzt nicht im Stich ich brauche dich ganz dringend. Und dann sagte er daß ich die Badezimmertür schließen solle.

Er nahm dem Baby das Bettuch ab. Sie war wirklich sehr schmutzig und er wischte sie mit ein bißchen feuchter Watte ab. Ich hielt ihm den Abfalleimer hin damit er das schmutzige Zeug hineinwerfen konnte. Das Baby schlief ihr Kopf war zur Seite gefallen das Telefon draußen klingelte endlos. Er zog ihr das Jäckchen aus und versuchte dann ihr das Unterhemd auszuziehen aber es gelang ihm nicht es aufzumachen. Er fing an nervös zu werden wer hat ihr das blöde Ding so zugebunden. Dann sagte er zu mir daß ich ihm schnell eine Schere bringen solle das Baby schlief immer noch. Ich rannte los um ihm eine Schere zu holen aber ich fand keine während die ganze Zeit das Telefon klingelte als ob es mich verfolgen würde das war sicher Mama oder Papa und sie regten sich bestimmt auf weil niemand hinging also hob ich den Hörer ab und legte ihn daneben daß es wenigstens wie besetzt klang. Ich ging zu Großvater zurück und sah daß er seine Schlafanzugjacke ausgezogen hatte um sie nicht naß zu machen seine Brust war mit weißen Haaren bedeckt ich sagte ihm daß ich keine Schere gefunden hätte und er sagte lauf bring mir ein Messer aber schnell Gaddi. Ich rannte in die Küche und brachte ihm ein scharfes Messer er setzte die Brille auf und versuchte den Knoten durchzuschneiden schnipselte über dem Baby herum das fest schlief aber auf einmal sah er nicht genug und rief mir zu mach das Licht an schnell Gaddi bevor es ein Unglück gibt ich schaltete das Licht an er zerschnitt ihr das ganze Oberhemd und schälte sie heraus da wachte Rakefet plötzlich auf und begann zu weinen. Er hob sie hoch beugte sich nochmals übers Wasser leckte daran um zu sehen ob es nicht zu heiß sei und legte sie hinein aber sie begann schrecklich zu brüllen wehrte sich dagegen. Da hatte sie geschlafen hatte sich ans Schlafen gewöhnt und plötzlich fand sie sich im Bad wieder sie strampelte ziemlich vielleicht hielt er sie auch zu fest aus lauter Angst sie könnte ihm wegrutschen in ihrer totalen Panik er sagte zu mir Gaddi sing ihr was vor und ich sang das Lied das Mama immer sang blau ist das Wasser vom Meer Meer Meer er summte bloß die Melodie mit er sagte zu mir daß ich ihre Beine festhalten und Seife ins Wasser schütten solle ich versuchte sie an den wild strampelnden Füssen zu fassen aber sie entglitt mir. Rakefet kämpfte wie ein Löwe gegen uns zwei brüllend plötzlich war Blut im Wasser ich sagte zu ihm Großvater da ist Blut im Wasser er wurde ganz blaß und sagte nimm schnell das Handtuch und ich gebe sie dir ich sagte zu ihm ich darf sie nicht nehmen aber ich lege das Handtuch auf die Kommode und du kannst sie dort hinlegen genauso machten wir es er wickelte sie schnell ein und betrachtete seine Hand die voller Blut war aber es war sein Blut und nicht das von Rakefet er hatte sich mit dem Messer verletzt und es gar nicht gemerkt. Rakefet hörte unvermittelt auf zu brüllen und rieb sich die Augen Großvater saugte an seinem verletzten Finger und sagte Gott sei Dank er schloß seine Augen dann trocknete er sie gründlich ab und fing an sie anzuziehen ich sagte ihm daß man sie zuerst einpudern müsse denn so macht es Mama immer mit ihr. Was sein muß muß sein sagte er ich werde alles tun was du mir sagst was hätte ich ohne dich gemacht. Ich gab ihm die Puderdose und er streute Puder auf ihr Hinterteil und auf ihr Pipi und verstrich ihn auch auf ihren dicken Beinchen. Glaubst du daß sie immer so fett bleibt fragte ich ihn er lachte sie ist nicht fett alle Babys sind so. Deins auch wollte ich fragen sagte es aber dann doch nicht das Baby schaute jetzt Großvater direkt in die Augen während er versuchte sie anzuziehen ihren Kopf auf die Seite gelegt als ob sie sich wunderte daß ein alter Mann sie mitten am Tag badete. Aber Großvater war in bester Laune er sang irgend etwas unterbrach sich ab und zu um noch ein wenig Blut von seinem verletzten Finger zu saugen lachte ihr zu schwatzte in Babysprache mit ihr beugte sich sogar einmal hinunter und gab ihr einen Kuß auf den Bauch.

»Sie sieht Großmutter ähnlich.«

Ich fragte es nicht ich sagte es. Ich war sicher daß er das wußte. Er hörte mit dem Küssen auf und fuhr in die Höhe.

»Was???«

»Zvi hat einmal, als er da war, zu Mama gesagt, daß sie ganz genau wie Großmutter ausschaut. Ich meine, wie ihre Mutter . . .«

Ich sagte das schnell damit er verstand daß Zvi das gesagt hatte und es deshalb richtig war.

Er lächelte irgendwie seltsam betrachtete das Baby beinahe erschrocken.

»Das hat Zvi gesagt?«

»Ja.«

»Und was hat deine Mutter gesagt?«

»Mama hat gar nichts gesagt, aber Papa hat gemeint, daß das Unsinn sei.«

Er stand da und lutschte an seinem verletzten Finger wie ein Kind ein abwesendes Lächeln auf den Lippen als ob ich ihm irgendetwas Schreckliches oder Seltsames erzählt hätte ich hielt ihm das Unterhemd hin und er nahm es schließlich seine Hände zitterten ein bißchen und er zog ihr das Unterhemd verkehrt herum an danach zog er es ihr wieder aus versuchte es mit der anderen Seite und zog ihr das Hemdchen darüber er fragte mich wie alt ist sie eigentlich ich antwortete ungefähr sechs Monate. Er nahm einen Pullover und zog ihr den auch noch an dann suchte er im Medizinschrank und fand einen breiten Verband ich dachte daß der für ihn sei aber er begann damit ihren Bauch einzuwikkeln einfach so ohne daß sie irgendwie verletzt gewesen wäre. Ich hatte Mama noch nie so etwas mit ihr machen sehen doch er wickelte sie so geschickt als ob er das die ganze Zeit machen würde.

Ich fragte ihn für was ist der Verband? Mama macht das nicht. Aber er sagte das ist nötig um ihren Bauch zu stärken.

»Damit sie nicht fett wird?«

»Nein, das hat nichts damit zu tun. Warum glaubst du eigentlich, daß sie fett ist? Sie ist es nicht, und du auch nicht.«

»Bei mir ist das wegen der Drüsen«, sagte ich leise aber er hörte es nicht.

Das Baby schien die Bandage um ihren Bauch zu mögen sie fing an vor Freude laut irgendwelchen Unsinn zu krähen. Auch Großvater freute sich.

»Machst du das auch so mit deinem Baby in Amerika?«

Da fiel ihm alles runter was er in der Hand hatte.

»Gibt es eigentlich irgendetwas, was du nicht weißt? Haben sie dir alles erzählt?«

»Nicht alles.«

»Wer hat dir das gesagt? Dein Vater? Er kann nie seinen Mund halten.«

Er war böse auf mich weil ich gesagt hatte daß er ein Baby habe vielleicht schämte er sich deswegen.

»Nein«, flüsterte ich, »Mama hat es mir gesagt.« Ich wollte das Thema fallenlassen. Er hatte Rakefet nun fertig gewickelt zog ihr sogar noch eine kleine Jacke an hüllte sie in eine Decke und trug sie zu ihrem Bett aber dort herrschte noch ein ziemliches Durcheinander und so sagte er zu mir daß ich mich hinsetzen solle gab mir Rakefet in die Arme und begann ihr Bett in Ordnung zu bringen und sauberzumachen. Sie fing wieder zu weinen an der Nachmittag hatte sie völlig verdorben hatte sie verwöhnt sie dachte wohl daß sie bloß noch zu heulen brauche ich schnitt meine lustige Grimasse für sie mit den blödsinnigen Gesten und Großvater drehte sich um und schaute mir zu.

»Das hat mal geholfen, sie zu beruhigen, als sie noch kleiner war«, erklärte ich ihm.

Er lachte. »Mich könntest du damit nicht beruhigen.«

Plötzlich war sie eingeschlafen schlagartig hatte ihre Augen geschlossen mitten in meiner lustigen Grimasse Großvater nahm sie legte sie ins Bett und deckte sie zu Gott sei Dank sagte ich und wir gingen auf Zehenspitzen hinaus und schlossen die Tür. Er ging in sein Zimmer setzte sich aufs Bett und ruhte sich aus und ich trieb mich im Haus herum ging ins Bad in die Küche überallhin wo wir gewesen waren und landete schließlich bei der Autokolonne im Wohnzimmer ich nahm die Raupen von dort herunter und legte sie in die Pappschachtel zurück da sah ich daß eine Raupe fehlte die eine die vorher geflüchtet war ich suchte und suchte zwischen dem Spielzeug aber ich fand sie nicht doch dafür entdeckte ich plötzlich ein kleines altes Schiff das ich ganz vergessen hatte ich nahm es mit zur Babybadewanne die noch voll Wasser war um zu sehen ob es noch schwimmen konnte es schwamm wirklich noch wunderbar. Großvater war noch immer in seinem Zimmer es war so still dort daß ich nachschauen ging was los war und ich sah daß er sich wieder auf sein Bett gelegt hatte nachdachte und an seinem verletzten Finger saugte.

»Ist was, Gaddi?«

»Nein.«

»Schläft das Baby?«

»Ja.«

»Paß auf, daß du sie nicht aufweckst.«

»Bestimmt.«

»Ich stehe gleich auf. Ich ruhe mich nur ein wenig aus. Ich habe gerade so einen toten Punkt.«

»Ja. Klar.«

Ich hatte das Gefühl daß er ein bißchen böse auf mich war weil ich von seinem Baby gesprochen hatte. Also ging ich in die Küche und aß den Rest des Kuchens auf dann machte ich den Fernseher an ganz leise und schaute zu als die Sendung zu Ende war ging ich wieder um nach Großvater zu sehen er war wieder eingeschlafen hatte sich im Bett zusammengerollt draußen begann es dunkel zu werden ich ging wieder ins Bad schaute nach ob das Schiff noch schwamm aber es war untergegangen ich wollte es rausnehmen aber auf dem Wasser schwamm Blut Großvaters Blut. Da ging ich hinaus in die Küche um etwas zu trinken und wanderte still im Haus herum bis ich den abgenommenen Telefonhörer entdeckte der die ganze Zeit neben der Gabel gelegen hatte deshalb war es so still ich legte den Hörer an seinen Platz zurück und sofort klingelte das Telefon als ob das Klingeln die ganze Zeit schon gewartet hätte. Es war Papa. Was ist passiert? Er begann zu schreien. Bist du wahnsinnig geworden? Wer hat die ganze Zeit telefoniert? Großvater? Schon seit einer Stunde versuche ich durchzukommen.

Ich sagte zu ihm niemand hat telefoniert er sagte was redest du für einen Unsinn dann hast du den Hörer nicht richtig aufgelegt ruf schnell Mama.

»Aber Mama ist noch nicht zurück.«

»Noch nicht zurück? Und wo ist dein Großvater?«

»Er schläft.«

»Er schläft immer noch?«

Ich wollte ihm nichts von dem Bad und dem Ganzen sagen es würde ihn nur wütend machen. Mama konnte es ihm erzählen.

»Ist er übergeschnappt?«

Ich sagte nichts.

»Was machst du gerade?«

»Nichts.«

»Warum hast du dann den Telefonhörer ausgehängt?«

»Ich hab ihn nur für einen Augenblick abgenommen. Das Baby hat geweint, und ich wollte nicht, daß das Telefon sie aufweckt.«

»Wieso um alles in der Welt sollte sie das Telefon denn aufwecken? Laß dich bloß nicht nochmal erwischen, den Hörer einfach so hinzulegen. Du hast mich ganz wahnsinnig gemacht, hörst du?«

»Ja.«

»Ich habe dich gewarnt, verstanden?«

Er legte auf. Ich hatte gerade den Hörer eingehängt als das Telefon schon wieder läutete als ob noch ein Klingeln in der Schlange gestanden hätte es war Mama die sich anhörte als ob sie unter der Erde ganz weit weg sei sie rief mit undeutlicher Stimme daß sie mich nicht höre sagte daß sie auf dem Heimweg sei und hängte dann ein.

Es war richtig dunkel im Haus aber ich machte kein Licht manchmal ist es hübsch im Dunkeln herumzugehen ich ging nach dem Baby schauen sie schlief tief ganz ruhig jetzt hätte sie nicht mal eine Bombe aufgeweckt. Ich ging an Großvaters Tür vorbei und sah ihn im Bett auf dem Rücken liegen seine Hände unter dem Kopf verschränkt er dachte immer noch nach und rauchte eine Zigarette.

»Gaddi?« rief er. »Wer hat angerufen?«

»Zuerst Papa und dann Mama.«

»Was wollte deine Mutter?«

»Sie sagte, daß sie auf dem Heimweg sei.«

»Wo ist sie hingegangen?«

»Hat sie nicht gesagt.«

Ich wartete an der Tür vielleicht wollte er noch etwas fragen.

»Komm mal einen Moment her.«

Ich ging ins Zimmer und näherte mich seinem Bett ich dachte daß er mir vielleicht jetzt mein Geschenk geben wollte. Er faßte mich an der Hand und betrachtete mich als ob er mich zum ersten Mal richtig sehen würde.

»Warum bist du immer so traurig?«

»Ich bin nicht traurig.«

»Bist du immer so ernsthaft?«

Ich spürte was er damit meinte aber ich wußte nicht was ich darauf sagen sollte. Auch Mama hatte das einmal gesagt aber sie konnte es mir nicht genau erklären.

»Ärgert dich was, bedrückt dich was?«

Ich wußte nicht was ich sagen sollte vielleicht etwas von dem Jungen der mich Boxer genannt hatte daß ich ihn verprügelt hatte und daß er vielleicht morgen versuchen würde sich an mir zu rächen obwohl morgen nach den Zeugnissen die Ferien anfingen ich wollte ihm das nicht erzählen damit er nicht meinte daß es viele solcher Kinder gab und nicht weil ich dick bin bin ich ernsthaft denn ich bin nicht daran schuld es gibt einen Grund dafür vielleicht konnten diese Drüsen einmal geheilt werden. Also sagte ich zu ihm: »Es ist wegen Mama, sie hat mich mit dem Baby seit heute Mittag allein gelassen, es hat überhaupt nicht geschlafen, obwohl sie gesagt hat, daß es schlafen würde. Das ist nicht gerecht, denn ich darf sie nicht hochheben, und ich kann sie nicht beruhigen, wenn sie liegt. Niemand kann das.«

Er hörte zu sah überhaupt nicht alt aus er hatte immer noch den Schlafanzug an plötzlich stand er auf beugte sich über seinen Koffer und suchte dort nach etwas ich dachte daß er mir nun endlich geben würde was er mitgebracht hatte denn es konnte doch nicht sein daß er mir nichts mitgebracht hatte Papa hatte ausdrücklich gesagt daß er mir etwas mitbringen würde aber er zog bloß ein Päckchen Zigaretten heraus riß es auf nahm eine Zigarette und zündete sie an er legte sich wieder ins Bett zurück verschränkte seine Hände unter dem Kopf die Zigarette im Mund. Er schaute mich an aber er dachte an etwas anderes.

Dann begann er mich über Papa und Mama auszufragen was sie machten wie sie lebten wie sie so waren und ob sie sich streiten würden. Ich erzählte ihm daß sie schon ein bißchen stritten und sagte daß Papa immer anfinge aber Mama daran schuld sei weil sie immer Dinge vergißt um die er sie bittet ich erzählte ihm alles erzählte ihm zuviel er holte Geschichten aus mir heraus von denen ich gar nicht geahnt hatte daß ich sie wußte alles interessierte ihn er saß im Bett hörte zu beugte sich zu mir hinüber er verstand nicht immer was ich sagte und ich mußte es wiederholen und ihm erklären er hatte mich an der Hand gefaßt und bat mich langsamer und deutlicher zu sprechen denn die Dinge die ich ihm erzählte waren anscheinend sehr wichtig für ihn. Daß Mama zunahm und Papa sich darüber ärgerte obwohl er selber dick war es Mama aber nichts ausmachte. Er warf kleine genaue Fragen ein als ob er die ganze Zeit die er nicht dagewesen war mit uns nochmals durchleben wollte. Ich erzählte ihm sogar Dinge die vor über einem Jahr passiert waren zum Beispiel von dem Autounfall von der Nacht in der Mama geweint hatte und auch Dinge die ich vielleicht nicht hätte erzählen dürfen daß Mama ihre Geldbörse mit über zweitausend Lirot darin verloren hatte und Papa über eine Woche nicht mehr mit ihr geredet hatte bis er wieder mit ihr sprach als das Baby geboren wurde. Großvater war ganz gespannt hörte sich jede Einzelheit an und forschte mich aus draußen war es ganz dunkel auch im Haus und nur seine Zigarette leuchtete und er streifte die Asche in seiner Handfläche ab als ob sie ein Aschenbecher wäre ich fragte ihn brennt das nicht und er sagte alte Leute spüren die Hitze nicht mehr weil es ihnen von innen her kalt ist. Da sagte ich zu ihm aber du bist doch nicht alt du hast doch ein Baby. Darauf lachte er und meinte ich werde eben ein alter Mann mit einem Baby sein aber du hast recht bring mir einen Aschenbecher ich ging und holte ihm einen und er legte die ausgerauchte Zigarette hinein stand auf machte das Licht an und fing wieder an in seinem Koffer nach etwas zu suchen ich dachte vielleicht jetzt aber er holte bloß eine Unterhose heraus zog seinen Schlafanzug aus zuerst die Jacke und dann die Hose und stand nackt vor mir. Bevor ich es geschafft hatte den Kopf wegzudrehen hatte ich schon gesehen was ich nicht sehen wollte seinen mageren langen

Körper mit der weißen beängstigenden Behaarung unten mit dem faltigen Glied das man fast nicht sah ich verstand einfach nicht warum er sich nicht vor mir schämte als ob ich noch ein Baby wäre ich ging aus dem Zimmer angeekelt. Ich machte überall die Lichter an ich füllte das Haus mit Licht und schaltete auch noch den Fernseher ein ich überlegte warum ich eigentlich so sehr auf ihn gewartet hatte was hatte ich schon von ihm und es wäre mir doch egal gewesen wenn er mir auch etwas Billiges mitgebracht hätte ich schaute in den Fernseher um den Anblick seiner weißen Haare unten zu vergessen nach einiger Zeit kam er ins Wohnzimmer angezogen gewaschen und rasiert mit einem karierten Hemd und grünen Hosen sogar nach Parfüm roch er ein bißchen er setzte sich in den Sessel und schaute sich ganz selbstverständlich mit mir Micky Maus an. Ich kniete mich hin um die Autos aufzusammeln und er sagte siehst du nicht fern nein sagte ich das ist für Babys. Da lachte er also stimmt es was man bei uns behauptet daß es eine neue Generation gibt die nicht mehr vom Fernsehen fasziniert ist du gehörst schon zu dieser Generation. Freut mich. Ich wußte plötzlich daß er mir gar nichts mitgebracht hatte daß er die ganze Zeit bloß redete und redete. Daß er dachte daß man meiner Generation keine Geschenke zu machen brauche. Er saß da und schaute fern wie ein Kind jetzt kamen dort Geräusche von Schlägen und zerbrechenden Sachen und ich wäre gerne aufgestanden um es mir anzuschauen aber nachdem ich gesagt hatte daß das kindisch sei konnte ich nicht. Schließlich war es zu Ende und sie begannen Arabisch zu sprechen. Ich stand auf fragte ihn ob er Arabisch könne und machte den Fernseher aus. Dann setzte ich mich neben ihn und beobachtete ihn vielleicht wollte er mich noch etwas fragen.

Da ging die Tür auf und Mama kam herein mit Tüten voller Sachen die sie gekauft hatte sie war naß vom Regen. Sie lächelte uns beiden zu. Du bist aufgestanden Vater. Ich ging zu ihr hin und an der Form der Tüten konnte ich sehen daß sie mir kein Flugzeug gekauft hatte sondern bloß flache Sachen wie Wäsche Großvater ging und küßte Mama sie nahm den Mantel ab und wollte mich auch küssen.

»Und Rakefet?«

»Sie hat überhaupt nicht geschlafen. Du hast dich wieder mal getäuscht. Sie hat uns furchtbare Schwierigkeiten gemacht, auch Großvater, alles wegen dir, wo warst du denn? Wir mußten sie baden und Großvater hat sich geschnitten.«

Großvater lachte. »Halb so schlimm.« Mama war ganz verwirrt.

»Gebadet habt ihr sie?« Sie lachte. Ich ließ sie allein ging in die Küche nahm ein Messer zog mir den Mantel an und öffnete die Eingangstür.

»Wo willst du hin?«

»Maulbeerblätter pflücken, ich hab dir doch gesagt, daß ich das machen muß. Willst du, daß alle meine Raupen sterben?«

»Jetzt? Im Dunkeln? Im Regen?« Sie wollte mich aufhalten aber ich entschlüpfte ihr war schon auf der Treppe lief auf die Straße hinunter. Es regnete gar nicht ich ging auf die andere Seite in Richtung Autobushaltestelle kam zu dem Maulbeerbaum und versuchte den Stamm hinaufzuklettern aber er war zu glatt ein Mann mit Mütze stand im Wartehäuschen und beobachtete mich er half mir den Ast zu fassen es war ein alter Mann der ein bißchen hinkte ich holte das Messer heraus und schnitt schnell die nassen frischen Blätter ab.

Ich häufte die Blätter zusammen und verstaute sie im Mantel.

»Hast du Seidenraupen?«

»Ja.«

Der Mann kam näher jetzt im Licht schaute er schmutzig aus ein armer alter Mann. Ich begann mich auf den Heimweg zu machen er drehte sich um und fing an mich zu begleiten ein bißchen hinkend.

»Hast du schon Puppen?«

»Ja, fünf.«

»Nicht mehr lang, und du wirst Schmetterlinge haben.«

»Ich weiß.«

Ich konnte mir nicht denken was er von mir wollte.

»Weißt du, wie sich eine Puppe in einen Schmetterling verwandelt?«

»Ja.«

»Wie?«

Aber ich wußte es nicht. Er begann mir zu erklären was im

Inneren der weißen eingesponnenen Raupe passierte. Er drängte sich mir richtig auf folgte mir humpelnd bot mir sogar Bonbons an. Plötzlich strahlten uns die Lichter von Papas Auto an das sich schnell näherte. Papa stieß die Tür auf und stieg aus mit seiner Aktenmappe.

»Gaddi, was machst du hier?«

Der Alte neben mir wandte sich ab.

»Was wollen Sie?«

Der Alte begann zu stottern.

»Was will er von dir?«

»Nichts.«

»Wo wohnen Sie?« fragte Papa den Alten in strengem Ton.

Der alte Mann antwortete nicht er wandte sich zum Gehen.

»Los! verschwinden Sie, hier nicht ... vorwärts, mein Herr! ... Was wollte er von dir? Wie konntest du zulassen, daß er sich an dich ranmacht, paß doch auf Gaddi, siehst du nicht, mit wem du es zu tun hast? Was ist bloß los mit dir in letzter Zeit?«

»Er hat mir geholfen, Maulbeerblätter zu pflücken, er hat den Zweig festgehalten.«

»Schluß jetzt, komm nach Hause. Ist Großvater aufgewacht?«

»Ja.«

»Es wurde auch Zeit.«

Ich folgte ihm und dachte daran wie ich Großvater von ihnen erzählt hatte jetzt erzählte er es bestimmt gerade Mama. Ich sah ihr Gesicht an der Tür das mich ernst anschaute und ich ging in mein Zimmer.

Es war dunkel das Baby schlief als ob es gar nicht da wäre ich legte die Blätter in den Karton und nahm die alten heraus und da fiel mir wieder die Raupe ein die ich verloren hatte und ich ging um sie zu suchen Vater redete mit Großvater an der Tür von dessen Zimmer gab ihm Papiere in der Küche redete jemand im Radio Mama deckte den Tisch in der Eßecke. Ich ging die Raupe in der Küche suchen.

»Was ist, Gaddi?« Ihre Stimme war sanft. »Großvater hat gesagt, daß du ihm sehr geholfen hast.«

Ich sagte nichts suchte nach dieser Raupe. Vielleicht hatte sie sich in eine Puppe verwandelt. Schließlich sagte ich: »Du hast versprochen, daß das Baby schlafen würde, aber sie hat die ganze Zeit gebrüllt und auch noch in ihr Bett gemacht.«

»Ich dachte, daß sie schlafen würde. Sie war den ganzen Vormittag wach. Wie hätte ich das wissen sollen?«

»Aber du hast es versprochen.«

»Was soll das heissen, ich habe es versprochen? Sei kein Dummkopf, kann ich versprechen, wie sie sich benimmt?«

»Dann tu es nicht. Aber du hast es getan.«

Sie sah müde aus. Warum hatte ich Großvater Schlechtes über sie erzählt. Ich ging zum Spielzeugkorb und leerte ihn aus aber dort war keine Raupe. Ich nahm die Autos ging in die Küche zurück und wollte sie in den Abfalleimer werfen.

»Was machst du da?«

»Ich werfe altes Spielzeug in den Eimer.«

»Muß das ausgerechnet jetzt sein?«

»Ja.«

Papa kam und mischte sich ein kontrollierte bestimmte.

»Was wirfst du da weg? Bist du verrückt geworden?«

»Ich brauche es nicht mehr.«

Er schaute zu wie sich der Eimer füllte.

»Jetzt gehst du aber und leerst den Abfall aus.«

Ich nahm den Abfalleimer und ging hinunter. Autos flitzten über das nasse Pflaster aber es regnete überhaupt nicht der Himmel war klar geworden. Ich öffnete die Abfalltonne eine Katze sprang mir entgegen ich legte den Abfallsack in die Tonne die Katze stand daneben und miaute sobald ich zur Seite ging sprang sie wieder in die Tonne zurück und ich machte den Deckel über ihr zu. Auf einmal wollte ich nicht wieder nach Hause gehen. Warum hatte ich Großvater das alles nur erzählt er hatte mir nichts gegeben nichts mitgebracht. Der Alte von vorher kam aus der Eingangstür eines Nachbarhauses suchte im Abfall herum und sah mich. Ich rannte schnell die Treppen hinauf plötzlich tat es mir um ein paar von den Spielsachen leid.

Papa aß schon Großvater saß neben ihm mit einem leeren Teller vor sich. Ich setzte mich hin und wollte zu essen anfangen aber sie scheuchten mich wieder auf zum Händewaschen als ich zurückkam machte Papa gerade Witze über die Regierung und Großvater lächelte dann erzählte er etwas über Amerika. Aber ich hörte nicht hin ich aß so schnell ich konnte. Dann schickten sie mich zum Waschen. Als ich im Schlafanzug zurückkam sah ich sie im Wohnzimmer sitzen. Vater sagte gerade etwas Böses zu Großvater sie sprachen über Großmutter und Großvater saß eingefallen im Sessel schaute zu Boden. Ich wollte zuhören aber Mama griff ein:

»Geh schlafen.«

»Ich will fernsehen.«

»Auf gar keinen Fall, nicht heute abend.«

Ich ging ins Bett. Rakefet schlief immer noch sie würde endlos schlafen wie Großvater als ob auch sie aus Amerika gekommen wäre. Mama nahm die Überdecke vom Bett holte ein Kissen aus der Schublade hob die Bettdecke hoch und ich schlüpfte ganz schnell ins Bett bevor sie die blassen Spuren des Flecks von heute morgen sehen konnte. Sie deckte mich zu küßte mich plötzlich auf die Stirn.

»Ist dir heiß? Du siehst aus, als ob du etwas ausbrütest.«

Aber mir war nicht heiß.

»Morgen gibt es Zeugnisse«, erinnerte ich sie.

Aber sie hatte es nicht gehört sie war traurig. Ob Großvater ihr wohl erzählt hatte was ich gesagt hatte?

»Großvater war begeistert von dir, daß du soviel weißt, soviel verstehst . . .«

Ich schwieg. Sie machte das Licht aus und ging hinaus. Ich lag im Dunkeln. Ein wenig später stand ich auf barfuß um Pipi zu machen. Ich sah sie vom Gang aus Papa zeigte Großvater wieder Papiere und Großvater las sie. Mama stand daneben. Sie redeten über Großmutter das begriff ich sofort. Sie war nicht im Krankenhaus sie war im Gefängnis ich wußte es ich hatte es die ganze Zeit gewußt. Großvater war gekommen um sie aus dem Gefängnis herauszuholen. Plötzlich bemerkte Papa daß ich da im Dunkeln stand.

»Marsch ins Bett, aber ganz schnell« sagte er.

Ich rannte in mein Zimmer. Großvater tat mir leid. Ich betrachtete die Raupen die an den frischen Blättern nagten. Eine Raupe trieb sich im Haus herum würde sich in eine Puppe verwandeln aus der ein Schmetterling schlüpfen würde falls Papa sie nicht mit Absicht zertrat.

Ich deckte mich mit der Bettdecke zu. Das Baby seufzte. Ihre Atemzüge wurden auf einmal unruhig. Sie war anscheinend im Begriff wach zu werden und wieder zu weinen. Wenn ich mich beeile kann ich vielleicht einschlafen bevor alles von vorne beginnt.

Montag

Verfall ist allerorten, weil kein Zentrum hält;
Und reine Anarchie ist losgelassen auf die Welt ...

W. B. YEATS

Was es mich kümmert? Morgens müssen wir im Flüsterton reden das Radio leisestellen und die ganze Zeit das Baby herumtragen damit sie nicht schreit gestern als ich am Nachmittag anrief und sie mir sagte daß er noch immer schliefe habe ich sie gewarnt man muß ihn aufwecken sonst kann er nachts nicht einschlafen das hat mit der Zeitverschiebung nichts mehr zu tun das ist eine Depression aber sie sagte laß ihn schlafen was kümmert es dich. Es kümmert mich nicht aber es macht mir etwas aus daß er die ganze Nacht in der Wohnung herumwandert und uns den Schlaf stiehlt. Es gibt hier weder Tag noch Nacht mehr bis er seine innere Uhr umgestellt hat ist er schon wieder auf dem Weg nach Amerika und inzwischen ist unsere Zeit verdreht die von Ja'el nicht die meine denn ich mache diesen Unsinn nicht mit mich kann niemand am Schlafen hindern bei der Armee bin ich sogar einmal bei einem Angriff eingeschlafen. Irgendjemand muß in diesem Chaos seinen Verstand behalten ich habe ein Büro zu leiten und ein Mordfall wartet auf mich ich kann es mir nicht erlauben wie ein Schatten durch die Gegend zu laufen wie sie die letzten drei Tage vielleicht fünf Stunden Schlaf und nicht mal daran zu denken mit ihr zu schlafen. Aber es ist abzusehen. Morgen verfrachten wir den Alten nach Jerusalem dann kann sich der junge Herr Doktor mit seiner kleinen Orthodoxen eine Weile um ihn kümmern und ich werde meine biologischen Bedürfnisse pflegen sie soll nur nicht denken ich hätte das vergessen wieviel Vergnügen außer dem einen gibt es denn schon auf dieser gottverdammten Welt? Solange wir noch können sollten wir es tun wenigstens ab und zu und lieber jetzt als später. Nur Gaddi wird enttäuscht sein. Wochenlang sagt man ihm Großvater Großvater er muß gedacht haben daß ein Engel vom Himmel steigt ich hab sie gewarnt was verdrehst du dem Jungen den Kopf was bringt ihm das ganze Getue was hat uns deine Familie im Laufe der letzten neun Jahre überhaupt gebracht nicht einen einzigen Tag konnten wir den Jungen bei ihnen lassen und allein ein bißchen Ferien machen. Es gibt Familien die haben eine Großmutter die die Enkel aufzieht und die Eltern reisen in der ganzen Welt herum aber was hat deine Mutter je für uns getan außer daß sie es geschafft hat sich dreißig Kilometer von hier hinter Gitter zu bringen so daß wir alle zwei Wochen zehn Liter Benzin verfahren wenn wir sie besuchen. Und daß er dem Jungen nicht einmal ein Geschenk mitgebracht hat ist schon stark. Er hat es vergessen er wollte es vergessen. Sich selbst vergißt er nie. Ich rede ja gar nicht davon daß er während der zwölf Stunden die er in diesem Flugzeug gesessen hat wo man die ganze Zeit versucht einem spottbillig Whisky oder Zigaretten zu verkaufen auch an mich hätte denken können schließlich bin ich es der hier versucht ihm so etwas wie seine Freiheit zu verschaffen ihm ein neues Leben zu ermöglichen also was hätte es ihm schon ausgemacht mir einen guten französischen Cognac mitzubringen er lebt im Land des Dollars das Leben ist so viel einfacher für ihn. Aber lassen wir mich beiseite vergessen wir mich ich zähle nicht ich brauche seinen verdammten Cognac nicht aber wieviel Enkel hast du Großvater? Einen neben dem Baby. Das Baby kannst du vergessen sie wird sich nicht erinnern daß du dawarst aber der Junge hat wie verrückt auf dich gewartet die ganze Woche lang hat er auf dem Globus nachgeschaut von woher du kommst er hat sich hingesetzt und ein großes Willkommensschild für dich gemalt mit Blumen so groß wie Bäume also er war wirklich ganz außer sich wie zum Teufel konntest du es vergessen ihm irgendein kleines Spielzeug mitzubringen und wenn nur als Geste es fehlt ihm nichts er hat Spielzeug genug geh in sein Zimmer da kannst du es selbst sehen aber du kommst doch aus *dem* Spielzeugland hättest du da nicht etwas mitbringen können worüber wir uns alle gefreut hätten irgendein Auto mit

Fernsteuerung oder einen Panzer der kleine Granaten schießt? Du hast bloß zwei Enkel hier in Haifa und so schnell wirst du keine dazukriegen verlaß dich da auf die Intuition von Kedmi in Jerusalem bräuchte es den Heiligen Geist und in Tel-Aviv Nachhilfeunterricht über die Rolle der Geschlechter. Gestern abend dann um elf in der Nacht nachdem der Junge schon den ganzen Tag ohne etwas zu sagen um dich herumgestrichen ist hast du dich doch tatsächlich daran erinnert daß du ihm etwas hättest mitbringen sollen und du hast angefangen dich zu entschuldigen daß die ganze Reise so plötzlich kam und daß du einfach keine Zeit gehabt hättest dich vorzubereiten und ob ich ihm nicht etwas in deinem Namen kaufen könne ist das jetzt neuestens mein Job die Geschenke zu kaufen die du vergessen hast und am Ende wirst du auch noch vergessen mir das Geld zurückzugeben ich sehe das schon kommen als du dich aus deinem Sessel erhoben hast um die Geldbörse zu suchen habe ich ganz leise und wirklich nur aus Höflichkeit gesagt nicht so wichtig und schon bist du wieder in den Sessel zurückgesunken das Suchen nach Geldbörsen muß wahrhaftig erschöpfend sein.

Na gut wir werden ihm etwas kaufen damit ihm etwas von dir bleibt wenn du wieder weg bist vielleicht erinnert er sich wirklich an dich. Das arme Kind hat schließlich nur einen Großvater dein Image ist gefährdet und glaube mir das Geschenk ist wichtig für ihn. Kinder erinnern sich an bestimmte Zeiten nach den Geschenken die sie bekommen haben ich weiß genau was in seinem Kopf vorgeht er ist wie ich ich behandle ihn so wie mich selber. Der Junge ist realistisch er kann sehr gut rechnen. Du hättest hören sollen was seine Rechenlehrerin über ihn erzählt hat er hat sogar ihr einen Fehler nachgewiesen. Das hat er nicht von euch das ist von mir deshalb hänge ich so an ihm. Wenn er nur nicht so ernst wäre die Welt ist doch so lächerlich.

»Also, wer ist dieser Junge, der dich Boxer nennt?«

»Einer aus der 3 A.«

»Wie heißt er? Was machen seine Eltern?«

»Ich weiß nicht.«

»Aber was für eine Art Junge ist er?«

»So ein Magerer. Kleiner.«

»Weshalb hast du dann Angst vor ihm? Verpaß ihm einen Denkzettel.«

»Hab ich schon.«

»Wann??«

»Gestern. Ich habe ihn niedergeschlagen. Er hat sogar geblutet.«

»Vorsichtig, Gaddi, vorsichtig, keine Spuren . . . vergiß nicht, daß du in einer besonderen Gewichtsklasse bist.«

Aber alle Achtung. Er kann auf sich selbst aufpassen obwohl ich jetzt die Beule an seiner Stirn bemerke. Wie diese stillen braunen Augen mich anschauen wie dieser Mund schnell das Essen verschlingt es ist der gleiche wütende Hunger der mich 1,82 m hat groß werden lassen sogar wenn ich zehn Kinder haben sollte was nicht der Fall sein wird dieser kleine Fette wird mein Liebling bleiben.

»Los, los, Gaddi, Schluß jetzt. Ich fahre gleich. Ich habe einen verrückten Tag vor mir.«

Ein verrückter Tag mit lauter Verrückten. Aber was kümmert es mich ich habe die Angelegenheit auf mich genommen und ich werde sie beenden wenn sie sich bloß nicht einmischen. Wenn sich die Familie raushält werde ich den Alten ihr Scheidungsdokument mit allen Unterschriften und Amt und Siegel übergeben. Eine saubere Sache. Nur mischt euch nicht ein. Wenn schon ein Normaler unter euch ist dann laßt ihn wenigstens in Ruhe arbeiten. Ich werde schon einen Ausweg aus diesem vierzig Jahre alten neurotischen Schlamassel finden. Ihr habt Glück daß ihr einen Rechtsanwalt in der Familie habt also schenkt ihm wenigstens ein bißchen Vertrauen denn bezahlen werdet ihr mir ja keinen Pfennig beruhigt euch ich hätte auch gar nichts angenommen.

»Los Gaddi, Schluß jetzt mit dem Essen. Du kommst zu spät zur Schule. Heb dir ein bißchen Appetit für die Pause auf.«

Dieser Junge hat sich daran gewöhnt zuviel zu essen wenn niemand ihn beobachtet. Ja'el kommt in die Küche schläfrig grau diese letzten Tage haben sie ganz fertiggemacht ich stehe auf umarme sie und gebe ihr einen Kuß nicht daß ich große Lust dazu hätte bloß um zu zeigen daß ich noch Herr im Haus bin.

»Bist du sicher, daß ich nicht mitkommen soll?«

»Ja, ganz bestimmt nicht. Das würde die Situation nur noch

komplizierter machen. Sie würde dich sehen und sich sofort irgendeine neue Verrücktheit ausdenken. Mit mir redet sie Klartext, bei dir würde sie anfangen, Geschichten zu machen. Laß mich das um Himmels willen auf meine Art erledigen und setz dich ein bißchen mit deinem Vater zusammen. Du hast ihn drei Jahre nicht mehr gesehen, für was hast du dir freigenommen? Der Familienseder steht uns auch noch bevor, warum sollst du also den ganzen Tag mit mir herumrennen. Ich fahre jetzt und falls die Sekretärin anrufen sollte, sag ihr, daß ich schon auf dem Weg bin und daß sie sich nicht von der Stelle rühren soll. Ja, den Arzt werde ich vorher noch sehen, das ist nicht nur eine ärztliche Angelegenheit, sondern auch eine juristische. Was ist denn das? Was ist in der Tüte? Vitaminpulver für den Hund? Gütiger Gott ... schon gut, schon gut, ich gebe es ihr. Über diesen Hund könnte man ein Buch schreiben, es findet sich nur keiner, der es tut. Hast du keinen neuen Roman für sie? ... Schon gut, beruhig dich. Ich werde dich im Laufe des Tages anrufen, wir bleiben in Verbindung, du brauchst dir keine Sorgen zu machen, Hauptsache ist, du vergißt nicht, der Sekretärin zu sagen, daß sie sich nicht vom Fleck rührt. Gaddi, ich fahre!«

Gestern regnete und stürmte es heute brennt einem die Sonne auf den Schädel wie kann man erwarten daß es in diesem Staat irgendeine Stabilität gibt. Die Autoschlange auf der Straße ist endlos sie lassen dich nicht rein jeder einzelne hetzt hier man könnte fast glauben daß sie wirklich arbeiten aber sie wollen nur die Stechuhr erreichen damit sie woanders auch noch absahnen können. Hup nur du dreckiger Subaru steig auf die Bremsen bis sie rauchen das ist auch meine Straße ich zahle genug Steuern dafür.

Wenn ich denke daß ich selber einmal in diese Schule gegangen bin wenn ich jetzt dorthin zurück müßte würde ich mich auf der Stelle umbringen was habe ich vor diesen elenden Lehrern Angst gehabt aber ihm scheint's zu gefallen sonst würde er nicht so fröhlich aus dem Auto hüpfen. Wo sind die Schülerlotsen die sie versprochen haben? Sag mir bloß keiner daß Kinder auch schon Dienst nach Vorschrift machen ich warte bis er über der Straße ist. Es gefällt mir gar nicht daß er alleine heimgeht mit all diesen Verrückten in ihren Autos hier. Ja hup dir nur die Seele aus dem

49

Leib du beschissener Volvo du wartest gefälligst bis mein Sohn über der Straße ist wenn es dich juckt heute morgen ein Kind zu überfahren dann such dir gefälligst ein anderes.

Das war's. Er ist zwischen den Kindern verschwunden. Wenn sie Babys sind empfindest du überhaupt nichts für sie aber je älter sie werden desto mehr hängst du an ihnen. Das ist alles was letzten Endes am Leben dran ist ein paar Menschen egal wie großartig egal wie kompliziert egal wie verquer und ein Lächeln wenn du eins für sie übrig hast.

»Morgen.«

Meine Sekretärin sitzt zusammengekauert am elektrischen Ofen klein dunkel und verbittert wenn sie so weitermacht wird sie nur der Ofen heiraten wollen.

»Ist Ihnen kalt, Levanah? Ich dachte, ich hätte draußen ein Fleckchen Sonne gesehen, oder habe ich mich getäuscht?«

Sie blickt auf und betrachtet mich mit einer Finsternis im Blick die schon mehr als einen Klienten vertrieben hat. »Für die vierzigtausend Lirot, die ich Ihnen im Monat zahle, plus den ganzen sozialen Leistungen, verdiene ich doch wenigstens ein Lächeln am Morgen. Oder muß ich dafür noch extra zahlen?«

Bis sie kapiert was ich gesagt habe und mir ein gequältes Lächeln schenkt tut es mir schon leid um den Witz. Von zehn Witzen die ich ihr erzähle begreift sie einen und auch den nur an guten Tagen. Als ich vor zwei Jahren mein eigenes Büro aufmachte nachdem es mir reichte den Cadillac von Rechtsanwalt Gordon zu finanzieren haben mir erfahrene Leute geraten nimm dir eine alte Jungfer die einen einigermaßen ausreichenden Schulabschluß hat das ist billiger und auf die Art hast du jemanden der zuverlässig im Büro sitzt und nicht alle zwei Tage mit einem kranken Kind zum Doktor rennt aber sie haben vergessen zu erwähnen daß man sich damit die personifizierte schlechte Laune ins Büro holt die einen halben Meter von dir entfernt sitzt und daß man eine entsprechende Stromrechnung zu bezahlen hat.

»Ist Post gekommen?«

»Nein.«

Dieser beleidigte Ton. Sie haben es uns nie verziehen daß wir sie aus den Höhlen des Atlasgebirges herausgeholt und ihnen ein wenig Zivilisation beigebracht haben.

»Hat irgendjemand vom Bezirksgericht angerufen, um mitzuteilen, auf wann sie die Mordverhandlung angesetzt haben?«

»Nein.«

»Hat Goren angerufen und gesagt, wann er den Scheck abgeschickt hat, der noch nicht angekommen ist?«

»Nein.«

»Hat überhaupt jemand heute schon angerufen, oder war
jemand da?«

»Nein.«

Vierzigtausend zahle ich jeden Monat nur um die ganze Zeit
nein zu hören. Jedes einzelne Nein kostet mich zweihundert
Lirot.

»Gut, dann rufen Sie sofort Goren an und sagen Sie ihm, daß
ich seinen Scheck immer noch nicht bekommen habe, und wenn
er nicht dafür sorgt, daß der Scheck heute vormittag eintrifft,
gehe ich morgen nicht zum rabbinischen Gerichtshof, und er
wird noch ein paar Jahre verheiratet bleiben.«

Ein glänzendes Scheidungsabkommen das ich vor zwei Monaten abgeschlossen habe. Die Leute ärgern sich am Schluß daß sie
einen Rechtsanwalt engagiert haben wenn sie begreifen daß sie
das was er erreicht hat auch selber erreicht hätten wenn sie einen
kühlen Kopf behalten hätten. Nur die wirklich Intelligenten
merken es wenn sie gegen eine Wand rennen die meisten müssen
sich den Kopf einrennen und am Ende den Rechtsanwalt bezahlen der ihnen erklärt daß die Wand so nicht zu verrücken ist. Was
schaut sie mich jetzt wieder so an gleich fragt sie mich welche
Telefonnummer Goren hat.

»Ich weiß die Telefonnummer von Goren nicht.«

»Haben Sie sie denn schon mal gewußt? Ich habe sie Ihnen
schließlich bloß dreißig Mal gesagt. Schade, daß Sie sich nicht
etwas von dem Ofen wegbewegen können dann hätten Sie
nämlich Ihre Beine zur Verfügung und könnten das Telefonbuch
erreichen. Wann haben Sie Geburtstag?«

»Warum?«

»Ich würde es gerne wissen. Ist es ein Geheimnis? Muß ich ihn
bei der Polizei ausfindig machen?«

»Am zehnten Juni.«

»Vielleicht sollten Sie ihn vorverlegen, damit ich Ihnen schon das Geschenk kaufen kann, das ich für Sie geplant hatte – eine elektrische Heizdecke, in die Sie sich einwickeln könnten, dann wären Sie nicht mehr so abhängig von diesem Ofen . . .«

Diese Augen dunkel wie im tiefsten Marokko hat sie mich überhaupt verstanden oder vergeude ich hier wieder meinen Witz sie hat schon ein paar Mal zu weinen angefangen über solche Scherze gleich wird sie wieder weinen und dann kommt zur Stromrechnung noch eine Packung Kleenex hinzu.

»Ich mache nur Spaß, nehmen Sie mich doch nicht so ernst. Fühlen Sie sich heute nicht wohl? Ist etwas daheim passiert?«

»Nein.«

Bestimmt hat ihr Vater sie geschlagen. Diese Barbaren drehen vor jedem jüdischen Feiertag durch oder einer von ihnen ist im Gefängnis ich habe schon mal einen ihrer Brüder durch eine Bürgschaft freigekriegt nachdem er sich auf dem Markt herumgeschlägert hatte so machte ich die Bekanntschaft dieser Gemüsehändlersippe als Zeichen ihrer Dankbarkeit schickten sie mir einen Sack Auberginen wir haben einen geschlagenen Monat lang daran gegessen. Wenn ich nur eine Aubergine auf der Straße sichte gehe ich auf die andere Seite. Es war natürlich schlau von ihnen eine Tochter in ein Rechtsanwaltsbüro zu schleusen wer ständig mit dem Gesetz in Konflikt kommt muß sich juristischen Beistand sichern.

Sie steht auf und geht zu dem Stapel Telefonbücher sie wendet die Seiten um als wäre es der Talmud. Ich bin gespannt wie lange sie dazu braucht.

»Ich werde heute vormittag nicht im Büro sein. Habe ich Ihnen das gestern schon gesagt?«

»Ja.«

Ja? Hat sie tatsächlich ja gesagt? Noch ist die Welt nicht verloren es gibt noch Hoffnung.

»Haben Sie den Vertrag, den ich Ihnen vorgestern gegeben habe, fertiggetippt?«

»Ja. Er liegt auf Ihrem Tisch.«

Nochmal ja. Wenn sie so weitermacht wird sie vielleicht noch einen Mann finden jedenfalls liegt der Vertrag tatsächlich auf dem Schreibtisch ich kann nicht leugnen daß sie sauber schreibt sie arbeitet langsam aber verläßlich.

»Können Sie sich denken wer die Kontrahenten sind?«

»Nein.«

»Gut.«

Sie schlägt ihre riesengroßen Augen zu mir auf mit dem Erstaunen einer Zeugin die unter Schock steht und der man erst einen Gegenschock verpassen muß bevor sie sich beruhigt.

»Wenn Sie Goren im Telefonbuch von Haifa suchen würden, anstatt in dem von Tel-Aviv, hätten Sie eine Chance, ihn bis heute mittag zu finden.«

Vor lauter Schreck fällt ihr das Telefonbuch aus den Händen aber ich schaue zu Boden um sie nicht in Verlegenheit zu bringen das Telefonbuch ist schließlich nicht aus Glas die Post scheint mit Leuten wie ihr zu rechnen.

Ich las schnell noch einmal den Scheidungsvertrag durch den ich vorbereitet hatte. Ein gutes Abkommen wirklich gut. In einigen Jahren werde ich ein Buch über Scheidungen veröffentlichen können und mich um eine Professur an der Universität bewerben. In diesem Land schreibt jeder irgendein Buch und der entsprechende Vetter verfaßt dann in der Zeitung Lobeshymnen darüber. Warum die Welt also nicht wissen lassen daß ich hier hervorragende Arbeit leiste. Ich hoffe nur daß die alte Dame heute wirklich unterschreibt und keinen Ärger macht. Gestern abend als ich mit ihm im Wohnzimmer allein war sagte ich zu ihm sei ein bißchen großzügig und streit nicht um jeden einzelnen Pfennig vergiß nicht daß du immerhin mit Dollars lebst selbst der Messias könnte die Lira nicht aufwerten wenn er käme was glaubst du wieviele Männer über sechzig glücklich wären eine solche Scheidung zu bekommen und ihren Hausdrachen los zu sein? Er saß im Schatten unter der erloschenen Menorah entsetzt und schaute mich wütend an ein grausames Blitzen in seinen Brillengläsern er sprang von seinem Platz auf rot vor Wut und zitternd ich dachte er würde mich gleich schlagen. Vielleicht vergreife ich mich wirklich manchmal im Ton ich rede zuviel mein armer seliger Vater pflegte zu sagen zwischen deiner Zunge und deinem Gehirn gibt es keine Schaltung aber er hat mir diesen Stil eigentlich beigebracht nur meistens mußte er seine Witze an sich selber adressieren denn wer hätte sonst gelacht. Wie oft hat er sich über mich aufgeregt doch insgeheim hat es ihm Spaß gemacht noch zwei Stunden vor seinem Tode an zwanzig Schläuche angeschlossen habe ich ihn zum Lachen gebracht er hatte Sinn für Humor aber wieviele von dieser Art laufen schon rum auf dieser Welt? Ich muß vorsichtiger sein. Einmal sagte ich etwas dergleichen vor Gericht und wartete auf ein freundliches Lachen aber im Saal herrschte tödliches Schweigen und ein Richter fiel vor lauter Entsetzen fast vom Stuhl. Ich dachte schon man würde mich meines Rechtsanwaltamtes entheben aber schließlich endete es mit einer Rüge. Was kann man tun? Das ist nun mal die Welt in der wir leben. Die Sache ist bloß die daß ich manchmal selbst bereue was ich gesagt habe ich denke gar nicht so über sie in Wirklichkeit habe ich gelernt sie zu schätzen sie sogar gern zu haben wenn sie auch in den ersten Jahren nicht ganz menschlich war jedenfalls nicht so wie es im Lexikon steht.

Aber was hätte ich sagen können daß es mir leid tat dann hätte er gedacht daß ich es ernstgemeint hätte also wartete ich einfach daß er mich auch beleidigen würde denn wenn ich schon jemandes Gefühl verletze bin ich wenigstens bereit mich auch beleidigen zu lassen sollte er sagen was er wollte daß ich fett und schwerfällig sei ein äußerst mittelmäßiger Rechtsanwalt ich stellte mich freiwillig zur Verfügung ich gab ihm das Stichwort irgendein ganz giftiges und er würde schon sehen ob ich nicht der erste war der ihm applaudierte aber er schwieg ging nur im Zimmer auf und ab schweigend wie ich all diese dünnhäutigen Leute hasse.

»Vielleicht möchtest du ein Glas guten Cognac, was Besonderes?«

Aber er lehnte mit einer heftigen Bewegung ab als ob er irgendeine lästige Fliege verscheuchen wollte und verließ das Zimmer. Na ja mein Fehler. Trotzdem Prost.

Nachher im Schlafzimmer als ich mich auszog fragte mich Ja'el andauernd was hast du zu ihm gesagt? Was hast du gesagt? Hast du irgendwas zu ihm gesagt? Nur daß er ein wenig großzügiger sein soll. Das war alles? Das war alles. Für empfindliche Seelen ist das anscheinend schon zuviel komm schlafen weißt du eigentlich wieviele Nächte du deine eheliche Pflicht schon nicht erfüllt hast ich wäre schon längst absolut berechtigt dich zu betrügen aber sie schaute mich bloß finster an und verließ das Zimmer mitten unterm Satz. Die Familie bricht zusammen. Die letzte Bastion.

Soll ich weggehen oder auf die Post warten?

Levanah kommt und sagt daß Goren weiterhin behauptet daß er den Scheck vor vier Tagen abgeschickt hätte. Wenn ich daran denke daß ein Scheck über Hunderttausend für mich in der Stadt herumirrt durch die Hände dieser Dummköpfe von der Post ist packt mich das Zittern. Ich habe ihn vorgestern gefragt ob er ihn wenigstens per Einschreiben geschickt hat es stellte sich heraus daß ihm diese Möglichkeit nicht einmal eingefallen war. Als er vor zehn Jahren seine Frau ehelichte war es ihm auch nicht eingefallen daß es ja vielleicht möglich wäre daß er sie eines Tages wieder loshaben wollte. Also sollte ich weggehen oder auf die Post warten?

Es ist so still. Was ist los? Braucht mich denn heute niemand? Hat niemand heute nacht einen Mord begangen? Kein Diebstahl kein Einbruch keine Untreue kein Betrug? Will keiner eine Wohnung verkaufen oder etwas vermieten? Wer in der Früh die Zeitungen liest denkt daß halb Israel nur darum besorgt sei uns zu einem Lebensunterhalt zu verhelfen er soll bloß kommen und die Grabesstille in einem Rechtsanwaltsbüro erleben zuviele Wölfe sitzen da und warten auf Beute. Gut wenn mich niemand braucht werde ich mich auf den Weg machen meinen Mörder besuchen und von dort aus ins Irrenhaus. Eine hübsche Reise nicht wahr?

»Gut, Levanah, ich gehe dann, falls der Scheck kommen sollte, bringen Sie ihn bitte direkt zur Bank, bevor er die Deckung verliert. Und wenn Sie sich genug aufgewärmt haben, greifen Sie sich irgendeinen feuchten Lappen und putzen Sie unser Schild draußen ein wenig, so schmutzig wie es ist spricht es nicht für uns. Alle Welt denkt, daß Rechtsanwälte nur dazu da seien, ihnen das Fell über die Ohren zu ziehen; das können wir nicht ändern, aber sie sollen wenigstens nicht denken, daß wir im Dreck hausen.

Plötzlich klingelt das Telefon und dem Läuten nach habe ich das Gefühl daß es jemand von der Familie ist aber ich lasse Levanah trotzdem den Hörer abheben damit sie was zu tun hat sonst setzt sie sich noch ganz zur Ruhe ich bezahle sie schließlich dafür es ist mir schwer genug gefallen die Finger vom Hörer zu lassen die Leute schätzen dich ein wenig mehr wenn sie über deine Sekretärin zu dir gelangen müssen.

Zvi ruft an aus Tel-Aviv. Aufgeregt. Vor einigen Minuten habe er mit Ja'el telefoniert und gehört daß ich allein hinfahre und er denke (warum sollte er nicht auch denken?) daß das unmöglich sei daß mich jemand aus der Familie begleiten müsse wenn nicht Ja'el dann würde er sich sofort auf den Weg machen alles absagen (was hat er denn zum Absagen?) und mich begleiten denn das müsse mit Zartgefühl und Vorsicht gemacht werden das sei keine bloße Formalität man müsse mit dem Arzt sprechen es könne sie aufregen wenn sie erfahre daß er in Israel sei der Schmerz . . .

Ich lasse ihn reden das Gespräch aus Tel-Aviv geht auf seine Rechnung was soll ich ihn also beim Reden hetzen. Ich höre zu. Es ist sein gutes Recht zu reden. In der Familie sagen sie daß er der problematische Mittlere sei daß er besonders mit seiner Mutter verbunden sei nicht daß es dafür irgendwelche Beweise gäbe das ist alles theoretisch Empfindsamkeit von weitem. Während der letzten fünf Jahre seit man sie dort hingebracht hat haben er und sein Bruder das fünfte Gebot allein mittels Telefon befolgt. Hätte Moses diese Möglichkeit gekannt hätte er ein Gebot weniger erlassen. Ich der Fremde in dem Gott sei Dank kein einziger Tropfen Blut von ihr fließt habe sie öfter als ihre zwei Söhne zusammen besucht und jetzt wollen sie mir die Sache ruinieren.

»Hörst du mir zu, Kedmi? Warte, ich komme mit.«

»Nicht nötig. Ich gehe entweder allein zu ihr, oder ich lasse es ganz bleiben, und ihr nehmt euch einen anderen Rechtsanwalt, dem ihr nur für den Vorzug, mit ihm reden zu dürfen, fünfzig-tausend Scheine plus Mehrwertsteuer auf den Tisch blättern müßt. Ihr habt ja keine Ahnung, was für ein Glück ihr habt, daß ihr einen Rechtsanwalt in der Familie habt. Wenn ich nicht existieren würde, hättet ihr mich erfinden müssen. Ihr täuscht euch, wenn ihr glaubt, daß meine ganze Qualität darin besteht, daß ich ein großer Tölpel bin mit einer losen Zunge. Ihr habt kein Monopol auf Schmerz, noch auf Zartgefühl.« (Ich schiele nach der Sekretärin die unbeweglich dasitzt den Kopf gesenkt mit dem

Bleistift spielt und jedes gottverdammte Wort nur so verschlingt.)
»Ich habe auch eine alte Mutter, ich kenne das Problem. Ich
werde schon wissen, wie ich ihr die Sache zu unterbreiten habe.
Ich habe mich schon einige Male mit ihr unterhalten, habe
vorgefühlt und sie vorbereitet. Sie ist viel stärker und vernünfti-
ger, als ihr euch vorstellt. Und wir haben eine gute Beziehung
zueinander, sachlich, unsentimental, und sogar der Hund fängt
in letzter Zeit an, mich gern zu haben ... Von wo aus sprichst
du? Von zu Hause? Dann habe ich Zeit, dir meinen Plan genau
zu erläutern ...«

Schließlich gelingt es ihm sich von mir loszureißen. Es ist
gleich zehn. Soll ich schon gehen oder noch nicht. Vielleicht
kommt der Scheck trotz allem noch an und ich wäre ruhiger
wenn ich ihn mit eigenen Händen auf mein Konto legen könnte.
Ich rufe Ja'el an.

»Ja, Zvi hat mich angerufen, nein, er kommt nicht mit.
Stimmt, ich bin eigensinnig, wenn hier schon jemand eigensinnig
sein muß, dann bin am besten ich das. Schläft Vater noch? Er
mußte scheints nach Israel kommen, um die hohe Kunst des
Schlafens zu lernen. Was ich zu ihm gesagt habe? Nichts, das
sagte ich dir doch schon. Was hat er denn gesagt, das ich gesagt
hätte, sag's nur, sprich dich aus. Du weißt es nicht, also dann
nerv mich nicht umsonst, ich bin schon genügend gereizt ... Ja,
ich gehe allein zu ihr, ich werde sie zum Unterschreiben bringen,
du wirst sehen, daß alles gut geht ... In Ordnung. Gut. Schon
gut, schon gut. Ich werde nur das Nötigste sagen. Zehn Prozent
des durchschnittlichen outputs.«

Ich weiß daß sie jetzt am Telefon lächelt dieses weise sanfte
Lächeln ich habe sie dieses Lächelns wegen geheiratet es ist nicht
wie das der Sekretärin die sich kein Wort entgehen läßt ihren
afrikanisch gelockten Kopf gesenkt hält schadenfroh in sich
hineingrinst. Aber Hut ab ich habe nicht vermutet daß sie weiß
was ein durchschnittlicher output ist ich sehe schon wenn ich
ihre Laune heben will brauche ich nur alle halbe Stunde einen
Witz über mich selbst zu machen.

»Einen Augenblick, Ja'el.« Ich decke den Hörer mit der Hand
zu. »Levanah, falls es Ihnen nichts ausmachen würde, solange
ich noch im Büro bin, das Schild unten ...«

Sie steht widerwillig auf greift nach irgendeinem Fetzen und geht hinaus ich wende mich wieder Ja'el zu sage ihr ein paar Nettigkeiten und erinnere sie daran nicht zu vergessen einen Platz für ihren Vater für das Taxi nach Jerusalem morgen zu bestellen.

Ich sollte jetzt endlich gehen oder sollte ich noch warten aber auf was? Die Post ist anscheinend schon durch. Ich setze mich hin sperre die abgeschlossene Schublade auf hole die Mordakte heraus und blättere darin. Ich weiß alle Details auswendig aber es fesselt mich jedesmal wieder. Hier liegt meine Chance hier ist meine Hoffnung hier kann ich weiterkommen. Der Rest ist unwichtig. Vor drei Monaten starb Rechtsanwalt Steiner und seine Fälle wurden verteilt. Auf mich kam ein junger Mörder ein Fernsehtechniker der anscheinend wirklich einen umgebracht hat sich aber aufs Leugnen versteift und schon seit Monaten befasse ich mich nur noch mit ihm. Ich gehe mit ihm zu Bett träume von ihm verbringe Dutzende von Stunden mit ihm. Seine Familie hat zwar kein Geld aber sie haben irgendeinen reichen belgischen Onkel alarmiert ihm zu helfen und er wird Hilfe nötig haben. Er hat dafür gesorgt daß er in der ganzen Wohnung Fingerabdrücke hinterlassen hat außer auf dem Fernseher zu dem er nicht mehr kam. Aber hat er ihn umgebracht oder hat er die Leiche des Alten nur gefunden darüber zerbreche ich mir den Kopf und ich werde dafür sorgen, daß sich auch die Richter den Kopf darüber zerbrechen. Ich rufe im Gefängnis an bitte daß sie ihn mir rufen lassen ich werde auf dem Weg auf einen Sprung bei ihm vorbeischauen und mich ein wenig mit ihm unterhalten.

Es wird jetzt wirklich Zeit zu gehen. Nur wo ist Levanah? Ich gehe auf den Gang der eine modrige Unterwelthöhle ist. Ein paar ungesunde Figuren sitzen auf der Bank neben der Tür des Rechtsanwalts Misrachi ein geschlagenes Jahr wurde in diesem Lande darüber diskutiert ob es ein organisiertes Verbrechertum gibt oder nicht wenn sie gesehen hätten wer in der letzten Zeit alles eine Lizenz zur Eröffnung eines Rechtsanwaltbüros erhalten hat hätten sie begriffen daß das hier keine Organisation sondern schon die Regierung ist.

Also wo ist sie hinverschwunden? Ich hätte sie nie losschicken sollen. Ich will jetzt weg mich bewegen etwas tun. Ich gehe ins

Büro zurück betrachte das Telefon sammle die Papiere ein wische mit der Fingerspitze ein wenig Staub von den Bänden mit den Gerichtsurteilen des Obersten Gerichtshofes schmiere ihn an die alte Landkarte von Israel an der Wand wühle ein bißchen in Levanahs Handtasche die über dem Stuhl hängt Bilder von Filmstars Zeitungsausschnitte zerknitterte Papiertaschentücher eine Flasche billigen Parfüms eine solche Trostlosigkeit sie paßt zur Eintönigkeit dieses Büros mit seiner hohen englischen Zimmerdecke die Moder und Versagen ausströmt ich habe einmal zu Ja'el gesagt bring mir hier irgendeinen Anflug von Farbe rein irgendeine helle Idee aber als ich sah wieviel mich das kosten würde habe ich es bleibenlassen. Ich rufe meine Mutter an um etwas Dampf abzulassen.

»Endlich. Ich dachte schon, du hättest mich vergessen.« (Seit Ja'els Vater angekommen ist hat sie keine ruhige Minute mehr gehabt.)

»Was ist denn los?« (Aber es klingt nicht wie eine Frage es ist eine Feststellung.)

»Ich habe gestern nachmittag angerufen, haben sie es dir ausgerichtet? Was soll das, ihr laßt Gaddi mit dem Baby allein, wo er doch erst sechs Jahre alt ist.« (Sieben.) »Der Junge hat sich ganz traurig angehört.« (Immer in ihren Augen.) »Und der alte Mann« (sie nennt ihn alt obwohl er ein Jahr jünger ist als sie) »schlief. Was ist los? Ist er krank oder brütet er etwas aus? Er hat Gaddi nicht einmal ein Geschenk mitgebracht. Was ist das für ein Egoismus? Hat er dir etwas mitgebracht?«

»Nein, ist doch unwichtig.«

»Ich hab's gewußt. Und das, obwohl du versuchst, für ihn diese Scheidung zu arrangieren. Ist diese arme Verrückte wirklich bereit, sich scheiden zu lassen?« (Sie macht sie immer noch kränker, als sie in Wirklichkeit ist.) »Sie einfach so abzuservieren.« (Ich halte das Telefon von meinem Ohr weg und schaue aus dem Fenster.) »Und warum mußt du dich überhaupt mit der ganzen Angelegenheit befassen? (Da hat sie in gewisser Weise recht.) »Wo er dich nicht mal dafür bezahlt . . . oder zahlt er dir etwa was?«

»Nein, wieso denn?«

»Ich hab's gewußt. Warum läßt du dich dann da hineinziehen.

Wenn es dann Komplikationen gibt, bist du dafür verantwortlich. Hast du denn nicht genug Arbeit im Büro, daß du dir noch Zusatzbeschäftigungen suchen mußt. Am Ende hat jeder ein schlechtes Gefühl dabei, und wen werden sie dann hassen? Dich. Sie werden das an dir auslassen, du bist keiner von ihnen, was investierst du also soviel Zeit und rennst die ganze Zeit zu ihr hin? Es wartet doch eine wichtige Gerichtsverhandlung auf dich, von der deine Karriere abhängt, diese Gerichtsverhandlung, auf die du dich gerade vorbereitest, diesen Sittlichkeitsverbrecher, den du freibekommen willst . . .«

»Es ist ein Mörder.«

»Umso besser, du wirst berühmt werden und kannst ein großes Büro aufmachen. Aber anstatt dich auf all die Fragen vorzubereiten, die sie dir da stellen werden, treibst du dich im Irrenhaus herum, ohne einen Pfennig dafür zu bekommen. Gestern wollte ich bei euch vorbeikommen, um ihn zu begrüßen, aber diese Schlaferei hat mich davon abgehalten. Und was ist mit Ja'el? Lächelt still wie üblich, nicht wahr? Du hast mir einmal gesagt, daß du dich wegen dieses Lächelns in sie verliebt hast, richtig? Stimmt das, Isra'el?«

»Stimmt.«

»Nun gut, du mußt wissen was du willst. Dein armer Vater sagte einmal etwas sehr Scharfsinniges über dieses Lächeln, du wirst es nicht hören wollen, oder doch?«

»Nicht jetzt, Mutter.«

»Also, dann werde ich ihn am Sederabend zu Gesicht bekommen. Es ist komisch, in einem solchen Alter auf einer Scheidung zu bestehen. Warum will er sich denn unbedingt scheiden lassen, er hat sich doch sowieso von ihr getrennt? Aber vermutlich möchte er in Amerika wieder heiraten. Die Leute haben keine Ahnung, wie weit der Sex sogar bei den Alten noch geht. Auch dein Vater, als er schon im Krankenhaus lag . . . willst du es hören?«

»Nicht jetzt, Mutter, ich hab's eilig. Ein andermal.«

Levanah tritt lautlos ein legt den Lappen neben das Waschbecken und wäscht sich die Hände.

»Schaust du heute bei mir vorbei? Ich habe Fleischpasteten gemacht, die magst du doch.«

»Ich glaube nicht. Ich habe einen verrückten Tag vor mir.«
»Ich habe auch einen wunderbaren Kuchen.«
»Ich kann wirklich nicht ... was für einen Kuchen?«
»Apfelkuchen.«
»Wir werden sehen ... Schalom.«
Sie wäscht sich immer noch die Hände.
»Sind Sie fertig?« frage ich milde. »Vielleicht haben Sie mich nicht verstanden, ich meinte, daß Sie nur das Schild putzen sollten und nicht die ganze Straße.«
Sie wird rot schaut mich wütend an.
»Zu allem müssen Sie etwas sagen!«
»Was??«
Aber sie sagt nichts mehr.
»Was haben Sie gesagt?«
Aber sie ist verstummt hat den Kopf gesenkt ihre Hände zerknittern Papier sie zittert tatsächlich am ganzen Körper.
Da bin ich auch schon draußen. Gereizt. Sie haben es geschafft mich ganz nervös zu machen Ja'els Mutter und plötzlich diese kleine Schwarze. Wenn jeder Dunkelhäutige hier seinen Mund aufmachen und finsteres Zeug sagen würde wo kämen wir denn hin. Nicht genug daß neunzig Prozent von ihnen dauernd vor Gericht stehen jetzt wollen sie uns auch noch Manieren beibringen. Mir ist die Laune verdorben. Plötzlich ist mir ganz schwach. Vater hat sich davongemacht und hat mir diese giftige sich überall einmischende Frau hinterlassen ich hab sie auf dem Hals. Der einzige Sohn. Das ideale Angriffsziel. Zu sehr mit Schlafen beschäftigt um noch einen Bruder zustande zu bringen. Ich werde es der kleinen Schwarzen noch zeigen. Im passenden Moment werde ich ihr den Heizer ausschalten und sie rauswerfen. Meine Laune ist wirklich hin. Und draußen hat es sich auf einmal bewölkt jeder hupt aber der Verkehr schleicht alle Welt hetzt herum vielleicht habe ich im Gefängnis ein wenig Ruhe.
Gott sei Dank ist wenigstens Haifa eine schöne Stadt sie haben es noch nicht geschafft sie zu zerstören. Geschützt von den Kiefern die den Dreck abhalten der sonst überall ist. Ich fahre den Karmel hinauf zum Wald erblicke das Meer auf beiden Seiten unter mir bade die Augen in der grünen Luft die aus den saftigen Tälern steigt.

Hier kennen mich alle verlangen nicht einmal den Ausweis. In den letzten Monaten habe ich hier ganze Tage verbracht sollte man mich einmal einsperren könnte ich mir vom Richter die Zeit anrechnen lassen.

Was für ein Saustall. Jede zweite Tür ist hier offen sie klimpern bloß der Form halber mit den Schlüsseln am Ende wundern sie sich daß Häftlinge ausbrechen. Ausbrechen ist zuviel gesagt sie öffnen einfach die Tür und gehen.

Ein alter drusischer Gefängniswärter bringt mich in eine finstere Kammer was für ein Glück daß es noch Drusen und Tscherkessen gibt um die Ordnung in diesem Land aufrecht zu erhalten neben einem rohen Holztisch sitzt mein junger Mörder mager finster von kleiner Statur aber sehr muskulös ich habe schon in den ersten Tagen als er noch Handschellen trug bemerkt wie er sie während des Gesprächs mit Leichtigkeit dehnte. Ich drücke ihm die Hand. Gott im Himmel weiß daß ich mich bemüht habe ihn sympathisch zu finden aber er ist einer von der feindseligen versponnenen Sorte und um dem ganzen die Krone aufzusetzen hat man bei ihm zu Hause auch noch Haschisch gefunden.

»Was gibt's Neues?« Er betrachtet mich mit seinen Mausaugen.

»Ist alles in Ordnung?«

Er nickt mit dem Kopf.

Ich lege den Aktenkoffer auf den Tisch setze mich ihm gegenüber und beginne in der Akte zu blättern die ich fast auswendig kann. Bis jetzt habe ich von der Familie vierzigtausend Lirot bekommen was kaum die Kosten für Papier und Tinte deckt die ich an ihn verschwendet habe.

»Haben Sie etwas von diesem Onkel gehört ... dem Diamantenhändler aus Belgien?«

»Er sollte in wenigen Tagen ankommen.«

»Das sollte er schon seit drei Monaten, anscheinend hat er beschlossen, zu Fuß zu gehen.«

Ein finsterer schwerer Blick trifft mich. Ich sollte inzwischen wissen daß ich hier mit meinen Witzen aufpassen muß.

Ich beginne ihm ein paar Fragen zu stellen gehe nochmal Einzelheiten seiner Aussage über den großen Tag seines Lebens mit ihm durch ich kenne schon jede Minute dieses Tages ich kenne ihn besser als jeden Tag in meinem eigenen Leben. Ich plane eine Überraschungsstrategie zu seiner Verteidigung ich werde die Zeit in Sekunden zerbrechen sie unter dem gerichtlichen Mikroskop sezieren um jeden Augenblick kämpfen. Die in der Anklage machen sich keine Vorstellung davon was ich für sie auf Lager habe. Ich führe Buch über jede Minute und ich werde beweisen daß er es gar nicht getan haben kann. Man wird über diese Gerichtsverhandlung noch in den Lehrbüchern schreiben mit Staunen und Ehrfurcht davon sprechen. Es war Kedmi der damit begann in Tausendstelsekunden zu denken ...

Ich befrage ihn und er gibt mir kurze Antworten. Er ist einsam ein wildes Tier den ganzen Tag hat er kaum mit jemandem gesprochen aber dumm ist er nicht. Ich habe diese Antworten alle schon von ihm gehört ich muß bloß hier und dort noch Schliff reinbringen ihn trainieren. Bei der Verhandlung muß er wie eine gespannte Feder sein. Schon sein Aussehen ist verdächtig soll er wenigstens klare und präzise Antworten geben. Aber was ist die Wahrheit? Ich tappe noch immer im Dunkeln. Es ist zum Verzweifeln. Die Wahrheit verbirgt sich in den Windungen dieses Gehirns wie ein schleimiger grauer Wurm hoffen wir daß die Anklage auch nicht an ihn herankommt.

Der alte Gefängniswärter betritt den Raum mit einem Stück Papier.

»Rechtsanwalt Isra'el Degmi? Ihre Sekretärin läßt Sie bitten, Ihre Frau anzurufen.«

Der Junge wirft mir einen prüfenden Blick zu.

»Danke, aber ich heiße Kedmi.«

»Beeilen Sie sich, er muß zum Mittagessen.«

Jeder will Befehle geben.

»Ich habe gehört, was Sie gesagt haben. Und jetzt, wenn es Ihnen nichts ausmacht, lassen Sie uns bitte allein.«

Ich führe die Befragung fort. Er wird ungeduldig er will sein Mittagessen nicht verpassen Essensgerüche steigen im Gang auf Teller klappern aber ich lasse nicht locker wenn er vor Gericht plötzlich Hunger bekommt und anfängt ungeduldig zu antworten wird er den Rest seiner Tage im Gefängnis essen.

Schließlich bin ich fertig. Auch ich fange an Hunger zu bekommen. Wir stehen uns gegenüber. Ist er ein Mörder oder nicht? Wer weiß das schon. Ich muß ihn hart anfassen um ihn hier herauszuholen.

»Haben Sie irgendeinen Wunsch? Möchten Sie etwas?«

Er denkt ernsthaft nach fragt mich dann ob ich ihm für die Sedernacht Urlaub verschaffen könnte daß er mit seinen Eltern zusammen sein kann es sei schwer für sie ohne ihn.

Das ist zu viel. Hinter dieser ganzen Härte verbirgt sich eine solche Naivität daß es zum Kotzen ist. Er sitzt kaum drei Monate im Gefängnis und bittet um Urlaub.

»Vergessen Sie es. Aber vielleicht könnten Sie ihre Eltern einladen den Seder im Gefängnis abzuhalten. Sicher eine interessante Erfahrung für sie irgendwelche Sittlichkeitsverbrecher singen zu hören was diese Nacht von allen anderen Nächten unterscheidet.«

Ich summe die Melodie des Liedes vor mich hin.

Er ballt seine Fäuste vor Wut. Hat er ihn umgebracht oder nicht? Aber solange das nicht geklärt ist ist es meine Pflicht ihn so gut und so raffiniert ich kann zu verteidigen.

»Sie glauben mir nicht« flüstert er verzweifelt seine Augen röten sich.

Schauspieler.

»Aber natürlich glaube ich Ihnen. Sie werden sehen, alles wird in Ordnung kommen, vertrauen Sie auf mich. Gehen Sie jetzt essen.«

Ich verlasse das Gebäude so schnell ich kann an Reihen von Häftlingen in grauen Uniformen vorbei Mörder Diebe Terroristen die alle Teller und Löffel halten. Ich sollte einmal hier essen und sehen wie die Verpflegung ist. Das Gefängnisbüro ist leer ich steuere auf das Telefon zu. Mutter hat recht ich hätte mich nicht hineinziehen lassen sollen. Ja'el. Ihr Vater ist aufgewacht. Er möchte nicht daß ich allein gehe. Es sei unmoralisch mich an seiner Stelle zu schicken während er sich drücke. Er müsse selbst mit ihr sprechen oder wenigstens mit dabeisein.

»Gut. Dann gehe ich nicht. Ich werde mich nicht weiter drum kümmern. Macht doch was ihr wollt. Plötzlich ist es die Moral. Was ist schon Moral? Ein Stein im Schuh. Es reicht mir jetzt. Am besten ich zerreiße die Papiere, die ich vorbereitet habe und gehe ins Büro zurück, schließlich wartet dort genug Arbeit. Ich bin sauer und habe Hunger. Ich falle noch über das Hundepulver her und fange an zu bellen.«

Mit diesem Trick habe ich sie noch immer kleingekriegt. Sie sind es gewöhnt Hysterie nachzugeben. Als Asa noch klein war pflegte er sich daheim auf den Boden zu werfen mit Händen und Füßen um sich zu schlagen und die ganze Familie ist auf die Knie gefallen.

In Ordnung in Ordnung. Sie würde schon mit ihrem Vater reden. Vielleicht würde sie morgen hinfahren. Ich hätte recht. Es sei besser daß ich zuerst ginge. Ich solle nur vorsichtig sein.

Am Tor hält man mich an ich muß meine Ausfahrtskarte abstempeln lassen. Es ist einfacher rein- als wieder herauszukommen. Eine Viertelstunde geht drauf bis ich den zuständigen Beamten gefunden habe. Inzwischen hält mich der Gefängnisdirektor auf ein verschlagener Alter mit einem ironischen Ton Rechtsanwälten gegenüber.

»Was ist los mit euch? Schämt ihr euch nicht, wir sind hier überfüllt. Hat es euch die Sprache verschlagen? Kommen Sie, ich werde Ihnen ein paar Zeichnungen von einem unserer Schwerverbrecher zeigen. Sie sind ganz erstaunlich.«

Es ist gar nicht einfach ihn abzuschütteln.

Dann die Abfahrt vom Berg von den Wäldern hinunter zum Meer unter mir die Bucht die Raffinerien das Fahren ist mein Trost meine Leidenschaft meine einzige Liebe. Ich schmiege mich in die Kurven der aus dem Berg gehauenen Straße jage die Seilbahncontainer die über meinem Kopf hinweg Kies für die Zementfabrik transportieren und unter mir dehnt sich das Land da ist Galiläa Akko dort die weißen Felsen von Rosch ha-Nikrah es ist als ob ich fliege als ob ich zur Landung ansetze inmitten der klaren frühlingshaften Luft die Räder des Autos berühren sanft die Landebahn die Schnellstraße in Richtung Akko ich könnte mir das Mittagessen sparen und bei meiner Mutter essen aber es gibt da eine Frau die ich gerne sehen würde.

Ich habe Ja'el noch nie betrogen und ich habe nicht vor sie zu betrügen aber ich habe hier und dort ein paar Eisen im Feuer. In Restaurants, Cafés, im Sekretariat am Gericht, in einigen Büros von Kollegen, man sieht sich ab und zu, wechselt ein paar Worte, berührt sich leicht, verstreut zarte Versprechen. Nichts Ernstes aber ich möchte im Rennen bleiben.

Ein Restaurant mit Glaswänden auf der Schnellstraße neben einer Tankstelle. Auf der anderen Straßenseite eine Keramikfabrik und dahinter das Meer. Hier habe ich in den ersten Jahren auf Ja'el gewartet. Wenn sie ihre Mutter besuchte und es ihr lieber war daß ich sie nicht begleitete. Die rundliche Kellnerin mit ihrem langsamen aufreizenden Gang habe ich sofort bemerkt. Wo ist sie heute? Ich bestelle ein Mittagessen beim Wirt und telefoniere mit meinem Büro.

»Hat Ihre Frau Sie erreicht?«

»Ja ich habe mit ihr gesprochen. Was gibt's Neues? Sitzen Sie immer noch am Ofen? Ist der Scheck angekommen? . . . Was, tatsächlich? Über wieviel? Hunderttausend Lirot? . . . Gut, bringen Sie ihn zur Bank . . . Ich muß unterschreiben? Stimmt. Also dann legen Sie ihn in die Schublade und sperren sie zu. Ich werde im Büro vorbeikommen und ihn mitnehmen . . . Wann ich zurückkomme? Warum?«

Unvermittelt und schüchtern fragt sie ob sie heute früher gehen könne. Der Pessach steht bevor und sie muß daheim helfen. Ich bin großzügig und gebe ihr frei. Sparen wir Strom. Ich erkläre ihr noch einmal wo sie den Scheck hinlegen soll und wie sie die Schublade verschließen muß. Aber nun sehe ich schmale Fesseln die sich langsam bewegen schöne Augen die sich erstaunt öffnen sie erkennt mich daß sie mir bloß das Essen nicht fallen läßt.

Endlich bekomme ich etwas in den Magen bis jetzt habe ich mich den ganzen Tag nur selbst verausgabt. Ich bin der einzige im Restaurant ich halte sie auf Trab sie muß mir Salz bringen Pfeffer Bier die Gabel auswechseln ich genieße ihren langsamen herausfordernden Gang ein dummes blondes Tier. Sie wird jedesmal rot. Ob ich ihre Begierde erwecke mit meinem großen Gesicht und dem ansehnlichen Bauch. Der bloße Gedanke daran amüsiert mich. Den ganzen Tag wird man von denen gepeinigt die einem selbst etwas bedeuten man kommt gar nicht dazu an die zu denken die zur Abwechslung mal unter einem selbst leiden. Schließlich läßt sie sich nicht weit von mir nieder ihre

Beine unschuldig übereinandergeschlagen. Wir sind allein nur das Radio spielt. Ich schneide mein Fleisch und verschlinge ihre weißen Hände ich tauche das Brot in ihre Augen und sauge daran und sie sitzt da passiv und unterwürfig sie bringt mir Kaffee die Zeitung nimmt ihre Schürze ab beugt sich herunter um das Geschirr abzuräumen und zeigt mir ihre Brüste für die ich keine Zeit habe nicht jetzt.

Kissinger diniert vor der nächsten delikaten Phase seiner Nahostreise. Unsichtbare Journalisten ringsherum. Das stille Gasthaus die Schnellstraße hinter dem Glas rasende Autos. Das Meer der Frühling die duftende Tasse Kaffee. Ein kurzes Schläfchen. Hunderttausend warten in der Schublade auf mich mein kleiner Mörder der dem Verhör standhalten wird dank der in Elementarteilchen aufgespaltenen Zeit meiner genialen Strategie die der Onkel aus Belgien finanziert. Meine Stimmung hebt sich. Ich bestelle mir eine Zigarre und mehr Kaffee. Warum nicht? Ich habe es verdient. Meine Augen werden feucht. Schließlich stehe ich auf und berühre sie an der Schulter. Es liegt etwas Warmes in meiner Größe. Es war sehr gut. Der Wirt wird gerufen um die Rechnung zu begleichen. Ich lasse ein großzügiges Trinkgeld für sie zurück und registriere ihre wortlose Dankbarkeit.

Zehn nach drei. Ein leichter zarter Wind. Ich vergewissere mich normalerweise um diese Zeit ob Gaddi gut nach Hause gekommen ist aber ich will mich nicht wieder in Moralpredigten verstricken lassen nicht jetzt während der salzige Wind vom Meer mir die Haut massiert. Ich gehe langsam zum Auto. Jemand verkauft Erdbeeren und ich kaufe zwei Tüten für die alte Dame laß sie sich ein bißchen freuen es wird die einzige Freude an diesem Tag sein. Ich prüfe den Reifendruck bewege mich entspannt denke an die Kinder daheim mein Herz füllt sich mit Liebe sogar diesem lächerlichen Land gegenüber. Ich steige ins Auto.

Eine langsame Fahrt an der Küste entlang Richtung Krankenhaus. Ich biege in eine Nebenstraße ein die gerade zum Meer führt zu den kleinen Pavillons die von weiten Rasenflächen umgeben sind. Die schmale Grenze zwischen Erholungsheim und Irrenhaus besteht nur aus einer Schranke an der ein Wächter steht sicher ein rehabilitierter Verrückter dem sie eine Schildmütze aufgesetzt ein Blechabzeichen angesteckt und einen Revolver hingehängt haben jeder Dritte in diesem Land ist Polizist Geheimagent oder Sicherheitsbeamter. Ich drücke aufs Gas hupe senke meinen Kopf und hoffe daß er mich für einen Arzt hält und die Schranke aufmacht was mir einen halben Kilometer Gehen ersparen würde aber natürlich verzichtet er nicht darauf seine Autorität auszuüben. Mach doch auf du Schwachkopf flüstere ich vor mich hin aber er tut nichts dergleichen er hüpft wild herum und zeigt mir den Parkplatz er wird mir noch eine Kugel reinjagen.

Ich kenne ja nicht viele Irrenanstalten im Lande aber falls ich mal verrückt werden sollte Ja'el verfrachte mich hierher das ist *der* Ort. Vollkommene Stille. Das leise Rauschen der Brandung hübsche weiße Pavillons prachtvolle Rasenflächen. Gefängnisse bauen sie auf die Höhen des Karmel inmitten von Wäldern und die Verrückten sperren sie an einer zauberhaften Küste ein die schönsten Landschaften in diesem Lande haben sie damit in Beschlag genommen und lassen uns den Rest.

Eine Schwester in weißer Tracht geht eilig einen Weg entlang verschwindet in einer der Türen auf einem entfernten Feld steht ein einsamer Mann plötzlich in einer Biegung finde ich mich einem riesigen Verrückten gegenüber noch größer als ich ein Klotz von einem Mann der einen Strohbesen über seiner Schulter trägt er schaut mich verstört an ich lächle ihm großzügig zu und gehe eilends an ihm vorbei er bleibt wie angenagelt auf seinem Platz stehen dreht sich nach mir um reißt erstaunt seinen Mund auf Speichel läuft ihm über das Kinn als ob irgendein Luxusschlitten an ihm vorbeigefahren wäre. Neben ihrem Pavillon auf Korbstühlen sitzt eine kleine Gruppe von Patienten ich lächle schon wie in Trance ein älterer blasser Patient in weißem Kittel springt auf er hat mich erkannt vor einigen Monaten habe ich mit ihm ein bißchen über Begin und Sadat geplaudert.

»Herr Kedmi, Herr Kedmi, sie ist im Park, dort neben dem Wäldchen, sie erwartet Sie.«

Wir schütteln uns herzlich die Hände.

Aber ich gehe zuerst um mit dem Arzt zu sprechen wie ich es versprochen habe. Der große kahle Raum ist erfüllt von hellem Licht ein paar Frauen sitzen da jede für sich allein der Fernsehapparat in der Mitte des Raums sieht aus als ob er auch gestört wäre. Ich habe auch sofort einen Führer der mich am Arm ergreift und mich zu einem Nebenraum führt. Es riecht nach Medizin.

»Danke, danke, es geht schon.«

Das grelle Licht erfüllt alles vom Fenster aus sieht man ein Stück blaues Meer. Auf einem Bett liegt ein junger Arzt seinen Arm über die Augen gelegt in aller Ruhe eingeschlafen zwischen den ganzen Verrückten aber der Patient geht zu ihm hin und weckt ihn. »Hier ist Herr Kedmi, Herr Kedmi ist da, um seine Mutter zu sehen.«

»Meine Schwiegermutter«, flüstere ich verdammt soll er sein.

»Frau Kaminka . . . ich wollte zuerst wissen, wie es ihr geht.«

Der junge Arzt nimmt den Arm von seinen Augen und lächelt mich an.

»Ist ihr Mann angekommen? Ist er mit Ihnen gekommen?«

»Nein, er kommt übermorgen, ist aber schon in Israel eingetroffen. Ich sehe, Sie wissen, um was es sich handelt.«

»Wir wissen alles«, sagt der Patient sofort. »Sie hat es den Schwestern erzählt . . . sie lassen sich scheiden . . .« Seine Augen glänzen.

»Schon gut, schon gut, Ezechiel, laß uns ein bißchen allein.«

Aber keine Macht der Welt könnte ihn von hier fortbringen. Schon fängt er an sich für die Tüten zu interessieren die ich in der Hand habe.

»Was ist das? Süßigkeiten?«

»Später, Ezechiel, später . . .«

Aber er besteht darauf die Tüten zu untersuchen. »Was ist das? Was ist das?«

»Das ist für den Hund.«

Da prallt er zurück mit heftig zwinkernden Augen fängt an seine Zunge zu kauen seine Stimme verändert sich und er schaukelt auf seinem Platz hin und her als ob ihn etwas erschüttern würde. »Dieser Hund. Dieser Hund.«

»Genug Ezechiel, hör auf, Ezechiel.« Der Arzt versucht ihn zu beruhigen ohne sich zu erheben. »Warum schreibst du keinen Brief an den Premierminister? Du hast ihm schon lange nicht mehr geschrieben. Komm, setz dich an den Tisch, ich gebe dir Briefpapier vom Krankenhaus . . .«

»Ist es in Ordnung, wenn ich mit ihr spreche ... geht es ihr ...?«

»Ob es ihr gut geht? Sie ist in bester Verfassung. In der letzten Woche war sie ein wenig erkältet, aber jetzt geht es ihr wieder glänzend. Sie erwartet Sie, Ihre Frau hat vor zwei Sunden angerufen. Sie ist hinter dem Pavillon. Ezechiel, komm her.«

Der Arzt steht auf ergreift den alten Mann und drückt ihn an sich wie ein Bär.

Ich verlasse den Pavillon und gehe zu dem kleinen Wäldchen sehe den riesigen Verrückten mit seinem Strohbesen auf dem Weg stehen an genau der Stelle an der ich ihn zurückgelassen habe er sucht noch immer nach mir. Und dann sehe ich sie zwischen den hohen Bäumen stehen sie wässert irgendetwas mit einem Schlauch einen breiten Strohhut auf dem Kopf in dem Moment in dem ich in ihre Richtung gehe höre ich ein dumpfes Knurren es scheint aus den Tiefen der Erde zu kommen sie dreht ihren Kopf in meine Richtung ihre Augen glitzern wie sprühende Wassertropfen in der Luft. Ich beginne zögernd vorwärts zu gehen denn ich weiß nicht ob der Hund angebunden ist das letzte Mal hat er mich angefallen ich frage euch meine Herren welcher Rechtsanwalt würde unter solchen Bedingungen arbeiten.

Ich habe nie genau begriffen was sie hat ich habe mich auch nie sonderlich dafür interessiert. Ich bin nicht mal sicher ob es Ja'el wirklich weiß diese Familie hält einige Dinge verborgen. Und ich kenne ja die Manipulationen der Psychiater auf der Zeugenbank in meinen Augen macht ihnen das keine Ehre. In den letzten Jahren war ich froh daß ich dem Vergnügen eines Besuches bei ihr entkommen bin normalerweise wartete ich mit Gaddi irgendwo während Ja'el zu ihr ging. Auf jeden Fall scheint sich ihr Zustand gebessert zu haben wenn man sie von Elektro- schocks auf Wassertherapie umgestellt hat. In letzter Zeit hat sie offensichtlich angefangen im Garten zu arbeiten besprengt die großen Bäume die die Türken im Ersten Weltkrieg zu fällen vergessen haben sie ertränkt alles was sie sieht in einer wahren Sintflut wenn der Schlauch lang genug wäre würde sie auch noch das Meer wässern.

Ich suche mir meinen Weg durch die Sträucher die Schei- dungsakte in der einen Hand und in der anderen zwei Tüten die anfangen aufzuweichen. Wenn mich hier jetzt der Hund anspringt werde ich ihm die Erdbeeren vorwerfen. Es bedurfte einer Sondergenehmigung des Gesundheitsministeriums sie hier mit dem Hund einzuquartieren ich habe ihn das erste Mal gesehen als Ja'el mich ihrer Familie vorstellte da stand er noch in der Blüte seiner Jahre ich sagte sofort daß er entweder einen Kopfschuß oder psychiatrische Behandlung brauche daß letzteres nur in Amerika möglich sei sie dachten daß ich wieder mal einen meiner Witze mache. Aber Scherz beiseite jetzt sehe ich ihn zwischen den Sträuchern das große schwerfällige Tier eine Kreuzung aus Schäferhund Bulldogge und Monster das sich langsam auf seine Pfoten erhebt mit seiner Kette rasselt die hoffentlich an etwas Soliderem als Gras festgemacht ist.

»Hallo, ihr da!« Rufe ich mit gezwungener Fröhlichkeit bleibe stehen und winke mit Dokumenten ich gehe langsam weiter vorwärts bis auf einige Schritte Entfernung von dem Hund der mich zwar nicht beachtet aber sehr wohl weiß daß ich da bin. Nach unsrer Heirat habe ich eine Weile lang versucht sie Mutter zu nennen aber ich bin sehr schnell von dieser Verirrung abgekommen damals habe ich sie sogar manchmal geküßt. Ich war wirklich ziemlich verwirrt nach dieser Hochzeit.

Sie steckt den Schlauch in eine Bewässerungsanlage bückt sich ins Unkraut hinunter um den Wasserhahn abzudrehen dann kommt sie herbei um mich zu begrüßen sie hat ein weites Leinenkleid an das Ja'el ihr vor einem Jahr gekauft hat ihre kräftigen Beine stecken in Stiefeln das ungekämmte blonde Haar weiß geworden mit eigenartigem Glanz umrahmt ihr runzliges sonnengebräuntes sommersprossiges Gesicht in fröhlicher Weise. Von dem Tag an als alle behaupteten das Baby sähe ihr ähnlich habe ich alle Freude an ihm verloren.

Ich drücke ihr die Hand.

»Wie geht's dir?«

Sie lächelt sanft neigt anmutig ihren Kopf antwortet nicht. »Ja'el schickt dieses Pulver für den Hund, Vitamine glaube ich. Es soll anscheinend unters Fressen gemischt werden. Und diese Erdbeeren hier habe ich für dich mitgebracht . . . ich habe sie unterwegs gesehen . . . köstlich, nicht wahr . . .«

Sie nickt zum Dank leicht mit dem Kopf ihre Augen lächeln vorsichtig nimmt sie mir die Tüten ab lächelt weiter. Wenn ich Zeit hätte würde ich einmal ein Buch über die innere Beziehung von Lächeln und Wahnsinn schreiben. Wir bleiben einen Moment in verlegenem Schweigen stehen dann führen wir uns gegenseitig zu einer Bank unter den Bäumen und lassen uns nieder. Sie lächelt verlegen und nickt mit dem Kopf ein wenig automatenhaft.

»Also, er ist vorgestern angekommen«, beginne ich in großangelegtem optimistischem Ton fast schon episch.

Sie hört zu sagt immer noch nichts.

»Er sieht gut aus. Natürlich ist er älter geworden aber das werden wir alle.«

Ihre Augen leuchten auf.

»Beklagt er sich immer noch über diesen Krampf im Hals?«

Endlich hat sie etwas gesagt es ist bloß noch nicht klar auf welcher Frequenz sie sich befindet.

»Im Hals! Ich habe nichts bemerkt.«

Wovon redet sie eigentlich?

»Ein Krampf?«

Aber sie antwortet nicht sie schaut in die Ferne.

»Er hat sich noch nicht ganz an den Zeitunterschied gewöhnt. In der Nacht ist er wach und am Tag schläft er.«

Sie schaut mich forschend an.

»Stört er euch nicht ... die Kinder ...«

»Nein ... wieso denn? Gaddi hat sich so gefreut ihn zu sehen.«

Der Name Gaddi beruhigt sie sie schließt die Augen.

Der Hund kommt schnell aus dem Gebüsch heraus wedelt mit seinem Schwanz zieht die Kette hinter sich her er beschnüffelt die Erde um mich herum riecht ausgiebig an mir schleckt an den Tüten die auf der Bank liegen winselt etwas und umkreist sie dann läßt er sich unter der Bank nieder drückt seinen Körper an meine Füße.

»Und Ja'el muß sehr müde sein.«

»Nein ... ja, ein bißchen ... aber das ist nicht schlimm ...«

»Laß sie ausruhen. Bedräng sie nicht.«

»Wie meinst du das?«

Aber sie antwortet nicht. Was sind eigentlich ihre Gefühle mir gegenüber? Leichte Verachtung in den ersten Jahren als sie gesund war in den letzten Jahren die milde Zuneigung einer Verrückten. Asa und sogar Zvi haben sich von ihr entfernt eigentlich kümmert sich nur Ja'el um sie und ich kümmere mich um Ja'el.

Stille. Die klare Frühlingsluft. Das Rieseln des Wassers das immer noch aus dem Schlauch rinnt.

»Es ist schön hier. Der Wind, das Meer, eigentlich alles ... Hat es gestern hier geregnet?«

Ihr Kopf ist ein wenig zur Seite geneigt ihre Hände liegen im Schoß auf dem sauberen Leinenkleid vereinzelte goldene Strähnen hat sie noch im Haar sie sitzt sehr aufrecht da.

»Jedesmal wenn ich an dich denke sage ich zu mir, was für ein Glück, daß wir diesen ruhigen Platz gefunden haben. Wenn ich je müßte ... das wäre der Platz, das heißt ich hätte gern, daß man mich hierher bringt, ich meine ...«

Wieder ist mein Mundwerk mit mir durchgegangen. Ich muß den Rückwärtsgang einlegen der letzte Satz war zuviel. Aber sie hört mir sehr aufmerksam zu ihre Finger zupfen am Stoff des Kleides wickeln nervös einen losen Faden auf. In der Ferne mitten auf dem Weg steht der Riese der Besenträger festgenagelt auf seinem Platz sein steinernes Gesicht uns zugewandt.

Hier hört man mir wenigstens ruhig zu.

Ich reiche ihr das Dokument.

»Das ist der Vertrag.« Plötzlich packt mich die Aufregung. »Ich habe ihn vorbereitet. Euer Scheidungsabkommen.«

Sie schaut mich an in Gedanken versunken streckt aber nicht die Hand danach aus. Ich lege ihr die Papiere behutsam auf die Knie. Der Hund beginnt zu winseln er kommt unter der Bank hervor reibt sein ausgedünntes rötliches Fell an mir Speichel tropft ihm aus dem Maul er legt seinen Kopf in ihren Schoß und schnüffelt an den Papieren.

Sie schaut mich an. »Er möchte es lesen.«

Ich lächle bitter. Ist das ein Scherz oder ist es ihre Verrücktheit oder beides? Sie hat ein Recht darauf verrückte Scherze zu machen ich würde das auch tun was für eine Versuchung jeder Verantwortlichkeit enthoben zu sein für das was man sagt.

Sie macht eine der Erdbeertüten auf holt eine reife Erdbeere heraus und gibt sie dem Hund der sie sofort verschlingt.

»Du hast so viel geschrieben ... muß ich das alles lesen?«

»Du solltest schon, bevor du unterschreibst. Das ist so üblich bei uns.«

»Bei wem?«

»Bei Rechtsanwälten.«

Sie hält sich die Papiere nahe an die Augen versucht etwas zu erfassen aber sie wird es sofort müde streckt sie mir wieder hin.

»Vielleicht könntest du es mir vorlesen. Ich sehe überhaupt nichts. Meine Brille ist zerbrochen ... ich habe es Ja'el schon gesagt ... auch das Buch, das sie mir gegeben hat, konnte ich nicht lesen ...«

Ich nehme ihr den Vertrag aus der Hand wische vorsichtig die Speichelspuren des Hundes ab und beginne langsam zu lesen. Der Hund schnappt sich die reifen Erdbeeren aus ihrer Hand stöbert in der zerrissenen Papiertüte herum. Kissinger sitzt im Palastgarten am Ufer des Nils und erläutert das Abkommen zur militärischen Entflechtung in der Ferne kriechen die Fotografen mit Teleobjektiven durchs Gebüsch.

Hier und da erkläre ich was hinter der einen oder der anderen Formulierung steckt erläutere eine Falle die ich vermieden habe ein mögliches Schlupfloch das ich verbaut habe. Aber was versteht sie davon? Sie schweigt ihre Hand umklammert fest das Hundehalsband. Schließlich bin ich fertig.

»Und das Baby?« fragt sie. »Müßt ihr wegen ihr in der Nacht noch aufstehen?«

»Das Baby?? Kaum noch.«

»Immer vergesse ich ihren Namen.«

»Rakefet.«

»Richtig, Rakefet. Schreib es mir doch bitte hier auf.«

Ich schreibe es auf ein kleines Stück Papier und gebe es ihr. Stille. Die Spannung bringt mich noch um.

»Warum ist Ja'el nicht mitgekommen? Warum haben sie dich alleine geschickt?«

»Sie kommt morgen. Er auch. Wir haben gedacht ... daß es besser ist ... sinnvoller ... wenn ich es dir in aller Ruhe erkläre ...«

»Aber warum ist Ja'el nicht mitgekommen? Ist irgendetwas mit ihr . . .«

»Nein, gar nichts. Morgen oder übermorgen wird sie hier sein, ich werde sie herbringen . . .«

Der Hund knurrt plötzlich die Tüte hat er schon aufgefressen jetzt frißt er die Luft die drin war. Wieder tiefste Stille. Der Augenblick des Unterschreibens ist gekommen ich kenne diese Art von Stille.

»Jetzt mußt du nur noch hier in der Ecke unterschreiben . . . am Schluß . . . oder möchtest du vielleicht irgendetwas dazu sagen . . .«

Aber sie steht plötzlich auf die Papiere fallen auf die Erde. Besorgnis hat sie ergriffen.

»Warum ist Ja'el denn nicht mitgekommen . . . ist ihr etwas passiert?«

Mahlzeit. Die bösen Geister sind erwacht.

Ich sammle hastig die Papiere auf.

»Ich schwöre dir . . . es ist absolut nichts . . . sie hat bloß heute Nacht nicht geschlafen . . . sie war müde . . . wenn du jetzt nur hier unterschreiben könntest . . . wir haben nicht viel Zeit . . . der Rabbi wird gegen Ende der Woche hier eintreffen . . . er ist eigens deswegen aus Amerika zurückgekehrt, ihr habt doch alles per Brief abgemacht . . . du hast versichert . . .«

Ich verheddere mich. Der Hund spürt meine Aufregung stellt seine Ohren auf und beginnt heftig zu knurren. Der Golem auf dem Weg fängt an sich in unsere Richtung zu bewegen den Strohbesen hoch zum Himmel erhoben. Wie kann ich ohne ihre Unterschrift von hier weggehen? Mutter hatte recht was mußte ich mich in ihre Angelegenheiten hineinziehen lassen. Niemand an der Fakultät hat uns beigebracht wie man Verrückten juristischen Beistand gibt jemand sollte ein Buch über das Thema schreiben und es scheint daß ich der geeignete Kandidat bin.

»Ich meine, daß du jetzt unterschreiben solltest. Das ist alles. Es ist nämlich ein gutes Abkommen, das dir eine angemessene Existenz sichern wird . . . sogar wenn du dich wieder verheiraten möchtest, müßte er dich weiterhin unterstützen . . .«

Ich fasse sie bei der Schulter.

Aber sie weicht erschreckt zurück packt das Halsband des

Hundes der jetzt zu bellen anfängt schwerfällig versucht mich anzufallen. Dieser schmutzige alte Hund. Ich lasse sie auf der Stelle los.

»Vielleicht möchtest du noch ein bißchen darüber nachdenken ...«

Sie nickt wie ein kleines Mädchen.

»Ich lasse es dir da und morgen oder übermorgen kommt Ja'el und holt es ... vielleicht kommen sie alle zwei ...«

»Ja'el kommt?«

»Sicher.«

Sie strahlt. Ich nehme mich in acht sie nicht wieder zu berühren damit der Hund auf keine falschen Gedanken kommt. Plötzlich fühle ich etwas Strohartiges im Nacken der Golem ist angekommen und hat sich lautlos hinter mich gestellt. Ich lächle duldsam und greife nach dem Besen der mir an den Kopf gestoßen wird. Der Hund winselt weiterhin aber ihn greift er nicht an bloß mich Familiensinn ist ihm anscheinend abhanden gekommen.

»Also, dann gehe ich. Oder hast du noch irgendeine Frage oder eine Bitte ...«

Sie lächelt mir herzlich zu.

Hier beginnt die wahre Liberalität. Ich könnte ein interessantes Buch darüber schreiben. Vor dreißig Jahren haben sie noch die Verrückten festgebunden jetzt binden sie jeden Vernünftigen an der ihnen Widerstand leistet. Ich entferne mich eilends. Über Erfahrung läßt sich nicht streiten. Und das hier war ganz entschieden eine. Aber vom juristischen Standpunkt aus gesehen habe ich nichts erreicht. Ich haste zum Tor es ist schon halb fünf. Die Zeit ist viel zu schnell vergangen. An Ideen fehlt es mir nicht nur an der Zeit. Wenn ich Zeit hätte hätte ich schon drei Bücher geschrieben aber was würden Gaddi und Rakefet dann essen? Bücher. Ein Glück daß ein Scheck über hunderttausend Lirot auf mich wartet sonst wäre dies ein ziemlich vertaner Tag gewesen einer ohne jeden juristischen Höhepunkt.

Als ich im Büro ankomme beginnt es schon zu dämmern. Auf den Gängen ist es dunkel. Neben dem Büro des Rechtsanwalts Misrachi sitzen immer noch wartend finstere Kunden. Ich frage mich was sie zu ihm hinzieht bestimmt nicht sein Verstand denn er hat keinen sicher die niedrigen Preise. Ich mache mein Büro auf schalte das Licht an. Sie ist schon weggangen. Ich öffne die Schublade und habe sofort das Gefühl daß da kein Scheck drin ist. Was soll das? Oh Gott! Wo ist er? Wo hat diese Hexe ihn hingetan? Ich stelle die Papiere und Akten auf den Kopf. Das hat mir gerade noch gefehlt. Zu guter Letzt bekomme ich hier noch einen Herzanfall. Ich bringe sie um ich bringe sie schlicht um und wir werden sehen welches Gericht es wagen wird mich schuldig zu sprechen ich habe ihr ausdrücklich gesagt in die Schublade aber sie hat ihn woanders hingetan und jemand ist hereingekommen und hat ihn gestohlen. Oh Gott! Erbarmen! Ich stürze mich aufs Telefon um die Polizei zu rufen aber ich kenne sie doch. Sie würden mir irgendeinen Trottel aus Mesopotamien schicken der nicht mal schreiben kann. Wenn ich nur ein bißchen weinen könnte ich würde denen die daran interessiert sind Kedmi weinen zu sehen Karten verkaufen. Ich durchwühle das ganze Büro sie muß ihn selbst gestohlen haben. Warum denn nicht? Seit einem Monat hat sie sich am Ofen gewärmt und es ausgebrütet.

»Gaddi, gib mir sofort Mama, schnell, kein Wort von dir . . . Ja'el, ich erklär dir alles später, jetzt bloß eine Frage, weißt du etwas? Hat meine Sekretärin angerufen, hat sie etwas über einen Scheck gesagt . . . nein? Dann Schalom, ich erklär es später, falls ich heute nacht nicht nach Hause kommen sollte, such mich auf der Intensivstation, mach dir keine Sorgen, uns sind nur gerade hunderttausend Lirot abhanden gekommen . . . Später!«

Ich lege auf spüre wie mich der Wahnsinn überkommt. Ich ziehe alle Schubladen heraus suche die Seitenwände des Tisches ab reiße die Landkarte von der Wand und suche den Scheck dort. Wie ein Orkan stelle ich mein Büro auf den Kopf. Ich muß sie finden aber wo? Zu diesen Höhlenbewohnern haben sie noch keine Telefonleitung gelegt. Schließlich entdecke ich ihre Adresse sie steht in einem kleinen Notizbuch. Es war schlau von mir ihre Adresse zu notieren als sie die Arbeit aufnahm aber was für eine Art Adresse ist das der Name eines Wohnviertels mit zwei Nummern. Ich rufe die Polizei an daß sie mir die Richtung angeben sollen mache das Licht aus und lasse die Verwüstung hinter mir.

Es ist schon Abend. Ich fahre zur unteren Stadt hinunter Wadi
Nisnas Wadi Salib durch Ruschmijah wo zum Teufel bin ich? Sie
haben wohl schon keine hebräischen Namen mehr für diese
ganzen Wadis. Ausgetrocknete Erde enge gewundene Straßen
die in die Felsen des Berges gehauen sind. Plötzlich endet die
Fahrbahn ich beginne Stufen hinauf- und hinunterzuklettern.
Ich war noch nie im Leben hier Wohnviertel wurden auf verlas-
sene arabische Siedlungen gepfropft verflochtene Weinreben
Wasser läuft in Kanälen Sand Sträucher brechen aus geborstenen
Gehwegen ein Landwirtschaftsgebiet das sich in einen Slum
verwandelt hat. Hier und da finstere Läden beleuchtet von
Petroleumlampen ein Gemischtwarenladen in dem sie anscheinend Haschisch mit Frischkäse pantschen. Es sieht so aus als ob
der Tag noch eine weitere Erfahrung für mich auf Lager habe.
Alles ist wie ausgestorben. Schweigende gleichgültige Leute
gehen langsam umher nur wenn sie fürs Fernsehen interviewt
werden schreien sie. Jetzt tragen sie Päckchen mit Matze und als
ich sie mit Fragen nach der Adresse überfalle schauen sie mich
seelenruhig an. Welche Familie? Pinto? Aber welche Pinto? Eine
gute Frage. Welche? Ich möchte heulen die Gemüsehändler die
Auberginen auf dem Markt verkaufen der Abend hat erst angefangen ich bin wild entschlossen sämtliche Pinto-Familien in der
Gegend zu besuchen.

Und ich besuche sie steige große Steintreppen hinauf zu
Häusern mit abenteuerlicher Konstruktion gehe in Küchen in
Schlafzimmer an Wohnzimmern vorbei bis ich zu einer Art
Eingang komme. Dort wird mir ein alter Pinto gezeigt etwa um
die Hundert im Schlafanzug oder auch eine dreijährige weibliche
Pinto in Unterhosen was immer ich will bloß nicht die eine die es
braucht um mir meine hunderttausend Lirot zurückzubringen
schon ziehe ich eine kleine Gesellschaft hinter mir her ein paar
Jungen und einen Erwachsenen die sich anscheinend über den
großen Aschkenasi amüsieren der panisch in ihrem Viertel herumrennt.

Schließlich führt man mich zu einem engen Hof der mit
Steinen gepflastert ist umgeben von blauen Wänden voller leerer
Gemüsekisten und Möbel ich steige die Stufen zu einer kleinen
Wohnung hinauf deren Tür offen ist zuerst erkenne ich sie gar

nicht in kurzen Hosen barfuß mit offenen Haaren und einem leichten Matrosenhemd sie sieht so jung aus mit einem kleinen Gummischlauch überspült sie die Hintertreppe sie bemerkt mich erschrickt ich muß ganz weiß im Gesicht sein ich möchte in Ohnmacht fallen mein großes Herz schlägt in mir zum Zerspringen.

»Ich habe ihn«, ruft sie. »Keine Angst, Herr Kedmi ... es ist alles in Ordnung ... ich konnte die Schublade nicht aufmachen ... Sie haben den einzigen Schlüssel ... ich wollte den Scheck nicht einfach so im Büro lassen ... ich hatte Angst um ihn.«

Ich sage kein Wort schließe die Augen und beende meine Ohnmacht sie trocknet ihre Hände ab rennt in ein Zimmer voll bunter Bilder ihre Vorväter als Scheiche verkleidet sie bringt mir einen Briefumschlag den ich ihr aus der Hand reiße aufreiße ich ziehe den Scheck heraus untersuche ihn hastig stecke ihn in meine Hemdtasche und werfe den zerrissenen Umschlag auf den nassen Boden.

»Ich hoffe, Sie haben sich nicht erschreckt.«

Es gelingt mir ein ironisches Lächeln währenddessen haben mich die Familienmitglieder schon umringt ein halbes Dutzend dunkelhäutiger gedrungener Rowdies laden mich ein mich hinzusetzen aber ich bin immer noch unfähig auch nur ein Wort herauszubringen ich bin betäubt von Müdigkeit und Aufregung. Ich erhebe meine Hand zu einem etwas verrückten Gruß und flüstere – danke ich hab es eilig. Das hätte mir gerade noch gefehlt mich jetzt mit ihnen hinzusetzen und Auberginen zu essen. Ich wende mich zum Gehen sehe eine kleine Tür und öffne sie hastig alle rennen auf mich zu aber ich bin schon im Raum einem winzigen Bad und stehe einer alten Hexe gegenüber die nackt im gelben Wasser sitzt beleuchtet vom rötlichen Feuer eines Ofens ein Leichnam. Sie flüstert entsetzt etwas und schon werde ich von Händen ergriffen die mich zartfühlend von dort wegziehen. Sie faßt mich leicht am Arm und dirigiert mich zur richtigen Tür bringt mich die Treppe hinunter schon seit einem Jahr arbeitet sie bei mir und ich habe nicht gewußt daß sie so zartgebaute gerade Beine hat die sogar Gefühle erwecken wie hätte ich es wissen können wenn sie sich dauernd eingewickelt

hinter dem Tisch verbirgt wir sind auf der dunklen Straße angelangt.

»Sie waren ja wirklich ganz erschrocken.« Sie beherrscht sich
um nicht in Lachen auszubrechen. »Richtig erschrocken.«

Ich stehe niedergeschmettert in der öden Dunkelheit.

»Schade, daß Sie nicht daran gedacht haben, daß ich lesen
kann, sonst hätten Sie mir eine Nachricht hinterlassen können.«

»Stimmt, daran habe ich nicht gedacht.«

Ich streiche ihr leicht übers Haar und nehme mich in acht daß
ich sie nicht erwürge.

Es ist der I. Q. Auf ihn kommt es an. Und der ihre ist in der
islamischen Sonne verdampft. Das kann man ihnen auch nicht
geben wie die nationale Sozialversicherung. Wieder renne ich in
Gassen herum um mein Auto zu finden und ich denke schon an
den Titel des fünften Buches *Das Doppelleben der unterprivile-
gierten Schichten* am Ende werde ich ein Buch mit lauter Titeln
von Büchern schreiben die ich nicht geschrieben habe ich irre im
Sand des verwüsteten Wadis herum bis ich endlich mein Auto
finde. Ich steige ein und schalte das Licht an hole den Scheck
heraus und prüfe nach ob noch alle Nullen dran sind. Dann fahre
ich los und scheide mich von diesem Jammertal.

Gaddi öffnet mir die Tür und mir fällt ein was ich vergessen
habe sein Geschenk. Im Haus brennen alle Lichter das Baby sitzt
auf einem hohen Stuhl im Wohnzimmer umgeben von Spielzeug
ihr Gesicht dem Fernseher zugewandt sie hört Begin auf Arabisch zu der Eßtisch ist voller schmutziger Teller verstreutem
Papier Farbtuben Großvater sitzt da und trinkt Kaffee Gaddi
rennt und bringt mir ein großes Bild Ja'el kommt mit Schürze aus
der Küche.

»Was war los? Wir haben uns schreckliche Sorgen gemacht.
Ich habe überhaupt nichts mehr verstanden . . . was für hunderttausend Lirot sind verschwunden?«

»Gar keine . . . sie sind wieder da.«

»Warst du bei Mutter?«

»Natürlich.«

»Ist alles in Ordnung?«

»Ja . . . alles in Ordnung.«

Ich gehe auf die Toilette sie folgt mir und Gaddi hinterher.

»Wir wußten nicht, wann du kommst, deshalb haben wir ohne dich zum Essen angefangen.«

»Ist schon gut. Habt ihr mir vielleicht etwas übriggelassen?«

»Aber natürlich. Ist etwas passiert, Kedmi?«

»Wenn du mich vielleicht mal pinkeln läßt. Hätte ich eine Chance, daß du mir das Essen machst?«

Ich mache die Tür vor Gaddis Nase zu der versucht sich mit seinem Bild dazwischenzudrängen. Erledigt von da ins Bad ich wasche mir die Hände und das Gesicht beginne überflüssige Lichter auszuschalten schließlich lasse ich mich am Tisch nieder. Großvater rückt seinen Stuhl heran sein Gesicht ist ernst und bleich.

»Also . . .«

»Gleich. Laß mich nur erst was in den Magen kriegen, damit das Blut nach dort abläuft, sonst zerreißt es mir das Hirn. Wenn Kedmi einen Herzinfarkt bekommt, wird das für die Familie Kaminka peinlich.«

Ich versinke im Sessel ziehe den Scheck aus meiner Tasche lege ihn neben mich und lese ihn wie die Zeitung was drinsteht gefällt mir besser. Er erhebt sich schockiert von seinem Stuhl geht im Zimmer auf und ab Ja'el schickt Gaddi sofort ins Bad das Baby ist ganz still ebenso Begin es spielt nur noch Hintergrundmusik. Ja'el grau und müde sieht mitleiderregend aus.

»Hast du den ganzen Tag nichts gegessen? Deine Mutter hat ein paar Mal angerufen, sie hat dich zum Mittagessen erwartet, wo warst du denn bloß? Ist etwas passiert? Warum sagst du denn nichts? Sie war schrecklich besorgt.«

»Dann ruf sie an und richte ihr aus, daß ich gerade den Mund voll habe, damit kannst du mir das Vergnügen und ihr die Sorgen ersparen . . .«

Er hört plötzlich mit dem Herumgehen auf und es bricht aus ihm heraus.

»Was war jetzt? Hast du sie gesehen?«

»Ja . . . natürlich . . . könnte ich vielleicht noch ein Ei haben?«

»Wie geht es ihr?«

»Gut. Sie wässerte die Bäume.«

»Aber was hat sie gesagt? Wie hat sie dich aufgenommen?«

»Freundlich . . . durchaus . . . Übrigens habe ich auch Grüße von dem Hund, er läßt für das Pulver danken, das du ihm geschickt hast, Ja'el.«

Ich werfe einen letzten Blick auf den Scheck falte ihn zusammen und stecke ihn wieder in meine Tasche.

»Und hat sie unterschrieben?«

»Beinahe . . . Sie will noch ein wenig darüber nachdenken.«

»Nachdenken?«

»So etwas passiert hin und wieder.«

Warum tue ich ihnen das an. Ob das nur mein destruktiver Charakter ist?

Schließlich platzt Ja'el heraus sie ist nahe daran zu weinen.

»Kannst du denn nicht wie ein menschliches Wesen reden? Du hast darauf bestanden, alleine zu ihr zu gehen, und jetzt muß man dir alles aus der Nase ziehen.«

»Schon gut, schon gut, ich wollte nur in Ruhe essen. Ich habe ja nicht gewußt, daß ihr so ungeduldig seid, es tut mir leid.« (Kissinger erstattet der israelischen Regierung Bericht.) »Ich kam um halb vier dort an, sprach mit einem jungen Arzt, den ich aus dem Schlaf reißen mußte. Er sagte mir, daß ihr Zustand absolut zufriedenstellend sei, auch ein paar von ihren Bekannten in der Anstalt wissen übrigens, um was es sich handelt. Ich fand sie braungebrannt und erholt vor, sie hat gerade die Bäume bewässert. Ich weiß nicht, ob das eine neue Art von Therapie ist, auf jeden Fall schlägt sie ganz entschieden gut an. Ihr Zustand ist mit dem vor einigen Jahren nicht mehr zu vergleichen. Erinnerst du dich daran, Ja'el, als ich mal mitkam?«

Ihr Vater steht über mich gebeugt seine Beine drohend gespreizt Ja'el betrachtet mich haßerfüllt.

»Ich habe ihr erzählt, daß du angekommen bist, und daß du ausgezeichnet ausschaust, und sie hat gefragt, ob du immer noch an Krämpfen im Hals leidest, und ich habe gesagt, daß ich nichts bemerkt habe. Dann hat sie gefragt, ob du die Kinder nicht störst, und ich sagte, im Gegenteil, die Kinder sind glücklich, daß du da bist. Ich erzählte ihr, daß es dir schwerfällt, dich an die israelische Zeit anzupassen. Dann habe ich ihr den Vertrag gegeben und ihr gesagt, daß er gut sei, und sie fragte, ob sie ihn lesen müsse. Ich sagte ja, denn das ist unsere Berufspflicht, die Leute keine Dokumente oder Verträge unterschreiben zu lassen, die sie nicht vorher gelesen haben. Sie verstehen es zwar sowieso nicht, aber es ist besser für sie, wenigstens zu wissen, daß sie es gelesen haben und nicht verstehen, als daß sie es, ohne es gelesen zu haben nicht verstehen ha, ha ...« (Keiner lacht.) »Sie hat versucht, es zu lesen, aber sie konnte nicht, weil ihre Brille zerbrochen ist, vielleicht hat auch der Hund sie gefressen. Du mußt dich darum kümmern, Ja'el. Also habe ich es vorgelesen. Sie hat ruhig zugehört, während ich ihr alle Details erklärt habe, wie ihre Rechte gewahrt bleiben. Ich habe wirklich zartfühlend und vorsichtig mit ihr geredet, aber sie hat kaum eine Reaktion gezeigt, sie hat nur einmal nach dir gefragt, Ja'el ...«

»Warum ich nicht gekommen bin ...«

»Genau. Aber ich habe es ihr erklärt, sie hat es verstanden. Ich habe ihr gesagt, daß du morgen oder übermorgen kommen würdest, und wir sind übereingekommen, daß sie bis dahin darüber nachdenken, unterschreiben und es dir mitgeben wird. Natürlich drängt die Zeit, das habe ich ihr so rücksichtsvoll wie möglich erklärt ... Könnte ich noch ein Glas Tee haben? Ich bin völlig erledigt. Ich bin den ganzen Abend hinter diesem Scheck hergejagt ...«

»Sie wird nicht einwilligen«, stößt der Alte hervor und verläßt das Zimmer. In meinem Innersten habe ich das Gefühl daß er recht hat.

»Warum?« protestiere ich. »Ich hatte nicht den Eindruck. Könnte ich noch einen Tee haben, oder muß ich einen schriftlichen Antrag einreichen?«

Ja'el bringt mir mit zitternden Händen ein Glas Tee sie hebt das Baby aus dem Stuhl und bringt sie ins Bett Gaddi zeigt mir das Bild das er gemalt hat große Frauen die im Regen stehen.

»Ein ausgezeichnetes Bild.« Ich küsse ihn und schicke ihn ins Bett.

Ja'els Vater ist verschwunden. Sie schaut mich feindselig an.

»Was ist los mit dir?«

»Ich weiß nicht. Ich bin heute ganz zerschlagen.«

»Das sieht man.«

»Es war einfach zu viel.«

Und wirklich ich breche vor Müdigkeit fast zusammen es kann nicht bloß der verdammte Scheck sein etwas hat mich heute erschreckt die Welt selber ... die zerborstenen Gassen da unten ... diese nackte alte Frau im gelben Wasser ... der Strohbesen in meinen Haaren.

Ich stehe auf um nach der spärlichen Post zu sehen die gekommen ist dann schalte ich den Fernseher ein ich bin erschöpft die Augen fallen mir zu ich nehme kein einziges Wort auf Ja'el räumt das Geschirr ab das Baby schläft schon. Ich mache das Licht aus ziehe den Schlafanzug an schiebe den Scheck in meine Schlafanzugtasche suche nach einer Zeitung kann mich kaum auf den Füßen halten falle ins Bett und ziehe die Bettdecke über mich.

Es ist zehn Uhr. Das Telefon klingelt es ist meine Mutter. Ja'el sagt als ob ich drei Jahre alt wäre ja er hat gegessen und jetzt ist er im Bett. Ihr Vater kommt von einer Runde draußen mit einem Päckchen Zigaretten zurück. Er flüstert mit Ja'el. Meine Augen fallen zu die Zeitung rutscht auf den Boden. Der Alte kommt ins Schlafzimmer will wissen ob ich Gaddis Geschenk besorgt habe.

»Tut mir leid, ich hab's vergessen.«

Er zieht dreißig Dollar aus seiner Tasche und legt sie auf den Nachttisch.

»Das ist doch nicht nötig«, flüstere ich.

Aber er stellt den Aschenbecher drauf. Er steht düster da. In der Küche wäscht Ja'el das Geschirr ab.

»Was soll ich ihm kaufen?«

Er schweigt.

»Wenn du nichts dagegen hast, werde ich irgendeine kleine elektrische Eisenbahn auftreiben. Er ist noch nie mit dem Zug gefahren ...« Er sagt immer noch nichts steht neben meinem Bett groß ein gutaussehender Mann mit einer grauen Haarmähne im Nacken ein Bohemien. Sein amerikanischer Anzug sitzt wie angegossen seine Finger sind nikotingelb was will er von mir mich nach ihr fragen natürlich aber er hat Angst zu sprechen.

»Du fährst morgen nach Jerusalem. Zu Asa.«

Er wirft mir einen schweren Blick zu tief in Gedanken versunken er möchte reden aber etwas hält ihn zurück er zieht gierig an seiner Zigarette.

Plötzlich setzt er sich aufs Bett. Etwas zieht ihn zu mir hin. Die Tatsache daß ich bei ihr war aber was gibt es da noch zu sagen. Stille ich werde immer schläfriger rolle mich in die Bettdecke ein schließe von Zeit zu Zeit die Augen um zu sehen welchen Eindruck das auf ihn macht. Aber er bleibt neben mir sitzen rauchend den Kopf in die Hände gestützt. Er hat Sorgen. Er braucht die Scheidung er hat eine Frau dort die auf ihn wartet und wenn mich nicht alles täuscht ist ein kleiner Onkel für Gaddi unterwegs. Stille nur das Geräusch vom Geschirrspülen meine Glieder werden zu Blei.

»Wenn es dir nichts ausmacht, das Licht auszumachen, wir können genauso billig im Dunkeln sitzen...« Ich lächle schwach und hoffe daß das mein letzter Witz für heute gewesen ist.

Er schreckt auf. »Was?«

Aber er hat verstanden er richtet sich auf mustert mich von oben bis unten macht das Licht aus und verläßt das Zimmer ich stecke die Dollar ein und vergrabe mich unter der Decke.

Vor undenklicher Zeit überkam mich um diese Stunde die Lust mit Ja'el zu schlafen aber man hat dafür gesorgt daß sie mich nicht mehr überkommt. Das Baby fängt zu weinen an aber ich werde nicht aufstehen ich habe heute genug gearbeitet der Titel meines nächsten Bestsellers wird sein *Wie man seinen Ehepartner mit Zartgefühl dazu bringt, mitten in der Nacht einen schreienden Säugling zu versorgen.* Ich vergrabe mich tiefer im Bett. Im Irrenhaus diskutieren sie jetzt bestimmt mein Dokument vorausgesetzt der Hund hat es nicht gefressen warum muß ich jetzt im Halbschlaf wieder an sie denken dort im grellen Licht neben dem Meer etwas von ihrem Wahnsinn ist auch an dir hängengeblieben Kedmi lieber Kedmi armer Israel Kedmi du alt gewordenes gehetztes Kind das Schlaf braucht...

Dienstag

Einbildungskraft beschützt den Blick
und alles Leben wird beschützt
indem wir kunstvoll nur so tun als ob.
Die Weisheit schützt den Redenden
Ein Ring den Finger ...
Ich aber steh und denke nach was mich beschützt
gegen mich selbst und meine Kraft mich zu zerstören.

JONAH VALLACH

Wohnt er hier? In einer so heruntergekommenen Gegend. Absichtlich oder verdient man so wenig als Schriftsteller? Und schreibt er seine Bücher wirklich mit dieser häßlichen abblätternden Mauer vor Augen? Er hat drei Briefkästen zwei davon sind aufgebrochen der dritte ganz neu riesig der aufgeklappte Deckel hungert nach Post. Ein Mann kommt schnell die Treppen herunter stockt bleibt verwundert stehen umkreist die Briefkästen liebkost die Luft um mich herum wirft einen verstohlenen Blick auf mich geht hinaus dreht sich noch einmal nach mir um und verschwindet. *Der Schmerz deine Schönheit anzuschaun* hatte einer aus meiner Klasse geschrieben der mir Briefe schrieb und wer von ihnen hat es nicht versucht. Anonyme Zettelchen heimlich in meine Schultasche gesteckt verschrobene Liebesbriefe aus Bibelversen und den Sprüchen unserer seligen Weisen hie und da ein Schuß unverblümter Ferkelei wenn es einer unter seiner gestrickten Kappe nicht mehr aushalten konnte. Die tatarischen Backenknochen das blaue Aufblitzen das sie ins Herz traf. Wie könnte man sich nicht in dich verlieben? Ich werde es dir sagen. Du kannst nicht in mich verliebt sein denn du weißt absolut nichts über mich aber warum solltest du dich eigentlich nicht in mich verlieben und inzwischen kann ich vielleicht einen Blick in dein Mathematikheft werfen ich habe keine einzige von den Fragen verstanden.

Fünf vor zehn. Warte. Es ist taktlos zu früh zu kommen sogar pünktlich zu sein ist übertrieben er würde denken daß er mir so wichtig sei daß ich die Minuten gezählt habe. Sicher bin ich nicht die erste und nicht die letzte die ihn belästigt er ist eine viel zu bedeutende Persönlichkeit für eine Anfängerin wie mich aber Asa mußte ja beweisen was für wunderbare Beziehungen er hat. Vielleicht kann er dir behilflich sein ein paar Kontakte zu knüpfen. Das Schlüsselwort. Von Kontakt zu Kontakt wir werden alle in Kontakt bleiben bis wir selbst zu Kontakten geworden sind. Mein Geliebter (auch wenn du mich bestrafst). Mein einziger Geliebter mein Mann. Was sollen wir tun? Wenn du meinen Schmerz fürchtest wie soll ich ihn nicht fürchten.

Also werde ich die Straße auf und ab gehen und ihm noch zehn Minuten geben. Ein bewölkter Morgen mit kaltem Wind Jerusalem eine Stadt der Kälte. *Ein zerbrechlicher Zweig.* Junge Mütter sind unterwegs mit ihren Babys sie alle haben den schnellen vielleicht sogar süßen Schmerz hinter sich alle Welt. Es ist nicht das Eindringen das ich kenne ich kenne den Schmerz nicht der Schmerz sondern das Blut. Schon zwei Jahre die Geduld geht zu Ende. Schläfere mich ein und dann kannst du . . .

Und dann meine Mutter:

Ich will mich ja nicht einmischen aber manchmal ist man als Mutter dazu verpflichtet und ich bekomme deswegen kein Auge mehr zu. Du bist schon über zwei Jahre verheiratet du willst deine Freiheit haben das ist verständlich aber vielleicht solltest du auch ein wenig weiter denken.

Dann mein Vater:

Es ist nicht so sehr wegen der Sünde obwohl auch deswegen aber Asa glaubt an nichts und er hat dich beeinflußt und du gibst zu einfach deinen Glauben preis in dem wir dich erzogen haben aber das ist es nicht obwohl . . .

Dann wieder meine Mutter:

Fang jetzt nicht damit an es ist der gesundheitliche Aspekt nur der gesundheitliche Aspekt weswegen ich mir Sorgen mache. Du bist einmal sehr krank gewesen du hast das doch hoffentlich nicht vergessen und ich habe in der Zeitung gelesen lach nicht daß die Frauen es manchmal aufschieben und glauben daß sie endlos Zeit hätten und wenn sie dann wollen können sie nicht mehr je früher desto besser das geht nicht automatisch das ist nur in Romanen so und sogar da . . .

Vater:

Warum mußt du immer so kompliziert daherreden Mutter. Ja wir hätten gern einen Enkel. Na und? Ist es verboten das zu wollen? Dieses Glück hätten wir doch verdient Gott hat uns ein einziges Kind geschenkt und ER weiß wie sehr wir uns bemüht haben es sollte nicht das einzige bleiben aber deine Mutter konnte nicht . . .

Mutter:

Fang doch jetzt nicht damit an um Gottes Willen laß uns in Ruhe darüber reden es ist nicht um unsretwillen es ist um euretwillen. Wir sind noch bei Kräften können euch helfen an Stelle seiner nichtexistenten Familie. Wir haben sogar daran gedacht in eure Nähe umzuziehen aber es wäre fast besser wenn ihr näher zu uns zieht wir haben sogar eine Wohnung für euch ganz in der Nähe gefunden.

Vater:

Wir könnten euch nicht nur an den Abenden helfen auch am Tag das Geschäft geht Gottseidank so schlecht daß ich die Verluste im Laden auch alleine machen kann und Mutter würde dir auf meine Kosten zur Verfügung stehen euch ihre Zeit widmen.

Mutter:

Wenn es um Asas Vorwärtskommen geht wirklich wir denken nur an seine Karriere wenn das der Grund ist . . .

Vater:

Mit deiner Mutter zur Seite könntest du ganz beruhigt sein du bist eine solche Schönheit geworden unter ihrer Obhut als du geboren wurdest haben wir uns gefragt wo dieser Affe nur herkam aber Schritt für Schritt . . .

Mutter:

Hör doch auf du ärgerst sie bloß noch und ruinierst alles. Du denkst daß ich es bin aber wie du siehst er ist es der nicht zu reden aufhören kann mir keine Ruhe läßt. Gestern kam die Mutter von Sarah vorbei das Mädchen aus deiner Klasse das nur ein paar Monate vor dir geheiratet hat und sie erwarten schon das zweite Kind. Sei nicht böse ich hatte nicht die Absicht euch zu vergleichen ich weiß daß sie zu nichts anderem taugt aber du mußt einsehen daß die Zeit nicht stehenbleibt niemals ...

Ein sanftes Besitz ergreifendes bittendes listiges Duett wenn sie wüßten wie sehr wir noch am Anfang stehen. Sie wissen es aber sie begreifen nicht was sie wissen.

Aber er hat einen Ausblick nach hinten eine tiefe breite Bresche in die Berge und den Himmel hinein zu seiner Inspiration ist das hier Westen Osten oder Norden ich kenne mich in Himmelsrichtungen nicht aus. Asa braucht nur einen Schritt in einem beliebigen Zimmer zu machen und weiß sofort in welche Richtung er geht. *Herabsinkende Himmel.* Und auch noch im Plural. Manchmal unerwartet eine so genaue Landschaftsempfindung in einem Talmudtext die Jungen stritten sich mit dem Lehrer über den Punkt auf dem i während ich in die Himmel hinabsank. *Eine zerbrechliche Schlange neben einem schlummernden alten Mann.* Vielleicht wir werden sehen. Am Ende stehen nur Worte und der Schmerz der Worte. Aber Worte bluten nicht.

Es ist wirklich kalt und ich in dem leichten Frühlingskleid und den dünnen Schuhen. Soll dieser eisige Wind Frühling sein? Aber in einigen Tagen ist schon Sederabend. Ein paar blasse schwache glitzernde Tage und schon wird der Sommer über uns hereinbrechen. Dieses Land *Allesaufeinmal.* Eine Gedichtzeile. Man muß sie aufschreiben. Von irgendeinem Dichter wurde in der Zeitung geschrieben daß er immer mit einem kleinen Notizbuch herumläuft. Praktisch. Was wird er mir schon sagen können? Dinah Kaminka du hast ein bewundernswertes Talent. An deinen Namen wird man sich noch erinnern. Die große Hoffnung einer niedergehenden Literatur. Wo hast du dich bis jetzt versteckt? Blödsinn. Üppige Frauen mit Einkaufstaschen starren mich im Vorbeigehen an. Manchmal sind die Blicke der Frauen durchbohrender als die der Männer als ob ich ihnen etwas rauben würde. Aber die mich kennen wissen daß ich nur eine leere Drohung bin.

Im Treppenhaus drückt sich ein kleines Kind an die Wand. Seines. Man erkennt es sofort nach dem Bild in der Zeitung die gleichen Locken der gleiche Blick es fehlt nur die Pfeife. Ich lege meine Hand auf seine Schulter er ist dein Vater nicht wahr? Aber es ist nicht beeindruckt es ist daran gewöhnt daß man es erkennt seinen Vater sucht es gibt dem Ball einen Tritt und hüpft hinter ihm die Stufen hinunter.

Zwei Türen einander gegenüber auf jeder seltsamerweise sein Name. Ich klingle an der rechten eine junge Frau in verblichenen Jeans ein Baby auf den Armen Rockmusik von drinnen bevor ich meinen Mund aufgemacht habe deutet sie auf die gegenüberliegende Tür zieht sich sachte zurück und während ich noch die Klingel an der zweiten Tür suche öffnet sie sich schon und eine ältere Frau mit noch einem Baby (ein drittes Kind?) und einem Korb in der Hand kommt heraus.

(Kann es sein daß er zwei Frauen hat? Warum nicht? Die Wohnungen sind billig. Um Mitternacht wechselt er nackt über den kleinen Korridor.)

»Ich habe eine Verabredung mit Herrn . . .«

Herrn?

»Kommen Sie herein.«

Sie mustert mein modisches Kleid mit einem ironischen Lächeln und deutet auf eine der Türen im Inneren. Es war ein taktischer Fehler diese hochgradige Boheme mit hohen Absätzen zu betreten. Ich mache einen Schritt in den Gang hinein und schon wird hinter mir die Tür mit rohem Zynismus zugeschlagen. Das schwache Licht versickert zwischen den niedrigen Bücherschränken es riecht nach Schimmel und nasser Wäsche eine lyrische Ouvertüre für ein literarisches Tribunal und im Spiegel zwischen den Wintermänteln schält sich mein Gesicht heraus wie eine Flagge schräg das scharfe Blau der Augen der halbgeöffnete hündische Mund der honigfarbene Lockenkopf der aussieht als seien ihm noch bis vor kurzem Zöpfe gewachsen die Schminke hat sich im Wind aufgelöst. In was habe ich mich da verstrickt? Ich gehe an der Küche vorbei Haufen von schmutzigem Geschirr auf dem fleckigen Marmor des Spülbeckens. Vielleicht braucht er eine dritte Frau zum Geschirrspülen.

Was kann er mir schon sagen?

Meine Frau schreibt schon seit einiger Zeit heimlich *(heimlich?)* Gedichte und Prosa nur zu ihrem eigenen Vergnügen natürlich vielleicht wären Sie bereit es zu lesen und ihr zu sagen was es wert ist. Eine professionelle Meinung und ein freundliches Wort von Ihnen (vielleicht können Sie sie auch davon abbringen). Sie bewundert Sie sehr.

Warum hast du gesagt daß ich ihn bewundere wer hat dir das erlaubt? Bewunderst du ihn denn nicht? Ich bewundere niemanden. Nicht einmal mich? Dich liebe ich. Was macht es dir aus wenn ich ihm gesagt habe daß du ihn bewunderst auf die Art wird er das Material (*Material?*) ich meine was du geschrieben hast mit mehr Wohlwollen lesen. Ich brauche kein Wohlwollen sondern die Wahrheit. Auch die Wahrheit schaut anders aus wenn sie freundlich gesagt wird. Aber was für eine Art von Schriftsteller ist er? Was hat er geschrieben? Lies es selbst. Ich habe keine Zeit für Literatur ich werde die Bücher die dann noch übrigbleiben lesen wenn ich pensioniert bin aber über was schreibt er welche Themen erzähl mir mal den Inhalt eines Buches. Mach dich nicht lächerlich man kann solche Bücher nicht so einfach wiedergeben. Deswegen ist er vermutlich bedeutend.

Bedeutend. Noch ein Schlüsselwort.

Ich klopfe an die Tür und öffne sie sanft. Ein kleines Zimmer mit einem großen blonden Baby das im Gitterbett auf einem schmutzigen Laken sitzt und an einer Puppe saugt. Ich lächle es an und schließe die Tür wieder. Ich öffne die nächste. Ein altes Reptil in einem schäbigen schwarzen Rollkragenpullover kleiner als ich dachte untersetzter als ich dachte älter als ich dachte über Korrekturfahnen gebeugt daneben ein großer junger Mann. Ein riesiger abgenutzter hellfarbener Ledersessel zusammengesunken wie eine alte Frau ein Haufen Pfeifen ein großer Schreibtisch ein dunkles holzgetäfeltes Zimmer Bücher auf dem Fensterbrett jenseits davon die Gipfel der Berge ein Schaffellteppich eine Schallplatte dreht sich tonlos ein zutiefst unisraelischer Raum voller dunkler Holzstatuetten und erfüllt von einer scharfen männlichen Spannung.

»Entschuldigen Sie . . . Ihre Frau hat gesagt ich solle eintreten . . . ich weiß nicht, ob Sie sich erinnern . . . mein Mann . . . um zehn Uhr . . . mein Name ist Dinah Kaminka . . .«

Kaffeesatz in den hohen Gläsern Aschenbecher voll verbranntem Tabak verbrauchte Luft der Geruch nach Literatur in Aktion. Seine Augen blitzen mich an der junge Mann macht ein finsteres Gesicht. Ich lasse ihnen Zeit meine Schönheit in sich aufzunehmen (was habe ich sonst?).

»Meine Frau? Ach egal. Ist es schon zehn? Stimmt. Wir haben eine Verabredung. Kommen Sie herein, setzen Sie sich . . . Ich bin gleich fertig.« Ich steuere direkt auf den hinfälligen Sessel zu falle hinein und versinke sofort bis auf den Boden. Er sieht zuverlässig und exakt aus in seinen abgetragenen Kordhosen räumt die Papiere und die Kaffeegläser von seinem Schreibtisch schickt den jungen Mann mit den Korrekturfahnen hinaus es wird nicht lange dauern flüstert er betrachtet wohlwollend mein brennendes Gesicht ich lächle angestrengt gefangen in diesem Sessel ich sinke immer weiter nach unten schlage die Beine übereinander und entblöße die Ursache von so viel Schmerz. Nicht meinem.

Er steht immer noch da betrachtet mich versucht freundlich objektiv zu bewältigen was ihm der Morgen unvorhergesehenerweise beschert hat.

»Möchten Sie vielleicht etwas trinken?«

»Nein danke.«

Er schließt die Tür hinter dem großen jungen Mann der sich wortlos ohne mich eines Blickes zu würdigen zurückgezogen hat. Er setzt seine Brille auf beginnt in Schubladen herumzuwühlen schiebt Stapel von Papieren beiseite bis er schließlich ein gelbliches Bündel herauszieht und schweigend zu lesen beginnt. Er blättert darin herum sein Gesicht strahlt er setzt sich hin und nimmt die Brille ab.

»Ich war sehr beeindruckt von Ihren Gedichten . . .«

Ist das wirklich möglich. Ein Wunder. Und so leicht.

»Wirklich?« Ich sinke sprachlos überwältigt noch tiefer in den Sessel.

»Wo haben Sie denn bis jetzt gesteckt? Dieses Gedicht *Wie lieblich mein Körper* es ist großartig.

»Welches Gedicht?«

»*Wie lieblich mein Körper* . . .« Er beugt sich feierlich zu mir herunter um mit mir eine fremde verschnörkelte gestörte Handschrift zu lesen die das gelbliche Papier bedeckt. Er hat mich verwechselt er spricht von jemand anderem.

»*Wie lieblich mein Körper?*«

92

»Unter dem ganzen Mist, der mir tagtäglich geschickt wird, finde ich endlich einen neuen Ton, einen Schimmer von Hoffnung, den Schlüssel zu einer neuen Sprache.«

Meine Stimme schwankt aber ich sage tapfer: »Bitte, ich glaube Sie irren sich ... das ist nicht von mir ... dieses Manuskript ... Dinah Kaminka ... Sie verwechseln mich ... mein Mann hat Ihnen ein Heft gegeben ... ein geblümtes ...«

Er ist bestürzt. Wird rot läßt das Manuskript fallen lächelt (was gibt es da zu lächeln?) faßt sich an den Kopf schlägt sich gegen die Stirn steht auf setzt sich und steht nochmals auf beugt sich hinunter murmelt Augenblick Verzeihung richtig wie konnte ich Sie verwechseln. Er geht in die Knie zieht die unterste Schublade heraus führt Selbstgespräche einen Augenblick mir ist hier alles durcheinandergeraten sie haben mir aus der Wohnung ein Redaktionsbüro gemacht ja Dinah Kaminka natürlich. Ihr Mann Asa ist von der historischen Abteilung natürlich erinnere ich mich ...

»Sie sind noch nicht dazugekommen es zu lesen ... es macht doch nichts ...«

In einem plötzlichen Gefühl von Erleichterung versuche ich mich aus dem gallertartigen Sessel zu befreien und zu verschwinden.

»Nein, ich habe es gelesen, warten Sie doch, ich bin mir sicher ...« Und er wühlt fieberhaft die Papiere durch. »Da war diese Geschichte, ja? Eine junge Frau ... einen Moment ... etwas, das sich in einem Laden an einem Wintertag ereignet ... einen Augenblick ...«

Was soll's? Es gibt schon eine andere die den Schlüssel zu einer neuen Sprache gefunden hat unter dem ganzen alltäglichen Mist und das Glück dies aus seinem Mund zu hören steht ihr bevor vielleicht kommt sie gerade die Treppe herauf. Aber da hält er auch schon mein Heft in den Händen und zeigt es mir triumphierend. Mein größter Fehler war es alles in ein Schulheft zu schreiben. Ich hätte auf gelbem ungewöhnlichem Papier schreiben sollen *denn sie sollen nehmen die Zeichen der Jungfräulichkeit und sie hinaus zum Tore vor die Ältesten der Stadt bringen und sie werden das Tuch ausbreiten ...*

Schweigen.

Er hält das Heft wie ein Raubvogel seine Beute er geht es in rasender Schnelligkeit durch sein Hirn fotografiert es liest den Text mit äußerster Konzentration er schämt sich nicht es vor meinen Augen zu tun. Schließlich klappt er das Heft zu legt es weg steht auf und lächelt mich freundlich an.

»Türkischen Kaffee oder Nescafé, was darf es sein? Oder möchten Sie vielleicht etwas Kaltes?«

»Nein danke, ich möchte nichts.«

»Türkisch oder Nes«, insistiert er behält weiter sein gönnerhaftes Lächeln auf den Lippen. »Ich wollte mir sowieso selbst etwas machen.«

»Nein, wirklich, vielen Dank.«

Er kommt auf mich zu und nimmt sich die Freiheit mir seine warme Hand auf die Schulter zu legen.

»Sie sind mir böse. Aber ich habe es wirklich gelesen . . . hier ist nur ein solches Durcheinander . . . also trinken Sie einen Kaffee mit mir, Sie tun mir sonst Unrecht . . . Türkisch oder Nes?«

»Türkisch.«

Energisch räumt er die Gläser und einige Keksreste zusammen versammelt alles auf einem Tablett legt mein Heft darauf und geht aus dem Zimmer.

Ich erhebe mich aus den Untiefen des Sessels drücke mich an den Buchreihen entlang angezogen von den gelben Blättern die auf dem Tisch liegengeblieben sind von der starken verschnörkelten Handschrift.

Aus dem Dunkel fällt der Tod wie ein Lied, aber es war ein Lied, alles war letztlich ein Lied.

Gelächter dringt aus der Küche. Ich kehre zu den Büchern zurück unfähig auch nur ihre Titel zu lesen das wässerige Licht das von den Bergen kommt schwimmt mir vor den Augen. Die Tür öffnet sich und er kommt herein mit einem Tablett auf dem sich Kaffeetassen Gebäck und mein Heft befinden. Es ist soweit er sieht mich an zögert ich stehe immer noch wie angewachsen am Fenster setzen Sie sich doch er lächelt und ich gleite zu einem Stuhl (nicht nochmals diesen schrecklichen Sessel) und lasse mich neben der dampfenden Tasse nieder während er mir Zucker reicht. Er legt mein Heft auf seine Knie nimmt seine Tasse und trinkt mit kräftigen Zügen.

»Die erste Frage stelle ich Ihnen aus reiner Neugierde. Sind Sie religiös? Kommen Sie aus einer religiösen Familie?«

»Ich habe religiöse Schulen besucht.«

»Auch während des Gymnasiums?«

»Ja. Warum fragen Sie?«

Er ist zufrieden mit sich.

»Weil man so etwas in der Sprache spürt, in der Vorstellungswelt, in Ihren Wertvorstellungen, in der Art wie Sie mit etwas umgehen, wie Sie etwas billigen oder mißbilligen. Man riecht es förmlich. Es ist etwas Neues, diese Literatur von Religiösen. Es ist schon fast eine Schule.«

Er hat mich in eine Kategorie gesteckt noch dazu in eine religiöse. Er hat sich die Welt zurechtgelegt.

»Aber ich bin nicht mehr sehr orthodox.«

»Das macht keinen Unterschied . . . das sitzt tiefer, als daß man es einfach so abschütteln könnte. Es ist eine ganze Weltanschauung.«

»Und ist das gut?« frage ich unterwürfig und versuche nach der dampfendheißen Tasse zu greifen.

»Im Grunde ist es ein sehr willkommener Neubeginn, nicht daß ich es für mich selbst unterschreiben könnte . . . im Gegenteil . . . aber es ist ein neues Klima, eine alternative Möglichkeit . . . Wie alt sind Sie? Trinken Sie doch bitte; warum trinken Sie denn nicht . . .«

Er war um sein literarisches Urteil gebeten worden und schon hat er sich zu meinem Beschützer aufgeschwungen er denkt er hat das Recht mich alles zu fragen aber es ist wahr er ist erfahren darin mit jungen Talenten umzugehen.

»Ich bin zweiundzwanzig.«

»Studieren Sie?«

»Ich habe vor einem Jahr abgeschlossen.«

»Was?«

»Sozialarbeit.«

»Nicht Literatur?«

»Nein.«

»Sehr gut. Aber wie haben Sie es geschafft, so schnell fertig zu werden?«

»Ich war vom Militärdienst befreit.« Ich schaue ihm direkt ins

Gesicht und warte auf das übliche vorwurfsvolle Lächeln des betroffenen Bürgers. Er sagt nichts errötet plötzlich ist verunsichert.

»Aber so trinken Sie doch. Es wird ja kalt. Nehmen Sie sich Gebäck.«

»Danke.« Ich hebe die Tasse hoch registriere entsetzt einen Lippenabdruck auf dem Rand nippe oberflächlich an dem bitteren schwarzen Kaffee und stelle die Tasse schnell wieder hin.

»Haben Sie Kinder?«

»Bitte? Nein, noch nicht.«

»Arbeiten Sie?«

»Ja, in der Sozialabteilung der Stadtverwaltung.«

Was sollen diese Fragen? Will er Zeit gewinnen oder Beweismaterial sammeln für sein Urteil?

»Seit wann schreiben Sie?«

»Schon seit einigen Jahren. Ich habe in der achten Klasse angefangen . . . ich war einige Monate krank . . . eine Art rheumatisches Fieber . . . deswegen wurde ich auch vom Militärdienst befreit. Nicht aus religiösen Gründen. (Merk dir das altes Ekel!) Ich mußte lange Zeit im Bett liegen und damals habe ich zu schreiben begonnen. Noch heute, wenn ich mich auf das Schreiben konzentrieren will, gehe ich ins Bett und schreibe auf den Kissen . . .«

»Ins Bett?« Er lacht überrascht herzlich und angeregt beugt sich zu mir herunter.

»Um die Wahrheit zu sagen« (O Gott laß ihn barmherzig sein!) »Ihre Erzählung ist schwach, unausgereift. Sie ist im Mittelteil grundlos kompliziert und löst sich am Schluß zu einfach auf. Die Gedichte sind im Prinzip besser. Dieses eine . . . *Denn du hast mich aufgezogen wie eine Distel auf dem Feld* . . . das hat etwas, es wäre sogar wert, veröffentlicht zu werden. Auf jeden Fall ist es nicht schlechter als viele der Gedichte, die heutzutage veröffentlicht werden. Also, wenn Sie mich fragen, auf welchem Gebiet Sie weiterschreiben sollen, Lyrik oder Prosa« (Ich habe ihn nicht gefragt!), »wäre die logische Antwort: Lyrik. Und trotzdem . . . wenn ich mich nicht ganz täusche, sollten Sie mit der Prosa nicht aufhören. Es gibt eindeutig ein paar gute Passagen in dieser Erzählung, nicht viele, aber immerhin. Besonders die Beschreibungen. Was war es doch gleich? Ach ja, ein Lebensmittelgeschäft. So ein altmodischer Lebensmittelladen. Etwas an der Schilderung hat mich gepackt.« (Ich schließe die Augen.) »Die Regale, das Halbdunkel des Brotschranks. Da war eine wundervolle, humoristische Stelle, irgendein Laib Ziegenkäse, Sie haben seine absurde Form vollkommen erfaßt, Sie haben da ein präzises Bild zustande gebracht, ich erinnere mich im Moment nicht daran, aber ich weiß, daß ich es markiert habe.« Er blättert. »Nun ja . . .«

»Ein gelblich weißes Gehirn.«

»Genau. Mit diesem alten Krämerehepaar. Gute stimmige Prosa, sogar witzig . . . es ist nur schade, daß Ihre Heldin sich so ungenau und beziehungslos im leeren Raum bewegt . . . daß Sie sie mit all diesen emotionalen Klischees befrachten.«

Er ist ganz ernst:

»Ich hoffe, Sie sind mir nicht böse, wenn ich Ihnen offen sage, was ich von Ihrem Manuskript halte. Es ist selbstverständlich nur ein subjektives Urteil aber ich möchte nichts beschönigen . . . das wäre nicht anständig.«

»Sie haben völlig recht.«

Er reicht mir das geöffnete Heft.

»Man hat das Gefühl, daß Sie Angst haben, das wirkliche Problem anzupacken . . . sofern es eines gibt, was ich natürlich nicht beurteilen kann. Ich weiß ja nichts über Sie . . . aber es sieht so aus, vor allem bei der komischen Szene in dem dunklen Lebensmittelladen . . . es war da eine gewisse Bitterkeit. Aber Sie müssen in sie eintauchen, sie erschließen. Sogar in Ihren Gedichten . . .«

»Auch in den Gedichten?« Meine Stimme klingt kläglich.

»Ja. Auch in Ihren Gedichten.« Plötzlich ist er ärgerlich.

»Wo immer Sie Gefühl einbringen müßten, weichen Sie in die Landschaft aus, in irgendeine neutrale Naturschilderung. *Ganz allein ganz allein vergebliches Bemühen gebeugt über diesen kleinen Körper zerbrechliche Morgenwolken im Fenster.* Wenn sich jemand über den Körper eines toten Kindes beugt . . .«

»Eines toten Kindes?«

»Tot oder krank, das ist unwichtig. Dieser kleine Körper

verlangt eine Antwort, zerbrechliche Morgenwolken im Fenster reichen da nicht aus. Das ist ein Ausweichen, bloße Ästhetik. Sie können nicht schreiben ohne die Bereitschaft sich zu entblößen und selbst dann ... es gibt keine Sicherheiten. Aber wenn Sie sich überhaupt nicht einbringen, ist es schade um die Zeit und um das Papier. Und überhaupt strapazieren Sie das Wort ›zerbrechlich‹ etwas zu sehr, schon auf der ersten Seite steht es fünf Mal.«

Ade zerbrechliche Schlange.

Er liest vor. Er liest gut. Ein erfahrener Profi. Er hat es genau erfaßt auch wenn er es vermutlich erst jetzt in der Küche zwischen Kaffeetassen und Wasserkessel gelesen hat.

Schweigen.

»Ist es wichtig für Sie?«

»Was?«

»Zu schreiben.«

»Ja, ich glaube schon.«

»Dann bringen Sie sich ein ... vollständig. Sonst ...« Seine Stimme wird sanft sein Blick streichelt meine Beine. Auf dem Flur bricht ein Baby in Weinen aus Stühlescharren. Ich habe plötzlich einen bitteren Geschmack im Mund. Alles in allem ein negativer Bescheid.

»Sie sagen, meine Erzählung sei nicht ausgeführt, aber bei Ihnen ...«

Er versteift sich. »Ja?«

»Nichts.« Ich gebe auf. Ich erhebe mich. Das Baby schreit noch immer. Er hält den Kopf gesenkt ein weises verständnisvolles Lächeln liegt auf seinem Gesicht.

»Ich glaube, man braucht Sie.«

Aber er ist geistesabwesend versunken in seinem Sessel gibt mein Heft nicht frei blättert darin herum will sich nicht davon trennen.

»Zuerst Dinge, Objekte, physische Realität, und erst dann, von ihnen abgeleitet, Ideen und Symbole. Das ist Literatur. Die volle Unmittelbarkeit des Augenblicks, wie er dir oder anderen widerfährt, die Fähigkeit, sich zu identifizieren, nicht zu abstrahieren, ganz im Gegenteil, erdverbunden sein ... ständig die Distanz zwischen Leben und Geschriebenem verringern ...«

Ich lächle halte noch immer meine Hand ausgestreckt um das Heft in Empfang zu nehmen. Das Baby tobt Schritte des jungen Mannes fallendes Geschirr. Er erhebt sich langsam gibt mir aber mein Heft nicht zurück. Jetzt wie wir uns gegenüberstehen sehe ich daß er ein wenig kleiner ist als ich aber das hindert ihn nicht daran die Sache noch weiter hinauszuziehen.

»Bestellen Sie Asa Grüße von mir. Zuerst habe ich ihn nicht erkannt, als er in der Universität an mich herantrat. Ich habe ihn als kleinen Jungen im Gedächtnis. Sein Vater, der alte Kaminka, war mein Lehrer im Gymnasium.«

»Tatsächlich? Das habe ich nicht gewußt.«

»Ein strenger Lehrer ... ein seltsamer Mensch ... manchmal nervenaufreibend, aber auch sehr anregend ... Was ist mit ihm? Lebt er noch?«

»Sicher. Er ist jetzt schon seit einigen Jahren in Amerika.«

»Kaminka? Was macht er dort?«

»Er unterrichtet an irgendeinem halb-jüdischen College. Ich habe ihn eigentlich noch nie gesehen ... er war schon dort, als wir heirateten ...«

»Und zu Ihrer Hochzeit ist er nicht gekommen?«

»Nein.«

»Das sieht ihm ähnlich ... ein merkwürdiger Mann ... kompliziert ... er hat uns das Leben schwergemacht. Und Sie haben ihn nie gesehen?«

»Nein. Aber er ist jetzt auf Besuch hier, genaugesagt muß er heute in Jerusalem eintreffen ...«

»Ist seine Frau noch am Leben? Sie war doch krank oder so etwas Ähnliches.«

»Ja, irgendsowas ...«

»Ein seltsamer Mann ... talentiert, aber er hat sein Talent vergeudet ... manchmal hat er uns völlig auf die Palme gebracht ...«

(Und du? *Seltsam, merkwürdig* viermal auf einer Seite.)

»Bestellen Sie ihm Grüße von mir, er wird sich an mich erinnern, wenn er will. Unsere Beziehungen waren nicht die besten, und wann immer Sie möchten, daß ich noch etwas von Ihnen lese, ich stehe zu Ihrer Verfügung, auch ohne die Vermittlung von Asa.«

Sein Tabakatem erreicht mich mit einer Hand auf meiner Schulter begleitet er mich nach draußen gibt mir mein Heft zurück.

»Das Gedicht, von dem Sie gesagt haben daß es vielleicht zur Veröffentlichung taugen würde . . . an wen soll ich es einsenden? Könnten Sie es vielleicht . . . an jemand weiterleiten . . .«

Er weicht zurück seine Hand löst sich von meiner Schulter. Aber ich werfe ihm einen sanften Blick zu setze meine ganze Schönheit ein.

»Sie wollen schon etwas veröffentlichen?«

»Nur wenn es etwas wert ist . . . wenn Sie meinen . . .« Das Blatt wird herausgetrennt und ihm überreicht. Er nimmt es lustlos gibt es mir wieder zurück und bittet mich meine Adresse darauf zu notieren. Wir sind im Gang neben der Küchentür steht der große selbstbewußte junge Mann mit dem Baby auf seinen Armen dessen Gesicht ist tränenüberströmt. Es gibt ein ersticktes Keuchen von sich streckt seine Ärmchen nach ihm aus aber er ignoriert es führt mich weiter zerknittert mein Gedicht in seinen Händen.

Eine große Frau mit scharfen Augen sperrt die Tür auf tritt hastig ein und nimmt sofort das Baby an sich. In einer offenen Tür im Hintergrund des Hauses pumpen zwei Jungen einen Ball auf. Ich stelze hochhackig aus dieser Versammlung hinaus kann mich nicht länger beherrschen.

»Verzeihung, wieviele Kinder haben Sie?«

Er dreht sich schnell um.

»Zwei, warum?«

»Nur so . . .«

Ein Mädchen kommt die Treppe herauf eine bebrillte Maus. Vielleicht ist sie es die den Schlüssel zu einer neuen Sprache gefunden hat. Mein vorläufiges Resümee: ein ehrenhafter Miß-erfolg Hoffnung für die Zukunft. Ein Laib Ziegenkäse ist einst-weilen mein literarischer Höhepunkt der Dämmer der Brot-regale mein heimatliches Gebiet. Als ich es schrieb hatte ich das Gefühl daß es wahr war. Richtig hinschauen sich nicht vor der Selbstentblößung fürchten sich tiefer in das Problem hineingra-ben falls es tatsächlich eines gibt. Ade zerbrechliche Morgenwol-ken. Er hat recht. Doch was mache ich jetzt ohne das Wort

»zerbrechlich« das magische Wort das mir bei schwierigen Übergängen hilft. *Eine alte Schlange liegt auf einem Felsen? Eine irrende Schlange?* Ich muß einen Ersatz finden.

Währenddessen ist der Käselaib aus meiner Erzählung Wirklichkeit geworden. Mein Vater schneidet ihn mit einem langen Messer sein großes angenehmes Gesicht so müde hochgewachsen blond die Kippah schräg auf seinem Scheitel. Ihr Objekte gebt mir von eurem Selbst ihr Brote Kekse geräucherten Fische ihr Marmeladengläser Joghurtfläschchen ihr Düfte ich brauche eure Inspiration. Er scherzt mit dicken gefrässigen reizbaren Frauen kämpft mit fleckigen kleinen Rechnungsbons und ich schlüpfe geräuschlos an ihm vorbei nach hinten in den Lagerraum wo zwischen Bierkästen Ölflaschen und Waschpulver meine Mutter steht gebückt mit Brille und einem großen Bleistift sie schreibt neue Preise auf die Waren.

»Sind die Preise wieder gestiegen?«

»Ah, Dinale, gut, daß du kommst. Asa hat angerufen, er sucht dich.«

Und schon umarmt mich Vater von hinten er hat seine Kunden verlassen.

»Paß auf, du machst ihr schönes Kleid schmutzig.«

»Ich kaufe ihr ein neues. Also, was hat er gesagt?«

»Wer?«

»Dieser Schriftsteller, wie heißt er . . .«

»Laß sie doch erst verschnaufen!«

»Woher wißt ihr das?«

»Asa hat es uns erzählt.«

Es gab nie ein Schloß oder einen Schlüssel zu meinem Zimmer keinen Riegel im Bad nicht einmal an der Toilette sie kamen einfach herein ohne anzuklopfen ohne zu fragen in meinem Bett in meinen Schubladen keine Geheimnisse keine Privatsphäre eine all-liebende all-gegenwärtige all-wissende Welt in jede Pore eindringend streichelnd erstickend aber die Schuld liegt auch bei mir ich erlaube es kollaboriere jeden Tag mache ich diesen Umweg um sie zu besuchen wenn ich es nicht tue tauchen sie verschämt bei uns zum Abendessen auf nur um herauszufinden ob ihre Tochter noch am Leben ist oder ob sie sich in Luft aufgelöst hat.

»Also, was hat er gesagt? Hat es ihm gefallen ...?«

»Ja ... so in etwa ... er machte ein paar Bemerkungen, aber ... doch ... im Großen und Ganzen ...«

»Laß sie in Ruhe, Frau Goldberg wartet auf ihre Rechnung. Mach sie nicht nervös.«

Er küßt mich nochmals und geht in den Laden zurück.

»Soll ich dir helfen, Mama ...?«

»Nein, Liebling, kommt gar nicht in Frage. Setz dich hin und ruh dich aus, ich werde dir gleich was zu essen machen, aber ruf Asa an, er hat schon dreimal angerufen, sein Vater kommt heute nachmittag.«

»Ich weiß.«

»Ruf ihn an, er ist nur bis Mittag in seinem Büro. Wir haben ihm versprochen, daß du ihn sofort anrufst.«

»Mach ich.«

Ich lasse mich auf einem Bierkasten nieder so schwach als ob man mir gerade einen Zahn gezogen hätte.

»Möchtest du, daß ich für dich wähle?«

»Gleich, Mama.«

»Fühlst du dich nicht gut? Ich mache dir eine Tasse Tee.«

»Gleich. Nur noch einen Augenblick, Mama.«

»Sein Vater kommt heute um drei Uhr an, und wir haben gedacht, daß wir euch alle drei zum Abendessen einladen, dann müßtest du nicht kochen ... und wir sollten ihn wirklich einmal kennenlernen ... schließlich ist er ein Verwandter ... die Leute begreifen nicht, warum wir ihn noch nie gesehen haben ... und ich könnte mir vorstellen, daß auch er uns kennenlernen möchte ...«

»Aber nicht heute abend, Mama, er wird mit Asa allein sein wollen ... sie haben sich seit Jahren nicht mehr gesehen ...«

»Aber Asa hat nichts dagegen.«

»Weshalb müßt ihr mich so überfallen! ... Ach komm, sei nicht beleidigt ... laß mich überlegen ... nur einen Moment.«

Nur einen Moment nur einen Moment.

Vater kommt zurück es zieht ihn zu uns.

»Nu, heute abend seid ihr bei uns, dann brauchst du nicht zu kochen.«

Er kehrt in den Laden zurück.

Sie klammern sich an mich ohne kleben zu bleiben besorgt umflattern sie mich.

»Nein, Mama, nicht heute abend, verschieben wir es.«

»Es ist doch nur zu eurem Besten ... hast du etwas zum Abendessen daheim?«

»Ja, etwas wird schon da sein, macht euch keine Sorgen.«

»Es ist nicht unseretwegen, wir wollten euch nur helfen, und natürlich wird er uns kennenlernen wollen ...«

»Ja natürlich. Wir werden kommen, aber nicht heute abend. Morgen vielleicht.«

»Vielleicht am Sederabend.«

»Ich glaube kaum, er wird mit Ja'el und seinen Enkelkindern zusammen sein wollen. Vielleicht müssen wir auch dabeisein.«

Sie wird bleich.

»Aber ihr werdet uns doch am Sederabend nicht allein lassen?«

»Wir waren die ganzen Jahre bei euch, es wäre nur dies eine Mal, aber es ist doch noch nicht mal sicher.«

An mir dem einzigen Kind hängen die Eltern wohin auch immer ich gehen werde und der Schmerz dieses heiße Stechen in mir und das Alter und dieses Aufleuchten der Augen das man fühlt das man sieht wie despotisch sie sind und doch sind sie es die mich endlos verwöhnt haben um mich vor jedem Schmerz zu bewahren warum sollte er diesen Glanz zerreißen er umgeben von Frauen wollen daß ich mich entblöße kein Wunder daß ich hier zwischen den Ölflaschen bin die Welt ist nicht stehengeblieben die sexuelle Revolution harter Porno Gruppenorgien eine verheiratete Jungfrau in Jerusalem mit gelbem Käse auf der Waage und einem Faß geräucherten Fisch nie nie nie allein aufgespürt von Radarfühlern von weitem sie wissen alles sehen alles was ich schreibe sie werden sich neben mich stellen den Stift halten um mir zu helfen sie meinen es so gut und ich bin selbst schuld ich bin schuld er hat bereits angefangen mich zu bestrafen er wird verrückt werden für was ist all meine Schönheit gut alles wird wie Rauch vergehen wenn ich ihn nicht einlasse und ich werde dich nicht einlassen mein Freund mein Geliebter mein Einziger in meinen Mund wenn du möchtest aber nicht dort.

»Dinale, du fühlst dich nicht gut, vielleicht solltest du nach oben gehen und dich ein wenig hinlegen.«

Könntest du nicht krank sein damit wir dich pflegen hinlegen ausziehen zudecken können. Sei ein gutes krankes Kind. Ich bin wie versteinert.

»Dann ruf Asa an.«

»Gleich ... da, das ist er.«

»Dinah? Wann bist du gekommen?«

»Im Moment, Asa. Gerade eben. Vor einer Minute.«

»Hat es so lange gedauert?«

»Nein.«

»Wie war es?«

»Ich erzähl es dir später.«

»Nur ein Wort!«

»Gut.«

»In welcher Hinsicht?«

»Später.«

»Mein Vater kommt heute.«

»Ich hab's gehört.«

»Irgendetwas ist dort anscheinend schiefgegangen. Kedmi hat sich eingemischt und darauf bestanden, allein zu ihr zu gehen, um ihre Unterschrift zu bekommen, und er hat es verpfuscht. Ich habe sie gewarnt, daß sie ihn nicht allein gehen lassen sollen, aber er macht mit Ja'el, was er will. Das ist jetzt auch egal, er kommt um drei Uhr aus Haifa an, er ist dort um eins losgefahren, aber ich bin mit meiner Stunde erst um halb vier fertig, also wirst du ihn an der Taxihaltestelle in Empfang nehmen und ihn nach Hause bringen müssen.«

»Gut.«

»Du weißt, daß die Wohnung in einem absolut chaotischen Zustand ist und nichts zu essen da ist. Deine Eltern haben uns für heute abend eingeladen, vielleicht sollten wir hingehen, dann brauchst du nichts kochen.«

»Mach dir deswegen keine Gedanken, ich werde einfach etwas machen und du wirst mir helfen. Er will vermutlich in Ruhe mit dir zusammen sein.«

»Wie du willst. Ich habe nur an dich gedacht.«

»Es wird schon gehen, aber du hast mir wieder kein Geld im Geldbeutel gelassen.«

»Ich bin nicht verantwortlich für deinen Geldbeutel. Ich habe auch kein Geld mehr, aber du könntest dir was von deinen Eltern leihen.«

»Ich leihe mir nichts von ihnen, du weißt, daß sie es nie wieder zurück wollen. Warum hast du mir den ganzen Geldbeutel ausgeräumt?«

»Ich habe gar nichts genommen, aber ich habe auch kein Geld mehr. Also laß dir fünftausend Lirot von ihnen geben, das ist so viel, daß sie es zurücknehmen werden.«

»Ich werde nichts dergleichen tun, hör auf, mir Ratschläge zu geben. Ich gehe auf die Bank und hebe Geld ab. An wen muß ich mich dort wenden?«

»Das ist egal, du kannst dich an jeden wenden.«

»Wo genau ist unsere Zweigstelle?«

»An der Ecke Arlosoroff Straße, wo sie immer war.«

»Ja. Ich erinnere mich.«

»Heb zweitausend Lirot ab.«

»Ich hebe ab, soviel ich will.«

»Ist ja gut. Verspäte dich bloß nicht. Sei genau um drei dort. Wirst du ihn erkennen?«

»Ja, keine Sorge.«

»Ich werde direkt von der Universität nach Hause kommen.«

»Wir könnten uns alle in einem Café in der Stadt treffen.«

»Nein, das wird nur kompliziert.«

»Warum?«

»Was sollen wir in einem Café, er wird sicher müde sein. Ich komme direkt nach Hause, um halb fünf. Geht sofort heim, ja?«

»Einverstanden. Sag etwas.«

»Was soll ich sagen?«

»Stehe ich noch unter Strafe?«

Langes Schweigen.

»Es ist keine Strafe, es ist Verzweiflung.«

Er hängt auf.

Vater und Mutter wissen schon Bescheid. Brötchen Dosen mit Brotaufstrich wandern in ein Einkaufsnetz und aufgeschnittener gelber Käse schwitzend in seiner Hülle graue schwammartige Pilze werden vom Regal geholt der Kühlschrank wird geöffnet sie nehmen sie schneiden sie verpacken in einem leicht singenden ungarischen Duett beraten sie sich leise untereinander nur ein paar Sachen für den Tisch sie werden ins raschelnde Netz gestopft warum solltest du denn zum Supermarkt gehen dort ist alles so teuer willst du dich wirklich bestehlen lassen und überhaupt heute ist Dienstag alles macht früher zu auch die Bank und schon ist die Kasse geöffnet Geldscheine knistern hier ist ein wenig Geld du kannst es zurückgeben wann du willst es gehört ja sowieso dir wirst du halt ein bißchen weniger erben es braucht dich nicht zu stören einen Vorschuß anzunehmen das Geld ist sowieso nichts mehr wert hier wieviel haben wir denn da nichts und wenn es schwer ist wird dir Vater helfen es zur Bushaltestelle zu tragen nimm doch was hast du denn nimm auch Vater und Mutter mit zappelnd im Netz die sich nach dir sehnen noch bevor du hinausgegangen bist schon die Stunden bis morgen zählen wenn sie dich wiedersehen du wirst uns doch nicht enttäuschen du kannst einfach nicht ablehnen wir haben es schon aufgeschnitten schon verpackt alles wird verderben.

Aber diesmal weigere ich mich. Unerbittlich eigensinnig. Auch kein Geld. Ich habe mein eigenes. Ich werde gar nichts annehmen. Kommt nicht in Frage. Ich will keinen Vorschuß ihr nehmt es sowieso nicht zurück. Ich werde wenn es euch recht ist nur ein Stück von diesem Ziegenkäse nehmen.

»Er ist steinhart, was willst du damit, er ist nicht frisch.«

»Ich werde ihn reiben und eine Art Auflauf daraus machen.«

»Daraus kannst du keinen Auflauf machen, Dinale, du bist ein Kindskopf.«

»Ich habe ein Rezept in einem Kochbuch gesehen. Braucht ihr ihn? Wieviel kostet er?«

Vater wird wütend du versündigst dich an mir er wickelt ihn wütend ein und wirft ihn mir hin. Der Laden ist voller greizter Kunden das Einkaufsnetz mit den Sachen liegt auf der Theke Vater ist ganz rot im Gesicht und Mutter ist außer sich niemals zuvor habe ich mich geweigert etwas zu tun ich küsse Mutter strecke Vater schnell die Hand hin schlüpfe hinaus auf die Gasse des Rabbi Jizhak von Prag neben dem Gewerkschaftshaus hinter dem Edison-Theater gehe an der riesigen hohen steinernen Mauer entlang hinter der das Kino liegt an ihrem Ende in einer halbdunklen Einbuchtung liegt ein heruntergekommener Kiosk mit tröpfelndem Sodahahn Pappschachteln mit gelbem Kaugummi und Waffeln neben dünnen Heften und Notizbüchern. Der Händler sitzt auf einem hohen Stuhl fett lahm und desinteressiert mit dem Rücken zur Wand hinter ihm die Geräusche des Kinos das Dröhnen der Autos Explosionen amerikanische Sensationen er sitzt da und lauscht hingebungsvoll. Ich strecke meine Hand nach den Notizbüchern aus wähle ein orangefarbenes mit verblichenen Zeilen ein Produkt der Jerusalemer Papierwerke.

»Sind das die einzigen Notizbücher, die Sie haben?«

Er antwortet nicht nimmt mich gar nicht wahr erloschen wie trunken lauscht er auf die Laute hinter der schweren Betonmauer.

»Gut, dann nehme ich dieses.«

Er nimmt mir das Notizbuch ab um den Preis festzustellen. Ich gebe ihm ein paar Münzen er zählt sie mißtrauisch eine nach der anderen ich nehme ihm das Notizbuch aus der Hand plötzlich juckt es mich in den Fingern zu schreiben die Lust nach Wörtern hier am Rande des Stadtzentrums zur einen Seite die Steinhäuser Ge'ulah's eine geistige Wasserscheide von hier den Hang hinunter ergießt sich ein sich verdichtender Strom von schwarzen Mänteln ein letztes Schaufenster mit Photos von Frauen in Lederstiefeln und dann ein Stadtviertel voller häßlicher Menschen die mir schon keinen Blick mehr gönnen. Ich blättere die kleinen leeren Seiten um.

»Haben Sie einen Bleistift oder einen Kugelschreiber?«

Er zieht einen staubigen Kugelschreiber hervor ich zahle und er gibt mir feuchtes Wechselgeld zurück. Gier überfällt mich. Auf die eine Seite schreibe ich *Lyrik* drehe es um und schreibe *Prosa* auf die andere lege das Notizbuch auf die nasse Marmortheke und schreibe hastig.

Schläfrige Schlange auf dem Felsen. Raschelnd blutend. Ein giftiger Schädel zarte Glätte.

Der Händler schaut mich plötzlich an.

»Nicht hier, meine Dame, das ist kein Schreibtisch.«

Aber ich schenke ihm keine Beachtung klappe schnell die Prosaseite auf. *Vater eingequetscht eine große düstere Mauer hinter dem Summen des Projektors gedämpfte Explosionen. Stei-*

*nerner Mann im Kiosk verkauft Soda im Schatten eines Feigen-
baums. Sie kauft ein kleines Notizbuch.*

»Nicht hier, meine Dame, was soll das?«

Ein Autobus hält an der Haltestelle der Fahrer wirft mir einen
Blick zu die Türen öffnen sich zischend schließen sich wieder ich
mache ihm ein Zeichen über die Straße hinweg er bremst augenblicklich ich packe das Notizbuch meine Tasche und den einge-
packten Käse stürze auf die Straße die Tür öffnet sich und ich bin
drin. Danke. Danke für die Fähigkeit meine Schönheit von
weitem zu erkennen. – Danke –. Er lächelt. Er hat es verdient
daß ich mich in seine Nähe setze also tue ich das auch lächle ihm
mit perfekter Liebenswürdigkeit zu aber bevor er seinen Mund
aufmachen kann ziehe ich mein Notizbuch heraus und versenke
mich darin. *Die Gabe Schönheit schnell zu erfassen.* Ich schlage
die Seite Lyrik auf und schreibe *Ich habe sie tanzen sehen ihr
Körper versunken in zarter Melodie.*

Es ist der reine Wahnsinn heute. An der gläsernen Tür der
Bank stecken schon die Schlüssel aber ich drängle mich trotzdem
hinein. Niemand kennt mich hier obwohl wir ein gemeinsames
Konto haben denn Asa kümmert sich um alle Bankgeschäfte aber
ein junger nervöser Angestellter nimmt mich unter seine Fittiche
und obwohl ich kein Scheckheft habe gelingt es ihm mir fünftausend Lirot auszuhändigen er füllt die Formulare für mich aus läßt
sie mich unterschreiben rennt bringt mir mein Geld in neuen
Banknoten und auch ein neues Scheckheft verliebt sich immer
mehr in mich er ist der Typ des sauberen mageren Intellektuellen
unterdrückt von einer ehrgeizigen Mutter er wittert meine Un-
berührtheit sie zieht ihn an wie die Motte das Licht.

Seine dünnen Flügel schlagen gegen den Schalter die Bank leert
sich während die übrigen Angestellten ihre Papiere abheften und
uns mit einem Lächeln betrachten. Ich will plötzlich wissen
wieviel wir überhaupt auf unserem Konto haben. Es stellt sich
heraus daß es mehrere Konten sind er notiert mir jedes auf ein
Stück Papier geht um es in den Computerlisten zu überprüfen
erklärt mir alles ganz genau. Hier liegen zwanzigtausend Lirot
und dort haben Sie ein paar deutsche Mark und sogar noch einige
Aktien. Ich habe das nicht gewußt aber vielleicht hat Asa es mir
gesagt und ich habe nicht zugehört. Das Merkwürdige ist daß ich

bei allem mit unterzeichnet habe. Schon rasselt eine kleine Bankangestellte ungeduldig mit den Schlüsseln aber mein bebrillter Falter will mir noch irgendein Programm für die sparsame Frau verkaufen. Ich lasse ihn erklären stelle mich gefügig sogar ein bißchen blöde nicke gläubig mit dem Kopf aber schließlich muß ich zugeben daß meine finanzielle Befugnis nur bis fünftausend Lirot reicht. Ich verspreche ihm meinen Mann zu schicken damit er ihn überzeugen kann stecke das Geld in meine Börse während ich ihn mit meinem Blick streichle und er hält mir die Glastür weit auf peinlich darauf bedacht mich nicht zu berühren.

Ich kaufe Kuchen und Blumen und steige in einen weiteren Autobus ein. Es ist schon ein Uhr ich muß mich beeilen. Während der Fahrt auf der hintersten Bank hole ich das Notizbuch heraus und schreibe *Mittagslicht in einer leeren Bank* und auf die Gedichtseite *Silberfalter*.

Daheim in der Wohnung ziehe ich mir Hosen an mache die Betten wasche das Geschirr ab lüfte und wische Staub. Den Käse habe ich in der Bank oder im Autobus liegenlassen. Der Kühlschrank ist praktisch leer. Es war unsinnig nein zu meinen Eltern zu sagen es hat sie so getroffen vielleicht sollte ich sie anrufen. Ich renne zum Lebensmittelgeschäft hinunter aber es hat schon zu. Heute ist Dienstag wie konnte ich das bloß vergessen. Aber der Himmel hellt sich auf entfaltet sich in mächtigem Blau der Tag der so trübsinnig mit kaltem Wind begann füllt sich nun mit klarem warmem Licht.

Ich kehre in die Wohnung zurück sammle die Zeitungen ein räume Asas Papiere in Schubladen rücke die Bücher zurecht wechsle meine Hosen schminke mich die Zeit rast. Um halb drei bin ich wieder auf der Straße ein Autobus fährt dröhnend an meiner Nase vorbei. Ich trete an den Randstein und halte die Hand hoch. Ein Auto kommt kreischend zum Stehen. Ich hasse es per Anhalter zu fahren gerade weil es so leicht ist. Und der da drinnen sieht mit seinen dunklen Gläsern wie ein Zuhälter aus. In die Stadt? Für dich gerne. Ich presse mich ans Seitenfenster lege die Hand mit dem Ehering zart aufs Armaturenbrett. Abschreckung oder Versuchung? Heutzutage kann man das nie wissen. Er versucht ein Gespräch anzuknüpfen ich antworte höflich und immer trockener je näher wir dem Stadtzentrum kommen. Wir stehen an einer Ampel. Kann ich? Ich mache die Tür auf und schlüpfe hinaus.

Es ist fünf vor drei. Plötzlich bin ich ganz aufgeregt. Asas Vater. Kaminka persönlich. Ein Mann den ich nur aus Erzählungen kenne aus Streitgesprächen aus kurzen Briefen mit den üblichen politischen Klageliedern aus Bitten um Bücher und Zeitschriften. Asas Vater in Asa verschmolzen etwas das sich zwischen unseren Bettüchern wälzt die Wehen unserer Ehe mit durchleidet. In wenigen Minuten wird er lebendig und real an der Ben Jehudah Strasse stehen ein Mensch den man erforschen und befragen kann. Die Nummer des Ein-Uhr Taxis aus Haifa ist 532. Setzen Sie sich nur hin ich werde Ihnen finden wen Sie wollen sobald er ankommt wie hieß er gleich? Ich sitze zwischen Paketen in einem offenen Büro das zur lärmenden Straße hinausgeht die Sonne überflutet die Dächer wie das Meer. Leute drängen sich um mich herum festlicher Aufruhr der sich nähernden Feiertage. Ich ziehe mein geliebtes Notizbuch heraus diese Schreibanfälle heute eine nicht enden wollende Erregung. In die Prosa *Wehen der Ehe*. In der Dichtung wird *Silberfalter* ausgestrichen.

Ein Taxi hält auf der gegenüberliegenden Straßenseite. Das ist es meine Dame. Die Tür geht auf ich erkenne ihn sofort denn das ist Zvi. Erstaunlich. Fast schon lächerlich. Das Auffallendste haben sie nie erwähnt wie sehr er das absolute Ebenbild von Zvi ist. Aufrecht hochgewachsen sogar kräftig gebaut steht er neben dem Taxi in zerknitterten Kleidern schaut sich um wirft einen Blick zum Himmel empor sein graues Haar ist in Unordnung ein kleiner Schnurrbart für was braucht er den. Ein wenig bedrohlich. Er sieht müde und verwirrt aus aber ich stehe wie angewurzelt auf meinem Platz sehe zu wie er versucht die Aufmerksamkeit des fetten Fahrers auf sich zu lenken der die Stricke vom Dachträger des Taxis löst herumbrüllt und mit dem Büropersonal über der Straße Witze tauscht. Kaminka schaut mich an aber sein Blick sucht weiter. Schließlich bequemt sich der Fahrer ihm den Kofferraum zu öffnen er nimmt Hut Mantel und eine kleine lederne Reisetasche heraus sammelt seine Sachen ein während er mit dem Fahrer spricht dreht sich wieder um um die Sonne zu betrachten die über der Straße hängt. Ich muß aufstehen aber der Stift hat sich meiner Hand bemächtigt ich blättere eine Seite um und schreibe in die Mitte *Sonne in den Falten eines Huts.* Er beginnt die Straße in Richtung Büro zu überqueren aber plötzlich ändert er abrupt die Richtung und geht die Straße hinunter. Vorbeifahrende Autos entziehen ihn meinem Blick ich stecke hastig das Notizbuch in meine Tasche stürze los der Strom der Autos läßt mich die Straße nicht überqueren er ist verschwunden aber sofort mache ich ihn wieder aus er steuert auf eine kleine Seitenstraße zu bleibt neben einer Ampel stehen fragt nach etwas und zündet sich eine Zigarette an ich renne ihm schräg über die Straße entgegen und erreiche ihn mitten auf der Fahrbahn.

Ich falle ihm um den Hals drücke ihn an mich. Dinah. Er beugt sich strahlend zu mir herunter die Ampel neben uns schaltet um. Endlich. Asa unterrichtet noch in der Universität und kommt dann direkt nach Hause. Ich ziehe ihn auf den Gehsteig zurück langsam anfahrende Autos streifen fast unsere Füße. Er wirft die Zigarette auf die Straße er ist verwirrt erstaunt über mich lehnt schwer auf meiner Schulter Fußgänger rempeln uns an schauen sich unser Treffen an. Ich erreiche den Gehsteig zuerst bleibe stehen stelle mich auf die Zehenspitzen und küsse ihn warm und freigiebig. Er ist gerührt stellt die Reisetasche zu seinen Füßen ab und umarmt mich mit feuchten Augen. Es wurde aber auch Zeit lache ich ja es wurde auch Zeit wiederholt er wie hypnotisiert mit geschlossenen Augen während er den Gehsteig betritt.

»Laß mich deine Tasche tragen.«

»Das kommt überhaupt nicht in Frage.«

»Dann wenigstens den Mantel und den Hut.«

»Nicht nötig. Den Hut werde ich aufsetzen.«

Er setzt ihn lächelnd auf begutachtet seine Umgebung. Die Menge drängt schiebt uns auf den großen Platz zu.

Wir lassen uns ziellos treiben.

»Wohin jetzt?«

»Zur Bushaltestelle und nach Hause.«

»Vielleicht sollten wir vorher noch etwas trinken. Hast du es eilig?«

»Nein, überhaupt nicht. Aber Asa wird bald nach Hause kommen.«

»Dann soll er warten. Das macht doch nichts. Komm, ich will mich mit dir unterhalten, hier ist doch bestimmt irgendwo ein nettes Café, verlassen wir diesen Rummel, waren hier immer schon solche Massen?«

Er hängt sich bei mir ein und dreht mich mit jungenhafter aber auch überraschend gewalttätiger Kraft einmal um mich selbst zieht mich in eine verwinkelte halbdunkle Gasse als ob er den Weg kennen würde macht vor der Glastür einer Bank halt geht weiter läßt mich los macht kehrt überquert die Straße schaut sich um und kommt wieder zurück. »Es ist eine Bank geworden«, murmelt er »dann komm, wir setzen uns ins Atarah. Existiert das noch?«

Er spricht schnell verschlucktes Hebräisch mit einem leicht klingenden russischen Akzent.

»Wie lange warst du nicht mehr in Jerusalem?«

»Jahre. Bei meinem letzten Besuch vor drei Jahren habe ich die Stadt ausgelassen. Das macht etwa fünf Jahre oder mehr. Drüben, in Amerika, denke ich manchmal an diese Stadt. Dort, in allen Büros in den jüdischen Gemeindezentren, hängen Bilder von Jerusalem, aber immer die gleichen: die Türme der Altstadt, die Klagemauer, das Museum, alles in Pastellfarben. Niemand photographiert je diese überfüllten, schäbigen grauen Straßen, in denen sich das wirkliche Leben von Jerusalem abspielt und all diese kleinen Bomben ständig explodieren.«

Wir drängen uns zum Atarah durch die Leute drehen ihre Köpfe nach uns wir sind ein sonderbares Paar. Wir finden einen kleinen Tisch im hinteren Teil des Raumes er zieht seinen Mantel aus und nimmt den Hut ab. Die Bedienung kommt er bestellt Kaffee für uns beide befragt sie eingehend nach dem Kuchen beschließt sogar sich die Kuchentheke mit eigenen Augen anzuschauen berät sich mit der Kellnerin lächelt mir von weitem zu. Schließlich deutet er mit ausgestrecktem Finger auf den Kuchen seiner Wahl und verschwindet in der Toilette. Ich ziehe sofort mein Notizbuch heraus eine Woge von warmen Wörtern in meinem Bauch.

Sie strahlt Wärme aus sie küßt den alten Mann großzügig. Sie öffnet sich ihm geduldig zuhörend. Die Beurteilung aufschiebend nicht klassifizierend. Ein zerdrückter Filzhut ein kleiner Schnurrbart eine warmherzige aber auch gewalttätige Erscheinung. Eine Berührung der Hand. Gier nach Kuchen. Beschreibe einen Kuchen. Zwischen zwei Welten. Sein andersartiger Vater.

Er setzt sich neben mich mit gekämmtem ein wenig feuchtem Haar ein paar Wassertropfen noch an den Augenbrauen schaut fragend auf das Notizbuch das ich in meine Tasche gleiten lasse.

»Also nun. Endlich kann ich dich in aller Ruhe betrachten. Die Wirklichkeit mit dem Bild in Verbindung bringen. Also, da bist du, und das bist du. Wo hat er dich gefunden?«

»Asa? An der Universität, wo sonst.«

»Man hat mich schon schriftlich auf dich vorbereitet. Asa schrieb: ›Sie ist sehr schön, aber das ist nicht die Hauptsache.‹ Aber er hat nicht geschrieben, was die Hauptsache ist. Und Ja'el in ihrer trockenen Art: ›Wir wissen nicht viel über sie. Sie ist zurückhaltend, spricht nicht viel, kommt aus einer sehr religiösen Familie, aber man sieht es ihr nicht an. Sie ist sehr schön.‹ Zitatende. Genauso Zvi nach eurer Hochzeit: ›Die Braut ist eine Schönheit.‹ Als ob sie mir dort drüben etwas Greifbares geben wollten, denn eigentlich konnte mir niemand erklären, auch Asa nicht, warum er es so eilig hatte, sich zu verheiraten und wer dieses junge Mädchen genau war. Aber wenn sie eine Schönheit war, vielleicht würde ich das verstehen und akzeptieren. Aber, um die Wahrheit zu sagen, hat mir das nicht viel geholfen und mich nur noch mehr verwirrt. Was denn, eine religiöse Schönheit, denn diese Kombination blieb irgendwie übrig. Entweder war sie zufällig, oder sie sollte mir eine Botschaft vermitteln. War es reine Laune seinerseits? Irrtum? Etwas Vorübergehendes? Oder eine wirkliche Entscheidung. Denn als ich vor drei Jahren von hier abreiste, hatte er eine andere Freundin, eine Schülerin aus einer seiner Klassen. Du hast sicher von ihr gehört. Eine Persönlichkeit, sie kannten sich schon von Kindheit an. Und plötzlich eine Einladung zur Hochzeit mit einer religiösen Schönheit. Was sollte ich damit anfangen? Und auch wenn die Einladung sehr freundlich abgefaßt war, ich will ja niemandem einen Vorwurf machen, mir kam es doch so vor, als ob mich keiner wirklich dabeihaben wollte. Auch dein liebenswürdiger kleiner Gruß zum Schluß war ein bißchen sehr allgemein gehalten. Entschuldige bitte, aber ich bin empfindlich, was Worte anbelangt. Es klang, als ob es in Wirklichkeit nicht unbedingt erforderlich sei, daß ich komme. Es war im Winter, mitten im Semester, ich hatte kein Geld für die Reise zurückgelegt. Hätte ich so weit fahren sollen, nur um unter dem Brautleutebaldachin zu stehen, Arm in Arm mit einer, die einmal versucht hat, mich umzubringen, während der Rest schweigend daneben stand ... habt ihr das wirklich von mir verlangt?«

Kaffee und Kuchen werden serviert ich bin völlig betäubt mein Kopf dreht sich von diesem phantastischen Ausbruch. Seine plötzliche Ehrlichkeit. Diese Gewaltsamkeit. Seine Augen hängen an mir es sind Asas Augen derselbe zweideutige Blick nur in Hellbraun. Diese melodische direkte schamlose Art zu reden so kraftvoll fließend. Umbringen wollten sie ihn? O Gott von was redet er eigentlich? Habe ich richtig gehört? Dann muß auch er krank sein. In was für eine Familie bin ich da hineingeraten. Köstliches Erschauern. Er beugt sich über die Kuchen und riecht daran er ist sinnlich. Dann holt er zwei grünliche Pillen heraus und schluckt sie.

»Zum Aufwachen ... Ich hinke immer noch sieben Stunden hinter euch her, und es gelingt mir nicht, mich auf die Zeit hier einzustellen ... ich habe noch nie so unter der Zeitverschiebung gelitten wie diesmal, ich werde alt.«

Er beißt von dem Kuchen ab.

»Ich wollte einen Brief an deine Eltern schreiben, um mich bei ihnen zu entschuldigen, und natürlich auch bei dir. Ich habe über sie ein paar Erkundigungen eingezogen, durch einen Freund in Jerusalem. Soviel ich verstanden habe, haben sie einen Lebensmittelladen, anständige bescheidene Leute. Ungarn?«

Er unterbricht sich nimmt einen Schluck Kaffee schneidet sich noch ein Stück Kuchen ab und stopft es sich in den Mund. Auf seinem Gesicht breitet sich eine Art runzliger Gier aus.

»Aber du hast am Ende doch nicht geschrieben«, sage ich leise.

Er ergreift meine Hand.

»Ich war mir nicht sicher ... ob sie mich verstehen würden ...

und alles zu erklären . . . zusätzlich zu dem, was sie schon über mich wußten . . . und schließlich sind Leute wie sie doch besonders empfindlich was die Familie anbelangt, . . . ich habe etwas geschrieben und es weggeworfen . . . aber ich dachte mir, daß ich eines Tages doch noch alles erklären könnte . . . und hier bin ich nun allein mit dir . . . du bist wirklich schön . . . und wie du mich mitten auf der Straße umarmt und geküßt hast, ohne zu zögern, ohne Berechnung, aus ganzem Herzen, du bist nicht nur schön, du hast auch Charakter . . . und es ist gut, daß wir allein sind, daß mein erstes Treffen mit dir unter vier Augen stattfindet, denn Asa hätte sofort zu streiten angefangen. Er hat sein ganzes Leben lang mit mir gestritten, vom Augenblick seiner Geburt an, er hat schon in der Wiege Streit angefangen. Na ja, jetzt hat er Schüler, jetzt kann er mit denen streiten . . .«

Die Geschwindigkeit die Direktheit die Boshaftigkeit ich breche zusammen unter dieser Sturzflut von Worten ich zittere werde rot die Sonne blendet mich. Geraune von Leuten ringsherum. Asa wird gleich nach Hause kommen. Alles ist mit solcher Plötzlichkeit über mich hereingebrochen. Schwindelgefühl. Tiefe Erregung. Er schlingt den Rest seines Kuchens hinunter trinkt den Kaffee mit geschlossenen Augen aus dann lächelt er und schaut sich um.

»Aber ich verstehe nicht . . . wer wollte dich umbringen?«

Er starrt mich an. Er nimmt eine Zigarette heraus zündet sie an und zerknickt das abgebrannte Zündholz zwischen den kräftigen Fingern.

»Du weißt es nicht? Wirklich? Haben sie es dir nicht erzählt? Asa hat für unseren guten Namen gefürchtet. Wie lange seid ihr verheiratet? Fast zwei Jahre, nicht wahr? Nun, wenn du ihn bis jetzt nicht verlassen hast, wirst du ihn deswegen auch nicht verlassen, ha, ha, ha . . .«

Sein abruptes irgendwie zerstörtes Lachen erstaunt mich.

»Wegen was?«

»Egal . . . wenn sie es dir nicht erzählt haben, macht das auch nichts. Es ist alles schon so lang her.«

Aber plötzlich ändert er seine Meinung beugt sich zu mir herüber verborgen in einer Rauchwolke bringt sein Gesicht nah an das meine und beginnt fieberhaft zu flüstern.

»Wer? Sie natürlich. Für was ist sie wohl da drin und ich hier draußen? Haben sie es dir wirklich nicht einmal angedeutet? Eigentlich anzunehmen ... Irgendwann einmal, in einigen Jahren, wenn ich Staub und Asche sein werde, wird Zvi dir die Geschichte erzählen, wie er mit eigenen Augen gesehen hat, wie ich mich in meinem Blut gewälzt habe in dem Gang zwischen den beiden Zimmern neben der Küche ...«

Er zerrt an seiner Krawatte öffnet zwei Knöpfe an seinem Hemd und zeigt auf einen rosa Streifen unter dem grauen Haar eine gestrichelte Narbe als ob man versucht hätte etwas hinzukritzeln für einen Augenblick sichtbar und schon wieder verschwunden. Die Sonne scheint ihm ins Gesicht. Er greift wieder nach meiner Hand.

»Was wollte ich eigentlich sagen? Ach ja, warum ich nicht zu eurer Hochzeit gekommen bin. Auch mir hat das keine Ruhe gelassen. Da heiratet mein Sohn und ich sitze am anderen Ende der Welt in einer fernen Stadt, im finstersten Winter, versuche euch zu bestrafen, und habe damit doch eigentlich nur mich selbst bestraft. Was würden sie dort wohl über den ferngebliebenen Vater denken? Was würde meine Schwiegertochter denken? Aber eines Tages, sagte ich mir, werde ich ihr alles erklären. In ein paar Jahren werde ich zurückkehren und alles erklären. Wenn Gras darüber gewachsen ist, werde ich mich mit ihr in irgendein Café in Jerusalem setzen, ganz genau so habe ich mir das vorgestellt, und wir werden ein persönliches Gespräch führen. Ich dachte nicht speziell an diesen Ort, sondern an das kleine sympathische Café, aus dem eine Bank geworden ist. Ich und diese religiöse Schönheit, denn du bist tatsächlich sehr schön, jetzt verstehe ich, warum sie das alle so betont haben. Nur, wer bist du wirklich? Ich möchte versuchen, dich zu verstehen, dich besser kennenlernen ...«

Die Leute ringsherum starren uns an. Nebenan sitzt ein Paar das Händchen hält aber der Mann wendet keinen Blick von mir.

Jetzt ist es mir klar. Eine Figur für eine Geschichte. Mehr noch für einen ganzen Roman. Wenn er nur bei uns in Israel bleiben würde ich würde ihn ausbeuten in seine Bestandteile zerlegen und aufs Papier bannen würde Sätze direkt von seinem Mund abschreiben. Was ist Asa doch für ein unfähiger Mensch. Tausend Mal habe ich ihn gefragt wie ist dein Vater und alles was er mir anbieten konnte war ein abgedroschenes Stereotyp. Dabei ist er doch eine menschliche Goldgrube! Sein Aussehen die buschigen Augenbrauen der kleine Schnurrbart der Redefluß aufrichtig und verschlagen zugleich. Stark. Ich umklammere die heiße Kaffeetasse fest mit beiden Händen. Wärme schießt in die Bauchhöhle. Schon über zwei Wochen hat Asa mich nicht angerührt. Die Reisetasche zwischen meinen Beinen eingezwängt streichelt meine Haut. Leute gehen an uns vorbei streifen mein Haar. Es wird immer wärmer. Es riecht auf einmal stark nach Frühling. Ich öffne einen Knopf an meiner Bluse plötzlich erregt. Der Schmerz der Worte. Ich kann mich nicht mehr beherrschen ich ziehe das Notizbuch aus der Tasche und schreibe hastig *Runzliges Verlangen. Menschliche Goldgrube.* Ich klappe es zu und stecke es wieder ein. Er betrachtet mich mit verständnisinnigem Lächeln.

»Hast du ein Wort eingefangen? Als ich noch jung war, lief ich auch mit einem solchen Notizbuch herum.«

Und schon streckt er die Hand danach aus.

»Komm, wir gehen lieber. Es ist schon spät. Asa wird sich furchtbar aufregen.«

Er läßt sich die Rechnung geben. Fünfhundert Lirot? Er ist bestürzt dann lächelt er. Es geht euch anscheinend recht gut wenn ihr solche Preise bezahlen könnt. Er zieht seine Brieftasche heraus nimmt ein paar Dollarscheine aber die Bedienung will sie nicht nehmen. Ich zahle lehne mit aller Entschiedenheit die Dollar ab die er mir anbietet. Nur Kedmi sagt er weiß in dieser Familie den Wert von Dollars zu schätzen auch im Taxi wollten sie sie nicht. Ja'el mußte für mich zahlen hat sich aber geweigert sie selbst anzunehmen. Ich muß auf die Bank gehen und Geld umtauschen. Asa wird dir schon was wechseln das ist nur Zeitverschwendung er wird mich umbringen daß ich dich so lange aufgehalten habe. Wir gehen zur Autobushaltestelle reihen uns in die Menge ein die sich um den eisernen Pfeiler schart ich versuche ein Taxi anzuhalten aber es bleibt nicht stehen. Er betrachtet amüsiert die verstopfte Straße. Ein Bus kommt und alle stürmen auf die Tür los. Ich nehme ihm den Hut ab um ihm zu helfen schiebe ihn vorwärts er steigt ein verschwindet im

Innern auch ich komme hinein und zahle. Die Leute drängeln mit aller Kraft. Er wird zur hintersten Bank gedrückt es gelingt ihm sogar einen Platz zu finden er bittet seinen Nachbarn um die Zeitung breitet sie vor sich aus und zwinkert mir zu. In welche Familie bin ich da geraten? Auch er ist verrückt er gibt nur vor zurechnungsfähig zu sein und dieser Wahnsinn soll in mich eindringen, sich schleimig in mich ergießen. Es richtet sich nicht gegen dich mein düsterer Geliebter. Es ist nicht um dir das Vergnügen vorzuenthalten es ist nur Selbstschutz aber ich werde zum Ausgleich dafür über deinen Vater schreiben. Ich habe mein Thema gefunden. Prosa selbstverständlich nur Prosa ist hier möglich es wird auch ein Kind geben ich verspreche es es gibt heute Mittel und Wege künstliche Befruchtung unter Narkose was du rein gemacht hast habe ich verunreinigt und was du verunreinigt hast habe ich rein gemacht was du verboten hast habe ich erlaubt und was du erlaubt hast habe ich verboten was du geliebt hast habe ich gehaßt und was du gehaßt hast habe ich geliebt was du verziehen hast habe ich verdammt und was du verdammt hast habe ich verziehen was du entfernt hast habe ich nahegebracht und was du nahegebracht hast habe ich entfernt und dennoch ich wollte dich nicht erzürnen. Was kann er getan haben daß man ihn umbringen wollte das helle Licht und das Meer ich sah sofort die Furcht und den Ekel in Asas Augen ihr brennender Blick und der Geruch nach alten Arzneimitteln ihr weißes Leinenkleid und das Marmeladeglas das Mutter Asa gegeben hatte das ich ins Gras zu ihren Füßen legte er neigte sich zu ihr Mutter darf ich vorstellen das ist Dinah wir sind gekommen um dich zur Hochzeit einzuladen das war das erste Mal an einem klaren Wintertag sie saß eingehüllt in eine Decke in einem Stuhl neben einem großen Baum sie hörte zu sie stellte Fragen sie lächelte mir sogar zu sie sah so normal aus bis zu dem Augenblick als die Sonne zu versinken begann da zog sie sich innerlich zurück was hat er ihr angetan daß sie ihn umbringen wollte das ist also die wahre Geschichte die sie verborgen haben er sich neben der Küche in seinem Blut wälzend wie entsetzlich aber es gibt hier eine Geschichte da muß eine sein und ich bin so nahe dran wenn ich nur die Seelenstärke haben werde Schritt für Schritt o Gott gib mir die Kraft ich habe in ein Thema eingeheiratet mindestens für eine Novelle. Der Bus schiebt sich vorwärts die Leute fallen ständig aufeinander. Ein großer Mann wird gegen mich geworfen oder hat sich von selbst gegen mich gedrückt verwirrt ganz rot die Wärme seines Körpers hüllt mich ein ich lasse mich von ihm zermalmen die Leute schreien und lachen menschliches Gewimmel.

An der Universität ergießt sich die Masse nach draußen neue Leute fluten herein. In der Schlange erkenne ich Asa der isoliert dasteht darauf bedacht niemanden zu berühren und nicht berührt zu werden mit seinem karierten Jackett und seiner schmalen intellektuellen Krawatte wütend betrachtet er den überfüllten Autobus. Ich stürze zum Fenster stoße gegen die Eisenstangen rufe Asa! Er hört es ohne mich zu sehen stürzt vorwärts und drängt sich mit dem Ansturm nach vorn. Das verzweifelte Zischen der Tür die sich vergeblich zu schließen versucht. Was ist heute nur mit den Bussen los? Asa schafft es gerade noch er ist schlank und drahtig er preßt sich als letzter hinein mit dem Rücken an der Tür seine Tasche an die Brust gedrückt sein Blick schweift über die Leute besorgt und gereizt macht mich ausfindig er schneidet ein schreckliches Gesicht. Ich lächle ihm beruhigend zu nicke mit dem Kopf setze den Hut seines Vaters auf die Leute um mich herum lächeln amüsiert er versteht und hält jetzt nach seinem Vater Ausschau und ich deute zum Ende des Busses. In Ramat Eschkol steigt fast alles auf einmal aus. Ich rufe seinem Vater zu daß wir da sind Asa wartet schon an der Hintertür auf uns ich steige als erste aus stelle mich sofort neben Asa warte auf den Anblick ihrer Begegnung. Sein Vater stolpert verwirrt heraus den zerdrückten Mantel in der Hand Asa streckt die Hand nach seiner Tasche aus der alte Mann ist ganz durcheinander aber er sieht Asa sofort sie umarmen sich noch auf den Stufen des Busses die Leute drängen mit aller Kraft hinaus die Türen quietschen zur Eile antreibend.

»Hast du hier auf uns gewartet?«

»Nein, ich bin mit dem gleichen Bus gefahren. Ich bin vor ein paar Stationen eingestiegen.«

»Was soll das mit diesen Autobussen, ihr habt kein Auto, ihr habt kein Telefon – du bist doch Dozent an der Universität.«

»Nur Lektor.«

»Es ist ein Wahnsinn, in diesen Bussen zu fahren, mit diesen Massen. Ihr braucht ein Auto.«

»Von meinem Gehalt? Weißt du denn nicht, wie es hier zugeht?«

»Was bringt uns dann deine ganze Genialität ein?«

Die Leute drängeln immer noch der Bus fährt los. Plötzlich sind wir allein auf dem Gehsteig an der großen Straßenkreuzung.

»Ehre . . .« lächelt Asa sein wundervoll weises ironisches Lächeln.

»Für wen?«

»Auch für dich, Vater.«

Sie umarmen sich wieder küssen sich sein Vater fährt ihm durchs Haar. Und ich wie könnte ich nicht glücklich sein ich hänge mich an Asa umarme ihn hake mich bei ihm ein drücke mich an ihn nütze die Gelegenheit seinen dünnen zappligen Körper zu halten er zuckt ein wenig zurück dann läßt er es geschehen. Ein wunderbarer Augenblick das Stadtviertel ganz in mildem Licht. Asa in Glanzform sophistisch scharfsinnig. Vater und Sohn lassen einander los treten einen Schritt zurück. Sein Vater ist ein wenig größer als er. Sie mustern einander lächelnd ohne Worte aber vielleicht ist schon eine gewisse Feindseligkeit erwacht eine leichte Distanz. Ein Stich fährt mir ins Herz. Wo ist mein kleines Notizbuch die Muse in mir wittert hier etwas. Die Dichterin pulsiert vor Inspiration.

»Was ist mit deinem Finger passiert? Hast du dich verletzt?«

Sucht Asa ein Gesprächsthema oder ist das eine ernsthafte Frage?

»Ach, der Finger.« Er hebt ihn hoch mit seinem grauen Verband und lacht. »Vor zwei Tagen habe ich Ja'els Baby gebadet und mich dabei geschnitten.«

»Du hast sie gebadet? Wie das denn . . .«

»Ja'el ist einkaufen gegangen und ich habe mich noch von der Reise ausgeschlafen. Gaddi war allein dageblieben, um Rakefet zu hüten und hatte Schwierigkeiten, sie machte ins Bett und weinte, da hat er mich aufgeweckt, und wir haben sie zusammen gebadet . . .«

»Hast du Gaddi vorher schon gekannt?«

»Natürlich, was glaubst du denn? Aber ich habe ihn schon seit drei Jahren nicht gesehen, und er ist groß geworden. Er sieht Kedmi sehr ähnlich, rundlich, aber ein heller Kopf. Er hat einen scharfen Blick für die Dinge und weiß seine Urteile zu fällen, er ist nur ein bißchen traurig ... ein bißchen düster. Dieser Kedmi macht es seiner Umgebung nicht gerade leicht, obwohl er den Jungen liebt ... das schon ... und du, Asa, wie schön, daß du deine Frau geschickt hast, um mich abzuholen ... das war eine ausgezeichnete Idee ... so haben wir uns in aller Ruhe bekannt gemacht ... wir saßen eine Weile zusammen im Café ...«

»Da seid ihr also gewesen. Ich habe mich schon gefragt, wie lange ihr noch braucht.«

»Was sind das für neue Viertel? Ist das alles noch Ramat Eschkol?«

»So eine Art Ableger davon ...«

Wir überqueren die Straße kommen am Supermarkt vorbei der noch offen hat.

»Geht ihr zwei schon mal vor, ich mache noch schnell einen Sprung hinein ...«

»Vielleicht sollten wir mitkommen.« Asa ist bemüht nicht die Kontrolle zu verlieren.

»Nein, geht nur. Dein Vater ist müde, siehst du das nicht? Ich kann das auch alleine machen.«

Sie gehen weiter berühren einander schon nicht mehr entfernen sich im Gespräch Asa hat sicher angefangen über das Stadtviertel und die nähere Umgebung zu dozieren sein Vater schaut sich um bleibt ab und zu stehen. Wollte sie ihn wirklich umbringen? Ganz ernsthaft? O Gott gib mir Kraft *Und die Hand des Herrn war auf mir und Er brachte mich hervor im Geiste des Herrn ...*

Der Supermarkt ist überfüllt. Es ist Hauptverkehrszeit die Leute drehen vor jedem Fest durch endlich finde ich einen leeren Wagen und beginne die langen Regalreihen abzuwandern. Verzeihung Entschuldigung Wagen stößt an Wagen es wird von rechts und links von vorn und hinten überholt. Ich stecke meine zerbrechlichen Hände in Haufen von Früchten und Gemüse. In der Schlange an der Waage ziehe ich mein Notizbuch heraus und schreibe müde uninspiriert automatisch ein paar Worte hinein. *Ein Männerhut auf ihrem Kopf. Ver-rückt gewordene Freude. Eine Orangenschale. Der Sohn beschnüffelt seinen Vater.*

»Sie sind dran ...« Von hinten schaut mir eine große Frau müde über die Schulter.

Ich schiebe meinen Wagen zwischen Reihen von Weinflaschen durch Sonnenstrahlen lassen die glänzende Flüssigkeit aufleuchten. Ich lasse meine Hand über die Flaschen gleiten nehme eine prachtvoll teuer etikettierte in die Hand *Alt-judaeischer Kidduschnektar* steht in blumig altrabbinischen Schriftzügen darauf.

Sechshundertachtzig Lirot. Beeindruckt lege ich die Flasche in den Wagen. Die Leute um mich herum plündern gierig die Regale als ob das ganze Land zum Pessachfest stillgelegt werden würde. Auch ich gerate ins Kauffieber greife nach Käse Brot Eiern Konservendosen ein Glas Oliven Gefrierfleisch lasse mich von der Masse auf die Kasse zuschieben. Hier und dort gesellt sich jemand mit seinem Wagen zu mir folgt mir langsam zwischen den Regalreihen starrt mich an und löst sich schließlich wieder von mir.

»Dinah!«

Ein alter Schulkamerad irgendein Jehiel ein niedliches Baby mit himmelblauen Augen und Mini-Kippah auf seinen Armen neben ihm eine Frau mit einem vollen Einkaufswagen. Er kommt begeistert auf mich zu strahlt übers ganze Gesicht er ist schon etwas aus der Form gegangen mit einem kleinen Bauch schwitzend ein richtiger Familienvorstand aber das Baby ist weich und süß. Er erzählt mir mit dümmlichem Vergnügen von sich er wird demnächst in Jura abschließen vielleicht würden sie sich in der Westbank niederlassen wo er als juristischer Berater arbeiten könnte. Seine Frau mit schlau boshaftem Gesicht blaß ein Häubchen auf dem Kopf mustert mich feindselig. »Das ist Dinah«, sagt er zu ihr. »Aus meiner Klasse ... ich habe dir mal von ihr erzählt ...«

»Du hast schon ein Kind?« Ich kann es nicht fassen. Plötzlich zieht mich etwas zu diesem kleinen Kerl hin. »Kann ich ihn einen Moment auf den Arm nehmen?« frage ich. Er überläßt ihn mir sofort freudig stolzerfüllt während die Augen seiner Frau sich erschreckt weiten. Auch er war mal in mich verliebt. *Siehe gefallen sind unsere Körper in langen langen Reih'n* das Baby ist leicht und warm plötzlich ergreift mich Verlangen ich streichle sein seidiges Haar es schmiegt sich an mich beobachtet mich still streckt seine kleine Hand nach oben zu seiner Kippah und gibt sie mir ich lächle es an küsse es gebe es zurück setze ihm die Kippah wieder auf und küsse es nochmals. Er fremdelt überhaupt nicht sage ich leise zu ihnen. Jehiel hat inzwischen voller Begeisterung weitergeredet über ehemalige Mitschüler die ich schon längst vergessen habe er schreibt mir sogar seine Adresse und Telefonnummer auf ein Stück Papier verkündet daß er auch einmal meinen Mann gesehen habe. Er unterrichte an der Universität nicht war?

Erst nach einer geschlagenen Stunde entkomme ich schließlich aus dem Supermarkt. Mit einer mörderischen Rechnung. Vater und Mutter hatten recht. Immerhin gibt mir der Geschäftsführer einen arabischen Jungen mit der den Wagen für mich nach Hause fährt. Draußen weht ein frischer warmer Wind kupfernes Zwielicht Autobusse kommen aus der Richtung der Innenstadt laden ihre menschlichen Bienenschwärme aus. Fröhliches Jauchzen von Kindern. Ich gehe vor dem Wagen her der hinter mir dreinrollt. Arabische Jungen kommen uns mit leeren Wagen entgegen rufen meinem Jungen etwas zu und schlagen ihm kräftig auf die Schulter. Er lächelt unbehaglich wirft verstohlen einen Blick auf mich ist meine Schönheit auch ihnen verständlich? Neben einer Straßenlaterne mitten auf der lärmenden Straße bleibe ich in plötzlichem Entschluß stehen eine starke Hand umklammert mein Herz. Da ist es. Ich ziehe das Notizbuch heraus das sich vom vielen Blättern schon ein wenig abgenutzt hat und schlage eine neue Seite auf.

Die Handlung beginnt im Supermarkt. Eine circa Dreißigjährige. Ein intellektueller Typ, erfolglos. War einmal kurz verheiratet. Sie stiehlt ein Kind aus einem Wagen an der Ladentür. Zeit Abenddämmerung, eilende Menschen, kupfernes Zwielicht. Der Junge ist acht bis neun Monate alt. Am Schluß wird sie ihn zurückgeben müssen!!! Sie ist bebrillt, hat kurzgeschnittenes Haar. In ihrem tiefsten Innern weiß sie nicht was sie tut. Schilderung des warmen Frühlingsausbruchs. Natur bedeutet ihr sehr viel. Nur ihre Mutter ist noch am Leben. Starke Raucherin.

Der arabische Junge beobachtet mich seinen Fuß auf dem Rad

des Wagens. Ich stecke das Notizbuch erregt in die Tasche zurück. Wieso denn eine starke Raucherin?

Zu Hause finde ich Asa mit seinem Vater im dunklen Wohnzimmer sitzend vor sie unterhalten sich angeregt eingehüllt von Rauchwolken. Sein Vater trägt ein kariertes Hemd seine Krawatte ist gelöst. Ich habe schon bemerkt daß er sich sehr geschmackvoll kleidet jemand hat ihn gut beraten. Ich trete ein hinter mir der arabische Junge mit den großen Kartons. Asa springt auf. Bist du wahnsinnig geworden? Wo warst du? Der Junge senkt den Blick und macht sich ganz klein. Was ist in dich gefahren? Was hast du da alles eingekauft? Er fängt an die Waren zu durchwühlen. Käse haben wir schon. Er stößt die Packung beiseite. Für wen hast du das alles gekauft? Wer soll das essen? Woher hast du das Geld gehabt? Ich bin so wütend daß ich ihn am liebsten umbringen würde. Der Junge packt langsam die Sachen aus beobachtet uns mit großen Augen. Wie kann er es wagen. Sei still zische ich wie kannst du es nur wagen vor deinem Vater. Geh wieder rein. Schon höre ich die heisere melodische Stimme seines Vaters vom Balkon her.

»Ich bin aus Tel-Aviv und bei allem Respekt, den ich vor Jerusalem hege, wenn hier der Abend kommt, überfällt mich eine Art metaphysisches Angstgefühl. Ich habe mich immer bemüht, vor Abend an die Küste zurückzukommen, zu den Düften der Orangenhaine. In Jerusalem habe ich immer die Befürchtung, daß mich irgendein Prophet im Schlaf stören wird, ha ha, aber ihr habt hier eine schöne Aussicht. Hoffentlich verbaut man sie euch nicht. Was ist das dort, diese Lichter auf dem Hügel da drüben?«

Ich gehe zu ihm und stelle mich neben ihn.

»Irgend jemand hat es mir einmal gesagt, aber ich habe es vergessen ... es gehört schon zur Westbank ...«

Der Geruch seines Schweißes. Asa wühlt in der Küche immer noch in meinen Einkäufen herum. Er ist größer und stärker als Asa stützt sich schwer auf das Geländer sein kariertes Flanellhemd bläht sich ein wenig im Wind.

Wie vertrocknetes Gras wie eine verwelkte Blume wie ein vorbeihuschender Schatten wie eine flüchtige Wolke wie ein verwehter Wind wie verflogener Staub wie ein Traum vorbei und vergangen.

Ich berühre ihn leicht an der Schulter.

»Ich soll dich von Ehud Lewin grüßen.«

»Welchem Lewin? Dem Schriftsteller?«

»Er hat mir erzählt, daß er ein Schüler von dir war ...«

»Stimmt ... sie sind überall verstreut ...«

»Wie war er?«

»Was weiß ich ... ziemlich intelligent ... selbstsicher ... immer von Mädchen umgeben ...«

»Das ist er noch.« Ich lache.

Asa gesellt sich finster zu uns.

»Woher kennst du ihn?«

»Asa hat mich zu ihm geschickt, um ihm ein paar Sachen zu zeigen, an denen ich schreibe ...«

»Du schreibst also?« Seine Augen mustern mich mit einem warmen Lächeln.

»Ich versuche es ...«

»Und was hat er dir gesagt?«

»Er machte ein paar Bemerkungen ...«

»Ich meine insgesamt.« Das ist Asa nüchtern ungeduldig.

»Er hat mich ein bißchen ermutigt ...«

Stille. Wenn sie nur endlich das Thema fallenlassen würden.

»Er sagte, daß du ihm viel gegeben hast als Lehrer ... daß du für sein Leben von Bedeutung warst ...«

Er wendet mir seinen Blick zu seine Augen glühen in der Dunkelheit.

»Wer? Lewin? Nicht zu fassen ... das hat er gesagt?«

»Ich schwör's dir. Er hat mit großer Achtung von dir gesprochen ...«

Er lächelt verwirrt will etwas sagen ist aber so verblüfft daß ihm die Worte im Hals steckenbleiben.

Er zieht ein Taschentuch heraus und wischt sich über die Stirn.

»Wie wäre es, wenn du etwas zum essen machen würdest«, sagt Asa grob.

»Habt ihr denn schon Hunger?«

»Natürlich.«

»Gut, sofort.«

Ich lehne mich ans Geländer beuge mich weit nach unten. Ich rühre mich nicht von meinem Platz.

»Also komm schon, Dinah ... eingekauft hast du ja genug ...«

Sein Vater schaut uns von der Seite an.

»Vielleicht kann ich dir ein wenig helfen ... ich habe in Amerika kochen gelernt ... Conny verläßt sich darin auf mich ...«

»Nein, laß nur Vater.«

»Warum nicht? Vielleicht kann er uns was Neues beibringen ... Asa treibt sich auch gerne in der Küche herum, er schämt sich nur, es zuzugeben ...«

Ich schiebe die beiden in die Küche gebe Asa ein Messer und lege das Gemüse vor ihn hin. Sein Vater krempelt die Ärmel hoch macht den Kühlschrank auf steckt seinen Kopf hinein schnüffelt prüfend darin herum. Schließlich schlägt er vor irgendein spezielles Eiergericht zu machen. Habt ihr Reis? Nicht viel. Wo sind deine Gewürze Dinah? Und schon steht er in der Vorratskammer geht alte Schachteln durch riecht an Tüten probiert. Er bittet mich den Herd einzuschalten nimmt eine Schüssel schlägt ein Ei nach dem anderen hinein und beginnt sie zu verquirlen. Asa finster in seiner Ecke schaut feindselig zu aber ich bin entzückt. Bei Ja'el hast du das Baby gebadet bei uns kochst du was wirst du bei Zvi machen ihm neue Knöpfe annähen?

Er lacht reibt sich die Hände.

»Conny haßt Hausarbeit, sie hat immer einen Job gehabt. Und ich verbringe jetzt viel Zeit zu Hause, im Winter kann man sich dort sowieso kaum im Freien aufhalten. Ich unterrichte am College nur ein paar Stunden, und so kommt es, daß ich die Küche übernommen habe.«

Er rührt kräftig versucht die Gewürze wiederzubeleben. Ich beobachte seine weitausholenden geschickten genauen Bewegungen und auf einmal verstehe ich wie er diese große schwere Frau zum Wahnsinn getrieben hat von Furcht ergriffen gehe ich aus der Küche und beginne den Tisch zu decken höre mittendrin auf verspüre plötzlich wieder das Bedürfnis zu schreiben ich kann es nicht unterdrücken es ist eine Notwendigkeit eine Notdurft der Seele ich gehe ins Schlafzimmer ziehe die Schuhe aus schließe die Tür streife die Hosen ab löse den Verschluß

meines BH's decke das Bett auf entblöße das weiße Laken
schlüpfe ins Bett hinein und decke mich mit der Bettdecke zu das
Notizbuch in meiner Hand der Stift gleitet zwischen meine
Finger meine Augen sind feucht ich beginne das Papier mit einem
Sturm erinnerter Worte zu entzünden ...

*Dich will ich preisen meine Stärke mein Los wenn ich komme
mit all meiner Hingabe an Deine Tür klopfe mein Rufen und
Flehen zu ergießen ich habe Dich gesucht in meinen Tagen und
meiner Finsternis höre mein Flüstern und Sinnen bewahre mich
vor allem Unbill und Übel.*

*Ein Kinderwagen neben dem Eingang des Supermarktes. Das
Haar des Babys ist hell honigfarben. Die Beschreibung der
Mutter durch ihre Augen. Ausgelaugt, geschwätzig, es ist ihr
drittes Kind. Die Bonbons hat sie vorbereitet. Sie folgt ihr durch
die Regale. Das erste Versteck, das sie plant. Ein dunkles Trep-
penhaus. Ausführliche Beschreibung des heruntergekommenen
Eingangs, der abblätternde Putz. Eimer und Besen in einer Ecke.
Die Gegenstände exakt realistisch, als Antithese zu ihrer wahn-
sinnigen Erregung als sie das Kind aufhebt, das über das in seinem
Mund steckende Bonbon staunt. Am Anfang zeigt das Kind nur
Erstaunen. Ein passiver Mitspieler.*

Asa kommt herein und sieht mich in die Decke eingewickelt.
Ich verstecke mein Notizbuch sofort.

»Was machst du da? Bist du verrückt geworden?«

»Ich ruhe mich nur einen Moment aus. Ich bin völlig fertig.«

»Du hast fast nichts gemacht.«

»Ich hatte genug Aufregung, das ist auch Arbeit. Zuerst das
morgens, dann dein Vater. Aber ich komme sofort. Was macht
er denn dort? Ist er mit dem Kochen denn schon fertig?«

»Das ist mir alles zuviel. Geh endlich den Tisch decken. Mach
wenigstens das.«

»Ja, sofort, aber ich habe ihn schon halb gedeckt. Er ist
außergewöhnlich, dein Vater. Hat er für euch auch gekocht, als
ihr klein wart?«

Asa antwortet nicht schaut mich finster an geht zum Schrank.

»Was suchst du?«

»Ein Handtuch für ihn.«

»Nimm das rote.«

Sein Vater steht in der Tür schaut mit verbindlichem Lächeln herein.

»Ruhst du dich aus?«

»Ja, nur einen Moment.«

»Ich gehe mich waschen. Rührt den Topf nicht an, er soll auf kleiner Flamme kochen.«

Asa reicht ihm das Handtuch er geht und schließt sich im Badezimmer ein.

»Er ist ein gutaussehender Mann. Kein Wunder, daß er dort eine junge Frau gefunden hat. Er ist schöner als du.«

Asa schneidet eine Grimasse. »Doch, du bist nicht so gutaussehend, aber du bist süß, schau nicht so finster. Am Ende wirst du vor lauter Trübsinn und Spannung noch verrückt. Ich halte es nicht aus, wenn ich sehe, wie angespannt du bist. Komm, gib mir einen Kuß, setz dich einen Moment zu mir. Laß uns eine Pause bei der Bestrafung einlegen.«

»Was für eine Bestrafung? Was redest du da?«

»Seit zwei Wochen rührst du mich nicht an. Also komm, gib mir nur einen kleinen unschuldigen Kuß. Heute nacht werden wir miteinander schlafen, zu Ehren deines Vaters. Du kannst mit mir machen was du willst. Was eben getan werden muß. Du hast recht. Ich habe heute auch daran gedacht, daß es verrückt ist, was wir da machen. Ich habe Angst vor dir, du fürchtest meine Angst, auf die Art werden wir nie ein Kind bekommen. Komm, ich will dich küssen. Ich mache alles was du willst.«

Er sieht aus als ob er einen Schritt vorwärts machen wolle aber er schafft es nicht er hält den Kopf gesenkt. Aus dem Bad dringen Geräusche von fließendem Wasser und Singen.

»Belügst du mich?«

»Warum sollte ich dich belügen? Siehst du nicht, daß du es bist, der sich drückt. Du bist es, der nicht kann.«

»Ich?« Sein Gesicht zuckt verächtlich.

»Dann mach, was du willst. Ich werde mich nicht rühren. Ich werde dir alles erlauben. Komm doch einen Moment her, laß dir wenigstens einen Kuß geben.«

Aber er bleibt starrköpfig voller Abwehr.

»Versuch es doch mit mir. Ich weiß doch, daß ich muß. Mach es sanft, mit Zartgefühl und langsam. Vielleicht können wir stufenweise anfangen, jede Nacht ein bißchen mehr . . . komm, laß dich küssen.«

Ich stehe vom Bett auf umarme ihn drücke mich an ihn schlinge meine Beine um seine klettere an ihm hoch küsse ihn. Die Wassergeräusche verstummen. Sein Vater ruft irgendetwas. Asa stößt mich weg. »Deck sofort den Tisch!« Und er geht aus dem Zimmer.

Das Eier-Reis-Gericht ist ausgezeichnet ich kann gar nicht aufhören seinen Vater deswegen zu loben. Sie unterhalten sich über Leute die ich nicht kenne zuerst versuche ich zuzuhören schläfrig und teilnahmslos aber plötzlich denke ich verzweifelt an meine Geschichte ob es mir jemals gelingen wird das Mädchen und ihre Motive zu erklären. Ich denke daran sie vielleicht etwas primitiver zu gestalten oder halb verrückt damit man sie leichter versteht. Es klingelt an der Tür. Asa geht aufmachen. Jemand verlangt nach dir. Wer? Irgendjemand. Er hat ein kleines Päckchen. Ich stehe auf und gehe durch den dunklen Gang an der Tür steht der kleine Bankangestellte der sich heute mittag um mich gekümmert hat in seiner Hand das Päckchen mit dem Käse den ich vergessen habe. Blutrot zerbrechlich verliebt mit einem Pfeil in seinem Herzen reicht er mir den Käse stammelt wirre Worte mit erstickter Stimme das Licht im Treppenhaus geht aus. Ich versuche ihn sanft zu berühren aber er ist vor sich selbst erschrocken tritt den Rückzug an stürzt die Treppe hinunter kaum hört er meinen Dank.

»Wer war das?«

»Ein Angestellter aus unserer Bank.«

»Ach, richtig . . . mir kam sein Gesicht irgendwie bekannt vor. Was wollte er? Was hat er gebracht?«

»Nichts, ich habe dort ein Stück Käse vergessen, das mir meine Eltern gegeben haben.«

»Und deswegen ist er hierher gekommen? Ist er verrückt?«

»Woher soll ich das wissen . . . es sieht so aus.« Ich lächle geistesabwesend. »Was kann ich dafür?«

Er schweigt. Er hat sich an solche Typen gewöhnt an die Liebeskranken die mich verfolgen aber das Auftauchen dieses zurückhaltenden Angestellten hat ihm die Sprache verschlagen.

Ich bringe den Käselaib in die Küche und wickle ihn aus. Zerdrückt bröcklig weich und feucht bei Vater und Mutter hat er steinhart und trocken auf dem Regal gelegen dieser Angestellte hat ihn zwischen seinen glühenden Handflächen wieder zum Leben erweckt. Ich lege ihn in ein Gefäß überspüle ihn mit Wasser. Meine Macht entsetzt mich bisweilen am Abend loszurennen zu einer abgelegenen Adresse nur um mich nochmals zu sehen. Asa kommt angespannt in die Küche starrt den Käselaib an der im Wasser liegt.

»Was willst du mit dem Käse anfangen?«

»Ihn malen . . . was soll man sonst schon damit machen . . . man kann ihn wohl kaum essen . . .«

»Das Schlimmste von allem«, flüstert er plötzlich gehässig »ist deine smarte Art . . . diese überhebliche Herausforderung . . . diese Versprechungen, mit denen du herumwirfst wo du gehst und stehst . . . da mußte dieser arme Kerl bis hierher rennen um dir dieses zerbröselte Käsestück zu bringen . . . und du lächelst . . . es macht dir Spaß das zu wissen . . . das geht zu weit, was für eine Art Mensch . . .«

»Was?«

Aber er ist schon wieder draußen.

Ich bringe Kaffee und Kuchen. Sein Vater raucht wie ein Schlot betrachtet beziehungslos die Büchertitel hört nur halb zu. Ich habe mich wirklich schnell an seine Anwesenheit gewöhnt.

»Wann willst du meine Eltern sehen? Sie möchten dich so gerne kennenlernen . . .«

»Sicher.« Er wendet sich an Asa – »natürlich möchte ich sie sehen. Aber wann?«

»Vielleicht morgen abend«, schlage ich vor »wir könnten mit ihnen zu Abend essen . . . Hast du schon mal ungarisch gegessen?«

»Morgen abend? Nein, morgen fahre ich nach Haifa zurück . . . das heißt ins Krankenhaus . . . und von dort aus nach Tel-Aviv . . . ich war bis jetzt noch nicht in Tel-Aviv. Ich habe Zvi nur kurz am Flughafen gesehen . . . er erwartet mich . . . ich weiß nicht, ob ich bei diesem Besuch nochmal nach Jerusalem kommen werde . . .«

»Ich fahre mit dir«, sagt Asa.

»Du fährst morgen mit?« Schrecken ergreift mich. »Warum?«

»Ich werde Vater begleiten, auch Ja'el kommt mit uns. Ich war schon ewig nicht mehr dort.«

»Ist denn etwas passiert? Du hast doch morgen vormittag Unterricht in der Uni ...«

»Nach der Stunde ... sie ist um zehn zu Ende ...«

»Aber was ist denn los? Wieso fahrt ihr plötzlich alle zusammen dahin?«

»Weil wir eben fahren.«

Sein Vater explodiert auf einmal.

»Kedmi hat darauf bestanden, mit dem Papierkram zu beginnen ... das Ganze war schon per Brief abgesprochen ... ich habe sogar ein paar Mal von Amerika aus angerufen, um alles über Ja'el zu arrangieren ... sie hat ausdrücklich versprochen ... wir haben auch mit dem Arzt geredet und den Rabbiner für Sonntag morgen bestellt ... und ich wollte sie davor noch sehen ... sie besuchen, aber Kedmi hat darauf bestanden, daß sie zuerst unterschreiben soll, weil sie es vielleicht zurücknehmen würde, wenn sie mich gesehen hat ... denn wir brauchen ihre Unterschrift auf diesem Dokument, sonst gilt gar nichts ... und der Rabbiner würde nicht kommen ... es ist sowieso schon eine besondere Vereinbarung ... Also ist Kedmi allein gefahren, Ja'el wollte ihn begleiten, aber er wollte unbedingt alleine hinfahren. Du kennst ihn doch, oder? Er ist dieser besondere Schlag Mensch, der die ganze Zeit geschmacklose Witze reißen muß und glaubt, daß er auf jedem Gebiet der große Fachmann ist ... und ich war so betäubt am ersten Tag nach meiner Ankunft, daß ich zugestimmt habe. Wie es scheint, hat er dort alles verdorben, denn sie hat nicht unterschrieben, sondern gesagt, sie wolle noch darüber nachdenken ...«

»Nachdenken?«

»Ja, auf einmal muß sie nachdenken, nachdem alles schon abgemacht war, und ich die ganze Zeit aus Amerika telefoniert habe, extra deswegen gekommen bin ... und der Rabbiner mit seinen Leuten eigens am Vortag des Festes dorthin kommen wird ... und bis wir das alles so beisammen hatten ... und nächsten Dienstag muß ich wieder zurückfliegen ... Vielleicht war sie gekränkt, wer weiß, daß ich nicht gekommen bin, um ihr einen

Begrüßungsbesuch abzustatten, sondern Kedmi direkt mit dem Dokument zu ihr geschickt habe, er hat dort sicher irgendeine unvorsichtige Bemerkung gemacht, im Grunde ist er ein sehr einfacher Mensch, aus einer wirklich primitiven Familie, trotz seiner Zungenfertigkeit ... Ich bin jetzt ratlos, ich dachte, daß vielleicht Asa und ich sie morgen mit Ja'el besuchen sollten ... vielleicht sind meine Befürchtungen ganz umsonst, aber trotzdem sollten wir sie besser besuchen ... es wird ihr guttun ...«

»Aber mußt du dich denn unbedingt schon bei diesem Besuch von ihr scheiden lassen?« frage ich sanft erstaunt über diese mir unverständliche Eile.

Asa tritt mich mit aller Kraft unter dem Tisch. Das Gesicht seines Vaters zeigt wachsende Müdigkeit zerknittert ein stummes Flehen in den Augen.

»Ja ... leider ... Conny ist doch ... es geht nicht mehr so weiter ...« – verloren schaut er Asa an der schweigt.

»Vielleicht kannst du sie morgen vormittag für ein paar Minuten sehen.«

»Wen?«

»Meine Eltern ...«

»Ach, deine Eltern? Ich weiß nicht so recht ... morgen vormittag? Werden wir das schaffen? Ich wollte in der Universität etwas erledigen ... aber vielleicht ...«

»Du wirst es nicht schaffen«, unterbricht Asa ihn scharf und trocken den Kopf gesenkt.

»Und du kommst also nicht mehr nach Jerusalem zurück?«

»Nochmals zurückkommen? Ich glaube nicht ... Ich war noch nicht in Tel-Aviv ... und dort habe ich noch soviel zu erledigen ... dieser ganze Besuch ist dermaßen kurz und Zvi erwartet mich ... aber ihr seid doch zum Seder bei Ja'el ... dort werden wir uns alle treffen ...«

»Nein, wir müssen bei meinen Eltern bleiben ... sie sind doch sonst allein ...«

Asa will etwas sagen überlegt es sich aber anders.

»Dann vielleicht den Tag darauf, zum Fest selbst ...«

»Vielleicht, wir könnten es versuchen ...«

Stille. Plötzlich wird mir klar daß ich ihn möglicherweise nicht mehr sehen werde daß er dabei ist wieder zu verschwinden.

»Vielleicht fahre ich morgen mit . . .«

Er schaut Asa an.

»Nein. Du kannst nicht mit uns kommen. Nicht morgen« – sagt Asa mit Entschiedenheit »das werden zuviele Leute, das wird ihr zuviel . . .«

»Aber ich will sie auch sehen.«

»Nein. Das ist unmöglich . . . nicht morgen . . .«

Wir versetzen uns Schläge auf dem Umweg über seinen Vater.

»Was wird dann mit meinen Eltern? Sie werden sehr enttäuscht sein . . .«

Ich kämpfe immer noch für sie.

»Vater wird sie morgen anrufen und Schalom sagen. Er wird sich entschuldigen und es erklären . . .«

Plötzlich befällt mich solche Einsamkeit. Asa wirft mich einfach ganz gemein weg. Er organisiert sich die Welt immer nach seinem Willen. Sein Vater raucht nachdenklich.

»Ich wollte sie wirklich kennenlernen, aber anscheinend geht es bei diesem Besuch nicht . . . alles ist so überstürzt . . . die Zeit rast . . . ich werde sie anrufen, das ist eine gute Idee . . . ich werde ihnen sagen, daß ich beim nächsten Besuch . . . denn ich werde nächstes Jahr wiederkommen . . . mit Conny . . . Ich werde sie einfach anrufen . . . Jemand hat mir erzählt, daß sie sehr religiös sind. Wo wohnt ihr? . . . In Ge'ulah? Gehören sie zu den Anhängern irgendeines chassidischen Rabbi? . . . Was du nicht sagst! Wirklich interessant . . . dir sieht man es schon gar nicht mehr an . . . keine Spur davon . . . Wie konnten sie dir das erlauben? Bist du nicht mehr gläubig? Ich meine . . .«

Asa hebt seinen Kopf beobachtet mich angespannt.

»Asa mag Gott nicht. Ganz einfach. Wie jemand, der irgendein bestimmtes Essen nicht ausstehen kann, es sogar nicht mal im Haus duldet.« – Sein Vater lächelt nickt mit dem Kopf dazu. – »Es ist eine Geschmacksfrage. Aber wenn ich allein bin, kaufe ich es mir manchmal, koche mir ein bißchen was und esse es für mich allein, heimlich, und danach spüle ich mir den Mund aus, damit er es nicht merkt . . . ich bin nicht gläubig, aber manchmal fürchte ich mich . . .«

Ein Lächeln glitzert in Asas Augen. Er amüsiert sich grausam.

»Aber abgesehen davon ist bei uns alles koscher, die Teller, die

Töpfe, das Besteck, für meine Eltern, damit sie hier essen können, auch wenn sie das nie tun ...«

»Seit letztem Jahr habe ich angefangen, dort drüben ab und zu in die Synagoge zu gehen ...«

»Ich habe mir doch gedacht, daß du eines Tages dort landen wirst ...« Asa fährt mit seinen trockenen Sticheleien fort den Kopf gesenkt.

Sein Vater wird rot versucht verlegen zu erklären.

»Nur als Außenstehender. Wie ein soziologischer Beobachter der Launen der jüdischen Geschichte. Außerdem gibt es dort einen wunderbaren Chor, alles Gojim. Ihr müßtet hören, wie schön sie singen. Richtig professionell ...«

Und er schlägt sich an seine Brust und schlägt doch vergeblich umsonst läßt er erzittern die gesprungene Saite seiner Lebenskraft stumm wie ein Schatten und ebenso flüchtig und er erschauert beim ersten Klang des Schabbatlieds.

Plötzlich ist die Stimmung im Raum gequält. Asa strahlt uns beiden gegenüber Feindschaft aus. Ich räume den Tisch ab stelle das Geschirr ins Spülbecken gieße Spülmittel darüber und drehe den Wasserhahn auf. Die beiden sitzen am Tisch und rauchen schweigend. Na und? Die ferne Mutter die verletzten Eltern. Die Hauptsache ist *Sie. Auf mich wartend. Wo habe ich sie verlassen? Am Ausgang des Supermarktes mit dem Baby in ihren Armen. Abenddämmerung. Ich muß sie bekleiden. Rock oder Hose? Weiche Samthosen. Die Leute, die an ihr vorbeigehen, streifen sie leicht, und sie schlüpft schnell in das Treppenhaus mit jenem Besen, ja, ich sehe es ganz genau vor mir, dort steht ein alter staubiger Kinderwagen. Sie legt das Baby hinein und beginnt es wegzuschieben. Ihr Name muß simpel sein, unscheinbar, weder etwas Besonderes noch etwas Modernes. Das Zusammentreffen mit einer Nachbarin im Stiegenhaus. Die banalen Dinge sind es, die uns mehr als alles andere scheitern lassen. Sie läßt die Rollos herunter, sammelt Kissen ein und baut daraus eine Mauer auf ihrem Bett, legt das Baby hinein. Es muß jünger sein. Vier Monate. Das erste Weinen. Bis jetzt war es ganz ruhig. Sie geht Milch suchen. Sie hat nicht genug? Sie muß in den Lebensmittelladen hinunterrennen, der noch bis zu später Stunde geöffnet hat. Wieder ein Laden? Die Gegenstände. Wohin soll die Handlung*

*von hier aus weitergehen. Nun gut, am Ende gibt sie es zurück,
aber warum? Ist es eine rein innerliche Entscheidung?*

Es klingelt an der Tür. Wer ist das jetzt? Der Nachbar. Telefon
für Dinah. Ich trockne mir die Hände ab gehe ein Stockwerk
tiefer die Tür steht offen die Familie ißt nicht sichtbar in der
Küche nur heisere jugendliche Stimmen sind zu hören. Der
Telefonhörer baumelt von der Gabel. Vater und Mutter von
zwei Anschlüssen gleichzeitig. Vergiß uns nicht verlaß uns nicht.
Sie haben sich einen zusätzlichen Anschluß legen lassen weil sie
sich immer gegenseitig den Hörer wegreißen. Die Stimmen
vermischen sich im gleichen Ton einer führt den Satz des anderen
zu Ende einer gibt Antwort auf die Frage des anderen.

»Nu, wie war das Abendessen?«

Ich verblüffe sie mit der Geschichte vom Kochen. Sie sind
nicht zufrieden.

»Du hättest kochen müssen, wenn du die Sachen von uns
genommen hättest, hättest du dich nicht zu genieren brauchen.
Wie schauen seine Pläne nun aus?«

»Er fährt morgen wieder in den Norden hinauf, er muß sie im
Krankenhaus besuchen. Aber er ruft euch morgen an.«

»Er wird anrufen? Nur anrufen? Er kann nicht kommen?«

»Es sieht nicht so aus, er fährt schon in der Frühe. Der ganze
Besuch ist ein wenig hektisch.« (Ich hätte sie einladen sollen
wirklich ich schäme mich ihrer doch nicht.)

Langes Schweigen auf beiden Leitungen.

»Wie ist er?«

»Er ist sehr nett, sieht jung aus, ist liebenswürdig, freundlich.
Er sieht Asa gar nicht ähnlich, sondern Zvi. Er geht in Amerika
sogar in die Synagoge.«

(Wozu habe ich ihnen das erzählt? Um ihnen eine Freude zu
machen um ihn bei ihnen beliebt zu machen als Trostpflaster?)

Und wirklich es herrscht Staunen und Freude. Ein religiöser
Triumph.

»Was du nicht sagst! Siehst du! ... Einen Augenblick. Was?«
(Kurze Beratung) »Vielleicht sollten wir jetzt für ein paar Minuten rüberkommen ... wir würden sogar ein Taxi nehmen ...
oder ist er sehr müde?«

Ich sage nichts. Mein Herz erbarmt sich ihrer in ihrer Einsamkeit dort in dem Alten-Viertel. Aber was sollte ich jetzt mit ihnen anfangen. Zartfühlend sondieren sie mein Schweigen. »Dinah? Hörst du? Was meinst du dazu? Wir würden ein Taxi nehmen ...« (Der Gipfel an Verschwendung für sie.)

Aber ich schweige bloß. Ich kann nicht nein zu ihnen sagen. In einer Minute werden sie es schon von selbst verstanden haben.

»Dinah?« Vater klopft ans Telefon. Schließlich geben sie auf. »Vielleicht werde ich ihn morgen früh kurz vorbeibringen ... wir werden sehen ... Das Wichtigste ist doch, daß wir am Sederabend bei euch sein werden.«

Ich hänge auf.

Asa und sein Vater sind in der Küche schon mit dem Geschirrspülen fertig und räumen alles auf. Kein Wunder daß sie verrückt geworden ist. Der Blick des alten Mannes als ob er um Hilfe bitten würde. Asas schlechte Laune nimmt zu Schweigen knistert zwischen ihnen.

»Ihr hättet aber doch wirklich nicht ...«, ich mime große Freude »Asa, weshalb denn?«

Er macht eine verzweifelte Handbewegung. Ich gehe ins Schlafzimmer und suche zwischen den Laken nach meinem Notizbuch.

Wo bist du mein Liebling düster im Zimmer sitzend eingeschlossen von wachsender Furcht müde das ununterbrochene Weinen des Babys hörend. Asa ist hinter mir hereingekommen ich reiße das Notizbuch an mich und fliehe ins Bad ziehe mich aus dusche mich ausgiebig bin glücklich im dunstigen Sprühregen langsam nähere ich mich dem Spiegel streichle bisweilen eine meiner Brüste knabbere mit zarten Bissen an einer Schulter lecke an meiner duftenden Haut. Ich ziehe meinen Bademantel an reibe vereinzelte Wasserspritzer vom Notizbuch ein paar Wörter haben sich verwischt und wie zarte Spinnen über die kleinen Seiten ausgebreitet. Ich hauche sie trocken kehre ins Schlafzimmer zurück und lege mich ins Bett. Weg mit allen Hemmungen. Ich beginne zu schreiben.

Die Furcht der Heldin nach der stahlharten Begeisterung des eigentlichen Entführungsaktes betonen, der mit überraschender Leichtigkeit und Schnelligkeit durchgeführt wurde. Ihr bescheidenes Zimmer? Ein Hundeposter. Unaufhörliches Weinen des

Babys. Sie hat Angst, daß man es hört. Sie erhitzt Milch und wartet, daß sie abkühlt. Beschreibung des Augenblicks und der Beschaffenheit des Lichts. Das innere Fieber. Das Telefon klingelt, es muß ihre Mutter sein. Aber sie antwortet nicht, aus Angst, daß man das Weinen hören könnte.

Ich wärme mich im Bett auf lese was ich bis jetzt geschrieben habe. Ein bißchen mager und leblos. Ich wende auf die Gedichtseite. Wie anders.

Giftiger Schädel zarte Glatze eine alte Schlange dösend auf einem Jerusalemer Felsen. Zerbrechlicher Frühling.

Leeres Geplapper.

Ich schließe meine Augen. Der Fernseher läuft. Asa ruft aus dem Nebenzimmer. Augenblick antworte ich mit geschlossenen Augen. Licht blendet mich etwas wird mir aus der Hand genommen. Mein Bademantel eiskalt gleitet von mir ab. Asa steht neben dem Bett hält das Notizbuch in seiner Hand blättert und liest. Ich muß eingeschlafen sein wieviel Uhr es wohl ist.

»Laß das!« Ich springe nackt aus dem Bett zitternd vor Kälte aber er liest mit kalten Augen weiter. »Leg es hin!« Er klappt es zu und legt es auf den Tisch der Stift rutscht zwischen meinen Beinen hervor fällt auf den Boden er bückt sich hebt ihn auf und legt ihn neben das Notizbuch.

»Hör auf, in Dingen herumzuschnüffeln, die dich nichts angehen, verdammt noch mal sag ich dir!«

»Entschuldige« flüstert er »ich wußte nicht, was das ist. Du hast noch nie ein solches Notizbuch gehabt.«

»Wieviel Uhr ist es?«

»Schon nach elf. Wie bist du nur so einfach eingeschlafen?«

»Wo ist dein Vater?«

»Drüben, er schaut sich die Nachrichten an. Ich suche Leintücher.«

»Ich gebe sie dir schon, aber mach die Tür zu.«

Ich ziehe mir Rock und Bluse an. »Was habt ihr die ganze Zeit gemacht?«

»Geredet und Fernsehen geschaut. Aber was ist mit dir heute denn los?«

»Ich weiß nicht.«

»Wo sind die Kissenbezüge?«

»Gleich, ich mache ihm schon das Bett, laß mich das machen.«

Aber Asa geht nicht hinaus er möchte etwas sagen er ist ganz außer sich geht ruhelos im Zimmer auf und ab.

»Ist irgendetwas? Hat er was zu dir gesagt?«

Er starrt mich an mit einem schmalen Lächeln auf seinen Lippen.

»Es stellt sich heraus, daß ... du wirst es mir nicht glauben ... er erwartet dort drüben ein Kind ... deshalb eilt es ihm so mit der Scheidung ... diese Frau von ihm ... diese Conny, sie ist schwanger ...«

»Schwanger? Wie alt ist sie?«

»Ich weiß nicht ... das ist doch egal ... er erwartet ein Baby, stell dir das vor ...«

»Asa? Wie macht man hier den Fernseher aus?« ertönt die melodische Stimme aus dem Wohnzimmer.

»Sofort ...«

Asa geht hinaus ich folge ihm mit Leintüchern und einer Decke. Das Wohnzimmer ist voller Rauch schmutzige Teegläser und eine kleine Cognacflasche. Es ist als ob ich tagelang nicht mehr hier gewesen wäre. Sein Vater steht groß und aufrecht an dem weiß flimmernden Bildschirm seine Finger gleiten über die Knöpfe. Asa macht den Fernseher aus und nimmt die Kissen vom Sofa.

»Ich mach das schon, Asa. Geh dich waschen. Es tut mir so leid, daß ich einfach so eingeschlafen bin ...«

»Das macht doch nichts ... du hättest nicht aufstehen brauchen ...« Sein Vater streckt die Hand aus will mir das Bettzeug abnehmen aber ich drücke es mit aller Kraft an meine Brust gebe es nicht her.

Mein plötzliches Einschlafen hat ihn womöglich beleidigt er wirft mir einen distanzierten Blick zu. Er riecht wieder nach Schweiß. Ein scharfer Geruch. Er hat doch erst vor ein paar Stunden geduscht und schon wieder diese männliche Ausdünstung. Was sondert er da die ganze Zeit ab als ob sein Körper uns etwas sagen wollte ... Ein starker und sehr vitaler Mann er wird ein Baby haben nun warum nicht?

Er hilft mir das Sofa zu verrücken nimmt die Enden des Leintuchs steckt sie unter die Matratze. Er schaut mich warm an.

»Du hättest nicht aufstehen brauchen.«

»Ich klappe immer so zusammen, wenn ich mich aufrege ...
wegen deinem Besuch ... war ich heute ganz aus dem Häuschen
... und auch die Verabredung heute früh.«

»Heute früh?« fragt er verwundert legt seinen Arm um meine
Schulter.

»Mit diesem Schriftsteller, deinem ehemaligen Schüler.«

»Ach der.« Er lockert seinen Griff.

»Hattest du Angst vor ihm? Was hat er gesagt?«

»Es ist schwer zu erklären ... über meine Sachen, über
Literatur im Allgemeinen ...«

»Er war schon in der Schule ein Großmaul, so selbstsicher ...
so doktrinär. Alle paar Monate entdeckte er irgendeine Theorie
und machte eine neue Religion daraus, was war es bei dir?«

»Daß man mit dem Konkreten anfangen muß, mit den greifba-
ren, physischen Dingen, aus ihnen Bedeutung schöpfen soll ...
falls es eine gibt ...«

»Das Konkrete? Was faselt er da? Was weiß er schon davon?
Mach ihn bloß nicht zur Autorität ... er ist so ein Kerl, er liebt
es, Anhänger zu haben, sich einen ganzen Hofstaat zu halten ...
ich habe von ihm gehört. Hör nur auf dich selbst. Ich würde
gerne lesen, was du schreibst ... das heißt wenn du es gestattest,
wenn du mir vertraust ... ich verstehe ein wenig davon ...
Vielleicht könntest du mir jetzt etwas zeigen, oder besser, nicht
jetzt, schick es mir ... ich habe das Gefühl, daß es mir gefallen
wird, besonders jetzt, nachdem wir uns kennengelernt haben.
Hör nicht auf Asa, er ist ein Zyniker. Es gibt soviel Neues auf der
Welt und ich bin immer gespannt, es kennenzulernen. Ich habe
ihm schon gesagt, daß ich möchte, daß ihr für eine Weile zu uns
rüberkommt. Ich könnte für Asa eine Stelle besorgen, irgendeine
Postgraduierten-Position, schließlich bin ich sein Vater, und
auch für dich, mein liebes Kind ... ich muß mich nur erst von
dieser Belastung befreien, endlich diesen Fluch loswerden, der
mein Leben erstickt ...«

Seine Augen glänzen sein Gesicht ist stark gerötet er greift
nach meiner Hand drängt mich an die Wand aufgeregt flüsternd
wird davongetragen.

»Ich weiß nicht, was Asa dir erzählt hat, aber er weiß selbst nicht alles ... man kann mir nicht die Schuld geben, ich habe doch geduldig gewartet, bis er erwachsen war und aus dem Haus ging ... und jetzt, wo ich ihn mit einer Wohnung, einer Frau, einer soliden Lebensgrundlage für eine erfolgreiche Karriere sehe, bin ich wirklich glücklich, daß ich zu euch nach Jerusalem gekommen bin, sogar wenn es nur für wenige Stunden ist. Jetzt bin ich beruhigt und kann an mich selbst denken. Was will ich denn schon? Ein bißchen glücklich sein und Glück schenken. Eine kleine Wohnung wie diese würde mir schon genügen, vorausgesetzt, daß sie von zurechnungsfähigen Leuten bewohnt ist ... du kannst dir nicht vorstellen, wie schwer es war ... und ich habe wirklich mein Bestes versucht, bis sie das Messer in mich hineinbohrte ...«

Seine Hand tastet wieder nach seinen Hemdknöpfen.

Plötzlich steigt Panik in mir auf. Ich stehe an die Wand gepreßt er drohend über mir seine Augen voller Tränen die windige Nacht draußen und Asa eingeschlossen im Badezimmer.

»Ich beschuldige sie nicht ... sie ist ihre Mutter, aber haben sie wirklich gedacht, daß ich bis ans Ende meiner Tage an sie gefesselt bleiben würde ... an das Verdämmern einer wahnsinnigen Materie ... um es konkret auszudrücken, wie unser lieber Herr Schriftsteller rät ... aber hier gibt es keine Bedeutung, das ist einfach konkret, physisch, die Totalität des Physischen selbst. Ich, für den geistige Dinge ... und ich bin nicht dermaßen alt, das kannst du ja selbst sehen, alles in allem erst sechsundsechzig. Die Leute realisieren, wer ich bin, nehmen mit mir Kontakt auf, lieben mich, ich habe noch Kräfte und Möglichkeiten in mir ... Asa kann es dir erzählen ...«

Asa ohne daß ich ihn gehört hätte steht im Schlafanzug mit bleichem Gesicht in der Tür und hört zu. Sein Vater lächelt ihm zu die Tränen sind verschwunden.

»Wir haben auf dich gewartet, gute Nacht.«

Er küßt mich ganz sanft auf die Stirn.

»Mach das Fenster ein bißchen auf, Jehudah, damit es auslüftet, das Zimmer ist ganz voll Rauch.«

Er zögert einen Moment. Ich wundere mich über mich selbst daß ich ihn bei seinem Vornamen genannt habe.

»Du kannst es nachher wieder zumachen.«

»Gut . . .«

»Morgen, wenn wir früh aufstehen, können wir mit Asa aus dem Haus gehen, und wir beide könnten für ein paar Minuten zu meinen Eltern gehen, um sie zu begrüßen. Sie waren so enttäuscht, als sie hörten, daß du schon wieder wegfährst . . .«

Asa will etwas sagen aber sein Vater hat das Flehen in meiner Stimme schon erfaßt.

»Ja . . . das ist sehr gut . . . ich werde früh aufstehen . . . du kannst mich aufwecken . . .«

Ich öffne das Fenster schaue hinaus auf die dunklen Wohnblöcke. Ein starker Wind weht draußen halb winterlich halb frühlingshaft. Ich sammle das Geschirr ein und gehe leise aus dem Zimmer.

Die Hauptsache, das Wichtigste von allem, ist meine Heldin, für die die Stunde gekommen ist, die es erfordert, ihr einen Namen zu geben. Ganz einfach Sarah, ein schrecklicher Name, aber mit exotischem Klang, wie eine Heldin im Fernsehen. In der Übersetzung, falls es jemals übersetzt werden sollte, wird es keine Probleme geben. Wo bist du, meine Liebe? Unglücklich im Zimmer eingeschlossen mit dem Baby, langsam wird ihr klar, daß es zurückgeblieben ist, geistig ein wenig behindert, und seine Mutter ist vielleicht ganz glücklich, es loszuwerden. Was für ein entsetzlicher Gedanke, eine ganz neue Wendung, Ironie! Es wird helfen, das Ganze glaubwürdig zu machen, so wird es möglich, sich in tragischer Absurdität zu bewegen und nicht so zutiefst persönlich werden zu müssen.

Asa ist schon im Bett den Kopf auf dem Kissen schaut er in ein Buch über das er morgen eine Vorlesung halten muß. Mein kleines orangefarbenes Notizbuch liegt auf dem Nachttisch neben dem Bett. Er hat es berührt hat es entweiht ich will es an mich nehmen aber ich kann nicht. Ich schließe die Tür drehe geräuschlos den Schlüssel im Schloß herum und mache das Licht aus. Licht aus dem Wohnzimmer dringt unter der Tür herein. Ich ziehe mich nackt aus hebe die Bettdecke hoch und flüstere: »Erlöse mich von der Strafe. Ich bin jetzt bereit. Ich habe dir versprochen . . .«

Er lächelt streichelt geistesabwesend mein Gesicht und meinen Hals.

»Nicht jetzt . . . es geht nicht . . . er ist im nächsten Zimmer . . . morgen . . .«

»Kannst du nicht?«

»Natürlich kann ich. Das weißt du ganz genau. Aber warum ausgerechnet jetzt, wenn er praktisch hier neben uns atmet, du wirst wieder schreien, wie immer . . . wie soll das gehen, willst du vielleicht, daß er dich schreien hört, ist es das, was du willst . . .«

»Diesmal werde ich nicht schreien, ich verspreche es . . .«

»Du wirst schreien, das hängt nicht von dir ab . . . aber mach dir nichts draus« – er umarmt mich kräftig – »morgen . . . wenn wir bis jetzt gewartet haben, können wir auch noch einen Tag warten . . .«

»Dann solltest du wissen, daß du es bist, der nicht kann . . .« Da packt ihn die Wut. »Fang nicht wieder damit an. Du kennst die Wahrheit ganz genau . . . also gut, komm, ich werde es dir beweisen.«

Plötzlich wirft er sich mit aller Kraft auf mich breitet mich unter sich aus erhebt sich über mir und ich ziehe sofort alles zusammen so fest ich kann verschließe die kleine Pforte er ist eine zerbrechliche Schlange gleitend tastend trocken abrutschend.

»Du Verrückte, siehst du?«

Auf einmal schmilzt meine Wut dahin ich muß mich zurückhalten um nicht zu weinen. Ich steige aus dem Bett und ziehe mir ein Nachthemd an.

»Also gut, morgen. Aber hör auf, mich zu bestrafen.«

»Sag nicht so idiotische Sachen . . . tu mir den Gefallen.«

»Sag, daß sie aufgehoben ist.«

»Es gibt nichts aufzuheben.«

»Doch. Du weißt es, dein ganzes Benehmen während der letzten zwei Wochen . . . du hast auf mir herumgehackt, mich nicht angerührt . . .«

»Ist ja schon gut, schon gut.«

Ich küsse sein Gesicht schlüpfe ins Bett drehe ihm den Rücken zu und rolle mich zusammen wie ein Embryo bitte ihn daß er seine Hand auf meinen Bauch legt. Die Wärme seiner Hand in der Tiefe der Müdigkeit. Verdämmern des Gehirns. Meine Heldin Sarah, *sie ist dort in ihrem Zimmer steckengeblieben, rührt sich nicht. Wo wird sie schlafen? Sie wird nicht denken und nichts sagen. Eine erledigte Heldin. Eine Versagergeschichte. Wo soll sie hinführen. Ein toter Punkt. Jetzt weiß ich nicht, was ich mit ihr machen soll. Morgen werde ich versuchen, ihr ein wenig Leben einzuhauchen, ich werde ihr von meinem eigenen Fleisch und Blut geben.*

Das Licht im Wohnzimmer geht aus. Die Müdigkeit durchrinnt sie wie ein Strom Welle um Welle bricht sich sanft über bodenlosen Tiefen eine hohe mattblaue Wasserwand unter ihr ein geräuschloser Autostrom im Wind. Aber jemand stört sie die ganze Zeit gibt keine Ruhe wimmerndes Murmeln Decken werden abgeworfen wieder hochgezogen er verrückt sie hebt ihr eine Hand oder einen Fuß hoch das Licht wird an- und ausgemacht. Asa bist du wach? Wieviel Uhr ist es? Es ist schon drei Uhr was hast du? Ich kann nicht schlafen schluchzt er. Leg deine Arme um mich. Das hilft nichts es kocht in mir drinnen. Was ist denn? Alles das Ganze. Hat es mit mir zu tun. Mit dir auch und mit ihm. Muß er noch ein Kind in die Welt setzen genügt es ihm noch nicht was er angestellt hat? Der Teufel soll ihn holen ... woher nimmt er die Kraft ... ohne jede Scham ... er macht uns alle zum Gespött ... Ich beginne endlich zu verstehen. Ja'el hatte schon länger den Verdacht. Aber der Schlaf überwältigt sie. Was wird sie tun? Im Zimmer nebenan durchbricht ein langes Husten die Stille. Sie ist so schläfrig sie schläft aber er stört sie weiter die ganze Zeit. Hör auf zu denken du denkst zuviel wenn du nicht denkst kannst du nicht verrückt werden sagt sie und weiß nicht ob sie es wirklich gesagt oder nur geträumt hat ...

Mittwoch

»... so wie diese jungen Leute konsequent jedwelchen Staat, öffentliche Organisationen oder Institutionen ablehnten, so verneinten sie ebenso, zumindest im Anfang, den Gedanken an einen organisierten Terrorakt. Ihr Terror war individualistisch und so sollte er bleiben. Das Werk eines einzelnen und nicht das einer Gruppe. Die Autorität sollte allein der Kraft des einzelnen entspringen und ging aus seinem mächtigen inneren Freiheitsgefühl hervor, das danach verlangte, auf das ganze Volk auszustrahlen. Die Entscheidung über einen Terrorakt konnte nicht von einer Gruppe oder Organisation gefällt werden, die durch Handaufheben oder ein anderes Abstimmungsverfahren zu einem Entschluß gelangte. Trotz der großen Brüderlichkeit also, die sie füreinander empfanden, ihrer wundervollen Menschenliebe, die den Mangel an Kontakt mit einer sympathisierenden Öffentlichkeit zum Teil kompensierte, blieben die Terroristen in extremster Weise isoliert. Ihr müßt euch vor allem vor Augen halten, daß sie sehr jung waren, viel jünger als ihr. Pisarev, der führende Theoretiker des russischen Nihilismus, stellte fest, daß Kinder und Jugendliche die größten Fanatiker sind. Rußland war zu dieser Zeit eine junge Nation, die sich eigentlich erst knapp hundert Jahre zuvor rekonstituiert hatte, und jung waren auch ihre Terroristen. Ein Proletariat von Gymnasialabsolventen – so wurden sie genannt. Dennoch, sie waren es, die die Fackel der Freiheit hochhielten, und sie allein stellten sich gegen ein brutales diktatorisches System und maßten sich an, das Volk zu befreien, das weit davon entfernt war, sie darin zu unterstützen. Fast jeder dieser Jugendlichen zahlte seinen Preis mit Selbstmord, öffentlicher Hinrichtung, Gefängnis oder Wahnsinn. Eine Handvoll Intellektueller kämpfte allein, während das Volk schwieg. Im Jahre 1878, am 27. Januar, begann das, was man die ›Russische Terrorwelle‹ genannt hat. Ein junges Mädchen mit dem Namen Vera Zasulitsch schoß auf General Tarpov, den grausamen Chef der Polizei von St. Petersburg. Sie hatte von niemandem Anweisung erhalten, hatte sich ganz allein dazu entschlossen, aus ihrem persönlichen Moralbewußtsein heraus. Ideologisch jedoch war sie auf ihre Tat schon wohlvorbereitet. Sie hatte viele der Untergrundschriften gelesen, darunter den Aufsatz des Deutschen Karl Heinsen mit dem Titel ›Mord‹, der schon 1849 veröffentlicht wurde und in ihren Kreisen gut bekannt war. Sie war auch mit der berühmten Abhandlung von Michail Bakunin ›Revolution, Terrorismus und Verbrechertum‹ vertraut, die 1856 in Genf erschien. Das waren die beiden Artikel, die ich euch in der Anthologie von Walter Laqueur zu lesen gebeten habe ...«

Aber sie haben sie wieder nicht gelesen. Die Bewegung der Schreibstifte bricht ab. In der plötzlichen Stille hört man den Wind pfeifen. Ihre Augen beginnen mir auszuweichen der Blickkontakt wird unterbrochen. Was kümmern sie Artikel. Du solltest dich bedanken daß sie überhaupt gewillt sind dir zuzuhören. Fassen Sie für uns das Resümee zusammen. Wir glauben es Ihnen. Aber ich muß jetzt eine Diskussion in Gang bringen sonst würde ich die nächste Stunde anschneiden. Es bleiben uns noch fünfzehn Minuten. Wenn wenigstens der lästige Alte dawäre auch er liest eigentlich nie die Bibliographie aber er hat immer etwas zu sagen weiß alle möglichen verschiedenen Details erinnert sich an alte Bücher. Er ist der einzige der in etwa merkt worauf ich hinauswill auch wenn er immer im Namen irgendwelcher lächerlichen Wertvorstellungen protestiert. Mit ihm kann man immer ein wenig Zeit totschlagen ihn mit dem Rücken zur Wand drängen und widerlegen. Aber heute früh ist er nicht da und er ist auch in der letzten Woche nicht gekommen. Krank? Tot? Oder hat er vielleicht die Vorlesung gestrichen? Auch die alten Damen die Gasthörerinnen sind wegen Pessach nicht erschienen. Ein sehr spärliches Publikum heute und das ärgert mich immer. Ich habe mich an dichtgedrängte Reihen gewöhnt.

»Also bitte, was ist die grundlegende These von Heinsen? Wer kann es zusammenfassen?«

Stühlescharren.

»Wer hat es überhaupt gelesen?«

Sie senken den Blick blättern in ihren Heften schauen gedankenverloren zum Fenster hinaus.

»Also gut, vielleicht sollte ich fragen, wer es nicht gelesen hat.«

Eine Hand erhebt sich geduckt noch einige andere folgen zögernd sie grinsen sich gegenseitig zu.

»Das Buch war nicht in der Bibliothek, weil Sie es haben . . .« ruft eine Stimme aus der Ecke.

Erleichtertes Lachen.

»Aber es gibt noch zwei andere Exemplare, ich habe sie eigenhändig zu Anfang des Jahres in den Apparat gestellt.«

Sie sind bestürzt runzeln die Stirn.

»Ich habe danach gesucht, wirklich, aber es war nicht da . . .«

In ihren Träumen vielleicht.

Jemand verkündet: Genau sie waren einmal dort aber sie sind verschwunden. Die Bibliothekarin war selbst ganz erstaunt.

»Wie verschwunden?«

»Woher soll ich das wissen? Sie sind eben verschwunden.«

Jetzt ist die Erleichterung schon allgemein. Hauptsache die Bücher sind verschwunden.

»Und warum habt ihr mir das nicht mitgeteilt? Ich habe euch schon vor einem Monat darum gebeten, die Artikel zu lesen. Warum sagt ihr da nichts? Das ist eine Übung, keine Vorlesung . . .«

Die Tür öffnet sich leise und Dinahs Lockenkopf späht herein.

»Dürfen wir?« flüstert sie liebenswürdig in meine Richtung und ohne eine Antwort abzuwarten dreht sie sich um und sagt mit klarer Stimme die durch den Korridor hallt »Es ist hier!« Sie gleitet zur letzten Reihe und sinkt geräuschlos auf einen Stuhl und Vater kommt hinter ihr herein mit eingezogenem Kopf als ob er einen niedrigen Tunnel betreten würde ängstlich meinen Blick vermeidend die kleine Reisetasche an seine Brust gedrückt auf Zehenspitzen bahnt sich einen Weg durch den Haufen von leeren Stühlen zum letzten in der Ecke hin. Alle drehen ihre Köpfe nach ihnen. Einige Studenten erkennen sie fangen sofort zu flüstern an betrachten mich mit einem Lächeln der Sympathie. Das Blut schießt mir in den Kopf. Zum Teufel mit ihr. Warum mußte sie hier hereinkommen. Der Raum ist von irritierendem Raunen erfüllt.

»Der Aufsatz von Karl Heinsen ›Der Mord‹ wird für das wichtigste ideologische Dokument des frühen Terrorismus gehalten. Er wurde diverse Male neu aufgelegt und an vielen Stellen zitiert. Zum ersten Mal erschien er 1849 in einer Zeitung, die von einem deutschen Exilanten in der Schweiz herausgegeben wurde. Karl Heinsen, selbst ein Exilant, suchte dem Terrorismus eine moralische Rechtfertigung zu geben. Er war kein Sozialist, sondern ein bürgerlicher Radikaler. Marx und Engels haben ihn deshalb angegriffen. Es war mehr seine Ablehnung des Sozialismus als sein Terrorismus, was sie abstieß. Gegen Ende seines Lebens emigrierte Heinsen nach Amerika, wo er verschiedene deutsche Zeitungen herausgab. Er starb 1880 in Boston, einer Stadt, die er als den einzigen kultivierten Ort in Amerika betrachtete.«

Ein leichtes Lächeln huscht über Vaters Gesicht als ich Heinsens Meinung über Boston wiedergebe doch sofort senkt er erschrocken den Kopf.

Dinah hört überhaupt nicht zu. Sie strahlt immer noch vor dummer Freude. Sie hatte heute früh keine Zeit sich zu schminken und ihr Gesicht ist ganz fleckig. Sie hat ein altes kindisches blaues Kleid an späht in das Heft des Studenten der neben ihr sitzt und ihr sofort seine Aufzeichnungen hinschiebt. Sie fangen zu flüstern an. Sie ist drauf und dran ein öffentliches Ärgernis aus sich zu machen.

»Heinsen untersucht zuerst einige historische Kapitel des Frühterrorismus, als einzelne aus eigener Initiative versuchten, Tyrannen zu beseitigen. Er schildert den Respekt und die Bewunderung, die wir für solche Gestalten wie Harmodius und Aristogiton empfinden, die den Tyrannen Hypparchus töteten ...«

Ich habe ihre Namen auswendig gelernt muß nicht einmal

einen flüchtigen Blick auf die Unterlagen werfen. Vater beugt sich verwundert nach vorn. Starke Spannung ist in mir angestaut eine Art intellektueller Grimm packt mich.

»Er beweist, daß Terror an sich im Laufe der Geschichte kaum je verurteilt wurde, wenn die Unmenschlichkeit des Gewaltherrschers oder des Regimes anerkannt war. Im Gegenteil, alle Terroristen der Geschichte haben unsere Billigung gefunden. Wenn es jenem jungen Deutschen namens Stacz gelungen wäre, Napoleon zu töten, sagt Heinsen, und er nicht in der letzten Minute gefaßt worden wäre, wäre er nicht eine weltberühmte und bewunderte Gestalt geworden?«

Tiefes Schweigen herrscht wieder in der Klasse. Ich beginne auf und ab zu gehen den Blick zu Boden geheftet.

»Heinsen entwickelt seine Theorie demgemäß weiter und argumentiert, daß der Unterschied zwischen einem totalitären Staat und dem einzelnen Terroristen seine Wurzel im moralischen Gewissen des letzteren hat. Der Staat bedient sich Zerstörungsinstrumenten, die unterschiedslos Hunderte von Menschen töten, während der Terrorist nur ein ganz spezielles Ziel treffen will. Der moralische Vergleich zwischen einer Granate und einem einzelnen Revolverschuß fällt eindeutig zu Gunsten des Revolverschusses aus.«

Sie beugen sich über ihre Aufzeichnungen es ist ihnen gleich was sie schreiben.

»Allerdings ein gut gezielter Revolverschuß.«

Ich bleibe vor ihnen stehen hebe meinen Arm und markiere mit meinen Fingern die Form eines Revolvers. Das Schweigen vertieft sich.

»In jenen Tagen nahm man sich noch in acht, keinen unschuldigen Außenstehenden zu verletzen. Als man die letzten Details für den Anschlag auf Admiral Dubasov vorbereitete, erklärte der Terrorist Vinarovskij: Wenn Dubasov von seiner Frau begleitet wird, werde ich die Bombe nicht werfen. Karl Heinsen macht seine Position sehr deutlich. Ihr werdet es selbst lesen. Morgen fangen die Ferien an, da habt ihr genügend Zeit dazu, und ich werde mein Exemplar in der Bibliothek abgeben.«

»Aber in den Handapparat, daß es nicht auch verschwindet ...«

Das bekannte Lachen. Sie interessieren sich ausschließlich für technische Details. Diese kleinkrämerische Praxisbezogenheit.

»In Ordnung . . . aber ihr sollt noch zwei weitere Artikel in der Anthologie lesen. Einen von Sergei Nichaev und einen von Morozov.

Ich schreibe wütend die Namen an die Tafel.

»Habt ihr gehört? Auch diese zwei Artikel, und ich werde das prüfen, ich warne euch, ich habe genug von diesem Versteck-spiel. Ihr müßt alle diese Sachen lesen, denn nur so könnt ihr den geistigen Hintergrund der jungen Vera Zasulitsch begreifen, einer Adeligen, die selbst zwei Jahre im Gefängnis saß, bevor sie beschloß, Tarpov eine würdige Antwort auf seine Bestialität zu geben. Sie lud ihren Revolver, steckte ihn in die Manteltasche und betrat zur frühen Abendstunde Tarpovs Quartier unter dem Vorwand, eine Verabredung mit ihm zu haben . . .«

Das Läuten. Zu guter Letzt. Vater sieht sehr bleich aus er hat seinen Kopf in eine Hand gestützt mit der zweiten umklammert er die Tasche die er auf seinen Knien hält.

»Sie betrat den Vorraum zu seinem Büro und wartete dort geduldig. Sie kannte ihn gut, als kleines Mädchen hatte sie ihn viele Male mit ihren Eltern in seinem Haus besucht. Ich sagte schon, daß sie selbst eine Adelige war, und die Beziehungen zwischen den Kindern von Adeligen und denen des gemeinen Volkes waren tiefgehend und befruchtend. Als er aus seinem Büro herauskam, umgeben von seinen Helfern, erhob sie sich sofort und schoß ihm in die Brust, aber sie hatte ihn nicht getötet, sondern nur verwundet. Sie machte keinen Versuch zu fliehen, warf sofort ihren Revolver auf den Boden und ließ sich völlig gelassen festnehmen . . .«

Dinah hört zu flüstern auf. Alle Augen sind auf mich gerichtet in der sich vertiefenden süßen Stille. Nicht Geschichte wollen sie hören, sondern Geschichten.

»Die Regierung stellte die Zasulitsch nicht vor ein reguläres Gericht, sondern vor ein speziell ernanntes Geschworenenge-richt, um dem Urteil moralische Kraft zu verleihen. Aber, zum Erstaunen aller, sprach dieses Gericht sie frei, setzte sie auf freien Fuß. Als die Polizei versuchte, sie auf der Straße zu verhaften, rettete sie die von Bewunderung erfüllte Volksmenge. Es gelang ihr, aus Rußland zu fliehen, und sie wurde von da an eine führende Gestalt in russischen Revolutionärskreisen im Exil. Dieser Revolverschuß und der dramatische Freispruch der Vera Zasulitsch waren es, die die Schleuse zu vielen weiteren Attentaten öffneten. Eine Terrorwelle überschwemmte Rußland. Krabtschinskij, der talentierte Sonderling, über den wir noch viel zu sprechen haben werden, legte noch im gleichen Jahr ein weiteres Fundament für den sich immer mehr ausbreitenden Terrorismus nieder, in einer kleinen Broschüre mit dem Titel – ›Tod um Tod‹.«

Vaters Augen sind geschlossen die Tasche rutscht ihm beinahe von den Knien. Die Tür geht auf. Studenten der nächsten Stunde schauen herein.

Er klappt seinen Ordner mit entschlossenem Schwung zu. Er holt die vorbereitete Zigarette heraus und zündet sie mit ritueller Geste an, die das Ende der Stunde kennzeichnet. Eine Rauchwolke hüllt ihn ein, die knisternde Spannung löst sich langsam auf. Die Studenten erheben sich, zwei bitten ihn gleich um das Buch. Er reicht es ihnen schweigend, antwortet trocken, distanziert, fast grob auf ihre Fragen, wirft seine Papiere und die restlichen Bücher eins nach dem anderen pedantisch in seine Aktentasche, während sich der Raum mit neuen Studenten füllt und schon bahne ich mir einen Weg durch die Menge hinaus den Kopf gesenkt haltend bemüht niemanden zu berühren gehe blicklos an Dinah vorbei die an der Tür steht und mit zwei Studenten kichert schaue auch Vater nicht an der verunsichert an der Wand lehnt nicht weiß wohin mit der Tasche in seinen Händen. Ich tippe ihn flüchtig an komm wir sind spät dran. Und ohne mich umzudrehen haste ich den Gang entlang stürze eilig die Treppen hinunter. Er fühlt meine Wut rennt mir hinterher murmelt.

»Wir haben dich doch nicht gestört? Dinah hat darauf bestanden, daß wir hineingehen und dir beim Unterrichten zusehen, ich wollte nicht . . .«

»Schon gut.«

Ein leichter Duft nach Eau de Cologne strömt von ihm aus. Was ist nur in diesen Mann gefahren?

»Du bist so eindringlich, du hast mich richtig erschreckt. Aber ich bin froh, daß ich gesehen habe, wie du dozierst. Wunderbar!

Ein echter Redner. Und diese dramatische Handbewegung. Ich dachte, daß du wirklich gleich schießen würdest. Alle Achtung! Mach nur weiter mit eiserner Hand. Verpasse ihnen Prüfungen. Nur so werden sie dich zu schätzen wissen. Was ist das Thema deiner Übung? Terrorismus? Sehr interessant, hältst du das ganze Jahr durch Vorlesungen über Terrorismus?«

»Nein, das Thema ist Rußland gegen Ende des neunzehnten Jahrhunderts.«

»Ach so, natürlich. Das war doch das Thema deiner Doktorarbeit?«

»Nein, die Arbeit ist über die zwanziger Jahre in Rußland ... ich habe sie dir zwar geschickt ... aber du hast sie sicher nicht mal aufgeschlagen ...«

Ich schlängle mich durch die Menge leicht aneckend wie ein U-Boot das in einem überfüllten Hafen manövriert.

»Das stimmt nicht ... natürlich habe ich sie gelesen ... das heißt soviel ich eben verstanden habe ... nur ...«

Jetzt kommt er ins Stottern. Aber damals hat er mit keinem Wort darauf reagiert. Wir sind auf dem weiten Platz draußen konfrontiert mit einem starken trockenen Wind. Dinah kommt hinter uns hergeeilt drückt sich an mich umarmt und küßt mich vor den Augen aller vorübergehenden Studenten.

»Die Vorlesung war so schön!«

»Aber du hast andauernd gestört ...«

Sie kichert.

»Er hat angefangen, mit mir zu reden ... es war nicht meine Schuld. Er ist einer dieser ewigen Studenten, der schon mit mir studiert hat ... aber wir haben nur ganz leise geredet ...«

»Ist doch egal.« Ich löse mich von ihr. »Haben sich deine Eltern gefreut, dich zu sehen?«

»Wenigstens sind sie jetzt sicher, daß du nicht vom Heiligen Geist gezeugt worden bist ... auch wenn dir das vielleicht lieber wäre.«

Vater lacht.

»Ich bin froh, daß Dinah darauf bestanden hat, mich mitzunehmen. Dieser Besuch war ein Muß. Sie haben sich dermaßen gefreut. Ein kurzer, aber gelungener Besuch, stimmt's Dinah? Sehr sympathische Leute ...«

»Schön, aber wir müssen jetzt gehen, Vater, wir haben einen langen Weg vor uns . . .«

Und wieder fühle ich den Schmerz über diesen verlorenen Tag meine kostbare Zeit . . . und Pessach steht vor der Tür und die Bibliothek wird geschlossen haben . . .

»Ja, kommt, wir gehen«, sagt Dinah lebhaft.

»Du kommst auch mit?«

»Selbstverständlich.«

»Wieso denn? Gehst du heute schon wieder nicht zur Arbeit?«

»Ich habe freigenommen. Ich fahre mit euch.«

Sie sucht wohl Unterhaltung.

»Das kommt überhaupt nicht in Frage . . . es gibt keinen einzigen Grund für dich, dorthin zu fahren.«

»Ich kann ja draußen warten.«

»Du wirst nicht draußen warten . . . warum denn, um alles in der Welt? Ich verstehe das nicht. Wieviele Tage bist du jetzt schon nicht mehr zur Arbeit gegangen. Am Ende werden sie dich hinauswerfen, und das weißt du ganz genau.«

»Um mich mach dir mal keine Sorgen.«

Diese Selbstsüchtigkeit die ganze Zeit freizunehmen und am Monatsende mit einem lächerlichen Betrag heimzukommen. Wenn nicht das Geld wäre das uns ihre Eltern geben . . .

»Ich komme also mit.« Sie wendet sich beschwörend an Vater aber der schweigt.

»Du kommst nicht mit!«

»Ich habe deine Mutter so lange nicht mehr gesehen.«

»Du wirst sie noch genug sehen können . . . sie läuft dir nicht davon . . . du kommst nicht mit!«

Ich presse ihren Arm mit aller Kraft um ihr klarzumachen daß sie es aufgeben soll. Sie hat kleine frische Pickel im Gesicht das Blau ihrer Augen ist trübe ihre Backenknochen stehen hervor als ob sie die dünne Haut durchbohren wollten. Mit wem habe ich mich da eingelassen? Ein dickköpfiges Mongolenkind.

»Warum gehst du nicht zur Arbeit?«

Sie befreit abrupt ihren Arm von mir.

»Ich will nicht, und du kannst mich nicht dazu zwingen.«

Vater wendet mit leichtem Lächeln sein Gesicht ab mit halbem Ohr unserem amüsanten kleinen Geplänkel lauschend.

»Ich zwinge dich doch nicht . . . ganz sicher nicht. Wie könnte man dich zu irgendetwas zwingen? Komm Vater, wir verspäten uns sonst.«

Sie steht da wie betäubt ihr Gesicht gerötet vor Zorn. Studenten starren uns im Vorbeigehen an. Vater berührt sie sanft.

»Dann werden wir uns also zum Fest wiedersehen? Ihr werdet kommen und mich verabschieden . . . wir reden noch miteinander . . .«

Aber sie hört nicht zu schaut ihn nicht an sie starrt mich an sprachlos über meine kategorische Weigerung.

»Dann gib mir Geld, Asa.«

»Wofür?«

»Ich brauche es.«

»Aber du hast doch gerade gestern . . .«

»Es ist nichts übriggeblieben.«

»Braucht ihr Geld?«

»Nein, Vater, es geht schon.« Ich ziehe meine Brieftasche heraus gebe ihr fünfhundert Lirot.

»Ist das alles?«

»Mehr habe ich nicht . . . ich brauche auch etwas.«

»Wenn ihr Geld braucht, sagt es nur.«

»Gut, dann gehe ich auf die Bank.«

»Unser Konto ist überzogen.«

»Er wird mir schon etwas geben.«

»Wer?«

»Dieser Angestellte, der gestern abend mit dem Käse ankam . . .«

Plötzlich bricht sie in fröhliches Lachen aus. Sie fällt Vater um den Hals umarmt ihn liebevoll küßt ihn gibt mir förmlich die Hand und verschwindet zwischen den Studenten.

»Es sind sehr einfache Leute, wir waren in ihrem Laden, er sieht aus, als ob er aus einem Roman von Mendele von vor hundert Jahren stamme, mit einer Tonne geräuchertem Fisch neben der Tür. Ein echt literarischer Kramerladen! Und sehr deprimierend. Und sie sind sehr religiös, auch wenn der Vater keine langen Seitenlocken trägt, sehr religiös, sage ich dir, ich habe inzwischen eine Nase dafür, und ich habe es auf der Stelle gespürt. Und tatsächlich hat es nur kurze Zeit gedauert, und sie haben mir erzählt, daß sie einer kleinen Sekte ungarischer Chassidim angehören, die einen sehr alten Rabbi haben, den sie in allen Angelegenheiten zu Rate ziehen ... der ihnen genau sagt, was sie tun und denken sollen. Hast du das gewußt? Auch du, lieber Doktor Kaminka, bist gewissermaßen in seinen Händen, auch du wirst an einem unsichtbaren Faden von ihm manipuliert, ha, ha, ha ...«

(Weshalb sagt er solche Dinge?)

»Ist das der Autobus? Der Expreß nach Haifa? Du solltest besser nachschauen. Laß mich zahlen. Es ist schrecklich, ich bin immer noch nicht dazu gekommen, auf die Bank zu gehen und die Dollars umzutauschen ... Gut, wir werden dann in Haifa abrechnen, die Hauptsache ist, wir sind um eins dort am Busbahnhof. Ja'el und Kedmi warten auf uns ... Es ist mir egal, setz du dich ans Fenster ... Was ich mich frage, seit meinem aufschlußreichen Besuch heute morgen bei deinen Schwiegereltern, ist, ob du gewußt hast, in was du da hineingerätst, oder ob du einfach ein hübsches junges Mädchen in der Universität gesehen und nicht weiter gefragt hast, was hinter ihr steht. Die Welt ist in Unordnung geraten. Vor zwanzig Jahren hätte ein junges Mädchen aus einer solchen Familie nicht einmal die Straßen ihres Viertels verlassen, sie wäre so eingewickelt herumgelaufen, daß du dich auf der Straße kaum nach ihr umgedreht hättest, aber heute gibt es so erstaunliche Sprünge und Übergänge ... alle Schranken fallen. Ein totales Chaos. Wohin ist ein Anarchist wie du geraten? Aber du kommst vermutlich mit ihnen zurecht ... auf dich ist Verlaß. Das war schon von Kindheit an eine deiner Fähigkeiten, mit allen Menschen auszukommen. Wir pflegten immer zu sagen, Mutter und ich, Asa versteht es, Konflikte auf ein Minimum zu beschränken ... Wann fährt dieser Bus? Wie gut, daß ich sie besucht habe, es hätte sie verletzt, wenn es nicht stattgefunden hätte. Es ist mir wirklich unverständlich, warum du dich so sehr dagegen gesträubt hast, daß ich zu ihnen gehe. Wir sind doch rechtzeitig zurückgekommen. Deine Dinah ist vielleicht ein bißchen kindisch und es ist gut, daß sie bei dem Drama, das uns heute noch erwartet, nicht dabei ist. Du hast gesehen, daß ich mich herausgehalten habe. Aber mit heute früh hat sie recht gehabt. Warum solltest du dich darüber ärgern? Ich habe es schließlich doch auch für dich getan. Ich verstehe dich nicht. Schämst du dich ihrer? Sie mögen einfache Leute sein, aber anständige, auch dein eigener Vater ist ja kein Muster an Vollkommenheit, ha ha . . .«

(Er hat eine neue Art zu lachen. Irgendwie schrill. Was ist los mit ihm?)

»Aber noch ein paar Jahre, und sie werden gestorben sein, und an deiner Seite bleibt eine Frau, die in zehn Jahren eine große Schönheit sein wird . . . ich habe bemerkt, wie die Leute sie anstarren . . . im Moment ist sie noch nicht ganz ausgereift, aber in einigen Jahren . . . Sie wird dir viele Türen öffnen . . . dein Vater versteht etwas davon . . .«

(Zwinkert er mir tatsächlich zu? Einfach abstoßend!)

»Selbstverständlich haben wir auch über dich gesprochen. Sie mögen dich sehr. Mögen ist vielleicht nicht das richtige Wort, sie schätzen dich, vielleicht fürchten sie dich sogar ein wenig. Und sie wird von ihnen schlicht angebetet. Wenn sie für dich ein Kind ist, für sie ist sie immer noch ein Baby, sie tanzen um sie herum und können immer noch nicht fassen, daß sie fähig ist, allein auf ihren Füßen zu stehen und selbständig zu essen. Es ist ganz gut, daß du so weit weg von ihnen wohnst, sonst wären sie schon zu euch ins Bett gekrochen vor lauter Hingabe und Fürsorge . . . Ihr solltet sie mit einem Enkelkind beschäftigen, dann würden sie euch vielleicht weniger zur Last fallen. Hör auf mich, denk darüber nach. Ich weiß, wie teuer dir deine Zeit ist, aber trotzdem, denk ein wenig darüber nach. Sie arbeitet sowieso nicht wirklich . . . warum sollte sie sich also nicht mit einem Baby beschäftigen und ihre Gedichte schreiben können? Sie haben so etwas angedeutet, versuchten meine Unterstützung zu mobilisieren, du hörst es sicher jedesmal von ihnen . . . Vielleicht ist es der Rabbi, der da Druck macht, ha ha ha . . . aber es sind gute, einfache Leute . . . Wir müssen ihnen wie totale Wilde erscheinen. Ich habe gesehen, wie sie mich angeschaut haben, und ich habe mich gefragt, ob sie die ganze Geschichte von Mutter kennen oder ob du ihnen die Details erspart hast . . . du mußt aber nicht denken, daß sie keine Achtung vor dir haben. Ein Glück, daß sie deine Vorlesung über dieses kleine Fräulein Zasulivitsch nicht hören konnten, über die du mit einer solchen

Begeisterung sprichst, als ob du sie persönlich gekannt hättest . . .«

»Zasulitsch.«

»Richtig, Zasulitsch. Entschuldige. Zasulitsch? Wie sie wohl wirklich war? Sicher eins dieser gestörten jungen Mädchen, du hast ja selbst gesagt, daß dieser General ein Freund ihrer Eltern war. Einfach hinzugehen und auf ihn zu schießen, nur weil sie irgendsoeinen Artikel gelesen hatte . . . nein . . . mich wirst du nicht davon überzeugen können, daß das Ganze eine ideologische Angelegenheit gewesen sein soll, ich suche immer die persönliche Geschichte und ich schlage meinen Historikerfreunden immer vor, bisweilen von ihrem hohen Roß herunterzukommen und die subjektive Geschichte zu suchen. Conny hat mir beigebracht, ein wenig auf die feinen psychologischen Unterscheidungen zu achten, und die Welt hat sich mit einem Mal vor mir aufgetan, als ob ein Vorhang aufgezogen worden wäre. Aber dazu müßtest du das Original lesen . . . Russisch . . .«

»Ich lerne es gerade.«

»Tatsächlich? Das freut mich wirklich sehr. Nur schade, daß ich nicht hier in deiner Nähe bin, ich hätte dir helfen können. Was war das?«

»Was?«

»Dieses Eisenzeug, das da aufgerichtet stand.«

»Ein Denkmal für die Gefallenen der Luftwaffe.«

»Etwas Neues?«

»Nein, es stand zu deiner Zeit auch schon da.«

»Ich habe es nie zuvor bemerkt.«

»Wann bist du schon mal nach Jerusalem gefahren . . .«

»Stimmt, in den letzten Jahren fast gar nie, ich bin überhaupt nicht mehr weggefahren. Ich war mit ihr zu Hause eingesperrt. Jedesmal, wenn ich wegging, gab es ein Drama. Aber das habt ihr alles vergessen, und jetzt, wo ich versuche, die Überbleibsel meines Lebens zu retten, klagt ihr mich an . . . Was ist?«

»Nichts, ich bin nur müde. Ich konnte gestern Nacht nicht einschlafen . . .«

»Ich weiß, ich habe dich herumgeistern hören. Vielleicht solltest du wirklich die Augen schließen, und ich werde ruhig sein . . .«

»Nein, nicht nötig, ich kann hier sowieso nicht einschlafen ..«

»Du verlangst zu viel von dir ... und du weißt das ... ich konnte es während des Unterrichts sehen ... so angestrengt ... wie eine gespannte Saite ... Du wirst schnell ausgebrannt sein, mein Lieber. Und woher hast du dieses ganze Pathos her, kommt das wirklich von mir? In solcher Stärke, ich weiß nicht, vielleicht ... du hast dir aber auch düstere Themen ausgesucht. Du hast allerdings ein Talent, jeder Sache eine Bedeutung zu verleihen. Schon als kleiner Knirps bist du nach Hause gekommen mit einer Geschichte von irgendeiner Katze, die du auf dem Weg gesehen hast und irgendeiner Fliege, die herumschwirrte, und die ganze Familie hat den Atem angehalten ... Wo sind wir jetzt? Wo ist das Trappistenkloster hingekommen, das hier war? Oder bin ich völlig durcheinander?«

»Die Straße umgeht es jetzt.«

»Ach, das ist die berühmte neue Straße. Ich habe davon gelesen ... es war sogar ein Foto der Eröffnungszeremonie in der Zeitung, mit dem Premierminister oder dem Präsidenten. Solange wir noch Feierlichkeiten für ein paar Kilometer Fahrbahn abhalten, ist der Zionismus nicht tot ...«

»Du bist gestern schon hier gefahren.«

»Es ist mir nicht aufgefallen, habe keinen Sinn für Landschaft, mein Lieber. Ich weiß mit Mühe, wo ich mich befinde, obwohl ich schon seit vier Tagen hier bin. Gut, den ersten Tag habe ich verschlafen, ich konnte mich einfach nicht auf den Beinen halten. Am zweiten Tag habe ich auf Kedmi gewartet, der darauf bestanden hat, alleine hinzufahren, und mit leeren Händen zurückgekommen ist ... Gestern war ich bei euch, und heute bin ich wieder auf der Rückfahrt, und wer weiß, was sie sich für uns ausgedacht hat, ich traue keinem mehr. Und ich habe fest damit gerechnet, daß nach ein, zwei Tagen alles erledigt sein würde, die Unterschrift, die Scheidungszeremonie, und ich frei wäre, um mit euch zusammen zu sein, Freunde zu besuchen, Bücher zu kaufen. Alles sollte eigentlich bereit sein, das Hin und Her von Briefen die ganze Zeit, die Ferngespräche ... Kedmi hat mich mit den kleinsten Einzelheiten verrückt gemacht, hat uns mitten in der Nacht angerufen, R-Gespräch natürlich. Er hat es genossen, mich zu quälen ... Was ist das da drüben?«

»Ich weiß nicht ... was? Der Wald da?«

»Nein, dort drüben.«

»Irgendein kleines Armeelager vermutlich.«

»Vielleicht kannst du das Fenster ein wenig zumachen, es ist schrecklich windig draußen. Sag bloß nicht, daß es schon wieder regnet.«

»Ich weiß nicht.«

»Ja'el hat gesagt, so ein Winter sei schon seit Jahren nicht mehr vorgekommen. Du bist mir böse, ich fühle es, weil ich dich heute dorthin schleppe. Du hast den Leuten schon immer das Gefühl vermittelt, daß deine Zeit sehr wertvoll ist. Aber mach dir nichts draus, einen Tag kannst du schon zugunsten deines Vaters verlieren, und auch für deine Mutter, glaube mir, es ist auch für sie. Du wirst eben einen Tag später Professor werden. Aber ich konnte den Gedanken einfach nicht ertragen, ihr allein gegenüberstehen zu müssen. Und Ja'el ist immer wie gelähmt, wenn wir anfangen, uns zu streiten. Wenn wenigstens Zvi bereit gewesen wäre zu kommen, aber er wollte nicht ... macht auch nichts. Du hast sie schon lange nicht mehr gesehen und warst ihr sowieso einen Besuch schuldig. Kedmi hat behauptet, daß er in den letzten Jahren mehr von ihr gesehen habe als du und Zvi zusammen. Und auch wenn er wie immer gehörig übertreibt, wir können nicht zulassen, daß man uns so etwas nachsagt, sie würden sagen, daß wir sie völlig vor die Hunde gehen lassen. Zvi war ihr schließlich immer sehr zugetan, und auch du solltest sie ab und zu besuchen, trotz der Entfernung. Wohin biegen wir jetzt ab?«

»Zum Flughafen, von dort in Richtung Petach Tiqwah.«

»Aha, und diese Straße geht nach Tel-Aviv weiter?«

»Ja.«

»Tel-Aviv, das ist der Platz, nach dem ich mich sehne, und in den vier Tagen bin ich der Stadt noch nicht näher als bis hierher gekommen. Die feuchte Luft ... der Geruch nach Meer ... der hellblaue Himmel ... die breiten Gehsteige mit den Cafétischen in den ersten Nachmittagsstunden ... Die Juden, die dieses Land besuchen, sprechen immer mit Begeisterung von Jerusalem und schimpfen auf Tel-Aviv, und ich schweige dazu. Geh und versuche ihnen zu erklären, daß der Zionismus mit Leuten angefangen hat, die Jerusalem verließen und in die Sümpfe von Petach Tiqwah gingen. Wer kann das heute schon noch verstehen, solche Gedanken ... Jerusalem, Jerusalem, alle fallen sie auf die Knie ... Ich möchte, daß du dort für mich redest. Erkläre ihr, daß alles vorbei ist, sprich von Freiheit und menschlichen Werten. Dein moralisches Urteil war ihr immer sehr wichtig, sei sanft aber bestimmt in deiner imponierenden Art ... du bist doch auf meiner Seite ... stimmst mir doch zu ... Ja'el regt sich über diese ganze Angelegenheit so schrecklich auf, es ist besser, wenn sie nichts sagt, auch ich werde still sein, nur das Nötigste sagen ... denn wenn ich zu reden anfange, wird alles sofort wieder aufflammen ... ich werde ganz still sein, du wirst sehen ...«

(Dann sei doch still sei endlich still.)

»Erwähne weder etwas von einer anderen Frau, noch von dem Baby, sprich nicht über die Vergangenheit, nicht einmal über mich, sprich von Prinzipien ... vielleicht ist es doch gut, daß Zvi nicht mitgekommen ist ... wer weiß, was er in Wirklichkeit denkt ... auch Kedmi wird draußen bleiben, wir haben ihn nicht nötig ... wir vier werden uns in aller Ruhe hinsetzen und miteinander reden ... die Sache hängt von dir ab ... was wirst du sagen, weißt du das schon?«

»In etwa ...«

»Am Anfang werden wir ihr ein wenig zuhören, und danach erklärst du ihr alles. Ich möchte nur, daß du weißt, daß ich in keiner Weise auf sie angewiesen bin. Wenn sie nicht einverstanden ist, hat nur sie den ganzen Ärger, ich werde schon zurechtkommen, es gibt andere Wege ... ich könnte das Kind adoptieren ... gib ihr nicht das Gefühl, daß ich von ihr abhängig bin ... das würde sie nur zur Grausamkeit verführen ... sie kann es immer noch nicht akzeptieren, daß ich nicht länger unter ihrer Fuchtel stehe ... rede über Prinzipien in deiner logischen Art, die du so gut beherrschst ... nüchtern, wie du zu deinen Studenten sprichst ... ich verlasse mich ganz auf dich ... gibt es eigentlich keine Pause?«

»Nein.«

»Früher hielten sie auf dem Weg von Jerusalem nach Haifa immer bei einem Gasthaus.«

»Das hat keinen Sinn mehr, die ganze Reise dauert jetzt knapp zwei Stunden.«

»Du siehst so blaß aus.«

»Ich bin nur müde.«

»Dann versuch doch, ein wenig zu schlafen ... du kannst deinen Kopf hier anlehnen, ich kann mich dünn machen ...«

»Nein, ich kann während der Fahrt nicht schlafen.«

»Weil du fürchtest, die Kontrolle zu verlieren.«

»Wie kommst du denn auf die Idee? Du bist plötzlich so eine Art Psychologe geworden ...«

»Ich habe auch Angst, auf Reisen einzuschlafen. Aber das ist unwichtig. Ich wollte dich fragen, ob du genug Geld hast ...«

»Warum?«

»Nur so ... ich habe bemerkt, daß du dir ständig Sorgen wegen des Geldes machst ... wenn du knapp bist, brauchst du es mir nur zu sagen, ich schicke dir Geld von drüben ...«

»Wieso denn? Wie kommst du darauf?«

»Schon gut, entschuldige, reg dich nicht auf ... Ich habe den Besuch bei euch sehr genossen, nur schade, daß er so kurz war. An was arbeitest du zur Zeit? Erzähl mir was darüber. Es tut mir leid, daß ich nicht reagiert habe, als du mir deine Doktorarbeit geschickt hast. Ich war sehr stolz darauf. Schließlich habe ich selbst einmal davon geträumt, das zu erreichen, aber es ist mir nicht gelungen ...«

»Ich habe nicht von dir erwartet, daß du sie liest. Ich wollte nur, daß du ein Exemplar davon hast. Ich wußte, daß es dich nicht interessieren würde.«

»Nein, ich hätte antworten müssen. Ich hätte mich bemühen sollen, wenigstens etwas davon zu verstehen. Ich habe zwar darin herumgeblättert, sogar das Gedicht von Puschkin gelesen, das du zitiert hast ... ein wunderbares Gedicht ... aber meinen Kopf hatte ich woanders ...«

(Wie immer. Deshalb ist nie etwas aus ihm geworden.)

»Nicht so wichtig.«

»Es ist sehr wohl wichtig. Wenn ich zurückkomme, werde ich sie lesen und dir schreiben, was ich davon halte.«

»Laß es gut sein, Vater. Es wird dich langweilen . . .«

»Ich tue es mehr für mich. Und an was arbeitest du jetzt, diese russischen Terroristen?«

»Nein, das war nur diese Stunde . . .«

»An was dann?«

»Es wird dir nichts sagen . . .«

»Trotzdem.«

»Über die Frage der historischen Notwendigkeit, über die Möglichkeit, historische Prozesse abzukürzen. Etwas, das mit dem 19. Jahrhundert zu tun hat. So eine Art Modell.«

»Aber das ist doch sehr interessant. Warum meinst du, daß mir das überhaupt nichts sagt?«

»Weil es über eine Kontroverse von Theorien ist, die du nicht kennst.«

»Du und deine Kontroversen. Du verschwendest zuviel Energie, wenn du mit jedem streitest.«

»Ich hatte einen guten Lehrer.«

»Vielleicht habe ich mich damals zu sehr hinreißen lassen . . . ich wollte es nicht . . . aber es geschieht jetzt schon viel weniger oft . . . ich lasse mich nicht mehr so gehen . . . Conny . . . egal. Historische Prozesse abkürzen? Kann man das?«

»Man kann.«

»Zum Beispiel?«

»Nicht jetzt, Vater, nicht hier im Bus.«

»Ja, du hast recht. Aber bitte, Asa, schicke es mir. Versprichst du das?«

»Ja.

»Es geht doch nicht, daß ich nicht einmal weiß, mit was du dich beschäftigst . . . auch wenn ich weit weg bin . . . teilweise werde ich es ja verstehen . . .«

»Teilweise schon.«

»Es wird dich vielleicht überraschen, aber ich selbst bin zur Zeit in einer sehr produktiven Phase, sehr aktiv. Ich verfolge meine kleinen linguistischen Forschungen . . . es ist dort sehr ruhig . . . und im Winter kann man sowieso nicht aus dem Haus gehen . . . Und in letzter Zeit, aber es sollte ein Geheimnis bleiben, schreibe ich so eine Art . . . Memoiren . . . vielleicht wird daraus eines Tages eine Art . . .«

»Roman? Ich habe immer geahnt, daß du eines Tages einen Roman schreiben würdest.«

»Warum soll ich es nicht versuchen? Es gibt überhaupt keinen Grund für dich zur Verachtung ...«

»Was für eine Verachtung?«

»Diese intellektuelle Verachtung, die du die ganze Zeit demonstrierst.«

»Ich habe für dich nie intellektuelle Verachtung empfunden.«

»Aber ich spüre sie die ganze Zeit. Nun gut, macht nichts. Du bist wie ein kleiner Junge, böse, weil ich dich verlassen habe ...«

»Aber wie kommst du darauf? Du täuschst dich gewaltig.«

»Ich werde zurückkommen. Ihr glaubt es vielleicht nicht, aber ich werde einmal zurückkommen und hier leben.«

»Ich habe nie gesagt, daß du das nicht tun würdest.«

»Ich habe die ganze Zeit das Gefühl, daß du mich verurteilst.«

»Ich verurteile dich nicht.«

»Von eurem Standpunkt aus hätte ich den Rest meines Lebens mit ihr an dieses Haus gefesselt bleiben können, solange ich nur euch nicht belästigt hätte.«

»Habe ich jemals zu dir gesagt, daß du bleiben sollst?«

»Wenn ich geblieben wäre, wie hätte ich jemals eine Beziehung zu einer anderen Frau eingehen können ... noch dazu eine solche intellektuelle Renaissance? ... Wie? Unter euren erbosten Blicken ... ihr hättet mich am Ende auch ganz gerne abtransportiert und mit ihr dort eingesperrt. Was ist das? Schon die neue Schnellstraße nach Haifa?«

»Es ist die alte Straße.«

»Aber sie ist so breit ... sie sieht neu aus ...«

»Man hat sie verbreitert.«

»Wie lieblich alles ist ... diese Obstplantagen zu beiden Seiten, ein wunderschönes Land, wir sollten es nicht so mißhandeln ... aber wo war ich stehengeblieben? Genug, hören wir auf damit ...«

(Jetzt! Eine Woge überrollt mich. In dieses Gesicht hineinschlagen!)

»Hast du Dinah erzählt, daß Mutter versucht hat, dich anzugreifen?«

»Mich umzubringen . . . nicht nur anzugreifen. Das weißt du ganz genau . . . ich bitte dich . . .«

»Und du weißt, daß es nicht so war.«

»Was soll das? Bestehst du immer noch darauf? Zvi hat mit eigenen Augen gesehen, wie ich dort in meinem Blut lag . . .«

»Ist ja schon gut . . . hören wir auf damit . . . also gut, sie wollte dich umbringen. Warum hast du es Dinah gestern erzählt?«

»Ich habe es nur angedeutet . . . na und? Ich möchte, daß sie versteht, warum ich nicht zu eurer Hochzeit gekommen bin . . . ich war ihr diese Erklärung schuldig.«

»Warst du es ihr auch schuldig, dein Hemd aufzumachen und ihr die Narbe zu zeigen?«

»Habe ich sie ihr gezeigt? Ich erinnere mich nicht. Ausgeschlossen . . . das hat sie dir erzählt. Vielleicht habe ich darauf gedeutet, eine Geste. Das hat sie wirklich gesagt? Du kennst sie doch, sie ist kindlich, sehr phantasievoll . . . literarische Einbildungskraft . . . und wenn ich sie ihr gezeigt hätte? Sie hat es sicher nicht ganz ernst genommen.«

»Doch.«

»Na und? Sie ist jetzt eine von uns, im Guten wie im Bösen . . . sie sollte es wissen . . . man kann es nicht verheimlichen . . . weshalb schämst du dich die ganze Zeit?«

»Ich schäme mich nicht. Du solltest nur wissen, daß der Grund meiner Verachtung das ist, es ist keine intellektuelle Verachtung. Ich habe dich intellektuell niemals gering eingeschätzt, im Gegenteil, ich habe viel von dir gelernt. Du warst ebenfalls ein Lehrer, und ich bin in gewissem Sinne in deine Fußstapfen getreten, wenn auch auf etwas anderem Gebiet . . . aber diese Sentimentalität, dieses unkontrollierte undifferenzierte Geschwätz immerzu . . . egal wo oder wann . . .«

»Wohin biegen wir jetzt ab?«

»Ich weiß nicht . . . warum kümmerst du dich die ganze Zeit so um den Bus?«

»Ich will nicht, daß wir uns verspäten . . . bist du sicher, daß er direkt nach Haifa fährt?«

»Natürlich.«

»So bin ich nun mal. Es ist meine Natur. Take me or leave me sagen die Amerikaner. Ich bin eben ehrlich.«

»Blödsinn, das hat nichts mit Ehrlichkeit zu tun. Niemand hat dich darum gebeten. Verstehst du nicht, warum ich nicht wollte, daß du ihre Eltern besuchst? Ich bin einfach nicht sicher, daß du nicht auch dort sofort alles erzählst, dastehst und dein Hemd aufknöpfst.«

»Denkst du wirklich, ich sei zu so etwas fähig?«

»Also warum nicht? In der letzten Zeit hast du erstaunliche Dinge vollbracht.«

»Das ist Conny. Sie gibt mir neue Hoffnung. Sie hat erkannt, was in mir steckt, obwohl ich ein geschlagener und verzweifelter Mann war, als ich dort ankam. Sie hat mir den Glauben an mich selbst zurückgegeben ... Es wäre so schön, wenn ihr sie kennenlernen könntet. Du würdest mich viel besser verstehen. Es wäre wunderbar, wenn du und Dinah kommen könntet, um ein wenig bei uns zu bleiben und unser kleines jüdisches Kind sehen könntet, das bald geboren wird ... es ist einfach ein Wunder! Ich habe dir noch nicht alles gesagt ... ich habe große Pläne für dich ... bloß ... Schau, da ist das Meer ... endlich ... Du hättest Gelegenheit, die Welt kennenzulernen ... ich werde an der Universität dort etwas für dich arrangieren ... Wie ist dein Englisch? Du könntest über diese Terroristen sprechen, oder über Judentum, jüdische Geschichte, das ist drüben zur Zeit sehr gefragt und sie zahlen gut. Wir werden eine Weile zusammen leben ... Könntest du vielleicht das Fenster aufmachen, oder zieht es zu sehr? Ich bekomme auf einmal keine Luft ... mir ist schlecht ... du hast mich ganz schön fertiggemacht ... richtig zerschmettert ... Mitleid kennst du wohl nicht ... warum willst du nicht verstehen, was ich durchgemacht habe?«

»Es ist genug, Vater, vergiß es. Lassen wir das jetzt beiseite. Mach die Augen zu, atme tief durch. Ich werde auch mal versuchen, zu schlafen.«

Und der blasse junge Mann, den man von seinem Arbeitstisch weggerissen hatte, schloß seine Augen. Dieser Denker noch nie zuvor gedachter Gedanken, die die wenigen Intellektuellen, die sie zu begreifen vermochten, erschüttern würden. Er saß da, den Kopf nach hinten gelehnt, an einem langweiligen Frühlingstag voll staubigem, heißem Wind, in diesem Bus, der dem Meer entgegeneilte, fuhr den Bergrücken des Karmels, der sich dahin-

schlängelnden Bucht entgegen, überholt von geräuschlosen Wagen, deren Fahrer, schlaff hinter ihren schwarzen Steuerrädern hängend, nicht im entferntesten ahnten, wen sie da überholten, wer dort am Fenster neben seinem Vater saß, die verschwommene Gestalt eines Mannes, der sich gerade die Tränen abwischt, deren Spuren in hundert Jahren ein ehrgeiziger Biograph würde suchen müssen. Und wenn er gründliche Arbeit würde leisten wollen, müßte er vielleicht bis nach Minneapolis reisen und dort in alten Papieren nachgraben, um sich über den väterlichen Einfluß – falls es überhaupt einen gab – auf diesen messerscharfen, welterschütternden Geist Klarheit zu verschaffen. Er kauerte sich auf seinem Platz zusammen, gewalttätig sein eigenes Schweigen knetend, um ungezähmte Leidenschaftlichkeit in intellektuelle Potenz umzumodellieren, Zeiträume schauend, die an ihm vorbeizogen, ihre Muster hinterlassend auf seiner eigenen historischen Zeit. Grenzüberschreitend, auf Wildwasser den tausendarmigen Fluß hinunter, durch den Ursumpf inmitten toter kosmischer Zeit, er würde den Grund des Flußbettes finden, die Urströmung begreifen. Die Zeit ist gekommen, eine endgültige Ordnung zu schaffen, alle Willkürlichkeiten zu einem einzigen Gewebe zusammenzufügen, die zugrunde liegenden Gesetze zu entblößen, die herabstürzenden Wasserfälle, die toten Flußarme, die im Sand verlaufen, nur um ganz plötzlich wieder hervorzuschießen, die versäumten, die unmöglichen Möglichkeiten.

Das hin- und hersausende Schiffchen im pulsierenden Webstuhl der Zeit zu verstehen: damit würde er den ersten einer ganzen Reihe von Essays eröffnen, die in regelmäßigen Intervallen erscheinen würden, und die von Kennern mit bebenden Händen aufgeschlagen werden würden ... Die These von der Notwendigkeit der Geschichte und ihrer Gesetzlichkeit ist nicht tot. Ohne Zweifel hat sie einen ernsthaften Rückschlag erlitten im Laufe dieses Jahrhunderts, in dem gewisse krebsartige Phänomene im menschlichen Organismus absurd fatalistische, chaotische, religiöse oder mystische Ideologien über den Gang der Geschichte wiederaufleben haben lassen, die Seite an Seite mit den größten soziologischen Banalitäten existieren. Dennoch hat der historische Prozeß seinen Fortgang genommen, er ist dem

menschlichen Verhalten eingeprägt und hat seine eigenen Ge-
setzlichkeiten, die sich messen und voraussagen lassen. Er schrei-
tet unaufhaltsam voran, verweilt niemals auf der Stelle. Jedoch
haben Versuche, ihn abzukürzen, ihn bis jetzt nur gewundener
und komplizierter zurückgelassen und bisweilen seinen klaren
Lauf verwischt. Ist es möglich, eine zuverlässige Methode zu
finden, mit der man etwas über das Gelingen oder Scheitern
solcher Abkürzungen, die der Kern praktischer Politik sind,
aussagen könnte, es meß- und voraussagbar machen könnte auf
dem Hintergrund des historischen Prozesses? Gehorchen vielleicht sogar die illusorischsten Versuche, sich diesem Prozeß
entgegenzustellen oder ihn zu umgehen ihren immanenten Gesetzen? In diesen Essays soll versucht werden, ein solches Modell
zu erstellen und auf seine Anwendbarkeit hin zu überprüfen,
basierend auf der gesamten Geschichte des neunzehnten Jahrhunderts, die als eine homogene Einheit angenommen wird.
Zweifellos ist dieses Unternehmen anmaßend, diesem Vorwurf
muß sich der Verfasser stellen.

Wir stiegen erschöpft aus dem Bus. Vater stolperte plötzlich auf
der Treppe, blieb stehen, mußte sich an einen der großen Beton-
pfeiler lehnen und die Augen schließen. Ich nahm ihm die Tasche
ab, und er ging langsam weiter mit hängenden Armen und
gesenktem Kopf durch die breiten grauen Gänge die vom Auf-
heulen der Busse widerhallten. Kedmi tauchte plötzlich an einem
der Ausgänge auf.

»Endlich, wo bleibt ihr denn? Ich wollte schon ins Fundbüro
gehen. Ihr schaut so deprimiert aus, als ob ihr auf dem Mond
gelandet wärt.«

Vater übersah ihn einfach, seine Augen irrten umher, dann
ließ er uns wortlos stehen und durchquerte den Gang auf die
Toilette zu. Kedmi zwinkerte mir jovial zu.

»Das ist sein großer Tag. Aber glaub mir, es wäre besser, wenn
er überhaupt nicht hingehen würde. Ich allein, in einer zusätzlichen Runde, hätte deiner Mutter schon geholfen, zu Ende zu
denken, aber wer kann gegen euch alle ankommen? Komm, da
sind noch anderthalb Kaminkas, die ungeduldig auf euch warten.«

Er brachte mich in die Cafeteria zu einem Tisch in der Ecke. Wieder war ich über die bloße Größe Gaddis verblüfft, der dasaß, mit einer riesigen, glänzend bunten Spielzeuglokomotive vor sich. Ich lächelte ihm zu und fuhr ihm leicht übers Haar. Er schaute mich an ohne zu lächeln.

»Wir sind alte Telefonbekannte, stimmt's Gaddi?«

Er nickte.

Ja'el saß schwerfällig, sanft und gedankenverloren da einge-hüllt in eine große graue Windjacke ihr glattes ausdrucksloses Gesicht schien noch breiter geworden zu sein. Ich sank auf einen Stuhl neben ihr. Ob ich sie küssen sollte? Sie schnitt eine kleine Grimasse, schloß ihre Augen, faßte meinen Kopf und küßte mich. Ihre so weibliche Haut.

»Wer paßt auf das Baby auf?«

»Kedmi's Mutter«, antwortete Kedmi mit einem Zwinkern.

»Dinah konnte nicht mitkommen?«

»Nein . . . es hätte wohl auch nicht viel Sinn gehabt.«

»Stimmt. Wie geht es ihr? Ich habe sie schon seit ewigen Zeiten nicht mehr gesehen . . .«

»Alles beim alten. Sie arbeitet immer noch dann und wann am gleichen Ort.«

Kedmi lachte plötzlich über einen Witz, den er sich anschei-nend gerade selbst erzählt hatte. Ja'el lächelte verschwommen, wollte etwas sagen, aber Kedmi kam ihr zuvor.

»Los los, Asa, geh was essen. Der Zug fährt bald. Wir haben noch Arbeit vor uns.«

»Der Zug? Was für ein Zug denn?«

»Wunder dich nicht, es gibt einen«, lachte Kedmi, »ihr werdet mit dem Zug nach Akko fahren. Das geht schon. Ich habe es Gaddi versprochen. Es wird auch für euch mal was Neues sein. Ihr steigt nicht weit vom Rabbinatsgebäude aus. Von da aus nehmt ihr ein Taxi zum Krankenhaus, und ich komme euch dort um fünf Uhr abholen. Es ist schon so ausgemacht. Ich muß jetzt los zu meinem Mörder, ab und zu sollte ich auch mal was verdienen, solange dein Vater mich noch nicht auf seine Gehalts-liste gesetzt hat . . .«

Durch die Glasscheibe sahen wir Vater aus der Toilette kom-men. Er blieb verwirrt stehen, wandte sich dann in die falsche

Richtung. Kedmi grinste und scheuchte Gaddi auf. »Lauf und hol deinen Großvater, bevor er uns abhanden kommt.«

»Was hat er?« fragte Ja'el. »Wie war sein Besuch bei euch?«

»Schön . . . er schien sogar gute Laune zu haben . . .«

»Ja . . . er sieht ganz glücklich aus.«

Gaddi hatte Vater eingeholt. Vater beugte sich zu ihm hinunter und umarmte ihn gerührt, dann hob er ihn hoch und küßte ihn, überraschend liebevoll. Auch der Junge schien aufgeregt zu sein und deutete ständig auf die große Lokomotive, die er unter seinem Arm hielt. Sie kamen Arm in Arm zu uns zurück. Ja'el stand auf, um Vater zu umarmen. Sein Gesicht war naß, seine Haare feucht. Ein schwacher Geruch nach Erbrochenem ging von ihm aus.

»Mir war ein wenig schlecht . . . ich weiß nicht, was plötzlich los war . . .«

»Das macht die Angst« entfuhr es Kedmi, ohne ihn dabei anzusehen.

»Angst vor was?«

»Ach nichts . . . nur so . . .«

Dieser ekelhafte Kerl mit seinen ekelhaften Witzen.

Vater wollte sich hinsetzen, aber Kedmi ließ auch ihn nicht in Ruhe.

»Hol dir etwas zum Essen . . . es hilft gar nichts, wenn du hungrig bist . . .«

»Setz dich, Vater«, sagte ich »ich werde dir etwas bringen. Was möchtest du?«

»Nur Tee und Kuchen oder so etwas ähnliches, aber Augenblick . . .«

Er holte seine Brieftasche heraus und entnahm ihr ein paar Dollarscheine.

»Nicht nötig«, sagte ich.

Kedmi war amüsiert.

»Hast du deine Dollars immer noch nicht umgetauscht, Jehudah? Du hast recht. Jeder vernünftige Mensch weiß, daß du morgen doppelt soviel dafür bekommst.«

»Wo gibt es hier eine Bank?« unterbrach ihn Vater.

»Nicht jetzt . . . doch nicht jetzt . . .« riefen wir alle wie aus einem Mund.

»Doch jetzt. Ich brauche einfach Geld.«

»Komm, ich tausche sie dir um. Wieviel willst du?«

Vater gab Kedmi eine Hundert-Dollarnote. Kedmi hielt den Schein gegen das Licht, grinste boshaft. »Heutzutage machen soviele Blüten die Runde. Er zog eine Zeitung heraus, um den Kurs nachzuschauen und zeigte ihn Vater.

»Schon gut ... schon gut ...«, murmelte Vater angeekelt.

Ich holte das Essen, schweigend, beobachtete die beiden aus einer inneren stillen Distanz heraus. Gaddis Augen hingen an dem beladenen Tablett, das ich gebracht hatte. Vater nötigte mir ein paar Geldscheine auf. Kedmi grinste, Ja'el schwieg und ließ kein Auge von ihrem Vater. Wo Dinah jetzt wohl ist? Leute kamen und gingen. Tellerklappern. Jerusalem schien Welten entfernt. Der Morgenunterricht. Kedmi rannte die ganze Zeit hin und her, schwatzte mit Leuten, überflog Zeitungen. Irgendwann zwischendurch steckte er mir heimlich irgendein Papier zu. »Vielleicht erwischst du sie in einem günstigen Moment, in einer Pause, und kannst sie dazu bringen zu unterschreiben. Das ist eine Abschrift des Vertrags, den ich ihr gegeben habe. Wenn du keinen kühlen Kopf bewahrst, wer dann?«

Aber ich gab keine Antwort.

Um zwei Uhr standen wir am Zug. Kedmi beförderte uns hinein, als ob wir Gepäckstücke wären, suchte uns Sitzplätze, kaufte uns Fahrkarten. Er hatte Vaters Reisetasche in sein Auto gebracht und ihm eine Aktenmappe aus gelbem Karton gegeben, auf der »Oberstes Rabbinat« geschrieben stand. Es gab nichts, woran er nicht beteiligt war, in seiner überheblichen, widerlichen Art. Wie konnte man nur mit ihm zusammen leben? Aber Ja'el war langmütig wie immer, in ihrer passiven Art, gehorsam, sich seinem Willen unterwerfend, bereit, ihn seine Nase überall hineinstecken zu lassen, sogar in ihrer Handtasche herumzuwühlen.

»Was schaut ihr alle so entsetzt?« rief uns vom Bahnsteig aus zu. »Macht euch keine Sorgen, der Zug fährt, es wird ein Erlebnis für euch sein. Ich komme euch zwischen fünf und halb sechs abholen. Gaddi, vergiß deine Lokomotive nicht im Zug ... und bitte deinen Onkel, daß er mit dir ein bißchen durch die Waggons geht.«

Er winkte uns zu und verschwand, ließ uns, jenseits von Zeit und Raum, in dem stillen, menschenleeren Zug zurück. Ein schönes Erlebnis, das Kedmi uns da zugunsten des Jungen aufgezwungen hatte. Was mache ich hier eigentlich, fragte ich mich, wie gelähmt, todmüde. Ich schaute zu, wie Ja'el eine riesige Plastiktüte aufmachte, einen großen blauen Wollschal und einen geblümten Morgenmantel herausholte, Geschenke, die sie für Vater gekauft hatte, daß er Mutter etwas mitbringen konnte. Er griff mit dankbarer Freude nach den Sachen, und sie entfernten gemeinsam die israelischen Etiketten. Der Zug begann sich langsam in Bewegung zu setzen, fuhr schleppend durch die Hafendepots, vorbei an Kränen, häßlichen Fabriken, Möbellagern und düsteren Garagen, blieb grundlos stehen und fuhr wieder an, näherte sich Wohnvierteln. Vater war ruhelos, rauchte ununterbrochen, fragte nach Verwandten, seufzte, kämmte sich die Haare. »Ich werde kein einziges Wort sagen« versprach er.

»Ihr werdet das Reden übernehmen. Asa soll den Anfang machen.«

Er schlug die Aktenmappe auf, die Kedmi ihm gegeben hatte und versenkte sich darin.

Ich nahm Gaddi zu einem Rundgang durch den Zug mit. Wir gingen bis zum letzten Waggon und, von der schaukelnden Plattform aus, sahen wir durch das Rückfenster die überwucherten Schienen langsam zurückbleiben. Der Junge stand still neben mir, eine sanftere Version Kedmis, aber schrecklich ernst. Mit der einen Hand umklammerte er die Lokomotive, die andere hielt er an seine Brust gepreßt. Er konnte sich nicht vom Fenster losreißen. Ich zog das Dokument hervor, das Kedmi mir zugesteckt hatte, und blätterte darin. Ihr Scheidungsabkommen. Brutale juristische Formulierungen vermischt mit sentimentalen Phrasen. Die letzte Seite zählte den gemeinsamen Besitz auf, der geteilt werden sollte. Mit was für einem perversen Vergnügen Kedmi detailliert sämtliche Möbel aufgeführt, alles inventarisiert hatte, den Wert bis auf den letzten Pfennig geschätzt hatte. Ich zitterte vor Wut. Wo ist Dinah jetzt? Was soll ich nur mit ihr machen?

Wir erreichten Akko nach einer absurden einstündigen Reise.

Wir stiegen in ein Taxi und fuhren zum Rabbinatsgebäude in der Altstadt, nicht weit der Festungsmauern. »Das überlaß nur mir«, verkündete Vater mit neuerwachter Energie. »Es wird nicht lange dauern.« So blieben wir im Taxi sitzen, zwischen Bushaltestellen und Felafel-Buden, auf den Randsteinen waren alte Steine der Festungsmauern aufgehäuft. Der Fahrer stieg aus, um die Windschutzscheibe zu putzen. Gaddi auf dem Vordersitz ließ langsam die Lokomotive neben sich fahren. Ja'el saß zusammengekauert neben mir mit schuldbewußtem Blick. Ob sie jemals wirklich dachte? Denk nach, Ja'el, denk doch, pflegten wir sie anzuflehen, wenn sie wieder einen ihrer Kurzschlüsse hatte.

»Weißt du es ... er erwartet dort ein Kind ... mit dieser Frau ...«

»Ja ... er hat es mir gesagt ...«

»Hast du es Zvi erzählt?«

»Er weiß es ...«

»Was hat er gesagt?«

»Er hat gelacht ...«

»Gelacht? Warum ist er nicht mitgekommen ... Ich habe ihn gestern angerufen, aber er war nicht zu Hause.«

»Ich habe ihn erreicht ...«

»Warum ist er nicht mit uns gefahren?«

»Ich weiß nicht, vielleicht will er nicht, daß sie sich scheiden lassen. Es ist bequem für ihn, in ihrer Wohnung zu leben ...« Sie verstummte, aber das war sowieso nicht von ihr, das stammte von Kedmi.

»Hat er das gesagt?«

»Nein ... er hat gesagt, daß er keine Krankenhäuser mag.«

»Ich habe mich die ganze Nacht herumgewälzt, ich konnte keine Ruhe finden ... dieses Baby bringt mich noch um ... wer hätte das von ihm gedacht?«

Doch sie begriff nicht, ihre Augen weiteten sich erstaunt.

»Aber warum denn?«

Wieder zitterte ich vor Wut. Meine verlorene Zeit. Sehnsucht nach Jerusalem, als ob schon Jahre vergangen wären, seitdem ich es verlassen hatte. Vater ließ sich Zeit. Der Fahrer war in ein nahegelegenes Café gegangen. Ich betrachtete die Gewölbe der

Festung, das Stückchen Meer, das am Horizont zu sehen war. Ich öffnete die Wagentür.

»Komm Gaddi, ich zeig dir was.«

Wir begannen die Mauer entlangzugehen, bis wir Treppen fanden, die sich in Serpentinen zu einer Nische hinaufwanden, die am Ende der Mauer lag. Ein grauer, trockener Tag mit heißem Wind von Osten her. Die U-förmige Bucht war ein verschwommener Fleck, die Bergrücken des Karmels eine purpurfarbene Masse. Ich hielt Gaddi fest an seiner dicken Hand, damit er auf den abgeschliffenen Steinen nicht ausrutschte, die Lokomotive hielt er noch immer unter dem Arm. Ich erklärte ihm, was wir sahen, versuchte für ihn die Hügel auszumachen, wo er wohnte, aber er war von der Feuersäule gefesselt, die über der Ölraffinerie aufstieg und im schmutzigen Wind flackerte.

1779. Von einem kleinen Hügel in der Nähe aus sah Napoleon auf diese Mauern hinunter, streckte seine Hand nach ihnen aus. Hatte er sie nehmen oder nur den Pulsschlag der Geschichte durch diese Berührung spüren wollen? Und dann trat er den Rückzug an. Das war nicht der Ort. Es war unwichtig. Durch diesen bedeutungslosen Mißerfolg erkannte er sich selbst, seine Kraft, die Mission, die ihm auferlegt war. Hier sah er zum ersten Mal die Zusammenhänge. Diese letzten Jahre des achtzehnten Jahrhunderts, genau hier muß ich beginnen.

Ich wollte meine Distanz wiedergewinnen, aber ich schaffte es nicht. Die Gegenwart des Jungen störte mich. Er beobachtete mich. Meine mit Füßen getretene Zeit, meine Papiere, verlassen neben meinen Büchern. Im fernen klaren Jerusalem. Klares Denken. Hartes Licht. Dinah ist dort in den Straßen, verschwendet unser Geld, berührt fremde Männer. Und du bist hier oben gestrandet.

Wir gingen hinunter. Ja'el saß noch immer im Taxi, mit geschlossenen Augen und verschränkten Armen. Der Fahrer schaute uns an.

»Ist Vater noch nicht zurück? Was ist los da drinnen!«

Ich stieg die Treppe zum Rabbinatsgebäude hinauf. Ein großer langer Gang mit schmalen Türen. Von irgendwoher hörte man unterdrücktes Schluchzen. Vater? Von Wut gepackt öffnete ich eine der Türen. Eine dunkelhäutige junge Frau saß an einem leeren Schreibtisch in einem Raum, dessen Resonanz dem leisen Weinen seltsame Intensität verlieh. Sie erhob sich sofort, wollte etwas sagen in dem Glauben, daß ich einer der Angestellten wäre, aber ich trat den Rückzug an, ließ die Tür los, die hinter mir ins Schloß fiel. Ich ging weiter bis zum Ende des Korridors und dort, hinter einer halboffenen Tür, sah ich Vaters Kopf mit einer schwarzen Kippah darauf, zwei junge schwarzbärtige Rabbiner zur Seite, die ihm anscheinend etwas erklärten, während er ständig nickte. Ich ließ mich auf eine Bank im Gang fallen, stützte den Kopf in meine Hände. Ein endloser Tag. Zwei Männer in schwarzen Anzügen mit einer zusammengelegten Tragbahre kamen die Treppe herauf, warfen sie mir vor die Füße, und gingen weiter ins nächste Stockwerk. Schließlich kam Vater heraus, von den Rabbinern bis zur Tür begleitet. Er nickte immer noch die ganze Zeit zustimmend und verständnisinnig mit dem Kopf. Er verbeugte sich und drückte ihre Hände in unterwürfigem Dank. »Es wird alles gutgehen, Professor Kaminka« versicherten sie ihm. Ich stand schnell auf und begann zur Treppe zu gehen. Er eilte hinter mir her, nahm die Kippah ab und steckte sie in seine Tasche.

»Sie sind wirklich äußerst zuvorkommend. Sie werden das rabbinische Gericht ins Krankenhaus kommen lassen. Sie werden das mit der Leitung dort arrangieren, obwohl es Pessachvortag ist.«

Der Ausgang war von den weit geöffneten Türen eines Leichenwagens versperrt. Ich warf sie mit einer wütenden Bewegung zu. Es war schon nach halb vier. Wir waren spät dran. Das Taxi fuhr uns zum Krankenhaus, und wir stiegen am Tor aus. Plötzlich zögerte ich, vielleicht sollten wir Gaddi doch nicht mit hinein nehmen? Aber Vater bestand darauf.

»Warum nicht? Sie wird sich freuen, ihn zu sehen. Er ist doch schon groß und verständig.«

Wollte er, daß das Kind dem Treffen die Schärfe nahm? Wir begannen den Plattenweg zwischen den Wiesen und den Pavillons entlangzugehen, hinter denen das Meer glitzerte. Ein starker Wind fuhr uns entgegen. Ende Herbst war ich zum letzten Mal hier. Ich hatte einen Vortrag vor Geschichtslehrern der lokalen Regionalhochschule von einem der Kibuzzim in der

Umgebung zu halten, und auf dem Rückweg kam ich vorbei, um sie zu besuchen. Als ich ankam, hatte es schon zu dämmern begonnen. Sie war über meinen unerwarteten Besuch aufgeregt, aber sie war bei völlig klarem Bewußtsein, sprach kaum über sich selbst, fragte nur nach Angelegenheiten, die mich betrafen, interessierte sich sogar für den Vortrag, den ich gehalten hatte. Ich hatte das Gefühl, daß sie wußte, was ich dachte und was in mir vorging. Ich hatte schon von ihrer überraschenden Genesung gehört, was mich aber nicht weiter verwunderte, denn ich hatte niemals wirklich an ihre Krankheit geglaubt. Es wurde dunkel, und ich hatte es eilig, nach Jerusalem zurückzukommen. Sie schlug vor, daß ich über Nacht bleiben sollte und ging sogar nachschauen, ob es ein Zimmer gab. Am Ende begleitete sie mich in der Dunkelheit bis zum Tor. Horatius rannte in weitem Kreis um uns herum, kam immer wieder zurück, um unsere Spuren zu beschnüffeln, leckte an meinen Schuhen, zerrte mit seinen Zähnen an den Schnürsenkeln. Und sie ging neben mir, schwer und aufrecht, blieb ab und zu stehen und schaute mich an, wollte etwas von mir, das ich ihr nicht geben konnte. Wir stritten nicht, wir debattierten nicht. Sie war ungewöhnlich sanft, versonnen, beklagte sich nicht, beschuldigte mich nicht. Als wir dann am Tor standen, erzählte sie mir zum ersten Mal, daß sie Post von Vater bekommen hatte. Ich war sehr erstaunt, daß Vater ihr überhaupt schrieb. Da zog sie einen Haufen raschelnder Umschläge aus ihrer Tasche und zeigte sie mir, ohne sie jedoch aus der Hand zu geben. Was will er? fragte ich beunruhigt. Die Scheidung, sagte sie. Aus der Hütte des Torhüters schimmerte schwaches Licht. Der Hund lief unter der Schranke durch und stand mitten auf der Straße, mit aufgestellten Ohren und leicht wedelndem Schwanz, wie ein Bogen gespannt von den Geräuschen der Nacht, den weißen Baumwollfeldern, hörte ein entferntes Bellen. Ab und zu schaute er in unsere Richtung, als ob er von weitem unsere Unterhaltung verfolgte.

Da begann ich zu reden, unterstützte die Idee, war sogar ganz begeistert. Es sei wirklich höchste Zeit. Es wäre schon längst das Beste gewesen, ihr habt euch nur gegenseitig immer mehr verstrickt. Sie hörte mir ruhig zu, mit abgewandtem Gesicht, bis sie mich auf einmal mit kühler Stimme unterbrach.

»Aber er wollte nie.«

»Wann?«

»Vor vielen Jahren ... noch bevor du geboren wurdest ... ich habe ihn angefleht ... er wollte nicht ... es gibt Dinge, von denen du nichts weißt ... er wollte mich nicht gehen lassen.«

»Aber wann denn?«

»Du weißt nichts davon ... du kannst dir nicht vorstellen, wie er damals an mir hing.«

»Aber jetzt sagst du doch selbst ...«

»Wir werden sehen ... aber jetzt geh, geh schon ...« Sie mißbilligte mein Verhalten, schickte mich fort. »Auf die Art kommst du heute nacht nicht mehr nach Jerusalem.«

Und ich verließ sie, ging in der Dunkelheit die leere Straße entlang. Horatius begann neben mir herzulaufen, machte plötzlich kehrt, um Mutter zu suchen, und kam wieder zu mir zurück. Am Ende stand er auf halbem Weg zwischen uns, mitten auf der Straße, bellte erzürnt und langgezogen, bis er den Rückzug in die Dunkelheit antrat.

Und jetzt waren wir vier auf dem Weg zu ihr, eine Familienabordnung in dieses Krankenhaus, das zur Zeit des Zweiten Weltkriegs eine britische Militärbasis gewesen war. Gaddi hielt Vaters Hand, Ja'el ging voraus, und ich bildete den Schluß mit meiner Aktentasche. Wieder versuchte ich mich zu distanzieren, in der dritten Person von mir zu denken, und wieder gab ich es auf. Er, was ist ein er? Und was war das kollektive Bewußtsein von uns vieren, fügte es sich zu einem Ganzen? Der Schrecken Gaddis gemischt mit Neugierde, den verbotenen Ort zu sehen, den er nur vom Hörensagen her kannte, Ja'els Traurigkeit, Vaters Besorgnis, der Schmerz, der ihn erwartete, seine Furcht, seine Hoffnungen, und ich – nur Wut über ihre unsinnige Starrköpfigkeit, der Wunsch, sie beide zurechtzuweisen, sie bloßzustellen, anzuprangern, mit ihnen fertig zu sein, meine vertane Zeit bedauernd. Ich beschleunigte meine Schritte. Auf einmal waren die Wege um uns herum voller Leute, Patienten und Besucher, die aus den Pavillons quollen, Krankenschwestern mit Tabletts überquerten den alten, noch vom harten Winter ausgelaugten Rasen. Alle gingen sie wegen des starken Windes ein wenig gebeugt. Eine geschrumpfte, kleine gelbe

Sonne schimmerte durch den Dunst. Ob ich mich eines Tages an diesen Moment erinnern werde, ob er irgendeine Bedeutung hatte? Ob er als greifbarer, notwendiger, lebendiger Augenblick erhalten werden kann, oder wird auch er unter der toten Rinde der Zeit schwinden?

Und dann war plötzlich ein kreischendes Heulen, als ob eine Trambahn durch die Baumkronen fliegen würde, etwas kam durch die Luft daher, jemand schrie, die Leute spritzten auseinander, jemand stolperte, ein lachender Schrei – und dann stürzte er aus dem Gebüsch, fiel über uns her, die zerrissene Kette hinter sich herschleifend, heulend und jaulend, sprang zuerst an Ja'el hoch, löste sich sofort wieder von ihr, warf sich über meine Füße, um in meine Schuhe zu beißen, fegte dann zu Gaddi, rollte ihn übers Gras, leckte ihm das Gesicht ab und ließ wieder von ihm ab, schließlich erkannte er Vater, warf sich auf ihn, fuhr ihm mit seinen Pfoten übers Gesicht, legte sie ihm auf die Schultern, leckte ihn mit ersticktem Winseln ab, beschmutzte ihn mit Schlamm, rasselte mit seiner Kette, in die er immer noch verwickelt war. Vater rutschte aus und fiel auf die Knie, bleich und zitternd, und als er um Hilfe rief, begriff ich, daß er den Hund nicht erkannte. Er hatte das Tier, das jetzt mit solcher Plötzlichkeit wieder in sein Bewußtsein einbrach, völlig vergessen. Horatius begann einen wahren Veitstanz aufzuführen, umkreiste Vater, der auf dem Weg saß und sich schützend die Arme vors Gesicht hielt. Dann stürzte er sich wieder über ihn, wie vom Teufel besessen, überschlug sich in ersticktem Geheul, als ob ihm das Bellen im Hals steckengeblieben wäre.

Ich eilte zu ihnen. »Das ist Horatius, Vater, das ist nur Horatius! Hab keine Angst.«

Ja'el lief, um Gaddi, der vor lauter Verblüffung nicht einmal weinte, aufzuheben, und auch die Lokomotive, die ins Gras gefallen war.

»*Das* ist Ratio?« Vater war verstört, zerzaust, seine Kleidung ganz schmutzig. »Ratio? Ist er hier?«

Vater hatte ihn immer Ratio genannt.

Er stand auf und versuchte den wild zappelnden Hund am Kopf zu fassen, als ob er in dem schäbigen alten Tier seinen einst so geliebten Hund wiederzuerkennen suchte.

»Platz, Horatius! Platz!« versuchte ich ihn zu beruhigen.
Dann blickten wir auf und sahen Mutter ein paar Schritte
entfernt stehen, sie beobachtete uns schweigend. Ihr Haar war
aufgelöst, ihr Gesicht geschminkt, und sie trug ein langes braunes Kleid. In ihrer Hand hielt sie das andere Ende der abgerisse-
nen Kette. Ihr wildes Gesicht erschreckte mich, der starre Blick,
die Rougeflecken auf ihren sonnengebräunten Wangen. Es war
zwanzig vor vier. Ob sie einen Rückfall hatte? Schweigend
beobachtete sie, wie Vater mit dem Hund kämpfte.

»Er ist hier? Er lebt?« Er lachte, immer noch betäubt. »Aber
du hast mir doch geschrieben, daß er schon lange tot ist?«

»Wer hat dir das geschrieben?«

»Und ich habe schon um ihn getrauert . . . ich war sicher, daß
er schon lange tot ist . . .« Er umschlang den haarigen Kopf, der
sich an seine Knie schmiegte.

»Er war auch sicher, daß du tot bist . . .«

Sie sprachen aus der Entfernung miteinander, sie wie angewurzelt auf ihrem Platz stehend, eine alte gebückte Schwester in
blauer Tracht hinter sich. Ihre Antwort war zwar ganz klar, aber
sie ließ mich Böses ahnen.

Ja'el küßte sie und brachte Gaddi zu ihr. Sie beugte sich zu ihm
hinunter und umarmte ihn liebevoll.

»Gaddi . . . mein Liebling . . . weißt du, wer ich bin? Erinnerst
du dich? Und wo ist deine kleine Schwester« – sie wühlte in ihrer
Tasche, zog einen Zettel heraus und las ab »Rakefet?«

Der Hund ließ von Vater ab, und kam, immer noch winselnd,
angerannt, um sich schwanzwedelnd an den Umarmungen zu
beteiligen. Gaddi klammerte sich an Ja'el, immer noch wie
gelähmt vor Angst vor dem Hund, sein Gesicht rot verschmiert
von Mutters Küssen.

»Du brauchst keine Angst vor ihm zu haben . . . es ist unserer
. . . als du ein Baby warst, und deine Mutter dich bei uns gelassen
hat, habt ihr sogar zusammen gespielt . . .«

Gaddi betrachtete ungläubig das riesige Tier, über sich selbst
erstaunt.

Dann kam die Reihe an mich sie zu umarmen, ich streifte
oberflächlich ihre rougeverschmierten Wangen, meinen Kopf
zum Himmel gewandt, meine Augen geschlossen.

»Asa ... endlich besuchst du mich einmal ... Vater zu
Ehren ...«

Sie drückte mich heftig an sich.

»Wo ist deine Frau?«

»Sie konnte nicht kommen, aber sie wird zum Fest hier
sein ...«

»An Pessach?«

»Ja ...«

Dann trat Vater auf sie zu, den Hund auf den Fersen, und
breitete in sentimentaler russischer Pose seine Arme weit aus.

»Mutter ... endlich ...«

Ob er wußte, was er tat? Hatte er sich das vorher überlegt oder
hatte ihm die Erschütterung den Verstand geraubt? Ich wäre am
liebsten in den Boden versunken als er sie umarmte, sie an sich
drückte, die starke, aufrechte Frau an sich zog, sie mitten auf den
Mund küßte. »Wie gut du aussiehst ... ganz verändert ...« –
murmelte er, als ob er nicht gekommen wäre, um sich von ihr
scheiden zu lassen, sondern sich mit ihr auszusöhnen. Er flüsterte ihr sogar etwas ins Ohr, lachte mit Tränen in den Augen. War
er wirklich ein dermaßen geschmackloser Mensch oder verfolgte
er einen geheimen Zweck damit? Mutter erstarrte in seinen
Armen, starrte mit weit geöffneten Augen in die Ferne, ein
dünnes Lächeln auf den Lippen.

Der Hund begann heftig zu bellen. Endlich hatte er seine
Stimme wiedergefunden. Schließlich löste sich Vater von ihr,
und Mutter stellte ihm die alte, verschrumpelte Schwester vor,
die unaufhörlich lächelnd neben ihr stand. »Darf ich bekanntma-
chen, Schwester Miriam, sie ist mein guter Engel ... Miriam, das
ist mein Mann ... der Mann aus Amerika ...«

»Ja, ich weiß ... alles wartet auf Sie ...« Die Falten in ihrem
Gesicht röteten sich heftig, als Vater sich ihr zuwandte und sie
mit der gleichen schlafwandlerischen Begeisterung umarmte.

Und tatsächlich, zu unserem Entsetzen, wartete man bereits
auf uns. Das halbe Krankenhaus wußte schon von unserer
Ankunft. Eine ganze Menge von Leuten strömte zu Mutters
Pavillon hin, Männer und Frauen in Morgenmänteln und Schlaf-
anzügen drängten sich um sie zusammen. Ein junger Arzt trat zu
uns, um uns zu begrüßen. Als wir drinnen an der Reihe der

Betten vorbeigingen, klatschte jemand sogar in die Hände. Vater ging voran, nickte allen zu, drückte die Hände, die ihm gereicht wurden. Sie nahmen ihn mit, um ihm etwas zu zeigen, Mutters Bett, das mit großen, weißen Kissen beladen war. Er stand daneben und erklärte, wie gerührt er sei. Ich dachte, ich würde selbst wahnsinnig. Die Leute berührten Gaddi, streichelten ihn. Der Junge faszinierte sie völlig, sie hatten wohl schon seit Ewigkeiten kein Kind mehr im Krankenhaus gesehen. Der Arzt erklärte Vater etwas über die Abteilung und ihre Führung, und Vater hörte aufmerksam zu, während die Schwestern die neugierigen Patienten zurückdrängten. Ein kleiner Alter boxte sich die ganze Zeit nach vorn, mischte sich in die Unterhaltung ein, erklärte mit eifrigen Gesten. Schließlich führte man uns hinaus, das Publikum war immer noch um uns, und man brachte uns zu einem kleinen Gebäude, das als Krankenhausbücherei diente. Drinnen standen ein paar Stühle und Tische, und auf dem größten von ihnen, der in der Mitte des gesprungenen Betonbodens stand, lag eine weiße Tischdecke, darauf ein großer elektrischer Samowar, weiße Tassen und Teller mit der hellblauen Aufschrift des Gesundheitsministeriums bedruckt. Daneben stand ein großer, gelblicher, unsymmetrischer Kuchen, sehr hoch auf der einen Seite, völlig in sich zusammengefallen auf der anderen, so daß er eine jäh abfallende Fläche bildete, an deren Ende ein glänzendes Messer lag. Ein paar Patienten wollten sich auch hier mit hereindrängen, aber die Schwestern hielten sie von der Tür weg. Besonders dieser kleine, dürre Alte mit den verfaulten Zähnen bestürmte uns wieder. Er schien sehr aufgeregt und versuchte ständig, Vaters Aufmerksamkeit zu erlangen, hinter sich her zog er einen schwachsinnig aussehenden Riesen, der einen Rechen über seiner Schulter trug.

Schließlich gelang es, alle davon zu überzeugen, den Raum zu verlassen. Die Tür wurde hinter uns geschlossen. Wir nahmen die Mäntel ab. Horatius rannte freudig und schwanzwedelnd im Zimmer herum. Meine Augen überflogen die Bücherreihen, aber es war unmöglich zu erkennen, was es für welche waren, da sie alle in dickes braunes Packpapier eingebunden waren. Welche Trostlosigkeit. Wir standen um den Kuchen herum, betrachteten ihn beunruhigt, als ob er irgendeine schwerwiegende Bedeutung in sich verborgen hielte. »Ihre Mutter hat ihn ganz allein gebacken« sagte die alte Schwester, als ob sie uns auf eine große psychische Leistung hinweisen wollte. Eine stille junge Schwester schenkte den Tee in die Tassen ein. Der Hund zappelte rastlos zwischen unseren Beinen herum. Ich versuchte, ihn an seinem Halsband zu packen und nach draußen zu bringen, aber er begann mich aggressiv anzuknurren, befreite seinen Kopf mit Gewalt und versuchte mich zu beißen.

»Laß ihn!« rief Mutter.

Die alte Schwester reichte ihr das Messer. Mutter streckte schon die Hand danach aus, aber plötzlich schrak sie zurück, streifte Vater mit einem schnellen Blick, und zog ihre Hand zurück.

»Nein, schneiden Sie ihn an«, sagte sie zu ihr.

Der Kuchen wurde in große, dicke Stücke geschnitten, und wir setzten uns hin, um zu essen. Auch der Hund sprang auf einen Stuhl und gleich wieder hinunter, rasselte ständig mit dem Rest seiner Kette, dann sprang er wieder an Vater hoch, als ob all die Jahre, die seit ihrer Trennung verstrichen waren, in ihm Amok liefen und ihn keine Ruhe finden lassen würden. Vater lächelte, zog zittrig eine volle Tasse zu sich heran. Mutter stand auf, ging zu Horatius hin, gab ihm einen kurzen, kräftigen Schlag mit der Kette, schob ihn unter Vaters Stuhl und warf ihm ein Stückchen Kuchen hin, das er mißtrauisch beschnüffelte, ein wenig ableckte, aber nicht fraß.

Es herrschte Schweigen. Niemand konnte auch nur ein einziges einfaches, normales Wort herausbringen. Der Kuchen hatte uns die Sprache verschlagen. Ich war zum Zerreißen angespannt, hörte Flüstern und Rascheln hinter der Tür. Am Fenster tauchte das Gesicht des Riesen auf, der zu uns hereinstarrte. Wir tranken den lauwarmen Tee, aßen den halbrohen Kuchen, der ein Mischmasch aus Geschmacksrichtungen und Farben war. Auch die zwei Schwestern saßen mit am Tisch und aßen. Die junge Schwester kaute auf dem Kuchen herum, als ob sie eine Pflicht erfülle, sich allerdings nicht ganz sicher sei, was sie da zu sich nahm. Wie in irgendeiner starren Zeremonie, zu deren Durchführung wir alle verpflichtet waren. Der Kuchen in meinem Mund hatte einen ekelerregenden, pappigen Geschmack. Gelbliche Krümel fielen auf meine Hosen. Gaddi saß neben Mutter, die ihn fütterte, selbst aber nichts aß.

»Du brauchst ihn nicht zu füttern, Mutter« sagte Ja'el leise, aber Mutter hörte sie nicht. Sie fuhr fort, den Kuchen mit ihren Fingern abzubrechen und ihn Stück für Stück in Gaddis Mund zu stecken. Die Strahlen der untergehenden Sonne brachen sich scharf auf ihren bemalten Wangen.

»Was für ein Wind heute«, seufzte Vater plötzlich »den ganzen Weg von Jerusalem . . .«

Und er kaute weiter an seinem Kuchen. Mutter schaute nachdenklich zu ihm hinüber, dann schaute sie wieder auf Gaddis Mund, der ein wenig offenstand.

Wo bist du, Asa? In einer kleinen Hütte, einer Bücherei für Geistesgestörte, wie ein abstrakter Gedanke, der von seinem Weg abgewichen ist, von seinem Schreibtisch entführt, auf dem eine alte Lampe ihr Licht über Bücher und Papiere wirft, ein einsames Licht in der Dunkelheit. Diese unwiederbringlich verlorenen Stunden. Wenn sie doch schon tot wären, wenn diese beiden doch nur schon tot wären. Warum verstehen sie es denn nicht? Ihre Streitereien in der Nacht, wie zwei bejahrte Kinder, all die Schreie und Flüche jedesmal wenn ich von Freunden oder den Pfadfindern heimkam. Ja'el war schon verheiratet, Zvi war in der Armee. Ich pflegte mich ins Bett zu flüchten, aber sie kamen mir nach, setzten sich auf die Bettdecke, zogen sie mir weg, alles, um einen Schiedsrichter zu haben.

»Ißt du deinen Kuchen nicht auf?«

»Nein Mutter, ich bin nicht hungrig.«

Ja'el wirft mir einen Blick zu.

»Man braucht nicht hungrig zu sein, um ein Stück Kuchen zu essen. Schmeckt er dir nicht?«

»Doch, ich bin bloß satt. Ich meine . . .« Mit einem Mal begann ich mich zu verheddern.

Schweigen. Der Hund hatte sich beruhigt. Er hatte sich unter Vaters Stuhl ausgestreckt und begann an seinem Penis herumzuschnüffeln, leckte ihn kräftig. Trübes gelbliches Licht erfüllte den Raum. Vielleicht waren sie schon tot und ich besuchte sie in der Geisterwelt. Gehorsam kauten Vater und Ja'el langsam ihren Kuchen. Gaddi war schon beim zweiten Stück.

»Du ißt selbst ja gar nichts«, sagte Vater sanft. »Dein Kuchen ist ausgezeichnet.«

Mutter antwortete nicht.

Die junge Schwester erhob sich und sammelte die Tassen ein, nahm mir zuvorkommend den Teller mit den Kuchenresten ab.

»Möchtest du noch etwas?« fragte Mutter Vater.

Er nickte, war in seine eigene Falle getappt. Sofort wurde ein neues Stück auf seinen Teller gelegt, und er begann wieder zu kauen.

Die junge Schwester stellte das Geschirr auf ein Tablett. Jemand machte ihr die Tür auf. Sie ging hinaus und kam sofort wieder zurück, nachdem ihr das Tablett von wartenden Händen abgenommen worden war. Sie zog das Kabel aus der Steckdose, wickelte es um den Samowar, trug ihn hinaus, und wieder kehrte sie sofort zurück. Die alte Schwester flüsterte mit Mutter und wickelte die Reste des Kuchens in ein weißes Handtuch. Die junge Schwester öffnete wieder die Tür. Köpfe spähten herein, man vernahm Lachen und Flüstern. Man wartete auf die Kuchenreste. Die zwei Schwestern gingen hinaus und schlossen die Tür hinter sich.

»Wer sind diese Leute da draußen . . . Freunde von dir?«

Mutter lächelte ironisch. »Freunde . . .«

Horatius legte sich auf die Seite, hielt seinen Kopf schräg mit geschlossenen Augen, entblößte kahle Stellen in seinem rötlich gefleckten Pelz, die wie Brandnarben aussahen. Vater betrachtete ihn und streckte die Hand aus, um ihn zu streicheln.

»War Ratio die ganze Zeit hier?«

»Wieso denn Ratio?« rügten wir ihn. »Er heißt Ho-ra-ti-us, immer nennst du ihn beim falschen Namen.«

»Horatius . . . Ratio . . .« Vater lächelte.

»Vielleicht solltest du ihn mit nach Amerika nehmen«, sagte Mutter plötzlich.

Vater lachte.

»Ich habe gehört, daß ihr dieses Jahr einen besonders schweren Winter hattet . . . ich bin froh, daß ich einen Mantel mitgenommen habe . . . zuerst bin ich gar nicht auf die Idee gekommen, es würde hier ja schon Frühling sein, und der Frühling hier ist ja schon so gut wie der Sommer, aber schließlich habe ich ihn doch mitgenommen, und das war gut so ...«

(Er spricht von sich selbst.)

Ja'el stand geräuschlos auf und reichte ihm die Plastiktüte, die neben ihm auf dem Stuhl gelegen hatte.

»Ach ja ... ich hätte es beinahe vergessen ... ich habe dir etwas von drüben mitgebracht ...« Er nahm die Tüte, stand auf und ging zu ihr hin. »Ich hab dir etwas mitgebracht ...« Aber es fiel ihm nicht mehr ein, was es war. Er öffnete die Tüte und schaute nach. »Ich glaube ... ein Morgenmantel und ein Tuch.« Er schaute Ja'el an, um Bestätigung bittend. »Ja, ein Tuch.«

Er zog den großen Wollschal heraus und breitete ihn über seinen Knien aus.

»Ein Tuch?« Mutter schien sehr gerührt.

Ja'el nahm den Schal und legte ihn Mutter um die Schultern.

»Die Farben stehen dir sehr gut.«

Mutter stand auf, und die zwei halfen ihr, sich in den Schal einzuhüllen.

Ich saß bewegungslos auf meinem Stuhl und dachte, wie gefährlich diese Zärtlichkeit zwischen ihnen war. Ich schaute zu Gaddi hinüber, der kein Auge von dem Hund ließ.

»Er steht dir sehr gut«, sagte Vater.

»Danke ... du hättest dich doch nicht bemühen brauchen ... ich habe dich um kein Geschenk gebeten! Er ist sehr warm ...« Auf einmal wischte sie sich eine Träne ab – »Vor vielen Jahren habe ich einmal so einen Schal gehabt ... genau den gleichen ... wie hast du bloß den gleichen gefunden?« Sie nahm ihn ab und suchte nach dem fehlenden Etikett. »Du hättest nicht so viel Geld verschwenden sollen, Jehudah, das war wirklich nicht nötig ... vielleicht solltest du ihn jemand anderem geben, vielleicht Asa ...«

Sie machte eine Bewegung, als wollte sie mir den Schal geben. Aber Vater hielt sie protestierend zurück.

»Wie kannst du so etwas sagen? Du weißt ja nicht, wie froh ich bin, dich in so ruhiger Verfassung zu sehen ... was für eine große, positive Veränderung ... ich hätte noch mehr mitgebracht, aber ich war so in Eile ...«

»Eile?«

»Sobald ich deinen Brief bekam ... und dann hat mir Kedmi mitgeteilt ...«

»Ach ja.«

Sie gingen um den heißen Brei herum. Das Licht im Raum schwand langsam.

»Und was gibt es Neues in Amerika?« Mutter setzte sich wieder hin.

»Amerika?« Vater dachte nach, während er sich eine Zigarette anzündete. »Amerika ist groß, aber es passiert gar nichts dort ... Wir hatten auch einen langen, kalten Winter ...«

»Schon wieder?«

»Wieder mal ...« Vater stand da mit hängenden Armen, als ob er nicht wüßte, wohin damit. Entweder er war schwachsinnig geworden oder er hatte Angst.

»Bist du immer noch an diesem Ort ...?«

»Minneapolis.«

»Wo genau ist das eigentlich?«

»Im Norden.«

»Ich würde einmal gerne auf der Landkarte sehen, wo genau das ist ... vielleicht hat Asa eine Landkarte in seiner Aktentasche ...«

»Nein.«

»Vielleicht ist in einem der Bücher hier eine Landkarte ...?«

Ja'el war schon auf den Beinen. Ein Lebewesen der Gattung Pflichterfüller.

»Ich werde es dir einmal genau zeigen, Mutter. An Pessach bringe ich einen Atlas mit ...«

»Es ist nahe der kanadischen Grenze«, erklärte Vater beflissen. »Nicht weit von Kanada ... im Landesinneren ... kannst du es dir ungefähr vorstellen?«

Aber sie konnte es nicht. Ja'el gab ihrer Bitte nach, warf einen verzweifelten Blick auf die Bücherregale. Am Fenster war wieder das stumpfe Gesicht des Riesen zu sehen. Irgendjemand, vielleicht dieser Alte, versuchte ihn von dort wegzuziehen. Man hörte ihre streitenden Stimmen. Vater lächelte, seine Hand tastete nach dem Hund unter dem Stuhl, um ihn zu streicheln.

»Ich habe gehört, daß die Ärzte dich in Kürze hier entlassen. Ja'el hat mir gesagt, daß sie sehr optimistisch sind ...«

Sie antwortete nicht. Die Arme über der Brust verschränkt, beobachtete sie Ja'el, die die Bücherreihen absuchte, deutete in eine Ecke des Zimmers.

»Vielleicht ist dort eine Landkarte, Asa wird sie sicher finden . . .«

Plötzlich befand ich mich wieder in ihren Klauen. Ich erhob mich verzweifelt, begann die Bücher in der Ecke durchzusehen. Billige Romane, Kurzbiographien von gewitzten Journalisten, tote Bücher der Abteilung für Kultur der nationalen Krankenversicherung. Memoiren von Ex-Politikern, die gratis verteilt worden waren. Es herrschte Schweigen. Auch Vater stand auf und begann zu suchen, bestürzt, ein gezwungenes Lächeln auf seinen Lippen. Bevor sie die Landkarte nicht gesehen hatte, war keine weitere Unterhaltung möglich. Schließlich fand sich eine Enzyklopädie für Kinder, in der ich nach einigem Herumblättern eine kleine Karte von Amerika entdeckte. Ich zeigte sie ihr, las ihr die Städtenamen in der Gegend von Minneapolis vor. Sie beugte sich darüber und studierte sie eingehend. Vater stand neben uns und nickte bestätigend.

»Ist es kalt dort?«

»Sehr . . .«

»Dann solltest du vielleicht dort hingehen, weiter südlich . . .«, und sie legte den Finger auf Brasilien.

Vater lächelte uns verunsichert zu. Wieder einmal wurde mir klar, daß er es war, der den Wahnsinn in ihr entstehen ließ.

»Nein, Mutter, das ist schon Brasilien . . .«

»Brasilien?« Sie lachte verlegen. »Ich kann nicht sehr gut sehen. Du lieber Himmel, Brasilien. Meine Brille ist letzte Woche zerbrochen, und hier kann sie anscheinend niemand reparieren . . .«

Sie holte ein zusammengelegtes Taschentuch aus der Tasche ihres Kleides, faltete es auseinander und zeigte uns ihre Brille. Ein Glas war zerbrochen. Vater sammelte vorsichtig die Brille auf, ernst und bekümmert.

»Sie muß sofort repariert werden«, wandte er sich an Ja'el.

»Wir müssen das gleich erledigen.«

Die Bruchstücke fielen ihm in der Hand auseinander. Er versuchte sie wieder zusammenzusetzen.

»Man kann Mutter unmöglich ohne Brille zurücklassen.« Er machte Ja'el fast schon einen Vorwurf. Er wickelte die Gläser vorsichtig wieder in das Taschentuch ein und reichte sie ihr. Mutter beobachtete ihn, eine Art leichtes Lächeln auf ihren Lippen, jenes flackernde Lächeln, das ich so sehr haßte. Sie fing meinen Blick auf, und ihr Lächeln erstarb. Der einzige in der ganzen Familie, der es wagte, sich ihr entgegenzustellen, war immer ich gewesen.

»Erzähl mir etwas über den Winter dort, Jehudah . . . beim letzten Mal, als du hier warst, hast du den Schnee so schön beschrieben . . .«

»Habe ich das?«

»Erinnerst du dich nicht? Ich war zwar sehr krank damals, an viel erinnere ich mich nicht, aber deine Schilderung des Schnees . . . daran schon . . .«

Er wandte sich uns zu, bat schweigend um Hilfe, sein Blick wanderte zu der Traube von Gesichtern, die inzwischen am Fenster hing, irrte nach seiner Uhr, streifte mich ängstlich, und dann griff er sich Gaddi, hielt ihn ganz fest und streichelte sein Haar, während er zu ergründen versuchte, was genau sie nun wieder wollte. Auf dem Tisch, an der Stelle, an der der Samowar gestanden hatte, lagen zusammengefaltete Papiere. Ohne Zweifel Kedmis Abkommen. Er streckte schon die Hand danach aus, zog sie aber wieder zurück und setzte sich stattdessen neben sie, rückte mit dem Stuhl näher an sie heran und begann ihr vom Schnee zu erzählen, während er uns einen entschuldigenden Blick zuwarf, begriff nicht, wie er in die Falle gegangen war. Aber er hatte Geduld, war sich immer noch sicher, daß alles zu einem guten Ende kommen würde. Die Notwendigkeit, seine eigenen Fehler zu machen. Der Kampf gegen den historischen Prozeß als historische Falle.

Nehmen wir Rhodesien. Vernünftige, pragmatische Angelsachsen ohne jede Neigung zur Hysterie, ohne eine spezielle Tradition von nationaler Mythologie, Menschen mit rationalen Anschauungen versteigen sich allmählich in den hartnäckigen Wahn, daß sie den Lauf der Geschichte manipulieren könnten. Ihr unmittelbares Motiv ist offensichtlich und natürlich, es ist der Wunsch, ihre fruchtbaren Ländereien zu erhalten und weiterhin die billige Arbeitskraft der Einheimischen auszubeuten. Aber langsam versinken sie in etwas viel Tieferem. Sie sind nur zweihundert Tausend, aber sie sind der Ansicht, daß sie, in einer Welt, die sich fast ebenso vieler Nationen wie Menschen rühmt, über sechs Millionen Schwarze mitten im Herzen Afrikas herrschen könnten. Worauf dieselben klardenkenden und sachlichen Leute beschließen, daß sie eine große, anti-historische Mission haben – nur um nicht verstehen zu müssen, was zu begreifen schon längst fällig gewesen wäre. Und so verbarrikadieren sie sich in ihren Stellungen, mit aller Raffinesse, Phantasie, Leidenschaftlichkeit und erhabener, landsmannschaftlicher Solidarität, machen aus ihrem Stück Land ein Heiligtum und errichten eine globale Ideologie – und von nun an sind sie nicht mehr einfach weiße Rhodesier, Farmer, die mit Fleiß ihr Land bearbeiten und jeden Sonntag in die Kirche gehen, um hübsche Litaneien zu singen, sondern sie sind die Pioniertruppe der Freiheit an sich, die Bannerträger der wahren Ideale, hartnäckige Diener Gottes und der übrigen zivilisierten Welt. Aufgebracht und erbittert schauen sie durch das Gitter des Käfigs hinaus, den sie sich selbst gebaut haben, an der Welt verzweifelnd, die sie verdammt hat, sprechen von allgemeiner Blindheit, Geisteskrankheit, Selbstzerstörung, vom Untergang des Abendlandes, und es gelingt ihnen, gegen wirtschaftlichen Boykott und Terroranschläge, gegen Schmähungen und Ächtung durchzuhalten, mit einer messianischen Begeisterung und militärischem Einfallsreichtum, die in keinem Verhältnis zu ihrer realen Stärke stehen, sie werden zu Stahl, sie verleihen der Isolation kulturelle Tiefgründigkeit. Und dann, als die Welt gerade begonnen hat, sich an ihren Wahnsinn zu gewöhnen, mit ihm als vollendeter Tatsache zu leben, erlahmen sie, allem Anschein nach ohne jeden ersichtlichen Grund, sind zu einem kleinen Kompromiß bereit, der weitere, größere nach sich zieht. In dem Moment, in dem sie der großen Hand der Geschichte den kleinen Finger gereicht haben, beginnen sie, mit ständig wachsender Gewalt von ihr davongetragen zu werden, bis sie die Herrschaft freiwillig in die Hände ihres schrecklichsten Feindes legen.

»Und wieviel verdienst du jetzt, Jehudah?«

Vater grinste.

»Tausend Dollar im Monat . . .«

»Wieviel ist das in israelischem Geld?«

»Hundertzwanzigtausend Lirot . . .«

Mutter war erschüttert. Sie schaute ihn ehrfürchtig an.

»Das ist dort nicht viel . . . es wird sogar für ziemlich wenig gehalten . . .«

»Und bist du glücklich?«

»Weißt du . . . Glück? Was ist das überhaupt? Ich habe nie damit gerechnet, glücklich zu leben . . . der Begriff an sich sagt mir nichts . . . aber ich habe meinen Frieden gefunden . . . das schon, eine Art Ruhe dort drüben . . . aber ich sehne mich schrecklich nach den Kindern . . . nach euch allen . . .«

Er warf uns einen unruhigen Blick zu, versuchte zu erforschen, welchen Eindruck seine Antwort auf uns gemacht und ob sie die Prüfung bestanden hatte.

»Und diese Frau . . . hast du ein Bild von ihr mitgebracht?«

»Von wem?«

»Von deiner Frau dort . . . mit der du zusammenlebst . . . deren Namen du mir nicht genannt hast . . . vielleicht . . .«

»Conny«, sagte Vater verzweifelt.

»Conny? Als du nämlich beim letzten Mal hier warst, hat er mir versprochen, ein Bild von ihr mitzubringen . . .«

Ich sprang auf, aber sie beachtete mich nicht. Der plötzliche Wechsel zur dritten Person war ein äußerst schlechtes Zeichen. Man mußte sofort eingreifen, die beiden voneinander trennen. Vater schaute uns bestürzt an.

»Warum willst du jetzt ein Bild von ihr, Mutter, was hat das damit zu tun?«

»Aber er hat es mir beim letzten Mal versprochen. Ich möchte eben ihr Bild sehen . . . sie kennenlernen . . .«

»Hast du ein Bild von ihr dabei?« wandte ich mich wutentbrannt an Vater.

Er wurde ganz rot, erhob sich, zog seine Brieftasche heraus, suchte ein wenig, und heraus kam, kaum zu fassen, ein kleines Farbfoto. Er gab es ihr, und sie nahm es, hielt es sich mit ausgestrecktem Arm vors Gesicht und studierte es. Auch Gaddi wollte das Bild anschauen, das eine dickliche, blonde Amerikanerin zeigte, die neben einer Garagentür auf einem Fleckchen

Rasen stand. Das Foto fiel zu Boden. Vater beeilte sich, es aufzuheben und wollte es ihr wieder geben, aber sie nahm es nicht. Er verbarg es hastig wieder in seiner Tasche.

»Und hast du auch ein Bild von deinem Baby?«

»Von dem Baby???«

»Von welchem Baby, Mutter?« fragte Ja'el mit bebender Stimme.

»Von seinem Baby, dem neuen ...«

»Von was redest du eigentlich?«

»Er hat doch ein neues Baby bekommen ...«

»Wer hat denn das gesagt?«

»Zvi hat es mir gestern erzählt.«

»Zvi war hier???« Die Nachricht traf uns drei wie ein Blitz.

»Ja, sie waren hier ...«

»Sie?«

»Er und ein Freund, ein älterer Mann, der ihn herbrachte.«

»Aber was wollte er denn?«

»Mich besuchen. Er war schon seit ein paar Wochen nicht mehr dagewesen. Er wollte die Papiere lesen, die Kedmi mir mitgebracht hat ... er wollte wissen ... sie vielleicht seinem Freund zeigen ...«

»Und was hat er gesagt?«

»Gar nichts. Er hat mir erzählt, daß du ein Baby hättest ...«

»Das kann doch nicht wahr sein!«

»Es gibt kein Baby, Mutter, wie kommst du nur auf die Idee«, flehte Ja'el.

»Aber ...« Mutter faßte sich ganz verzweifelt an den Kopf.

Vater gab ein gezwungenes Lachen von sich. »Zvi hat das mißverstanden. Er bringt immer alles durcheinander.«

»Was?«

Sie rang abwehrend die Hände, wurde ganz rot, zutiefst verstört über die unerwartete Verneinung.

»Und ich habe mich so gefreut, daß du ein Baby bekommen hast ... daß es dir noch möglich ist ... Zvi hat es gesagt, ihr könnt ihn fragen ...«

Plötzlich stand ich auf und begann zu reden, mit klarer, nüchterner Stimme, getrieben von dem Zwang, der obszönen Komödie ein Ende zu bereiten.

»Es ist noch nicht geboren, aber es wird geboren werden«, wandte ich mich ihr zu, sie leicht am Arm ergreifend. Sie hatte Angst mich anzusehen. »Es ist noch nicht geboren, aber es wird«, ich ignorierte die Panik, die Vater und Ja'el erfaßte, den Aufruhr an der Tür, die Gesichter der Leute hinter dem Vorhang am Fenster. »Vater hat nicht gelogen. Zvi hat das falsch verstanden ... es ist noch nicht geboren, aber es wird geboren werden ... deshalb mußte sich Vater auch so beeilen herzukommen ... es ist noch nicht geboren, aber es wird geboren werden ...«, wiederholte ich nochmal mit erhobener Stimme, mühsam meine bodenlose Wut beherrschend. »Deshalb sind wir auch hier ... denn wen hätte das sonst schon gestört ... ihr habt euch sowieso schon vor langer Zeit getrennt ... aber wegen dieses Kindes ... wegen des Babys ... denn sonst ... juristisch gesehen ... nach dem Gesetz ist es so, und du willst doch nicht, daß er ...«

Auf einmal wußte ich nicht mehr, was ich sagen wollte. Das Wort »Gesetz« war dazwischengeraten und hatte sich wie ein Keil hineingebohrt. Mutter starrte mich an, das altvertraute wilde Glitzern in ihren Augen, ein Mißton zu ihrer farbenprächtigen Theaterbemalung.

»Wir hatten nicht die Absicht, dir irgendetwas zu verbergen ... du weißt jetzt alles ... Vater hat nichts verheimlicht. Es ist noch nicht geboren, aber es wird geboren werden ...«

Ich wandte mich wutentbrannt an ihn. »Wann soll es zur Welt kommen?«

Vater begann zu stottern. »In zwei Monaten ... glaube ich ...«

»In zwei Monaten ... hast du gehört? Jetzt weißt du alles. Wir leiden alle. Du glaubst wohl, daß du das Leiden gepachtet hast, aber wir leiden genauso darunter. Es ist eine Schande für uns alle, aber es ist passiert ... was möchtest du jetzt noch wissen?«

Sie versuchte etwas zu sagen, aber ich brachte sie zum Schweigen, obwohl ihre Lippen sich weiter bewegten.

»Was willst du mehr? Wozu soll diese Hartnäckigkeit gut sein? Laß ihn nach Amerika zurückkehren, wir bleiben bei dir, wir alle ... und du wirst bald hier herauskommen ...«

Ich nahm die Papiere, die völlig zerknittert und fleckig auf dem Tisch lagen.

»Was versteht Zvi schon davon? Kedmi hat sich um alles
gekümmert, ich habe mit ihm geredet. Du mußt nur unterschreiben!«

Sie wich vor mir zurück, ihr braunes Kleid geriet in Bewegung. Ich blätterte die Papiere durch, bis ich zur letzten Seite mit
der schwarzen Linie gelangte, unter der ihr Name gedruckt
stand. Ich legte ihr eine zitternde Hand auf die Schulter. Ihr
Geruch.

»Wirst du unterschreiben?«

Sie schüttelte ihren Kopf.

»Warum nicht?«

»Ich muß darüber nachdenken . . .«

»Über was?«

»Über was?« wiederholte Vater, der sich nicht mehr beherrschen konnte.

Sie bockte hartnäckig, starrte uns mißtrauisch an.

»Worüber?« schrie ich. »Worüber denn?«

Ja'el erhob sich, versuchte mich zurückzuhalten.

»Es ist doch alles aus und vorbei!« brüllte ich weiter, so außer
mir, als ob es um mich ginge und nicht um ihn.

»Was gibt es da noch zum Nachdenken, Mutter? Aber du
fängst auf einmal mit Schnee an . . . Schnee . . . er soll dir was vom
Schnee erzählen! Und du . . .« In blinder Wut wandte ich mich
an Vater, der die Arme hängen ließ und ein falsches, gequältes
Lächeln auf den Lippen hatte, so als ob er auf frischer Tat ertappt
worden sei, »du erzählst ihr auch noch davon! Ich habe es immer
gewußt, daß euch das alles Spaß macht . . . jawohl, Spaß! Ihr
genießt ihn, euren endlosen Krieg. Ob mit einem Messer oder
durch Krankheit, mit allen nur möglichen Tricks, es liegt ein
heimliches Vergnügen darin . . . auch für dich, Vater. Deshalb
hat sich das jahrelang so hingezogen, deshalb schleicht ihr
ständig um den heißen Brei herum . . . und Zvi feuert euch noch
an . . . aber Ja'el und mich macht es ganz krank, es deprimiert uns
tödlich!« Ja'el, mit brennendem Gesicht, versuchte mich zu
stoppen. »Immer habt ihr mich in der Nacht aus dem Bett
geholt, damit ich für euch den Schiedsrichter spiele, also gut,
jetzt richte ich. Macht ein Ende!«

Vater packte mich am Arm. »Das reicht! Hör auf!«

Aber ich stieß ihn zurück, meine eigene fortwährend ansteigende Stimme klang mir in den Ohren.

»Was gibt es da noch zum Überlegen? Sag's uns . . . Wie lange kannst du es noch hinauszögern? Wer hat dazu die Zeit? Sie ist doch schon längst abgelaufen . . . du hast keine Zeit mehr . . . du wolltest ihn doch umbringen, was willst du also noch von ihm? Willst du mich vielleicht auch umbringen? Bring mich doch um! Na los, bitte, bring mich um! . . .«

Trauer überwältigte mich. Ihr verzerrtes Gesicht. Wut durchsetzt mit Mitleid. Mein erhobener Arm. Ein Blick zum schmutzigen Vorhang auf die Gesichter der Wahnsinnigen dort. Aber ich schloß meine Augen und schlug mir hart mit der Faust auf den Kopf da es war passiert ich klatschte mir heftig ins Gesicht trommelte mit den Fäusten gegen meine Brust ein Freudenschauer eine Art leidenschaftliche Lust stieg in mir hoch mit dem Rhythmus der Schläge gelbliches Licht flackerte in Gaddis Augen die still auf mich gerichtet sind und endlich senkt sich Frieden über mich der dumpfe Schmerz in meiner Brust ich sehe wie Vater beginnt die Fassung zu verlieren meine Hysterie hat ihn angesteckt er stammelt vor Wut verbirgt sein Gesicht in den Händen fängt an zu schreien zieht Mutter die aufgestanden ist von mir weg siehst du jetzt siehst du und plötzlich fällt er vor ihr auf die Knie in seinem ganzen schrecklichen Haß Ja'el und ich stürzen zu ihm um ihn vom nackten Betonboden aufzuheben Ja'el schiebt mich mit aller Kraft zur Seite schützt ihn vor mir. Fängt er jetzt auch an sich selbst zu schlagen?

»Das Kind«, flüsterte Mutter, wieder völlig gefaßt, mit steinernem Gesicht. »Bringt doch das Kind hinaus . . . weshalb denn vor dem Jungen . . . das habt ihr absichtlich getan . . . das ist alles Absicht. «

Vater und Ja'el drängten mich mit Gewalt hinaus, während ich Gaddi an der Hand hinter mir herzerrte. Sofort umschlossen mich die Patienten, die hinter der Tür gewartet hatten, berührten mich, drückten mir die Hand, versuchten, den Jungen zu greifen, der sich an mich drängte. Hatten sie gesehen, wie ich mich selbst geschlagen hatte, und waren sie nun gekommen, um mich zu beglückwünschen? Eine verbrauchte blonde Frau mit gepeinigtem Gesicht heftete sich mir an die Fersen, klopfte mich auf die Schulter, steckte einen Finger in den Mund und schloß die Augen. Ein Stimmengewirr erhob sich.

»Eine Zigarette ... gib ihr eine Zigarette ...«

Ich zog ein Päckchen Zigaretten heraus, das mir sofort von dem geschäftigen kleinen Alten entrissen wurde, der mit fieberhafter Geschicklichkeit die Zigaretten aus der Packung holte und sie an die Patienten verteilte. Ein großes goldenes Feuerzeug glänzte plötzlich in ihrer Mitte. Sie schirmten die Flamme mit ihren Händen ab, beugten sich darüber, gingen auf alle viere, mit dem starken Wind kämpfend. Schließlich hatten sie alle eine brennende Zigarette im Mund stecken, auch mir reichten sie eine. Ich zögerte einen Augenblick, bevor ich das nasse Mundstück zwischen meine Lippen nahm. Ich konnte mich kaum mehr rühren, besonders der Alte hing an mir, mich mit seinen Augen verschlingend.

»Nehmt ihr sie mit?«

»Nicht heute ... ein andermal ...«

»Sind Sie der Sohn aus Jerusalem?«

»Ja ...«

Der Wind ließ die Zigarettenenden aufglühen, als ob sie kleine Lichtmaschinen wären. Die blonde Frau lehnte sich leicht an mich, gierig den Rauch inhalierend.

»Sie werden euch hier nicht mehr hinauslassen ...« flüsterte ein düsterer junger Mann.

»Wer läßt uns nicht?«

Der Alte lächelte mir entschuldigend zu und tippte sich spöttisch mit dem Finger an die Stirn. Ich bemerkte getrocknetes Blut an meinen Händen und tastete nach meiner Stirn. Ich hatte mich wohl an meiner Uhr aufgeritzt. Am Weg war ein Wasserhahn, aber der lange Schlauch, der an ihn angeschlossen war, schien kein Ende zu haben. Ich leckte das Blut ab. Gaddi preßte meine Hand, immer noch die Lokomotive unter seinem Arm, mit der zweiten Hand tastete er unter seinem Hemd herum.

»Tut dir etwas weh, Gaddi?« fragte ich ihn.

»Mein Herz ...«

»Das Herz ist nicht dort.« Ich lächelte. »Laß mich sehen.«

Er bewegte seine Hand langsam in Richtung Herz.

»Sie werden euch am Tor festhalten«, sagte der düstere junge Mann.

»Sch«, der Alte beschwichtigte ihn mit einem Lächeln. »Niemand wird festgehalten.«

Er versuchte den jungen Mann von mir wegzuziehen.

»Eure einzige Chance ist, durch das Loch zu entkommen«, beharrte er.

»Was für ein Loch?«

»Dort drüben«, sagte der Alte sofort und deutete zu einer Ecke des Zauns hin, die von Dickicht umgeben war.

»Dort drüben . . .« wiederholten alle, zeigten gemeinsam hin.

»Schluß jetzt!« rief der Alte wütend. »Macht, daß ihr hier wegkommt, hört auf, ihn zu belästigen . . . Hören Sie nicht auf sie.«

Aber sie rührten sich nicht von der Stelle. Ganz im Gegenteil, sie drückten sich nur noch enger an mich. Die Blonde, die mit geschlossenen Augen an ihrer Zigarette sog, ohne sie auch nur einen Augenblick aus dem Mund zu lassen, rieb sich an mir, hängte sich an mich, sanft, leicht und knochenlos, als ob die Krankheit sie von innen her ausgelaugt hätte. Wo war ich? Der atmende Raum um mich herum. Das Meer, groß und öde. Von den Hügeln des Karmels blinkten schon rote Lichter von den Spitzen der Türme. Die Welt bewegte sich wie in einem dunklen Spiegel. Die Zeit kann niemals stehenbleiben, aber bisweilen dringt ein Luftloch in sie ein, Leerlauf im wandernden Strom der Zeit. Die federleichte Hand der Frau tastete auf meinem Bauch herum. Ein Schauer durchlief mich. Ich versuchte, sie mit Zartgefühl abzulösen, aber sie blieb an mir haften. Eine uniformierte Schwester kam vorbei, blieb stehen und schaute uns an, überlegte, ob ich Hilfe nötig hatte, aber ich hielt ihrem Blick unbeteiligt stand.

»Kommt der Rechtsanwalt heute nicht?« fragte der Alte.

»Er wartet am Tor auf uns . . . das ist sein Sohn . . .«

»Sein Sohn?« Das begeisterte ihn.

Von drinnen waren Stimmen zu hören. Ich kämpfte mich zur Tür durch, die Menge auf den Fersen, überkommen von tiefem Fatalismus. Vater sprach Russisch, und Mutter antwortete ihm mit ihrem seltsamen Akzent. Die süßen, weichen Klänge der

Sprache ließen mich erzittern. Der Wechsel ins Russische, wenn er sie zwang, in einer Sprache zu reden, die er sie gelehrt hatte, hatte schon immer einen intensiveren Grad in ihren Auseinandersetzungen signalisiert.

Ich ließ mich von den Stimmen langsam dorthin ziehen. Ich machte ein paar Schritte, alles bewegte sich mit mir, hüllte mich knisternd ein. Der weiche Körper lag auf mir wie eine Decke, eine schlüpfrig sanfte Hand kroch unter meine Kleider, streichelte mein nacktes Fleisch. Andere Körper lehnten sich schwer an mich. Eine seltsame, plötzliche Lust regte sich tief in mir. Jemand lachte halblaut, verrückt. Nun verließ auch der Riese seinen Platz, um sich uns anzuschließen, seinen Blick auf einen unbestimmbaren Punkt in unserer Mitte geheftet. Die Menge versuchte ihn aufzuhalten, aber er durchmaß sie mit kräftigen Schritten, zog langsam, aber unaufhaltsam die farbenprächtige Lokomotive unter Gaddis Arm hervor und setzte seinen Weg fort. Seine Gefährten jubelten, auch er hatte so etwas wie ein Lächeln auf dem Gesicht. Gaddi zitterte am ganzen Körper.

»Er wird sie gleich zurückgeben ... keine Sorge ... nur für einen Augenblick ... zum Anschauen ... ich nehme sie ihm gleich wieder weg ...«, versicherte uns der Alte.

Die Tür ging auf und Horatius tauchte auf, Papierfetzen von seinem Rücken schüttelnd, schwanzwedelnd. Dann kam Vater heraus mit weißem Gesicht, verrutschter Krawatte, eine erloschene Zigarette im Mund. Von seinem Jackett flatterte ein Stück Papier herunter, Verzweiflung stand ihm in den Augen. Der Hund versuchte schwerfällig, an ihm hochzuspringen und ihn abzulecken, aber Vater schüttelte ihn grob ab.

Sofort trieb die Patientenmenge auf ihn zu, schüttelte ihm wieder die Hand, bat wieder um Zigaretten. Der Alte versuchte schiebend und stoßend, Ordnung herzustellen.

Unsere Blicke trafen sich über den Köpfen der Menge.

»Zvi hat alles ruiniert ... er hat ihr Hoffnungen gemacht ... sie will jetzt alles ... das Haus ... einfach alles ... Ja'el redet gerade mit ihr ... sie versucht ... geh' nicht rein ... oh verdammt, was hast du bloß gemacht?«

»Da ist der Rechtsanwalt« rief jemand.

Und tatsächlich, auf dem Pfad kam Kedmi durch die beginnende Dämmerung daher, schwenkte verärgert mit den Armen und schrie etwas. Die Patienten gerieten in Bewegung, die junge Frau löste sich endlich von mir. Ein dumpfes Knurren stieg auf, wie aus einer Meute von Hunden, die Beute gewittert hat. Kedmi näherte sich uns mit hastigen Schritten.

»Was ist los? Was gibt's? Wo bleibt ihr denn? Habt ihr beschlossen, euch hier niederzulassen?«

Die Patienten wandten sich ihm zu. Der Alte versuchte auch ihm die Hand zu drücken, aber er wies sie zurück, ignorierte alle.

»Ja? Verzeihung, meine Herrschaften . . . ich bitte Sie . . . lassen Sie uns ein wenig Luft . . . machen Sie ein wenig Platz . . . ein andermal . . .«

Sie jagten ihm Angst ein, aber dennoch provozierte er sie, unfähig, sich zu beherrschen.

»Was ist hier los? Eine Art Happening? Was wollen sie? Geben Sie mir wenigstens mein Kind zurück. Wo ist Ja'el?«

Er zog Gaddi an sich und umarmte ihn kräftig.

»Wo ist die Lokomotive?«

»Er hat sie mir weggenommen.«

»Wer?«

»Er wird sie zurückgeben . . . er gibt sie gleich zurück . . . ich bin dafür verantwortlich«, schrie der Alte.

»Ich habe Sie nicht gefragt«, sagte Kedmi scharf. Ohne weitere Umstände fiel er über den Riesen her, um ihm das Spielzeug zu entwinden.

»Schämst du dich nicht, Gulliver, kleinen Kindern etwas wegzunehmen . . .«

Die Patienten umringten Kedmi in hellem Aufruhr. »Er wird sie zurückgeben! Er wird sie zurückgeben!« schrien sie, während ich versuchte, Kedmi zurückzuhalten. Der Riese drückte die Lokomotive in tödlichem Schrecken an seine Brust, zerquetschte sie mit seinen Holzhackerhänden. Gaddis Gesicht verzerrte sich schweigend.

»Hör auf, Kedmi!« brüllte Vater. »Ich werde ihm eine neue kaufen . . .«

Kedmi ließ sich zurückdrängen, rot vor Wut.

»Wo sind eigentlich die Schwestern? Die Ärzte? Die Direktion? Total verantwortungslos! Zur Hölle, komm Gaddi, wir holen Mutter und machen, daß wir hier rauskommen . . .«

Wie ein Orkan wirbelte er auf den Pavillon zu, stieß Horatius aus dem Weg und riß die Türe auf. Drinnen war es schon halb dunkel. Mutter stand da und sprach mit Ja'el, die mit verschränkten Armen dasaß und ihr ruhig zuhörte. Der Fußboden war mit Papierfetzen übersät. Kedmi bückte sich sofort, um einen davon aufzuheben, lachte bitter und wandte sich mit gepreßter Stimme an Vater.

»Das ist also das Ende. Einfach hervorragend . . . sie hat anscheinend fertig gedacht . . .«

»Ich habe es zerrissen«, erklärte Vater, was mir einen neuen Schrecken durch die Glieder jagte. »Laß das jetzt, es ist nicht deine Angelegenheit . . .«

»Nicht meine Angelegenheit?« höhnte Kedmi mit seiner hastigen, heiseren Stimme, die immer schon einen Gedanken voraus war. »Da hast du recht, es ist nicht meine Angelegenheit . . . nur schade, daß du mir das nicht schon vor einem Jahr gesagt hast . . . ich hätte es selbst nicht besser ausdrücken können, es ist nicht meine Angelegenheit und sie wird es auch nie sein . . . Ich bin fertig damit . . .« Er zerknüllte das Stück Papier, zerfetzte es in seiner Hand. »Wenn ich gewußt hätte, daß du es nur zum Zerreißen brauchst, hätte ich dir gleich leere Blätter geben können . . .«

»Hör auf damit, Kedmi!« unterbrach ich ihn.

Er schaute mich an, ein geringschätziges Lächeln zuckte über seine Lippen. »Ja'el!« brüllte er plötzlich.

Mutter und Ja'el kamen heraus. Ein neues Licht schien auf Mutters Gesicht. Sie war sehr ruhig. Ja'el lief auf Vater zu und umarmte ihn, flüsterte ihm aufgeregt etwas zu, während Mutter bestätigend mit dem Kopf nickte. Sofort wurde sie von den Patienten umringt, als ob sie die Königin wäre, der Alte hakte sie unter. Kedmi hatte den Jungen schon mitgenommen und ging eilig mit ihm davon. Mutter sah mich ängstlich an, wollte etwas sagen, etwas erklären, aber es gelang ihr nicht. Als sie sich mir näherte, wich ich langsam zurück, meine Aktentasche schwenkte ich in der Hand. Mein Blick irrte über die Gesichter der

Patienten, verweilte auf dem Gesicht der weichen Blonden, die jetzt an einen Baum gelehnt stand. Neben ihr saß der Riese auf einer Bank, die zerdrückte Lokomotive zu seinen Füßen. Ich wandte mich zum Gehen.

Mutter ging zu Vater hin und flüsterte ihm etwas zu. Er rief mich mit hängenden Armen. Ich blieb stehen.

»Komm, Mutter möchte sich bei dir entschuldigen . . .«

»Nicht nötig . . . schon gut . . .«

»Verzeih mir«, sagte Mutter. »Ich möchte dich um Entschuldigung bitten, Asa . . .«

»Für was? Vergiß es«, murmelte ich, während mir das Blut ins Gesicht schoß.

»Verzeih mir, Asa.«

»Schon gut«, wand ich mich »ist schon gut . . .«

»Es ist meine Schuld . . . ganz allein meine . . .« Mutter brachte sogar so etwas wie ein Lächeln zustande, sie war in ihrer Traurigkeit von einer eindringlichen Schönheit »nur schlag dich nicht wieder . . . du hast doch schon vor langer Zeit damit aufgehört . . .«

»Ja, schon gut.« Ich beugte mich zu ihr hinunter, küßte sie und ging allein in Richtung Tor. Ja'el folgte Arm in Arm mit Mutter, Vater ging neben ihnen, immer noch sehr bleich, in Gedanken versunken. Die Menge der Patienten kam uns langsam nach. Wir überquerten den Rasen, der Hund rannte schwerfällig zwischen uns herum, unser einziges Verbindungsglied. Am Tor wartete Kedmi im Auto, das er schon gewendet hatte, das Radio dröhnte in voller Lautstärke. Der Motor sprang an, heulte wütend auf.

»Morgen . . .« verabschiedete sich Mutter. »Morgen . . .«

Ja'el stieg vorne ein. Vater sprach wieder Russisch, hastig, fiebernd, versuchte seine Gedanken zu Ende zu bringen, doch seine Worte gingen im Lärm des Motors unter. Ich stieg ein und Vater folgte mir. Auch der Hund wollte sich mit hineinzwängen, aber die Tür schloß sich vor seiner Nase. Er begann zu heulen, kratzte mit aller Kraft an der Tür.

»Ja'el« brüllte Kedmi, »wenn er mir die Tür zerkratzt, bringe ich ihn um . . .«

Er trat aufs Gas.

Der Hund begann hinter uns herzurennen. Vom Rückfenster aus sahen wir ihn in der Mitte der schmalen Straße laufen, ein immer kleiner werdender Punkt. Kedmi schaute in den Rückspiegel, und ein Lächeln breitete sich auf seinem Gesicht aus. Er verlangsamte das Tempo, und der Hund begann aufzuholen.

»Fahr schneller, Kedmi«, sagte Ja'el.

Kedmi beschleunigte ein wenig und wurde wieder langsamer, blieb lange an der Ausfahrt zur Hauptstraße stehen. Horatius rannte beharrlich mitten auf der Straße weiter, hinter ihm das Meer und die letzten Strahlen der versinkenden Sonne im orange gestreiften Himmel. Die Augen zu Schlitzen verengt, die rote Zunge speichelglänzend, berührte sein wolfartiger Schädel fast schon das Auto, als Kedmi wieder Gas gab und nach rechts in die Hauptstraße einbog. Der Hund setzte seine Verfolgung auch hier fort, entlang dem Mittelstreifen, während die Autos um ihn herum hupten und mit den Bremsen kreischten.

»Bleib stehen, Kedmi«, sagte Vater, »er wird sonst überfahren.«

»Ja nicht«, sagte Ja'el, »fahr schneller.«

Aber Kedmi hielt weder an, noch fuhr er schneller, er konzentrierte sich völlig darauf, den Hund hinter uns herzuziehen, ihn vom Krankenhaus wegzulocken, entschlossen, ihn umzubringen.

»Kedmi! Was machst du? Fahr doch schneller ...« flehte Ja'el. Aber er fuhr absichtlich einem langsamen Lastwagen hinterher.

»Ratschläge, wie ich zu fahren habe, bitte nur schriftlich und in dreifacher Ausführung.«

Ich sagte nichts. Als wir nach Akko hineinfuhren, verschwand der Hund zwischen den Autos, die hinter uns waren. Wir gerieten in schweren Stadtverkehr, warteten an Ampeln, sahen Leute mit Matzepäckchen vorbeigehen, Jugendliche, die an Straßenecken zwischen Elektrogeschäften und Felafelbuden herumhingen. Zur Zeit der Kreuzfahrer war Akko eine Metropole wie London oder Paris gewesen.

Kedmi hielt an einer Tankstelle, füllte den Tank im Zeitlupentempo, blickte sich suchend um. An der letzten Ampel auf dem Weg durch die Stadt sahen wir Horatius vor uns den Fußgängerstreifen überqueren, mit hervorquellenden Augen, seine Zunge über das Pflaster schleifend, irrte er, haarig und alt, zwischen den Beinen der Fußgänger umher und beschnüffelte die Autoreifen. Die Ampel schaltete auf Grün, und er blieb wie angewachsen mitten auf dem Fußgängerübergang stehen, immer noch herumschnüffelnd. Die Autos hinter uns hupten wild. Kedmi setzte zum Sprung an, wollte ihn schon mit dem Auto überfahren, aber ich riß die Tür auf und sprang hinaus, packte ihn am Halsband und zerrte ihn auf den Gehsteig. Der Verkehr wälzte sich weiter. Zu Beginn wehrte sich Horatius, aber dann erkannte er mich und leckte mir die Hand, erschöpft und zerschlagen, gab in dumpfer Freude ein heiseres Kläffen von sich. Ich schaute ihm in die Augen. Er war extrem schwach, völlig betäubt vor Erschöpfung und seiner Irrfahrt durch die Straßen der Stadt. »Geh nach Hause, Horatius«, sagte ich und deutete nach Norden. Er sah mich an, seine Schädelknochen fühlten sich stark und zerbrechlich zugleich an. »Nach Hause, Hund, geh nach Hause, zu Mutter.« Er wedelte mit dem Schwanz, seine Augen ein mattes Blau, Wolfsaugen. Ich hob einen kleinen Stock auf, ein Stück zerbrochenes Brett, fuhr damit über seine trockene Schnauze und warf ihn, so weit ich konnte, in Richtung eines verwahrlosten, schmutzigen Bauplatzes. »Bring's, Horatius! Weißt du nicht mehr wie man es macht?« Doch er schaute mich an und rührte sich nicht von der Stelle, von einem anderen Geruch gefesselt, wedelte nur wieder mit dem Schwanz. »Bring's her, Horatius« rief ich energisch, nahm einen zweiten Stock und warf auch ihn so weit ich konnte. »Hol ihn mir, los, ich brauche ihn!«

Er neigte aufmerksam und fragend seinen Kopf, und dann raffte er sich plötzlich auf, wie einem Befehl seiner Vorväter folgend, und rannte zu der Baustelle hin, verschwand zwischen Bretterbuden. Ich hetzte zum Auto, sprang hinein und knallte die Tür zu.

»Fahr Kedmi! Schnell, in Gottes Namen, der arme Hund!«
»Seit wann hast du angefangen, an Gott zu glauben?«
»Fahr, Kedmi!« brüllten wir alle drei. »Fahr endlich!«
»Schon gut, schrei doch nicht so.«

Und während der alte Hund noch nach dem Stock suchte, befanden wir uns schon auf der Schnellstraße, rasten nach Haifa.

Vater saß zusammengefallen in der Ecke, seinen Kopf nach hinten gelegt, das Licht der Scheinwerfer strich über sein Gesicht, über seine zusammengepreßten Lippen. Er fühlte meinen Blick und schaute mich an, völlig verzweifelt über mich, bemerkte zum ersten Mal den Kratzer auf meiner Stirn, was ihn sichtlich noch mehr verstörte.

Er flüsterte kaum hörbar »Du schlägst dich also immer noch? Obwohl du es versprochen hattest? Ich werde keine Ruhe mehr finden. Ich hätte dich nicht mitnehmen sollen. Ich bin schuld daran.«

Im Spiegel sah ich Kedmis kleine Augen, die uns prüfend beobachteten.

Ein Blitz erschlug ihn zur Abendstunde. Man hob seinen verkohlten Körper von der Straße auf und legte ihn auf eine Bank an einer Autobushaltestelle, bedeckte ihn mit einer zerrissenen Decke. Schließlich wurde er ins Leichenhaus gebracht und in eine Ecke auf den Fußboden gelegt. Die Nacht verging schweigend. Am Morgen füllte sich die Vorlesungshalle mit wartenden Studenten. Ein paar gingen hinaus, um auf dem Gang nach ihm zu suchen. Plötzlich kam Professor Berger mit geröteten Augen ans Pult geeilt. Er ist tot, der Blitz hat ihn getroffen, unser großes Genie, was für ein schrecklicher Verlust. Der glänzendste Schüler, den ich je hatte. Unsere leuchtendste Hoffnung, der gerade am Anfang des größten Durchbruchs der Geschichtswissenschaft stand. Ihr könnt nicht begreifen, was er vorhatte, die Größe seines Wagnisses. Jetzt können wir nur noch seine Aufzeichnungen studieren. Was für ein schmerzlicher Verlust. Wenn ihm nur mehr Zeit vergönnt gewesen wäre. Wenn er nur die Zeit gehabt hätte. Aber seine Eltern haben ihn getötet. Ein Blitz hat ihn uns genommen. Dinah fällt am Grab in Ohnmacht. – Jetzt weiß ich, daß auch ich mit schuld bin. – Sie kehrt ins Haus ihrer Eltern zurück, verfällt religiöser Mystik. Am Ende wird sie mit einem schmutzigen, alten Rabbi verheiratet.

Ich stieg am Busbahnhof von Haifa aus. Vater blieb im Auto. Er würde bei Ja'el übernachten und morgen in der Früh als erstes ins Krankenhaus zurückfahren. Diesmal allein. Sie würden sofort Zvi anrufen, ob sie auch Dinah anrufen sollten, daß ich unterwegs sei? Nein, nicht nötig, sagte ich. Vielleicht würde ich in Tel-Aviv kurz anhalten. Sie bestrafen, ihre Sehnsucht nach mir vergrößern.

Vater nahm mich zur Seite, hielt seine schützende Hand über mich. Die Tatsache, daß ich mich selbst geschlagen hatte, gab ihm das Gefühl, mir über zu sein. Jetzt konnte er mich bemitleiden. »Verstehst du mich jetzt? Aber mach dir keine Sorgen, ich werde nachgeben. Soll ich dir vielleicht etwas Geld geben? Wann sehen wir uns wieder? Ihr müßt an Pessach kommen, um mich zu verabschieden. Wir bleiben auf alle Fälle in Verbindung.«

Plötzlich war ich wie Wachs in seinen Händen, eine gesprungene Saite. Und doch tiefe Ruhe in mir.

In der großen Betonhalle war es schon leer und dunkel. In der Cafeteria, in der wir am Mittag gesessen hatten, brannte kein Licht mehr, und die Stühle waren auf die Tische gestellt worden. Ich stieg in den Autobus nach Tel-Aviv, der langsam rückwärts aus der Halle glitt. Ein hell erleuchteter Zug fuhr parallel zur Straße, bis er verschwand, als ob er sich in Luft aufgelöst hätte. Aus den zwischen den Sitzen verstreuten Lautsprechern dröhnten die Nachrichten. Der Autobus war voll mit dösenden Soldaten. Das Meer schrumpfte zu einem kleinen, schmalen Fleck zusammen, im Wind flackernd.

Irgendeine Epoche nehmen und sie mit trivialen Worten abhandeln, irgendeine übersehene Handschrift, oder ein Dokument, das noch unbearbeitet geblieben ist, und ihre Bedeutung aufblasen, in alten Zeitungen herumwühlen und unbekannte Fakten über irgendeinen mittelmäßigen Staatsmann irgendeines vergessenen Zeitalters zu sammeln – das kann jeder. Aber ich würde die Geheimschrift finden, den Code. Das Alte ist tot und das Neue ist noch nicht geboren, und inzwischen zeigen sich morbide Abszesse, ein schwerer Fall von Pubertätsakne. Eine Zeit der Sehnsüchte, Verwirrungen, voll dumpfer Erwartung und Furcht, Vorabend der Revolutionen, ein Knäuel aus sich widersprechenden Prozessen. Wer wird die richtige Chiffre finden, wer dreißig Jahre voraussehen, nicht aus Intuition heraus, sondern auf Grund wissenschaftlicher Klarheit und Gewißheit?

In Tel-Aviv wehte ein starker, trockener Wüstenwind. Ein niedrig hängender, orangefarbener Himmel. Der Bus lud uns in einer dunklen, verlassenen Straße nahe des Busbahnhofs aus. Alte Fahrkarten wirbelten durch die Dunkelheit. Sandkörner aus der Sahara knirschten einem zwischen den Zähnen. Die Passagiere zerstreuten sich, waren mit einem Mal verschwunden. Ich ging eine Straße mit Schuhläden entlang, dunkle Schaufenster voll hauchdünner Frauenschuhe mit über Kreuz liegenden Riemchen. Ich trat auf den matt beleuchteten Platz des Busbahnhofs hinaus, neben Felafelbuden mit Bergen von bunten Salaten und glühenden Kebabgrills. Auf der anderen Seite, Plattform Nummer drei, stand der Autobus nach Jerusalem, der schon ziemlich voll war, und davor eine kleine Schlange, die sich noch hineinzwängte. Neben einer Telefonzelle stand ein Mann mittleren Alters, von kleiner Statur, mit gestreiftem Jackett, Schuhe mit hohen Absätzen, eine große stählerne Kette um den Hals. Er betrachtete mich mit eindringlich warmem Blick. »Darf ich?« fragte ich, und er räumte sofort mit ausgesuchter Höflichkeit seinen Platz, während er mich mit seinen Augen abtastete. Ich wählte Zvis Nummer. Die fremde Stimme eines älteren Mannes mit orientalischem Klang antwortete mir höflich. Zvi sei für einen Moment weggegangen. Ob er etwas ausrichten könne? Nein, sagte ich, es wäre nicht so wichtig. Aber mit wem er sprechen würde? Ich sagte es ihm.

Ach, Sie sind Dr. Asa Kaminka, sehr angenehm. Ich bin Zvis Freund, Rafael Calderon. Ihre Schwester und ihr Vater haben vor kurzem aus Haifa angerufen, um die neuesten Nachrichten mitzuteilen. Kann ich Ihnen irgendwie behilflich sein? Möchten Sie vorbeikommen und sich vor der Fahrt nach Jerusalem ein wenig erholen?

Das war der gleiche Mann, der Zvi gestern zu Mutter hingefahren hatte. Noch einer, der mitmischte. Ich hängte ein.

An der Straßenecke stand ein dunkelhäutiges Mädchen mit kurzen Hosen und hochhackigen Holzpantinen, offensichtlich eine Prostituierte, die sich leise mit dem Mann von vorher unterhielt, der keinen Blick von mir gelassen hatte, mir fortwährend freundlich zulächelte. Der Bus nach Jerusalem war inzwischen abgefahren. An der Haltestelle stand jetzt ein vollbärtiger alter Orthodoxer mit einem Koffer, der mit einem Strick zusammengebunden war. Ich ging, um etwas zu essen, kaufte mir eine

Portion Felafel und eine Flasche Saft. Der kleine Mann lächelte mich weiterhin höflich an, wandte kein Auge von mir. Zwei grotesk angemalte Mädchen in Glitzerblusen, Handtaschen in Leuchtfarben schwingend, gesellten sich zu ihm. Ich stand an der Felafelbude zwischen Abfalltonnen, ständig Schnipsel des obenauf gelegten Weißkrauts aus der überfüllten Brottasche verlierend. Die Aktenmappe zwischen meinen Füßen schlang ich das Essen gierig in mich hinein, beschmierte mich überall mit Sesamöl. Es war acht Uhr. Ich war schon seit Wochen nicht mehr in Tel-Aviv gewesen. Vielleicht sollte ich die Gelegenheit wahrnehmen und mich mit irgendeinem Freund in Verbindung setzen, jemand, mit dem man reden konnte, Ideen austauschen. Plötzlich hatte ich es nicht mehr eilig, nach Hause zu kommen. Ich wischte mich mit einer Papierserviette ab und kaufte mir eine frische Packung Zigaretten, ich hungerte nach menschlichem Kontakt in dieser Übergangsstunde, an diesem Übergangsort, in diesem Niemandsland, in dem sich meine Heimatstadt zunehmend von mir entfernte. Ich dachte für einen Moment an die Verrückten, vor denen ich mich nicht gefürchtet hatte, an die plötzliche Entdeckung meiner Kaltblütigkeit in ihrer Mitte und an die schreckliche Süße jener sanften blonden Frau, die sich an mich gelehnt hatte. Stern fiel mir ein, vielleicht sollte ich wenigstens eine telefonische Unterhaltung mit ihm führen. Er war ein alter Studienkollege, der jetzt über die gleiche Periode an der Universität in Tel-Aviv lehrte wie ich. Ich konnte mich nie richtig ausgiebig mit ihm unterhalten, wenn ich von Jerusalem aus per Ferngespräch anrief. Ich kramte nach einer weiteren Telefonmünze, aber ich hatte keine mehr. Der kleine Mann, der mich immer noch mit liebevoller Sympathie beobachtete, zog sofort eine Handvoll Münzen aus seiner Tasche und bot mir eine an. Er weigerte sich ganz entschieden, Geld dafür anzunehmen.

»Sie wollen mich doch nicht beleidigen . . .«

Er hatte eine ruhige, bestimmte, zielsichere Stimme. Ein Drogenverkäufer oder ein Zuhälter? Nun, das war nicht mein Problem. Ich ging in die Telefonzelle und schlug das umfangreiche, zerfledderte Telefonbuch auf, das mit einer schweren Kette an der Wand befestigt war. Die letzten Seiten waren teils zerrissen, teils fehlten sie ganz. Der Buchstabe S war nicht mehr da. Ich ließ das Buch fallen, die Kette gab ein klirrendes Geräusch von sich. Dann zog ich eine Zigarette aus der Packung und begann, nach Feuer zu suchen. Sofort näherte er sich wieder, zauberte flink ein kleines Feuerzeug hervor und gab mir Feuer.

»Suchen Sie etwas? Vielleicht kann ich Ihnen behilflich sein.«

»Nein danke. Das Telefonbuch ist zerrissen.«

»Falls es ein Mädchen ist . . .«

»Bitte?«

»Ich sagte, falls es ein Mädchen ist . . .«

»Nein, es handelt sich nicht um ein Mädchen.«

»Ich hätte nämlich eine andere für Sie. Sie wartet dort drüben auf Sie. Sie gefallen ihr.«

Er deutete auf die zwei Prostituierten, die dort standen, heftig ihre Taschen schwenkend.

»Danke, nein . . .«

»Sie hat mir gesagt, ich soll es Ihnen ausrichten . . . sie ist ein wenig schüchtern . . .«

»Vielen Dank . . .« lächelte ich. Er sprach von den beiden, als ob sie eine Person wären.

»Wenn sie Ihnen zu groß oder zu stark gebaut ist . . . es gibt noch andere zur Auswahl . . .«

Er sprach schnell und gewandt, seine Stimme klang abwägend und sachlich.

»Das ist nicht das Problem . . . Im Moment bin ich . . .«

»Es gibt nämlich auch noch andere hier . . . Sie brauchen nur zu sagen, an was Sie interessiert sind, nennen Sie mir Ihren Wunsch . . . ich habe hier in der Umgebung eine große Auswahl zu bieten . . . ich kenne zum Beispiel ein süßes, wirklich erstklassiges junges Mädchen, das ganz hier in der Nähe wohnt, vielleicht würde sie Ihnen gefallen . . . sie ist fast noch ein Baby, vielleicht ist sie sogar noch Jungfrau, ja, ich glaube fast, daß sie noch eine ist . . . etwas ganz Feines . . .«

Er legte mir mit freundschaftlicher Geste die Hand auf die Schulter. Ich fuhr heftig zusammen.

»Sie gefallen mir irgendwie, gleich als ich Sie beim Busbahnhof hereinkommen sah. Sie brauchen nur ein Wort zu mir zu sagen. Sagen Sie mir einfach, was Sie gerne möchten, ich kann Ihnen jeden Wunsch erfüllen. Warum setzen Sie sich nicht einfach hin, trinken in aller Ruhe eine Tasse Kaffee und schauen sich dabei um? Wohin wollen Sie fahren? Die Busse gehen bis spät in die Nacht hinein, ich bin immer hier, ich weiß es. Und falls Sie wirklich den letzten verpassen sollten, bringe ich Sie mit meinem eigenen Wagen nach Hause. Kommen Sie, nur zum Anschauen, lassen Sie mich Ihnen einen guten Dienst erweisen. Sie gefallen mir einfach. Sie brauchen keine Angst zu haben ... es ist eine saubere Sache, wenn Sie nicht wollen, sind Sie in keiner Weise zu irgendetwas verpflichtet ... ich zeige Ihnen nur das Angebot und Worte kosten Sie nichts ...«

Er sprach mit ruhiger Stimme, beruhigend und vertrauenerweckend. Ich befand mich jenseits von Zeit und Raum, von Gut und Böse. Sollte sie auf mich warten. Sie war wahrscheinlich sowieso zu ihren Eltern gegangen.

»Wenigstens einen Kaffee?«

»Aber ich zahle« entfuhr es mir plötzlich.

Er lächelte höchst befriedigt.

»Aber bitte ... wie Sie wollen, ich zwinge Sie zu gar nichts. Sie sollen sich von mir in keiner Weise gedrängt fühlen, als ob Sie in ein Geschäft gehen, stellen Sie sich vor, Sie würden in ein Geschäft gehen ...«

Der Kaffee wurde uns sofort serviert. Ich umklammerte die Tasse, hatte das Gefühl, das heiße Anregungsmittel sehr nötig zu haben. Ein kleiner Junge rannte auf meinen neuen Bekannten zu und überbrachte ihm irgendeine Nachricht. Alle im Café schienen ihn zu kennen. Griechische Musik spielte. Er rauchte eine überlange Zigarette und bot auch mir eine an, aber ich lehnte ab. Sein Gesicht war von Falten durchzogen. Sein Akzent war unbestimmbar. Er übernahm die Führung in unserer Unterhaltung, taktvoll und vertrauenswürdig.

»Die meisten Leute wissen nicht, wie sie ihre Wünsche erklären sollen und werden auch prompt enttäuscht. Es handelt sich nicht um etwas, das man einfach so ins Blaue hinein machen kann, automatisch, man muß das passende Gegenstück finden. Und das ist mein Geschäft. Für jeden Traum gibt es eine Antwort, eine Erfüllung, nur ein wenig Geduld. Sie sind zum Beispiel ein intellektueller Typ, das sieht man sofort, aber Sie sind in Zeitnöten, gehetzt, und so hetzen auch Ihre Gedanken. Wenn Sie mir nur ein einziges Wort sagen würden ...«

»Was ist der Preis zur Zeit?« Ich höre meine Stimme, fremd und gepreßt.

»Das hängt davon ab, wie lange es dauert ...«

»Nein, ich meine für das Übliche ...«

»Das hängt davon ab ... wieviel Sie ausgeben wollen ...«

»Aber was ist im allgemeinen so üblich ...«

»Manche Leute zahlen um die fünf ...«

»Hundert?«

»Tausend. Was sind heutzutage schon hundert ...«

»Fünf Tausend?«

»Aber nicht für Sie. Sie müssen gar nichts. Für Sie ist es gratis. Ich habe einfach das Gefühl, daß sie Sie mögen wird ... daß Sie sie glücklich machen werden ...«

Und wenn ich es nur dieses eine Mal probieren würde. Eine Art Bewährungsprobe für mich. Nicht gegen sie gerichtet, sondern um es besser zu verstehen, um uns beiden zu helfen. Damit wir weiterkommen. Für das Kind. Auf der anderen Straßenseite fuhr der nächste Bus nach Jerusalem ab, ein neuer stellte sich an seinen Platz. Eine Gruppe Orthodoxer verschwand in seinem Inneren. Wenn ich wollte, könnte ich jeden Moment zahlen, über die Straße gehen und in den Bus einsteigen.

Ein Paar betrat das Café, ein molliges junges Mädchen in weißer Kleidung, mit kurzgeschnittenen Haaren, einem mutwilligen Funkeln in ihren lachenden Augen und ein großer Junge, dessen Hand auf ihrer Schulter lag. Sie traten zu uns an den Tisch und begrüßten meinen Bekannten. Das Mädchen warf mir einen durchdringenden Blick zu, ihre Hosen spannten sich eng über ihrem Po. Der kleine Zuhälter zog sie an der Hand zu sich her, und sie bückte sich, um ihn zu küssen. Für einen Augenblick wurden die Rundungen ihrer matt elfenbein- schimmernden Brüste sichtbar. Ihr Partner zog sie zu einem Tisch in der Ecke. Etwas an ihren kurzen Haaren, am Ausdruck ihrer Augen versetzte mir einen schmerzhaften Stich. Der Junge kam zu uns zurück und flüsterte etwas ins Ohr meines Tischgenossen, der aufmerksam lauschte.

»Sie wird gleich kommen ... möchten Sie inzwischen vielleicht etwas Stärkeres trinken ...«

»Nein danke, ich gehe gleich ... ich habe es eilig ... ich fürchte, Sie bemühen sich umsonst ...«

»Das soll Sie nicht stören, es ist meine Zeit, und es ist mir ein Vergnügen, hier mit Ihnen zu sitzen ...«

Ich bemerkte, daß sein Blick dem meinen gefolgt war, der sich von dem molligen Mädchen in der Ecke nicht lösen konnte, das ununterbrochen lächelnd Hand in Hand mit dem Jungen dasaß und ihren Kopf anmutig geneigt hielt.

»Vielleicht gefällt Ihnen diese ... Sie brauchen es nur zu sagen ... ein Wort genügt ...«

»Wer?«

»Die gerade hier war ... in der Ecke drüben ...«

»Wer?« Ich versuchte mich unschuldig zu stellen. »Ach die? Ja, sie ist ganz nett ... aber warum?«

Sein Gesicht leuchtete sofort auf.

»Sehr nett! Eine wirkliche Persönlichkeit ... ganz nebenbei, sie ist Studentin ...« Er faßte nach meiner Hand – »erlauben Sie mir, Sie werden es nicht bereuen, jetzt habe ich begriffen, was Sie möchten ... Sie werden es nicht bereuen ...«

Er erhob sich, durchquerte den Raum, ging auf das Paar zu, das sich dort unterhielt, machte dem Mädchen ein Zeichen und flüsterte ihr etwas ins Ohr. Sie errötete, war einen Augenblick lang verblüfft, und warf mir dann einen Blick aus ihren großen, strahlend braunen Augen zu, bevor sie mit einer verschämten Bewegung ihren Kopf senkte, sanft und unverdorben. Aber man sah, daß sie erfreut war. Mir stockte der Atem, das Blut pochte in meinen Adern. Meine Hand zitterte. Ich werde sie bestrafen. Es ist mein gutes Recht. Seit zwei Jahren flehe ich sie an, völlig vergeblich. Der Mann kam langsam zu mir zurück, setzte sich wortlos wieder neben mich und bot mir eine Zigarette an. Ich senkte meinen Kopf, und als ich ihn wieder hob, sah ich, daß das Mädchen schon durch die Hintertüre verschwand. Ihr Begleiter hatte eine Abendzeitung aufgeschlagen und darin zu lesen begonnen. Auf der anderen Straßenseite wartete immer noch der erleuchtete Autobus. Zwei Jugendliche stiegen ein und wieder aus.

Nach Hause. Sie verzehrt sich bestimmt in Erwartung. Überflüssiger Wahnsinn. Und das ganze Geld.

»Kommen Sie«, er berührte mich leicht.

Ich spielte immer noch den Dummen.

»Wohin?«

Er warf mir einen strengen Blick zu.

»Sie sind wie ein Kind. Ein eigensinniges. Kommen Sie, Sie sollen ihr doch bloß guten Tag sagen. Nur Schalom. Sich ein wenig mit ihr unterhalten.«

»Nicht jetzt ... ein anderes Mal ...«, murmelte ich, während ich mich erhob und ihm freundschaftlich einen Arm um die Schulter legte. Wir gingen hinaus und blieben an der Tür stehen. Er lächelte mich leicht verzweifelt an.

»Sie brauchen ihr doch nur Schalom zu sagen ... sie wartet auf Sie ... Sie können mit ihr ja ein anderes Mal ausmachen ... es ist gar nicht nett, sie so hängen zu lassen ...«

Und er dirigierte mich in eine kleine Seitengasse, geduldig, erfahren, ohne seine Ruhe zu verlieren. Ich befand mich auf einmal wieder in der Schuhstraße, diesmal nur auf der anderen Gehsteigseite. Stiefel und Turnschuhe füllten die dunklen Schaufenster. Im Inneren eines Ladens brannte ein kleines Licht. Wir betraten den Flur eines Wohnhauses. Er drückte auf die Klinke der ersten Tür und öffnete sie. »Sie sollen ihr nur Schalom sagen, Sie sind doch alt genug, wovor fürchten Sie sich denn die ganze Zeit? Es geht hier alles ganz legal zu.«

Es war der Schuhladen. Ich erblickte mich selbst in den Spiegeln, dünn und grau, der Kratzer auf meiner Stirn wie eine Kette winziger Perlen, die Krawatte nach hinten geworfen, mit zerknittertem Jackett. Neben einem kleinen Sofa standen ein paar abgeschrägte Fußschemel zum Anprobieren und Regale mit Mustern von Frauenschuhen. Leere Schuhschachteln und hauchdünnes weißes Seidenpapier lagen auf dem Fußboden verstreut. Ein Laden, in dem bis vor kurzem gearbeitet worden war, dem noch der Geruch nach Menschen anhaftete. Sie stand weiter hinten neben der Kasse, hielt prüfend einen Schuh mit dünnem Absatz in der Hand. Aus der Nähe war sie nicht mehr ganz so hübsch. Sie hatte eine kleine Narbe in der Mundgegend und roch nach billigem Parfüm, aber ihre Augen hatten immer noch diesen besonderen Zauber, dieses lächelnde Funkeln. Nur nicht wieder zurückweichen. Der Gedanke daran verwandelte sich zu allmählich aufsteigender Begierde. Sie schaute mich ruhig an, warf den Kopf nach hinten mit einer Bewegung voll tiefer, natürlicher Anmut, die so gar nicht nach einer Prostituierten aussah. Sie war ungefähr so alt wie ich, vielleicht ein, zwei Jahre älter. Sie ließ sich auf dem Sofa nieder und stellte einen Fuß auf den Schemel vor ihr. Das leicht aufgekrempelte Hosenbein enthüllte einen dicklichen, glatten, schneeweißen Fuß. Ich näherte mich zögernd, die schwarze Aktentasche immer noch in der Hand. Sie warf einen lebhaften, intelligenten Blick auf die Tasche und wartete mit einem Lächeln darauf, daß ich sie abstellen würde. Ich legte sie auf den Teppich und setzte mich ihr gegenüber auf einen Stuhl, als ob ich ein Schuhverkäufer wäre.

»Wie heißt du?«

»Natalie.«

»Natalie? Wirklich? Ein schöner Name ... bist du Israelin?«

»Vorläufig.«

Ich gab ein kurzes Lachen von mir.

»Und ich heiße Zvi ...«

»Du bist nicht aus Tel-Aviv, oder?«

»Ursprünglich stamme ich von hier, aber jetzt lebe ich im Norden oben, in der Nähe von Nahariah.«

Die Notwendigkeit, schamlos zu lügen, aus reinem Selbstschutz.

Ich streichelte ihren Fuß, Berührung mit ihrer warmen, verschwitzten, glatten Haut. Ich löste die Schnalle ihres abgetragenen, müden Schuhs und streifte ihn ab, sie legte den Fuß auf die Stuhlkante, weiß, geschwollen und staubbedeckt. Sie lächelte vor sich hin, während meine Finger über ihre Haut glitten.

»Welche Schuhgröße, meine Dame?« – fragte ich plötzlich, rot bis über beide Ohren.

Sie legte mir mit einer entschlossenen, großzügigen Bewegung ihren zweiten Fuß vor die Nase. Ich löste sofort die Schnalle, zog ihr hastig den Schuh aus und warf ihn beiseite, fiel mit schrecklicher Lust über ihre Füße her, küßte den Staub, den nubischen Sand, den schwachen Geruch von schwitzender Haut, den glatten Spann, menschliches Fleisch. Ich küßte und leckte sie,

mir schwindelte, meine Hosen barsten vor Lust in meiner beängstigenden Liebe zu ihr. Ich hob ihre Füße hoch, steckte sie in
meinen Mund, biß leicht hinein, während sie, erschreckt, mit
perversem Vergnügen und geschlossenen Augen, lachte. Ich glitt
vom Stuhl auf den Teppich hinunter, wie besessen leckend und
beißend, mein Verstand ausgelöscht von schwindelnder Begierde, tierisch grunzend und keuchend ließ ich mich in finstere
Abgründe fallen. Sie streichelte mit glasigen Augen mein Haar
und zog an meiner schmalen Krawatte wie an einem Zügel. Aber
plötzlich wurde sie von Entsetzen gepackt und entzog mir ihre
nackten Füße.

»Nicht, hör auf damit! Steh auf und komm her!«

Und ich stand auf, von tiefer Leidenschaft zu ihr erfüllt, einer
Leidenschaft, wie ich sie nie zuvor gekannt hatte, und ich
versuchte, ihr Bluse und Hosen auszuziehen. Aber sie stieß
meine Hand zurück und schlüpfte selbst aus der Hose. Braune,
durch einen verdeckten Reißverschluß zweigeteilte Unterhosen
enthüllten einen beängstigend großen, gebräunten Nabel. Ich
öffnete den Reißverschluß meiner Hose. »Meine Liebe«, flüsterte ich mit unterdrücktem Schluchzen, das meine Stimme beben
ließ, »meine Geliebte.«

»Hilf mir bitte . . .«

Sie verstand nicht.

»Kannst du mir helfen?«

»Was willst du?« Sie verzog ihr Gesicht.

»Du weißt schon. Hilf mir rein.«

Aber während ich noch dastand, begann ich zu kommen, warf
mich hastig auf sie. Ein Versager. Auch hier? Ich geriet in Panik.
Sie spreizte ihre Beine weit auseinander, tastete mit der Hand
nach meinem nassen Glied und verzog das Gesicht vor Ekel.

»Warte einen Moment, warte doch, du spritzt ja schon, du
sollst warten, habe ich gesagt!«

Ich vergrub mein Gesicht in ihrer Bluse, versuchte es zurückzuhalten, fühlte ihre Wärme, ihre mich umklammernden Beine,
doch es fuhr fort, rhythmisch in mir zu pulsieren, als ob dort ein
kleines Herz wäre, sich immer noch ergießend, eine ganze
Ewigkeit, während ich den weißlichen Stoff ihrer Bluse küßte,
ihre Augen suchend, die sie mir verweigerte.

Schließlich stieß sie mich energisch weg.

»War ich drinnen?«

»Aber ja, sicher, keine Sorge . . .« ihre Stimme klang plötzlich schroff und ungeduldig »sag nicht, daß es das erste Mal war.«

»Nein . . . wie kommst du denn auf die Idee?«

Sie stand auf, mit abgewandtem Gesicht, zog schnell den Reißverschluß ihrer Unterhose zu, streifte ihre Hosen über, fuhr sich mit der Hand durchs Haar und warf mir einen fragenden, unruhigen Blick zu. Ich schloß ebenfalls meine Hose, zog meine Brieftasche heraus und gab ihr den Tausend-Lirot-Schein, den mir Vater gegeben hatte.

»Soviel habe ich mit ihm ausgemacht.«

»Mit wem?«

»Mit diesem Mann . . .«

»Seit wann trifft der Abmachungen für mich? Gib mir nochmal einen Tausender.«

»Ich habe keinen.«

»Du hast keinen? Was soll das heißen, du hast keinen?«

»Ich habe eben keinen . . .«

»Dann gib mir deine Uhr.«

»Die Uhr?« Mir blieb die Luft weg. »Was soll denn das?«

»Dann gib mir noch fünfhundert Lirot . . .«

»Ich hab nichts mehr, wirklich . . .«

»Und was hast du in der Aktentasche?«

»Bloß Papiere . . .«

Sie setzte sich neben die Kasse und schlüpfte mit den Füßen in die offenen Schuhe, ihren Bubikopf hoch erhoben. Wo hatte ich diesen streitlustigen Blick schon einmal gesehen?

»Zeig mir deine Brieftasche.«

Sie sprach trocken und kurz angebunden, aber sehr beherrscht. Ich lachte eingeschüchtert und zeigte sie ihr. Sie durchsuchte sie geschickt, fand fünfhundert Lirot und wollte sie an sich nehmen.

»Ich muß noch nach Jerusalem fahren, laß mir das Geld.«

»Du kannst doch per Anhalter fahren . . .«

»Nein, das kann ich nicht. Wegen mir hält keiner an . . .«

Ich redete furchtsam und demütig mit ihr, mir selbst völlig fremd.

Jemand versuchte die Eingangstür des Ladens aufzumachen. Sie überlegte einen Moment, steckte das Geld wieder in die Brieftasche und gab sie mir zurück.

»Diesmal laß ich es dir noch durchgehen«, schalt sie mich »aber es ist wirklich nicht die feine Art, es so auszunutzen ... beim nächsten Mal bitte keine solchen Geschichten mehr ... du schaust eigentlich wie ein anständiger Kerl aus ...«

»Es tut mir wirklich leid ... beim nächsten Mal ... ich habe einfach nicht gewußt ... bist du immer hier in der Gegend?«

Ihre Augen lächelten.

»Du wirst mich finden ... aber keine Tricks mehr ...«

Ein älterer Mann in einem maßgeschneiderten Anzug öffnete die Tür, verbeugte sich schnell und schloß sie wieder. Ich nahm meine Aktentasche und ging hinaus, eilig, mit gesenktem Kopf, ohne mich umzuschauen, und verirrte mich in den verlassenen Straßen, bis ich endlich den Bahnhof wiederfand. Ich stellte mich in die kleine Schlange der Leute, die auf den Bus warteten. Der Wind hatte sich fast ganz gelegt, aber es war kälter geworden, und an die Stelle des Staubes war Nebel getreten. Neben mir standen ein paar Studenten und müde Pendler. Ich stützte mich auf das eiserne Geländer, fühlte mich innerlich völlig leer. Jemand berührte mich über die Stange hinweg. Es war der kleine, dunkelhäutige Mann mit der großen Kette.

»War es okay?«

»Ja ... schon...«, murmelte ich »aber ich habe nichts mehr, ich habe ihr mein ganzes Geld gegeben ...«

»Vielleicht eine Uhr oder einen Füller?«

Ich antwortete nicht. Leute drehten sich um und schauten uns an. Er lächelte vor sich hin, geduldig und fair bis zum Schluß.

»Macht auch nichts ... ein besonderer Ort, nicht wahr? Zwischen den ganzen Schuhen? Ein Spezialvergnügen ... ich kann dort immer vorzüglich ... Also macht nichts, dann beim nächsten Mal ... ich treibe mich immer hier in der Gegend herum, in der Nähe des Busses nach Jerusalem ...«

Er drückte mir die Hand. Ich war erschüttert. Hatte er mich wirklich so sehr durchschaut?

Der Bus rumpelte durch die Nacht, sicher durch die engen Straßen des südlichen Stadtteils von Tel-Aviv schaukelnd. Zum

Teufel mit dem Geld. Nicht gegen das Leben oder am Leben vorbei, sondern mitten ins Herz hinein. Nach Hause. Nach Hause. Du wirst ihr helfen. Sie wird es zulassen. Sie fürchtet sich und du ebenfalls. Sie plötzlich wie ein Hund abzulecken! Aus welcher Ecke kam das, was hat mich da gepackt? Der Geruch nach ihrem billigen Parfüm, der noch an meinem Gesicht klebt, der Staub an ihren Füßen, der entsetzliche Ekel, dieser Augenblick reicht mir für den Rest meines Lebens. Allein mit mir selbst. Die Schuhpaare im Halbdunkel des Ladens. Unverstellte Realität. Was soll nun werden? Der Kopf des Hundes zwischen meinen Handflächen, alt und gebrechlich, halb tot von der schrecklichen Verfolgungsjagd nach Vater. Ich muß mich auf der Stelle zur Ordnung zwingen. Aber warum habe ich meine Geliebte gesagt? Etwas ist passiert. Etwas ist schon passiert, aus und vorbei. Etwas Schreckliches. Wenn ich nicht aufpasse, werde ich sie verlieren. Dinah, meine Geliebte. Mein kleines Mädchen. Mein Licht. Vergib mir. Nicht gegen dich. Für dich. Aber weshalb habe ich nur meine Geliebte gesagt. Du hast anständige Leute als Eltern, und ich habe den Wahnsinn. Laß ihn bei dem bleiben, zu dem er taugt. Allein. Solange er noch lebt. Laß ihn sich hinsetzen und schreiben.

Sei vorsichtig, sei bloß vorsichtig, alles ist möglich, das war das erste und letzte Mal. Es ist zu gefährlich. Aber mein Herz hat sich danach gesehnt. Du hast es verdient.

Geruch nach blühenden Obstgärten. Trotz allem also bricht hier der Frühling aus. Die Lichter der Häuser bleiben hinter uns zurück. Die letzten Fabriken. Aber warum habe ich meine Geliebte gesagt? Wie konnten mir diese Worte herausrutschen? Wie kann ich sie annullieren, wie zurücknehmen? Was habe ich getan? Sie macht sich bestimmt schreckliche Sorgen. Ist zu ihren Eltern gerannt, hat Ja'el angerufen, ihre Eltern sind sicher schon bei uns daheim. Es wird eine Katastrophe geben. Warum habe ich meine Geliebte gesagt?

Die drei Grundrhythmen. Berührung, Lösung und Zusammenziehen. Je ähnlicher die Menschen einander werden als Folge der Kultur, Zivilisation, des Handels und der gegenseitigen Kontakte, je mehr Freiheit, mehr Perversität wollen sie, aber auch mehr Identitätsbewußtsein durch neue Konflikte. Die

Peloponnesischen Kriege. Inmitten der ganzen Einsicht, des gan-
zen Intellektualismus, solch einer Blüte von Philosophie, Kunst
und Religion, ziehen die Städte in blutige, hartnäckige Kriege
gegeneinander, wegen nichts und wieder nichts, und ziehen sich
in Selbstzerstörung zusammen.

Der Autobus braust in die Nacht hinein, dröhnend schießt er
durch die judäischen Nebelschwaden. Die Patienten, die mich
umringten und die eine, die sich mit solcher Gewißheit an mich
lehnte. Haben sie es in mir gespürt? Eine verwandte Seele. Ich
muß wahnsinnig geworden sein, wie ein Hund zu bellen, wo das
wohl herkam? Die Studenten hätten mich sehen müssen. Sich
vor sie hinstellen und ihnen etwas vorbellen. Ihre Augen, die sie
auf mich richtete. Vera Zasulitsch. Das einzelne Individuum in
der Geschichte. Nach Pessach werde ich sofort mit dem Zarenmord beginnen. Mit gedämpfter Stimme, genauen, farbigen
Details. Der dreizehnte März 1881. Nikolaj Riskov schleudert
eine Bombe vor die Füße der Pferde, nicht weit vom Winterpa-
last. Das Straßenpflaster ist mit Eis überzogen. Sofia Proveskaja.
Diese wundervolle, vornehme Gestalt. Und die Hauptsache ist,
daß die zweite Bombe geworfen wird, die den Tyrannen tötete,
von Ignatij Grynbatskij, einem blondgelockten Polen, vierund-
zwanzig Jahre alt, Student des Polytechnikums, der sich weigerte, seinen Namen zu nennen, während er sich sterbend in seinem
Blut wälzte. Dostojewskij sitzt gelähmt auf einer Bank im
Sommergarten, als er einige Monate zuvor von dem geplanten
Attentat hörte, teilte er es, trotz seiner reaktionären Ansichten,
nicht den Behörden mit. Ich werde sie mit den kleinen Dingen
ködern und sie von dort aus zu den großen von wirklicher
Bedeutung weiterjagen. Sie werden noch lernen, diese verlorenen jungen Terroristen zu lieben.

Ihr Geruch haftet immer noch an mir. Der Geschmack nach
trockenem Felafel und fettigem Kraut. Der Geruch nach Diesel-
öl. Meine klebrigen Finger. Zuallererst ins Bad gehen und mich
waschen. Merkwürdige Flecken auf meiner Kleidung. Vorsichtig sein, ihr in die Dunkelheit ausweichen. Aber warum habe ich
nur meine Geliebte gesagt? Und mit solcher Leichtigkeit?

Der Bus fährt in wildem Galopp. Ein aggressiver Fahrer. Eine
Welle von Übelkeit in mir. Um mich herum, in ihren Sitzen

versunken, schlafen die meisten Passagiere. Es wird mir nie gelingen, auf der Fahrt einzuschlafen. Der Hund, Horatius, ob er zu Mutter zurückgekommen ist? Schreckliches Mitleid mit ihm. Vater fährt morgen wieder dorthin, allein. Und du hast dich selbst geschlagen. Am Ende wirst du noch verrückt. Sie werden dich dazu treiben. Erblicher Wahnsinn wartet auf dich, Asa. Gib dein Bestes, behalt einen klaren Kopf. Wanke nicht. Jetzt begreife ich, nach was meine Seele verlangt, was ich brauche. Dieses heilige Beben im Inneren. Eine Frau und kein Kind. Ja, meine Geliebte.

Beim Aussteigen stolperte ich über die eiserne Bustreppe, während ich schon an Erbrochenem in meinem Hals würgte. Ein alter Reservist vom Zivilschutz stand da und schaute mir zu. Auch die Aktentasche bekam etwas ab. Ich schleppte mich elend und geschüttelt von Kälteschauern zur Haltestelle, wo ich ewig auf den Bus warten mußte, der mich nach Hause brachte.

Die Fenster der Wohnung waren dunkel. Es war fast elf Uhr. Ihre Eltern hatten sie sicher zu sich geholt. Ich sperrte die Tür auf, im Gang war es finster, die Tür zum Wohnzimmer verschlossen. Es war ganz still. Die Aktenmappe noch in meiner Hand öffnete ich. Die Rollos waren heruntergelassen, Licht schlug mir entgegen. Etwas im Raum hatte sich verändert. Waren die Möbel umgestellt worden? Überall lagen verstreute Kissen herum, rings um das Sofa Papiere. Schwaden von Zigarettenrauch. Sie saß mit ausgezogenen Schuhen da, in ihren Jeans, das Haar hinten zusammengebunden, hellwach, sehr schön, als ob sie im Laufe des Tages kleiner geworden wäre. Papiere lagen auf ihren Knien, Schreibstifte aller Art überall. Umgeben von großen Polstern saß eine kleine Lumpenpuppe auf dem Sofa.

Ich blieb an der Tür stehen.

»Ich habe versucht, die Nachbarn anzurufen, aber es hat sich niemand gemeldet. Ich mußte endlos auf die Busse warten. Hast du Ja'el angerufen?«

»Nein.«

»Du brauchst nicht aufzustehen«, aber sie hatte keine Anstalten dazu gemacht »mir ist am Busbahnhof schlecht geworden. Ich bin völlig erledigt. Was für ein Tag! Du kannst froh sein, daß du nicht dabei warst, du wärest wahnsinnig geworden. Es ist dir etwas erspart geblieben. Ich muß mich waschen, die Mappe ist auch ganz schmutzig geworden. Ich bin krank. Ich habe mich den ganzen Tag nach dir gesehnt. Aber es war trotzdem gut. Daß du nicht mitgekommen bist, meine ich. Warst du bei deinen Eltern?«

Sie schüttelte den Kopf mit abwesendem Blick, weit weg, in sich selbst versunken, völlig in ihrer eigenen Welt absorbiert. Sie hatte ein neues Geheimnis. Sie spielte irgendeine Rolle, die sie sich für sich selbst ausgedacht hatte.

»Mutter weigert sich immer noch. Eine perfekte Komödie. Du kannst dir gratulieren, daß deine Eltern normal sind. Besser Lebensmittelhändler, aber zurechnungsfähig, als . . . was hast du den ganzen Tag gemacht? Ich höre es mir gleich an, ich muß mich nur vorher noch schnell waschen.«

Aber ich ging stattdessen in die Küche. Der Eßtisch war mit Papieren übersät, das schmutzige Geschirr vom Frühstück stand noch im Spülbecken und auf der Abstellfläche verteilt. Ich begann aufzuräumen. Überall zerknittertes Papier, mit ihrer klaren, großen Handschrift bedeckt, irgendetwas von einer jungen Frau mit einem Kinderwagen.

»Hör sofort damit auf!« zischte sie hinter mir. »Geh dich waschen. Du schaust aus, als ob du dich in der Gosse gewälzt hättest . . .«

»Was hast du den ganzen Tag gemacht? Wo warst du?«

»Hier.«

»Warst du auf der Bank, hast du Geld abgehoben?«

»Nein . . .«

»Was hast du dann den ganzen Tag gemacht?«

»Ich war hier . . . ich habe eine Geschichte geschrieben . . . vollständig, an einem Stück . . . Ich war ganz allein, es war zur Abwechslung mal ganz gut, ohne dich zu sein . . .«

Ich fuhr fort, das Geschirr zusammenzuräumen, sortierte Besteck und Tassen.

»Laß das jetzt! Geh dich waschen . . . du bist völlig verdreckt und stinkst«, sagte sie mit erhobener Stimme.

Ich ließ das Geschirr sinken, verließ die Küche und ging ins Schlafzimmer. Auch dort Papier, übers ganze Bett verteilt. Kleiderstöße, ihre und meine, über die Stühle geworfen, sie mußte absichtlich die Schränke ausgeräumt haben. Sie kam mir leise hinterher, darauf achtend, mir nicht zu nahe zu kommen, ihre hellen Augen weit geöffnet. Ich wanderte im Zimmer herum, ohne zu wissen, was ich eigentlich wollte, und ging schließlich zum Bett. Auf dem Nachttisch lag ein aufgeschlagenes Geschichtsbuch in Englisch, in dem ich am Morgen noch gelesen hatte. Portraits von jungen russischen Revolutionären mit Krawatten und Vatermördern, eine Fotografie des Zaren in militärischer Galauniform, Bilder von Damen in langen Kleidern, unter jedem Geburts- und Sterbedatum. Das ernste Gesicht Vera Zasulitschs, mit tief eingesunkenen, dunkel schimmernden Augen. Blitzartige Furcht durchfuhr mich, als ich diese Augen wiedererkannte.

Ich ging zum Schrank, holte Bügel heraus und begann ihre Kleider daran aufzuhängen.

»Hör auf!« schrie sie. »Geh dich waschen, siehst du denn nicht, wie du ausschaust . . .«

Etwas ist heute geschehen. Etwas ist für alle Zeiten anders geworden.

Donnerstag nacht

O meine Herrlichkeit
O mein Herr
Teuer sei dir mein Leid
Damit es mir nicht zum Tod gedeiht.

JEHUDAH HALEVI

– Zvi? Zvi? Bist du's, Zvi? Zvi?

– Rafael ... Zvi?

– Rafael. Ich bin's. Zvi? Mach die Tür für einen Moment auf.

– Was hast du denn zuerst gedacht, wer es sei?

– Fast zwei Uhr. Ich habe am Anfang befürchtet, es sei dein Vater.

– Nichts. Bloß so. Hast du wirklich geschlafen?

– Was du nicht sagst! Ich habe so leise wie ein Mäuschen geklopft.

– Ach du liebe Zeit! Es tut mir ja so leid. Ich dachte, ich hätte Licht gesehen.

– Es war kein Licht in der Küche an? Aber von der Straße aus habe ich Licht in der Küche gesehen. Hundertprozentig. Es hat mindestens eine halbe Stunde lang gebrannt, da bin ich raufgegangen und habe geklopft, aber wirklich nur ganz leicht, wie ein Mäuschen.

– Bist du sicher?

– Vielleicht hat dein Vater es angelassen.

– Aber wie konnte ich mich so täuschen? Einfach verrückt. Vielleicht war es deine Duweißtschon, ha, ha, deine Maus, die hier das Licht an – und ausgemacht hat. Lach nicht, bei meiner Tante in Jerusalem ist einmal eine Maus in den Stromkasten hineingeschlüpft, und jedesmal, wenn sie sich bewegte, ging das Licht von alleine an und aus.

– Im Ernst. Das ist kein Witz, ha, ha. Sie haben gedacht, daß es im Haus spukt, bis ein Angestellter von den Stadtwerken kam und sie erwischte. Gut, ich werde dann gehen, ich sehe, du hast wirklich geschlafen. Es tut mir schrecklich leid, daß ich dich aufgeweckt habe. Aber wirklich, wie hast du mich nur gehört? Hast du einen so leichten Schlaf? Ich schwör dir, ich habe die Tür nur angetippt, wie ein ...

– Bist du sicher?

– Gut, nur für einen Moment. Wirklich nur für einen Augenblick. Danke.

– Ich weiß nicht, was mit mir los ist, aber ich kann heute nacht einfach nicht schlafen. Ich treibe mich schon seit zwei Stunden auf der Straße herum.

– Ich weiß überhaupt nichts mehr.

– Warum in die Küche? Geh zurück ins Bett, ich setze mich einen Moment zu dir. Geh wieder ins Bett, ich setze mich neben dich auf einen Stuhl und dann gehe ich.

– Ja. Ich werde flüstern ... Entschuldige bitte. Ich habe ihn ganz vergessen.

– Dann wäre es besser, wir gehen in die Küche und machen die Tür zu.

– Hm?

– Ich weiß nicht.

– Was?

– Wegen nichts Besonderem. Ich bin einfach nur schrecklich nervös. Ein völliges Nervenbündel. Der Boden ist mir unter den Füßen weggezogen worden. Ich habe dir schon gesagt, daß du mich durch den Wolf drehst, mein Freund, oder etwa nicht? Ich werd's überleben. Aber glaub mir, das Ganze wird aus mir noch einen schwerkranken Mann machen.

– Nein ...

– Ja.

– Ja.

– Vielleicht.

– Das auch.

– Du hast recht. Sicher hast du recht. Achte nicht auf mich. Ich werd's überleben.

– Tee? Aber nein, bemüh dich nicht. Geh wieder ins Bett, du schläfst ja noch halb, ich werde aufbrechen ...

– Bist du sicher?

– Hast du wirklich Lust drauf?

– Nur wenn du auch möchtest. Ich sehe schon, Tee mitten in der Nacht übt eine besondere Anziehungskraft auf dich aus. Du suchst immer eine Gelegenheit dazu. Vielleicht hast du das von deinen russischen Vorfahren, die um den Samowar herumsaßen.

– Was? Ja. Bei uns ist Tee eine Medizin, etwas, das man nur trinkt, wenn man krank ist.

– Nein, nein, Tee ist völlig in Ordnung. Doch, Tee. Tee paßt mir jetzt ganz ausgezeichnet.

– Nein, nein, wirklich. Nur Tee. Ich bin sowieso so gut wie krank.

– Wie immer du ihn willst. Mir ist es egal. Du bist so nett zu mir. Es tut mir richtig leid, daß ich dich aufgeweckt habe. Wenn ich gewußt hätte, daß du schläfst, wäre ich nie gekommen. Du hättest mich nicht hereinlassen sollen. Das Licht hat mich getäuscht . . .

– Nein . . . das macht nichts . . . ich ärgere mich über mich selbst. In letzter Zeit ärgere ich mich nur noch über mich selber.

– Danke. Wirklich vielen Dank. Also, du siehst ein bißchen komisch aus ohne deine Brille. Ich wußte gar nicht, daß du ohne sie zurechtkommst.

– Nein, nur irgendwie anders. Ich muß mich bloß daran gewöhnen. Jetzt verstehe ich deine Augen besser. Sehen, meine ich. Ich begreife sie jetzt . . . Ist der Schlafanzug neu?

– Er steht dir gut. So weich. Wirklich kleidsam. Wo hast du ihn her?

– Ja, sie haben schöne Sachen dort. Er steht dir wirklich.

– Wieviel?

– Das ist nicht so schlimm. Er ist sehr kleidsam. Steht dir sehr gut. Jetzt erzähl erst mal, wie dein Tag war. Wann ist er angekommen? Ich habe heute abend dreimal angerufen, aber ihr wart nicht da.

– Welches Restaurant?

– Ich weiß. Wie geht's mit ihm? Gibt es irgendwelche neuen Entwicklungen, neue Nachrichten von dort? Erzähl ein wenig . . .

– Genau wie du es ihr vorgeschlagen hast . . .

– Und was hat er beschlossen?

– Inwiefern?

– Nun ... dann ...

– Gratuliere. Also am Sonntag ... das fällt auf den Tag, an dem der Seder ist ...

– Bist du sicher, daß du nicht dabeisein willst? Ich könnte euch hinfahren ...

– Macht nichts, ich werde zurechtkommen ...

– Wie redest du denn von ihnen? Du machst mich ganz krank ... du kannst doch nicht ...

– Ihre Geschichte fasziniert mich. Nicht nur deinetwegen. Ich kann ihr Gesicht nicht vergessen. Sie hat einen großen Eindruck auf mich gemacht. Eine prächtige Frau. Es ist mir sehr zu Herzen gegangen.

– Wirklich? Das freut mich aber. Sag mal, meinst du es wäre möglich, einen kurzen Blick auf ihn zu werfen?

– Auf deinen Vater ... ich bin schrecklich neugierig.

– Nur für eine Sekunde.

– In deinem Zimmer? Warum das?

– Ach ja, natürlich, es war sein Bett. Das war sehr rücksichtsvoll von dir. Nur für eine einzige Sekunde. Ich werde ganz leise sein.

– Selbstverständlich, im Dunkeln ...

– Nur ein winziges Licht ...

– Er sieht dir ähnlich, nein sowas von Ähnlichkeit. Phantastisch. Ein gutaussehender alter Mann.

– Ihr gleicht euch wie ein Ei dem anderen, als ob ich dich in zwanzig oder dreißig Jahren vor mir sehen würde, wenn ich schon unter der Erde bin ...

– Nein, nein, er sieht dir wahnsinnig ähnlich. Einfach erstaunlich. Auch der Kleine sieht ihm so ähnlich.

– Dein Bruder ...

– Wirklich unglaublich ...

– Mir? Schrecklich, das siehst du doch ...

– Ich weiß nicht. Siehst du es denn nicht? Ich bin völlig fertig. Das ist nun schon das dritte Mal in der Woche, daß ich in der Nacht nicht schlafen kann.

– Ich halte nicht viel von sowas. Sie helfen bei mir auch überhaupt nicht, sie putschen mich nur noch mehr auf. Und sechs

Stunden später fangen sie dann an zu wirken, genau wenn ich mit Bleicher in der Morgensitzung bin, ausgerechnet dann, wenn wir versuchen, die Trends abzuschätzen, wenn ich meine ganze Scharfsinnigkeit nötig hätte, und jeder Fehler der Bank Millionen kosten kann.

– Um neun.

– Jeden Morgen. Bei der Inflationsrate wäre es eigentlich dreimal am Tag nötig.

– Ganz klar. Wer sagt denn, daß der Mensch sieben Stunden Schlaf braucht? Vielleicht sind drei auch schon genug. Inzwischen lerne ich die Stadt bei Nacht kennen. Es ist wirklich eine ganze Menge los. Tel-Aviv ist eine ernst zu nehmende Stadt geworden. Und wenn es so wie jetzt Frühling ist und die Luft so mild, dann ist es sehr angenehm draußen. Ich bin zuerst zu »Sami« gegangen. Ich dachte, ich würde dich vielleicht dort finden, obwohl mir ja klar war, daß du wegen deines Vaters nicht weggehen konntest. Er wollte, daß ich bleibe, aber mit all diesen Jungrockern dort, der Musik und diesen Nutten, und wieviele Nutten, da dachte ich, das ist nichts für mich, also bin ich zum Ma'ariv gegangen.

– Ja, Ma'ariv, die Zeitung, die Redaktion. Sie haben dort einen Fernschreiber, über den die letzten Börsenkurse aus der Wallstreet einlaufen.

– Genau. Direktverbindung. Wir bekommen sie immer als erstes in der Früh. Auf die Art kann ich schon anfangen sie für morgen einzuplanen. Was?

– Heute . . . natürlich, es ist schon heute . . . bei mir gerät alles durcheinander.

– Interessiert dich das jetzt wirklich? Das Thema Börse fasziniert dich anscheinend.

– Sicher. Nur auf die Art.

– Wie meine Einschätzung ist? Willst du sie jetzt gleich hören?

– Es macht mir gar nichts aus. Ich habe das Gefühl, daß der Dollar in Schwierigkeiten ist und man sich darauf gefaßt machen sollte, daß er stark fällt. Wir sprechen schon seit einigen Tagen in der Bank darüber, und wie ich die Angaben aus New York von heute nacht interpretiere, habe ich das Gefühl, daß es sehr bald sein wird.

– Ein starker Kursverfall.

– Mehr. Viel mehr.

– Alles ist möglich. Die Welt ist verrückt. Falls du es noch nicht bemerkt haben solltest, Geld ist heutzutage die reinste Psychologie.

– Was wir jetzt vorhaben, ist, morgen eine Menge Aktien der Serie D abzustoßen, – das ist dieses ganze Obstzeug, Birnen, Orangen, Zitronen . . . – denn die sind zu sechzig Prozent an den Dollar gebunden, und dann eine umfassende Mischung aus Francs, Mark und Yüan einzukaufen, sogar wenn das möglicherweise den Kurs von IDC schwer erschüttert, die die größte anteilige Aktie der Bank ist, das ist egal, verstehst du?

– Wieso verstehst du das nicht? Der Dollar beginnt zu fallen, also fallen auch diese Aktien. Wir werden sie zu einem niedrigeren Preis zurückkaufen, aber nicht alle auf einmal, sondern wir werden die Käufe auf etwa zwei Wochen verteilen, das bringt Option 8 wieder nach oben, die auch dollargebunden und damit an IDC gekoppelt ist, eine Art schwächere, kleine Schwester davon.

– Die Investoren? Sie werden keine Verluste erleiden. Sie werden einfach bloß nicht den Gewinn erzielen, den sie normalerweise machen.

– Ja, genau darüber denken wir schon seit ein paar Tagen nach. Aber über die exakten Summen müssen wir uns heute früh entscheiden. Es hängt davon ab, was für ein Gefühl wir gegenüber dem Dollar haben, und ich habe so das Gefühl, daß ich seit heute nacht eine ziemlich präzise Vorstellung davon habe. Bleicher plant eine große Spekulation, er scheut sich nicht, einen Rundschlag zu machen. Dein Wasser kocht . . .

– Ich würde sagen, bis zu dreißig Punkten. Das gleiche ist '77 schon mal passiert, aber diesmal ist es gefährlicher, denn es könnte das Vertrauen in die Aktie völlig ruinieren und den Markt unkontrolliert ins Wanken bringen.

– Genau. Weil sie mit dermaßen vielen anderen Aktien und Obligationen verbunden ist, sie hat eine Art Schlüsselstellung. Aber das kümmert ihn absolut nicht.

– Bleicher? Ja, er liebt die großen Erschütterungen, und die Direktion läßt ihm freie Hand. Er ist ein verrückter Jecke*, immer auf der Suche nach einer aussichtsreichen Gelegenheit, sein Geld zu investieren, und wenn er eine aufgetan hat, dann stürzt er sich hinein, ohne Rücksicht auf Verluste, sogar mit Sperrkonten, was völlig unzulässig ist. Er setzt bedenkenlos alles aufs Spiel, er ist wirklich ein ganz gefährliches Schlitzohr.

– Nicht immer. Und wenn er nicht uns drei Sephardim zur Seite hätte, mich, Atias und Ronen, – der übrigens früher mal Misrachi hieß – um ihn in Zaum zu halten, hätte es schon manche böse Überraschung gegeben.

– Einen Löffel.

– Ja. Misrachi. Hast du vielleicht geglaubt, daß er als Ronen geboren wurde?

– Ein reinrassiger Iraqi, erstaunlich, daß du das nicht gemerkt hast. Wann bist du ihm begegnet?

– Was wollte er von dir?

– Und du hast es nicht sofort gemerkt? Man riecht es doch förmlich. Ein vollblütiger Iraqi. Du solltest dich vor ihm in acht nehmen. Ich muß mich über dich wundern ...

– Ja, schrecklich nervös, das merkst du doch ... Ich weiß nicht, was in mich gefahren ist. Vielleicht kommt es auch von diesem Theater.

– Ja, Theater. Wir sind heute abend in einem Theaterstück gewesen. »Onkel Wanja«, vielleicht hast du davon gehört. In den Kammerspielen.

– Genau, Schechow.

– Wie?

– Natürlich, Tschechow. Entschuldige bitte. Ich habe seinen Namen zum ersten Mal gehört. Aber du wirst ihn kennen. Ich habe das Programmheft mit seinem Bild und den ganzen Details daheim.

– Ja.

– Ganz zufällig, wie es eben so geht. Vor ein paar Tagen haben sie uns in der Bank Karten zu dreihundert Lirot pro Stück angeboten. Was sind das heute schon, dreihundert Lirot? Das

---

* Israelischer Spitzname für die deutschen Juden.

Glas Tee da, mit dem Zucker und dem Wasser, kostet ja schon mehr. Aber unser Betriebsrat ist wirklich gut, wenn es darum geht, Ermäßigungen zu besorgen.

– Genau. Vielleicht weil sie es mit einer Bank zu tun haben. Sie wollen uns bestechen, nur so kann ich mir diese Rabattgeschichten erklären. Vor ein paar Tagen haben sie große, doppeltürige Kühlschränke angeboten, ich schwör's dir, sogar noch unter dem Großhandelspreis.

– Schade, daß ich das nicht gewußt habe.

– Du mußt mir immer sagen, was du brauchst.

– Er ist wirklich nicht mehr der Neueste und macht einen Höllenlärm. Ich werde für dich nachschauen, ob das Angebot noch steht.

– Schade, daß ich das nicht gewußt habe. Mit den Karten ist es das gleiche, hörst du, ich gebe sie normalerweise automatisch an die Sekretärinnen weiter. Aber diesmal wollte sie niemand nehmen, wegen der Feiertage. Meine Töchter sind auch weggefahren, also habe ich zu ihr gesagt, schauen wir es uns mal an, wir waren sowieso seit ungefähr zehn Jahren nicht mehr im Theater.

– Nein. Ich weiß nicht. Ich sage nicht, daß sowas schlecht ist, aber ich mache mir einfach nicht viel aus solchen Aufführungen, die irgendwelche Kleinstadtidyllen oder Chassidim zum Thema haben. Ich habe keine Geduld dazu. Außerdem ist ihr sowieso Kino lieber, vor allem französische Filme. Ab und zu schauen wir uns humoristische Streifen an, leichtverdauliche Sachen. Für Theater habe ich keinen Nerv. Ich schäme mich jedesmal fast für die Schauspieler, daß man ihnen solchen Blödsinn in den Mund legt. Du darfst nicht vergessen, daß wir aus verschiedenen Generationen stammen.

– Du weißt das.

– Verschiedene Generationen. Es ist eine Tatsache.

– Du brauchst dich nicht über mich lustig zu machen. Was?

– Ich habe es dir schon gesagt, du erinnerst dich nur nicht mehr daran. Ich würde es dir nie verheimlichen, von Anfang an habe ich es dir gesagt, ich werde nach Pessach sechsundfünfzig.

– Vielen Dank. Aber so sieht die Wahrheit aus. Dagegen kann man nichts machen.

– Weil ich schlank und leicht bin.

– Also hör zu, ich habe zu ihr gesagt, komm, laß uns hingehen, was kann schon passieren, wenn es uns nicht gefällt gehen wir eben, es fesselt uns doch niemand an unsere Stühle, wozu willst du den ganzen Abend daheim herumsitzen und dich wegen etwas zu Tode quälen, für das nur Gott allein etwas kann. Hörst du zu?

– Sie war sofort einverstanden, und wir sind gegangen.

– Ja, heute abend, vor ein paar Stunden. Und es war hervorragend, ich meine das Stück. Eine echte Überraschung. Am Anfang wußte ich nicht so recht, worauf es überhaupt hinauswollte, und diese Namen haben mich verwirrt. Aber wir hatten sehr gute Plätze, in der vierten Reihe, in der Mitte, also ganz nahe an der Bühne, wir konnten alles genau sehen, jede Bewegung der Schauspieler, wenn sie lachten, weinten, sogar wenn sie atmeten, und wir konnten jedes einzelne Wort verstehen. Zuerst dachte ich, daß vielleicht irgendetwas Besonderes passieren würde, bis ich dann begriffen habe, daß es ja die ganze Zeit passierte. Ich meine, die Hauptsache war, daß es diese Menschen im Spiel etwas anging ... Wie soll ich es erklären? Tschechow hast du gesagt?

– Anton Tschechow. Ich werde versuchen mir den Namen zu merken. Aber wer ist er?

– Ist das alles? Es klingt so einfach.

– Ich habe noch nie von ihm gehört, nichts zu machen. Uns hat man in der Schule nur einen Dichter beigebracht, diesen einen da ... der mit der Schechinah, der Gott gesehen hat oder so ...

– Richtig, Bialik. Und noch ein paar von der Art, weiter sind wir nicht gekommen. Du darfst nicht vergessen, mein Lieber, daß ich erst in der zehnten Klasse war, als mich mein seliger Vater von der Schule nahm und in die Bank steckte. Das war während des Zweiten Weltkriegs. Vergiß nicht, daß ich aus einer anderen Generation stamme. Hast du in der Schule was darüber gelernt? Ich werde mir morgen das Buch kaufen. Jetzt, nachdem ich das Stück gesehen habe, werde ich keine Schwierigkeiten mehr haben, es zu lesen. Du solltest es dir auch mal anschauen. Ich werde mit dir hingehen, ich hoffe bloß, daß sie es nach den Feiertagen noch spielen und nicht absetzen. Es waren heute nicht viele Leute da, vielleicht haben sie deswegen die Karten so billig verkauft. Wenn dein Vater abgereist ist. Du wirst schon sehen. Wirklich gut und naturgetreu. Das war eigentlich das Beste, daß es so natürlich war, ohne viel Geschrei, ohne Aufhebens. Auch die Schauspieler waren lebensecht, ich habe alle ihre Namen daheim in dem Programm, das ich gekauft habe. Ich muß unbedingt mit dir da hingehen. Aber du lachst mich aus ...

– Nein, auch sie hat es sehr getroffen. Schon in der Pause ist mir aufgefallen, wie blaß sie war. Und nachher im Dunkeln habe ich gesehen, daß ihr die Tränen herunterliefen. Ich habe ihre Hand genommen, um sie ein wenig zu beruhigen, aber sie hat es nicht einmal bemerkt. Zuletzt habe ich auch zu zittern angefangen. Ich weiß gar nicht, warum mich das so mitgenommen hat. Ich habe auch an dich denken müssen, an uns, an diese ganze Situation, die mich zur Verzweiflung bringt ...

– Was?

– Nein, du verstehst mich nicht ... Diese Frau, Helena, Jelena, du erinnerst dich vielleicht, daß Onkel Wanja hoffnungslos in sie verliebt war.

– Du hast es vergessen. Ich werde mit dir hingehen. Dann wirst du es verstehen.

– Ja. Ganz genau.

– Glaub mir, ich war die ganzen letzten Tage immer am Rande der Tränen. Sogar in der Bank hatte ich plötzlich einen Kloß im Hals, sobald ich allein im Zimmer bin ... wenn ich daran erinnert werde ... an all die Verzweiflung, an all das Glück, überwältigt es mich einfach. Das meine ich damit, wenn ich sage, daß ich ein totales Nervenbündel bin. Die Grenzen haben sich aufgelöst, der Boden rutscht mir unter den Füßen weg. Du kannst das alles leichtnehmen, für dich ist das ganz natürlich, aber du verstehst nicht, was du mir angetan hast. Hörst du noch zu?

– Nein, du verlierst die Geduld mit mir, dir fallen ja schon die Augen zu. Du bist todmüde, das sehe ich doch. Ich gehe jetzt. Ich bin so schrecklich wach.

– Nein, das macht nichts. Aber der Armen bleibt nur die Verzweiflung. Denn für sie ist das Ganze ... und ich kann sie so gut verstehen ... ich sage mir selber immer, wenn es umgekehrt wäre, würde ich vielleicht nicht verrückt werden ... Aber warum hat uns dieses Stück so erschüttert? Vielleicht waren wir bereit, uns erschüttern zu lassen, und es war nur Zufall, daß es Onkel Wanja war, der es zum Ausbruch gebracht hat. Vielleicht war es auch etwas anderes . . . Als der Vorhang fiel und das Licht anging, sah ich, daß sie weinte, ohne aufhören zu können, richtig weinte. Nicht mehr ansprechbar, völlig absorbiert. Sie konnte nicht mal mehr applaudieren. Wir blieben sitzen, den Kopf gesenkt, und warteten darauf, daß die Leute um uns herum aufstehen und gehen würden. Und sie weinte weiter vor sich hin, hörst du? Den ganzen Weg bis zum Auto, und drinnen auch noch, weinte sie unaufhörlich still vor sich hin, so als ob sie nun nicht mehr aufhören wollte, nachdem sie einmal zu ihren Tränen gefunden hatte. Sie machte überhaupt keine Anstalten, jemals wieder aufzuhören. Und ich wußte, daß es nicht wegen des Stücks war, sondern wegen mir. Ganz allein wegen mir. Ausgerechnet sie, die kaum ein Wort mehr mit mir gesprochen hat . . . seit . . . Was?

– Seit sie es weiß . . .

– Seit sie weiß, daß wir . . .

– Was?

– Nein.

– Ja.

– Nein.

– Mag sein. Aber sie konnte nicht aufhören, sie wurde von einer wahren Tränenflut überschwemmt. Ich beschloß, sie nicht zu stören. Ich dachte auch, daß es vielleicht ganz gut für sie sei, wenn sie all das, was sie in sich hineingefressen hat, einmal herausläßt. Sie ist sonst immer sehr ruhig, hat diesen inneren Stolz.

– Du hast leicht reden. Aber du hättest sie weinen sehen sollen. Und ich muß immer aufpassen, daß ich sie nicht berühre, denn sie ist sehr empfindlich geworden, seit sie es weiß. Nicht einmal eine Berührung nur so zum Trost. Sie so weinen sehen zu müssen . . . Ich habe nichts gesagt. Ich wollte nicht streiten, obwohl ich wußte, daß es alles nur wegen mir war. Ich habe mir geschworen, daß ich mich auf gar keinen Fall mit ihr streite, sie leidet so schon genug. Ich brachte sie also nach Hause und schaltete den Fernseher ein, damit sie darüber ihr Elend vielleicht ein wenig vergessen würde. Aber sie verließ sofort das Zimmer. Ich sagte, ich werde nie mehr Theaterkarten heimbringen, denn deinem Kummer auch nur einen Tropfen hinzufügen, das ist das letzte, was ich will. Aber sie gab mir keine Antwort. Sie hörte mit dem Weinen auf und verfiel stattdessen in Schweigen. Und die Kinder waren nicht zu Hause, um das Eis zwischen uns zu brechen, wie sie es immer machen, wenn sie da sind. Sie hat ihnen nichts gesagt, weil sie nicht will, daß sie sich vor mir ekeln. Das waren ihre Worte.

– Sich vor mir ekeln ... sie denkt, daß ich sie ekle ...

– Was soll ich noch machen? Ich habe ihr bereits gesagt, daß ich sie nie verlassen werde. Hast du gehört? Ich möchte, daß auch du das weißt.

– Das freut mich.

– Ich sagte, was kann ich denn dafür, daß mir das passiert ist? Das war Gottes Fügung. Habe ich es etwa gewollt? Wenn es eine Frau gewesen wäre, wärst du völlig im Recht. Du kannst es mir ruhig sagen, daß dir eine Frau lieber gewesen wäre. Daß du wolltest, es wäre eine.

– Sie hat nichts darauf gesagt. Ihr Vater war der Sohn eines großen Rabbis in Jerusalem, Gerichtsvorsitzender. Daher kommt ihre Furcht. Aber ich nehme die Sünde ganz allein auf mich, sagte ich ihr. Ich werde dafür in der Hölle büßen, nur ich. Es ist meine eigene Verantwortung.

– Ich weiß, daß du nicht daran glaubst, aber ich kann in meinem Alter keine Risiken eingehen.

– Leg dich jetzt nicht mit mir an, Zvi, alles ist möglich ... ich bin am Ende. Eigentlich wollte ich ihr sagen, daß mir ein Augenblick mit ihm tausend Jahre Hölle wert sind, aber das habe ich natürlich nicht gesagt. Gott hat mich gestraft, sagte ich. Es hätte auch eine Krankheit sein können. Hätte dir Krebs besser gefallen? Das ist etwas, das ganz tief sitzt. Es ist aus meinem tiefsten Inneren gekommen, was hätte ich dagegen machen können? Da sagte sie plötzlich ganz ruhig zu mir – hörst du zu? – gäbe Gott, es wäre Krebs. Hast du das gehört?

– Genau. So verzweifelt ist sie.

– Gäbe Gott, es wäre Krebs, sagte sie.

– Was?

– Stimmt. Ich sagte zu ihr, du redest jetzt wie ein Kind, denn das wird vielleicht vorbeigehen, was bei Krebs nicht der Fall ist. Das geht vielleicht vorbei, sagte ich, es wird wieder vergehen, so wie es gekommen ist. Da sagte sie, es wird eben nicht vorbeigehen, du bist verrückt. Nun gut, sagte ich, nehmen wir einmal an, daß ich verrückt bin. Du siehst, ich habe meine Selbstbeherrschung bewahrt. Also sag dir, daß ich ein bißchen verrückt geworden bin, sagte ich, aber auch auf die Verrückten nimmt man heutzutage ein wenig Rücksicht. Gib mir Zeit. Vielleicht geht es vorbei, ich fühle, daß es so kommen wird. Das habe ich zu ihr gesagt, auch wenn das überhaupt nicht stimmt, im Gegenteil, es wird höchstens stärker, aber das sage ich jetzt nur zu dir. Und dann hat sie mir gestanden, daß sie uns beobachtet. Was sagst du dazu?
– Nicht selbst, das hätte sie nicht gewagt. Aber sie ist hingegangen und hat sich einen Detektiv gemietet. Stell dir das vor, sie mit ihrer ganzen Schüchternheit und ihrem Zartgefühl geht in ein Ermittlungsbüro und nimmt sich einen Detektiv, der uns verfolgt und sogar Bilder gemacht hat. Hast du etwas davon gemerkt?
– Ich auch nicht. Aber er ist uns den ganzen Weg bis zu deiner Mutter gefolgt. Stell dir das vor. Du hast nichts davon bemerkt?
– Du lachst ... für dich ist das alles lustig ... aber ich war einfach entsetzt. Vor allem über sie. In höchster Not vermag man alles. Er hat dich auch auf der Straße fotografiert, hast du das gewußt?
– Was kann man da machen. Sie ist wie ein kleines Kind. Sie sagt mir, daß sie alles weiß. Und sie weiß tatsächlich alle möglichen Dinge, die nicht einmal ich gewußt habe. Über deine Mutter und deinen Vater, die Namen von deiner Schwester und deren Mann in Haifa, von deinem Bruder in Jerusalem und dessen Frau und deren Eltern, und alle Adressen und Telefonnummern. Sitzt vor mir und liest es mir von einem Stück Papier vor, um mir was damit zu beweisen? Aber ich habe meine Ruhe bewahrt. Ich sagte zu ihr, siehst du, du weißt alles. Aber wenn du mich gefragt hättest, hätte ich es dir ganz von selbst erzählt, denn es gibt nichts, was ich vor dir verheimliche, ich lege alles offen auf den Tisch. Wenn es eine Frau gewesen wäre, hätte ich es dir vielleicht verheimlicht, dich getäuscht und betrogen, wie alle die Männer,

von denen du dir nie vorstellen würdest, daß sie dazu fähig sind, aber gerade weil es keine Frau ist, kann ich aufrichtig sein. Denn das richtet sich nicht gegen dich, es betrifft weder dich noch unsere gegenseitige Beziehung. Ich habe nicht das Gefühl, daß ich dich, oder das, was du für mich bedeutest, verrate. Das kann nicht Ehebruch genannt werden, das ist etwas anderes. Du siehst, welchen Weg ich mit ihr eingeschlagen habe. Sehr sachbezogen, sehr logisch, aber auch sehr wahr. Was meinst du dazu?

– Genau.

– Genau.

– Stimmt, genau das habe ich gedacht.

– Ja.

– Und ganz ruhig. Das ist es, was ich zu ihr sagte. Ich will ganz aufrichtig zu dir sein, warum mußt du uns alle mit Detektiven durch den Dreck ziehen? Es ist auch dein guter Ruf. Schade um das Geld. Nicht, daß es mir etwas ausmachen würde, aber du hättest dir lieber irgendein Schmuckstück oder ein Kleid dafür kaufen sollen, und alles, was du wissen willst, kannst du von mir wissen. Hörst du zu?

– Nein, das macht nichts. Ich muß es dir einfach erzählen. Da wollte sie wissen, was wir zusammen machen und wie wir es machen. Hast du das gehört? So verzweifelt war sie. Ich sagte, wozu willst du das wissen, je weniger du darüber weißt, desto weniger quälst du dich damit. Daran zu denken ist das Schlimmste, was du machen kannst. Sie dachte nämlich, daß ich in dich eindringe ... aber die Wirklichkeit ist am Ende völlig menschlich, wie die meisten Dinge. Denn es reicht schon, daß der Mensch seinen Schmerz und sein Gefühl investiert, und auch die merkwürdigsten Dinge schauen sehr menschlich aus. Begreifst du die Richtung, die ich mit ihr eingeschlagen habe? Du bist müde ...

– Ich bin gleich fertig ...

– Nein, ich bin gleich fertig, ich muß nur noch die Geschichte zu Ende erzählen. Größen der Weltgeschichte, sehr geachtete Persönlichkeiten zählten darunter, sagte ich zu ihr. Ich führte sogar ein paar Namen an, die ich mir vorher zurechtgelegt hatte.

– Was weiß ich? Aristoteles zum Beispiel.

– Was?

– Aristoteles nicht?

– Sokrates? Den kenne ich nicht. Ich bin sehr schlecht in Namen. Ich habe sie aus der Enzyklopädie herausgesucht. Ich dachte, gerade Aristoteles. Bist du sicher?

– Ist ja egal. Ich wollte ihr nur ein paar Beispiele geben, um sie zu beruhigen. Du verstehst nicht, was das für sie bedeutet. Ich könnte genausogut ein Mörder sein. Ihre ganze Welt ist zusammengebrochen. Für mich im Prinzip auch. Aber während sie nur völlig zerstört ist, entsteht bei mir etwas Neues dafür.

– Sie ist schon über fünfzig. Weit über fünfzig.

– Nein. Das spielt keine Rolle mehr. Dann fing sie an, mir schreckliche Flüche an den Kopf zu werfen. Das hat sie noch nie gewagt. Sie war immer eine stille, sensible Frau, die sich zurückzuhalten wußte, obwohl sie nicht gebildet ist, ihre Eltern haben es ihr nicht erlaubt. Sie hat grauenhafte Flüche ausgestoßen und fing wieder zu weinen an.

– Ich habe selbstverständlich nichts darauf erwidert. Sie sagte, sie würde es ihren Brüdern erzählen. Sie hat zwei, einer davon ist ein hohes Tier bei Gericht.

– Der Name tut nichts zur Sache.

– Wozu willst du das wissen?

– Ein anderes Mal. Du weißt sowieso schon zuviel.

– Nein, nicht jetzt. Ein anderes Mal. Laß mich jetzt, ich bitte dich.

– Ich weiß, aber nicht jetzt.

– Nein, nichts. Sie können gar nichts machen, aber ich will nicht, daß sie es wissen, denn dann erfährt es sofort die ganze Familie und, was am schlimmsten ist, die Kinder. Wir werden sie zerstören. Gib mir Zeit, sagte ich zu ihr, gib uns eine Frist. Dann werden wir sehen. Aber du bist sicher müde. Geh wieder ins Bett, ich werde mich zu dir setzen, wenn … Was?

– Es interessiert dich wirklich?

– Du machst dich über mich lustig. Was soll ich tun? Du hast gut lachen, mein Lieber.

– Nein. Lach ruhig. Warum solltest du auch nicht. Es geschieht uns recht, ausgelacht zu werden. Wir sind eine andere Generation, eine Welt, die dir fremd ist. Wie alt ist dein Vater?

– Ende fünfundsechzig? Dann bin ich nicht weit von ihm entfernt. Und woher stammen wir? Wenn mein seliger Vater noch
am Leben wäre, würde er sich eigenhändig sein Grab schaufeln.
Du bringst uns noch alle um.

– Nein, sei mir nicht böse. Nicht zu persönlich. Aber ... sicher
stimmt es ... ich hatte es die ganze Zeit schon in mir, aber wenn
ich dich nicht getroffen hätte, wäre es bei einer verschwommenen Sehnsucht geblieben, ohne daß ich je gewußt hätte, wonach
ich mich eigentlich sehnte. Aber daß es eine solche Leidenschaft
gibt ... daß es auch diese Art gibt ... daß so etwas überhaupt
möglich ist ... was es bis dahin nur in Büchern, in schmutzigen
Witzen gab ... und dann plötzlich ... plötzlich ... Was?

– Nein ... plötzlich ... plötzlich ... plötzlich ... hörst du mir
auch zu? Ganz plötzlich wollte sie, daß ich mit ihr schlafe, nicht
weil sie wirklich wollte, sondern nur um mich zu testen ...
Was?

– Genau. Eine Provokation.

– Nein ... wie konnte ich? ... Bist du wahnsinnig geworden?
... Ich sagte zu ihr, morgen, ich verspreche es. Ich wollte sie
nicht beleidigen, denn so etwas ist furchtbar beleidigend. Und
ich habe es ... mit ihr ... schon ... schon seit einigen Monaten
nicht mehr gemacht ... und auch da war es eine Qual ... denn es
fing an, mir Angst einzujagen, wenn ich zum Beispiel dachte ...
an ... sogar bloß ... ach, was weiß ich ... ihre Brüste, das
machte mir schon Angst ... wirklich ... Ich habe also zu ihr
gesagt, ich bringe dich jetzt ins Bett und morgen dann, in aller
Ruhe, aber heute bin ich zu erschöpft dazu, das Theater und dein
Weinen und dieser Streit haben mich völlig fertiggemacht.
Morgen, wenn der Druck vorbei ist, sagte ich zu ihr. Ich sprach
ganz sanft mit ihr, denn ich bin mir sicher, daß auch sie nicht
wollte, aber damit sie sich nicht beleidigt, zurückgestoßen
fühlte. Und da glaubte sie mir auf einmal und war still. Ich brachte sie ins Bett und hielt sie in meinen Armen. Es war, als ob
sie mit diesem Ausbruch ihre ganze Kraft eingebüßt hätte, sie
schlief auf der Stelle ein. Und ich schaute sofort in ihrer Schublade
nach und fand dieses Foto ... das dieser eine Detektiv gemacht
hat ...

– Gleich ... hier ist es ...

– Du hast absolut nichts gemerkt? Was für widerliche Berufe es doch gibt . . .

– Das muß in der Allenby Straße sein, glaube ich zumindest. Das ist der Laden neben der Filiale der Ha-Poalim Bank . . . erkennst du's?

– Ja. Ganz bestimmt. Aber wer ist das neben dir, den du an der Hand gefaßt hast . . . wollte ich dich fragen. Wer ist dieser Mann? Kenne ich ihn?

– Wer?

– Das ist das erste Mal, daß ich den Namen höre. Wer ist das? Wie er dich anfaßt!

– Nein. Nur so. Es kommt mir bloß einfach komisch vor, wie er dich mitten auf der Straße so anfaßt.

– Nein, ich meine nur, auf der Straße . . . ganz einfach . . . Seit wann kennst du ihn? Hat er Familie?

– Nein . . . eine Frau . . . Kinder . . . Du hast ihn mir gegenüber nie erwähnt. Ich habe mich gefragt, wer das wohl sein könnte. Triffst du ihn oft? Wo arbeitet er?

– Nein. Nur so. Ich war ein bißchen beunruhigt. Ich weiß nicht, warum. Idiotisch, ich weiß. Aber plötzlich taucht da ein neues Gesicht mit dir auf einem Bild auf. Ich muß wohl sehr mit den Nerven runter sein . . .

– Ich will gar nichts damit sagen. Aber plötzlich weiß ich . . . ich bin eifersüchtig . . . ganz einfach . . . Verzeih mir, mein Lieber . . . Zvi . . . mein Geliebter . . . ich weiß, daß es Blödsinn ist . . . aber ich konnte nicht einschlafen . . . auf einmal hatte ich Angst vor dir . . .

– Nein . . . ja . . . Angst . . . lach nicht . . .

– Nein . . . aber den ganzen Tag nur an dich zu denken, widerspricht allem, an das ich je geglaubt habe . . . aber der Gedanke läßt mich nicht los . . . du hast eine solche Macht in dir . . . manchmal fast teuflisch . . .

– Nein . . . entschuldige bitte . . . nein . . . versteh doch . . . Entschuldigung . . . aber auch das Geld, das ich dir immer leihe. Es macht mir Angst . . .

– Ich habe es bis jetzt noch mit keinem Wort erwähnt . . . stimmt's?

– Nein, sag doch. Stimmt es etwa nicht?

– Ganz im Gegenteil. Es macht mir Angst, mit welcher Leichtigkeit ich selbst es dir auch geben will . . .

– Was heißt hier schon leihen, Zvi, mein Liebster, du weißt doch ganz genau, daß du es nie zurückgeben wirst.

– Nein. Du wirst es nicht, in der Tiefe meines Herzens weiß ich das sehr gut.

– Gut, du wirst es mir also zurückgeben, macht auch nichts . . .

– Du wirst es, ist schon recht . . . aber das ist es nicht . . . ich bitte dich nur, geh nicht leichtsinnig mit mir um . . . es ist so bodenlos . . . ich weiß nicht, ob ich überhaupt die Kraft dafür habe . . . dieses ganze Land ist schon zuviel für mich . . . mach mich nicht kaputt . . . nein . . . laß nicht zu, daß ich zu sehr an dir hänge . . . das könnte gefährlich sein . . . laß mir meine eigene Gangart, ich kann es mir nicht erlauben, mich so versklaven zu lassen . . . ich habe ein Zuhause . . . ich habe Kinder . . . ich trage Verantwortung . . . du hast schon Erfahrung damit . . .

– Nein, natürlich bist du nicht schuld daran. Aber ich habe eben, das Gefühl, daß du schon ein alter Hase bist . . . du magst noch jung sein, aber du bist sehr erfahren . . .

– Nein, verzeih mir . . . Ich will dir damit nur sagen, daß die Grenzen . . . sie sind sehr fein . . . und ich bin ein Kind neben dir . . . es gibt keine Grenzen mehr . . . als ob eine Wand in mir eingestürzt wäre . . . es gibt keine Regeln mehr . . . Ich habe Angst, zu viel zu fragen, denn was ich erfahren würde, würde mir nur noch mehr Angst einjagen. Wer hätte vor ein paar Monaten gedacht, daß ich deinetwegen eifersüchtig sein könnte? Ich dachte, es sei nur irgendein sexuelles Abenteuer . . . nur eine Art Ausprobieren . . . aber das geht schon weit darüber hinaus . . . Wenn es dabei geblieben wäre, wäre alles in Ordnung, aber du hast mich hineingezogen . . . und jetzt würde ich dich am liebsten eingesperrt in einem Zimmer haben . . .

– Ich schwöre dir, ich weiß es nicht. Inzwischen bin ich schon von deiner Familie völlig fasziniert. Daß du mich ins Krankenhaus zu deiner Mutter mitgenommen hast, fand ich sehr schön von dir. Es hat mich sehr berührt, daß du dich nicht davor geschämt hast, sie mich sehen zu lassen, das heißt, euch beide zusammen. Eure ganze Geschichte . . . auch dein Vater interessiert mich brennend . . . was geschieht nur mit mir . . . habe ich mich etwa in dich verliebt? Ist das überhaupt möglich? Sag es mir, du verstehst mehr davon ... Ich weiß, daß ich bei dir nicht der erste bin ... vielleicht hältst du dir sogar noch ein paar andere Rafael Calderons in anderen Banken ... kann das sein? Du bringst mich um ... was willst du eigentlich von mir, ist es nur das Geld? Sag es mir, du kannst jetzt nicht einfach dastehen und nichts sagen. Du sollst nicht lächeln ...

– Nein, in deinem Inneren. Ich habe das Gefühl, daß du innerlich die ganze Zeit über mich lachst.

– Es ist Wahnsinn, was ich da zusammenrede. Und es ist fast schon Morgen.

– Richtig.

– Aber wie hast du das mit mir überhaupt herausgefunden? Wie konntest du das wissen? Du hast mich doch nur ein oder zwei Mal in der Bank gesehen, und schon hast du erkannt, daß es in mir steckte. Und als wir dann zum Essen gingen, hast du mir mit solcher Sicherheit die Hand auf die Hosen gelegt. Wie konntest du das wissen? Ich habe dich schon einmal danach gefragt, aber du hast mir nie wirklich eine Antwort darauf gegeben.

– Nein, nein, ich fange nicht wieder damit an.

– Ja, entschuldige bitte, ich bin zu weit gegangen.

– Gut.

– In Ordnung. Gut.

– Ich bin schon still.

– Nein.

– Stimmt.

– Vielleicht.

– Nein.

– Ja. Verstehst du, was ich dir alles aus der Bank erzähle, ist schon halb kriminell. Wenn sie das wüßten, würden sie mich sofort in irgendeine kleine Filiale versetzen, und mit Recht. Bleicher warnt uns dauernd in bezug auf das Bankgeheimnis ... das Wichtigste bei all diesen Transaktionen ist das Überraschungselement, denn sobald es sich herumgesprochen hat, ist der ganze Effekt dahin. Deshalb ist es gut für ihn, lauter Sephardim um sich zu haben, von denen er weiß, daß sie immer zuverlässig und verschwiegen sind.

– Nein, nein, ich bin nicht voreingenommen … nein, Augenblick mal … du hast mich falsch verstanden …

– Nein, er selbst hat das gesagt … daß … daß …

– Nein, aber es gibt so etwas wie Mentalität … er hat recht … wenn er wüßte, daß ich diese Beziehung zu dir habe … daß ich erpreßt werden könnte …

– Nein, versteh doch …

– Nein, bitte versteh doch …

– Nein, das habe ich nicht damit gemeint, verzeih mir …

– Nein, verzeih mir mein Geliebter, mein Liebster …

– Du sagst und erklärst es mir die ganze Zeit, und ich höre jedes einzelne Wort, und ich glaube dir, ich will dir glauben. Aber du mußt mich verstehen, sogar wenn ich nichts sage, ich mache es wie meine Frau, ich folge dir.

– Einen Moment … einen Augenblick … hör mir doch zu mein Geliebter, mein Liebster … du arbeitest doch gar nicht wirklich.

– Nein … so warte doch … oh du großer Gott … was ist eure Investitionsgesellschaft denn in Wahrheit? Ich habe absolut nichts ausfindig machen können …

– Einen Augenblick … so hör mir doch zu, ich flehe dich an, ich kann mich kaum mehr auf den Beinen halten … beruhige mich doch, wenn du kannst, los …

– Das ist unwichtig, aber ihr habt doch kein Kapital … und wer ist das, dieser Gilat, für den du arbeitest … ein Witz von einem Bankier … jongliert mit ein paar Aktien herum … reine Augenwischerei … mich stört es ja nicht, aber …

– Moment, hör mir doch zu …

– Ich weiß, ich weiß, aber glaube mir, ich bin Spezialist in solchen Dingen, ich verstehe was davon … ich habe schon einige solcher kleiner Investitionsgesellschaften wie Eintagsfliegen kommen und gehen sehen … das hat überhaupt keine Zukunft …

– Ich habe nicht kriminell gesagt, ich sagte, keine Zukunft, und das ist sehr nahe an kriminell. Aber das geht mich nichts an, ich frage mich nur die ganze Zeit … es frißt mich innerlich auf, daß du vielleicht mit mir … daß alles nur wegen … denn warum solltest du sonst … mit einem alten, verbrauchten Mann wie mir … der schon Falten hat …

– Nein, Moment . . . vielleicht deswegen, weil du mich anzapfen willst . . .

– Informationen . . . einen Moment. Sag es mir ruhig. Es macht mir nichts aus. Ich habe nie gesagt, daß ich sie dir nicht geben würde, nur sag es mir, wenn das alles ist, worum es dir geht . . . es macht mir nichts aus. Ich werde dir alles geben, alles, was du willst . . .

– Nein, entschuldige bitte, nur einen Augenblick . . .

– Pst . . . pst . . . ja, entschuldige, leise . . . Aber auf was bist du aus? Ich kann dir einen guten Job in einer unserer Filialen verschaffen. Vielleicht hättest du am Anfang kein hohes Gehalt, aber es wäre ein sicherer Platz, und ich würde schon zusehen, daß du anständig befördert wirst. Ich könnte von meiner Position aus ganz ausgezeichnet für dich sorgen. Bleib bei mir, und ich werde mich um dich kümmern, als ob du mein eigener Sohn wärst . . . denn das ist mein wahres Gefühl dir gegenüber . . . ich empfinde dich als einen Sohn . . . du könntest schließlich mein Sohn sein . . . Ich kann es einfach nicht sein lassen . . .

– Ja, ich gehe sofort . . .

– Nein . . . ich gehe . . . ich habe dir schon die Nacht verdorben . . . mein Geliebter, mein Liebster, meine Leidenschaft . . . da siehst du, was ich schon alles daherrede . . . ich weiß nicht, was mit mir passiert . . . mitten in der Nacht so herumzurennen, ich, wo ich sonst um halb zehn ins Bett gehe, nach den Abendnachrichten, den Schlafanzug schon um acht anziehe . . . ich kann nicht mehr . . . entschuldige, ich habe geschworen, daß ich nie vor dir weinen würde, und da weine ich schon wieder . . . die ganze Zeit renne ich den Tränen nahe herum . . . Moment mal, rühr dich nicht!

– Nicht bewegen. Da ist sie tatsächlich . . .

– Ich habe sie gerade gesehen!

– Die Maus, ha, ha, ha.

– Doch, sie ist hinter dir am Ofen vorbeigelaufen. Sie hat uns einen Blick zugeworfen, ich schwör's dir, ha, ha. Du hast recht gehabt.

– Warte einen Augenblick, beweg dich nicht, du erschreckst sie sonst. Du liebe Zeit, was für eine große Maus, vielleicht ist es eine Ratte, oder eine alte Maus. Sie hat mich angeschaut, ha, ha . . .

– Im Ofen oder dahinter, ha, ha.

– Warum ich das so komisch finde ...?

– Du hast gedacht, daß sie im Schrank ist, aber sie mögen Öfen.

– Die Hitze stört sie anscheinend nicht.

– Du brauchst eine Falle mit einem Stück Käse.

– Überlaß das mir.

– Ich auch. Aber sie zu fangen macht mir nichts aus, bloß sie zu töten. Ich werde einmal herkommen und hier übernachten, und dann fange ich sie für dich. Eine richtige Maus, ha, ha ...

– Eine richtige große, ha, ha. Ich weiß nicht, warum ich das so lustig finde, ha, ha, eine Maus ...

– Pst ... ja, pst ... Gut, ich gehe jetzt. Leg dich wieder ins Bett. Ich werde gehen. Was meinst du, vielleicht könnten wir zuvor ein bißchen ... es würde zu meiner Verzweiflung passen ... ich hätte Lust ... nur ganz leise ... schnell ...

– Dein Vater? Ja ... aber ...

– Ich verstehe ...

– Ganz leise ... es dauert nur ein oder zwei Minuten ...

– Ich verstehe ... aber wenn wir die Tür zumachen würden ... er schläft ganz fest ...

– Nein ... ich verstehe ... gut ...

– Ich könnte es selbst tun, wenn du es mich alleine machen lassen würdest ... du könntest neben mir einschlafen ... deine Hand würde mir schon genügen ...

– Ich werde nicht lange brauchen, nur ganz leise ... ich brauche es jetzt so nötig ... Was?

– Du brauchst dich bloß hinlegen, und ich lege mich neben dich ... es genügt mir, wenn ich dich anschauen kann ... sogar mit Schlafanzug ... du müßtest dich nicht ausziehen ... du wirst mich nicht einmal spüren ... Wie ein Mäuschen ... diese ganze Nacht hat meine Lust geweckt ... diese grauenhafte Begierde ... es schüttelt mich richtig ... Was für ein schreckliches Alter das ist ... als ob man spürt, daß etwas anfängt zu Ende zu gehen ... eine solche Ungeduld ... ich kann deinen Vater gut verstehen ... Es ist nicht nur körperlich, es ist ein echtes seelisches Bedürfnis ... Was meinst du?

– Ich wollte dich nicht drängen ...

– Macht nichts. Du bringst mich um. Am Ende wirst du mich

umbringen, aber das macht nichts. Am Ende werde ich irgendeine schreckliche Krankheit bekommen ... ich weiß es ... oder es geht mir so wie deiner Mutter ...

– Schon gut, schon gut. Seit über einer Woche verweigerst du dich mir jetzt schon. Und nachher wirst du dann mit deinem Vater beschäftigt sein ...

– Nicht so schlimm, ich dachte nur ...

– Es ist immer bei ihrem Bruder, schon seit dreißig Jahren. Die ganze Familie versammelt sich, und ich befürchte, daß sie sofort merken werden, daß etwas nicht in Ordnung ist ... Dieser Sederabend wird hart für mich werden, das weiß ich jetzt schon ... und ich muß auch noch singen ... Sie ziehen es immer mehr in die Länge ... dieser Bruder wird von Jahr zu Jahr religiöser ... Was soll's ...

– Richtig.

– Ja ...

– Macht nichts.

– Ich war das ganze Leben einer, und?

– Mein ganzes Leben lang ... macht nichts ...

– Nein, ich meine, mein ganzes Leben lang war ich mustergültig, ich war ein guter Ehemann, ein ausgezeichneter Vater, ein hingebungsvoller Onkel, ein gehorsames Familienmitglied, und jetzt, wo ich um eine kleine Pause bitte, nur um ein bißchen Zeit für mich selbst zu haben, da sind alle wütend. Zvi? Du schläfst ja schon ...

– Doch, du schläfst.

– Gleich drei Uhr. Geh ins Bett. Ich verzichte freiwillig. Ich werde nur noch ein bißchen hierbleiben, mit dieser, ha, ha, dieser Maus ... vielleicht entdecke ich sogar, wo sie ihr Loch hat ... sie hat sich bei euch wohl häuslich niedergelassen ... Geh ins Bett, mach das Licht hier aus ... ich werde im Dunkeln für mich allein bleiben ...

– Was?

– In der Bank. Warum?

– Ruf mich in der Bank an. Und wenn du diese Aktien willst, sag's mir, ich gebe dir eine Option darauf.

– Gut. Sprechen wir morgen darüber, das heißt heute. Vergiß nicht, daß Freitag ist und ich um eins aufhöre.

– Wann?

– Willst du, daß ich um fünf Uhr unten auf dich warte? Ich weiß, wo es ist.

– Das ist kein Problem für mich.

– Lassen wir es offen. Ich sterbe vor Neugierde, was du mit ihm machst. Worüber du mit ihm redest. Auch über mich?

– Ich verstehe. Glaubst du, es wäre möglich, daß ich auch einmal mit ihm reden kann?

– Gut, man sollte daran denken. Versuch es herauszufinden.

– Den ganzen Tag?

– Pst . . . pst . . . wann fährt er zurück?

– Nein, nach Amerika?

– Wie redest du denn?

– Blödsinn, was soll denn das?

– Was??

– Wie kannst du nur so reden? Was soll das? Einfach Unsinn. Wenn Worte töten könnten, wäre kein einziger Mensch auf der Welt mehr am Leben . . . Du bist benommen vor Müdigkeit . . . geh schlafen . . . Am Tag vor Pessach arbeite ich nicht. Wenn du willst, könnte ich dich in den Norden hinauffahren . . .

– In der Früh . . .

– Überleg es dir, ich mache es gerne . . .

– Gut. Schlaf jetzt. Wir werden auf alle Fälle telefonisch in Verbindung bleiben. Danke, daß du mit mir aufgeblieben bist. Daß du so geduldig bist. Du bist so gut zu mir. Ich schwöre dir, daß ich wie ein Mäuschen geklopft habe, aber du bist sofort aufgewacht . . .

– Schlaf, du hast ein paar schwere Tage vor dir . . .

– Mach das Licht ruhig aus, das macht nichts, ich habe den Schlüssel. Ich sperre hinter mir zu. Du hast ihn mir doch vor einem Monat gegeben.

– Ja, ich habe ihn dir zurückgegeben, aber ich habe mir einen nachmachen lassen.

– Ich dachte für den Fall, daß du krank bist oder so etwas ähnliches und das Bett nicht verlassen könntest . . .

– Laß ihn mir. Er gibt mir eine Art Sicherheitsgefühl, was dich betrifft. Ich werde die Wohnung nie betreten, wenn du nicht zu Hause bist. Du kannst ihn zurückhaben, wann immer du willst.

– Ja.

– Nein.

– Vielleicht.

– Gut.

– Ich werde dich nicht anrühren, keine Angst. Vielleicht beruhigt es mich, hier zu sitzen und nachzudenken. Ich bin wie ein Kind geworden, meine zweite Kindheit ...

– Gute Nacht, mein Liebling. Dann bis morgen. Laß mich dich nur kurz umarmen ... bloß küssen ...

– Nein, das ist nicht Zvi, Herr Kaminka, aber es ist alles in Ordnung.

– Es ist alles in bester Ordnung, Herr Kaminka, ich bin ein Freund von ihm. Zvi weiß, daß ich hier bin.

– Er schläft schon, aber es ist alles in Ordnung. Wir haben uns nur ein wenig unterhalten.

– Nein, welcher Josef? Nein, ich bin Rafael Calderon. Der Name sagt Ihnen nichts? Wir haben geschäftliche Verbindungen.

– Nein, ich arbeite in einer Bank ...

– Ich kam zufällig hier vorbei und habe nur auf einen Sprung heraufgeschaut.

– Rafael Calderon. Ich kam vorbei, um ihm in einer gewissen Angelegenheit behilflich zu sein ... wegen einer Maus ...

– Nein, erschrecken Sie doch nicht. Ha, ha, es gibt hier eine Maus. Wir haben sie vor ein paar Minuten gerade gesehen. Zvi hat es schon seit einigen Tagen bemerkt, aber er wußte nicht, wo sie sich versteckt hielt. Da sagte ich zu ihm, daß es am besten sei, sie in der Nacht abzupassen, im Dunkeln. Er ist ein bißchen empfindlich, und mir machen solche Dinge nichts aus. Ich stamme noch aus den Tagen der alten Jerusalemer Gemeinde, wir waren damals an Mäuse gewöhnt ...

– Ja, nicht weiter schlimm, eine echte Maus. Meiner Meinung nach eine ziemlich alte, vielleicht haust sie schon seit langem hier ... aber es ist merkwürdig, wie sie bis hier heraufgeklettert ist ... denn das ist schließlich der dritte Stock ...

– Ein Hund?

– Ach, der Hund, den wir dort gesehen haben, ich erinnere mich.

– Im Krankenhaus.

– Ich habe Zvi am Dienstag dort hingefahren.

– Calderon, Rafael. Calderon.

– Nein, ich hielt mich abseits. Ich habe nicht an ihrem Gespräch teilgenommen. Da habe ich den Hund gesehen. Groß und dick, mit so einem gelblichen Pelz.

– Ja ... Genau ... Ich dachte, es sei ein Hund, der zum Krankenhaus gehörte, und mit dem sie sich angefreundet hätte ...

– Er hat hier gelebt? Da hätte hier allerdings keine Maus sein können, ein Hund merkt das sofort.

– Ganz bestimmt. Seit wann sind Sie schon im Besitz dieser Wohnung, wenn ich mir erlauben darf ...

– Nu, das sind schon einige Jährchen ... Aber bitte, Herr Kaminka, lassen Sie sich nicht von mir stören, ich bin schon am Gehen ... Es ist schon furchtbar spät, und es ist jetzt sowieso nicht möglich, wegen der Maus etwas zu unternehmen.

– Gleich drei Uhr. Wie bitte?

– Ihre Frau? Inwiefern?

– Nein, ich stand abseits und habe nichts gehört. Ich weiß gar nichts darüber. Wie?

– Ja ... Zvi hat vage Andeutungen darüber gemacht ... Sie sind gekommen, um sich zu trennen ...

– Verzeihung?

– Ja, um sich scheiden zu lassen ... etwas in der Art ... Ich habe mich nicht weiter dafür interessiert ... auch weiter nichts gefragt, ich habe ihn nur hingefahren, nachdem die öffentliche Verkehrsverbindung dorthin so schlecht ist ...

– Inwiefern?

– Ich habe nichts bemerkt. Sie hat ganz vernünftig gesprochen. Zuerst wußte ich eigentlich überhaupt nicht, wohin ich ihn fuhr, ich dachte, es sei ein Altersheim oder etwas in der Art ... ich kenne mich im nördlichen Teil des Landes absolut nicht aus ...

– Ja ... ja ... schließlich habe ich begriffen, daß es kein Altersheim ist ...

– Ursprünglich aus Jerusalem. Dritte Generation.

– Genau. Ein waschechter Sephardi, könnte man sagen.

– Sie ist auch eine? Was Sie nicht sagen! Was Sie nicht sagen!
– Zur Hälfte? Mütterlicherseits? Wie konnte mir das entgehen,
ich merke es normalerweise immer . . . das hätte ich nicht gedacht
. . . sie schaut überhaupt nicht danach aus . . . was Sie nicht sagen!
– Wie?
– Abrabanel. Natürlich. Das ist eine bekannte Familie.
– Aus Zefat? Aber es gab auch welche in Jerusalem. Wirklich
interessant. Zvi hat nie ein Wort davon gesagt. Das erklärt mir
manches. Dann hat auch Zvi noch ein wenig davon in sich, sehr
interessant. Wirklich angenehm.
– Bitte? Nein, bloß so.
– Mein Hebräisch? Inwiefern?
– Das ist mir noch nie aufgefallen.
– Komisch. Auch meine Töchter sagen, daß ich ein bißchen
seltsam rede.
– Auch Hebräisch, aber nicht nur. Meine eine Großmutter
sprach ausschließlich Ladino.
– Nur Hebräisch. Es sind zwei Mädchen . . .
– Sie sind schon erwachsen, ich sage bloß noch immer Mädchen
zu ihnen.
– Über zweiundzwanzig. Sie sind Zwillingsschwestern. Wahre
Schönheiten, ganz helle Haut, man würde nie denken, daß sie
orientalischer Abstammung sind . . . fast blond . . .
– Mit einem Sohn hat mich Gott zu meinem Leidwesen nie
gesegnet . . .
– Bitte?
– Das ist ein sephardischer Ausdruck? Ich wußte gar nicht, daß
es so etwas gibt. Ich dachte, es sei alles das gleiche Hebräisch.
– Inwiefern? Ich habe nie darauf geachtet . . .
– Den Zwischenlaut? Ja, mit der Diktion haben wir es immer
sehr genau genommen.
– Eine Mischung? Das kann sein.
– Ich habe nie speziell darauf geachtet. Was einem eben gerade
auf der Zunge liegt. Man nimmt seine Worte, wo immer man sie
findet. Sie haben recht, es ist alles vermischt. Die ganze heutige
Zeit scheint eine Art großes Durcheinander zu sein.
– Jetzt, wo Sie es sagen. Ich habe nie zuvor daran gedacht.
Hauptsächlich Zeitungen. Ich habe keine Zeit für Bücher. Zvi

hat mir erzählt, daß Ihr Forschungsgebiet hebräische Linguistik und Stilistik ist. Das erklärt Ihr Ohr dafür.

– In der Investitionsabteilung der Barclay's Bank, die an die Diskont-Bank angeschlossen ist. Aber es tut mir wirklich leid, daß ich Ihnen Ihren Schlaf stehle. Ganz im Ernst. Zvi hat mir erzählt, wie sehr Sie der Flug von Amerika erschöpft hat. Ich erinnere mich, daß er am Sonntag einige Male seine Schwester in Haifa angerufen hat und man ihm jedesmal sagte, daß Sie noch schliefen.

– Sind Sie sicher?

– Für mich ist die Nacht sowieso schon verloren. Ich kann einfach nicht schlafen. Je später es wird, desto wacher werde ich, aber ob Sie wegen mir aufbleiben sollten ...

– Ja, eine warme Nacht. Plötzlich ist es ganz warm geworden, richtig sommerlich. Wenn man bedenkt, daß es gestern abend noch geregnet hat.

– Tee? Aber bitte. Ich werde das Wasser aufsetzen.

– Doch, doch. Ich kenne mich hier in der Küche etwas aus. Ich habe bereits heute zu Zvi gesagt, ihr Russen liebt den Tee zu nächtlicher Stunde, während er bei uns nur getrunken wird, wenn man krank ist, Grippe hat ... wir schwören auf schwarzen Kaffee ...

– Nein, das ist schon in Ordnung, ich mache das ... ich kenne mich aus ... Es sind auch Schokoladenkekse da, die ich gestern mitgebracht habe ... aber vielleicht möchten Sie Ihren Tee alleine trinken ... dann gehe ich sofort ... es ist doch schade um Ihren Schlaf ...

– Aber nein, es ist mir ein Vergnügen, hier mit Ihnen zu sitzen.

– Vielen Dank. Sie sind jetzt schon seit bald einer Woche hier, nicht wahr?

– Ja, ich erinnere mich, am Samstag abend ... Es würde mich interessieren, wie sie das Land jetzt so finden ... was Ihre Meinung dazu ist ...

– Inwiefern?

– Sehr interessant. Das kann sein. Wir merken die Veränderung nicht, da wir hier leben ...

– Wirklich?

– Ja, der ganze Schmutz ... sicher ...

– Auch das. Aber Sie dürfen nicht vergessen, daß es nur ein halber Frieden ist, und die Leute glauben nicht so ganz daran. Ich verstehe nichts von Politik ... im allgemeinen stehe ich immer auf seiten der Regierung, egal welcher, und ärgere mich über die Leute, die sich ihr widersetzen ...

– Sogar bei der jetzigen ... obwohl ...

– Ja, eine düstere Stimmung.

– Ja, aber das sind zumeist nur Redensarten. Ich sage Ihnen, die Leute schwimmen im Geld. Glauben Sie mir das. Ich kenne sie von der anderen Seite, von ihren Investitionen her, und nicht von dem, was sie sagen. Wenn es nicht dem Bankgeheimnis unterliegen würde, könnte ich Ihnen mit einem Taschenrechner auf der Stelle zeigen, welche Summen hier im Umlauf sind und wer sie zum Rollen bringt, manchmal Leute, die bei der sozialen Fürsorge registriert sind. Zu mir kommen Felafelverkäufer mit Stapeln von Fünfhundert-Lirot-Scheinen, an denen noch der Geruch nach Bratöl hängt ... deshalb bin ich auch nicht so kritisch ...

– Ja, das stimmt. Es gibt auch eine Gruppe, die leidet ...

– Ich hoffe doch nicht ...

– Wir alteingesessenen, echten Sephardim sind nicht die Unruhestifter, die aus Nordafrika eingewandert sind ... das sind alles ein wenig Wilde ... das Fernsehen bringt das manchmal etwas durcheinander ... aber wir sind eine sehr fest etablierte Mittelschicht. Sie werden uns hauptsächlich in Banken, bei Gericht und Polizei finden, nicht in der Führungsschicht, aber in verantwortlichen Positionen. Überall, wo sich noch ein wenig Recht und Ordnung erhalten hat. Das ist uns aus den Tagen der Engländer und sogar der Türken geblieben, als wir für Verwaltungsposten gesucht waren. Beamte. Da fühlen wir uns sicher. Ich habe es Zvi schon einmal gesagt, dieser Staat, dieser ganze Zionismus eigentlich, geht ein bißchen über unsere Kräfte, ist ein bißchen zu gewaltig und zu rasant für uns ... wir waren an die türkische Gangart gewöhnt, an die englische Ordnung ...

– Ja, sicher, es ist Unsinn, was ich da rede, jeder Staat ist heute so. Auch die Türkei gerät aus den Fugen, ich habe Zeitungsartikel darüber gelesen, jeden Abend gehen sämtliche Lichter in Istanbul aus ... Vielleicht sind nur noch die Engländer ...

– Auch die Engländer? Was Sie nicht sagen! Nun, dann kann man sich wirklich nicht mehr beschweren . . .

– Seit etwa einem halben Jahr schon. Wir haben uns in der Bank kennengelernt.

– Ja, eine Art Investitionsgesellschaft.

– Der Name seines Chefs ist Gilat. Haben Sie ihn je kennengelernt?

– Ja, natürlich, Sie waren nicht im Lande. Ich vergaß. Ich habe ihn nur ein oder zwei Mal gesehen. Ein energischer junger Mann, der den Markt erobern will. Ich hoffe nur, daß er keinen Blödsinn macht. Ich sorge mich wegen Zvi. Diese ganzen Gesellschaften gehen große Risiken ein, aber sie können sich auch ganz wunderbar entwickeln, vielleicht wird aus dieser auch was, wer weiß? Allerdings ist der Markt zur Zeit so instabil . . .

– Ich glaube, Zvi hat eine gute Auffassungsgabe. Er ist auch motiviert. Er fragt sehr viel. Er ist reich an Einfällen, und das ist wichtig. Aber man braucht viel Erfahrung und Geduld. So einen sechsten Sinn.

– Sicher, auch damit.

– Nein, keine Wissenschaft, wissenschaftlich wahrscheinlich am allerwenigsten. So eine Art sechster Sinn. Ein Gefühl dafür, was man behält und was man abstößt, wo man Druck macht und wo man abwartet. Der Markt ist klein hier, aber alle haben sie ihre Finger drin. Seit kurzem sind viele Amateure aufgetaucht, die dabei sind, Verwirrung zu stiften. Die Gewinnspanne erscheint auf Grund der Inflation sehr hoch, obwohl sie in Wahrheit verschwindend ist. Man kann hier einfach kein großes Spiel auf die Beine stellen. Verstehen Sie ein wenig davon?

– In Amerika ist das etwas anderes. Dort gibt es die echten Abenteurer. Nicht die Juden, sie sind nur im Umfeld und leisten die Dienste, aber unter den Gojim gibt es genug kaltblütige Starrköpfe, die alles mit einem Schlag riskieren und dann in aller Gemütsruhe ein Bier trinken gehen. Der Markt ist völlig offen dort. Eine Aktie kann bis auf den Nullpunkt fallen . . . das heißt in den tiefsten Keller . . . praktisch so gut wie im Minus sein, oder das Gegenteil kann passieren, daß sie plötzlich wie eine Rakete nach oben schießt. Hier ist man ängstlicher. Zudem mischt sich auch die Regierung ein. Auf einmal erbarmt sie sich irgendeines

Unternehmens, weil es etwas mit irgendeiner schwächer entwikkelten Region oder mit einer religiösen Institution zu tun hat . . . Die Leute sind auch sehr nervös hier, sie haben kein Standvermögen bei Aktien. Sie haben Angst vor dem großen Geschäft, weil sie eigentlich nicht wirklich daran glauben . . . aber das kommt noch . . . das beginnt erst gerade anzulaufen . . . Ist der Tee zu stark geworden?

– Der Würfelzucker? Der ist hier im Schrank. Auch Zvi lutscht den Zucker auf diese Art. Hier, den wollten Sie, oder?

– Nein, ich war nur oft hier . . . Ich habe gesehen, wie er auf die Art den Tee trinkt, mit einem Zuckerwürfel im Mund. Er hat es anscheinend von Ihnen gelernt . . .

– Ja, ja. Er ist Ihnen überhaupt sehr ähnlich. Ich habe es ihm schon gesagt. Auch ich bin meinem seligen Vater plötzlich immer ähnlicher geworden. Eines schönen Tages schlägt die Ähnlichkeit durch.

– Richtig.

– Genau.

– Bitte?

– Ja, Zvi hat es mir erzählt. Es ist wirklich eine schöne Wohnung. Sie dürfte jetzt ihre sieben bis acht Millionen wert sein, leicht acht Millionen. Die Lage ist hervorragend, und es gibt inzwischen Leute mit Geld, die in die Stadt zurückkehren und alte Wohnungen zum Renovieren suchen. Wie weit wird das Meer von hier sein? Hundert Meter? Man muß sie ein wenig überholen. Ohne die Hand einer Frau gehen die Kleinigkeiten einfach unter . . .

– Wie bitte?

– Ja, das ist nicht gerade seine stärkste Seite . . . Aber was kann man von einem jungen Mann heute schon erwarten . . .

– Trotzdem . . .

– Trotzdem, übertreiben Sie nicht. Er ist noch keine Dreißig.

– Verkaufen? Wozu?

– Ach.

– Ich verstehe.

– Ich verstehe. Ich begreife. Prinzipiell, das kann ich Ihnen gleich sagen, würde ich es nicht empfehlen, ich empfehle es absolut nicht. Wenn Sie mich fragen, ich empfehle es nicht.

– Ja ja, ich weiß . . . man hört davon . . . täglich . . . ich kenne die unglaublichsten Geschichten, von beiden Seiten, von denen, die Geld machten und von denen, die ihr letztes Hemd verloren . . .

– Ja, davon habe ich gehört, aber hier bin ich vielleicht ein wenig konservativ. Ein Haus ist ein Zuhause, es ist nicht nur Geld.

– Stimmt . . . aber hier würde ich lieber zweimal überlegen . . .

– Autos ja. Nein, verstehen Sie mich nicht falsch. Autos ja. Ich habe unseren Kunden oft geraten, Autos, Schmuck oder das Familienservice zu verkaufen ohne zu zögern, wenn ich irgendeine vielversprechende Möglichkeit an der Börse sah, bei der es sich lohnt zu investieren. Aber ein Haus . . .

– Ja, aber trotzdem, es ist ein Haus. Man kann nie wissen.

– Warum eigentlich?

– Ach so.

– Ach.

– Und Zvi?

– Ach.

– Sie meinen, daß sie entlassen werden wird . . .

– Ach so.

– Bitte?

– Inwiefern?

– Äh . . . äh . . . ich . .

– Bitte?

– Nein . . . Wie bitte?

– Ja, so etwas Ähnliches . . . das heißt . . . ich wußte nicht, inwieweit Sie über alles Bescheid wissen . . . ich wagte nicht . . .

– Bitte?

– Ja, ich war ein wenig erschrocken . . . ich war mir nicht sicher, was Sie wissen und was nicht . . . und auf einmal . . .

– Ich verstehe.

– Das wußte ich nicht.

– Ich hatte keine Ahnung.

– Das hatte ich angenommen.

– Ich verstehe.

– Jetzt verstehe ich . . .

– Ich begreife . . . vielen Dank . . .

– Ich wußte es nicht. Ich hatte plötzlich Befürchtungen . . . wegen Zvi . . .

– Schon seit seiner Pubertät? Ich verstehe, ich kann mir vorstellen, daß . . .

– Sogar Ihre Frau? Wie interessant . . .

– Die ganze Familie . . . ich verstehe . . . Ich würde so gerne noch mehr darüber hören, es fasziniert mich . . . Sind die anderen glücklich verheiratet?

– Nein, ich meinte, ob sie normal sind.

– Ja, er hat mir von ihm erzählt. Ich hatte noch nicht das Vergnügen, ihn kennenzulernen, aber ich habe mir sagen lassen, daß er hochbegabt ist. Er lehrt an der Universität in Jerusalem . . .

– Nein.

– Ja.

– Nein.

– Doch, natürlich habe ich mir gedacht, daß Sie etwas wissen, aber ich wußte nicht, ob es wirklich alles war . . . und wie Sie auf einmal im Dunkeln den Gang herunterkamen . . . bin ich erschrocken . . .

– Das freut mich.

– Sehr vernünftig, diese Einstellung, sehr zartfühlend, nein, nicht zartfühlend, ich wollte sagen, rücksichtsvoll, menschlich . . .

– Ja, das freut mich wirklich. Vielen Dank.

– Ich weiß, das sagt sich leicht, aber wenn ich an Ihrer Stelle wäre, Herr Kaminka . . . ach, unwichtig . . . ich . . . ich habe erst jetzt damit angefangen, ich wußte kaum, daß es so etwas überhaupt gibt . . . nie zuvor . . . es war Zvi, der mich damit bekannt gemacht hat. All das ist absolut neu für mich . . . speziell in meinem Alter . . . deshalb sehen Sie mich so nervös und durcheinander . . . diese ganze letzte Zeit hat mich völlig aus der Fassung gebracht, es ist alles so neu für mich . . .

– Erst seit ein paar Monaten . . . nach den Herbstfeiertagen . . . bis dahin war ich absolut normal . . . ich wußte nicht einmal, wie soll ich es sagen, daß das in mir steckte, daß es diese Möglichkeit überhaupt gab. Erst jetzt, nachdem es ans Licht gekommen ist, erkenne ich viele Anzeichen dafür seit meiner Jugend. Aber trotzdem, es ist ein großer Umbruch . . .

– In der Bank. Er pflegte in mein Büro zu kommen, da seine

Gesellschaft Geschäftsverbindungen zu uns hat, und er hat es in mir allein durch Gespräche erkannt.

– Eigentlich erst vor ein paar Tagen ...

– Nein, nur meine Frau ...

– Es ist sehr schwer. Eine wahre Tragödie. Das werden Sie verstehen. Sehr schwierig. Ein furchtbares Drama. Eine schreckliche Qual.

– Nein, auf gar keinen Fall. Das würde ihr und mir den Rest geben. Daran ist nicht mal zu denken. Ich werde sie nie verlassen. Die Familie würde mich umbringen.

– Bitte?

– Ich weiß nicht. Insgeheim hoffe ich, daß es vorbeigeht, daß es nur ein kurzer Anfall ist.

– Ich gehe schon auf die siebenundfünfzig zu. Ich wurde 1923 geboren. Ich bin nicht viel jünger als Sie ...

– Ja. Sie können verstehen, welche Erschütterung ich durchmache. In Amerika wäre es vielleicht leichter für mich ... Ich lese jetzt gerade einen Artikel darüber ... sogar unter den Juden ...

– Genau, ich habe von dieser Synagoge in New York gehört. Gott ist wirklich groß, wenn er auch das dulden kann.

– Was Sie nicht sagen! Es ist sicher ganz lustig, in den Abendzeitungen über alle möglichen Arten von Perversitäten in der Welt zu lesen, aber wenn man plötzlich selbst die Schwelle überschreitet, alles, an das man geglaubt hat ... Ich bin aus einer religiösen Familie, halte mich noch an die Tradition. Bei uns ist die Religion zwar eine leichtzunehmendere Angelegenheit als bei euch ...

– Nein, das weiß ich. Ich meinte bei denjenigen, die es sind ... Bei uns ist das Ganze nicht so ideologisch, wir würden wegen irgendeiner Idee nie jemanden umbringen und uns auch für nichts umbringen lassen ... in der Politik, falls Sie das bemerkt haben, sind wir im allgemeinen die ersten, die von einer Partei zur anderen, von einem Lager ins andere überwechseln ... aber wenn es um Familienangelegenheiten geht, sind wir sehr strikt. Und ich bin ein Familienmensch. Die Familie ist alles für uns. Wir stehen in der Tradition des Orients, was die Familie und ihre Ehre anbelangt. Wir sind sehr auf die Ehre bedacht. Nicht die Macht interessiert uns, sondern die Ehre, denn es gab nie sehr viel Ehre in diesem östlichen Teil der Welt. Dafür sind wir sogar bereit zu töten ... theoretisch, meine ich ... Ich bin mir nicht sicher, ob Sie mich verstehen ...

– Ich bin den Tränen nahe ... verzeihen Sie mir, Herr Kaminka ... es ist schon die ganze Zeit so ... vielleicht störe ich Sie ...

– Danke.

– Wirklich, vielen Dank. Nehmen Sie heute nacht, ich habe nie zuvor eine so grauenhafte Schlaflosigkeit gekannt. Vielleicht werden Sie mich verstehen, ich habe zu Zvi gesagt, als er mir von Ihnen erzählte, ich bin fast in der gleichen Lage wie dein Vater, nur noch schlimmer. Wir sind von dieser Generation, die erst spät Feuer gefangen hat ... eine Art Leidenschaftlichkeit, die vielleicht ein Ersatz für etwas anderes ist ... vielleicht steht sie anstelle einer grundlegenden Krise der Wertmaßstäbe, denn wir sind eigentlich eine Generation von Konformisten, perfekten Konformisten, das stimmt doch. Nicht?

– In dem Sinne, daß wir uns nie Krisen in der Art erlaubten, wie sie sich die jungen Leute oder sogar die etwas älteren heute erlauben. Und wir hatten keine Generation vor uns, die uns unsere Krisen auf dem Tablett serviert hätte, so wie sie es jetzt mit den Dreißig- und Vierzigjährigen und den Jüngeren machen, die dermaßen verwöhnt sind, daß sie meinen, sie müßten sich jede Woche in einer anderen Krise befinden. Wir sind nicht so, wir nicht.

– Es war einfach niemand da, der so etwas vorgelebt hätte. Die Alten hielten uns fest am Zügel.

– Meinen Sie das im Ernst? Sie finden das wirklich interessant? Ich kann Ihnen gar nicht sagen, wie sehr mich das freut, daß Sie das verstehen. Ich bin kein gebildeter Mensch, ganz und gar nicht, aber es bleibt einfach nicht aus, daß man sich ab und zu seine Gedanken macht.

– Nein, das sind nur so kleine Überlegungen, das ist nur ein Anfang. Was ich verstehen lernen muß ist, weshalb all das plötzlich mit einer solchen Kraft hervorbricht, so zerstörerisch. Der ganze Schmerz, den wir unserer Umgebung zufügen, wenn ich nur daran denke, was passieren würde, wenn die Mädchen es erfahren würden ...

– Trotzdem, sie sind erst zweiundzwanzig. Was ist das schon, zweiundzwanzig. Mein seliger Vater pflegte mich in diesem Alter noch zu verprügeln . . .

– So wahr ich lebe, er machte das manchmal. Aber es sind nicht nur sie, ich rede von der ganzen Familie, auch von den Alten, denn wir haben noch alte Leute. Verstehen Sie, bei Ihnen wurden sie alle vernichtet oder in Europa zurückgelassen, sie belasten euch nicht, für euch war es leicht, euren Frieden mit ihnen zu schließen. Ihr wart sowieso stärker als sie, habt gemacht, was ihr wolltet. Jetzt habt ihr vielleicht gewisse Sehnsüchte und Erinnerungen, aber das nur, daß man etwas erzählen kann . . . Am Schabbatausgang verkleidet ihr euch im Fernsehen mit schwarzen Kaftanen und Bärten, das tut niemandem weh, ha, ha, aber wenn sie euch plötzlich samt ihrem ganzen Getto mitten im Wohnzimmer sitzen würden, wärt ihr starr vor Schreck, und wir haben die Unsrigen die ganze Zeit mitten im Haus . . .

– Einige sind gestorben, aber erst vor kurzem. Bis mein Vater letztes Jahr starb, ging ich praktisch so gut wie jeden Tag nach der Arbeit zu ihm. Bei meiner Frau lebt noch die Mutter, bei dem Bruder in Jerusalem . . . und ich habe noch verschiedene Tanten, die in meiner Umgebung leben, die alles wissen und denen ständig alles erzählt wird und die den ganzen Tag am Telefon hängen. Nachdem sie einmal die Macht des Telefons begriffen haben, telefonieren sie im ganzen Land herum. Ich habe eine Tante, die eine monatliche Telefonrechnung von zwanzigtausend Lirot hat, das entspricht der einer kleinen Bankfiliale . . .

– Wer das kann, aber ich kann nicht reisen. Wo sollte ich denn hinfahren? Vor drei Jahren fuhren wir für einen Monat nach Europa, und am Ende war ich ganz krank vor Heimweh. Diesen Sommer fahre ich vielleicht für eine Woche nach Ägypten. Wir essen auch koscher und sind dadurch ein wenig eingeschränkt . . .

– Nein, ich verstehe Sie, und wie ich Sie verstehe. Aber wohin denn? In Europa fühlen wir uns fremd, obwohl ich sogar Französisch spreche, aber die Luft dort, dieses Grau die ganze Zeit. Wer weiß, vielleicht wird uns bald einmal der Nahe Osten offenstehen, und wir können uns bei den Arabern erholen . . .

– Bitte?

– Ja, wenn der Messias kommt, ha, ha. Aber man muß daran glauben ... wenn sie nur etwas zivilisierter wären. Ich kann Ihnen gar nicht sagen, wie sympathisch Sie mir sind, Herr Kaminka, ich wußte, daß Sie mir gefallen würden. Seit dem Augenblick, in dem die Nachricht eintraf, daß Sie kommen würden, waren wir ganz aufgeregt. Ich habe Zvi am Samstag abend zum Flughafen gebracht, aber ich bin sofort wieder gegangen, ich wollte die Familie nicht stören. Sogar heute abend hatte ich schwere Bedenken, hier vorbeizuschauen. Ich bin ganz fasziniert von Ihrer Familiengeschichte ... als er mich gestern dorthin mitnahm ... um Ihre Frau zu sehen ... es ist mir sehr zu Herzen gegangen ... und das, obwohl ich gedacht hatte, daß schon meine eigene Familie zuviel für mich sei, und plötzlich wäre ich fähig gewesen, mir noch eine aufzuladen ...

– Wer?

– Wie heißt er?

– Gide? Ein Jude?

– Nur Franzose ...

– Ein Homosexueller? Nie von ihm gehört. Ein bedeutender Schriftsteller?

– Ich habe nie von ihm gehört ...

– Wirklich, das hat er gesagt? So extrem?

– Also ich bin da anders, ich habe Familiensinn ... und wegen Zvi, weil ich mich so sehr mit ihm verbunden fühle ... weil ich ihn liebe ... und jetzt auch Sie ...

– Ich bin sicher, daß er eine Zukunft hat, aber man muß auf ihn aufpassen. Auch ich mache mir große Sorgen um ihn. Manchmal frage ich mich, ob das Aktiengeschäft wirklich das Richtige für ihn ist.

– Ja, der wechselt von einer Sache zur nächsten. Ein wenig unreif ... aber er ist noch jung ...

– Trotzdem ...

– Trotzdem. Ich hätte es für besser gehalten, wenn er eine geregelte Arbeit in der Bank angenommen hätte. Das hat jetzt Zukunft. Ich hätte ihm eine gute Stelle besorgen können und ihn protegiert ... diskret ... von oben her ... Sie dürfen sich nicht in mir täuschen, ich habe eine leitende Position in der Bank, mein Wort hat großes Gewicht dort ... Ich könnte mich um ihn kümmern ... wie ein Vater ... wie ein leiblicher Vater ... denn schauen Sie, Sie sind weit weg von ihm ... im Augenblick, meine ich ...

– Bitte? Sagen Sie das nochmal ...

– Ich leihe ihm ab und zu kleine Beträge ... helfe ihm bei schwierigen Transaktionen ...

– Ja, das beunruhigt mich auch ...

– Das ist ausgeschlossen ... nein, sagen Sie mir das nicht, Herr Kaminka, ich habe Vertrauen in ihn, nein, das dürfen Sie nicht sagen ... ich lasse ihn auch immer unterschreiben ... ich habe Schuldscheine von ihm ... nein, sagen Sie das nicht ... Sie machen mir Angst ...

– Was bringt Sie dazu, das zu sagen?

– Ja, ich stimme Ihnen zu. Aber ich kann es ihm nicht abschlagen ... verstehen Sie, das ist im Moment mein einziges Glück ...

– Ich will nichts darüber hören ... Ich werde ihn von jetzt an stärker im Auge behalten, ich werde mich in acht nehmen. Aber schließlich liebe ich ihn doch ... nein ... sagen Sie mir das nicht ...

– Ich habe ihm bisher etwa zweihunderttausend gegeben ... vielleicht mehr ... nein, sagen Sie mir das nicht ...

– Sie sind so selbstsicher, so geradlinig. Sie müssen ein wagemutiger Mensch sein, einfach aufzustehen und alle zu verlassen. Sie müssen wirklich Mut haben ... obwohl ich mich frage ...

– Ich meine ... ich kann mir nicht helfen, mich manchmal zu fragen ... aber das tut nichts zur Sache ...

– Ich meine ... bitte verzeihen Sie mir ... ich weiß, daß es mich nichts angeht, aber ich frage mich einfach, ob es denn wirklich notwendig ist für Sie, sich scheiden zu lassen, auch wenn ... das heißt ich denke da an eine andere Möglichkeit ... aber das geht mich tatsächlich nichts an ...

– Bitte?

– Ich verstehe nicht. Würden Sie das nochmal sagen ...

– Wie bitte?

– Sprechen Sie im Ernst?

– Wie war das? Sie meinen das doch sicher im übertragenen Sinn ... als Redensart ...

– Was?

– Ich verstehe das nicht ... Verzeihung ... einen Moment ...

– Hier? Wo?

– In dieser Küche?

– Wie bitte?

– Nein, ich habe nichts davon gewußt ... andeutungsweise vielleicht ... ich meine, ich weiß schon gar nicht mehr, was ich alles über Sie weiß und was ich nur gerne gewußt hätte. Zvi redet zuviel, und ich höre natürlich zu ... es ist nicht immer meine Angelegenheit, aber ich höre eben zu ... das ist so seine Art, alles zu sagen, was er denkt ... bei euch redet man frei heraus ... ihr habt so eine Sicherheit, so gar keine Hemmungen, vielleicht ist es Unschuld, ihr könnt euch das leisten ... Vielleicht ist es deshalb, weil ihr schon seit langem nicht mehr an Gott glaubt, so daß nicht mehr die geringste Spur von Ihm in euch zu finden ist ... Bei uns wird immer nur verborgen, die ganze Zeit wird nur versucht zu verheimlichen ... Stimmt, ich wußte etwas davon, aber ich dachte, daß sie nur gedroht hätte, es zu tun, wie man es eben manchmal so sagt ... daß sie für einen Augenblick durchgedreht hat, wie wir alle unter großer seelischer Belastung mal tun ... Ich bin sicher, daß sie es nicht wirklich vorhatte. Ich habe sie gesehen, sie hat etwas so Zartfühlendes an sich ... Verzeihen Sie, daß ich mich da einmische, aber ich bin sicher, daß sie es nicht wirklich vorhatte ...

– Mit einem Messer?? Nein, sagen Sie mir das nicht ...

– Ich kann es nicht glauben. Was Sie nicht sagen! Aber es war doch sicher nur so in der Luft ...

– Wo? Ja, ich sehe die Linie. Aber sind Sie sich ganz sicher, daß das daher stammt?

– Ich verstehe. Entschuldigen Sie bitte ...

– Ich verstehe.

– Sie muß wohl unter großer Belastung gestanden haben. Aber wie steht es geschrieben, schuldlos der Mensch, der in seinem Leid sündigt ...

– Ja.

– Tatsächlich genau hier? Und Zvi hat es mit eigenen Augen gesehen? Was für eine Qual muß das für ihn gewesen sein.

– Ich höre Ihnen zu.

– Ich?

– Ich an Ihrer Stelle? Was soll ich darauf sagen. Am Ende hätte ich ihr verziehen. Ich weiß, daß ich ihr am Ende verziehen hätte. Man muß verzeihen können, Herr Kaminka. Man muß immer daran denken zu verzeihen. Wir sind Juden, und es gibt so wenige davon, daß wir uns etwas anderes nicht erlauben können. Und wenn es nur um der Kinder willen ist . . .

– Ich meine Ihre Kinder . . .

– Es geht mich nichts an, es geht mich sogar ganz entschieden nichts an, aber nachdem Sie mich gefragt haben . . . und ich mich Ihnen ein wenig verbunden fühle . . .

– Ja, ich weiß, daß Sie dort ein Baby erwarten . . . Sie sehen, Zvi erzählt mir alles . . . Was soll man da machen? Ich verstehe Ihre Bedenken, aber wenn sie nicht will, lohnt es sich nicht, darauf zu bestehen . . . das würde ich Ihnen raten . . . auch vom finanziellen Standpunkt aus ist das immer nur ein Verlustgeschäft . . . Sie hat noch Sachen hier . . . ich habe ihre Kleider im Schrank gesehen . . . es ist immer schwer, einen sauberen Trennungsstrich zu ziehen . . . es wäre doch auch eine Zwischenlösung möglich . . . Da, da rennt sie wieder! Einen Augenblick, nicht bewegen, ha, ha, sie ist herausgekommen. Da haben wir sie schon . . .

– Hinter Ihnen. Sie hat aus ihrem Loch geäugt, als ob sie uns zuhören würde . . .

– Sie hat sich wieder unter dem Ofen versteckt. Man wird ihn auseinandernehmen und von innen her desinfizieren müssen, ha, ha, die von der Stadt würden es nur außen machen. Sie würden Gift verstreuen und wieder gehen.

– Nicht nötig, ich werde mich darum kümmern.

– Nein, nicht umbringen. Das verabscheue ich auch. Nur einfangen.

– Am besten ist eine Falle. Inzwischen sollten Sie darauf achten, daß das Essen gut verschlossen ist. Lassen Sie nichts draußen stehen. Sie wollen doch nichts essen, an was sie schon herumgenagt hat.

– Gut. Ich werde jetzt gehen. Sind Sie morgen noch da?

– Ja, ich meine heute.

– Schon nach drei. Es ist still geworden in der Stadt. Plötzlich spüre ich meine ganze Müdigkeit. Ich bin Ihnen zur Last gefallen, nicht wahr . . .

– Ich weiß. Es kommt Wind auf. Wann denken Sie, daß die Zeremonie stattfinden wird?

– Die Schei ...

– Ja.

– Werden Sie es am Sedertag schaffen? Dann waren die Rabbiner einverstanden, es so zu machen? Zvi hat gesagt, daß Sie heute vormittag deswegen dort waren ...

– Gestern, Verzeihung, ich gerate schon völlig durcheinander ... Was ist das? Das Telefon?

– Das ist meine Frau. Ich bin sicher. Lassen Sie mich schnell abheben ...

– Ja, sie kennt die Telefonnummer. Sie hat sie herausgefunden ... einen Augenblick nur ...

– Hallo ...

– Aufgelegt.

– Nein, ich bin absolut sicher, daß sie das war ...

– Gebe Gott, daß ich mich täusche. Aber das ist sie, ich weiß es. Sie ist aufgewacht und hat gesehen, daß ich nicht da war. Ich bin mir sicher ...

– Lassen Sie jetzt mich dran ... nur einen Augenblick ... Hallo, hallo? Wieder aufgelegt.

– Nein, ich bin sicher. Das ist sie. Ich gehe jetzt. Falls es nochmal klingeln sollte, heben Sie nicht ab. Sagen Sie, ich war nicht da ... da, wieder ... geben Sie sie mir, wenn es für Sie ist, gebe ich Ihnen den Hörer sofort ...

– Hallo, hallo.

– Nur einen Moment ... oh du lieber Gott ...

– Bist du wahnsinnig geworden? Was ist passiert?

– Gar nichts. Ich bin bloß so vorbeigekommen.

– Ich bitte dich.

– Ich flehe dich an.

– In Ordnung.

– In Ordnung.

– Gut.

– Wie du willst.

– Ich war schon auf dem Heimweg ... ich konnte nicht schlafen ...

– Wieso das?

– Nein, ich sitze hier mit seinem Vater.
– Du würdest dich wundern.
– So wahr ich lebe.
– Ich schwöre es.
– Nein, ich schwöre es dir ... beim Leben meines seligen
Vaters ...
– Nicht was du denkst.
– Das genügt, ich bitte dich.
– Man kann uns hören.
– Ja, sofort ...
– Gut ... ich bin schon aus der Tür ...
– Du verstehst das nicht.
– Du hast noch nicht einmal angefangen, es zu verstehen.
– In Ordnung.
– In Ordnung.
– Genug, hör auf damit.
– Ich bin schuld, ich weiß.
– Ich ganz allein, ich sagte es dir schon.
– In Ordnung.
– Später.
– In Ordnung, später.
– Wie kannst du so etwas sagen!
– Wie kommst du denn darauf?
– Du bist wahnsinnig.
– Ich auch.
– Wie redest du nur?
– Ich höre zu.
– Nein, es ist nicht das.
– Man kann uns doch hören, ich bitte dich.
– Ich werde noch ganz krank davon, ich flehe dich an.
– Was soll das denn ... der helle Wahnsinn ...
– Deine Brüste ausreißen?
– Alles was du willst ...
– Ich verspreche es.
– Es ist stärker als ich, aber es wird vorbeigehen ... ich bin
verliebt ... gib mir Zeit ...
– Nimm dir auch einen ... ich habe nichts dagegen ...
– Was immer du willst.

– In Ordnung.
– Nicht jetzt.
– Nicht jetzt.
– Ich auch.
– Nie und nimmer, wag es ja nicht.
– In Ordnung, später.
– Dann komme ich überhaupt nie mehr nach Hause.
– Nein, sofort ... in zehn Minuten. Ich war schon an der Tür.
– Ruf nicht nochmal an. Versprich es mir.
– Ich höre jetzt auf.
– Ich höre auf.
– Ich leg auf.
– Ich lege auf.
– Nein, er schläft. Das ist nur sein Vater.
– Ich schwör's dir beim Leben der Kinder.
– Dafür wirst du bezahlen müssen.
– Jetzt reicht es. Ich habe aufgelegt ...
– Das war für mich, Zvi.
– Ja, es war sie ... Es tut mir leid, ich hätte nicht so lange bleiben dürfen, aber es wird schon gut werden ... Wenn sie wieder anruft, sag ihr, daß ich schon fort bin. Laßt euch auf kein Gespräch mit ihr ein ... Schalom, Herr Kaminka, ich weiß nicht, ob ich Sie nochmals sehen werde.
– Ja, möglicherweise am Flughafen. Sie fliegen Montag nacht zurück?
– Vielleicht, das ist eine gute Idee. Sicher.
– Ich werde dort um fünf auf dich warten.
– Macht nichts, ich warte um fünf auf dich, das braucht dich nicht zu beunruhigen. Inzwischen viel Glück. Schluß, ich muß los. Es tut mir so leid, ich wollte gar nicht reinkommen, ich bin nur gerade vorbeigekommen. Ich habe geklopft wie ein Mäuschen, und du hast mich auf einmal gehört ...

Freitag nachmittag zwischen vier und fünf

Wir wurden erst nüchtern, schüttelten unsere Blindheit ab,
als mein Vater in einer Schüssel serviert wurde.
Er lag darin, groß und aufgedunsen vom Kochen,
in blaßgrauem Gelee. Wir saßen da, so stumm wie Fische.

BRUNO SCHULZ

»Ich weiß nicht, ob ich es Ihnen sagen soll, aber heute habe ich sogar einen leichten Anflug von Ungeduld auf unser Treffen verspürt. Ich habe mich auch nicht verspätet, vielleicht haben Sie das bemerkt?«

»Sicher.«

»Sicher, sicher. Was für eine überflüssige Frage ... ich bin ja schließlich hier, denken Sie sich wohl, immer mehr in Ihrem Netz verstrickt, in Ihrem Reagenzglas verkorkt, in Ihren Aktenordner eingeheftet zu werden ... Aber, wenn ich das kurz in Klammern dazusetzen darf, Ihr Optimismus ist ein wenig verfrüht, denn wie lange geht das nun schon? Seit zwei oder drei Monaten komme ich zu Ihnen ... und jedes Mal sage ich mir, also, das ist jetzt das letzte Mal, es ist Zeit, das Spiel zu beenden, die Rechnung zu begleichen und sich zu verabschieden. Apropos Rechnung, ich habe ganz vergessen, Sie zu fragen, was Sie verlangen für das Recht, Ihnen hier etwas vorplappern zu dürfen ... und für die Ehre, versteht sich von selbst ...«

»Eintausendfünfhundert.«

»Nicht schlecht ... gar nicht schlecht ... aber auch nicht unangemessen ... nicht zu schlimm ... Sie haben Kollegen, die noch viel habgieriger sind. Also, ich werde Sie bezahlen, und wir werden in aller Freundschaft auseinandergehn. Oh doch, ich werde Sie bezahlen. Keine Angst. Ich glaube zumindest, daß ich das tun werde ... doch ja, ich könnte schon ... warum sollte ich Sie auch nicht bezahlen ... Sie haben es verdient ... und wenn es nur deswegen wäre, weil Sie sich immer beherrscht und kein Wort über das eigentliche Thema verloren haben. Aber sind Sie wirklich sicher, daß ich bezahlen werde?«

»Ich denke schon.«

»Schön für Sie. Selig die Gläubigen. Nein, erschrecken Sie nicht. Denken Sie nicht, daß ich Ihr Vertrauen in mich als reines Kompliment auffasse. Aber ich werde Sie bezahlen. Und dann sehen wir weiter ... die Hauptsache ist, daß ich auch das ausprobiert, auch das überstanden habe. Denn es ist doch heutzutage schon fast unmöglich, einer Unterhaltung unter kultivierten Menschen beizuwohnen, ohne daß früher oder später das berühmte Kapitel auftaucht – Ich und mein Psychiater oder Mein Psychiater und Ich. Mit mysteriösem Lächeln und einem Funkeln in den Augen tauscht man Erfahrungen aus, technische Einzelheiten, Preise, Beschreibungen von Behandlungszimmern. Das Kapitel wird nur gestreift, man schämt sich nicht mehr, es zuzugeben, aber es gibt sehr wohl noch eine Grenze dessen, was enthüllt werden darf. Und so wird es auch mir jetzt möglich sein, im Gespräch meine eigene kleine Geschichte beizusteuern. Auch ich war dort. Und das Fazit: ein paar nichtige Klischees, ein bißchen gelehrter Jargon, und einige wenige oberflächlich neue Formulierungen von grundlegenden alten Problemen. Ein fünfzig Minuten langes Peeling für das vertrocknete Ego, aber ungefährlich, gar nicht in der Lage, irgendeinen Schaden anzurichten. Bitteschön, ich ziehe hiermit meine früheren Einwände zurück.«

»Hatten Sie Einwände?«

»Bis zu einem gewissen Punkt ja. Und ich bin mir auch völlig bewußt, was das heißt. Schon meine Freunde haben sich immer ganz gierig auf mich gestürzt, um mich wie eine weiße Maus zu sezieren und mir zu erklären, daß das Vorhandensein solcher Widerstände auf den zurückfällt, der sie hat. Ich kenne diese Haarspaltereien ... jeder Widerstand gegen ein System wird sofort vom selben System integriert. Wirklich sehr schlau ... und so, um des gesellschaftlichen Friedens willen, ziehe ich also meine Einwände ganz offiziell zurück. Ich habe nicht wenig Geld dafür bezahlt, um herauszufinden, daß das Ganze keinen Schaden anrichten kann, auf jeden Fall nicht bei jenem liebenswürdigen jungen Mann, mit dem zusammen ich meine kurze Entdeckungsreise in dieses Gebiet gemacht habe ... der wunderbar zuhört, ohne die leisesten Anzeichen von Langeweile zu verraten. Der während der ganzen Sitzung nur zweimal auf seine Uhr schaut. Der sich in acht nimmt, nicht auf meine Provokationen einzugehen ... Sie lächeln doch nicht etwa?«

»Sollte das wieder eine Provokation sein?«

»Vielleicht. Wie Sie wollen. Aber ich sehe, sie prallt mühelos an Ihnen ab. Sie sind ein Mann, der die traditionsreiche Technik beherrscht, jede Frage sofort an den Fragesteller zurückzugeben für weitere Aufschlüsse und Erläuterungen. Der sich auf nichts festlegt. Der sich in acht nimmt, nie selbst hineingezogen zu werden. Vielleicht auch, doch das nur in Klammern, ha, ha, weil es nicht viel gibt, in das er hineingezogen werden könnte, was? Aber trotzdem ... ein ausgewogener Mann, bei weitem nicht dumm, den ich nach besten Kräften zu unterhalten versucht habe ... Die personifizierte Normalität hört mir wohlwollend zu, und nachdem der Sessel bequem, der Raum ruhig und kultiviert und der Zeitpunkt mir genehm ist ... nun denn ...«

»Genehm? Was meinen Sie damit?«

»Ich meine damit die Tageszeit, zu der Sie bereit waren, mich zu empfangen, Freitag nachmittag von vier bis fünf, gibt es denn eine angenehmere Stunde als diese? Tel-Aviv ist leer, die Banken sind geschlossen, der Autobusverkehr hat sich gelegt, die Massen sind von der Straße verschwunden, es gibt weniger Frauen, viel weniger Frauen. Die Läden sind geschlossen, aber nicht alle. Hier und dort kann man noch einen areligiösen alten Lebensmittelhändler finden, der einem zerdrücktes Challah* und eine Tüte Milch verkauft, oder bisweilen eine Boutique, wo in aller Seelenruhe noch dünne, supermodische Hemden angeboten werden. Die Stunde der Blumen- und Nußstände, neben denen sich auf den Gehwegen riesige Mengen schwergewichtiger Wochenendzeitungen stapeln. Eine angenehme Zwischenzeit, in der die alte Woche langsam ausläuft. Was wir nicht mehr geschafft haben, wird zumindest in dieser Woche nicht mehr erledigt, und

---

* Brotkuchen für den Schabbat.

das, was die neue Woche bringen wird ist noch relativ weit weg. Sogar die Aktienkurse sind für fünfundvierzig lange Stunden unverrückbar auf ihrem Stand eingefroren. Und es ist noch Werktag, ein geheiligter Werktag allerdings. Der traurige, blödsinnige Schabbat mit seinen Gesängen, Predigten und langen Gesichtern ist noch nicht da, dieses quälende Gefühl, daß man zu etwas verpflichtet ist, daß man etwas versäumt. Ich liebe es, um diese Stunde durch die Straßen im Nordteil nicht weit vom Meer zu schlendern, egal wie das Wetter ist, auf langsam flanierende Singles zu stoßen, die plötzlich aufrechter gehen, weil die Welt ihnen auf einmal Platz läßt ... auf verlorene Seelen jeglichen Geschlechts, die zu keinem Schabbatessen im Familienkreis mehr verpflichtet sind ... eine angenehme Zeit, um zu Ihnen zu kommen und vor allem, um von hier wegzugehen ... Ihre Zustimmung, mich zu dieser Stunde zu empfangen, hat mich sehr überrascht ... es war ein gewichtiges Argument, als ich mich für Sie entschieden habe ... Ich hätte nur gerne gewußt, ob ich der letzte Fall der Woche bin, oder ob Sie auch noch in den Schabbat hineinarbeiten ...«

»Würden Sie gern der letzte sein?«

»Sehr gerne. Ich vergehe danach, der letzte zu sein. Ich habe einige Male daran gedacht, mich im Treppenhaus zu verstecken, um zu sehen, ob es noch jemanden nach mir gibt, aber ich wollte Ihnen keine Unannehmlichkeiten mit den Nachbarn verursachen. Doch, es würde mir ein ausgesprochenes Vergnügen bereiten zu wissen, daß ich der letzte bin. Daran zu denken, daß sich, sobald ich den Raum verlassen habe, augenblicklich die Tür öffnet und Ihre Frau hereinkommt, seufzend – endlich Schabbat. Ist dein gelockter, hübscher Homo weg? Komm, es gibt Blumenkohl zum Essen!«

»Blumenkohl?«

»Ich habe ihn auf der Treppe gerochen ... vielleicht wissen Sie noch nichts von Ihrem Glück ... es soll eine Überraschung für Sie werden ...«

»Mögen Sie Blumenkohl?«

»Ich verabscheue ihn.«

»Und das ist wirklich Ihre Vorstellung von sich selbst? ›Ein hübscher, gelockter Homo‹?«

»Gelockt und hübsch, in dieser Reihenfolge. Ich stelle nur eine Tatsache fest.«

»Ja, ich verstehe schon. Ich wollte nur wissen, ob das Ihre Vorstellung von sich selbst ist, ob Sie selbst so über sich denken?«

»So sehen mich auch die anderen.«

»Sind Sie sicher?«

»Ich denke schon. Zweifeln Sie daran?«

»Ich habe nur gefragt.«

»Aber was wollte ich eigentlich sagen ... Sie haben mich unterbrochen ...«

»Sie haben gesagt, daß es Sie wegen der angenehmen Stunde, dem bequemen Sessel, dem Raum ...«

»... jedesmal wieder zu Ihnen hinzog, obwohl ich schon beschlossen hatte, es zu beenden.«

»Nur wegen dieser Äußerlichkeiten zieht es Sie zurück?«

»Die ganze Atmosphäre.«

»Ja, die ganze Atmosphäre. Nur deshalb?«

»Natürlich nur deshalb. Auch weil Sie, Sie sind ja klug, am Ende jeder Sitzung immer irgendeinen losen Faden zurückzulassen wußten ... irgendeine quälende Frage ... einen Widerhaken, der sich in mir verfing ... Sie unterbrechen mich mitten in einem Gedanken oder in einem Satz, um mich zu zwingen, wieder zurückzukommen, lassen immer etwas zurück, das im Getöse der Woche nicht unterzugehen vermag ... und auf die Art habe ich in einem fort vergessen, Ihnen meinen Abschied einzureichen ...«

»Vergessen?«

»Ja ... ja ... ich weiß, daß es in diesem Raum kein Vergessen gibt ... daß das alles seine Bedeutung hat ... Ich habe einen jungen, angestrengten Historiker als Bruder, der behauptet, daß die ganze Geschichte, dieses unglückselige Gemisch von unseligen Zufällen, nach ein paar einfachen und fixen Gesetzen funktioniert, die er zu finden beabsichtigt. Und er wird sie finden, gar kein Zweifel, irgendetwas wird ihm schon einfallen. Mich amüsieren diese Bedeutungssüchtigen. Aber was wollte ich eigentlich sagen?«

»Sie sagten ... ›heute‹ ...«

»Was heute?«

»Sie sagten, daß Sie ungeduldig auf unser Treffen waren ...«

»Ach ja, richtig. Na so was, Sie hören ja tatsächlich zu und erinnern sich an alles. Sie wachen über den roten Faden in meinen wilden Assoziationen. Es freut Sie anscheinend zu hören, daß ich aus meiner Gleichgültigkeit herausgekommen bin und sich meine Abhängigkeit von Ihnen eventuell vergrößert.«

»Glauben Sie, daß ich bestrebt bin, Sie von mir abhängig zu machen?«

»Warum nicht? Das ist nur natürlich. Auch ich liebe es, Menschen an mich zu binden, vorausgesetzt natürlich, daß es möglich ist, die Bindung jederzeit zu lösen. Es gibt viele Leute, die mich auch ganz gerne an die Leine nehmen würden.«

»Wer zum Beispiel?«

»Eine lange Liste.«

»Ihr Vater zum Beispiel?«

»Mein Vater? Nein, er hat die Leine vor langer Zeit schon losgelassen. Sie wurde ihm zu verwickelt. Jetzt sucht er ein bißchen Inspiration bei mir, versucht mir meine Freiheit abzuschauen. Wie ich ihn aus dem Flugzeug habe aussteigen sehen ...«

»Dann ist er also wirklich da ...«

»Sicher, warum sollte er nicht. Ein gründlich überholter Vater, in brandneuem Look, jugendliche Bewegungen, ein origineller Schlapphut, sogar eine schwungvoll aussehende Art von Tasche. Was noch? Oh ja, eine lange Haarmähne, sehr geschmackvoll aufeinander abgestimmte Kleidung, bei der die Hand einer jungen Dame im Spiel gewesen sein muß. Meine Schwester und mein Schwager haben in der Ankunftshalle auf ihn gewartet, aber ich bin aufs Aussichtsdach gestiegen, um ihn aus der Vogelperspektive heraus zu beobachten ... um zu sehen, wie diese sechsundsechzigjährige geistig-sexuelle Wiedergeburt von einem Mann auf israelischem Boden landet und die ersten Züge unserer graufeuchten Luft einatmet, und das Wichtigste, wann er seine Ich-tu-mir-ja-so-leid-Maske aufsetzt, vor der Paßkontrolle oder danach ... unser ärmster Ermordeter.«

»Verzeihung, das letzte habe ich nicht mitgekriegt.«

»Ach nichts.«

»Sie haben doch am Schluß noch ganz leise etwas dazugesetzt? Ich habe es nicht gehört . . .«

»Nein, gar nichts . . . bloß so . . .«

»Aber Sie haben etwas gesagt?«

»Es ist unwichtig.«

»Sind Sie böse auf ihn?«

»Absolut nicht. Da sind Sie auf der völlig falschen Spur. Kommen Sie schleunigst wieder zurück. Hörte es sich so an, als ob ich verärgert sei? Sie verkennen das wahre Wesen meiner Beziehung zu ihm. Er hat schlicht aufgehört, mich noch irgendwie zu beschäftigen.«

»Und ich dachte, daß das der Grund für Ihre Ungeduld heute war, daß Sie über ihn sprechen wollten . . .«

»Nein, wozu? Hatten Sie schon die Theorie vorbereitet, in die ich eingepaßt werden sollte? Vater-Sohn-Beziehungen, Konflikte, Ur-Verstrickungen . . . Ich bedaure, Ihnen das zerstören zu müssen . .«

»Beim letzten Mal konnten Sie gar nicht aufhören, von ihm zu sprechen. Sie waren sehr gespannt auf seinen Besuch.«

»Mag sein, ich leugne es ja nicht. Aber es hat sich herausgestellt, daß die ganze Aufregung umsonst war. Für mich hat sein Besuch noch nicht einmal begonnen.«

»Inwiefern?«

»Insofern, daß fast eine Woche vergangen ist, ohne daß wir uns wiedergesehen hätten. Es gab einen Kaminka-typischen emotionalen Augenblick, als er vom Zoll in die Dunkelheit hinaustrat. Wir umarmten uns kräftig . . . ein wenig heftiger, als ich beabsichtigt hatte . . . wir hatten sogar feuchte Augen, obwohl wir die wirklichen Tränen bei dieser Veranstaltung meiner Schwester überließen. Sie ist schon seit ihrer Kindheit der Tränenborn der Familie. Ihr Rechtsanwalt stand etwas abseits und lächelte, er hat nicht einmal Ansätze von Tränendrüsen. Aber all das ging sehr schnell. Außerdem fing es an zu regnen. Zwischen Koffern, Paketen und nichtigem Geschwätz über die Flugdauer, die Anzahl der Mahlzeiten im Flugzeug, die verschiedenen Grade von Erschöpftsein, tauchte plötzlich ein neues Thema auf – seine Ähnlichkeit mit mir oder meine Ähnlichkeit mit ihm. Die drei Jahre, die vergangen sind, haben eine physische Angleichung zwischen uns hervorgebracht. Ich bin ein wenig reifer geworden, vielleicht leicht gebeugt, die Kopfhaltung hat sich verstärkt ... er ist schlanker geworden, hat seine Locken auswachsen lassen und sich einen jugendlichen Stil zugelegt. Vielleicht hat er auch von weitem in mir ein Modell gefunden. Und nun waren unsere Gene sichtbar geworden und standen sich lächelnd gegenüber. Der Rechtsanwalt konnte es gar nicht fassen – nein sowas, nein sowas, ich wußte ja gar nicht, daß ihr zwei euch so ähnlich seht.«

»Und das hat Sie gestört?«

»Das nicht direkt ... Aber es war mit ein Grund, daß ich mich über den unverzüglichen Abschied freute. Denn sie haben ihn noch in der gleichen Nacht mit in den Norden hinaufgenommen. Schließlich hat diese überstürzte Reise hierher ja einen Grund: die langversprochene Scheidung, die legale Beendigung ihres hundertjährigen Krieges.«

»Und war die Scheidung schon?«

»Am Sonntag, so Gott will, oder richtiger, so Gott kann. Aber es ist überhaupt nicht sicher, ob Er können wird, denn vorläufig hat es nur Pannen und Katastrophen gegeben. Sie haben es so umständlich wie nur möglich angefangen, gehen um den heißen Brei herum, haben jeden nur erdenklichen Fehler gemacht. Anstatt direkt und allein zu ihr hinzufahren, noch in der gleichen Nacht, vor ihr auf die Knie zu fallen und zu sagen, ›hier bin ich, du hast mich gerufen, verzeih mir ... ich bin deiner nicht würdig ... ich bin der wahre Verrückte hier ...‹, geht er hin und versinkt bei meiner Schwester daheim in einen todesähnlichen Schlaf. Für einen geschlagenen Tag. Dann schickt er diesen Komiker von einem Rechtsanwalt los, um sie das Abkommen unterschreiben zu lassen. Ich habe sie am Telefon gewarnt – laßt diesen Witzbold nicht alleine gehen, er wird alles verderben, aber er hat darauf bestanden und kam an dem Abend völlig belemmert zurück. Sie hatte ihn einfach zum Narren gehalten. Dann kam der Dienstag, und statt nun endlich schleunigst allein zu ihr zu fahren und zu sagen, ›hier bin ich, ich bin gekommen, ich bin deiner nicht würdig, ich überlasse dir die Wohnung, ich stecke in einer furchtbaren Klemme dort drüben, hab Erbarmen mit mir‹, fährt er in die Heilige Stadt hinauf, um sich Rückenstärkung zu holen von meinem jüngeren Bruder und dessen neuen Frau, einer romantischen Persönlichkeit mit literarischen Wunschträumen, die er nie kennengelernt hat, da er es nicht einmal für nötig befunden hat, zur Hochzeit zu kommen. Und ausgerechnet jetzt nimmt er sich die Zeit, das Versäumte nachzuholen. Er übernachtet also dort, und am Mittwoch schließlich stellt er eine ganze Delegation auf die Beine, meinen Bruder, meine Schwester, meinen Schwager, und sogar ihren kleinen Sohn haben sie mitgeschleppt, alles um den Schlag zu entschärfen, daß er ihr von Angesicht zu Angesicht gegenübertreten muß . . .«

»Sie sind nicht mitgegangen?«

»Nein, danke. Die Schaustellerkunst ist nichts für mich, und wenn schon, dann nur in einer Solorolle. Es spielte sich übrigens ein echtes Theater ab. Es gab einen formellen Empfang, meine Mutter hatte einen Kuchen gebacken, die Patienten rotteten sich um sie zusammen, unser alter Hund erinnerte sich mit solcher Begeisterung an Vater, daß er über ihn herfiel und ihn zu Boden warf. Freude, Trubel, Heiterkeit.«

»Was für ein Hund?«

»Habe ich Ihnen noch nie von ihm erzählt? Wir hatten so einen komischen großen Hund, pervertiert und verschlagen, mit wildem rötlichen Fell und großen Schlappohren. Ein Bastard, ein Viertel Bulldogge, ein Viertel Wolfshund und die andere Hälfte weiß der Teufel was. Ich nannte ihn immer Viertelhalber, aber er hatte noch andere Namen. Mutter und Asa riefen ihn Horatius, und Vater verkürzte es zu ›Ratio‹. Eine Persönlichkeit für sich. Wir haben ihn Mutter mitgegeben, damit er dort auf den Wiesen herumtoben und die Essensreste der Verrückten fressen würde. Kurz gesagt, auch er spielte seine Rolle. Mein Bruder bekam einen hysterischen Anfall, schrie sie an und kasteite sich vor aller Augen, meine Schwester bettelte und flehte, aber sie unterschrieb nicht. Am Donnerstag fuhr er also nochmal zu ihr, diesmal allein, denn er hatte endlich kapiert, was er schon längst hätte begreifen müssen, daß er ihr die ganze Wohnung überlassen muß, wenn er seine Freiheit will. Es ist nichts dagegen zu machen, daß sie jetzt wieder völlig bei Verstand ist, jede Minute klarer sieht. Er kam erst gestern abend von ihr zurück. Heute früh ging er zu einem befreundeten Rechtsanwalt hier in Tel-

Aviv, um eine neue Vertragsversion auszuarbeiten. Morgen wird er nach Haifa zurückfahren. Am Sonntag, wenn alles glatt geht, werden sie geschieden, und in der Nacht von Montag auf Dienstag fliegt er zurück. Nein, diesmal ist er keine Belastung für mich. Ein unkomplizierter Besuch. Ich bin nur ein Beobachter am Rande. Ja'el und Asa werden sich mit dem Schlußakt zu beschäftigen haben. Ich habe meinen Beitrag geleistet. Diese ganzen letzten Jahre allein mit ihnen zu Hause . . . ich habe Ihnen schon davon erzählt. Abwechselnd Verteidiger, Ankläger, Zeuge, Richter und Exekutor spielen zu müssen . . . nein, diesmal habe ich mich auf Distanz gehalten . . . ein Beobachter am Rande . . . Habe ich beim letzten Mal wirklich so viel über ihn gesprochen? Ich erinnere mich gar nicht daran . . .«

»Ja.«

»Ich hatte anscheinend Befürchtungen wegen dieses Besuchs. Wohl ein Nachgeschmack von seinem letzten Besuch vor drei Jahren, anderthalb Jahre, nachdem er uns verlassen hatte. Da kam er und quartierte sich einen ganzen Monat lang in der Wohnung ein, ein kranker, verwirrter Mann voller Schuldgefühle, hin- und hergerissen zwischen hier und drüben . . . damals war er das heimgesuchte Mordopfer, das an den Ort des Verbrechens zurückkehrt, angezogen von all den gemeinsamen Sachen, von Bett und Zuhause, aber gleichzeitig vor der dunklen Erinnerung zurückschreckend. Ständig weckte er mich mitten in der Nacht auf und hängte sich schluchzend an mich. Man konnte ihn keine Minute allein lassen, ich hatte damals wirklich Angst, daß er nicht mehr nach Amerika zurückkehren würde. Vielleicht fürchtete ich diesmal einen ähnlichen Besuch, auch wenn er in seinen letzten Briefen schon einen ganz anderen Ton anschlug. Er hat eine Frau und eine Arbeit dort gefunden, wieder eine Art Lebensziel. Er war immer ein sturer Kopf gewesen, doch er hat es geschafft, sich ein wenig zu bessern. Aber wer hätte je gedacht, daß er sich eine ganze Woche wie in Trance zwischen Haifa und Jerusalem bewegen würde, ohne auch nur ein einziges Mal in seinem geliebten Tel-Aviv Halt zu machen . . . Es tut mir leid, Sie enttäuschen zu müssen. Sie hatten so gehofft, daß er mich mit allen möglichen Zwängen geradezu überschwemmen und unser Wiedersehen in einer Flut von Auseinandersetzungen ertränken würde. Ich habe Sie schon in unserer ersten Sitzung davor gewarnt, irgendwelche Leidensgeschichten bei mir finden zu wollen. Ich habe Ihnen auch gleich beim ersten Mal die Geschichte meiner Eltern erzählt, um sie ein für alle Mal vom Tisch zu haben, damit Sie nicht auf die Idee kämen, ich verheimliche Ihnen irgendetwas, und Ihre Energie damit vergeuden würden, nach verborgenen Erinnerungen zu graben. Ich bin aus keiner seelischen Notlage heraus zu Ihnen gekommen, sondern nur, um zu verstehen.«

»Um was zu verstehen?«

»Die subtile Macht, die ich über Menschen habe ... ich möchte mich nüchtern sehen, ich möchte stärker werden und meine Anomalie in eine Energiequelle für mich umwandeln ... Es wird Ihnen nicht gelingen, mir irgendeine Art schlechten Gewissens einzureden ... die Normalität, die Sie predigen, ist nichts für mich.«

»Sind Sie der Ansicht, daß ich Normalität predige?«

»Andauernd ... versteckt natürlich ... Sie sind klug genug, um keinen Frontalangriff zu starten ... doch daß Sie damit noch nicht angefangen haben, heißt nicht, daß Sie es nicht irgend einmal tun werden ... denn das Schlimmste wissen Sie ja noch gar nicht ... käuflicher Sex, dieser furchtbare Punkt, an dem Vergnügen und Geld zusammenkommen ... nur, dann werden Sie schon nicht mehr auf das hohe Roß Ihrer Selbstgerechtigkeit steigen und mich im Namen Ihrer sozialen Normen verurteilen können, weil ich Ihnen dann schon von der Türschwelle zum Abschied winken werde.«

»Ist es Ihnen wichtig, daß ich soziale Normen haben soll?«

»Sie haben sie. Das ist eine Tatsache.«

»Sie bezeichnen es als eine Tatsache, weil für Sie anscheinend die Notwendigkeit dazu besteht.«

»Für mich besteht die Notwendigkeit nicht, aber für Sie ist es eine. Sie sitzen hier, umgeben von Ihren Büchern, und in einem davon gibt es sicher einen Abschnitt, der auf meinen Fall paßt ...«

»Was ist Ihr Fall?«

»Das werden schon Sie definieren müssen, warum sollte ich Ihnen das Leben leichtmachen?«

»Die ganze Zeit reden Sie über Kategorien, Theorien, über

Tests, die ich für Sie bereithalte, um Sie einzusperren. Sie haben sich eine Zielscheibe gebastelt und beschießen sie nun die ganze Zeit. Aber vielleicht ist es auch bequem für Sie, wenn die anderen alle die Starrköpfigen, Normgebundenen, Rationalisierenden und Konformisten sind, und Sie das Gefühl genießen können, anders zu sein und ewig aufzubegehren. Wenn ich für Sie nicht die Normalität repräsentieren würde, würden Sie sich gar nicht wohlfühlen.«

»Sie haben nie mit einem Mann geschlafen ... und nach dem, was ich von Ihnen bis jetzt so weiß, wären Sie auch nie dazu fähig ...«

»Und Sie denken, daß ich das müßte ... um zu ...«

»Ab und zu bin ich auch mit Frauen zusammen ... es ist möglich ... vielleicht werden wir mal darüber sprechen ... wenn ich in der Stimmung bin ... Aber Verzeihung, ich habe Sie unterbrochen ...«

»Ich bekomme in diesem Zimmer hier so viele der seltsamsten Erfahrungen erzählt, aber ich muß sie doch nicht selbst durchmachen, um ihre Bedeutung zu verstehen.«

»Dann verstehen Sie sie aber nur intellektuell, auf einem sehr oberflächlichen Niveau. Ich spreche hier von Tiefe.«

»Nein, nicht nur intellektuell. Das sowieso. Ich habe mich vorher gefragt, weshalb Sie mich als Blumenkohlesser geschildert haben. Wie sind Sie auf die Idee gekommen ...«

»Wird bei Ihnen kein Blumenkohl gegessen?«

»Nein, niemals.«

»Es tut mir leid, wenn ich Sie beleidigt haben sollte ... ich habe so etwas auf der Treppe gerochen ... es tut mir wirklich leid ...«

»Nein, darum geht es nicht. Ich frage mich, weshalb Sie sich von allem hier ausgerechnet den Blumenkohl herausgepickt haben. Was er für Sie symbolisiert. Vielleicht auf Grund seines Aussehens, weiß, gerundet, kristallähnlich, wie ein Gehirn ... ich frage mich, weshalb ausgerechnet Blumenkohl? Sehen Sie mich als Rationalisten par excellence, als einen extremen Verstandesmenschen ... ein Mann, der die ganze Zeit Hirn ißt ... ein Gehirn, das sich von Hirn ernährt ... ein Mann, der die Gehirnfunktionen beherrscht? Sie übermitteln mir ständig etwas von Bedeutung ... eine klare Botschaft... Sie stecken die Grenzen unserer Beziehung ab. Sie trauen mir nicht auf emotionalem Gebiet ... Sie glauben nicht, daß ich Sie psychologisch verstehen kann ... Sie sprechen mir meine emotionalen Fähigkeiten ab ... Sie haben mir bis jetzt auch nie ein wirkliches Gefühl vermittelt ... das heißt ein echtes ... ganz persönliches ... obwohl Sie vorgeben, offen zu sein.«

»Ich wollte Sie ganz einfach nicht in Verlegenheit bringen.«

»Weshalb glauben Sie, daß Sie mich in Verlegenheit bringen würden?«

»Jedesmal, wenn ich mich bestimmten Themen nähere, spüre ich, wie sich alles in Ihnen zusammenkrampft.«

»Das ist reine Projektion Ihrerseits.«

»Ich wollte Ihnen die unfeinen Details meiner Abenteuer ersparen. Sie sind noch jung.«

»Sie sollen mir nichts ersparen ... ich habe Sie nicht darum gebeten ... ich stehe hier zu Ihrer Verfügung ... Sie bezahlen mich sogar dafür. Sie scheinen meine Aufgabe hier nicht ganz zu verstehen ... ich stehe wirklich völlig zu Ihrer Verfügung ... bringen Sie mir Vertrauen entgegen ... machen Sie Gebrauch von mir ... Sie haben sich einen jungen Mann als Psychiater ausgesucht ... auch das hat seine Bedeutung, ist kein reiner Zufall. Man wiederholt immer wieder irgendwelche Familienmuster. Sie haben mich gewählt, damit ich für jemanden anderen stehe, mit dem Sie sich messen müßten. Vielleicht Ihr jüngerer Bruder, der Ihrer Beschreibung nach ein starrköpfiger Rationalist ist ... genau wie Sie mich gerne sehen möchten. Aber vorläufig tragen Sie nur mit mir Gefechte aus und drücken sich vor der eigentlichen Arbeit an sich selbst. Sie haben eine große verbale Ausdruckskraft, Wortschatz, Stilsicherheit, eine äußerst manipulative Sprachbeherrschung ... die Fähigkeit, augenblicklich jede Erfahrung auf ein abstraktes Begriffsniveau zu übertragen ... und die Sache an sich selbstverständlich zu umgehen.«

»Ich verstehe nicht.«

»Sie verstehen sehr gut, was ich Ihnen sagen will ... Sie verkünden die ganze Zeit, daß Sie hier nur auf Abruf sitzen ... daß Sie mich vielleicht bezahlen werden oder auch nicht ... daß Sie jedesmal daran denken, daß dies Ihr letztes Mal gewesen sein könnte ... Sie kommen vorsätzlich zu spät ... und Sie haben sich sogar diese merkwürdige Stunde am Ende der Woche herausgesucht, um sich das Gefühl des Provisorischen zu erhalten ... so eine Art Belustigung am Beginn des Wochenendes. Eigentlich fehlt Ihnen ja gar nichts, behaupten Sie, und Sie kommen nur, um zu sehen, ob ich das definieren kann, was Sie schon wissen. Aber so können wir nicht arbeiten. Es sind drei Monate mit diesen Anfangsschwierigkeiten vergangen, das war zu erwarten, aber wir können hier nicht auf der Stelle treten ... Ihre Zeit ist teuer ... und auch die meine.«

»Sagen Sie mal, Sie greifen mich ja tatsächlich an. Zum ersten Mal ... ich bin fast ein wenig entsetzt.«

»Es wird Zeit, meinen Sie nicht?«

»Ich wußte nicht, daß Sie dazu fähig sind. Sie sind also gar nicht so naiv und still wie ich dachte, das ist mir sehr sympathisch. Wissen Sie, was Sie da über meinen Bruder gesagt haben ... eine interessante Wendung ... Wie alt sind Sie eigentlich?«

»Warum interessiert Sie das?«

»Nein, geben Sie die Frage nicht wieder zurück. Weichen Sie nicht aus. Vergessen Sie für einen Augenblick Ihre Anonymität und sagen Sie mir, wie alt Sie sind.«

»Siebenundzwanzig ... aber warum?«

»Und Sie wollen sich wirklich mit mir identifizieren?«

»Nur um zu verstehen ...«

»Was für einen seltsamen Beruf Sie sich doch ausgesucht haben. Aber gut, dann werde ich Ihnen einen Traum erzählen. Sie haben mich vor ein paar Wochen nach Träumen gefragt, also habe ich einen für Sie geträumt, damit Sie nicht sagen können, daß ich mich nicht bemühe. Das ist übrigens der Grund für meine Ungeduld auf unser Treffen heute, weshalb ich mich nicht verspätet habe. Ich habe Ihnen nämlich einen frischen Traum mitgebracht. Im Laufe des Tages ist mir das meiste davon schon wieder entfallen, aber etwas ist noch übrig. Wir werden sehen, was Sie mit den mageren, dürren Resten anfangen können. Meiner Meinung nach völlig bedeutungslos, aber das ist ja Ihr Problem. Wie Sie sehen, habe ich mich schon gegen Ihren Angriff gewappnet und mich mit einem Traum ausgerüstet. Was meinen Sie dazu, wir fangen an, eine echte Beziehung zueinander herzustellen. Und jetzt an die Arbeit, wir werden sehen, was in Ihrer Macht steht ...«

»Nur mit Ihnen zusammen.«

»Selbstverständlich mit mir zusammen ... ich habe die Spielregeln hier schon gelernt. Es war überhaupt eine komische Nacht gestern. Mein Vater traf am späten Nachmittag ein und bestand darauf, mit mir zum Essen zu gehen, obwohl ich etwas für ihn gekocht hatte. Er hatte sich ein kleines Restaurant in den Kopf gesetzt, in dem es eine besondere Art von Borscht gibt, von dem er die ganze Zeit in Amerika geträumt hat. Nun gut, wir gingen dorthin, aber das Lokal hatte wegen Pessach geschlossen. Doch er blieb hartnäckig und trieb die Besitzer auf, die so überglücklich waren, ihn zu sehen, daß sie eigens ihm zuliebe aufmachten. Allerdings hatten sie keinen Borscht mehr, also ließen sie einen holen, brachten eine ganze Schüssel voll an, samt saurem Rahm, und er trank und schluckte das dickliche Zeug seiner Träume in sich hinein, schmatzte mit den Lippen, stöhnte vor Behagen, schwatzte und scherzte ... Über die Begegnung mit Mutter hat er nicht viel erzählt. Er sagte bloß, daß er hoffe, daß am Sonntag alles vorbei wäre und daß er bereit sei, auf die Wohnung zu verzichten ... Und dann wurde ihm plötzlich schlecht von den Unmengen an Borscht, die er in sich hineingestopft hatte, und wir kehrten nach Hause zurück. Er ging sich waschen und versenkte sich dann in die Stapel von Briefen und Broschüren, die während der Jahre seiner Abwesenheit für ihn eingetroffen waren. Danach setzte er sich vor den Fernseher und schaute sich ein Interview mit irgendeinem neuen Politiker an, den er noch nicht kannte, wobei er einnickte. Wir kamen also überhaupt nicht dazu, über irgendetwas von Bedeutung zu sprechen ... auch ich ging früh schlafen. Und dann gegen zwei Uhr klopfte diese alte Tunte an die Tür, ein bedeutender Großbankier mit würdigem Jerusalemer Stammbaum, ein sonderbarer, sentimentaler Typ, der mit zäher Liebe an mir hängt.«

»Calderon?«

»Genau. Anscheinend ist es mir schon gelungen, ihn auch hier einzuführen, und Sie haben kein einziges Wort von dem versäumt, was ich hier von mir gebe. Genau. Calderon. Rafael. Es ist ihm über mich klargeworden, daß er homosexuell ist, und seitdem wird er fortwährend gestörter, sein Leben gerät aus den Fugen, und seine Familie bricht zusammen. Er läuft mir nach wie ein Hund, tut alles mögliche für mich, kann sich nicht mehr von mir trennen. Ein Fall für Sie. Um Punkt fünf Uhr wird er unten vorm Haus stehen und auf mich warten, mit seinem Wagen plus Privatchauffeur. Wirklich ein Fall für Sie. Der leidet nun echt. Er wird sicher noch versuchen, bei Ihnen zu landen. Er hat tatsächlich schon angefangen auf Sie eifersüchtig zu sein. Der Mann ist am Rotieren. Kurz und gut, er klopfte an die Tür und warf mich um zwei in der Nacht aus dem Bett. Und da ich ein weiches Herz für solche Typen habe, habe ich ihn nicht davongejagt, sondern ich habe mich hingesetzt und mir seine Nachmitternachtsbeichte angehört. Auch ich, wie Sie sehen, habe meine eigenen Behandlungsfälle . . . in den langen nächtlichen Stunden, und gratis . . . die merkwürdigsten Gestalten, die mich erst seelisch niedermachen und mich dann ins Bett schleifen und besteigen . . . Was?«

»Nichts.«

»Ich dachte, Sie hätten etwas gesagt?«

»Nein.«

»Ich weiß nicht, ob es sich lohnt, jetzt noch mit dem Traum anzufangen . . . es bleibt uns nicht mehr viel Zeit . . . aber gut, er wird erzählt, damit Sie nicht wieder sagen, ich hätte mich gedrückt. Ich ging wieder ins Bett, und Calderon blieb in der Küche und begann sich mit meinem Vater zu unterhalten, der auch aufgewacht war. Am Schluß rief auch noch seine Frau an, und danach, oder davor, hatte ich den Traum. Eine Menge Einzelheiten sind mir entfallen, aber was ich noch behalten habe, was für Sie übriggeblieben ist, ist in etwa folgendes. Da war so eine Art Pension, ein Haus nicht weit von einem See, umgeben von fernen Bergen . . . es war vielleicht sogar nicht einmal hier in Israel . . . An viel mehr kann ich mich nicht erinnern, aber an die Treppen schon . . . es waren eigentlich zwei Arten von Treppen . . . die, die ich hinaufging, war gerade und hatte helle Stufen, aber ein bißchen weiter weg, so als ob sie aus Versehen gebaut worden wäre, war die ursprüngliche Treppe des Gebäudes, die nicht mehr benutzt wurde, aus altem, rauhem Stein, mit einem alten, rötlichen Teppich bedeckt, der an den Rändern ausgefranst war. Sie hatte sehr gewundene Stufen, die zu Gästezimmern führten, von denen die meisten schon verlassen waren. Man konnte die ungemachten Betten sehen und persönliche Gegenstände, die zurückgelassen worden waren, wie Schals, Nadeln, schmutzige Wattebäusche, bunte Morgenröcke. Im ersten Stockwerk, das ich gerade hinter mir lassen wollte, sah ich neben dem Fenster – weiß der Teufel, wie er da hingekommen war – meinen Englischlehrer aus der Abendschule sitzen, die ich vor zwölf Jahren besucht habe. Wir nannten ihn immer Mister Foxi, aber das war nicht sein wirklicher Name, er hatte so einen deutschen Namen, Neustadt oder Freustadt ... ein düsterer alter Junggeselle, ein mausgrauer Jecke, den sein finanzieller Mißerfolg zu einem Englischlehrer an der Abendschule gemacht hatte. Er trug immer einen Winteranzug, war glatzköpfig, groß und bebrillt, hatte hängende Schultern, gelbliche Haut, und seine Finger waren grüngelb vom Nikotin. Er sprach ausschließlich Englisch mit uns, um uns gegenüber im Vorteil zu sein. Jetzt saß er also in dieser Pension, mit einem offenen weißen Hemd, in einem Raum, der eine Art Eßzimmer war, überall Tische herumstehen hatte, und wartete auf jemanden. Ich wußte nicht, ob er sich an mich erinnerte, aber ich ging zu ihm hin. Er redete Englisch mit mir, aber es war ein Englisch, das ich so gut verstand wie Hebräisch, ich hatte keinerlei Schwierigkeiten, die Worte gingen mir völlig mühelos ein, wirklich als ob es Hebräisch wäre. Ohne mir auch nur einen Blick zu gönnen, erklärte er mir, daß er auf sein ›hunting‹ warte. Ich erinnere mich ganz genau an dieses Wort, und ich wußte sofort, was es hieß, sogar wie man es buchstabiert. Hunting. Jagd. Er meinte damit wohl irgendeine Fleischspeise, aber er nannte es ›hunting‹, als ob er irgendwo ein Adliger wäre oder sich als solcher ausgeben würde ... Hören Sie zu?«

»Ja.«

»Es war einfach lächerlich, daß dieser farblose Mann da so saß und von seinem ›hunting‹ sprach, das aus dem Wald gebracht werden sollte, frisch aus der Natur, denn in dem Raum war überhaupt keine Spur von einer Küche oder etwas Ähnlichem zu sehen. Aber er spähte tatsächlich aus dem Fenster. Und dort, ziemlich weit drunten, sah ich ein Sträucherdickicht, aus dem ein

Schlauch herausragte, aus dem Wasser rieselte. Etwas bewegte sich im Gebüsch dort, im klaren Abendlicht, jemand ging dort, und der Wasserstrahl wurde dünner, bis er schließlich ganz aufhörte, so als ob jemand den Hahn abgedreht oder den Schlauch geknickt hätte.«

»Ja?«

»Das war's.«

»Das war alles? Sind Sie hier aufgewacht, oder haben Sie weitergeträumt?«

»Nein, genau an der Stelle bin ich aufgewacht. Das Telefon läutete, und dieser Calderon flehte um sein Leben.«

»Sind Sie irgendwie beunruhigt aufgewacht?«

»Geben Sie es immer noch nicht auf? Nein ... keinerlei Beunruhigung ... das Telefon hat mich ganz einfach aufgeweckt ... aber wenn ich weitergeträumt hätte, wäre ich sicher hinuntergegangen um nachzuschauen, wo dieser Schlauch angeschlossen war und wer ihn abgedreht hat.«

»Und dieser Englischlehrer ... wie nannten Sie ihn?«

»Die Schüler hatten ihn Foxi getauft ... Er war wie ein langer, grauer Fuchs.«

»Assoziieren Sie irgendetwas mit ihm? Haben Sie ihn kürzlich gesehen?«

»Nein ... er war völlig bedeutungslos für mich ... ich wußte nicht einmal, daß er für mich überhaupt noch existiert ... ich habe ihn seit Jahren nicht mehr gesehen ... auch nicht an ihn gedacht ... wie kommt es, daß er plötzlich auftaucht?«

»Waren Sie ein guter Englischschüler?«

»Nein ... ein äußerst schwacher ... ich widerstand erfolgreich allen Bemühungen ... Ich glaube, ich habe nicht einmal die Abschlußprüfung in Englisch gemacht.«

»Nur die nicht?«

»Ja, ich glaube schon. Scheint mir jedenfalls so. Von dem Moment an, als ich es aufgab, das Reifezeugnis machen zu wollen, habe ich gar nichts mehr versucht.«

»Wann haben Sie mit der Abendschule begonnen?«

»Nach der Grundstufe.«

»Aber davor haben Sie die gleiche Schule besucht, in der Ihr Vater unterrichtete?«

»Ja.«

»War er jemals auch Ihr Lehrer?«

»Nein, er unterrichtete nur die höheren Klassen.«

»War das vielleicht der Grund, weshalb Sie gegangen sind?«

»Was meinen Sie damit?«

»Daß Sie nicht von ihm unterrichtet werden wollten.«

»Ach so, möglich ... kann sein ... so habe ich die Dinge damals nicht empfunden ... aber ich bin geneigt, diese Erklärung nicht auszuschließen ... mag sein, es gab verschiedene Gründe, aber vielleicht auch deswegen ... Aber was bringt das für den Traum?«

»Dieser Englischlehrer ... Sie sagen, er war eine nebensächliche Randfigur für Sie, sind Sie in letzter Zeit wirklich nie auf ihn gestoßen?«

»In keiner Weise.«

»Aber in Träumen sind solche bedeutungslosen, nebensächlichen Gestalten nur Ersatzfiguren, hinter denen sich die wirklich bedeutsamen verbergen.«

»Ich begreife nicht ganz.«

»Dieser Englischlehrer ... er ist mehr oder weniger im Alter Ihres Vaters, auch er ist Lehrer ... hatten Sie je eine Auseinandersetzung mit ihm?«

»Überhaupt nie.«

»Aber dennoch haben Sie bei ihm versagt. Er symbolisiert zumindest die einzige Prüfung, die Sie nie gemacht haben, wegen der Sie nicht einmal Ihr Reifezeugnis haben.«

»Das ist in meinen Augen unwichtig.«

»Aber es ist ganz unmöglich, daß Sie das zu irgendeinem Zeitpunkt nicht einmal belastet haben sollte.«

»Nein ... das nehme ich Ihnen nicht ab, aber machen Sie ruhig weiter.«

»Der Lehrer spricht Englisch, aber ein Englisch, das Ihnen so verständlich wie Hebräisch war, jetzt ist Ihr Vater in Amerika mit einer neuen, englischen Identität, aber dahinter verbirgt sich immer noch sein altes hebräisches Selbst.«

»Machen Sie nur weiter, ich höre zu. Ich sage nicht ja und nicht nein dazu.«

»Der Lehrer im Traum hatte sich verändert. Er hatte immer

einen schweren Winteranzug an, und nun war er plötzlich im weißen Hemd, irgendwie fröhlich. Eine Veränderung war eingetreten, er war anders geworden ... Wie bei Ihrem Vater, über dessen Veränderung Sie gar nicht genug reden konnten. Der neue Künstlerlook, seine Jugendlichkeit. Von dem Lehrer im Traum sagten Sie, daß er sich gab wie ein Adliger, der gleiche mausgraue Mann, der die billigsten Zigaretten rauchte ...«

»Die billigsten? Moment mal, langsam, wo haben Sie das her?«

»Seine nikotingelben Finger.«

»Sind Sie Hobbydetektiv?«

»Ich höre Ihnen einfach aufmerksam zu ... achte auf die Einzelheiten, die Sie mir selbst mitteilen ... Nur aus diesen kleinen Details versuche ich zu schließen. Im Traum wartet der Lehrer auf irgendein Fleischgericht, auf dieses ›hunting‹ ... gestern abend ging Ihr Vater auf Jagd nach Borscht, der eine rote Farbe hat. Die Verbindung ist so offensichtlich – rot wie Blut, hunting. Etwas an dieser Eßlust Ihres Vaters hat Sie anscheinend aufgebracht. Aber der Traummechanismus hat ihn verändert, tarnte Ihren Vater als einen anderen Lehrer, der völlig bedeutungslos für Sie war, Sie setzten ihm eine Brille auf und versahen ihn mit einer Glatze ... Weshalb war diese Maskerade nötig? Vielleicht sollte sie verbergen, was Sie über ihn gedacht haben ... vielleicht drückt der Traum einen extremen Wunsch aus ... Sie brauchten diese Verfremdung zum Selbstschutz, aber auch, um etwas damit abreagieren zu können. Aber was genau, bleibt noch zu klären.«

»Ich höre. Ich sage weder ja noch nein dazu. Aber eine kleine Zwischenfrage – diese Theorie mit der Tarnung, ist sie allgemein anerkannt, oder haben Sie sie jetzt gerade eigens für mich erfunden?«

»Selbstverständlich ist sie allgemein anerkannt. Das ist das ABC unserer Arbeit. Jeder Traum ist auch eine Tarnung, ein ganzes Tarnsystem.«

»Aber was wollte ich damit tarnen?«

»Etwas, das mit Ihren Absichten Ihrem Vater gegenüber oder mit seiner Persönlichkeit zu tun hat. Das müssen Sie selbst herausfinden. Denn der Traum hat schon von Anfang an auch auf Sie hingewiesen, auf ein Identifikationsproblem, das Sie beschäftigt. Dieses Haus mit der doppelten Treppe. Stufen stehen im Traum im allgemeinen für sexuelle Empfindungen. Die Bewegung von Aufstieg oder Abstieg ist Ausdruck des Aktes an sich ...«

»Jetzt fangen Sie aber an, sich über mich lustig zu machen.«

»Nein, das würde ich nie tun.«

»Dann nehmen Sie sich selbst nicht ernst.«

»Es ist ein fast klassisches Symbol, und in Ihrem Fall drückt es sich ganz deutlich aus. Sie steigen eine bestimmte Art von Treppe hinauf, nämlich die gerade, helle. Aber daneben gibt es noch eine andere, die dunkel und gewunden ist, die Ihnen nutzlos erscheint, mit einem alten, abgenutzten, roten Teppich bedeckt. Rot, beachten Sie das. Und die Treppe führt an einer Zimmerflucht vorbei, die früher einmal von Menschen bewohnt war, aber die Gegenstände, die sie dort zurückgelassen haben, an die Sie sich erinnern, sind ausgeprägt weiblich – Schals, Nadeln, schmutzige Wattebäusche, ein bunter Morgenmantel. Zwischen den beiden Treppen gibt es einen Abgrund, den Sie nicht überqueren, einen kleinen, nicht allzu gefährlichen, der vielleicht überbrückt werden könnte. Wie sagten Sie doch vor ein paar Minuten? Ab und zu bin ich auch mit Frauen zusammen ...«

»Das fängt langsam an, nach talmudischer Logik zu klingen.«

»Aber Träume funktionieren nach talmudischer Logik, mit Abstraktionen, mit Verzerrung und Ersetzen. Sie müssen sie interpretieren, auseinandernehmen, um Verbindungen wiederherzustellen, um zu verstehen, was sie Ihnen in Wahrheit sagen wollen.«

»Und was bedeuten dann, dieser Logik nach, das Gebüsch draußen und der Wasserschlauch?«

»Haben Sie keine Assoziationen dazu?«

»Nein.«

»Den Ort konnten Sie nicht identifizieren?«

»Nein ... Ich habe Ihnen schon gesagt, daß es mir vorkam, als ob es nicht in Israel sei.«

»Vielleicht ein Ort, der mit Ihrer Kindheit verbunden ist?«

»Mit meiner Kindheit? Nicht daß ich wüßte.«

»Vielleicht ähnelt er dem Ort, an dem sich Ihre Mutter jetzt befindet?«

»Meine Mutter? Dort? Nein ... solche Büsche ... so ein Dickicht gibt es dort nicht. Und überhaupt ...«

»Aber es ist am Meer ... im Norden oben ...«

»Das war kein Meer, nur ein kleiner See ... umgeben von Bergen ... irgendwie üppig ... wie eine Schweizer Landschaft ... ich erinnere mich ganz deutlich an die Berge, die ihn ringsherum einschlossen ...«

»Aber vielleicht ist es ein Ausschnitt von einer Meeresbucht, wie bei Haifa zum Beispiel ... in Form eines Halbbogens, den Sie im Traum einfach zu einem Kreis geschlossen haben aus irgendeinem tieferen Grund ...«

»Sie meinen, die Berge waren der Karmel ...?«

»Vielleicht?«

»Nein, dort war es nicht ... Sie können mich nicht dazu bringen, Ihnen hier nachzugeben.«

»Nein, Sie sollen mir auch nicht nachgeben, Sie sollen nur selbst versuchen herauszufinden, mit was das zusammenhängen könnte.«

»Es war so ein Traumort ... ist es denn unmöglich, im Traum einen neuen Ort zu erschaffen?«

»Es ist schon möglich ... aber meistens ist es ein Gemisch aus alten Orten.«

»Dann war das wohl so eine Mischung.«

»Erinnern Sie sich noch an weitere Einzelheiten?«

»Nein.«

»War dort im Dickicht nicht irgendein Mensch?«

»Nein. Es war nur eine Bewegung, die gerade stattgefunden hatte. Etwas, das in Zusammenhang stand mit diesem ...«

»Dem Wasserschlauch?«

»Ja.«

»Und sagt Ihnen der Wasserschlauch irgendetwas ...?«

»Nichts besonderes.«

»Welche Assoziation haben Sie, wenn Sie daran denken ...?«

»Ich weiß nicht, ein Schlauch liegt dort auf der Erde, fast verschmolzen mit ihr, er war braun, aber wo er aus dem Dickicht herauskam, war er ziemlich hell im Abendlicht ... es floß

Wasser aus ihm, und dann hörte es plötzlich auf ... als ob jemand den Hahn zugedreht oder den Schlauch abgeknickt hätte, um den Wasserfluß abzuwürgen.«

»Abzuwürgen?«

»Nein, hängen Sie sich nicht wieder an einem Wort auf ... es ging einfach jemand vorbei, der auf den Schlauch trat, und das Wasser hörte auf zu fließen.«

»Und hat dieser Lehrer etwas gesagt? Hat er reagiert?«

»Nein ... ich achtete schon nicht mehr auf ihn ... Ich hatte nur das Gefühl, daß das irgendwie mit der gleichen Sache zusammenhing, auf die er wartete, mit diesem verdammten ›hunting‹ ...«

»Und was für ein Gefühl hatten Sie, als Sie sahen, daß das Wasser zu fließen aufhörte?«

»Ich dachte, daß gleich jemand auftauchen würde ... dort aus den Büschen ... aber da bin ich aufgewacht ... wohl von den Stimmen von Vater und Rafael, und Rafaels Beschwörungen am Telefon.«

»Um nochmals auf diesen Ort zurückzukommen ... die Landschaft ... die Berge ... der See ... diese Büsche ... was sagt Ihnen das?«

»Sagen Sie es mir doch. Vielleicht sind das auch Symbole. Das gefällt mir jetzt. Haben Sie nicht so eine Art Wörterbuch ... so einen Entsprechungskatalog dafür, so wie Sie mir das mit der Treppe erklärt haben ... dann könnten Sie nachschauen, was dort zu Büschen, Wasserschlauch, Sonnenuntergang steht ...«

»Nein, so einfach ist das leider nicht ... Versuchen Sie es nochmal ganz schnell, was fällt Ihnen sofort dazu ein?«

»Ganz schnell fällt mir gar nichts dazu ein, langsam auch nicht ...«

»Sie sperren sich ... verstecken sich ... wollen sich schützen ...«

»Vor was?«

»Ich weiß nicht. Aber ich spüre, daß hier die Botschaft des Traums verborgen liegt ...«

»Aber ich weiß wirklich nicht, was ich sagen soll ... ich bin völlig blank ... es war bloß irgendso ein Phantasiegebilde ...«

»Das ist zu einfach. Sie haben den Schlüssel. Ich mache nur

Vorschläge. Sie dachten, daß Sie mir einen sinnlosen, dürren Traum anbringen, daß Sie mir einen trockenen Knochen vorwerfen, aber Sie haben gesehen, der Traum hat seine eigene Sprache, seine eigenen Methoden der Zusammenstellung. Wenn Sie sich hineinvertiefen könnten, würden wir vielleicht noch hinter seine Absicht kommen ...«

»Es ist schwierig für mich, wenn Sie mich so drängen ...«

»Dann lassen wir das jetzt für den Moment.«

»Ich fühle mich so leer ... Sie haben mich völlig ausgequetscht ... der ganze Traum war irgendwie so im Dunkeln ...«

»Ich dachte, Sie hätten gesagt, daß alles in hellem Licht war ...?«

»Nur draußen, bei den Büschen ... Ich stand neben dem Fenster im Dunkeln.«

»Gut, lassen wir das jetzt. Vielleicht kommen wir ein andermal darauf zurück. Haben Sie die Absicht, Ihren Vater am Sonntag zu begleiten?«

»Ich? Warum? Ist das Sohnespflicht? Es ist besser, wenn sie dort unter sich sind. Ich werde ihn am Abend beim Seder bei meiner Schwester treffen.«

»Und Ihre Mutter?«

»Sie wird diesmal im Krankenhaus bleiben müssen. Da kann man nichts machen. Nur in Romanen gehen frisch geschiedene Ehepaare unter einem Dach schlafen ... In der Wirklichkeit geht es ordentlicher zu ...«

»War sie letztes Jahr zum Seder auch dort?«

»Nein, sie war immer bei meiner Schwester. Nur im ersten Jahr war ich dort bei ihr, danach erhielten wir die Erlaubnis, sie mit heimzunehmen.«

»Erlaubnis von wem?«

»Vom Krankenhaus.«

»War sie in so schlechter Verfassung ...? Ich dachte ...«

»Nein, es war wegen der gesetzlichen Seite der Angelegenheit.«

»Gesetzlich? Inwiefern?«

»Das waren die Bedingungen, die sie davor bewahrten, unter Anklage gestellt zu werden.«

»Anklage? Ich verstehe nicht.«

»Aber ich habe Ihnen doch das Ganze erzählt.«

»Anscheinend nicht alles.«

»Mein Vater war verletzt, das war unmöglich zu verheimlichen.«

»Ich verstehe immer noch nicht. Hat er die Polizei gerufen?«

»Ich habe sie alarmiert.«

»Sie?«

»Das habe ich Ihnen doch erzählt ... merkwürdig, daß Sie von allen Dingen ausgerechnet diese Einzelheit vergessen haben wollen.«

»Ich habe vielleicht nicht richtig begriffen, daß tatsächlich Sie die Polizei gerufen haben.«

»Ich mußte ... Er lag in der Küche in seinem eigenen Blut ... es konnte doch einfach nicht verheimlicht werden, daß ihn jemand angegriffen hatte ... ich dachte, er würde sterben ...«

»Ich verstehe ...«

»Sie hätten doch sagen können, daß ich es war.«

»Sie?«

»Alles hätte behauptet werden können. Jeder hätte es ihnen glauben können ... Ich war allein mit ihnen ... Asa hatte zu der Zeit sein Leben so eingerichtet, daß er fast nicht mehr nach Hause kommen mußte, er machte eine Prüfung nach der anderen und zwei Schuljahre in einem ... Ja'el und Kedmi waren nach Haifa gezogen ... und hier ging alles so schnell ... es spielte sich irgendwie zweigleisig ab, auf der einen Seite gab sie vor, verrückt zu sein, und auf der anderen wurde sie auch wirklich immer verrückter ... steigerte sich in den Wahnsinn hinein und wurde wahnsinnig ... Vater bekam es ernstlich mit der Angst zu tun ... er fürchtete sich davor, mit ihr allein zu bleiben und flehte mich an, nicht aus dem Haus zu gehen. Er zahlte mir sogar ein Gehalt, damit ich nicht zur Arbeit gehen würde. Er war zutiefst erschreckt, aber er provozierte sie auch die ganze Zeit, machte sich über sie lustig, imitierte ihre Art zu reden. Sie hatte eine Art singenden Unterton beim Reden entwickelt, sang fast richtig am Ende der Sätze, und er machte das nach, begann, mit ihr im Duett zu singen, er konnte sich einfach nicht beherrschen. Sie stand da und erklärte ihm lang und breit irgendetwas und verfiel währenddessen in diesen Singsang, und er fing an mitzusingen, spöttisch und sarkastisch, bis er plötzlich über sich selbst erschrak und sich in seinem Zimmer einschloß. Auch Sex wurde zum bitteren Hohn für sie, denn daß er für sie noch existierte, das konnte ich sehr wohl spüren, vielleicht schliefen sie sogar inmitten des ganzen Wahnsinns immer noch miteinander. Bis sie dann mit diesen Ladendiebstählen anfing. Aber das habe ich Ihnen wirklich alles erzählt.«

»Ja.«

»Und daß wir dafür sorgen mußten, daß sie kein Geld mehr in die Hände bekam.«

»Ja.«

»Und diese perversen Essenszusammenstellungen, den großen Fleischwolf, den sie kaufte, um unser ganzes Essen durchzudrehen ... davon habe ich Ihnen erzählt, oder?«

»Ja, das haben Sie.«

»Wenn ich jetzt so im Nachhinein daran denke, glaube ich, daß sie uns durch dieses wahnwitzige Essen irgendeine wichtige Botschaft mitteilen wollte, daß sie auf diese Art versuchte, mit uns zu reden, mit neuen Kuchenmischungen, die mit grünem Pfeffer und Gurken gefüllt waren, riesige süße Fleischbälle, gefrorene Fischköpfe, grünen Brotaufstrich, zu Krümeln zermahlenes Brot. Manchmal kam sogar, wunderbarerweise, etwas sehr Gutes dabei heraus, aber meist war es einfach unbeschreiblich ungenießbar. Einmal fanden wir sogar einen Eintopf aus Hundefutter auf unseren Tellern vor. Vater übergab sich. Er bekam Angst, das Essen auch nur anzurühren. Er schlich sich nachts heimlich in die Küche, um dort eventuell Brot und Käse zu finden ... Der Kühlschrank und alle Schränke waren voll bis obenhin mit ungeheuren Mengen an Lebensmitteln, das ganze Haus fing an nach verfaulten Sachen zu stinken ... es zog Tiere an, die merkwürdigsten Vögel landeten auf dem Fensterbrett, Raben tauchten in der Nacht auf, Mäuse, der Hund bellte ununterbrochen, jagte sie rastlos ... Da begann Vater zu den Ärzten zu rennen, erkundigte sich wegen einer Einweisung. Ja'el kam mit Gaddi, um uns ein wenig Gesellschaft zu leisten, und da Mutter den Kleinen besonders gern hatte, schlug ich vor, daß sie ihn eine Weile bei ihr lassen sollte. Ja'el hatte Bedenken, aber schließlich war sie einverstanden. Am Anfang war Mutter ganz glücklich. Das Kind schlief an Stelle von Vater bei ihr, und für ein paar Tage war Ruhe. Vater verbrachte damals fast den ganzen Tag außer Haus, und in der Nacht schloß er sich in seinem Arbeitszimmer ein. Aber eines Abends waren alle Schlüssel zu sämtlichen Türen verschwunden. Gaddi war noch bei uns, als am nächsten Morgen, in der frühen Dämmerung, dieser schreckliche Schrei von Vater zu hören war und der Hund zu heulen anfing ... aber das habe ich Ihnen wirklich alles erzählt ... ich verschwende nur mein Geld, wenn ich mich wiederhole ...«

»Es gibt nie eine einfache Wiederholung.«

»Da bin ich mir nicht so sicher.«

»Und dann haben Sie die Polizei gerufen?«

»Er hatte das Bewußtsein verloren, und ich war sicher, daß er tot war. Ich rief sie an und sagte – Verzeihung, wem muß man einen Mord melden? Vielleicht war ich ein wenig voreilig, aber das Blut brachte mich völlig durcheinander. Und sie trafen auch sofort ein, als ob sie bloß darauf gewartet hätten, von mir zu hören, an ihrer Spitze so ein energischer Feldwebel. Vater war inzwischen wieder zu sich gekommen und umklammerte seine Brust, vor sich hinstöhnend, aber ich glaube, daß er den Anblick seines strömenden Blutes auch ein wenig genoß. Sie brachten ihn sofort ins Krankenhaus, und der Feldwebel schloß sich mit Mutter in einem anderen Zimmer ein. Er sprach lange mit ihr und nahm sie dann mit. Ja'el fuhr direkt von Haifa aus zu den beiden. Am Mittag kam Kedmi, um Gaddi abzuholen. Er strich in der Wohnung herum, versuchte sich zusammenzureimen, was passiert war, aber ich erzählte ihm kein Wort davon, rieb nur die restlichen Blutflecken weg. Am Nachmittag traf Asa ein, ging ins Krankenhaus, und als er zurückfuhr, nahm er den Hund mit sich nach Jerusalem. Am Abend war ich schon allein in der Wohnung, in dieser seltsamen, tiefen Stille. Ein paar neugierige Nachbarn klopften an die Tür, aber ich machte nicht auf. Am nächsten Morgen klingelte es. Da stand Vater, frisch verbunden und in düsterer Stimmung. Sie hatten ihn heimgeschickt, das Messer hatte ihn nur gestreift. Ich war ziemlich entsetzt, als ich nachher sah, wie er die Geschichte überall erzählte. Auf der Polizei hatte man inzwischen eine Art Geheimakte angelegt, und der Feldwebel, der sich mit dem Fall befaßte, riet uns zu einer vorbeugenden Einweisung ... ich verstehe wirklich nicht, warum ich daran schuld sein soll.«

»Wer sagt, daß Sie daran schuld sind?«

»Ihre Blicke verurteilen mich.«

»Ich bin nicht Ihr Richter und werde es auch nie sein. Ich versuche nur, gemeinsam mit Ihnen Ihre Gedankengänge und Motivationen zu verstehen.«

»Was gibt es da zu verstehen? Die beiden mußten einfach getrennt werden.«

»Ich verstehe.«

»Ich habe das Gefühl, daß Sie nicht meiner Meinung sind.«

»Meine Meinung ist hier irrelevant ... Wir befassen uns mit Ihnen.«

»Und Sie haben gesagt – ›Ich will mich mit Ihnen identifizieren‹.«

»Nur um Sie besser verstehen zu können, nicht um für Sie Entscheidungen zu treffen oder Ihren Platz einzunehmen.«

»Sie mußten getrennt werden, man mußte sie ihrer gemeinsamen Hölle entreißen.«

»Und seit damals ist sie dort geblieben?«

»Es war ihr selbst anscheinend lieber so. Vielleicht glaubte sie, sich selbst bestrafen zu müssen, oder sie fürchtete, daß sie die Tat vielleicht wiederholen würde. Auch kam, nachdem die Geschichte einmal die Runde gemacht hatte, die öffentliche Bloßstellung dazu. Als er dann nach Amerika ging, wußten wir anfangs nicht, ob er dort Fuß fassen würde. Die Ärzte zeigten sich nicht begeistert von der Idee, daß ich mich zu Hause alleine um sie kümmern würde. Wir konnten sie auch nicht bei Ja'el unterbringen, denn Kedmi wollte ihr am Anfang nicht einmal in die Nähe kommen. Es war ihr selbst lieber, dort zu bleiben. Der Platz ist sehr angenehm, am Meer, vielleicht kennen Sie ihn. Sie hat eine Menge Bekanntschaften dort geschlossen, kümmert sich selbst ein wenig um andere Patienten. Wir gaben ihr auch den Hund mit. Es war eigentlich nur vorübergehend gedacht, aber es blieb dabei, nachdem es für uns alle das Bequemste war. Vielleicht haben wir einen Fehler gemacht. Vielleicht haben wir uns nicht genug bemüht, sie da rauszuholen. Vielleicht wollten wir sie auch bestrafen. Gerade vorgestern habe ich sie wieder gefragt, ob es nicht an der Zeit für sie wäre, dort wegzugehen.«

»Sie waren vorgestern bei ihr?«

»Ja, ach so, nein, am Dienstag.«

»Davon haben Sie mir nichts gesagt.«

»Haben Sie danach gefragt?«

»Hatten Sie einen besonderen Grund dazu?«

»Nein, warum? Ab und zu gehe ich allein zu ihr . . . alle paar Monate. Ich mache dann einen langen, ausgiebigen Besuch. Es hängt davon ab, ob sie in guter Verfassung ist, ob das Wetter passabel ist. Ich rufe sie vorher an, nehme einen Tag frei und komme dort gegen Mittag an. Sie wartet am Tor auf mich, und wir gehen in die Stadt, manchmal zum Fischerhafen von Akko, manchmal auch in die andere Richtung, nach Nahariah in ein Café. Wir schauen uns einen Film an, gehen zum Essen, und gegen Abend bringe ich sie zurück.«

»Und weshalb wartet sie am Tor auf Sie? Warum gehen Sie nicht hinein zu ihr?«

»Es ist mir lieber so. Ich mag solche Orte nicht . . . Kranken-häuser verabscheue ich ganz besonders . . . Vor einigen Jahren ging ich einmal hinein, und die Patienten fingen an, sich um mich zu scharen . . . Es fällt mir schon schwer, dort nur in die Nähe zu kommen . . . ich weiß . . . es ist idiotisch . . . aber manchmal habe ich Angst, daß sie mich nicht wieder hinauslassen könnten.«

»Wer?«

»Die Ärzte. Ich weiß, daß es dumm ist . . . aber kann ich sicher sein, daß sie nicht auf irgendwelche verrückten Ideen kommen. Es gibt da so ein Buch, *Der Zauberberg* von Thomas Mann, in dem ein junger Mann seinen Vetter in einem Sanatorium besucht und dort bleibt, weil man entdeckt, daß er ebenfalls krank ist . . . Soll ich das riskieren? Es wäre doch möglich, daß irgendein Holzkopf dort entscheidet, daß ich . . .«

»Waren Sie am Dienstag auch im Kino?«

»Nein. Wir saßen nur herum und redeten. Wir hatten keine Zeit dazu. Ich hatte Calderon mitgebracht, damit er das Abkom-men lesen konnte, das Kedmi und Vater aufgestellt hatten. Ich wollte wissen, was er davon hielt – was Finanzen anbelangt, funktioniert sein Verstand. Und ich erzählte ihr ein wenig von

Vater, um sie vorzubereiten ... auf sein verändertes Aussehen ... diese unglaubliche Verwandlung, diese Renaissance, die da stattgefunden hat. Ich sagte, sie solle ihren Besitz nicht vorschnell weggeben, nichts unterschreiben, gerade jetzt nicht, wo sie sich scheiden lasse, und daß sie sich von niemandem beeinflussen lassen solle. Wir sprachen auch eine Weile über die Wohnung ... ob es klug sei, wenn der Besitzer der anderen Hälfte in Amerika lebt ... ob es nicht besser sei, zu verkaufen und das Geld in etwas zu investieren, das Zinsen bringt. Sie ist im Grunde noch nicht so alt ... wer weiß, was das Leben noch für sie bereithält. Und sie ist schrecklich unerfahren, sie weiß nicht, wie einem das Geld, das man nicht anlegt, heutzutage unter den Händen zerrinnt ... sie lebt in einer altmodischen Welt ...«

»Und was meinte sie dazu?«

»Sie hörte uns zu. Mein Freund Calderon hat ihr einige Möglichkeiten skizziert. Ich wollte vor allem, daß sie gut vorbereitet ist ... daß sie in der stärkeren Position ist ... daß er ihr nicht plötzlich leid tut ... daß sie ein wenig existentielle Sicherheit hat, bevor sie sich für immer trennt ...«

»Von wem?«

»Verzeihung?«

»Von wem trennt sie sich?«

»Von wem?«

»Von wem trennt sie sich für immer?«

»Ich verstehe sie nicht.«

»Sie sagten, daß sie ihr ein wenig existentielle Sicherheit geben wollten, bevor sie sich für immer trennen würde ... meinten Sie von Ihrem Vater?«

»Was?«

»Sie sind mit Ihren Gedanken woanders.«

»Was? Was sagten Sie?«

»Daß Sie mit Ihren Gedanken woanders sind.«

»Es ist wirklich seltsam ... mir ist ganz plötzlich eingefallen ... hören Sie, dieser Englischlehrer ... dieser Foxi, der sich in meinen Traum verirrt hat ... also, es ist ganz und gar unglaublich ... absolut phantastisch ... wie konnte ich das nur vergessen ... er ist ja schon tot ... sein Name ... wie habe ich das nur vergessen können ... jetzt erinnere ich mich daran ... verblüffend ...«

»Wann starb er?«

»Erst vor ein paar Wochen ... jetzt fällt es mir wieder ein ... ich habe in der Zeitung eine Todesanzeige gesehen, von dieser Schule ... er ist erst vor kurzem gestorben, und ich habe mich nicht einmal daran erinnert! Deshalb ist er also in den Traum hineingeraten ... er ist aus der Geisterwelt auferstanden, und ich habe das nicht einmal gemerkt ... ich bin echt erschüttert ...«

»Ich schlage vor, daß wir hier abbrechen.«

»Bitte?«

»Wir brechen hier ab und machen beim nächsten Mal weiter.«

»Ach so, unsere Stunde ist vorbei. Ich verstehe ... gut, dann bis nächste Woche ...«

»In der kommenden Woche werden wir uns nicht sehen, erst wieder in zwei Wochen. Nächste Woche bin ich in Urlaub ...«

»Ich kann nächste Woche nicht zu Ihnen kommen?«

»Nein, aber wir werden uns in zwei Wochen wieder sehen, zur gleichen Zeit.«

»Aber wieso machen Sie denn Urlaub ... ich denke ...«

»Nächste Woche ist Pessach.«

»Sie arbeiten in der Pessachwoche nicht? Sagen Sie bloß nicht, daß Sie religiös sind.«

»Ich nehme nur Urlaub.«

»Aber Sie werden in der Stadt bleiben?«

»Ich weiß noch nicht.«

»Könnten Sie nicht doch Zeit für mich finden? Sogar zu einer anderen Uhrzeit ... vielleicht an einem anderen Tag ... das macht nichts ...«

»Ich fürchte, das wird nicht möglich sein.«

»Ich meine, zu jeder Zeit, wann es Ihnen paßt ... an jedem Tag, ich könnte mich immer freimachen ...«

»Wir werden uns in zwei Wochen wieder sehen.«

»Ich verstehe ... Augenblick noch, ich wollte Sie bezahlen ...«

»Das eilt nicht ... beim nächsten Mal.«

»Ich kann doch auch jetzt zahlen ... ich schulde Ihnen schon ...«

»Beim nächsten Mal ... es ist nicht dringend.«

»Entschuldigen Sie bitte, nur noch eines ...«

»Ja?«

»Wenn ich nun aber im Laufe der nächsten Woche mit Ihnen sprechen will, nur ein paar Worte wechseln, wäre es möglich, hier anzurufen?«

»Ich glaube nicht, daß das am Telefon das Richtige wäre . . . Warten wir auf unsere nächste Sitzung, das ist nicht so lang hin . . .«

»Ich bin bloß . . . ich weiß nicht . . . ich habe das Gefühl, daß in der kommenden Woche irgendetwas passieren wird . . . vielleicht würde ich gerne mit Ihnen darüber reden wollen . . . Finden Sie es nicht verwunderlich, daß ich völlig vergessen hatte, daß dieser Lehrer gestorben ist . . .?«

»Darüber werden wir natürlich auch sprechen.«

»In gewisser Weise sind Sie mir heute irgendwie nähergekommen . . . Sie sind mir sympathischer geworden . . . Ich wollte es Ihnen eigentlich gar nicht sagen, aber am Anfang war ich ziemlich abgestoßen von Ihnen, körperlich meine ich . . . weil Sie so klein sind . . . so untersetzt . . . Ihre Backenkoteletten . . . Warum haben Sie die? Man trägt sie doch heute viel kürzer . . .«

»Auch darüber können wir beim nächsten Mal reden . . . Jetzt würde ich vorschlagen . . .«

»Ja, sicher. Plötzlich sehe ich Sie in einem neuen Licht. Sie wollen mich wirklich zu irgendeinem Ziel bringen . . . es steckt Methode hinter dem Ganzen . . . eine Richtung, Sie sind gar nicht so passiv . . .«

»Ja, heute haben Sie angefangen, ernsthaft zu arbeiten, aber jetzt im Ernst . . .«

»Sie haben auch das Gefühl gehabt?«

»Ja. Aber wirklich, nicht jetzt. Über all das werden wir beim nächsten Mal sprechen . . .«

»Schade, daß wir jetzt nicht weitermachen können . . . Ich wollte Sie nur noch fragen . . .«

»Vielleicht . . .«

». . . nur noch eins. Es beunruhigt mich. Ist Wahnsinn erblich bedingt? Könnte ich auch verrückt werden, wie sie? Ist darüber etwas bekannt?«

»Wir werden über all das beim nächsten Mal sprechen. Hier, vergessen Sie Ihren Schal nicht.«

»Ich wollte ihn eigentlich dalassen, damit ich einen Grund habe, nochmals zurückzukommen ... aber ich verstehe ... also gut, dann gehe ich jetzt. Nur eine letzte Frage, glauben Sie wirklich, daß jedes Detail eine Bedeutung hat, daß das nicht alles einfach ein zufälliges, sinnloses Chaos ist ... nur der unkontrollierbare Lebensstrom ...?«

»Nein, Zvi. Wirklich, nicht jetzt.«

»Nur ein einziger Satz, bitte.«

»In gewissem Sinn ja, es gibt immer trotz allem eine Art Grundmuster, zu dem sich die Zufälle zusammenfügen ... Aber ich verspreche Ihnen, über all das werden wir uns beim nächsten Mal unterhalten. Wir haben noch einen langen Weg vor uns.«

»Ich kann es kaum erwarten. Es war heute richtig spannend. Womit sollten wir beim nächsten Mal anfangen? Worüber möchten Sie, daß ich nachdenke? Sie haben sicher schon Ihre Pläne, bestimmt dieser tote Lehrer, aber vielleicht sollten wir auch nochmals auf den Traum zurückkommen, das Sträucherdickicht, der Wasserschlauch. Sie haben recht, man sollte wirklich niemals aufgeben.«

»Wir können anfangen, mit was Sie wollen. Alles steht Ihnen offen, was Ihnen gerade in den Sinn kommt, sogar mit diesem Hund ...«

»Der Hund?«

»Warum nicht? Auch er ist ein Teil der Geschichte ... Aber jetzt wirklich, auf Wiedersehen. Wenn es Ihnen nichts ausmachen würde, die andere Tür dort zu benützen ...«

»Es ist also jemand hinter dieser Tür ... ich verstehe, ich bin tatsächlich nicht der letzte.«

»Auf Wiedersehen, Zvi, schöne Feiertage.«

»Du bist das, Rafael? Was machst du hier? Ich habe dir doch gesagt, du sollst unten auf mich warten.«

»Herr Doktor?«

»Wenn Sie mich entschuldigen würden, mein Herr.«

»Rafael, nicht jetzt.«

»Ich hätte gerne gewußt, ob er mich auch nehmen würde. Hast du ihn gefragt, Zvi?«

»Nicht jetzt, Rafael ... nicht jetzt ... komm schon.«

»Es hat im Augenblick wirklich keinen Sinn, mein Herr ...

Aber Sie können sich nächsten Monat mit mir in Verbindung setzen. Zvi wird Ihnen meine Telefonnummer geben.«

»Vielen Dank . . . zu liebenswürdig von Ihnen . . . frohes Fest . . . Ich warte unten auf dich . . . und entschuldigen Sie bitte.«

»Sehen Sie, was ich Ihnen gesagt habe. Aber gut, ich bin plötzlich genauso anhänglich geworden, das paßt so gar nicht zu mir . . . es tut mir leid . . . ich gehe jetzt wirklich. Wie hat er das letzte Nacht so schön gesagt – die Grenzen sind gefallen . . . Aber jetzt gehe ich besser . . . Vielen Dank, wirklich vielen Dank, und auf ein baldiges Wiedersehen natürlich.«

Samstag?

Das ist das erste Mal, und noch nicht lang,
daß die Zeit sich nicht verhält, wie man es erwarten kann.

Uri Bernstein

Samstag? Samstag? Plötzlich, mitten in der Geschichte, verliere
ich den Boden unter den Füßen und bleibe stecken. Was geschah
an jenem Samstag vor drei Jahren? Ich hatte nicht einmal mehr
daran gedacht, daß es diesen Tag überhaupt gegeben hat. Er war
spurlos verschwunden, hatte an seiner leeren Stelle nicht einmal
einen Schmerz hinterlassen. Samstag? Irgendwie kam er mir
abhanden, mir, die ich alle jene Tage wie eine Priesterin gehütet
habe; sie hartnäckig aus der flüchtigen Zeit geborgen habe, für
immer in aller Klarheit erstarren ließ. Ich war es, die ihre
Geschichte zusammensetzte und eifersüchtig über sie wachte,
über jeden einzelnen Tag, jeder genau an seinem Platz, Einzelheit für Einzelheit in Farben, Gerüchen, Gesprächsfragmenten,
Kleidung, Stimmungen und Wetterbewegungen – diese letzten,
schrecklichen Tage, eingefangen wie auf einem Bildschirm in
ihrem unausweichlich unvermeidlichen Ablauf, von einer fernen
Erkennungsmelodie leise aber beharrlich begleitet. Ich war es,
auch wenn es keiner von euch je bemerkt hat, die bis heute die
Bruchstücke der Erinnerungen eingesammelt, wie die letzten
Federn eines aufgeplatzten Federbetts: von dir, Kedmi, von
Mutter, von Zvi, von Asa, von Dinah ... die sogar die letzten
Funken in Gaddi noch aufschürte und alle Leute fragte, die in
jener schrecklichen Nacht dort waren, wieder und wieder, wenn
ich könnte, wenn ich ihn nur finden könnte, sogar den Hund
würde ich zum Sprechen bringen, würde ihn anflehen, seine
Geschichte zu erzählen, sich zu beteiligen an meiner minuziö-

sen, unerbittlichen Rekonstruktion jener letzten Tage in ihrem
unausweichlich unvermeidlichen Ablauf, von jenem ersten Augenblick an auf dem Flughafen, als er uns auf dem verregneten
Pflaster im Flutlicht entgegenkam, bis zum letzten in jener
endgültigen Nacht, als wir zu spät am Krankenhaustor ankamen
und sie ihn schon wegbrachten und der Hund wie wahnsinnig
winselnd am Boden scharrte – für mich war das der letzte Augenblick. Ich war es, die nicht vergaß, nie vergessen wird, sich
für euch alle erinnern wird, ich, die einzige, die ihn bedingungs-
los liebte, die nicht gegen oder für ihn war, sondern nur still da,
um ihm soviel Hilfe und Wärme zu geben wie ich konnte. Du
kannst machen, was du willst, Kedmi, ihr könnt alle machen,
was ihr wollt, ich werde immer bei euch sein. Und anstatt zu
denken, ja Kedmi, anstatt zu denken, werde ich mich erinnern.
Das Denken überlasse ich dir, Asa, euch allen, sogar dem Hund,
aber das Erinnern überlaßt mir, denn es gibt niemand anderen
dafür. Aber jener Samstag? Allmächtiger, kann ich plötzlich
einen ganzen Tag verloren haben, ohne es auch nur irgendwie
bemerkt zu haben, kann es sein, daß meine sich überstürzende
und unersättliche Erinnerung auf ihrem Weg zum Unglück über
jenen Tag hinweggeeilt ist? Aber weshalb? Wie eine Blöde saß
ich heute morgen da und erzählte ihr von jedem einzelnen Tag,
wie einer langsam und konsequent auf den anderen folgte, sich
unausweichlich, unvermeidbar einer aus dem anderen entwik-
kelte, und als ob mir das Lauschen auf eine schwache, längst
verhallte Melodie jede kleinste Einzelheit zurückbrächte, als ob
dieses ganze hartnäckige Erinnern der letzten Jahre nur für
diesen Augenblick bestimmt gewesen wäre, als ob ich tatsächlich
gewußt hätte, daß der Tag kommen würde, an dem eine Fremde
eines schönen Morgens aus heiterem Himmel daherkommen
und es zurückfordern würde – jemand, der sich jedes Detail
gierig einverleiben würde, an jeder Regung interessiert wäre, so
daß ich, obwohl ich mir am Anfang nicht sicher war, was ich ihr
erzählen sollte und was nicht, nach den ersten Sätzen nichts mehr
zurückhalten konnte, mehr noch, von einem wahnwitzigen
Bedürfnis ergriffen wurde, alles auszuspucken, bis in Einzelheiten, von denen ich nicht im Traum gedacht hätte, daß ich mich an
sie erinnerte. Endlich hatte sich jemand gefunden, der alles aus

mir herausholte, der mich wie eine Flasche ausschüttete und
jedes Wort, jedes Geräusch, jede Regung auffing, der mich sogar
über unsere Überlegungen, Gedanken und Motive ausforschte,
jede noch so nebensächliche Figur verfolgte, sich gar nicht mehr
davon trennen konnte, sich daran klammerte wie an ihr Leben.
Für einen Augenblick erschrak ich sogar vor ihrer Wissensgier.
Eine kleine Frau, ein Hütchen mit einer großen Feder auf dem
Kopf, ein Notizbuch auf ihren Knien, einen langen Bleistift in
der Hand, kettenrauchend, in höchster Konzentration, fieberhaft jedes Wort notierend, das sie nicht kannte, in fieberhafter
Erregung unaufhörlich mit dem Kopf nickend, mit gebroche-
nem Hebräisch, während ich ihr langsam, der Reihe nach, Tag
für Tag beschrieb – Sonntag, Montag, Dienstag, Mittwoch ...
ihm auf dem Fuß folgte von Person zu Person, von Ort zu Ort,
von Haifa nach Jerusalem und wieder zurück, von dort nach Tel-
Aviv ... am Morgen; am Abend ... Donnerstag, Freitag ...
alles, was ich über ihn wußte, was ich über ihn zusammengetra-
gen hatte, über euch alle ... wo ich selbst dabei war und wo
meine Vorstellung auf seinen Spuren ging ... aber als ich beim
Samstag angelangt war, herrschte plötzlich Dunkelheit, absolute
Leere, die Melodie riß ab, und ich konnte nur wie ein Idiot zu ihr
sagen – »Samstag? Samstag? Ich glaube, es hat überhaupt keinen
Samstag gegeben.« Mein Gedächtnis funktionierte nicht. »Sind
Sie sicher, daß es einen gegeben hat? Vielleicht fiel er auf den
Pessach selbst, das passiert manchmal, wir müßten in einem alten
Kalender nachschauen.« Aber sie schaute mich nur mit einem
schnellen, verwirrten Lächeln an, dann errötete sie, verletzt, als
ob ich etwas vor ihr zu verbergen suchte. Wo waren wir alle an
jenem Samstag? Was geschah? Sollte ich es wirklich vergessen
haben – ich, die ich all jene Tage wie eine Priesterin gehütet, sie
aus der flüchtigen Zeit geborgen habe, für immer in hartnäckiger
Klarheit erstarrt. Ich hätte dich fast schon im Büro angerufen,
Kedmi, oder Zvi, aber ihr ... An was erinnert ihr euch noch?
Sogar das, von dem ihr glaubt, daß ihr euch daran erinnert, ist
nur der Schatten einer Erinnerung.

Ich stand auf und ging im Zimmer auf und ab. »Samstag?«
murmelte ich vor mich hin und lächelte ihr beruhigend zu. »Ja

sicher, es wird mir gleich wieder einfallen. Am Sonntag fand die Scheidung statt. Er fuhr an dem Morgen allein ins Krankenhaus. Wir haben damals nicht begreifen können, wie es ihm gelungen war, die Rabbiner davon zu überzeugen, am Tag des Seders dort hinzukommen und die Zeremonie abzuhalten, bis wir Wochen später die Quittung von irgendeiner entlegenen kleinen Jeschivah* über eine gewisse Spendensumme erhielten, die Vater ihnen gegeben hatte. Was hat er nicht alles getan, um die Angelegenheit zu einem Ende zu bringen. Aber nun der Samstag. Natürlich, Samstag. Es muß auch einen Samstag gegeben haben.« Ich lächelte ihr zu. »Wir werden ihn gleich finden, aber zuvor sollte ich uns vielleicht noch einen Kaffee machen.«

Ich ging in die Küche, durch eine Wohnung, in der die Zeit seit dem Augenblick ihrer Ankunft stehengeblieben war. Ein einziges Durcheinander, schmutzige Geschirrhaufen im Spülbecken, der kalte Herd, auf dem offene Töpfe standen, die Stühle waren auf dem Tisch, der dreckige Fußboden, Eimer und Lumpen in einer Ecke, die ungemachten Betten, eine Schallplatte, die sich immer noch stumm auf dem Plattenteller drehte. Es war noch nicht neun Uhr gewesen, als sie eintraf, und seither war alles liegengeblieben.

Ich kehrte mit dem Kaffee zurück, und sie verschwand für einen Augenblick auf die Toilette, ihr komisches Notizbuch lag offen auf dem Tisch, kurze Sätze in zorniger Handschrift, dick unterstrichen, auf jeder Seite eines der Daten jener Tage, also suchte sie nach etwas. Ich schlüpfte ins Kinderzimmer, um einen Blick auf ihn in Rakefets Kinderbett zu werfen. Ich zog die Decke wieder über den kleinen Körper, berührte sein Gesicht. Ein Wunder, flüsterte ich vor mich hin, schon wieder am Rande der Tränen, denn ich hatte zu weinen angefangen, als sie gekommen waren und konnte nicht damit aufhören, ich glaube auch nicht, daß ich jemals damit aufhören werde. Mache dich darauf gefaßt, Kedmi, aber es sollte dich nicht wundern, daß ich jedesmal weinen möchte, wenn ich dieses Kind sehe. Sie war so glücklich darüber, daß ich in Tränen ausbrach, es fiel ihr sofort leichter, ihr Gesicht leuchtete auf. Am Anfang war sie so verun-

---

* Talmudschule.

sichert, die Arme, wie sie an der Tür stand mit all ihren Koffern, errötend und stotternd, und von meiner sturen Unfähigkeit zu verstehen, wer sie war, sie zu erkennen, zur Verzweiflung getrieben. Bis mir dann plötzlich ein Licht aufging und ich sie hastig hineinführte, mich zu dem Kind hinunterbeugte und in Tränen ausbrach, als ich ihn hochhob. Was anderes hätte man denn tun können? Hätte ich tun können, meine ich, natürlich nicht du, Kedmi. Was für mich zum Weinen ist, ist für dich zum Lachen, und das ist gut so, auf die Art kommen wir am besten miteinander aus. Aber Lachen meine ich, Kedmi, nicht diese unerträgliche, aggressive Bitterkeit. Ironie, ja, Lachen, so viel du willst – wenn es wie heute nachmittag ist, als du aus dem Büro heimkamst und über die ganzen Koffer am Eingang gestolpert bist und du deine Überraschung so schnell in ein amüsiertes Lächeln verwandelt hast: du hast sofort erkannt, von wem sie sind, hast es blitzartig erfaßt, niemand wird dich je überraschen. Und du hast ihr so liebenswürdig die Hand gedrückt, doch, liebenswürdig und herzlich, du brauchst es gar nicht abzuleugnen, ich kann es beschwören, denn du kannst ekelhaft und kalt genug sein, wenn du fremde Leute zu Hause vorfindest. Du bist sofort in die Küche gegangen und hast dir den Jungen angeschaut, der mit der großen Serviette, die ich ihm um den Hals gebunden hatte, am Tisch saß, ganz mit Brei verschmiert, mit einem Suppenlöffel auf die Tischplatte schlug und in Englisch sang und wie du zu Gaddi und Rakefet, die ihn sprachlos beobachteten, mit einem ausgelassenen Funkeln in den Augen gesagt hast, »Na, Kinder, wie gefällt euch euer neuer Onkel aus Amerika?« Du ahnst nicht, wie erleichtert ich war, daß du nicht in eine deiner schlechten Launen verfallen bist, daß du bereit warst, diese bestürzende Erfahrung, die so plötzlich daherkam, mit uns zu teilen, daß du Geduld mit ihnen haben wirst, ja, du wirst sie haben. Ich bitte dich, daß du in den wenigen Tagen, die sie hier sein werden, nicht schon zu planen anfängst, wie du sie wieder los wirst. Laß mir ein wenig Zeit, das Kind zu halten, bevor man ihn mir wieder wegnimmt. Mein Liebling, wie ich dich liebe und dir danke, wie ich dir danke und dich liebe, daß du, der mit fremden Kindern so wenig anfangen kann, einfach zu ihm hingegangen bist und ihn gestreichelt hast mit diesem sanften, wunderbaren Lächeln. Du hast ihn sogar geküßt, nicht wahr? Doch, du hast ihn geküßt und gestreichelt, leugne es nicht, Kedmi, du brauchst dich nicht zu schämen, das macht doch nichts. Sogar dich hat dieses Wunder gerührt.

Aber ich weinte, und sie war so glücklich darüber, so erleichtert, ihr Gesicht leuchtete auf. Sie war ganz verkrampft und elend zum ersten Mal in ihrem Leben in Israel, direkt vom Flughafen nach dem langen Flug aus Amerika war sie mit einem Taxi geradewegs hierhergekommen, ohne vorher anzurufen, aus Angst, auf Ablehnung zu stoßen. Ich stürzte auf das Klingeln hin zur Tür, hinter mir die Wohnung ein Schlachtfeld, noch ganz betäubt von der Musik, die ich aufgelegt hatte, hypnotisiert von dem sanften Regen, der fiel und golden aussah von den durchbrechenden Sonnenstrahlen, und ich starrte sie an, eine halbe Ewigkeit lang, weigerte mich zu begreifen, war sicher, daß hier ein Irrtum vorlag und daß diese fremde Frau in mittlerem Alter mit einem Kind auf den Armen, umgeben von drei Koffern, die mit Regentropfen übersät waren, daß diese aufgeregte Frau mit hochrotem Kopf, die mich in sich überstürzendem Englisch anflehte, das ich nicht einmal versuchte zu verstehen, die immer wieder verzweifelt einen Familiennamen wiederholte, der mir nichts sagte, niemand war, den ich kannte, und das sogar noch als sie Conny sagte. Aber mein Blick wurde langsam von dem Jungen gefangengenommen, und auf einmal lief mir ein Schauer den Rücken hinunter. Das war Zvi mit drei Jahren, oder auch Vater als Dreijähriger ... nicht daß ich jetzt etwas begriffen hätte, aber etwas in mir brachte mich dazu, auf sie zuzustürzen und sie ins Haus zu ziehen. Und sie überschüttete mich immer noch mit ihrem unverständlichen Englisch, zögerte, ob sie hereinkommen sollte. Vielleicht hatte sie das Chaos in der Wohnung bemerkt ... aber das Kind, ernsthaft und neugierig, war bereits drinnen. Du hättest ihn sehen sollen, wie er ankam, von Kopf bis Fuß in Rot, auch die Kippah und seine Schuhe, wie ein Märchenprinz. Er begann, alles im Zimmer abzuwandern, dann wurde er von der Musik angezogen, schwatzte leise mit sich selbst, und ich, mit einem brennenden Klumpen im Hals, rannte ihm nach, um ihn hochzuheben. Er

war leicht wie ein Küken, ein Hauch von warmer Luft. Die
ersten Tränen rollten mir die Backen hinunter, und sie war so
glücklich, so erleichtert, ihr Gesicht leuchtete auf. »Das ist er?«
flüsterte ich, und sie nickte. »Das ist er«, wiederholte sie plötzlich in Hebräisch, schloß die Augen und legte fast feierlich den
Kopf in den Nacken.

Eine merkwürdige, eigenartige Frau, nicht wahr? Du hättest
sehen müssen, wie sie das Kind angezogen hatte, ganz in Rot.
Komm, ich zeig dir die Sachen: Mantel, Jacke und Hose, ein
richtiger Anzug, sogar Unterhose, Unterhemd und Socken, alles
in genau dem gleichen roten Farbton, auch noch eine Samtkip-
pah, die sie ihm eigens für die Reise nach Israel aufgesetzt hatte,
weil sie dachte, daß hier alle eine tragen, daß man muß ...
seltsam ... Diese vollständig roten Kleider, der reinste Wahnsinn. Und sie daneben, mit diesem weißen Hut, auf dem eine
lange, steife rote Feder wippte. Komm, ich zeig ihn dir, sie hat
den Hut dagelassen. Von welchem Tier oder welchem Vogel
stammt die Feder? Oder ist sie aus Plastik? Ja, es schaut fast so
aus. Sie saß mir zwei Stunden mit diesem Hut und der Feder, die
in die Luft ragte, gegenüber. Eine merkwürdige, angespannte,
sehr nervöse Frau. Wie konnten wir sie so völlig vergessen? Als
ob wir sie ausradiert hätten. Ich habe damals noch zu euch
gesagt, man muß in Erfahrung bringen, was mit ihr geschehen
ist, wir müssen ihr schreiben. Aber du warst dagegen, und auch
Asa und Zvi waren von der Idee nicht begeistert. Hast du nicht
schon genug Sorgen, daß du dir noch eine aus Amerika aufhalsen
willst – hast du zu mir gesagt. Du hattest Angst, daß sie die
Untersuchung wieder aufnehmen würden, vielleicht auch die
Frage nach der Vaterschaft des Kindes, was Komplikationen
bezüglich des Erbes hätte bedeuten können. Zvi versprach uns,
daß dieser kleine Mann, der damals immer um ihn herum war,
dieser Bankier ... Calderon, ja, Rafael Calderon, sie anrufen
und ihr alles erzählen würde, und er hat das tatsächlich gemacht.
Sie hat mir von ihren Gesprächen mit ihm erzählt, er war sehr
anständig, hat sie gesagt, blieb noch lange Zeit mit ihr in Verbindung, sogar nachdem Zvi den Kontakt zu ihm schon längst
abgebrochen hatte. Er schickte ihr sogar in unser aller Namen

zur Geburt des Kindes ein Geschenk, kannst du dir das vorstellen? Sie war sicher, daß wir davon wußten – sie, die die ganze Zeit so Angst vor uns gehabt hatte, weil sie annahm, daß wir ihr für das, was passiert war, natürlich die Schuld geben würden, daß sie ihn gedrängt hätte, sich von Mutter scheiden zu lassen, damit das Kind seinen Namen haben würde. Und danach war sie sicher, daß sie von uns hören würde. Sie konnte einfach nicht glauben, daß wir das Kind nicht sehen wollten, sie hat gewartet, bis der Junge ein wenig größer war, um uns zu besuchen. Wie konnten wir ihn ignorieren? Vor einem halben Jahr begann sie sogar mit einem Intensivkurs in Hebräisch, du hast ja gehört, wie sie schon spricht. Eine sehr begabte Frau anscheinend. Sie saß die ganze Zeit mit dem Heft und dem Bleistift vor mir und schrieb jedes neue Wort auf. So hatte Vater angefangen, es ihr beizubringen. Eine sehr eigenartige Frau ... und so jung ist sie auch nicht mehr. Sie ist bestimmt über fünfundvierzig und hat einen verheirateten Sohn. Außerdem hat sie mir anvertraut, daß sie in Kürze Großmutter wird. Sie hat ein echtes Risiko auf sich genommen, in diesem Alter ein Kind zu bekommen, es hätte eine Mißgeburt werden können. Aber keine häßliche Frau, nicht? Ihr Gesicht ist vielleicht ein wenig müde, sie hat Falten, und ihr Haar ist gefärbt, vielleicht nicht ganz die richtige Farbe für sie. Sie hat mir erzählt, daß diese drei Jahre allein mit dem Baby sehr schwer für sie waren ... aber ihr Körper ist noch voll Leben. Sie hat einen schönen Körper. Als sie sich duschte, ging ich hinein, um ihr zu helfen: sie hat einen jungen Körper mit attraktiven Brüsten. Ich kann mir vorstellen, wie glücklich sie Vater gemacht haben muß ... Man sieht das alles nicht richtig, wenn man sie nur so anschaut. Wir sind an diese Art von Schminke nicht gewöhnt, an die lauten Farben. Sie zieht sich auch ein bißchen lächerlich an, mit dieser riesigen Hornbrille und dieser Feder, die wie ein roter Pfeil in der Luft wippte, als sie hereinkam. Aber sie hat innere Stärke, so eine schlafwandlerische Entschlossenheit. So direkt in ein fremdes Haus zu kommen mit diesem kleinen Jungen ganz in Rot ... es steckte sicher irgendeine Absicht hinter diesen Kleidern, aber ich habe es noch nicht herausgefunden ... sogar seine Schuhe waren rot, es ist ausgeschlossen, daß sie sich nichts dabei gedacht hat ... sich hinzusetzen und mich nach den kleinsten Einzelheiten auszufragen ... und danach, ohne daß ich sie eigentlich ausdrücklich dazu aufgefordert hatte, stand sie auf, zog das Kind aus und wusch es, duschte sich selbst, und dann ließ sie ihn mit einer solchen Sicherheit einfach da und verschwand. Plötzlich beängstigt mich das, Kedmi, wohin ist sie verschwunden? Was will sie wirklich? Aber deine völlig unerwartete, fast schon eigenartige Ruhe und Gelassenheit haben mich beruhigt, Kedmi, hörst du? Ich vertraue darauf, daß du alles ganz genau durchdacht hast, daß du hier Wache hältst. Sie ist eine äußerst merkwürdige Frau, ich sage es dir nochmal, nicht rein zufällig war Vater von ihr fasziniert. Sie ist mit einer bestimmten Absicht hergekommen, nicht nur um herauszufinden, was passiert ist. Du hättest sehen sollen, wie geduldig sie mich ausgefragt hat, sie ließ sich Zeit bis zum Schluß, die kleinsten Einzelheiten holte sie aus mir heraus, von denen ich nie gedacht hätte, daß sie noch irgendwo in mir existieren. Und ich habe ihr alles erzählt, obwohl ich darüber erschrocken war, was ich alles erzählte – von dir, von Mutter, von Vater ... Sie wollte alles hören, und sie wird zu allen hingehen, wird nach Tel-Aviv und nach Jerusalem fahren, wird seinen Spuren überallhin folgen, auch ins Krankenhaus. Sie hat geweint: wie konnten wir sie vergessen? Ob wir auch ihn vergessen hätten? Und ich habe ihr alles erzählt, holte die kleinsten Einzelheiten aus mir heraus, von denen ich nie gedacht hätte, daß ich sie noch weiß, ließ mich von ihr ausfragen. Bis ich plötzlich beim Samstag steckenblieb. Was war am Samstag? Am Sonntag, daran erinnere ich mich, war der Tag des Seders, und in der Früh fuhr Vater allein mit dem Autobus zu ihr, um sich endgültig scheiden zu lassen, am Nachmittag kam er zurück, und gegen Abend traf Zvi ein. Aber davor gab es einen Samstag, an den ich mich absolut nicht erinnern kann. Was passierte da, Kedmi? Waren wir daheim? Ich versuche, logisch zu überlegen, was ich an dem Tag gemacht haben könnte. Sicher habe ich für das Fest vorgekocht, ich muß irgendwann gekocht haben. Wenn ich mich nur erinnern könnte, was genau ich gekocht habe, dann könnte ich den ganzen Tag wieder rekonstruieren. Was haben wir an dem Sederabend gegessen, Kedmi? Nein, reg dich nicht auf, sag mir bloß, ob du dich an irgendetwas erinnerst? Samstag ... nur irgendetwas, ich bin sicher, daß gar nichts war, das heißt nichts Wichtiges, eine Art Verschnaufpause, aber trotzdem, es ist unerträglich, daß ich mich nicht einmal an irgendeine Kleinigkeit erinnern kann. Deshalb sagte ich dann zu ihr »Entschuldigung, gab es überhaupt einen Samstag?« Und sie wurde fast böse. »Natürlich, es muß einen gegeben haben«, sagte ich »er wird mir gleich wieder einfallen.« Aber sie ließ nicht locker, drängte mich, fragte eigensinnig weiter. »Natürlich gab es einen Samstag«, sagte sie »ich habe euch sogar an dem Tag gerufen.« »Gerufen? Wie gerufen?« »Euch angerufen«, sagte sie »in der Früh, am Samstag in der Früh habe ich euch angerufen, habe ihn gesucht, erinnerst du dich nicht?« »Ausgeschlossen, diesmal täuschst du dich, du hast nie bei uns angerufen. Wenn du telefoniert hättest, würde ich mich daran erinnern, ganz sicher würde ich das.«

»Aber du täuschst dich. Sie hat wirklich angerufen.«

»Sie hat angerufen, als Vater hier war?«

»Ja. Mitten in der Nacht, jetzt erinnere ich mich. Hat sie in der Früh gesagt? Die ist lustig, sie hat ihn mitten in der Nacht gesucht.«

»An diesem Samstag?«

»Glaubst du vielleicht, daß ich mich heute noch daran erinnern kann, ob das der Samstag war oder nicht, als ob ich sonst nichts Besseres zu tun hätte? Ich habe versucht, diesen ganzen Alptraum so schnell wie möglich zu vergessen und ihn nicht auch noch nach Tagen zu ordnen.«

»Aber du hast nie ein Wort über ihren Anruf verloren.«

»Wozu auch? Sie hat ihn gesucht, nicht dich. Ich habe ihr gesagt, daß er in Tel-Aviv sei und habe ihr die Nummer von dort gegeben. Wozu hätte ich dir das sagen sollen? Du, ihr alle wart damals am Rotieren. Ich war sehr darauf bedacht, von euch Abstand zu halten, und ihr habt genauso versucht, mir aus dem Weg zu gehen. Ihr habt befürchtet, daß mein gesunder Verstand euch die Freude an eurem Wahnsinn verdirbt ...«

Dein gesunder Verstand? Unerträglich, unerträglich, einfach unerträglich warst du damals. Du hast uns gequält. Von dem Moment an, als Vater deinen Vertrag zerriß und beschloß, zu einem anderen Rechtsanwalt in Tel-Aviv zu gehen. Du warst so

beleidigt ... so tief verletzt ... bist wie ein wütender Orkan
durch das ganze Haus gerast. Unerträglich, unerträglich. Du
hast alle gequält, sogar Gaddi. Doch, auch Gaddi war vor dir
nicht sicher. Du hast dich wie ein Unmensch aufgeführt, hast mit
den Türen in der Wohnung herumgeknallt, bist plötzlich völlig
grundlos verschwunden. Du warst der Alptraum. Es fing an dem
Mittwoch an, im Krankenhaus, in dem Moment, als du diesen
Büchereipavillon betreten hast und deinen Vertrag in Fetzen
zerrissen vorfandest. Wie du die Papierschnipsel aufgehoben
hast mit deinem gewissen bittersauren Lächeln ... ich sah sofort,
wie zutiefst verletzt du warst. Nein, streit es nicht ab, was soll's,
es ist ja schon so lange her. Ich hätte Vater die Papiere abnehmen
müssen, als er anfing, sie zu zerreißen, aber es spielte sich alles
mit einer solchen Geschwindigkeit ab ... Asas Geschrei und die
Schläge, mit denen er sich selbst traktierte, absichtlich, um Vater
aufzuhetzen ... und auf einmal standest du an der Tür ... und
dieses Dokument, an dem du tagelang gearbeitet hast ... und wie
oft bist du dafür zu Mutter gerannt, die ganzen Anrufe, die
ganzen Entwürfe ... auf einmal lag das Ganze in Fetzen vor
unseren Füßen, und Vater ging einfach zu einem anderen
Rechtsanwalt, einem Freund von ihm. Ich wußte, daß es absolut
sträflich war, dich in die ganze Sache mit hineinzuziehen, aber
du hast darauf bestanden, wolltest hineingezogen werden. Du
wolltest Vater, uns allen, beweisen, daß du in der Lage bist, die
Angelegenheit zu bewältigen, und meine Schuld war es, dich
nicht zurückgehalten zu haben. Du bist in einen deiner Zustände
verfallen, die so lähmend für uns sind, und für mich am allermei-
sten. Nein, ich gebe dir keine Schuld. Du hattest vielleicht gute
Absichten. Du wolltest Vater Geld sparen helfen, vielleicht hast
du auch gedacht, daß er dir trotz allem etwas zahlen würde.
Nein, sei nicht böse, hör zu, es war nicht deine Schuld, daß du
damals nicht sehr viel Arbeit hattest. Du hattest gerade dein
eigenes kleines Büro aufgemacht, mit dieser dummen Sekretärin,
die dir so viel Ärger bereitete. Auch Vater machte es dir nicht
gerade einfach. Sicher hätte er dich nicht mitten drin einfach
rauswerfen und zu einem anderen Rechtsanwalt gehen dürfen.
Aber mit welcher Heftigkeit du reagiert hast, mit welch verletz-
tem Stolz ... Schon als wir wieder beim Auto waren, habe ich

bemerkt, wie du in dumpfem Schweigen vor dich hingebrütet hast, ich habe immer noch den Ton des plärrenden Radios im Ohr, und wie du dann erst den Motor gestartet hast . . . Erinnerst du dich etwa nicht daran, was du mit dem Hund gemacht hast? Was – welcher Hund? – stell dich nicht so dumm. Unser Hund, Horatius. Wie du ihn heimtückisch hinter dem Auto hergelockt hast, damit er sich so weit vom Krankenhaus entfernt, daß er den Weg nicht mehr zurückfindet, daß er auf die Hauptstraße hinausläuft und überfahren wird. Du hast ihn hinter uns herrennen lassen, bist abwechselnd schneller und langsamer gefahren. Was soll das heißen, du erinnerst dich nicht? Geschlagene fünf Tage lang sind Mutters Freunde vom Krankenhaus durch die Gegend gelaufen und haben alle Felder ringsherum abgesucht. Dieser kleine Alte hat ihn pausenlos überall gesucht. Sei wenigstens ehrlich, ich will dir jetzt nicht die Schuld geben, wir alle haben damals andauernd Fehler gemacht, jeder einzelne hat seinen unrühmlichen Teil dazu beigetragen. Es war auch ein Fehler von uns, Gaddi dorthin mitzunehmen. Stimmt, Vater wollte, daß er mitkommt. Aber ich habe ihn wegen Mutter mitgenommen, und ihn hat es damals mit größter Wucht getroffen. Aber du hattest auch mit ihm kein Mitleid, warst unerbittlich mit ihm, brutal. Du wolltest die ganze Welt dafür bestrafen, daß man dir deinen Vertrag zerrissen hatte und daß Vater dir das Vertrauen entzog. Du hast die Beherrschung verloren wie ein jähzorniges Kind, du hast sie so gänzlich verloren, wie dir das selten passiert. Denn die Beherrschung bewahrst du immer irgendwie, in allen Situationen, bei all deinen Blödeleien, bei all den zynischen Späßen, die du mit den Leuten treibst, bei deinem ganzen losen Gerede, bei deinen sich überstürzenden Gedankensprüngen, die du nicht für dich behalten kannst. Ich weiß immer ganz sicher, daß du nicht zu weit gehen wirst. Nur die Ruhe, es ist nur ein Spiel, sage ich mir, im richtigen Augenblick wird er aufhören und sich mit einem Lächeln entschuldigen. Hab Geduld mit ihm, man kann auch Geschmack an seinen Teufeleien finden. Du hast doch sicher gemerkt, daß ich insgeheim Gefallen daran finde, ich kann immer darauf warten, daß du am Abend zusammenbrichst und dich erschöpft unter der Bettdecke zusammenrollst, mich brauchen deine zornigen Tiraden nicht zu kümmern und nicht zu verletzen, denn ich kenne dich auch anders, schwer, still, schläfrig und warm ... Aber damals warst du wirklich in einem Stadium wildester Verzweiflung, du warst in tiefster Seele getroffen. Nein, spiel jetzt nicht den Helden, du hast damals einfach nicht mehr mit uns geredet, deshalb hast du mir auch nichts von ihrem Anruf erzählt. Du hast zu reden aufgehört, denn das war die schlimmste Strafe, die du uns antun konntest, und die schlimmste Strafe, die du dir selbst antun konntest, denn was gibt es Schrecklicheres für dich als das Schweigen? Du leidest darunter und wirst gemein. Mir hat es nicht so viel ausgemacht, ich hatte damals anderes im Kopf, aber du hast auch aufgehört, mit Gaddi zu reden. Du hast das jetzt wahrscheinlich vergessen. Aber du hast tagelang kein Wort zu ihm gesagt, als ob auch er etwas dafür könnte ... und das ihm, der so daran gewöhnt ist, daß du an allem, was er tut, teilnimmst, der dich verehrt, nein, nicht verehrt, aber dir ergeben ist und so an dir hängt. Ich sage nicht, daß das der Grund war, aber es hat ihn bedrückt, obwohl es nicht nur das war, aber er war mit all dem, was geschah, alleingelassen, einsam beiseite geschoben inmitten der Verwirrung, dem ganzen Kummer und Ärger. Das hat seinen Anfall beschleunigt. Ich habe ihr das heute früh alles erzählt, damit sie versteht, was wir in jener Woche durchgemacht haben, wie nahe wir daran waren, in jener verfluchten Woche auch den Jungen zu verlieren, wenn du nicht gewesen wärst. Ja du, das habe ich ausdrücklich zu ihr gesagt, nur Kedmi ganz allein war es. Nur er, das werde ich in aller Ewigkeit nicht vergessen. Wenn er nicht seinen wundervollen, schnellen Verstand beisammen gehabt hätte und darauf bestanden hätte, den Jungen sofort ins Krankenhaus zu bringen, wenn er die Anzeichen nicht richtig gedeutet hätte, als der Junge umfiel ... Das habe ich ihr heute früh gesagt, wenn Kedmi nicht gewesen wäre ... denn auch ich hatte den Jungen vernachlässigt, so sehr war ich vor Grauen über das, was Vater geschah, gelähmt. Und wer hätte sich je träumen lassen, daß ein Kind von siebeneinhalb Jahren einen richtigen Herzanfall haben könnte. Aber Kedmi hat uns inmitten dieser ganzen grauenhaften Katastrophe den Jungen gerettet, hat ihn mir wiedergegeben, zum zweiten Mal ... Seit damals bin ich bereit, mich für ihn aufzuopfern ... seit damals habe ich dir alles verziehen. Das sagte ich ihr nicht, das sage ich jetzt dir, hörst du?

»Was soll ich hören?«

»Das, was ich gesagt habe.«

»Du hast gar nichts gesagt ... du warst ganz still.«

»Ich war still?«

»Vielleicht redest du mit dir selber, aber ich habe kein Wort gehört.«

»Ich habe mit mir selbst geredet?«

»Was weiß ich, das mußt du selbst wissen.«

»Du mußt eingeschlafen sein.«

»Du glaubst immer, daß ich, wenn ich nichts sage, schlafen muß, daß es gar keine andere Möglichkeit gibt. Aber stell dir vor, Ja'eli, manchmal denke ich tatsächlich im Stillen nach. Heute habe ich so viele gute Ideen im Büro verschwendet, daß ich mir für morgen wieder einen Vorrat anlegen muß.«

»Wieviel Uhr ist es?«

»Zehn durch.«

»Glaubst du wirklich, daß du so früh einschlafen kannst?«

»Einschlafen kann ich immer ... Habe ich dir schon den Titel meines nächsten Buches verraten, *Einschlafen, leicht gemacht* ... Was hältst du davon?«

»Ich werde die erste sein, die es liest, Kedmi.«

»Danke. Das ist zu liebenswürdig. Das erste Kapitel wird sein ›Wie man seine Ehefrau zum Schweigen bringt‹.«

»Sie ist noch immer nicht zurück, Kedmi ... Was hat sie vor? Sie hat auch nicht angerufen. Ich begreife nicht, wo sie sein könnte. Sie ist um vier weggegangen. Ich fange langsam an, unruhig zu werden.«

»Tu was du nicht lassen kannst, aber ich weiß nicht, warum du es so eilig hast. Warte bis morgen, dann kannst du dir wirklich Sorgen machen.«

»Morgen? Wieso denn das?«

»Ich habe so den Verdacht, daß sie die Stadt verlassen hat, und du weißt, daß ich für so etwas ein Gespür habe.«

»Weshalb sollte sie denn plötzlich die Stadt verlassen haben. Wann? Sie hat gesagt, daß sie ein paar Bekannte aufsuchen wolle ... daß sie ihnen etwas bringen müsse ...«

»Sie hat mich gebeten, daß ich sie am Busbahnhof absetze. Ich kann mir kaum vorstellen, daß sie dort Bekannte hat.«

»Du hast sie am Busbahnhof abgesetzt? Du hast mir nichts davon erzählt.«

»Ich habe dir noch ganz andere Sachen nicht erzählt, zum Beispiel, daß sie sich eine Landkarte von Israel gekauft und mich gebeten hat, ihr zu zeigen, wo das Krankenhaus liegt und wie man dort hinkommt . . .«

»Sie ist doch nicht ins Krankenhaus gefahren . . . das kann doch nicht sein. Aber wo ist sie hin? Ich verstehe das nicht. Und das Kind ist hier . . . was denkt sie sich bei alldem? Ich . . .«

»Was sie sich denkt, weiß ich nicht, aber was du jetzt denkst, weiß ich, und ich glaube, daß es schon wieder Unsinn ist. Du machst dir Sorgen, daß sie dir das Kind vielleicht als Geschenk daläßt und sich in Luft auflöst . . . aber damit übertreibst du nun wirklich, Ja'el. Ein hübscher gesunder Junge, hellhäutig und religiös vorbelastet, ist auf dem Kindermarkt heute doch gut seine paar tausend Dollar wert, sogar ohne seine Kleider, und ich kann mir nicht vorstellen, daß sie vorhat, so leicht darauf zu verzichten . . .«

»Wie kannst du nur so etwas sagen?«

»Sie wird zurückkommen, Ja'el. Und wenn nicht, geben wir das Kind Asa und Dinah. Ich habe dir doch schon gesagt, daß uns die Christen den Heiligen Geist, den sie uns vor zweitausend Jahren geklaut haben – nicht wieder zurückgeben werden.«

»Würdest du mir vielleicht sagen, was in dich gefahren ist? Wie du nur redest.«

»Logisch, Ja'el, eiskalt und gelassen logisch. Die Gefühle überlasse ich dir.«

»Du verstehst das nicht . . . du begreifst einfach nicht . . . du hast ja kaum mit ihr gesprochen, aber ich bin den ganzen Vormittag mit ihr zusammengesessen . . . Sie ist eine merkwürdige, eigenartige Frau, sie ist mit einer versteckten Absicht gekommen. Ich verstehe einfach nicht, wie du so seelenruhig daliegen kannst. Langsam kommst du mir auch eigenartig vor . . .«

»Danke.«

»Nein, wirklich. Warum tust du auf einmal so unbeteiligt? Das paßt nicht zu dir. Was ist los mit dir? Verstehst du denn nicht, so plötzlich ohne Vorwarnung bei uns aufzutauchen, mit Koffern und Kind ... du hättest sehen sollen, wie sie ihn angezogen hatte ...«

»Dreimal darf ich raten ... ganz in Rot?«

»Hör auf! Laß mich in Ruhe. Ich bin ja schon still.«

»Wenn du meinst, daß ich jetzt aus dem Bett springen und anfangen sollte, hektisch mit dir im Zimmer auf und ab zu rennen, wenn dich das beruhigt, dann tue ich das natürlich auf der Stelle. Denn was würde ich nicht alles für dich tun, geliebtes Weib. Vielleicht war es allerdings ein wenig anmaßend von mir zu glauben, daß ich der richtige Autor sei, ein Buch *Einschlafen, leicht gemacht* zu schreiben.«

»Genug, Kedmi, hör jetzt endlich damit auf. Kannst du es vielleicht heute nacht lassen, es reicht.«

»Aber über was regst du dich denn so auf? Ich versteh das nicht. Wenn man mir eines schönen Morgens einen süßen kleinen Bruder daherbringen würde, der auch noch fließend Englisch spricht, mir würde vor Entzücken das Wort im Halse steckenbleiben. Das Problem mit dir ist, daß für dich alles so selbstverständlich ist. Wenn du ein Einzelkind wärst wie ich, würdest du es ein wenig mehr zu schätzen wissen, was man dir da heute gebracht hat ...«

»Laß mich in Ruhe.«

»Vielleicht möchtest du jetzt ein bißchen weinen? Vielleicht hattest du heute noch nicht genug davon? Tu dir keinen Zwang an ... sonst brichst du wieder zusammen wie damals vor drei Jahren ... Diesmal werde ich es allerdings nicht zulassen, es hat mich viel Zeit gekostet, dich wieder zusammenzuflicken, und ich bin mir bis jetzt nicht ganz sicher, ob nicht ein paar Teile abhanden gekommen sind ...«

»Kedmi, ich bitte dich, nicht jetzt. Ich bin so nervös.«

»Sie kommt zurück, Ja'el, ganz bestimmt. Du regst dich umsonst auf.«

»Bist du sicher?«

»Das einzige, worüber ich mir sicher bin, ist unsere große und schreckliche Liebe. Wenn du dich nicht die ganze Zeit mit anderen Dingen beschäftigen würdest, würde ich dir einen Vorschlag machen, auf den einige Damen nur zu gerne eingehen würden, noch dazu zu solch nächtlicher Stunde. Aber ich will dich nicht noch mehr unter Druck setzen. Es hat mir nämlich gefallen, was du über meine Beherrschung gesagt hast, und daß du insgeheim deinen Spaß an meinen Späßen hast. Könntest du mir das vielleicht schriftlich geben, wie man bei uns so sagt, damit deine Verehrer endlich aufhören, mich zu beschuldigen, daß ich dich die ganze Zeit quäle . . .«

»Aber du quälst mich sehr wohl. Woher hast du diese gute Laune? Was ist passiert? Ich laufe hier wie auf glühenden Kohlen herum, und du streckst gutgelaunt alle viere von dir. Was ist los, Kedmi? Hast du irgendeine Sache im Büro erfolgreich abgeschlossen?«

»Das kommt vielleicht noch, aber das ist es nicht. Ich bin mit dem Geschäft, das wir heute hier gemacht haben, viel zufriedener. Wir haben unsere Familie heute doch praktisch mühelos vergrößert. Ich habe einen kleinen Schwager in Windeln bekommen und eine dynamische, junge Schwiegermutter aus Amerika. Es liegt so ein Gefühl von Lebensfrische in der Luft, ich habe das Gefühl, daß wir uns heute verjüngt haben. Du weißt, wie sehr ich deine Familie schätze . . .«

»Gut, ich gehe. Du kannst dich echt nicht mehr beherrschen.«

»Du weißt, daß dem nicht so ist, du hast es selbst gesagt . . .«

»Ich glaube, das Kind schreit.«

»Es schreit nicht, aber wenn du gerne hättest, daß es schreit, kann ich etwas nachhelfen.«

»Wo hast du sie wirklich hingebracht?

»Ich sagte dir doch, zum Busbahnhof. Sie ist anscheinend in den Norden zum Krankenhaus hinaufgefahren, ich habe sie nicht gefragt. Ich habe ihr noch ein paar Dollars gewechselt, aber ich hatte keine Zeit für sie, ich hatte es eilig ins Büro zu kommen. Ich stimme dir zu, sie ist eine ziemlich merkwürdige Frau. Wie eine Schlafwandlerin, sie hat so eine mondsüchtige Art, auch im Wachzustand. Kaum zu glauben, daß dein Vater den ganzen Weg bis nach Amerika gemacht hat, nur um die gleiche Frau in Grün zu finden, vor der er hier davongerannt ist . . .«

»Laß ihn aus dem Spiel, hörst du, fang jetzt nicht mit ihm an. Schluß damit. Sag mir nur noch, was damals an diesem Samstag passiert ist.«

»Am Samstag?«

»Damals vor drei Jahren ... als Vater hier war ...«

»Also das ist doch der reinste Wahnsinn. Sag nur bloß nicht, daß du immer noch nach diesem Tag fahndest ...«

»Doch, es macht mir etwas aus, daß ich ihn vergessen habe ...«

»Gott behüte uns, es fängt wieder an. Was ist dir daran so wichtig?«

»Es ist mir eben sehr wichtig. Und ich habe das Gefühl, daß du dich erinnerst, was an diesem Samstag passiert ist, und es mir nicht sagen willst.«

»Ich??? Das soll wohl ein Witz sein? Ich habe ja nichts anderes zu tun, als mich daran zu erinnern, was vor drei Jahren los war. Wo kommen wir denn hin, wenn das so weitergeht? Ich dachte, daß wir hier eine Arbeitsteilung hätten, du bist für die Vergangenheit zuständig, und ich kümmere mich um die Gegenwart, damit du in kommenden Zeiten etwas zum Erinnern hast. Aber ganz im Ernst, meine Liebe, laß es endlich sein ... Und auch sie wird sich nicht in Luft auflösen. In diesem Lande löst sich nichts und niemand in Luft auf. Bevor man sich hier von einer Klippe stürzt, bestellt man sich fünf Rettungshubschrauber. Komm jetzt, beruhige dich. Ich würde dir noch immer gern diesen Vorschlag machen, auf den mehr als eine Frau nur zu gerne eingehen würde, vor allem zu dieser nächtlichen Stunde ... Wo gehst du denn hin?«

Aber was geschah an diesem Samstag? Wenn ich nur einen winzigen Anhaltspunkt hätte, einen Lichtfleck, die Form einer Wolke, einen Gesichtsausdruck, einen Satz, ein paar Worte, den Klang einer Stimme, die Gebärde eines Kindes, eine Nachricht im Radio, einen Witz von Kedmi, meine Stimmung, mein eigenes Gesicht, einen einzigen Gedanken vielleicht. Wo bist du Tag? Wohin bist du versunken? Wer hat dich entführt? Irgendwie bin ich hier gescheitert. Ich muß etwas finden, an dem ich meine Erinnerung festmachen kann. Der Sonntagmorgen ist doch durchdringend, klar, fast verewigt in meiner Erinnerung, bis ans Ende meiner Tage – das Frühstück in der Küche, der strahlend blaue Himmel, Vater im schwarzen Anzug Kaffee trinkend, die Lesebrille auf der Nase, die Papiere vor sich schnell durchblätternd, mir einen besorgten Blick zuwerfend. Aber wann war er wieder zu uns zurückgekommen? Am Freitag nachmittag rief er aus Tel-Aviv an, Kedmi hob den Hörer ab, sagte irgendeine Grobheit, ließ ihn wieder fallen und deutete auf mich. Draußen regnete es. Vaters warme, tiefe Stimme aus der Ferne. Ich fragte »Vater, regnet es in Tel-Aviv auch?« Und er sagte, »Der Himmel ist ganz blau. Tel-Aviv war nie schöner.« Er sagte mir, daß er ihr die Wohnung überlassen würde, daß er vor ein paar Stunden bei einem Rechtsanwalt den Verzicht geleistet hatte und fing dann plötzlich an, über Zvi zu sprechen »Nimm dich in acht vor ihm, er wird alles nehmen. Auch von euch, für seine alten Päderasten« – ein paar Mal wiederholte er das »für seine alten Päderasten, die sich bei ihm die ganze Zeit herumtreiben.« Aber zwischen diesen beiden glasklaren Erinnerungen liegt ein ganzer verlorener Tag, in weiße Leichentücher tief in mir eingewickelt, eine Montage aus wirren Bildern, die mir fehlt, zähe, undurchlässige Zeit zwischen zwei Fixpunkten. Jener Samstag. Irgendwo muß doch ein Funke verborgen sein, und sei es wenigstens im Augenblick seiner Ankunft in Haifa. Wann kam er? Wann hätte er ankommen können? Was geschah dann? Wie konnte ich nur alles vergessen. Wenn ich nur das Klingeln ihres Anrufs an jenem Morgen nochmals hören könnte, denn sie hat wirklich angerufen, und ich muß es gehört haben, auch wenn es mir nicht bewußt war. Wenn ich nur das Telefon klingeln hören könnte, oder mich daran erinnern würde, daß ich es gehört habe, dann hätte ich etwas. . . . Aber nichts. Gar nichts. Eine graue Leere, Gewoge von hohlem Schaum, unwirkliche Stunden, nur eine leere Kalenderseite. Nichts. Das kann doch nicht sein. Es muß einen Weg geben, sich zu erinnern. Hier und jetzt, tief im Sessel vergraben. Das Licht ausmachen. Ich muß diesen Samstag finden. Wenn ich ihn jetzt verliere, werde ich ihn nie wiederfinden.

– Was ist, Gaddi? Was ist los? Kannst du nicht einschlafen?
– Nein, ich schlafe hier nicht, ich sitze hier nur noch ein Weilchen.
– Nein, bloß so. Ich habe das Licht ausgemacht, weil ich ein

bißchen nachdenken wollte. Nein, fang erst gar nicht damit an, dich hier aufs Sofa zu legen ... geh wieder ins Bett, es ist schon spät.

– Wo tut es weh? Im Fuß? Das ist gar nichts, das ist nur, weil du wächst, das ist nicht schlimm. Dein Vater ist schon wieder ...

– Ich weiß nicht. Möchtest du etwas von ihm? Ich glaube nicht, daß er schon eingeschlafen ist. Er hat sich nur hingelegt und denkt nach.

– Du hast Hunger? Das kann doch nicht sein! Also gut, sag was du essen willst, aber schnell.

– Brot? Mitten in der Nacht willst du plötzlich ein Brot? Na gut, ich werde dir ein Stück abschneiden. Was willst du drauf?

– Nur trockenes Brot?

– Nein dein Vater wird nicht böse werden. Er übertreibt es. Du kannst ruhig was essen ...

– Aber du wirst doch gar nicht wieder dick.

– Laß ihn doch, er vergißt immer, daß du schließlich auch wachsen mußt.

– Seit ihr zusammen diese Diät gemacht habt, meint er die ganze Zeit, daß du jeden Bissen zählen mußt. Nein, du brauchst nicht auf ihn zu hören.

– Das ist völlig in Ordnung.

– Ich weiß ganz genau, was du essen darfst und was nicht. Komm, ich streich dir ein bißchen Butter drauf, nur ganz dünn, damit es nicht so trocken ist.

– Seine Mutter? Sie wird bald zurück sein.

– Nein, er wird nicht bei uns bleiben. Er ist nur für ein paar Tage hier.

– Sie wollte ihn uns nur einfach zeigen. Ein süßer Kerl, nicht wahr?

– Nein, sie hat ihm die Kippah nur aufgesetzt, weil sie es nicht besser wußte, sie hat gedacht, daß in Israel alle sie tragen.

– Gut, ich werde es ihr sagen. Aber er ist ein nettes Kind, nicht wahr?

– Das macht nichts, du und Rakefet könnt ihm doch ein paar Wörter Hebräisch beibringen.

– Nein, nenn ihn nicht Mosche. Er wird nicht wissen, wen du damit meinst. Nenn ihn Moses, das ist er gewöhnt.

– Doch, ja, mein Schatz. Moses ist sein richtiger Name.

– Wieso meinst du, daß er stottert? Ach was, das kommt dir nur so vor.

– Ich habe nichts gemerkt. So reden die Amerikaner eben.

– Gut, nicht alle, aber die Kinder.

– Vielleicht auch nicht alle Kinder, aber du vergißt, daß er wirklich noch sehr klein ist. Und nach einer so langen Reise und in einem fremden Haus, da kann das schon mal sein.

– Wem?

– Zvi? Stimmt, er schaut Zvi schrecklich ähnlich. Ich werde dir einmal ein Bild von Zvi heraussuchen, als er klein war, und du wirst sehen, wie ähnlich sie sich schauen.

– Genau.

– Richtig, weil er auch ein Kind von Großvater ist, auch wenn Großvater ihn nie kennengelernt hat.

– Ja, er starb, bevor er geboren wurde.

– Hier in Israel.

– Nein, er war nicht so alt. Ihm ist etwas zugestoßen ... er ist irgendwie überfallen worden ... niedergeschlagen ... wir wissen nicht genau, wie ...

– Irgendetwas.

– Eine Art Unfall.

– Ja, sowas wie ein Autounfall.

– Nein, er ist kein echter Onkel von dir so wie Zvi oder Asa. Vater hat nur Spaß gemacht. Er ist so etwas wie ein halber Onkel, auch wenn er noch so klein ist.

– Genau.

– Ganz richtig. Er ist Großvaters Sohn.

– Ja, so wie ich. Wie Asa.

– Ja, eine Art Onkel. Eigentlich schon ein Onkel.

– Stimmt. Aber Großmutter war nicht seine Mutter.

– Du hast Großvater nicht vergessen?

– Du erinnerst dich an ihn? Wirklich? Kannst du dich gut an ihn erinnern?

– Ich bin so froh, daß du noch Gelegenheit hattest, ihn zu sehen. Vergiß ihn nicht.

– Wenn du willst, dann wirst du dich erinnern. Aber nur wenn du willst.

– Ja, Rakefet kann sich nicht erinnern, sogar wenn sie wollte. Aber an was erinnerst du dich?

– Ja, stimmt. Er schlief den ganzen Tag ...

– Das war an dem Sonntag, als er ankam.

– Stimmt. Du bist ganz allein mit ihm geblieben.

– Stimmt, genau. Ich erinnere mich an das Bad, das ihr Rakefet verpaßt habt. Er war ganz beeindruckt davon, wie du ihm geholfen hast.

– Er hat sich an der Hand geschnitten? Nein, daran kann ich mich nicht erinnern. Aber das mag schon sein.

– Das war bevor du krank geworden bist.

– Nein, nicht fett, du warst sehr süß. Manchmal sehne ich mich danach, wie süß du damals warst.

– Und danach? Erinnerst du dich an den Sederabend mit Großvater?

– Nicht? Daß Zvi und Großvater so schön gesungen haben? Du erinnerst dich nicht daran? Wie ist das bloß möglich? Versuch es doch mal ...

– Du erinnerst dich wirklich nicht. Und wie wir mit ihm und Asa ins Krankenhaus gegangen sind, um Großmutter zu besuchen?

– Daran kannst du dich auch nicht erinnern?

– Du warst siebeneinhalb. Wie gibt es das bloß, daß du dich nicht daran erinnerst ...

– Auch nicht wie wir zusammen dorthin gegangen sind und dich Großmutter mit Kuchen gefüttert hat? Wie konntest du das bloß vergessen ...

– Und diese Lokomotive, die du bekommen hattest ... erinnerst du dich daran auch nicht mehr?

– Eine große Lokomotive, die Großvater dir mitgebracht hatte ... wie gibt es das bloß ... auch nicht an diesen riesigen Mann, der versuchte, sie dir wegzunehmen?

– Er war ein bißchen verrückt ... erinnerst du dich nicht mehr an ihn?

– Nur an den Tag, an dem Großvater hier schlief ... ist das alles?

– Das war noch vor Pessach ... Und an den Samstag vor Pessach ... erinnerst du dich an irgendetwas an diesem Samstag?

– Macht nichts.

– Also, wenn du mit dem Essen fertig bist, geh besser schlafen, es ist schon spät. Komm, ich werde dich zudecken . . .

Das Kind steht da, ohne Laut, lehnt sich an die Gitterstäbe, von Mondlicht überflutet. Es reibt sich die Augen, jetzt wird es gleich anfangen zu schreien und nach seiner Mutter fragen. Es schaut mich mit einem Blick an, der mir einen Schauer über den Rücken jagt, genau der gleiche Ausdruck, das gleiche Kinn, eine zweite Ausgabe, mit Unterschrift und Siegel. Wie lange steht er schon so da? Die Luft ist stickig, ich muß das Fenster aufmachen. Rakefet, mit ganz roten Backen, ist von der Matratze auf den Boden gerutscht. Wenn Connie hierbleiben sollte, werde ich morgen nach einem Klappbett schauen müssen. Es riecht durchdringend nach Urin. Wie die Kinder ihm das Bett mit Spielsachen gefüllt haben, richtig lieb.

»Geh schlafen, Gaddi. Ich nehme ihn schon. Das ist nichts für dich.«

Aber ich kann ihn nicht hochheben. Der dickköpfige kleine Kerl klammert sich am Bett fest, er wird gleich weinen. Noch schaut er mich verwundert an, fragt sich, in welcher Welt er hier gelandet ist. Er ist mein Bruder. Diese Absurdität. Gestern noch verbrachte er lange Flugstunden in der Luft. Wo ist sie nur hinverschwunden? Wie konnte sie nur? Alles ist vollgesogen, Leintuch, Decke, das ganze Bett. Eine zweite Ausgabe von Vater. Unglaublich. Ziemlich beängstigend. Das exakt gleiche Profil. Und dann blitzt plötzlich eine Erinnerung auf, wie über entfernte Bergspitzen: wo kommt das auf einmal her, aus welcher Ferne, so stürmisch süß? Eine Mondnacht im Winter, in der alten Wohnung in Tel-Aviv, ein warmer Regen fällt, ein riesiger Mond am Himmel. Zvi, ein kleiner Junge im großen Bett von Vater und Mutter mit den vier vergoldeten Eckpfeilern, Zvi, in einem der rosa Winterschlafanzüge, die später auch auf Asa übergingen, er steht hinter einem großen Haufen von Decken, die Erinnerung ist ganz klar, sein Gesicht, sein Blick . . . es muß mitten in der Nacht gewesen sein. Sie hatten mich mitten in der Nacht gerufen, oder es war morgens, und sie standen spät auf. Mutter hatte ein weißes Nachthemd an, darunter war sie nackt, und sie war schwanger. Doch, ich bin sicher, daß sie schwanger war. Aus den Decken tauchte Vater auf, schwarzhaarig, lachend. Sie hatten mich gerufen, um Zvi ins Bett zurückzubringen. Wie alt war ich wohl damals? Vielleicht zehn? Im gleichen Alter wie Gaddi. »Er will nur mit dir gehen.«

Mutter hatte die Augen geschlossen, das Licht der Nachttischlampe blendete sie, ihre Haare waren gelöst, und sie war zu versunken in ihr keimendes Selbst um mich zu beachten. Es gab eine Art geheimen Bund zwischen ihnen, ein sehr tiefer Gleichklang, der sie dazu brachte, die gleichen Gedanken zu denken. Sie übergaben mir Zvi. Sein längliches, schmales Gesicht. Und dann küßte Vater Mutters Füße, und Furcht, ganz tiefe Furcht überfiel mich wie ein Sturm. Wann war das? Eine ferne Erinnerung. Die Baumreihen im Regen, die großen, nassen Blätter, die im Mondlicht glitzerten. Zvis Gesicht.

Gaddi rollt sich unter seiner Decke zusammen, seine klugen Augen beobachten mich. So dunkel und so ernst, ein kleiner Kedmi, aber ohne Sinn für Humor, nur mit dessen dickköpfiger Logik. In die Enge getrieben, sich die ganze Zeit gegen Kedmis überfahrende Aufmerksamkeit verteidigend. Und hier ist dieser süße neue Familienzuwachs und steht ebenfalls ernst da und hält sich am Gitter fest, betrachtet mit seinen großen Augen ganz still die Wolken, die am Winterhimmel vorbeiziehen, völlig durchnäßt. Wie kann sie ihn nur einfach so zurücklassen? Es ist zum Wahnsinnigwerden. »Komm laß dich hochnehmen«, – sage ich. Er sagt etwas in einem Englisch, das ich nicht verstehen kann, deutet auf etwas.

»Sag *boy nice* zu ihm« sagt Gaddi unter seiner Decke hervor.

»Ja, mach aber, daß du schläfst . . . Komm«, sage ich zu dem Kind. »Komm, *good boy*.«

Mein Englisch ist lächerlich. Ich nehme eine Decke und wickle ihn ein, er wird sich sonst erkälten. Aber ich kann ihn nicht hochheben, es ist absurd, plötzlich hat er seine kleinen Füße in die Matratze eingestemmt.

»Komm doch.« Ich ziehe ihn mit Gewalt hoch, trage ihn aus dem Zimmer, stelle ihn im Wohnzimmer im Dunkeln auf den Teppich. »*One moment*«, sage ich zu ihm und gehe einen anderen Schlafanzug für ihn suchen, einen von Rakefet. Er beginnt zu wimmern. O Gott, was soll ich bloß zu ihm sagen? *»I change you.«* Du lieber Gott, redet man so mit ihm? Kedmi, komm einen Moment her. »Ja, ja. *Nice boy. Good boy.* Kedmi! Bist du wach?«

»Plötzlich klingelt das Telefon. Das muß sie sein.

»Kedmi!« rufe ich. »Heb ab, ich komme sofort.«

»Was, du hast schon wieder aufgelegt? Wer war das? War sie es?«

»*Hello, Moses, how do you do?*«

»Ich habe dich etwas gefragt, antworte, war das Connie?

»*Hello Moses.* Bring ihn zum Bett rüber. Er sieht wirklich wie dein Vater aus. Erstaunlich . . .«

»Kedmi! Wer war das am Telefon? War sie es?

»Ja.«

»Warum hast du dann so schnell wieder aufgelegt?«

»Bring ihn doch her zu mir . . . weißt du, in deiner Familie geht ein starkes, wirklich gewalttätiges Gen um. Ich bin froh, daß Gaddi nichts davon abgekriegt hat.«

»Kedmi, hör jetzt auf damit. Was hat sie gesagt? Warum hast du eingehängt?«

»Hab ich nicht. Sie hat die Unterhaltung beendet. Nun, bringst du mir das Kind jetzt?«

»Was hat sie gesagt?«

»Nichts Besonderes.«

»Hat sie nach dem Jungen gefragt?«

»Ja, ich habe ihr erzählt, daß du ihn gerade trockenlegst und Englisch mit ihm redest.«

»Wann kommt sie zurück?«

»Das hat sie nicht gesagt.«

»Was soll das heißen, sie hat nichts gesagt, hast du sie denn nicht gefragt?«

»Es sieht nicht so aus, als ob sie vor morgen zurückkommt.«

»Nicht vor morgen? Aber wieso denn . . .?«

»Warum nicht? Wäre es dir lieber, wenn sie erst in einer Woche zurückkommt?«

»Warum hast du sie nicht mit mir sprechen lassen?«

»Sie hat nicht den Wunsch geäußert, mit dir zu sprechen.«

»Verdammt noch mal . . . Was heckt ihr beiden da aus? Von wo aus hat sie angerufen? Hat sie keine Telefonnummer zurück-gelassen?«

»*Hello, Moses.* Nun bring ihn schon her. Diese Ähnlichkeit mit deinem Vater ist wirklich erstaunlich. Gib ihn mir doch, oder willst du ihn für dich behalten? Weißt du, daß er ein wenig stottert . . .«

»Kedmi, antworte, von wo aus hat sie angerufen?«

»Ich weiß nicht.«

»Was soll das heißen, du weißt nicht . . . Stell dich doch nicht so unschuldig. Was ist bloß mit dir los heute abend? Weshalb liegst du um diese Zeit im Bett, rührst dich nicht? Was hat sie zu dir gesagt? Wo ist sie hinverschwunden?«

»Wieviel Uhr ist es?«

»Gleich elf.«

»Was du nicht sagst. Es ist wirklich spät. Und du möchtest, daß ich zu so später Stunde noch aufstehe und mich in einen Sessel setze? Zu was haben wir ein Bett gekauft? *Hello, Moses.* Jetzt bring ihn her, zum Teufel, laß ihn mich ein bißchen haben, ich will auch mit ihm spielen.«

»Kedmi!«

»Schon gut, hör auf, dich so aufzuregen. Sie wird morgen zurückkommen, ich verspreche es dir. Anstatt hier wie ein Nervenbündel herumzurennen solltest du mal einen Augenblick in den Spiegel sehen. Du hast immer noch die Schürze von heute morgen an . . . du bist wirklich ein Anblick . . . Gib ihn mir. Du könntest ihm sein Bett frisch machen und dich bei der Gelegen-heit gleich selbst . . .«

Er verheimlicht etwas. Dieses gewisse Lächeln. Was ist los mit ihm? Er hat etwas mit ihr abgesprochen. Es muß so sein. Sonst würde er nie eine solche Ruhe bewahren. Was führt er im Schilde? Ist es möglich . . . ist sie wirklich fähig wegzugehen und uns den Jungen dazulassen . . . *Aber welches Gesicht schiebt sich darüber?* Ich kann das Klingeln eines Telefons in der Ferne hören . . . die Erinnerung kommt mit aller Gewalt . . . natürlich! Wie konnte ich das nur vergessen? War das an diesem Morgen? Ein Anruf aus dem Gefängnis. Dieser Mann – dieser Häftling – ein

Mörder – war geflohen. Genau. Ich hab es wieder! Sie haben an diesem Morgen angerufen. Es hat geregnet. Das war am Samstag. Dieser Mann – dieser Häftling – sein Mörder – war entflohen. Sie haben aus dem Gefängnis angerufen. Natürlich. Und es hat geregnet. Jetzt fällt es mir wieder ein. Samstag. Ich habe ihn gefunden.

Mit einem Mal lüftet sich der Vorhang, hebt sich, zerreißt. Und der Samstag wird sichtbar. Ja, jener Samstag bricht durch, genau wie er war, mit all seinen Gerüchen und Farben. Es regnete an diesem Morgen ... Halt ihn fest, den Tag, Ja'el! Und am Nachmittag kam die Sonne heraus. Samstag, der Tag vor dem Seder, die Hülle ist gerissen, der Tag steht vor mir, Stunde für Stunde ... und was für eine Hölle es war. Ich war in der Küche, kochte für den Sederabend. Rakefet war aufgewacht und schrie. Eine nagende Angst machte mir das Herz schwer. Vater würde uns bald verlassen, die Flucht ergreifen. Er würde mir Mutter zurücklassen, ein Baby mehr. Wenn ihr von nun an etwas passieren sollte, würde ich ihn nie mehr zu Hilfe rufen können. Kedmi hatte sich hinter einem Haufen von Zeitungen verschanzt und sprach immer noch nicht mit mir. Morgen, am Sederabend, würde er sich sicher an Vater rächen. Und dann kam der Anruf aus dem Gefängnis. Ausgerechnet ich hob ab. »Es ist etwas mit deinem Mörder passiert«, sagte ich, denn so nannten wir ihn, so sprach er zu Hause von ihm. »Ich war bei meinem Mörder.« »Mein Mörder hat gesagt ...« »Mein Mörder denkt ...« Kedmi riß mir wild das Telefon aus der Hand und hörte sich an, was passiert war. An seinem Gesicht konnte ich erkennen, daß es etwas Entsetzliches war.

Das Kinderzimmer ist dunkel, erfüllt von beißendem Geruch. Ich muß lüften. Ein Fenster aufmachen und den frischen Winterwind hereinlassen. Alles ist mit seinem Urin vollgesogen, als ob ein Geysir aus ihm herausgesprudelt wäre. Die Leintücher. Die Matratze. Rakefet seufzt im Schlaf, sieht aus wie das blühende Leben. Gaddi lutscht an seinem Daumen, seine Augenlider flattern. Ich geh zu ihm hin und nehme ihm vorsichtig den Daumen aus dem Mund. Seine Augen öffnen sich.

»Wo ist er?«

»Er ist bei Vater.«

»Wird er bei euch schlafen?«

»Nein. Ich beziehe ihm nur sein Bett frisch.«

»Hat er nur Pipi gemacht oder hat er . . .?«

»Nur Pipi . . . nicht schlimm . . . schlaf jetzt, schlaf . . .«

Die Erinnerung strömt hervor. Der Damm ist gebrochen. Samstag? Ja, das war es. Jetzt bricht es mit aller Macht hervor, lichterfüllt. Tränen schießen mir in die Augen. Wie konnte ich das alles je vergessen? Und doch hatte ich jenen Samstag wirklich vergessen. Meine Erinnerung hatte es so eilig, zu dem Unglück zu gelangen, daß sie diesen Tag, dieses stürmische Zwischenspiel, einfach ausradierte. Die Anrufe aus dem Gefängnis, das Schlachtfeld in der Küche, Kedmis Suche nach seinem armen Mörder, Kedmis Mutter, Rakefets unaufhörliches Schreien, Vaters Ankunft am Nachmittag – wie eine Zwiebel häutet sich der Tag Schale für Schale, schält sich heraus in verschiedenen Ebenen, an verschiedenen Orten, entrollt sich wie ein dünnes, glänzendes Band. Mit was soll ich anfangen? Mit Kedmi. Kedmi, der wie vor den Kopf geschlagen, wild fluchend herumlief, als ob dieser Häftling allein deswegen geflohen wäre, um ihm die Karriere zu ruinieren. »Warum bin ich bloß Rechtsanwalt, Gefängniswärter ist doch viel besser, da kannst du jeden Gefangenen, den du willst, befreien.« Er zog sich schnell an, rannte los ins Gefängnis und ließ mich – höre ich nicht schon die leise Melodie von weitem wieder? – in der Küche vor einem großen Gemüsehaufen stehen, einem Stück rohen Fleisch in einer Schüssel, bluttriefend, Gaddi rannte mir zwischen den Beinen herum, klagte über Schmerzen in seiner Brust, Rakefet schrie ununterbrochen. Das Telefon hörte nicht auf zu klingeln – Kedmis Mutter, Zvi, Asa, die Polizei. Vom Krankenhaus riefen sie an, um nach dem Hund zu fragen, und schließlich erkundigte sich Mutter selbst noch, ob wir etwas wüßten. Und in Kürze mußte Vater eintreffen, mitten in das ganze Wirrwarr hinein, und ich sah schon, wie der Sederabend, auf den ich so viel Hoffnung gesetzt hatte, vor unseren Augen in Scherben fiel. Kedmi kehrte düster und wuterfüllt zurück, immer noch die ganze Welt verfluchend. »Erklär mir doch«, flehte ich ihn an »was ist denn daran so schlimm, sie werden ihn doch am Ende finden. Du hast selbst gesagt, daß er nur ausgerissen ist, um am Sederabend mit seinen Eltern zusammenzusein, er wird danach von selbst zurückkommen.« Aber Kedmis große Angst war es, daß die Polizei ihn aufgreifen und ihm bei der Gelegenheit das Geständnis entlocken würde, das sie bis jetzt nicht aus ihm herausbekommen konnten, das Geständnis, das Kedmi mit aller Gewalt zu verhüten suchte, denn der Mörder war wirklich einer, nicht einmal Kedmi glaubte ihm ...

Samstag. Natürlich. So war es. Jetzt habe ich ihn wieder, mit all seinen Farben und Gerüchen, mit seinem sanften Regen, dem letzten, der an diesem Morgen fiel, mit seinen sich auflösenden Wolken und seinen warmen Windstößen. Ich hängte Wäsche am Balkon auf, Bettlaken und Tischtücher, während Kedmi, herzzerreißend, wie ein Löwe im Käfig herumlief, alle paar Minuten die Polizei anrief, um Ratschläge zu geben, Vorhaltungen zu machen und zu warnen. Am Ende entschloß er sich, in die Stadt zum Haus der Eltern zu fahren, selbst zu versuchen, seinen Mörder einzufangen und ihn ins Gefängnis zurückzubringen, damit er ihn weiterhin verteidigen könnte. Was für ein seltsamer, wirr verrückter Tag. Und ich taumle von der Wucht der Erinnerung, die mich überschwemmt ... Wie konnte ich nur, und warum, wie ein Idiot noch zu ihr sagen »Samstag? Samstag? Gab es überhaupt einen Samstag?« Sie war sicher, daß ich ihr etwas ganz Wichtiges verheimlichen wollte. Die Stunden vergingen. Ich wartete auf Vater. Und plötzlich, am Nachmittag, kam Kedmis Anruf. Er flüsterte mit verschwörerischer Stimme. »Komm schnell, du mußt mir helfen, Mutter kommt, um auf die Kinder aufzupassen. Ich habe ihn entdeckt, aber er ist mir entwischt. Komm schnell, ich brauche dich. Wir werden deinen Vater von der Taxihaltestelle in der Stadt unten abholen. Ich habe schon mit Zvi gesprochen.«

Samstag nachmittag in der schläfrigen, leeren Stadt, die sich auf das nahe Fest vorbereitete. Kedmis Mutter war eingetroffen, um die Kinder zu hüten, ganz außer sich über die Geschichte mit

dem verschwundenen Mörder, wütend. Kedmi so etwas anzu-
tun, nach allem, was er in ihn investiert hatte, so etwas von
Undankbarkeit! . . . Ich eilte in sein Büro, dieses öde Loch, das er
sich damals gemietet hatte, als er versuchte, sich selbständig zu
machen. Leere Gänge, modriger Geruch auf der Treppe. Er
wartete schon an der Tür auf mich, wutentbrannt, bitterböse
Pläne schmiedend. Er hatte seinen Mörder in dem Stadtviertel
entdeckt, in dem er wohnte, und, wie es sich herausstellte, hatte
die Polizei nicht einmal versucht, ihn dort zu finden. Sie jagten
ihn immer noch in den Wäldern des Karmels, vermutlich dachten sie, meinte Kedmi, daß er dort Blumen pflücke. Kedmi hatte
ihn auf der Straße gesehen, nachdem er ihm in der Nähe seines
Hauses aufgelauert hatte. Doch sobald der Mörder ihn sah,
machte er sich aus dem Staub – der Trottel dachte, daß Kedmi die
Polizei mitgebracht hatte, und wie sehr er ihm auch hinterher-
schrie – ich bin es doch nur, nur ich – der Junge wollte ihm nicht
glauben und machte, daß er wegkam. Kedmi war sich jedoch
sicher, daß er zurückkommen würde. Der Junge hatte einfach
Sehnsucht nach seinen Eltern. Da er mich nicht kannte, sollte ich
mich neben das Haus stellen und in dem Moment, in dem er
auftauchen würde, zu ihm hingehen und sagen »Herr Kedmi will
mit Ihnen sprechen. Er hat einen guten Vorschlag für Sie.«

Ein verrückter Samstag, wie konnte ich ihn vergessen. Der
Frühling war ausgebrochen, der Himmel hellte sich schnell auf.
Ein Samstag verschiedener Orte, ein Kommen und Gehen von
Leuten, ein Auf- und Zumachen von Türen, Telefongeklingel,
ein Druckeinander von Ereignissen – und über dem ganzen
Samstag thronte Kedmi, unrasiert, die Kleider in Unordnung
geraten, rot im Gesicht, sah selbst wie ein entflohener Sträfling
aus, erklärte mir seine Pläne, wie er den Mörder nach dem
Sederabend der Polizei ausliefern würde, wie er eine Pressekon-
ferenz einberufen, ihnen allen beweisen würde, was ein richtiger
Rechtsanwalt sei, welchen Einfluß er auf seine Kriminellen habe,
und wie sehr sie ihm vertrauten.

Samstag nachmittag. Dieses süße, milde Schabbatlicht, und ich
in einem völligen Erschöpfungszustand, ganz schwindlig im

Kopf. Noch überhaupt nichts für den Seder fertig, und Vater würde sich morgen scheiden lassen und zwei Tage später zurückfliegen und mich hier mit Mutter alleinlassen. Ich sah mich in den Feldern herumlaufen, um den Hund zu suchen, gefangen in Kedmis kindischen Spielchen, ich mußte Gaddi zum Arzt bringen – und inzwischen passierte gar nichts, und die Zeit verstrich. Und bald würde es Zeit für den tiefgehenden, langen Abschied von Vater sein ... Und da standen wir neben Felafelbuden an dem Taxistand, zwischen einem Grüppchen von jugendlichen Nichtstuern. Er stieg aus dem Taxi, und ich nahm ihn wieder in Empfang. Die ganze Woche lang hatte ich ihn losgeschickt und wieder in Empfang genommen. Ich sehe es jetzt ganz deutlich vor mir, wie konnte ich es nur vergessen? Das erste, was ich bemerkte, war sein neuer Haarschnitt, den er sich in Tel-Aviv hatte machen lassen, und daß er damit plötzlich älter und grauer aussah. Seine Kleider waren zerknittert, er ging ein wenig gebeugt unter dem Gewicht seiner Reisetasche. Die Erinnerung durchschießt mich: so kam er an, an jenem Samstag, so stand er da zwischen den Felafelständen, und ich küßte und umarmte ihn heftig. Er staunte über die Pfützen unter den Bäumen, die Spuren des morgendlichen Regens. »Bei uns in Tel-Aviv ist es schon richtig heiß, Frühling, fast Sommer, die Leute strömen an die Strände.« *Bei uns*, sagte er, als ob er nie weggegangen wäre, als ob er gar nicht die Absicht hatte, bald auf ungewisse Zeit zu verschwinden, als ob er nicht einen Tag zuvor den Verzicht auf seine Wohnung unterschrieben hätte und zwei Tage danach wieder fliegen würde. Er wunderte sich über die Liebenswürdigkeit Kedmis, der ihm sofort die Tasche abnahm. »Ich habe ein bißchen schmutzige Wäsche mitgebracht, Ja'eli, wenn du mir vielleicht beim Waschen helfen könntest, ich habe keine Unterwäsche mehr.« Kedmi legte die Hand auf seine Schulter, dirigierte ihn zum Auto, und wir erzählten ihm die Geschichte von Kedmis Mörder. Er hörte aufmerksam zu, lächelte amüsiert und schlug sofort vor, mich zu begleiten, es sei ausgeschlossen, mich ganz alleine einem entflohenen Mörder nachzuschicken, auch wenn Kedmi versicherte, daß er ungefährlich sei.

Kedmi fuhr uns zu einem Arbeiterviertel außerhalb der Stadt in Richtung Tivon, nahe dem großen Steinbruch von Nescher.

Er zeigte uns von weitem das Haus, drückte mir ein Bild des Jungen in die Hand, das er aus dem Büro mitgenommen hatte und verschwand in einer der Seitenstraßen. Und so kam es, daß Vater und ich in der ersten Abenddämmerung eine kleine Straße in einem Arbeiterviertel entlanggingen, um Kedmis Mörder zu finden und ihn zu überreden, ins Gefängnis zurückzukehren. In der Nähe des Hauses war eine Bushaltestelle mit einer Bank. Wir setzten uns und beobachteten die Eingangstür. Wie hatte ich das vergessen können? Es war, als ob wir uns auf einem anderen Planeten befänden, nur wir beide, ganz allein auf dieser Bank. Vater sprach, und ich hörte ihm zu. Er war unruhig und wollte reden, voll von Eindrücken aus den Tagen, die er in Tel-Aviv verbracht hatte, verzweifelt darüber, daß er nur noch so wenig Zeit hatte, er sprang von einem Thema zum anderen, während sich die Dämmerung verdichtete und vereinzelt Leute vorübergingen und uns anstarrten. »Ich habe mein Zuhause verkauft«, sagte er immer wieder »ich will nichts mehr damit zu tun haben. Du wirst meine restlichen Sachen dort holen und für mich aufbewahren. Aber laßt Zvi die Wohnung nicht für sich allein haben. Er ist verdorben, und er wird sich nicht bessern, er wird alles verkaufen, um es in Aktien zu investieren. Du solltest auch Mutter vor ihm warnen, denn auf mich wird sie nicht hören ...« Auf einmal stiegen ihm die Tränen in die Augen, er fing an, über Mutter zu sprechen. »Zu guter Letzt hat sie mich also doch von hier vertrieben. Endlich ist es ihr gelungen mich zu entwurzeln. Sie bestraft mich dafür, daß ich nicht auch verrückt geworden bin, daß ich nicht mit ihr in den Abgrund fallen wollte. Sie glaubt, weil wir einmal die gleichen Gedanken hatten, sei ich zu ewiger Loyalität verpflichtet ...« Plötzlich wollte er, daß ich aufstehe, ging mit mir die Straße hinunter, nahm mich an der Hand und erzählte mir wieder, wie sie an jenem Morgen versucht hatte, ihn umzubringen und wie es Zvi im Grunde ganz egal gewesen war. Ich ging neben ihm, hörte mit wehem Herzen zu, schaute die Leute an, die uns anstarrten, betrachtete ab und zu das Foto in meiner Hand, um unseren Mörder identifizieren zu können, falls er zurückkäme. Er sprach eindringlich, immer erregter. Wir kehrten um und gingen den gleichen Weg zurück. Kinder rannten uns entgegen, am Ende der Straße hatte man einen großen Scheiterhaufen mit Chamez* angezündet. Plötzlich umklammerte er heftig meinen Arm. »Und du, wie denkst du darüber? Du bist die einzige, die nie eine Meinung geäußert hat, allem nur zustimmt – Mutter, mir, uns allen. Wie kannst du nur so passiv sein?« Und ich antwortete: »Du hast recht, ich habe wirklich keine Meinung, ich habe nie eine gehabt.« – Und er protestierte: »Aber ich verstehe nicht, wie so etwas möglich ist.« »Ich bewege mich jenseits von Meinungen, ich fühle euch, ich habe es nie geschafft, mit euch zu denken. Es ist, als ob ihr zwei meine Babys wärt.« Genau so sagte ich es. Es waren seltsame Worte, und er stand verblüfft da, während die Sonne über der fernen Bucht versank. Aber sagte er wirklich, was dann kam, oder bilde ich es mir bloß ein? Doch, er muß es gesagt haben: »Am Ende wirst du es sein, die mich umbringt.« »Ich?« flüsterte ich entsetzt. »Ja du, du mit deinem Schweigen.« Hat er es wirklich gesagt, oder bilde ich mir auch das nur ein? Doch, und dann sagte er noch: »Ihr habt mir mein Zuhause weggenommen, und jetzt wollt ihr mich nicht gehen lassen.« Wie konnte ich es vergessen? Warum? Ich schwieg, schwieg wie immer, gab ihm keine Antwort, und dann lächelte er und umarmte mich. Meine gierige Erinnerung hatte es so eilig, zum Tag des Unglücks zu gelangen, daß sie alles überrannte ... und zuletzt, als es schon Nacht wurde und der Mörder nicht aufgetaucht war, gingen wir Kedmi suchen und fanden ihn auf der Hauptstraße, über dem Steuer eingeschlafen.

Wir kehrten nach Hause zurück. Kedmis Mutter war ganz grau vor Anstrengung und Spannung. Vater holte seine schmutzige Wäsche und begann sie zu waschen. Kedmi lief wieder im Zimmer herum wie ein geprügelter Hund, bis er die Polizei anrief und zu seiner großen Freude hörte, daß die Suche eingestellt worden war. Dann begann er die Wohnung aufzuräumen, half mir, die Kinder ins Bett zu bringen, unterhielt sich freundlich mit Vater und machte ihm sogar einen Kaffee. Er konnte sich gar nicht genug tun, überschlug sich vor Liebenswürdigkeit. Dann, plötzlich, stand er auf und verschwand, um nach einer Stunde völlig außer sich wiederzukommen. Es stellte sich her-

---

* Sammelbegriff für alle Lebensmittel, die nicht für Pessach zulässig sind.

aus, daß er die Eltern seines Mörders aufgesucht hatte, die ihn, obwohl sie angeblich nicht einmal wußten, daß ihr Sohn aus dem Gefängnis geflohen war, eindeutig erwarteten, jedenfalls war sich Kedmi ganz sicher. Und der arme Kedmi, der bei der Vorstellung, daß all die Arbeit, die er investiert hatte, umsonst sein solle, fast verrückt wurde, bedrängte mich, flehte mich an, noch einmal in die Stadt mit hinunterzukommen, um dort noch einmal zu versuchen auf ihn zu warten.

Der Samstag zog sich hin, er schien kein Ende zu nehmen. Wer hat später diese graue Decke des Vergessens über ihn geworfen? Es war schon fast Mitternacht, als es Kedmi gelang, Vater und mich davon zu überzeugen, ihn nochmals zu diesem Arbeiterviertel zu begleiten, das inzwischen wie ausgestorben war. Wieder plazierte er uns auf der Bank an der Bushaltestelle, unter einer gelblichen Straßenlaterne, und wieder waren wir weit ab von der Welt. Er selbst fuhr in eine der Seitengassen. Vater amüsierte sich. Er war hellwach und machte Witze, spielte mit dem Bild des Mörders in seiner Hand, gab Erinnerungen zum besten, sprach über seine Pläne für die Zukunft, während ich ganz zerschlagen zuhörte, fast schlief, schweigend, passiv, seinen Schweißgeruch wahrnahm, als ich mich an ihn lehnte, sofort alles wieder vergaß, was er gerade gesagt hatte, wie eine randvolle Flasche, in die kein Tropfen mehr hineingeht. Mein Blick schweifte über die großen Schornsteine der Zementfabrik, über denen eine unnatürlich leuchtende, gelbliche Rauchwolke hing, über die kleine, leere Straße, glitt zum Eingang eines der Häuser, sah den Mörder von Kedmi sich von der Wand lösen und sich in Bewegung setzen, als ob er noch ein Teil der Wand selbst wäre. Ein kleiner, drahtiger junger Mann, der mit katzenhaften Bewegungen die Häuser entlangstrich, das Licht vermied. Ich stand sofort auf. Er sah uns nicht, hielt den Kopf gesenkt, die Hände in den Hosentaschen. Ich stand und schaute in sein unrasiertes Gesicht, in die kleinen Augen, und Vater sprang auf und stellte sich neben mich. »Warten Sie einen Moment«, sagte ich zu ihm, »ich bin die Frau von Rechtsanwalt Kedmi, er ist in der Straße um die Ecke und möchte mit Ihnen sprechen. Nur sprechen. Es ist zu Ihrem Besten, er hat keine Polizei dabei.«

Er rührte sich nicht vom Fleck, musterte Vater und mich. Er schien nicht erschrocken zu sein. »Es gibt nichts zu reden«, sagte er trocken, mit kalter Stimme, »die ganze Zeit will er nur reden. Aber er glaubt mir nichts. Er soll sich doch einen wirklichen Verbrecher suchen, mit dem er spielen kann. Mir reicht's.«

Er wandte sich zum Gehen, mit langsamen, zögernden Schritten, wußte nicht mehr wohin. Aber Vater legte ihm eine Hand auf die Schulter, wie ein Lehrer einem Schüler, begann neben ihm herzugehen und mit weitausholenden Gesten auf ihn einzureden. Der Mann hörte mit gesenktem Kopf zu, während er weiterging. Und so verschwanden sie in der nächsten Straße, während ich losrannte, um Kedmi zu holen, der schon wieder über dem Steuer eingenickt war. Ich weckte ihn auf: »Kedmi, Vater spricht gerade mit ihm.« Er sprang verwirrt aus dem Auto und begann zu rennen, schrie in die leere Straße hinein. Aber der Mörder machte sich sofort aus dem Staub, als er ihn sah, sprang über den Werkzaun der Zementfabrik und verschwand zwischen den hohen Schornsteinen. Vater holte eine Zigarette heraus und zündete sie sich gelassen an, hellwach und selbstsicher sagte er zu dem verzweifelten Kedmi: »Er hat versprochen, daß er morgen sofort nach dem Seder zu dir kommt und sich selbst ausliefert. Er hat mir sein Wort darauf gegeben, und ich glaube ihm. Du kannst ihm auch glauben.« Und Kedmi, vielleicht zum ersten Mal in all den Jahren, in denen ich ihn kenne, stand völlig versteinert da, konnte kein einziges Wort herausbringen.

Jetzt ist er eingeschlafen, eine Zeitung über seinem Gesicht. Der Junge steht zwischen den Kissen und Decken und schaut ihn an. Dieses Kind hat eine komische Art dazustehen, eingegraben, ein wenig geduckt, seine Augen suchen den Mond hinter dem Vorhang, der sich im Wind bauscht. Ein magerer Junge, groß für sein Alter. Er hat noch nicht mit mir gesprochen, schaut mich mißtrauisch an. Ich versuche es nochmal mit meinem gebrochenen Englisch, während er verwundert den Kopf schüttelt.

Kedmi grunzt. »Genug mit deinem Shakespeare-Englisch. Vielleicht bringst du ihn jetzt ins Bett, er spaziert mir hier auf dem Kopf herum.«

Ich hebe ihn hoch und trage ihn zu dem frisch gemachten, aber immer noch feuchten Bett, lege ihn hinein und decke ihn zu. Süße strömt in meine Fingerspitzen. Wieder versuche ich mit ihm zu reden. Rakefet dreht sich auf den Rücken, fällt in eine zweite entspanntere Schlafphase. Auch Gaddi bewegt sich im Bett, sein Schlaf ist noch leicht. Das Zimmer ist ganz dunkel, nur ein kleines Nachtlämpchen brennt. Ich bin schon an der Tür, da steht der Junge wieder auf, umklammert fest das Gitter und schaut mich an. Was will er? Was für ein stilles, eigenartiges, introvertiertes Kind. Ich versuche ihn wieder hinzulegen, aber er klammert sich mit aller Kraft an die Stäbe, weigert sich, sein Gesicht zu einer Grimasse des Eigensinns verzerrt. Wo kann sie nur sein? Ob sie ihn uns wirklich dalassen will? Wäre das möglich? Gibt es solche Perversionen? Vater als kleines Kind.

Ganz plötzlich trifft mich etwas wie ein Schlag; als ob Vater selbst vom Gang hereingekommen und durch das Fenster verschwunden wäre. Ich zittere am ganzen Körper, mein Herz setzt aus und hämmert dann in mir. Warum haben wir ihn dorthin zurückgehen lassen? Was wollte er dort, was hat er gemacht? Warum habe ich diesen Samstag vergessen, was wollte ich verdrängen? Vielleicht war diese Begegnung mit dem jungen Mörder für mich von Bedeutung ... aber wie konnte es nur geschehen, daß wir es nicht merkten, nicht gewußt haben, ihn nicht daran hinderten? Warum haben wir ihn so verlassen an jenem Samstag, als er aus dem Taxi stieg, so einsam, so alt aussehend mit seinen abgeschnittenen Haaren unter dem Hut, seine Tasche voll schmutziger Unterwäsche. Wir waren böse auf ihn. Asa verachtete ihn. Zvi wollte sich an ihm rächen. Und ich hatte keine Meinung. »Wie denkst du darüber?« Ich habe nicht geantwortet. »Der einzige Mensch, der sich wirklich gefreut hat, mich zu sehen, war Dinah. Ihr anderen wart alle feindselig, sogar Gaddi.« Und ich, immer noch passiv, sagte kein Wort, ich, die ich mich unterschiedslos mit jedem einzelnen identifiziere, wer es auch immer sein mag und sein wird, wahllos von einem zum anderen gehe, Kedmi, Gaddi, Mutter, der Hund, sogar dieser Mörder, sogar Connie, als sie heute ankam. Wer immer mir auch nahekommt, mit dem identifiziere ich mich, nehme sie an ohne zu urteilen, ohne zu denken, und stoße sie deshalb auch von mir weg. Aber habe ich ihn wirklich zurückgestoßen mit meinem Schweigen, mit meiner Weigerung, dieses eine Wort zu sagen, das er hören wollte, ... zurückgestoßen in den Schrecken dieser letzten Nacht?

Samstag. Das war er. Langsam nimmt er seinen Platz unter den neun Tagen ein, die ich hartnäckig aus der flüchtigen Zeit geborgen habe, in harter Klarheit erstarren ließ, auf einen hellen Bildschirm projiziert habe. Endlich habe ich diesen verlorenen Tag wiederbekommen. Kedmi wollte mir nicht helfen, es war ihm natürlich unangenehm, sich daran zu erinnern, denn dieser Mörder war am Ende überhaupt kein Mörder. Nachdem wir ihn überzeugt hatten, ins Gefängnis zurückzukehren, stellte sich heraus, daß der wirkliche Mörder gefunden worden war, und den anderen ließen sie ohne die Gerichtsverhandlung frei, auf die sich Kedmi mit so viel Begeisterung vorbereitet hatte. Kedmi scheiterte daran, gab seine Praxis auf und wurde Bezirksanwalt. Nie hat er Vater wirklich geglaubt, daß sich der Junge selbst ausliefern würde. Müde setzten wir uns ins Auto und fuhren heim. Den ganzen Weg über mußte Vater Kedmi zuhören, der ihm von seinem Mörder erzählte und von seinen Plänen für die Gerichtsverhandlung. Wir betraten die Wohnung, in der ein wildes Durcheinander herrschte, ich nahm noch Vaters nasse Unterwäsche und hängte sie auf dem Balkon auf, in einer Nacht, die schon eine wirkliche Frühlingsnacht war.

Wenn ich heute an Vater denke, fühle ich immer noch den gleichen Schmerz. Dieser durchbohrende, schreckliche Kummer. Was haben wir nur falsch gemacht? Wir konnten sie nicht wieder zusammenbringen, und wir konnten sie nicht voneinander trennen. Vielleicht haben wir sie nur gegeneinander aufgebracht. Ich muß den Jungen mitnehmen und ihn Mutter zeigen, ihm seine roten Kleider anziehen und ihn zu ihr bringen, vielleicht kann er sie ein wenig zum Leben erwecken.

Ich werfe einen letzten Blick ins Kinderzimmer. Er steht immer noch, ganz still, weint nicht, sucht etwas, seine Mutter, wundert sich, wo es sie hinverschlagen hat. Auf einmal ergreift mich wieder schreckliche Unruhe. Wo ist sie? Kedmi muß es mir sagen. Ich gehe ins Schlafzimmer und fange an mich auszuziehen.

»Kedmi? Jisrael? Jisrael, schläfst du?«

»Wie kann ich schlafen«, »murmelt er, ohne die Augen zu öffnen, »wenn ich bereits mein neuestes Buch schreibe, *Wachbleiben, leichtgemacht?* Sag mal, hast du beschlossen, mich heute nacht in den Wahnsinn zu treiben, warum rennst du hier wie eine Maus im Kreis herum?«

»Bist du in der Lage, mir zuzuhören, oder willst du schlafen?«

»Du hast dein Redesoll für heute erfüllt, wenn es sich aber um Küsse handeln sollte . . .«

»Es ist mir wieder eingefallen, hörst du? Ich habe diesen verlorenen Samstag gefunden.«

»Was für eine Freude. Vielleicht findest du auch noch jemanden, der ihn dir abkauft.«

»Weißt du, was damals passiert ist? Das war der Tag, an dem dein armer Mörder entflohen ist und wir ihn in der Nacht suchen gingen.«

Er öffnet seine Augen.

»Welcher Mörder?«

»Der, der entflohen ist, von dem sich am Schluß herausstellte . . .«

»Hör auf, hör bloß auf, erinnere mich nur nicht an den . . . all die Energie, die ich an ihn verschwendet habe . . . wegen ihm habe ich meine Praxis aufgelöst . . . hör mir bloß mit dem auf . . . wenn ich daran denke, wie dein Vater ihm auf der Straße hinterhergerannt ist . . .«

»Erinnerst du dich, wie er dir geholfen hat?«

»Ja sicher. Und jetzt entspann dich bitte, du hast alle Tage wieder zusammen. Und wenn du dich beruhigt hast, könntest du mich auch ein bißchen zur Ruhe kommen lassen . . .«

»Komm«, sage ich zu ihm und lege mich nackt neben ihn. Er ist verblüfft, wirft überrascht und erregt die Decke ab, beginnt mich zu umarmen, zu küssen und meine Brüste zu liebkosen. Ich lege meine Arme um ihn, er versucht in mich einzudringen. Das Kind fängt an zu schreien. Ich stoße ihn zurück.

»Vergiß ihn doch jetzt!«

»Wo ist sie hingegangen, sag mir jetzt die Wahrheit!« Er hält den Atem an.

»Nachher . . . ich verspreche es . . .«

Das Schreien des Kindes wird stärker, durchdringt die Nacht. Kedmi wird immer leidenschaftlicher, dringt wollüstig in mich ein. Aber ich bin nicht bei der Sache. Ich denke an jenen Samstag abend. Alle schliefen sie schon. Ich stand auf dem Balkon in der starken klaren Frühlingsnacht, der Himmel über mir voller Sterne, hängte Vaters Wäsche auf die Leine und dachte an die Tage, die vor mir lagen, noch ahnungslos, was mich erwartete. So endete der Samstag. Ja, es hatte ihn gegeben. Natürlich hatte es ihn gegeben. Zu guter Letzt nimmt er seinen Platz unter jenen neun Tagen ein, die ich hartnäckig aus der flüchtigen Zeit geborgen habe, für immer in aller Klarheit erstarrt, mit allen Einzelheiten auf jenen hellen Bildschirm projiziert.

Sederabend

In seine Sterbeflamme hüllt das Licht dich ein,
o Zaubrin, blaß und leidend stehst du da,
der alten Kraft der Dämmrung zugewandt,
die dich umkreist.

PABLO NERUDA

Violettes Licht sickert aus einer unheilbaren Wunde im weiten
Himmel der sich über der Bucht wölbt Kupferdrähte gravieren
eine glühende Botschaft in das rosafarbene Fleisch des nimmer
endenden Tages westwärts treibt er ins Meer das schwer in
langsamem Dreitakt atmend in den Schlaf der Nacht sinkt. Das
von der Sonne erwärmte Wasser leuchtet jetzt Gischt einer
öligen Flamme die langsam und grau in der sanften Lava der
Dunkelheit erlischt Dunkelheit ausgespien aus den riesigen
Bottichen der Erde verborgen unter bewässerten Grasnarben
übersät mit wildwucherndem Unkraut Königsdisteln gelb blü-
hendem Ginster kriecht zwischen die Äste der Bäume entfaltet
sich im Windhauch wie ein Fächer wandelt den blauen Tag zu
einem schwarzen Baldachin über einer gesättigt in feuchter
Erde keimenden Welt die sich gierend anklebt voll schmatzen-
der saugender Lippen schwingt unbeirrt die klöppellose Glocke
des Abends die kleinen Abstände zwischen den Wörtern und
Zeilen auslöschend die Seiten meines Buches in einen formlosen
Klumpen verwandelnd während plötzlich ein riesiger Mond
leer und aufgedunsen in das letzte Fenster segelt und auf einer
schrägen niedrigen Bahn schnell in den Abend gleitet. Wenn
der Hund hier wäre würde er seinen Kopf in den Nacken legen
und zu ihm emporheulen wie auch *sie* es tat in jener klaren
Winternacht als wir ankamen *sie* erwachte und sich auf das
Fensterbrett setzte die Gitterstäbe umklammerte sich Haar und
Kleider löste und mit genußvoller Hingabe mit heimlicher Lust

schreiende kläffende Töne bellte bis sie mit der Zwangsjacke kamen.

»Jetzt kommen Sie doch! Gehen wir! Es fängt schon an . . . sie singen . . . sie singen schon . . .«

Ezechiels Stimme fleht von der Tür her, vom anderen Ende des Raumes, aber ich werde ihm nicht antworten, verharre unbeweglich unter meiner leichten Decke.

»Sie können unmöglich zum Seder hier ganz alleine bleiben . . .« sagt er wieder, macht das Licht aus und betritt den Raum, gleitet zwischen den Betten durch in seinem zu weiten Anzug mit seinem Hut und seiner neuen Krawatte, eine brennende Zigarette im Mund. Seine Stimme klingt heiser, er verfolgt mich schon seit über einer Woche überallhin, ganz aus dem Häuschen über meine Scheidung. Und nun ist er hier zwischen den Betten der Frauenabteilung, die er in der Nacht noch nie zu betreten gewagt hat, schaut sich verzweifelt um, über sich selbst erschrocken, aber von seiner eigenen Fieberhaftigkeit davongetragen. Jetzt erst bemerke ich, daß sonst keine Menschenseele im Raum ist. Viele Patienten sind schon in der Früh von ihren Familien abgeholt worden, der Rest sitzt im Eßzimmer und wartet auf den Seder. Sogar die diensthabende Schwester ist verschwunden, und das Ärztezimmer ist abgesperrt. Und hier in der Stille ist nur das Geräusch seiner Schritte zu hören, klein und hartnäckig nähert er sich mir, seine Hände zittern, Speichel fliegt ihm vom Mund, wenn er redet. – »Kommen Sie, das können Sie mir doch nicht antun, sie singen schon . . .« Er steht neben meinem Bett, strahlt eine Gewalttätigkeit aus, die ich nie in ihm vermutet hätte, er reißt mir das Buch aus den Händen, klappt es zu, legt es auf den Nachttisch, befingert die Papiere, die dort liegen, zieht die weiße Scheidungsurkunde hervor und hält sie gegen das Mondlicht, plötzlich ärgerlich. »So bewahren Sie also ihre Sachen auf, alles verstreut herumliegend? Sie sind wirklich wie ein kleines Kind, was soll nur aus Ihnen werden?« Und ohne um Erlaubnis zu fragen, sammelt er die ganzen Papiere ein und stopft sie in die Schublade, in der die Kette des verschwundenen Hundes klirrt, zieht mit ungewohnter Grobheit in einem Wutanfall die Decke weg, versucht mich mit Gewalt zum Aufstehen zu bringen, blitzt mich mit ärgerlichen Augen an, er scheint zu denken, daß ich herrenloses Gut bin. »Sie machen uns das ganze Fest kaputt. Alle warten auf Sie, nur ihretwegen bin ich doch hiergeblieben.« Seine leichte heiße Hand greift nach meiner Schulter. »Das können Sie mir wirklich nicht antun.« An der Wand neben der Tür zeichnet sich der riesige Schatten von Musa ab, regungslos bis auf seine hungrigen Mundbewegungen, die nie aufhören.

In dem Moment, in dem Jehudah und die Rabbiner ins Taxi einstiegen und das Krankenhaus verließen, haben sie sich um mich geschart. Als ob sie unter den Rädern des entschwindenden Taxis hervorgekrochen seien, eine ganze Bande, die Ezechiel in den letzten Tagen zusammengetrommelt hatte: Musa und Ahre-’le, Devorah und die zwei jungen Exsoldaten. »Gratuliert ihr!« befahl er allen, nahm meine Hand und streckte sie ihnen hin. »Sie ist eine freie, verfügbare Frau. Man braucht ihn nicht mehr umzubringen. Sie sind beide gerettet.« Sogar Musa berührte meine Hand, stotternd und rot vor Aufregung. Und seit heute morgen haben sie mich überallhin begleitet. Es war unmöglich, ihnen zu entkommen. Die Schwestern versuchten ihn zur Vernunft zu bringen, aber er tauchte immer wieder hartnäckig auf, wartete neben der Tür, folgte mir bis zum Zaun, setzte sich beim Mittagessen mir gegenüber, reichte mir die Platten, rollte den Wasserschlauch für mich aus. Es war unmöglich, ihn loszuwerden, und es gab auch niemanden, der es versucht hätte. Denn das Krankenhaus befand sich in heller Aufregung: Autos fuhren zwischen den Pavillons herum, Familien suchten ihre Angehörigen, die sie zum Seder mit nach Hause nehmen wollten, die Abteilungen waren voller fremder Leute, die dabei waren, Patienten anzuziehen, Sachen einzusammeln, Formulare zu unterschreiben, sich über Arzneien informierten, einen Höllenlärm machten, mit uns Tee tranken. Auch für Ezechiel kam jemand, um ihn abzuholen, sein Sohn, das reinste Abziehbild, verblichen und dünn wie er, die gleichen verschwommenen Gesichtszüge, eine nasse Zigarette im Mundwinkel und schütteres Haar, das allerdings noch dunkel war. Ein zukünftiger Fall für die Psychiatrie. Er tauchte mit einem khakifarbenen Moped mit Beiwagen auf, um seinen Vater mit nach Hause zu nehmen, aber Ezechiel weigerte sich mitzufahren. Er verfiel in hysterische

Zustände, und es war nichts mehr mit ihm anzufangen. Der Sohn ging ins Büro, um einen Arzt und eine Schwester zu Hilfe zu holen, aber Ezechiel blieb unerbittlich, auf gar keinen Fall, es sei seine Pflicht, bei mir hierzubleiben. Ich hörte, wie der junge Arzt scherzend sagte: »Ich sage euch, er ist in sie verliebt«, und das Blut schoß mir in den Kopf. Ich flüchtete zu der kleinen Baumgruppe, unter der mein Liegestuhl stand, setzte die Brille auf, die Vater mir heute von der Reparatur zurückgebracht hatte und schlug das Buch auf, das ich schon seit Jahren lese. Ich hörte das Moped knattern und davonfahren und die Stimme von Ezechiel, der mich suchte. Ich zerzauste mein Haar, schloß die Augen, zog den Strohhut über mein Gesicht und stellte mich schlafend. Und schon hörte ich das Rascheln der sich bewegenden Äste und ihr Flüstern, die schweren Schritte von Musa, die die Erde erzittern ließen. Aber als sie mich schlafen sahen, verstummten sie und setzten sich hin, um mich zu bewachen. Die Strahlen der milden Frühlingssonne streichelten mich. Von den Pavillons her drangen Geräusche von abfahrenden Autos und die Rufe fremder Leute. Aber langsam wurde es ruhig, eine tiefe, friedvolle Stille überkam mich, und ich dachte, die Scheidung, die ich wollte, hat nun wirklich stattgefunden, er hat mir seinen Anteil an der Wohnung überlassen, ich werde ihn nie mehr in dieser übertriebenen Art reden hören, die mein Leben durchlöchert hat. Und ich dachte weiter, vielleicht wäre es jetzt gut, wenn *sie* mir einen Besuch abstatten und mir sagen würde, was *sie* denkt. Aber mein Atem wurde schwerer, das Buch glitt mir von den Knien und fiel zu Boden, und der Schlaf überkam mich, während ich undeutlich wahrnahm, wie mir jemand die Brille abnahm und ein Kissen unter den Kopf schob, und mein aufgelöstes Haar im Wind auf meinem Gesicht spielte. Ich versank in einen tiefen Traum, von dessen Grund die Stimme eines Kindes aufstieg, das Englisch sprach, und ein intensiver Geruch nach gekochten Pilzen wehte mich an, als ob *sie* tatsächlich ganz in der Nähe wäre, mein mörderisch-erwartungsvoll-sehnsüchtiges Doppel, bis mich eine leichte Hand streifte. Ich schrak hoch und sah in Devorah's weißes Gesicht, umrahmt von dünnem blondem Haar, und Ezechiel, der sich hinter ihr verbarg, hielt ihren Arm wie einen Stock und streichelte mich mit ihrer Hand. »Zvi ist gekommen«, sprudelte es aus ihm heraus. »Zvi ist hier und wartet am Tor. Zvi hat uns geschickt.« Ich hatte gedacht, daß Zvi vielleicht anrufen würde, aber nicht geglaubt, daß er am Sederabend kommen könnte. Ich stand auf, müde, aber innerlich ganz klar, als ob ich in meinem Schlaf blankgeschliffen worden wäre. Das Krankenhaus war jetzt still und leer. Auf dem Pfad stand in seiner ganzen Größe unser Goliath, unser König Og, unser Musa, für das Fest geschmückt, in einen alten, frisch gebügelten Ärztekittel gehüllt anstelle eines weißen Hemdes, ein rotes Taschentuch um seinen Hals gebunden und eine schwarze Kippah auf dem Kopf, die mit einer Haarspange befestigt war, von Kopf bis Fuß bereit für den Seder. »Zvi ist am Tor«, wiederholte Ezechiel zapplig »haben Sie gewußt, daß er kommt? Haben Sie mit ihm etwas ausgemacht?« Der Mann war verzweifelt. Nachdem er nur mir zuliebe dageblieben war, würde ich womöglich ausgehen. »Will er Sie mitnehmen?« Aber ich antwortete ihm nicht, ging schläfrig, aber innerlich ganz klar zum Tor, fühlte den frisch aufgekommenen Wind, der das überwältigende Blau des Himmels sanft mit leichten Wölkchen übersäte. Sie folgten mir. Ezechiel, Musa und Devorah; Ahre'le war verschwunden, war wohl nach Hause geholt worden. Ezechiel konnte sich nicht mehr beherrschen, rannte voraus, hielt an und wartete wie ein treuer Hund, eilte wieder voraus, als ob er den Weg für mich vorbereiten müsse. Neben dem Pavillon der geschlossenen Abteilung hielten wir an. Drei fremde Kinder in Unterhemden und Turnhosen spielten so sorglos und unbekümmert, als ob sie nicht wüßten, wo sie waren. Kinder im Krankenhaus ... ein großes blondes Mädchen und ein magerer Junge rollten ein dickliches Baby, ihren kleinen Bruder, über den Rasen und redeten fröhlich in Englisch miteinander.

Wir erreichten das Tor, von dem aus eine Reihe von Eukalyptusbäumen die schnurgerade Straße nach draußen säumte, mit Feldern zu beiden Seiten – zur Rechten der grüne Flaum von Baumwolle, der am Ende des Sommers weiß aufblühen würde, zur Linken die großen Furchen gepflügter Erde mit riesigen, aufgeworfenen Schollen. Dahinter zogen sich Eisenbahnschienen nach Norden, zu den Hügeln des Galil, deren Schonungen, die von ausgepflügten Streifen geteilt wurden, um eventuelles

Feuer einzudämmen, in einen heiter unschuldigen runden Himmel reichten, voll süßen Lichts, eine Schale mit Himbeersirup, gemischt mit den dünnen Abgasfahnen der Autos, die auf der Hauptstraße dahinflitzten. Irgendwo dort, zwischen den Plantagen und den Dörfern landeinwärts irrte Horatius schmutzig und hungrig umher, zwischen neuen saftigen Dornen, genarrt durch den berauschenden Duft meiner herumwandernd-wild-grenzendurchbrechenden Doppelgängerin, die unaufhaltsam ostwärts strebte.

Jenseits des Tores, neben der dunklen Wächterhütte, aus der Rockmusik drang, neben einem weißen Auto, ging Zvi auf und ab, schnappte frische Luft, rauchte eine lange Zigarette, die Jackenärmel über seine Schultern geschlagen, ein beigefarbenes Strickhemd enthüllend, das perfekt zu seiner hellen Hose mit dem leicht erweiterten Schlag paßte. Er wirkte wie aus einem Modejournal. Als er uns kommen sah, brach er seine Unterhaltung mit dem Wächter ab, verbeugte sich leicht vor meinen Begleitern und öffnete beschwingt das Tor, dankte Ezechiel, schloß aber das Tor sanft und direkt vor seiner Nase. Er warf seine Zigarette weg, wandte sich mir zu, ergriff meine beiden Hände, betrachtete mich mit einem triumphierenden Lächeln, umarmte und küßte mich warm. Er eilte, ununterbrochen redend, zum Wagen, holte vom hinteren Sitz einen Blumenstrauß hervor, legte ihn in meine Arme und grinste wieder. »Du bist verrückt, Zvi« sagte ich. »Wirklich?« Er brach in fröhliches Lachen aus. »Du bist also endlich frei«, sagte er »völlig frei. Ich habe mit Ja'el telefoniert, und sie erzählte mir, daß alles glattgegangen sei. Da konnte ich mich nicht zurückhalten, ich mußte einfach kommen, und Calderon war so liebenswürdig, mich schnell vorbeizufahren ... Es ist also überstanden. Und du bist, wie man mir gesagt hat, danach in aller Seelenruhe eingeschlafen. Alle Achtung, Mutter.« Sein Redestrom hörte gar nicht mehr auf, die Worte überstürzten sich. Und dieser Blumenstrauß! Im Auto konnte ich die unruhig glitzernden Augen des Bankiers erkennen, der fast unmerklich mit dem Kopf nickte, steif und ängstlich bemüht, uns nicht zu stören.

»Es ist also vorbei«, wiederholte Zvi, hakte sich bei mir ein und begann mit mir die Straße zwischen den Feldern entlangzugehen, die still und vorfeiertäglich dalagen. »Und wie fühlst du dich? Ich habe eigentlich befürchtet, daß er in der letzten Minute noch einen Rückzug machen würde.« Er warf mir einen Blick zu. »Oder daß es dir vielleicht leid tun würde . . . Ja'el hat etwas von irgendeinem Rabbiner gesagt, der Ärger zu machen versuchte. Aber nun ist das Ganze ja vorbei, und ihr habt euch würdevoll und im guten getrennt. Ich habe es Asa am Telefon erzählt, und auch er war froh darüber. ›Das mußte sein, früher oder später mußte es sein, es gab keine Alternative‹ – hat er immer wieder gesagt, das ist seine tiefste Überzeugung, daß alles so geschehen muß wie es geschieht. Morgen wird er mit Dinah kommen, um sich von Vater zu verabschieden, vielleicht kommt er dich auch besuchen, um dir zu gratulieren . . .«

Plötzlich blieb er stehen, zwinkerte mir zu und umarmte mich wieder. »Und was machen wir nun? Ich habe mir gedacht, daß ich dich irgendwohin mitnehme, aber wohin? Ich bin zwischen euch beiden hin und her gerissen. Er fliegt morgen nacht zurück, und ich habe ihn fast noch gar nicht zu Gesicht bekommen, ich habe auch das Gefühl, daß wir ihn lange nicht mehr sehen werden, er verläßt uns wirklich. Ich habe es erst geglaubt, als er so leicht auf die Wohnung verzichtet hat . . . und Ja'el hat mich gebeten, daß ich heute abend zu ihnen kommen soll, aber da ist dieser Kedmi mit seiner gräßlichen Mutter . . . und der Gedanke, daß du hier mit diesen Leuten allein bleibst . . . ich wollte doch so gerne mit dir zusammensein . . . wer hätte gedacht, daß du in aller Ruhe einschläfst und ich mich aufrege. Ist wirklich alles unterschrieben, die Dokumente, die Scheidungsurkunde, hast du alles? Wir müssen uns schnell zu etwas entschließen, denn der arme Calderon muß zum Seder nach Hause . . . es erwartet ihn noch ein höllisches Theater . . . aber er fordert es auch heraus . . . also was? Sollen wir beide allein irgendwohin gehen . . . vielleicht in ein Hotel hier in der Gegend, uns einem örtlichen Seder anschließen, oder sollen wir einfach nach Tel-Aviv zurückfahren und unseren privaten kleinen Seder feiern? Du hast deine Kleider noch in der Wohnung . . . Was meinst du?«

Aber ich schwieg, noch betäubt von meinem tiefen Schlaf und dem formlosen Traum, dachte daran, ob *sie* wohl heute zu mir zurückkehren würde, ob es mir gelänge mit ihr zu sprechen, ob ich mich daran erinnern würde, wie man mit ihr reden mußte. Meine Kehle und meine Lippen waren wie ausgedörrt. Ich ging mit ihm die Straße entlang, betrachtete die gepflügte, feuchte Erde, die entwurzelten Gräser, die darauf verstreut lagen. Ein einziger Sonnentag schon würde sie verbrennen. Und er war in Feststimmung, so kindisch, ein solcher Schwätzer. Er führte mich bis zu einem großen, rostigen Pflug, der am Ende des Feldes stand, musterte mit großen Augen die erdigen Schneiden.

»Also Mutter, was meinst du? Wir müssen uns schnell entscheiden, ich kann ihn unmöglich so lange aufhalten ... seine ganze Familie wartet auf ihn. Alles bricht über ihm zusammen, und er will, daß auch die Welt der anderen einstürzt ... Schicken wir ihn weg und gehen beide einfach in ein Restaurant im Fischerhafen von Akko, wir werden die einzigen Juden dort sein ... was meinst du? Du kannst unmöglich hier in der Sedernacht alleine bleiben ...«

»Warum nicht?«

»Erinnerst du dich nicht?«

»An was?«

»Erinnerst du dich nicht, wie schrecklich deprimiert du warst? Ich war doch im ersten Jahr mit dir hier.«

»Du warst hier mit mir, in der Sedernacht?«

»Sicher.« Er lächelte. »Du erinnerst dich bloß nicht daran ... du warst sehr krank ... du hast überhaupt nichts wahrgenommen ... aber ich war bei dir, und ich werde nie vergessen, was für ein Irrsinn das ringsherum war ... es hat mir Schauer über den Rücken gejagt ...«

Plötzlich wurde mir warm ums Herz. Er war der einzige, der sich nie vor mir gefürchtet hat, der sogar damals hergekommen ist. Ich faßte nach seiner Hand.

»Geh zu Vater ... du hast recht, du wirst ihn lange Zeit nicht mehr sehen. Ich habe mich schon von ihm verabschiedet, aber du solltest mit ihm zusammensein, so hilfst du auch Ja'el ... Ich werde sowieso ins Bett gehen und lesen. Vater hat mir meine Brille wiedergebracht ... Und wozu das Ganze? Es ist doch alles umsonst ... ich habe die Freiheit, sagst du, als ob ich achtzehn wäre ...«

Er war betroffen, traurig. Gedankenverloren kniete er sich hin, beugte sich über eine Reihe kleiner Sprößlinge und begann sie einen nach dem anderen auszurupfen, völlig geistesabwesend, bis er plötzlich merkte, was er da machte, verlegen lächelte und sie schnell wieder in die Erde zurücksteckte. Und ich dachte, ob ich damals in der Sedernacht wirklich mit ihm zusammengewesen war oder ob nur *sie* dort gesessen hatte, munter und begeistert. Ich hob meinen Blick zu den Bergen im sanften Licht der scheidenden Sonne und sah in der Ferne einen sich bewegenden Punkt, der mich erstarren ließ. *Sie* war unterwegs, in einer Militärwindjacke, die Hände in den Taschen, leichtfüßig. Es war unmöglich zu erkennen, ob sie sich näherte oder entfernte. Und plötzlich fühlte ich den ziehenden Schmerz an der alten Nahtstelle, das Bedürfnis, sie wieder zu einem Teil von mir zu machen wie einen schweren Rucksack, die Freude des wilden Andersseins zwischen Messerschwüngen und Lichtblitz . . .

Zvi schüttelte die Erde von seinen Kleidern, außer Atem, die ersten Falten in seinem Gesicht. Er wandte sich wieder dem Krankenhaus zu und dem fernen Schimmer des Meeres. »Es ist so friedlich hier, so schön. Ich habe sogar von diesem Ort hier geträumt, ich werde es dir irgendwann einmal erzählen, ein hintergründiger Traum, aber jetzt müssen wir zurück. Komm, sag ihm auf Wiedersehen, er ist völlig aufgelöst, hat jegliche Selbstbeherrschung verloren . . . am Schluß werden sie ihn auch noch aus der Bank rauswerfen . . .« – Als er mich langsam zum Auto zurückführte, fühlte ich, daß er noch etwas sagen wollte, sich aber zurückhielt. Und während wir so dahingingen, konnte ich *sie* hinter mir fühlen, ihre leichten Schritte hören. Der grauhaarige, kurzgeschorene Kopf Calderons war über das Steuer gebeugt, er las.

»Calderon«, sagte Zvi sanft »komm, verabschiede dich von meiner Mutter.«

Er erhob sich sofort, verlegen, und als er aufsah, bemerkte ich, daß sein Gesicht tränenüberströmt war. Er stieg aus, wischte sich die Tränen ab, wurde blutrot, kämpfte mit sich selbst.

»Verzeihen Sie, Frau Kaminka.« Er drückte meine Hand, stürzte sich fast darauf. »Es ist nur . . . dieses Buch von Tschechow. Kennen Sie es? Wir waren in einer Aufführung von *Onkel Wanja*, und Zvi hat mir das Buch gebracht ... Eine gewaltige Darstellung, ungeheuer eindrucksvoll, und wenn ich denke, wie alle damals geweint haben, möchte ich immer wieder weinen. Obwohl es natürlich dumm ist, über irgendwelche Russen Tränen zu vergießen, die vor hundert Jahren gelebt haben und vermutlich sogar Antisemiten waren ... Und wie geht es Ihnen? Ich hörte, daß alles gut abgelaufen ist, gelobt sei Gott. Hauptsache, es ist vorbei. Manchmal ist es unwichtig, was entschieden wurde, Hauptsache, es wurde entschieden ...«

Er schüttelte seinen Kopf mit den noch roten Augen, sein Gesicht tränennaß. Plötzlich erinnerte er sich an etwas.

»Ich möchte Ihnen ein frohes Fest wünschen. Es ist auch noch so ein schöner Tag ... richtig Frühling ... der Winter ist endlich ganz vorbei ...«

»Wo werden Sie zum Seder sein?« fragte ich ihn.

Sein Blick wanderte zu Zvi hinüber. »Ich weiß noch nicht.«

»Zu Hause«, fuhr Zvi scharf dazwischen. »Du fährst nach Hause zurück ... hast du das noch immer nicht begriffen.«

»Doch, vermutlich zu Hause«, seufzte er plötzlich, während sein Blick zwischen Zvi und mir hin und her schwankte. Er umklammerte das Buch in seinen Händen, spähte nach dem meinen und erinnerte sich plötzlich an etwas.

»Herr Kaminka erzählte mir, daß Sie mütterlicherseits ... ich meine, daß Sie ein bißchen etwas von uns haben ...«

»Von wem?«

»Abrabanel.« Er sprach den Namen ganz feierlich aus.

»Daß Sie auch ein wenig eine Abrabanel sind ... ich meine ... auch etwas von ihrem Blut haben ...«

Wann hatte er Jehudah gesehen, und wie kam der dazu, ihm von Großmutter Abrabanel zu erzählen?

»Er war sehr glücklich darüber«, erklärte Zvi »weil wir damit auch ein bißchen Sephardim sind ...«

»Ist das für Sie von Bedeutung?« fragte ich ihn sanft. Er wand sich, errötete.

»Es ist eine Art Entdeckung ... eine ganz andere Blutlinie ... die Abrabanels sind eine sehr vornehme Familie ... nicht wirklich das Blut, ich glaube nicht an so etwas, aber der Geist ...«

Er schaute Zvi mit einem Blick an, der von so tiefer Liebe erfüllt war, daß ich davor zurückschrak. Zvi lächelte spöttisch zurück. Da sah ich plötzlich, wie *sie* schnell über den Baumkronen vorbeihuschte. Heftiger Kopfschmerz überfiel mich, und mein Gesicht verzerrte sich.

»Ist etwas?« fragten mich alle beide.

»Nein, nichts ...«

»Also, wir müssen nun gehen«, sagte Zvi »wenn du nicht bald nach Hause kommst, bringen sie dich wirklich um.«

Und Calderon lächelte traurig. »Sollen sie doch.«

Zvi küßte mich nochmals herzlich, »gut, daß es vorbei ist.« Wieder wollte er etwas sagen, und wieder hielt er sich zurück. Sie stiegen ins Auto, winkten zum Abschied, und der Wagen wendete und fuhr nach Osten. Ich hatte das Gefühl, daß Zvi noch etwas hatte sagen wollen ... die große Klarheit in mir trübte sich schon, das Kopfweh begann sich auszubreiten, und der Horizont verschleierte sich vor meinen Augen. Das Auto fuhr die gerade Straße entlang, und dann, neben den Bahngleisen, zwischen den hohen Gräsern, im feuchten Dickicht, schoß jemand heraus, ein Kleid flog in die Luft, und das Auto hielt plötzlich an und begann rückwärts zu fahren. Zvi sprang noch im Fahren heraus und rannte auf mich zu. »Mutter, vielleicht wäre es gut, wenn ich die Dokumente mitnehmen würde, die Vater dir gegeben hat, damit sie nicht im Krankenhaus herumliegen. Jemand könnte sie an sich nehmen und verlieren.«

Das war es also, was er mir die ganze Zeit hatte sagen wollen. Vielleicht war er sogar deswegen gekommen. »Wer sollte sie nehmen?« fragte ich ihn ganz ruhig, ohne meine Gefühle zu zeigen, während ich das Gebüsch nicht aus den Augen ließ. »Aber das ist alles, was wir als Beleg haben, daß wir die Wohnung besitzen. Ich sollte es vielleicht besser in meinen Banksafe legen, denn das ist juristisch gesehen alles, was wir haben ... und wenn wir jemals ...« »Was?« fragte ich ruhig. »Das ist unwichtig, irgendetwas. Vater wird nicht mehr hier sein und ...« Er stockte, atmete schwer, befürchtete, etwas Falsches gesagt zu haben. »Es ist nicht meine Idee, Calderon meinte das, er hat Erfahrung in solchen Dingen.« Ich wußte, daß er log, daß ihn nicht Calderon auf diese Idee gebracht hatte, aber ich sagte nichts. Und dann gab er es plötzlich auf, lächelte traurig. Ein Hund bellte in der Ferne. »Weißt du«, sagte ich »daß der Hund immer noch nicht zurückgekommen ist?« Er ließ mit hoffnungsloser Geste die Arme fallen. »Ja, ich habe es gehört. Kedmi, dieser Bastard. Aber Horatius ist doch schon ein paar Mal verschwunden und am Ende immer wiedergekommen.« »Aber nie für so lange. Vielleicht solltet ihr ihn morgen in der Umgebung suchen.« »In Ordnung«, versprach er. »Das tun wir.« Er umarmte mich nochmals. »Du siehst wunderbar aus. Es ist dir wirklich gut bekommen.« – Er küßte mich ein letztes Mal. Auch in den schwersten Zeiten hatte er niemals Angst davor, mich zu küssen, mich an sich zu drücken, mich an seine Brust zu ziehen, zu trösten und zu beruhigen.

Das Tor öffnete sich, und ich ging wieder hinein. Nur Ezechiel und Musa waren dageblieben, um auf mich zu warten. Ezechiel war sehr erleichtert, daß Zvi mich nicht mitgenommen hatte. Wir gingen den Pfad an der geschlossenen Abteilung entlang, wo die drei fremden Kinder immer noch furchtlos spielten, während sie von Blicken hinter Gittern verfolgt wurden. Wir kamen an der Bücherei vorbei. Die Tür stand halb offen, weil ich sie nicht richtig zugesperrt hatte. Etwas zog mich hinein. Drinnen war es dämmrig, es roch süßlich verbrannt. Das rötliche Licht beleuchtete die Bücher, die in grobes, braunes Papier eingebunden waren. Auf dem Tisch standen noch immer die schmutzigen Teegläser und Keksteller, und auch die Blumen, die ich am Morgen überall hingestellt hatte, waren noch da, aber leicht angewelkt, sie ließen die Köpfe hängen. Den Boden bedeckte eine harte Kruste aus getrocknetem Schlamm, eine schwarze Kippah aus Pappe und Zigarettenstummel lagen herum, sogar noch eine Sonnenbrille, vergessen auf einem der Regale. Ich nahm sie und setzte sie auf, was das Licht in ein stumpfes Braungrün verwandelte. In der Früh war das Licht hart und scharf gewesen, wie zerbrochene Glassplitter. Seitdem hatte sich niemand mehr hier aufgehalten, alle waren mit dem Fest beschäftigt. Ich stellte die Blumen auf ein Tablett und trug sie hinaus. Ezechiel nahm sie mir sofort ab. Ich schloß die Tür und sperrte mit dem Schlüssel zu, den ich immer noch in meiner Tasche hatte. Die Blumen warf ich auf die Erde, wo das Gras niedergetrampelt war und die Radspuren des Taxis zu sehen waren, das sie hergebracht hatte. Hier hatte ich seit dem frühen Morgen auf Jehudah und die anderen gewartet. Schon in der Morgendämmerung war ich in meinem weißen Kittel herumgegangen, hatte Blumen gepflückt und sie im Zimmer verteilt, die Gläser aufgestellt und die Umgebung um den Pavillon herum bewässert, wobei ich plötzlich entdeckt hatte, daß er nicht rechteckig sondern oval war, mit gekrümmten Wänden. Meinen Ausweis hatte ich in die Tasche meines Kittels gesteckt, ich war eins mit mir, ich kann mich nicht erinnern, jemals so eins mit mir selbst gewesen zu sein. Ich lief allein herum. Schwester Avigail hätte mir helfen sollen, aber aus irgendeinem Grund kam sie nicht. Um acht Uhr morgens traf das schwarze Taxi ein, wie ein großes Boot ruderte es durch die Wiesen, mit schlammspritzenden Rädern. Jehudah ließ es irrtümlich etwa hundert Meter weit weg anhalten. Er stieg als erster aus, in einem schwarzen Anzug, und führte die Rabbiner heran, achtete auf die Pfützen, geblendet von der starken Sonne, versank ab und zu im Schlamm, Schwärme von kleinen Insekten durchquerend, die neugeboren im Licht tanzten. Ein alter Jemenite war dabei, leicht hinkend, mit einem Plastikköfferchen, der flink vorauseilte, seinen Stock in die Erde bohrte, sich manchmal über Blumen oder Gräser beugte, um daran zu riechen oder sie zu pflücken und zwischen den Fingern zu zerreiben. Hinter ihm ging der rundliche, gutmütige Rabbi Maschasch, der schon ein paar Mal bei mir gewesen war. Vorsichtig führte er einen mageren, kleinen Greis mit sich, der schwarz gekleidet war und eine dunkle Sonnenbrille trug, und den Schluß bildete bedächtig ein seltsamer junger Mann mit einer Schirmmütze, eingewickelt in einen großen, schweren, lohfarbenen Militärmantel. Ich eilte ihnen entgegen, und es gab mir einen Stich ins Herz, als ich sah, wie blaß Vaters Gesicht war. Es war in dieser Woche schon zum dritten Mal, daß ich ihn sah, und jedes Mal war er blasser. Der Jemenite verbeugte sich fröhlich lächelnd vor mir und drückte mir die Hand, bevor er mit einem Satz im Pavillon verschwand. Ich folgte ihm. Jehudah ließ erst die beiden älteren Rabbiner und dann den jungen eintreten, der ein glattes Mädchengesicht hatte, gerötet von der Wärme seines Wollschals, den er um den Hals gebunden trug, und den Kopf voll goldener Locken. Er verweilte in der Tür, um die Mesusah* zu küssen, die im Holzrahmen eingelassen war, und ging schließlich zögernd hinein. Ich sah, wie sich der saubere Fußboden in Sekundenschnelle mit Schmutz bedeckte. Sie waren selbst bestürzt, als sie sahen, wieviel Erde von ihren Schuhen fiel, und sie versuchten es irgendwie wieder sauberzumachen. »Macht nichts« sagte ich zu ihnen. Sie nahmen ihre Hüte ab und setzten die Kippahs auf, wischten sich den Schweiß ab, drückten ihre Überraschung aus über die vielen Blumen in dem kleinen Raum. Dann stellte Rabbi Maschasch seine Begleiter vor – der Greis war Rabbi Avraham Avraham, danach der Jemenite, Rabbi Korach, der der Schreiber war, und zuletzt der junge Rabbiner, ein Einwanderer aus Rußland, direkt aus einem Zwangslager, ein junges Genie, Rabbi Sovotnik.

»Sind Sie alleine hier?« fragte Rabbi Maschasch. »Macht auch nichts. Doktor Ne'eman hat gesagt, daß er vielleicht kommen würde, aber wir sollen nicht auf ihn warten.« Und sofort begannen sie das Zimmer umzustellen, rückten den Tisch in eine Ecke, schoben die Stühle und setzten den alten Rabbiner ans Fenster. Der Jemenite räumte den Tisch für sein Schreibgerät frei, roch an den Blumen, bevor er sie auf den Boden stellte, zog aus seinem Plastikköfferchen diverse Bündel, die in große Tücher eingewikkelt waren, knotete sie auf und holte ein Tintenfaß und Schreibfedern heraus. Jehudah half ihnen, nur der Russe stand immer noch an der Tür, musterte mit seinen großen blauen Augen mißtrauisch den Raum, seine Hände fingerten an dem Schal, den er noch immer um den Hals hatte, er zögerte, ob er ihn abnehmen solle oder nicht. Und plötzlich sprach er, sanft melodisch, mit einem schweren russischen Akzent.

»Aber wo ist sie?«

»Wer?« fragte Vater.

»Ihre Frau. Die Frau, um die es geht.«

»Meine Frau? Direkt vor Ihnen.«

»Das ist sie?« wunderte sich der Russe und deutete auf mich.

---

* kleine Pergamentrolle am Türrahmen (mit Deuteronomium 6,4–9 und 11,13–21) in einem Kästchen.

Er hatte gedacht, daß ich eine Schwester sei und daß man die Richtige gleich hereinzerren würde, an einen Stuhl gefesselt, schreiend, mit baumelndem Kopf und von Speichel triefend. »Das ist sie?« wiederholte er langsam und ungläubig.

»Natürlich«, warf Rabbi Maschasch schnell ein und wischte sich den Schweiß von den hochroten Backen »natürlich, das ist Frau Kaminka. Was haben Sie denn gedacht?«

Er fuhr fort, den Raum herzurichten, kämpfte mit den Blumen und Zweigen, während mich Rabbi Sovotnik immer noch von der Schwelle aus durchdringend und zornig musterte, als ob man ihn betrogen hätte. Jehudah half ihnen aus den Mänteln. »Puh ... warm ist es hier ... wirklich Frühling ...« kam es flüsternd von ihnen, während er vor ihnen buckelte. Als ich den Tee einschenken ging, stand er plötzlich neben mir, zog aus seiner Manteltasche mein Brillenetui und murmelte »Hier, Ja'el hat sie reparieren lassen und sie mir mitgegeben. Jetzt kannst du wieder lesen.« Er reichte mir einen braunen Umschlag, aus dem er ein mit Schreibmaschinenschrift bedecktes Dokument hervorzog. »Das ist das Schriftstück über den Verzicht auf die Wohnung, worum du mich gebeten hast, alles ist unterschrieben, genau wie du es wolltest.« Er fuhr mit dem Zeigefinger über die Zeilen und flüsterte mit gepreßter Stimme. »Hier.« Dann entnahm er dem Umschlag noch andere Papiere. »Das ist eine Vollmacht, die ich Asa gegeben habe, falls einmal etwas passieren sollte, daß er an meiner Stelle handeln kann.«

»Asa?« wunderte ich mich. »Warum Asa? Warum nicht Ja'el?«

»Ich wollte nicht, daß Kedmi wieder seine Hände mit im Spiel hat«, sagte er schnell. »Asa ist der Beständigste von uns allen, der Vernünftigste.«

Die Papiere raschelten, der Geruch seiner Furcht stieg mir in die Nase. Wie gut, daß *sie* nicht hier ist, dachte ich, sonst würde sie wieder einen Anfall kriegen.

»Warum bist du so blaß?« fragte ich ihn. Er lächelte bitter. Da bemerkten wir die Stille, die im Raum herrschte, und daß die vier uns verwundert beobachteten.

Eine Scheidung am Vortag von Pessach, ein paar Stunden vor dem Seder, eine Art Scheidungsidylle in der Bücherei eines ländlichen Irrenhauses, eingerahmt von Blumen und Grünzeug, mit denen ich das Zimmer absichtlich gefüllt hatte. Der Jemenite hatte bereits sein Schreibzeug und die Pergamentrolle vor sich liegen und drehte sich nun eine Zigarette aus grünlichem Tabak, während er mit seinen klugen Augen neugierig aus dem Fenster spähte, ganz angeregt, sich im Herzen eines Irrenhauses zu befinden. Rabbi Maschasch verteilte die Akten an seine Begleiter, erfüllte das Zimmer mit seiner gutherzigen Rundlichkeit, hatte es eilig, mit der Zeremonie anzufangen. »Professor Kaminka« richtete er herzlich das Wort an ihn. Jehudah zuckte ein wenig zusammen, und ich fragte mich, ob er in Amerika wirklich Professor geworden war, oder ob er nur versuchte, sie zu beeindrucken. Währenddessen ging ich von einem zum anderen, reichte ihnen die Teegläser, und Jehudah half mir, trug mir Löffel und Zucker nach, verteilte die Keksteller, als ob sie Gäste bei uns zu Hause wären. Sie schreckten ein wenig zurück, warfen einen Blick auf die Uhr, ob es ihnen noch erlaubt war, Gesäuertes zu sich zu nehmen, aber schließlich nahm jeder einen Keks, darauf achtend, daß kein Krümel auf ihre Kleider fiel. Der Russe saß in einer Ecke, hatte immer noch seinen Mantel an und verbreitete einen Geruch von Ungewaschenheit. Er nahm das Teeglas langsam entgegen, hielt es auf altmodische Art zwischen zwei Fingern, blies darauf und sprach plötzlich mit seiner melodischen Stimme ganz langsam den Segen darüber. Da öffnete sich die Tür, und eine junge, mir unbekannte Frau, anscheinend aus der geschlossenen Abteilung, mit einem Buch unterm Arm trat ein. Sie hatte wohl von weitem gesehen, daß die Tür der Bücherei offen war und war schnell herübergekommen. Die Männer schauten mich verunsichert an, aber ich sagte nichts, auch nicht als Vater aufstand, um sie aufzuhalten. Sie schlüpfte schnell an ihm vorbei ins Zimmer, und ich wußte sofort, daß sie eine Doppelgängerin hatte, daß nicht eine, sondern zwei Personen anwesend waren, daß sie wußte, daß sie nicht hereinkommen durfte, aber von ihrem anderen Selbst dazu gezwungen worden war zu lächeln und zwischen uns herumzuflattern, klein und leicht wie ein Vogel, die Bücherreihen betrachtend, sie leicht berührend, während sie über eine Schulter zu uns her spähte. Plötzlich flüsterte sie vernehmlich: »Laß mich in Ruhe, du infantile Idiotin!« Ich spürte, wie sie alle auf ihren Plätzen erstarrten, nur die Augen des Jemeniten blitzten fröhlich auf. Jehudah wollte sich ihr nähern, aber ich griff nach seiner Hand, denn ich wußte, daß ihre Doppelgängerin das nicht zulassen würde. Schließlich holte sie ein Buch aus dem Regal, schaute hinein, als ob wir gar nicht existieren würden und warf es auf den Boden, machte eine obszöne Tanzbewegung und floh aus dem Raum.

Der Jemenite war entzückt wie ein Kind. Er lachte fröhlich und erhob sich, um ihr vom Fenster aus nachzusehen. Aber Rabbi Maschasch war ärgerlich. »So geht das nicht, wir sollten vielleicht besser die Tür schließen, sonst werden wir heute nie fertig, und wir sind sehr knapp mit der Zeit. Ich habe Doktor Ne'eman darauf aufmerksam gemacht, daß wir einen ruhigen Platz brauchen . . . ist ja egal, also lassen Sie uns anfangen. Zuerst werden wir die Scheidungspartner identifizieren, meine Herren.«

Sie schlugen ihre Akten auf, überprüften unsere persönlichen Daten, fragten nach den Namen von Vater und Mutter, nach deren Eltern, und schließlich nach Geburtsdaten und Geburtsorten. »Also, wir können mit der Niederschrift der Scheidung beginnen, Rabbi Korach.«

Doch da erhob sich der junge Russe, der die ganze Zeit kein Wort gesagt hatte, nicht einmal seine Aktenmappe geöffnet, sondern mich nur ununterbrochen angestarrt hatte, und trat in die Mitte des Raums.

»Einen Moment, nur nichts überstürzen. Das hier verstößt gegen das Gesetz.«

Er wandte sich Jehudah zu und bat ihn, den Raum zu verlassen. Rabbi Maschasch protestierte ärgerlich »Aber was ist denn? Was ist denn los?«

»Ich möchte diese Frau alleine etwas fragen«, beharrte der Russe in seinem seltsamen, stark melodischen Hebräisch mit dem schweren Akzent. Er faßte Vater am Arm: »Bitte, einen Moment hinaus« und öffnete ihm die Tür. Etwas Unbeugsames und Beherrschendes ging von der sanften Gestalt mit den hellen Locken aus.

»Aber was ist denn? Was wollen Sie denn? Können Sie nicht vorher uns fragen?« kam es von den anderen.

Aber er blieb hartnäckig, sang irgendeinen Bibelvers vor sich hin und zitierte wiederholt den Namen irgendeiner rabbinischen Autorität. Jehudah war sehr bestürzt, aber er sagt: »In Ordnung, gut, ich werde hinausgehen.« Die Tür schloß sich hinter ihm, und alle sprangen wütend auf und starrten den Unruhestifter an, pendelten im Zimmer hin und her wie zwei schwarze Uhrzeiger, einer dick und groß, einer klein, und der Russe, wie ein heller, dünner Sekundenzeiger, stand mir gegenüber, seine blauen Augen auf mich geheftet.

»Ich habe nicht gewußt, daß sie ... daß Sie, gnädige Frau, in einer solchen Verfassung sind ... nu, normal eben ... Man hat mir gesagt, daß es eine Notwendigkeit sei ... aber ich sehe nichts, keine Notwendigkeit ... unter keinen Umständen ... wenn der Verstand frei ist ... nu, versteht sie mich ... auch hier gibt es ein Recht für Sie ... auch im Haus der Verrückten ... wenn Sie ... Sie sagen, ich unterschreibe nichts ... hier ist nicht Rußland ... kein nu ... Zwang ...«

Nun geriet Rabbi Maschasch in Rage.

»Was für ein Zwang?! Rabbi Sovotnik, hier gibt es keinen Zwang, was soll denn das? Frau Kaminka hat selbst aus freien Stücken unterschrieben, auf ihre eigene Initiative hin. Ich möchte Sie doch sehr bitten. Was haben Sie denn? Sie selbst hat ihn gebeten, aus Amerika zu kommen ... wie stehen wir denn da ... in welchem Licht ... alles ist vollständig ... unsere Ehre ... Rabbi Vital hat uns selbst seinen Segen dazu gegeben ...«

Erregt wandte er sich an den alten Rabbiner, der, verborgen hinter seiner dunklen Sonnenbrille, sorgenvoll an seinen Fingernägeln zu kauen begonnen hatte.

Aber der Russe drehte sich nicht einmal zu ihnen um. Er beugte sich mit stolzer Würde in seinem schweren sowjetischen Militärmantel über mich, dessen großen Kupferknöpfen die Form eines Adlers eingraviert war, während ihm seine rituellen Schaufäden bis zu den Knien hinunterhingen. Er war vielleicht in Asas Alter, noch ziemlich jung, sein Gesicht war glatt und ungezeichnet. Ein Fanatiker.

»Das ist sie? Sie? ... die gebeten hat ... aber warum? Was macht es ihr aus, wenn sie ... nu Sie ... sowieso hier ... und wieso denn, sie ist doch schon älter ... Sie ... nu ...«

Er errötete plötzlich vor Aufregung, sein gebrochenes, melodisches, gewundenes Hebräisch war wie das von Jehudah, als er zuerst nach Israel gekommen war.

»Aber er wird bald ein Baby bekommen«, sagte ich.

»Ein Baby? Wo ist ein Baby?«

»In Amerika.«

Das brachte ihn endgültig in Fahrt. Wütend und sarkastisch wandte er sich den anderen zu.

»Es gibt also schon einen Bastard . . .« Er klopfte heftig auf die Mappe in seiner Hand. »Hier nichts geschrieben . . .«

»Rabbi Sovotnik!« brüllte da Rabbi Maschasch und zerrte an dem schweren Militärmantel. »Was meinen Sie damit?!«

Aber der Russe schüttelte ihn ab, immer noch angespannt über mich gebeugt, blies mir fast seinen Atem ins Gesicht.

»Frau Kaminka, unwichtig, ein Bastard . . . es gibt viele . . . wird einer mehr sein . . . es gibt Schlamassel . . . aber die Heirat ist heilig . . .« und er wurde rot bis hinter die Ohren.

»Heilig für wen?« fragte ich ruhig.

»Für wen?« für einen Augenblick war er sprachlos. »Natürlich für Gott . . .« Er sprach das Wort ganz sanft aus. Endlich. Die Stunde war gekommen. Zorn schüttelte mich. Ich mußte mich zurückhalten, um nicht an der Sturzflut von Worten in meinem Inneren zu ersticken.

»Gott? Von was reden Sie, wer ist das?«

»Bitte?«

»Ich will nichts mehr davon hören . . . nicht einmal das Wort . . . nicht noch ein sinnloses Wort . . . bitte, mein verehrter Herr, für mich ist Gott weniger als ein Nichts, nicht einmal ein Wort . . .«

Der alte Rabbi Avraham Avraham setzte sich steif an seinem Platz auf, schlug still die Hände vors Gesicht, und Rabbi Maschasch, der jetzt puterrot war, stürzte auf den Russen zu, der sich mit lächelndem Gesicht einen Schritt zurückzog.

»Rabbi Sovotnik! Ich fordere Sie auf, damit aufzuhören . . . wie schaut denn das Ganze aus . . . es gibt eine Ordnung, eine Prozedur, einen Gerichtsvorsitzenden, ich bitte Sie, lassen Sie Ihre Philosophie jetzt aus dem Spiel, ich muß doch sehr bitten.«

Dann trat er hastig zu mir und dirigierte mich zur Tür.

»Frau Kaminka, es liegt hier ein Mißverständnis vor. Wir werden sofort weitermachen, wenn Sie nur einen Augenblick hinausgehen würden.«

Er ließ mich in das scharfe Licht hinaustreten und schloß die Tür hinter mir. Vater hatte sich an der Seite auf einen großen Stein gesetzt und rauchte. »Was ist los?« fragte er. Wenn er mich jetzt nur in seine Arme genommen hätte. Aber es war unmöglich. Und doch hatte er es am Sonntag getan und mit so unerwarteter Wärme. »Was ist los?« Seine Beunruhigung wuchs. »Was wollen sie?«

Hinter der Tür erhoben sich laute Stimmen, und jemand klopfte auf den Tisch. Vater eilte zur Tür, die im gleichen Moment aufging.

»Professor Kaminka, bitte kommen Sie einen Augenblick, nur Sie –« zog ihn Rabbi Maschasch hinein, während er mir einen verärgerten Blick zuwarf. Kopfweh bahnte sich an wie ein Vorzeichen auf eine nahende Krankheit. Die Worte, die ich herausgestoßen hatte, klebten wie Schaum an meinen Lippen. Hinter der Tür wurden die Stimmen gedämpfter. Der junge Rabbiner, der um unsere Ehe kämpfte, unterzog Vater jetzt einer Prüfung.

»Professor für was? . . . Wo? In Amerika? . . .«

Und die tiefe Stimme Jehudahs antwortete ruhig, in seiner bezaubernden Art, während Rabbi Maschasch versuchte, beruhigend zu vermitteln. Über der Krankenhausküche stieg Rauch auf, trieb hinauf in das wachsende Leuchten des Himmels, und in der Baumgruppe, wo Ezechiel und sein Grüppchen uns beobachteten, bewegte sich jemand. Es war jemand dort, den ich nicht kannte, eine Gestalt aus Blättern und Zweigen. Konnte es sein? Wieder *sie*? Ich glaubte es nicht. Im Pavillon herrschte plötzlich Stille, sogar das Flüstern hatte aufgehört. Wenn doch nur Schwester Avigail bei mir wäre. Ich begann, um das Gebäude herumzugehen, durch das wilde, hohe Gras, bis ich zu dem offenen Fenster kam und Vater sah, ohne Jackett, mit gelöster Krawatte, seine Brust entblößend. Rabbi Maschasch zeigte dem jungen Russen etwas, und auch der Jemenite kam und betrachtete es neugierig. Ich schloß die Augen, biß mir auf die Lippen und sank auf einen kleinen Vorsprung neben dem Pfad. Ein paar

Minuten später öffnete sich die Tür, und er wurde hinausgeschickt. Er warf mir einen angespannten, zornigen Blick zu, hielt Abstand von mir und schaute verzweifelt auf seine Uhr. Er nahm keine Notiz von dem klaren Morgen, von der Sonne und der blühenden Erde.

»Wer hat dich nach dem Baby gefragt? Mußtest du es ihnen sagen?«

Ein verächtliches Lächeln huschte über sein Gesicht.

»Es tut mir leid ... ich habe nicht gewußt ...«

»Schon gut«, fiel er mir ins Wort.

»Ich dachte, sie wüßten es ...«

»Was sollen sie wissen?« – wandte er sich mir wütend zu. »Es gibt doch keins ... überhaupt kein Baby ...« Seine Stimme wurde sehr dünn, als ob er innerlich schluchzen würde. »Du hast doch gesehen, wen du vor dir hattest. Warum mußtest du es noch komplizierter machen, als ob ich dir nicht alles gegeben hätte ... zum Teufel ... wieder diese Demütigungen ...«

Die Verzweiflung machte ihn grausam. Er fürchtete, daß vielleicht alles zerstört war.

»Vielleicht sollte ich es ihnen nochmal erklären ...« Ich wollte aufstehen, aber ich konnte nicht, als ob meine Füße aus Blei wären.

»Nein, bloß nicht ... Du würdest es nur noch schlimmer machen. Dieser russische Rabbiner ist doch ein fanatischer Verrückter, der hängt sich an jedes Wort ...«

Ich sagte nichts. Mein weißer Kittel bedeckte die Stufe, ich saß mit umschlungenen Knien da und hörte den Vögeln und den erwachenden Geräuschen des Krankenhauses zu. Vom Pavillon her klang der russische Tenor, stark rollend mit seinem lächerlichen Hebräisch, eingebettet in die schrillen Töne von Rabbi Maschasch. Ein seltsamer Mann, außerhalb aller gesellschaftlichen Bindungen, der aus einem unverständlichen Grund dort für unsere Ehe kämpfte. Vater war still – ein gutaussehender, aber schwacher, degenerierter Intellektueller, der angestrengt lauschte, während seine Hände in den Taschen seines Jacketts und seiner Hose herumwühlten, den Paß herauszogen und wieder hineinsteckten, sein Flugticket, seine Dokumente, Geldbündel, geistesabwesend den Papierhaufen durchstöbernd, den er bei sich hatte. Unsere Blicke trafen sich für einen Augenblick. Die Stimme des jungen Russen, der dort für nichts und wieder nichts kämpfte, verlor sich zunehmend, während sich die des Jemeniten, der nun auch an der Schlacht teilnahm, in ein begeistertes Trillern hineinsteigerte. Jehudah holte eine Zigarette aus der Tasche, zündete sie nervös an, nahm überhaupt nichts wahr, sah nicht die Bäume, nicht das Krankenhaus, nicht den Himmel, fingerte ziellos herum, bemerkte die noch offenen Knöpfe seines Hemdes, begann sie zu schließen, entfernte sich immer weiter von mir. Und ich sagte mir – das ist das letzte Bild, das ich von ihm haben werde.

»Weißt du, ich bin vielleicht die einzige, die nie diese Narbe gesehen hat, die du allen zeigst ...«

Er hatte es gehört, wenn auch sehr ungern, und drehte sich mit gerötetem Gesicht schnell zu mir um.

»Was?!«

»Du wirst bald abreisen, und ich werde dich nie wieder sehen. Und diese Narbe, die dir von damals geblieben ist, die Narbe, die ich dir beigebracht habe ... ich habe sie nie gesehen ...«

»Das ist doch egal.« Er war wütend. »Für was denn? Laß mich in Ruhe, Naomi ...«

»Ich bin die einzige, die sie nicht gesehen hat ... Zvi hat mir erzählt, daß du sie allen zeigst, warum sollte ich sie also nicht sehen ...«

»Jetzt nicht, bitte ...«, seine Stimme flehte um Erbarmen »ein anderes Mal ... laß mich doch ...«

»Aber wann? Wir werden uns doch nie wieder sehen ...«

»Natürlich werden wir das ... warum denn nicht? Ich komme zurück ... die Kinder ... es sind doch unsere Kinder ...«

Aber ich war müde, fiel ungeduldig über ihn her.

»Zeig sie mir!«

Er spürte die Drohung in meiner Stimme, meine schreckliche Lust, die Narbe zu sehen, und zögerte nur kurz, bevor er schließlich, sogar fast mit einer Art Freude, nachgab. Er öffnete schnell seine Hemdknöpfe und enthüllte mir seine Brust, so vertraut und fast vergessen, die grauen, gelockten Haare und das große, blasse Muttermal. Und dort verlief eine gebogene Linie, wie ein rötlicher Schnabel, an einer anderen Stelle als beabsichtigt, eine ohnmächtige Erinnerung, nicht dort, wo ich ihn hatte treffen wollen, er war im letzten Augenblick ausgewichen ... Er musterte mich ruhig, während er das Hemd schon wieder zuknöpfte. Plötzlich verengte sich sein Blick, wurde hart und scharf, und sein Gesicht überzog sich mit einem ironischen, wissenden Lächeln.

»Wolltest du mich damals wirklich umbringen?«

Er fragte nicht, er dachte nur laut sich hin, von dem Gedanken betroffen.

»Ja ...« sagte ich schnell, einen süßen, trockenen Geschmack auf meinen Lippen.

»Warum?«

»Weil du mich enttäuscht hast.«

Er fuhr sich mit der Hand durchs Haar, zufrieden mit meiner Antwort, als ob er die Bestätigung für eine tiefe innere Wahrheit erhalten hätte. Plötzlich schrak ich zusammen – *sie* schwebte dort im Rauch über dem Küchendach, eine kleine Tasche auf ihrem Rücken befestigt. Da öffnete sich die Tür, und Rabbi Maschasch, ohne Jacke, in einem blütenweißen Hemd, beorderte uns mit offenen Armen wieder hinein. Der Raum war voller Rauch, vom Samowar stieg zarter Dampf, auf und daneben lag ein umgestürzter Stuhl. Alle waren nervös. Sobald wir eintraten, begann die Zeremonie. Rabbi Maschasch las den Scheidungstext vor, und der Jemenite am Tisch schrieb mit unglaublicher Geschwindigkeit mit, füllte die weiße Seite mit geraden, schwarzen Zeilen. Dann zog mich Rabbi Maschasch in eine Ecke, und Vater stellten sie in die gegenüberliegende, nahe dem Russen, der niedergeschlagen am Fenster stand. Der Jemenite wiederholte den Text laut, und danach wurde er zur Unterschrift herumgereicht und schließlich Vater in die Hand gedrückt. Dann formte der Jemenite schnell meine zwei Handflächen zu einer Wölbung, die Urkunde flog durch die Luft und sank wie eine kleine Taube in meine Hände, sie brummten laut ein Gebet dazu, und ich war geschieden.

Der Russe öffnete die Tür, das Licht flutete herein, und er floh nach draußen mit wehenden Mantelschößen, während der Jemenite seine ganzen Sachen schon in die großen Umschlagtücher bündelte und Rabbi Maschasch die Papiere einsammelte. Jehudah kam auf mich zu mit gepeinigtem Gesicht, und der alte Rabbi tastete sich zur Tür. Ich spürte, daß er sich auf einmal gar nicht mehr von mir trennen wollte.

»Herr Kaminka, der Seder« riefen sie ihn.

Er war unsicher, schwankte mit einem Mal. »Vielleicht werde ich noch ein wenig dableiben.«

»Nein, das geht nicht«, zerrte ihn der Jemenite am Ärmel. »Sie dürfen jetzt nicht mehr zusammensein.«

Er sah plötzlich so weich aus, ein verzweifelter alter Mann, der versuchte, mir die Hand zu drücken.

»Habe ich dir gesagt, daß ich Asa eine Vollmacht gegeben habe, für den Fall, daß etwas sein sollte?«

Er machte seinen Ärmel los, den der Jemenite mit beiden Händen ergriffen hatte, wollte noch etwas sagen.

»Du hast also gewonnen, du hast es geschafft.«

Ich schwieg und dachte bei mir – ich werde ihn nie wieder sehen, jetzt verschwindet er tatsächlich, und ich war sicher, daß es so war, und schon zogen sie ihn hastig nach draußen. Wieder versanken sie im Gras und in der nassen Erde, die ich in der Früh bewässert hatte. Sie stießen auf Doktor Ne'eman und Schwester Avigail, die zu guter Letzt herbeigeeilt kamen. Doktor Ne'eman schüttelte alle Hände, dröhnte mit seiner heiteren Stimme, und Schwester Avigail lief atemlos zu mir zum Pavillon.

»Ich dachte schon, ich hätte mich verspätet.«

»Es ist schon vorbei«, sagte ich zu ihr und warf ihr die Urkunde zu.

»Was ist vorbei?« fragte sie. Doch plötzlich hatte sie verstanden, fiel mir um den Hals und küßte mich. »Es ist wirklich schon vorbei? Was für ein verrückter Vormittag . . .«

»Kommen Sie, es fängt schon an.«

Zornig versucht er mich zum Aufstehen zu bringen, angezogen von meiner neuen Freiheit an diesem mit Mondlicht versilberten Abend. Auch Musa stampft mit seinen schweren Schritten in die Abteilung, stößt an alle Betten. Ezechiel fingiert einen seiner Anfälle, fällt auf den Boden, schließt seine Augen, sagt, er würde sich nicht mehr rühren. Und auch Musa fängt zu stöhnen an – sie essen schon . . .

Ich stehe vom Bett auf, immer noch in dem weißen Kittel über meinem Leinenkleid. »Gut, ich gehe mit euch, aber nur bis zum Eßzimmer.« Sie nehmen mich in die Mitte, als ob sie mich tragen würden, und ich, immer noch das Buch in der Hand, gleite den Pfad entlang. Eine frische Kühle liegt in der Luft, leichter Nebel. Wir gehen an der Bücherei vorbei. Ein Licht brennt im Inneren, als ob jemand auf mich warten würde. Mein Herzschlag setzt aus, aber wieder zieht mich etwas hinein. Die Tür, die ich verschlossen hatte, ist offen, die Gläser sind verschwunden, aber der Fußboden ist noch mit den harten Schlammkrusten bedeckt, ein schwaches Licht beleuchtet die groben braunen Einbände. Furchtbare Traurigkeit. Letzte Erinnerung an eine Ehe, die hier annulliert wurde. Er wollte mich etwas fragen, doch sie haben ihn mitgenommen. Auf dem Tisch steht der überfüllte Aschenbecher, darin ein großes, tintenbeflecktes Stück Papier. Ich nehme es an mich, es stammt noch von dem ersten Vertrag, den Kedmi mir gebracht und den Vater in Schnipsel zerrissen hat, und genau hier stand Asa und schlug auf sich selbst ein. Ezechiel und Musa hinter mir warten bewegungslos, und wieder fangen sie zu wehklagen an – es fängt schon an, sie singen. Ezechiel macht das Licht aus, die Fenster zeichnen sich ab, geschliffener glitzernder Rauch, der zu Glas erstarrt ist, und dahinter werden die Lichter der Orte ringsherum sichtbar, und mir ist, als ob ein Hund in der Ferne bellt. Kann es sein? Bis ans Tor des Krankenhauses ist *sie* schon gelangt, faltig und sonnengebräunt, mit ihrem grünlichen Rucksack und ihren hohen Wanderschuhen, nicht hungrig, nicht durstig, sucht mich, ist auf ihrem Weg zu mir. Ich möchte rennen und mich unter der Decke verstecken, aber sie ziehen mich auf den Pfad zurück, der zum hellerleuchteten Eßzimmer führt, und wir stoßen auf eine große Gruppe von Ärzten und Schwestern, auch Doktor Ne'eman mit seinem rollenden Glächter, und unter ihnen ragt, ein Werk des Teufels, die Schirmmütze des jungen russischen Rabbiners von heute morgen heraus, dieser Sovotnik, er ist zurückgekommen, da ist auch schon seine unverwechselbare Stimme. Und immer noch hat er seinen schweren Mantel an. Sie eilen an uns vorbei und verschwinden in der großen Tür des Eßzimmers. Ich will neben der Tür stehenbleiben. »Laßt mich hier«, murmle ich, aber

Ezechiel besteht eigensinnig darauf – wenn nicht, würde er wieder in Ohnmacht fallen, auf dem Boden zusammenbrechen. Der Essensgeruch zieht Musa vorwärts, aber er ist an Ezechiel gefesselt, wagt es nicht, ohne ihn hineinzugehen. Und ich werde mit ihnen hineingedrängt, in den Lärm, das Singen und den Tumult. Die Tische sind in einem großen Quadrat angeordnet, mit steif gewaschenen Tüchern bedeckt, die bläulich leuchten vor lauter Stärke, große Haufen von Matze, die an den gebräunten Rändern abblättert und leise vor sich hinspringt, große Flaschen ohne Etikett, nicht mit Wein, sondern mit einer leuchtenden, gelblichen Flüssigkeit gefüllt, als ob sie gerade erst heute ausgepreßt worden wäre, Patienten, Schwestern und leitende Angestellte sitzen in Gruppen verstreut, schwenken bunte Haggadah-Hefte, der Lärm wogt wie ein Ozean. An einem der Tische sitzen die drei Kinder, die heute im Gras gespielt haben, festlich angezogen, mit feuchten, gekämmten Haaren, daneben die Mutter, eine junge, sehr hübsche Frau, die mit erschreckten Augen um sich blickt, während ihr amerikanischer Ehemann, der noch ein Neuling hier ist, sich heiter unterhält. Vielleicht ist das ihr erster Seder hier im Lande. Und dann erheben sich alle, als ob es mir zu Ehren wäre, wie ich da in meinem Leinenkleid, meiner Werktagskleidung, unter meinem weißen Kittel hereinkomme, das Buch in der Hand, die Geschiedene, die, die sich scheiden lassen wollte. Aber der Rabbiner hat nur ein Zeichen gegeben, ist aufgestanden und alle nach ihm, sein Blick folgt mir gespannt, er hat mich erkannt mit seinen strahlenden blauen Augen. Er nimmt das Weinglas mit zwei Fingern, mit derselben Geste, mit der er heute morgen das Teeglas umfaßte, und ohne Vorwarnung durchdringt seine sanfte, starke Tenorstimme mit dem schweren Akzent den Raum mit einem Segen.

»Gesegnet seist Du, Herr unser Gott, König der Welt . . .«

Aber eine Schwester eilt zu Doktor Ne'eman, der groß und stämmig danebensteht, und flüstert ihm etwas zu, worauf er hastig den Rabbiner unterbricht und auch ihm etwas ins Ohr flüstert. Eine Seitentür öffnet sich, und die Patienten aus der geschlossenen Abteilung werden hereingebracht, etwa zwölf Leute, die ich noch nie gesehen habe, begleitet von einem jungen Arzt und zwei Schwestern. Gebückt und angespannt bewegen sie sich in einer schrägen Reihe, an ihrer Spitze ein kleiner Rothaariger um die vierzig, der stark schielt, schnell und leicht wie ein huschender Feuerball, die anderen energisch hinter sich herziehend, sie kommen schwerfällig nach, schrecklich deprimiert. Sie schauen über ihre Schultern, bleiben erstaunt stehen und taumeln wieder vorwärts, die Kippahs in ihren Händen haltend. Der Raum wimmelt nur so von unsichtbaren, gespaltenen Persönlichkeiten, ungeheuerlich zusammengepreßt, als ob es nicht zwölf, sondern hundert wären, die da kettenrasselnd hereinmarschiert kommen. Das Personal hilft sie an den Tisch zu setzen und schenkt ihnen die Gläser ein. Das Zeichen wird gegeben, und der Russe schließt andächtig seine Augen. Auch er ist bewegt, vielleicht ist es auch seine erste Sedernacht in Israel. Und wieder erklingt sein mächtiger Tenor.

»Gesegnet seist Du, Herr unser Gott, König der Welt, der Du uns erwählt hast unter allen Völkern und uns erhoben hast über alle Zungen . . .«

Jemand schreit plötzlich. Der Rothaarige ist den ihn umklammernden Händen entschlüpft, auf einen Tisch gesprungen und schielt strahlend in feierlicher Ekstase auf uns herunter. Er wird in Windeseile wieder heruntergeholt, nach draußen gezerrt, der Feuerkopf brüllt und sprüht Funken, und dann hört man ihn weinen, ein hartes, gedämpftes Schluchzen wie das Grunzen eines wilden Tieres. Rabbi Sovotnik ist ganz blaß geworden. Wieder beginnt er den Kiddusch von Anfang an zu rezitieren, das Glas steif zwischen seinen Fingern haltend, während alles aufsteht, außer mir. Ich bleibe sitzen, schlage mein Buch auf, wie ich diese Segensworte hasse, und nehme schon mitten drin einen Schluck aus dem Glas, süßlicher Saft mit Wein vermischt. Dann setzen sich alle wieder hin, nur der kleine Junge bleibt stehen, wendet sich seinen Eltern und Geschwistern zu und trägt mit schwerem amerikanischen Akzent die Vier Fragen vor, so als ob die Worte heiße Steine in seinem Mund wären, jedoch mit blinder Sicherheit, obwohl er nicht weiß, was er da aufsagt, von der Liebe und Besorgnis seiner großen Brüder getragen, in einem Schwung, fehlerlos, fast bühnenreif, und alles im Raum hält staunend den Atem an und bricht in Applaus aus, als er geendet hat. Er macht eine leichte, abscheuliche, einstudierte Verbeugung, und sofort erklingt wieder der russische Tenor, bringt das Stimmengewirr zum Schweigen.

»Einst waren wir Sklaven des Pharao in Ägypten ...« Aber sofort geht das Gemurmel, Gelächter und Gewisper weiter, und da sehe ich ihr Gesicht am Fenster, so durstig. Ich werde von heftiger Sehnsucht überfallen, erhebe mich, Ezechiel steht mit mir auf, er versucht mich wieder zum Hinsetzen zu bewegen, aber ein gewaltiger Durst hat mich ergriffen, ich nehme die Flasche, setze sie an meinen Mund und schlucke gierig in mich hinein. Und der Rabbiner tönt weiter mit seinem einst waren wir Sklaven ...

Er stand dort auf der durchtränkten Erde, im Moder der nassen Blätter, neben einem frischen Grasstreifen, eingetaucht in das scharfe, gleißende Licht einer gewalttätig flammenden Frühlingssonne, die Ränder seiner Hosenbeine mit Schlamm befleckt, ganz mit sich selbst beschäftigt, nichts um ihn herum wahrnehmend, seine Papiere von einer Tasche in die andere schiebend, die Krawatte gelockert, aus dem halb offenen Hemd schauten seine zarten, grauen Locken heraus, das große, blasse Muttermal, das ich einst geküßt hatte, und darüber die kleine, rötliche Naht wie ein gekrümmter Schnabel. Mit naiver Neugierde, mit diesem wissenden Lächeln, das in seinen Augen aufleuchtet »Wolltest du mich wirklich umbringen?« Als ob es nur ein Irrtum oder ein Traum gewesen wäre. Er weigerte sich zu glauben, daß an jenem Morgen ... Aber es war noch vor Tagesanbruch, in der schwülen, sich hinschleppenden Morgendämmerung des Sommers, ein Flecken Meer schimmerte in der Ferne wie dampfendes schwarzes Metall. Das Licht brannte noch, als ich ihn in der Küche in Schlafanzughosen und Unterhemd stehen fand, ein großer, magerer Vogel, unrasiert, er hatte sich eine kleine Schürze umgebunden. Er hatte gerade heimlich gefrühstückt. Sein Teller stand auf einer vergilbten Zeitung, daneben lag das Schloß, das er von seiner Zimmertür abgenommen hatte, der Schlüssel hing an einer Schnur um seinen Hals. Er verzog müde das Gesicht, eingeschlossen in seine kalten, beherrschten Gedanken, in sich selbst zurückgezogen. Auf dem Herd kochten Gerichte in kleinen Töpfen, die er sich selbst zubereitet hatte. Der Hund lag unter dem Tisch und schnüffelte schwanzwedelnd an meinem Essen, das er ihm vorgeworfen hatte.

Er erschrak, als er mich hereinkommen sah. »Warum bist du aufgestanden? Gaddi ist endlich eingeschlafen. Er ist kein schlechter Schreihals, wie sein Vater, kann seinen Mund nicht zukriegen. Geh wieder ins Bett. Wir werden ihn Ja'el zurückbringen müssen, vielleicht solltest du mit ihm dorthinfahren, und ich bleibe hier und versuche mich ein wenig zu sammeln. Ich bin den ganzen Monat nicht dazu gekommen, auch nur eine Zeile zu lesen.« Mit hastigen Bewegungen räumte er seinen Teller weg, stellte sich vor seine Töpfe, um sie vor mir zu verbergen, griff nach meiner Medizin. Er goß mir einen Löffel davon in ein Glas und reichte es mir automatisch, ohne ein Wort. Seine Kraft erschöpfte sich immer mehr, und ich dachte, er will sich seine eigene Verzweiflung organisieren, damit er mich loswerden kann. Ich ging zum Herd, um nachzuschauen, was er kochte. Er lächelte verlegen, aber er nahm den Deckel ab und schaute zusammen mit mir auf ein dunkles, gekochtes Stück Fleisch. Ich stellte die Flamme kleiner, rührte mit einem Löffel um und stach mit einer Gabel in das Fleisch. Es war steinhart.

»Komm, ich helfe dir«, sagte ich »so macht man das nicht. Gib mir mal schnell ein Messer.« Er suchte in der Schublade und reichte mir ein großes Messer, das er plötzlich wieder zurückzuziehen versuchte, als er sah, wie begierig *ihre* ausgestreckte Hand nach dem feuchten Griff schnappte. Er fängt endlich an, die Andere wahrzunehmen, dachte ich, von Hoffnung erfüllt, er erkennt sie, er weiß, wer sie ist. Er begreift, daß ich mich nicht verstelle.

Schon hatte sie ihm das Messer aus der Hand gezogen. Er wich zur Tür zurück.

»Vielleicht sollten wir Zvi aufwecken . . .«

Der Gesang läßt den Raum erbeben *Und das, was aufrecht erhielt, und das, was aufrecht erhielt.* Alle fallen sie freudig in das Lied mit ein, die Schwestern, das Personal, auch ein paar von den Patienten, brüllend, mit unerklärlichem Entzücken sich über die Worte hermachend. Auch Ezechiel neben mir überfällt es, er zupft mich leicht am Ärmel, möchte, daß ich mitsinge. Der Rabbi betrachtet die Singenden mit einem schwachen Lächeln, seine Lippen bewegen sich, er versucht der ihm unbekannten israelischen Melodie zu folgen. Ich versenke mich in mein aufgeschlagenes Buch, Schmerz pocht in meinem Kopf, der sich gegen die Worte und die Melodie wehrt, ich denke an *sie* dort hinter der Tür, im Bademantel, die Wassertropfen aus ihrem offenen Haar schüttelnd, fröhlich lauscht sie der Musik, möchte mitsingen, aber ein Heißhunger macht ihr den Mund wässrig. Ihr Blick fällt auf den Matzehaufen, und sie streckt die Hand danach aus. Nimm doch schon – flüstere ich. Und sie nimmt eine, wie aus Versehen, bricht ein Stück ab und steckt es sich in den Mund. Blicke streifen mich, und ich senke den Kopf wieder über mein Buch, ignoriere sie und esse weiter. Meine Hand holt sich noch ein Stück, zerbricht es, und ich kaue hastig, ich habe den ganzen Tag fast nichts gegessen. Das trockene, ungesalzene Brot zerknackt mit knirschenden Geräuschen in meinem vollen Mund. Unruhe entsteht, der Gesang erstirbt. Der Rabbi schaut mich an, macht mir ein Zeichen mit der Hand, aber ich esse weiter, breche ein Stück nach dem anderen ab, und Musa neben mir streckt die Hand aus und fängt ebenfalls an zu essen, ebenso die Patienten aus der Geschlossenen, die gegenübersitzen, als ob ich der Mittelpunkt des Ganzen wäre. »Noch einen Augenblick« ruft jemand, versucht den Händen die Matze zu entreißen, es entsteht ein Kampf, und der Tisch der Ärzte gerät in helle Aufregung. Der Rabbi dreht sich flüsternd zu ihnen um, schlägt mit der Faust auf den Tisch. »Einen Augenblick noch, Freunde, wartet auf den Segen!« – Aber ich esse in aller Seelenruhe weiter, haßerfüllt, stopfe mir den Mund voll, kaue hastig, Stück für Stück, und es regnet nur so von Bröseln auf mein Kleid. Doktor Ne'eman lächelt und erhebt sich, groß und breit, kommt zu mir, beugt sich über mich und umarmt mich warm, hält mir die Hände fest. »Frau Kaminka, meine liebe Naomi, warten wir doch noch ein bißchen bis zum Segen, er bittet Sie darum, das ist störend.«

»Für wen? Für Gott?« frage ich.

Er lacht heimlich, zwinkert mir humorvoll zu, zieht mir mit seinen warmen, sanften Händen das Stück Matze aus den Fin-

gern, mit den gleichen Händen, mit denen er mich festgebunden und mir Elektroschocks verpaßt hat, als ich eingeliefert
wurde. »Es ist doch gleichgültig, nur noch einen Augenblick.
Es ist doch nur eine Zeremonie. Noch eine Sekunde. Ich glaube
auch nicht daran, aber warum soll man die Leute demorali-
sieren? . . .«

Er stand dort auf der durchtränkten Erde, von nassen, modrigen
Blättern und geknickten Blüten umgeben, zündete sich eine
Zigarette an, ging im frischen Gras auf und ab, eingetaucht in das
scharfe, gleißende Licht des gewalttätigen Frühlings, aber er sah
nichts um sich herum, beachtete die blühende Erde nicht, er war
mit sich selbst beschäftigt, schob Papiere hin und her, seine
Krawatte war gelockert, seine sanften grauen Locken, die aus
dem leicht bestickten Hemd schimmerten. Und für eine Sekunde
entblößte er sogar das blasse Muttermal, das ich einst mit solcher
Leidenschaft geküßt hatte, und die rötliche Narbe, die neu für
mich war, die man ihm wie einen gekrümmten Schnabel zuge-
näht hatte. Er zeigte sie mir für einen Augenblick, verlegen und
amüsiert zugleich, ein Zwinkern in den Augen, ein leichtes
fragendes Lächeln auf den Lippen, als ob er es bis jetzt nicht
gewußt hätte – wirklich? Tatsächlich? Nun, er konnte es sich
erlauben, hinter der Tür war die Scheidung schon so gut wie
gelaufen. Es gefiel ihm zu denken, daß vielleicht alles nur ein
Irrtum gewesen wäre, eine vorübergehende Verwirrung – wie
auch jene Morgendämmerung in jenem mörderischen, feuchten
Sommer, und daß er das Essen, das ich gekocht hatte, dem Hund
vorgeworfen hatte, zwischen seinen Töpfen herumrennend, mit
seiner geballten, selbstbezogenen Intellektualität, unfähig jeder
Veränderung, sich selbst mit Schlössern einschließend, mit
Schlüsseln an baumelnden Schnüren, geh ins Bett zurück, warum bist du aufgestanden, was für eine Nacht, kein schlechter
Schreihals, unmöglich, es war ein Fehler, daß wir ihn hergeholt
haben . . . und seine Hände tasteten automatisch nach meiner
Medizin, gossen sie ein und gaben sie mir, kaum daß ich aufgestanden war, wollte er mir schon wieder etwas einflößen, mich
betäuben, vielleicht sogar vertreiben. Wie schnell war er an mir
verzweifelt, hatte mich enttäuscht aufgegeben, gleich zu Anfang,

als er den Regenschirm entdeckte, den ich aus dem Laden mit heimgebracht hatte. Er wunderte sich »Warum hast du einen Regenschirm gekauft?« Und ich sagte: »Ich habe ihn nicht gekauft, er ist irrtümlich in meine Tasche geraten, ich habe ihn nicht bezahlt.« Am nächsten Tag, als ich zurückkam, und in der Tasche zwei weitere Regenschirme und eine braune Tasse waren, wunderte ich mich »Wie leicht ist doch das Stehlen. Nicht daß ich das gestohlen hätte, ich habe zumindest nichts davon bemerkt, aber vielleicht hat es eine andere für mich getan. Vielleicht solltest du es zurückbringen.« Er sprang abrupt auf »Was fängst du da eigentlich an, wenn man fragen darf, hör sofort damit auf!« Ich wartete ein paar Tage und ging dann, um das Ganze zurückzubringen, aber sie erwarteten mich schon, hatten es bereits beim letzten Mal bemerkt, ließen mich nicht zu Wort kommen, sondern hielten mich sofort fest. Ein junger Mann drängte mich in eine Ecke und bestand darauf, die Polizei zu rufen. Am Ende erreichten sie Jehudah, der entsetzt und leichenblaß aus der Universitätsbibliothek kam, um mich zu identifizieren. Ich stand hungrig und müde in der Ecke, aber er kam nicht einmal zu mir her, sondern biederte sich nur bei dem Polizisten an, einem fetten Polizeisergeanten, der ihn beruhigen mußte, der sofort begriff, was los war, der die Zeichen erkannte und nicht im entferntesten daran dachte, Anzeige zu erstatten, der primitiv aussah, aber eine große menschliche Seele besaß, der mich von Anfang an sanft behandelte, mich gehenließ und Jehudah nur zur Vorsicht mahnte. Auf dem Heimweg schwiegen wir, er schaute mich nur zornig aus den Augenwinkeln an, wie eine Fremde. Auch in der Wohnung blieben wir still, ich aß schweigend, wusch mich und ging ins Bett, am Ende meiner Kräfte, wir hatten kein einziges Wort gewechselt. Ich war gerade eingeschlafen, es war noch früher Abend, da fühlte ich plötzlich, daß er an der Tür stand und mich mit mißtrauischem Blick betrachtete. »Schau, es gibt hier jetzt noch eine andere«, begann ich ihm zu erklären, »ich kann keine Grenze mehr ziehen, ich habe noch jemanden anderen in mir, vielleicht eine ganz eigene Person. Du hast jetzt zwei Frauen, aber keine Angst, du wirst mit ihr zurechtkommen. Vertrag dich mit ihr, kämpfe nicht panisch gegen sie an. Vielleicht ist sie sogar mein ursprüngliches Ich, vielleicht ist sie auch noch Jungfrau. Ich bin erst gerade dabei, sie kennenzulernen. Ich kann fühlen, daß sie bald anfangen wird zu reden, du wirst sie dann hören.«

Er bedeckte sein Gesicht mit den Händen, wollte nichts hören, weigerte sich, die Worte aufzunehmen. »Sie ist noch primitiv, kann noch nicht unterscheiden, was ihr gehört und was nicht, ist noch nicht an Läden gewöhnt. Sie kommt aus der Wüste, aber sie wird mit sich reden lassen, es ist bestimmt möglich, sie zu lieben. Aber du mußt es ihr auch sagen, du kannst so schön reden. Bemüh dich und versuch dich in sie hineinzuversetzen. Jetzt, wo du pensioniert bist und Zeit hast, wird sie deinem Leben neuen Sinn und Bedeutung geben.« – Er explodierte. »Genug, hör auf! Du machst das absichtlich, du verstellst dich.« »Aber nein, Jehudah, hör mir doch zu. Sie wird jetzt zu reden anfangen, als Beweis.« Und sie fing wirklich an, schnell, mit der Stimme meiner Mutter, verwirrende und komplizierte Sachen. Er knallte die Tür zu und floh, sie hörte zu sprechen auf, und ich schlief ein. Als ich erwachte, war es schon tiefe Nacht. Die Tür war offen, und ein schwaches Licht war in der Wohnung an, jemand sang im Fernsehen. Es war Zvi, der in der Wohnung herumlief. Er schaute zu mir herein, und seinem Gesicht nach zu schließen hatte ihm Vater alles erzählt, hatte ihn gebeten, wieder bei uns zu wohnen. Zvi half mir aufstehen und machte mir etwas zu essen, umgab mich mit Wärme und Fürsorglichkeit. Ich konnte sehen, daß er in bester Stimmung war. Vater war im Arbeitszimmer auf dem Sofa eingeschlafen. Da verstand ich mit einem Mal das Ausmaß seiner Verzweiflung, seiner Furcht, seiner Enttäuschung und seiner Kapitulation. Er gab mich in Zvis Hände, der mich freudig annahm und königlich für mich sorgte. Er machte den Fernseher aus, richtete sich sein Bett im Gästezimmer und ging sich ein Buch suchen.

Auf einmal Totenstille. Ich schaue von meinem Buch auf und sehe, wie die hübsche, junge amerikanische Mutter zum Rabbiner gerufen wird. Sie errötet, steht verlegen auf in ihrem glänzenden Kleid. Ihr Ehemann ermutigt sie, sie geht ängstlich auf Zehenspitzen zum Rabbiner hinüber, der ihr eine große Porzellanschale reicht. Sie hält sie mit ihren zwei schmalen Händen, der Rabbiner hebt seinen großen Weinbecher und beginnt eine alte kaukasische Melodie anzustimmen, läßt von seinem Finger große rote Tropfen in die ihm entgegengestreckte Schale fallen, für jede der zehn Plagen einen – Blut, Frösche ... Nebelsäulen ...

Die Amerikanerin lächelt unsicher, ein wenig erschrocken, sie versteht die Worte nicht, die Schale zittert leicht in ihren Händen, während der Rabbiner fortfährt, einen Tropfen nach dem anderen, Plage für Plage besingend, in die rosafarbene Schale fallen, über seinen Finger rinnen läßt, Froschblut ... Und sie lächelt wie hypnotisiert dazu. Schließlich ist er fertig. Er schließt die Augen und bedeutet ihr, sich zu entfernen, aber sie hat immer noch die Schale in ihren Händen, verharrt in heiligem Schrecken, weiß nicht, wohin damit. Und dann setzt sie sie plötzlich an die Lippen und beginnt daraus zu trinken. Sofort brüllt alles auf, die Schale wird ihr entrissen. Unter Gelächter und Tumult hastet sie schamerfüllt an ihren Platz zurück. Ihre Kinder umringen sie, und ihr Mann gibt ihr einen Kuß. Und die Stimme singt weiter »Rabbi Jossi, der Galiläer, sagt ...«

Du standest aufrecht dort auf der feuchten Erde, bist langsam auf und ab gegangen, darauf achtend nicht einzusinken, der Ge-schiedene- Scheidende- sich Scheidenlassende, im splitternden Licht des stürmischen Frühlings, die Ränder der Hosenbeine leicht mit Schlamm befleckt, dein amerikanischer Anzug funkel-nagelneu, jemand anders hat dich eingekleidet, einen so modisch geschnittenen Kragen hattest du nie zuvor. Du hast dir eine Zigarette angezündet, dein Gesicht verdunstete in einer kleinen Wasserpfütze, bläulicher Rauch stieg auf, versunken in dich selbst, geistesabwesend den Papierhaufen hin und her schiebend, von einer Tasche in die andere. Im verschlossenen Pavillon, hinter den zugezogenen Vorhängen, kämpften die Rabbiner über unserer Scheidung, doch ich war schon von dir getrennt, saß unbeweglich auf der Stufe, sah deine sanften, grauen Locken über deinem Herzen, die dünne Narbe gekrümmt wie ein Schna-bel. Auf einmal hast du aufgehört, dir Sorgen zu machen und schautest mich an. An was hast du da gedacht? Immer noch an dich selbst als *du* oder *er* wie früher? Du hast dich zu mir gewandt, ganz unerwartet, ganz offen, leuchtend vor Weisheit, sogar mit Humor, – denn das Schrecklichste von allem war doch, daß du damals deinen Humor verloren hast! »Wirklich? Tatsächlich? Du wolltest mich umbringen?« Vielleicht gefiel dir die Vorstellung jetzt sogar, mit dem Abschied in Reichweite. »Ja«, sagte ich. Aber es war nicht so. Nicht umbringen wollte ich dich, ich wollte eine Hälfte wegschneiden. Das ist ein Unterschied, verstehst du denn nicht? Dich von deiner verzweifelten Furcht abschneiden, die dich schon fast zur Flucht veranlaßt hatte, und die andere Hälfte übriglassen, etwas wäre ganz sicher übriggeblieben. Die eingeigelte Furcht aus dir herausschneiden, den selbstbezogenen, selbstbesessenen Geist, mit seinen Ängsten und seinen imaginären, selbstmörderischen Sendungen an die Welt. Nicht genau an der Stelle, vielleicht war es nicht die richtige. Aber ich glaubte, daß es eine geben müsse, einen imaginären Angelpunkt, von dem aus du dich teilen lassen würdest. Aber du warst so in Panik. Wenn du nur noch einen Moment gewartet hättest, stillgehalten hättest, du hättest vielleicht nicht einmal den Schmerz gespürt. Aber du hast unbedacht das Messer hingehalten, nicht *ihr*, wie du gedacht hast, sondern mir, die ich dich liebte und dir nie etwas angetan hätte. Ich wollte dich öffnen, dich der Länge nach halbieren, aber nicht töten. Dich befreien, dich mit Lust und Liebe auseinandernehmen, der du darauf bestanden hast, eins und einzig zu sein. Es war so herzzerreißend, wie du dich mit der Schürze zwischen den Töpfen bemüht hast, dir ein Essen zu kochen, ein blutiger Anfänger, der Glanz der Morgendämmerung über dir, eine sanft flammende Sonne brannte auf dem Herd unter deiner kochenden, dampfenden Fleischsuppe. Du hast *ihr* das Messer in die Hand gelegt, und du hast zu zittern begonnen, denn du konntest nicht ahnen, daß ich es ihr in einem Aufflackern von Bewußtwerden sofort weggenommen habe, ihr zuflüsterte – nicht töten, sondern halbieren. Zuerst den Schlüssel auf seiner Brust abschneiden. Wenn du damals nur stillgehalten hättest so wie heute, mit einem geduldigen Lächeln, es lagen doch so viele Jahre hinter uns, sogar wenn sie bitter und enttäuschend waren . . . warum hast du nach meiner Hand gegriffen, mit mir gerungen und bist geflohen, wieder einmal geflohen? Du hast immer kapituliert. Hast Zvi gerufen, die Kinder aufgeweckt, die dich allerdings nie retten konnten. Denn es war kein Gericht und keine Gerechtigkeit gefragt, sondern Gemeinsamkeit. Du hast gebrüllt anstatt zu reden. Schon seit langem hattest du die Worte abgewürgt, die Sätze zertrampelt. Wieso hast du geschrien? Warum? Mit einer so dünnen, weiblichen Stimme, daß man fast hätte glauben können, die andere hätte von dir Besitz ergriffen und würde dich in ihre endlose Wildnis abschleppen. Ich mußte mich beeilen, auch wenn ich mich schwer und matt fühlte, außerdem bellte der Hund heftig. Ich wußte, daß es nur jetzt oder nie geschehen konnte, um endlich diesen einen, der darauf beharrte, nur ein einziger zu sein, auseinanderzunehmen und in seine ursprünglichen Teile zu zerlegen. Wenn du nur stillgehalten hättest, dein Denken zum Schweigen gebracht hättest, anstatt zu schreien – oh mein Gott – und zur Tür zu fliehen. Ein Strom von klaren, verständlichen, neuen Worten wäre aus dir herausgesprudelt und hätte die Sache ohne einen Tropfen Blut erledigt. Du wärst losgeschnitten worden, ohne Schmerz, liebevoll, und wir hätten das Messer gar nicht gebraucht.

Plötzlich wird auf den Tisch geklopft, und das Gemurmel und Gelächter erstirbt. Jemand auf der Seite beginnt den nächsten Abschnitt der Haggadah zu singen und wird zum Schweigen gebracht. Auf der anderen Seite fängt wieder einer mit dem Lied an und muß wieder aufhören. »Pst . . . Pst . . . Moment noch . . . einen Moment . . . der Rabbi . . .« Ich schaue von meinem Buch auf und sehe, wie der junge Russe steif am Kopfende des Tisches steht, die eine Hand auf sein Herz gelegt, die andere erhoben, mit geschlossenen Augen, und ringsherum rufen sie »Pst . . . pst . . . Ruhe . . . der Rabbiner möchte ein paar Worte sagen!«

Es wird totenstill. Schließlich öffnet er seine Augen und läßt seinen Blick über uns wandern wie eine blaue Flamme. Alle Augen hängen an ihm, hier und dort ein leichtes Lächeln. Er macht einen Schritt zurück und beginnt ganz ruhig um die Tische herumzugehen, seine eine Hand immer noch auf der Brust, die andere nach oben gestreckt. Die Leute rücken mit den Stühlen, schauen zu, wie er uns still und langsam umkreist, zwei, drei Mal, bis er sich geschickt in das innere Quadrat der Tische hineinschlängelt und dort mit seinem Kreisen fortfährt, seine Augen zur Decke gerichtet, uns irgendeine Vorstellung liefert, die er vielleicht in einem russischen Zwangslager gelernt hat. Plötzlich hält er vor mir an, und ohne mich auch nur anzuschauen, schließt er mit einer geschickten Bewegung mein offenes Buch und setzt seinen Weg fort, leicht und schnell, die eine Hand immer noch erhoben, gänzlich verschieden von jenem starren Menschen, der heute früh für meine Ehe gekämpft hatte. Ganz langsam läßt er seine Hand sinken. Alle haben schon längst zu lächeln aufgehört, halten wie hypnotisiert den Atem an. Er verlangsamt seinen Schritt, bleibt neben den Kindern stehen, mustert sie und geht weiter zu den Ärzten, betrachtet sie eingehend, geht wieder weiter und hält bei den Patienten der geschlossenen Abteilung an, sie durchdringend anschauend, und setzt den Kreis fort. Plötzlich fängt er zu singen an, ganz ungezwungen, wie ein Mensch, der für sich alleine singt, mit einer wunderschönen Tenorstimme, eine unbekannte Melodie, den nächsten Abschnitt der Haggadah, und hört wieder auf, kreist weiter, leicht, energisch und selbstsicher, seine glatten, sanften, rosigen Backen im hellen Licht, seine goldene Lockenmähne flattert leicht unter der nach hinten geschobenen Kappe. Und wieder bleibt er vor den Kindern stehen, singt nochmals den Abschnitt, eindringlich, sehnsuchtsvoll, verstummt, geht weiter den Kreis zu den Patienten der Geschlossenen, betrachtet sie lange, während sie ihre Münder aufsperren, mit den Augen blinzeln, sabbern, ihn furchtsam anstarren, als ob er gleich über sie herfallen würde. Er aber fängt zu sprechen an, mit seiner ruhigen, sanften Stimme, mit seinem schweren russischen Akzent, mit seinem komischen Hebräisch, sein Körper anmutig nach hinten gebogen.

»... aber ihr seid auch auserwählt, wißt ihr? Auch bei euch gibt es einen Funken von Heiligkeit, auch ihr seid in Gottes Auserwähltheit, ein Licht der Welt, ein Licht allen verfluchten Gojim, auch ihr seid in Gottes Bund ... alle ... – seine Hand streicht von einem Ende des Raumes zum anderen – ihr alle ... a-l-l-e ... auch jene, die nicht wollen, auch jene, die nicht glauben ... alle ... alle ...« Plötzlich richtet er seinen Blick geradewegs auf mich. »A-a-l-l-e-e ...« wiederholt er langgezogen, gleitet wieder weiter, versonnen den Kopf erhoben, und auf einmal wird seine Stimme hart. »Für euch ist die ganze Erde hier unter den Füßen« er zieht flink einen Zettel aus seiner Tasche, wirft einen Blick darauf und flüstert vernehmlich »zum Zertrampeln.« Er lächelt vor sich hin. »Zum Zertrampeln ... Zertrampeln ...« er wiederholt das Wort heftig, und sein Gesicht rötet sich vor Zorn. Alle sitzen wie betäubt da. Und wieder nimmt er seinen Kreis auf, eine Hand auf dem Herzen, stolziert geschmeidig und lautlos wie eine Katze, der Schal um seinen Hals flattert, seine zweite Hand gleitet über die weiße Tischdecke, bewegt sich unter unseren Augen, zart und feingliedrig, seine Locken ringeln sich in seinem Nacken, ich betrachte ihn von hinten, und plötzlich erschauere ich, das ist doch eine Frau, als Mann verkleidet. Mein Atem stockt. Er steht meinem Tisch gegenüber, sein Blick durchbohrt uns. »Nu, nu«, ermuntert er sich selbst »in jeder Generation suchen wir Freiheit, aber die einzige Freiheit ... die einzige Freiheit ... ist die Freiheit der Unterwerfung ... Freiheit, sich Gott zu unterwerfen ... Freiheit im Inneren, nur im Inneren ... Freiheit im Äußeren ist gar nichts wert ...« Er bückt sich wieder zu dem Buch hinunter, das ich von neuem aufgeschlagen habe, nimmt es, wirft einen Blick hinein, seine Augen verdunkeln sich, er knallt es zu, steckt es blitzschnell unter seinen Arm und geht weiter. Ich springe sofort auf, wie konnte ich bloß nicht merken, daß *sie* das ist?! Es ist *sie*, verkleidet als Rabbiner! Verzweifelt wende ich mich den Leuten zu, die ihn alle anstarren, hat es denn keiner gemerkt. Er hat sich entfernt und beginnt wieder zu singen, dann kehrt er zu seinem Platz zurück und gibt allen ein Zeichen mitzusingen. Es ist also tatsächlich so. *Sie* ist zurückgekehrt, bis hierher. *Sie* ist angekommen. Ich verlasse panisch meinen Platz und flüchte mich hinaus.

Die Nacht ergießt sich über mich, kühl und schwarz, und schon werde ich verfolgt, ich werfe mich ins Gebüsch, versinke in den schweren Zweigen, höre Füße den Pfad hinunterrennen, die Stimme von Ezechiel stellt mir in der Dunkelheit nach, ich spähe hinaus und sehe eine kleine, dünne Frau mit Hut, die eine Zigarette raucht, seufzend die Kippah aufhebt, die ihr auf den Boden gefallen ist, dann in Richtung meines Pavillons eilt. Ich breche durch die Sträucher, zerkratze mich, reiße mich los, schwenke zum Tor ein, in Richtung Straße, die von weißlichem Nachtlicht überflutet daliegt, ich nähere mich der Wächterhütte, aus der nun arabische Musik dringt. Ich kehre wieder um, zum Verwaltungsgebäude, dessen offene Tür im Wind schwingt. Die Räume drinnen sind dunkel, Haufen von Aktenordnern, Telefone, die im Mondlicht glänzen. Ich habe es noch kaum klingeln lassen, als sich auch schon Kedmi mit seiner heiseren Stimme meldet.

»Rechtsanwalt Kedmi ...«

»Ich bin's ...«

»Wer? Sprechen Sie lauter.«

Plötzlich fühle ich mich ganz geschwächt.

»Mutter ...«

»Was murmeln Sie da? Wer sind Sie?«

»Mutter ...« flüstert meine Stimme.

»Welche Mutter? Ach so, du bist es ... Was ist los?«

»Gib mir Ja'el.«

»Ist etwas passiert?«

»Gib mir Ja'el oder Zvi.«

»Schon gut, schon gut, reg dich nicht auf ... ich werde dir alle an die Strippe geben, sag mir bloß vorher, was passiert ist.«

Doch schon erhebt sie sich aus einer Zimmerecke von einem Aktenberg, der dort auf dem Boden liegt, mit einem alten Pelz und Galoschen bekleidet, die Nickelbrille von der Nase gerutscht, groß, gebeugt und zerfurcht, weiße Wollstrümpfe an ihren Beinen aufgerollt, billige Ketten um ihren Hals, sie legt eine alte knochige Hand auf das Telefon, will es mir mit diesem Lächeln, das ich so hasse, wegnehmen, gleich wird sie zu reden anfangen, und ich kann Ja'el schon rufen hören. »Mutter, bist du dran? Was ist los? Mutter?« – Dieses geduldige, nachgiebige Wesen ruft mich, aber ich lege den Hörer zurück, drehe mich zum Fenster, zum Mond, der so schnell vorbeisegelt, riegle meine Ohren ab, will nichts hören, aber schon dringt das Murmeln empor aus den tiefsten Tiefen der Erde.

»Es wird ihnen ein schreckliches Unglück zustoßen.«

»Fang nicht wieder damit an ... aufhören ...«

»Diesmal erwischt es sie.«

»Du hast das schon tausend Mal gesagt, und überhaupt nichts ist passiert ...«

»Diesmal werden sie zertrampelt.«

»Nein, nichts mehr davon ...«

»Zertrampelt.«

»Zertrampelt, zertrampelt, na und?«

»Sie hat so wunderschön gesungen.«

»Er, sag nicht ›sie‹, ich warne dich.«

»Nein, nein, sie. Du hast selbst gesehen, wie sehr es sie war, den ganzen Tag. Wenn du willst, dann gibt es von jetzt an nur noch sie, viele sies, überall sie ...«

»Du bist wahnsinnig.«

»Sie. Viele sies. Wenn du willst, wird sogar Musa eine sie sein.«

»Ich habe keine Kraft mehr für all das. Das kann doch nicht wahr sein. Nur nicht wieder mit dem Ganzen anfangen müssen.«

»Sie ist überall.«

»Jetzt ist Ruhe.«

»Die Erde wird sich auf den Kopf stellen.«

»Fang nicht wieder mit der Erde an.«

»Dann vielleicht der Himmel. Plötzlich reizt mich der Himmel.«

»Das reicht! Du hörst jetzt auf der Stelle auf!«

»Ich habe nämlich eine Idee, du weißt schon. Elohimah. Sie-Gott. Göttin.«

»Nein ... nur das nicht ...«

»Göttin. So einfach. So exakt.«

»Was für ein grauenhafter Wahnsinn.«

»Göttin. Vielleicht sogar genial.«

»Was für ein Unsinn.«

»Morgen werden wir es Zvi sagen.«

»Kommt überhaupt nicht in Frage, keinen einzigen Ton. Laß ihn aus dem Spiel.«

»Aber er wird begeistert sein. Was für ein wundervolles Wort. Göttin. Du wirst schon sehen, jetzt, wo die ganze Wohnung uns allein gehört, müssen sie auch mit mir auskommen.«

»Das war mein gutes Recht. Was ist? Was willst du von mir?«

»Aber mit welcher Leichtigkeit er darauf verzichtet hat.«

»Es gebührt mir. Er hat es eingesehen.«

»Also Göttin.«

»Wenn du so schreist, bringe ich dich eigenhändig um, ich bring dich um, du weißt, daß das kein Scherz ist.«

»Es könnte so ein Glück sein mit der Göttin.«

»Wird es aber nicht. Nur wieder Depression und Elend.«

»Das stimmt nicht. Auch eine Art süßes Glück ... und jetzt erst recht, mit der Göttin.«

»Genug, habe ich gesagt, genug!«

»Göttin, wir können es nicht mehr zurücknehmen, wir haben das Wort schon geschaffen. Schade, daß Jehudah ...«

»Du Wahnsinnige, es gibt doch keine Göttin.«

»Dann nur das Wort. Laß uns nur das Wort behalten. Ein Hauch von ihrer Identität.«

»Du wirst mich nicht wieder zurückwerfen. Ich werde dich bekämpfen. Ich werde dich umbringen.«

»Aber es ist alles in deinem Inneren.«

»Nur im Inneren. Im tiefsten Inneren. Dort wird jetzt Krieg herrschen. Tief drinnen ...«

»Göttin. Hör gut hin. Göttin. Und jetzt werde ich singen.«

»Schluß. Ich höre gar nichts. Ich bin fertig mit alldem. Geh in die Wüste zurück. Verrecke!«

Das Telefon beginnt zu läuten, und ich weiß, daß es Ja'el ist, besorgt, vielleicht auch Zvi, vielleicht sogar Vater, aber ich fürchte mich, den Hörer abzuheben, ich könnte etwas sagen, das sie in nur noch größeren Schrecken versetzt. Ich gehe hinaus und bleibe wartend auf dem Pfad stehen, höre das hartnäckige Klingeln, warte darauf, daß ich wieder zu Sinnen komme, daß ich wieder ich selbst bin. Um mich herum zwischen den Bäumen ein Gewimmel von Frauen, die aus der Erde heraustanzen. Ich vergrabe das Gesicht in meinen Armen, lausche dem Wind, der wie ein Fächer vorbeistreicht, ein zarter Windstoß in einem mächtigen Segel, das helle Licht in das dunkle Gesicht der Erde wirbelnd. Von weitem höre ich Ezechiels Stimme, und endlich hört das Klingeln auf. Ich hebe meinen Kopf, sauge kühle Luft ein, sammle mich langsam und betrachte die Welt, wie sie zu ihrer gewohnten Ordnung zurückkehrt, die Wächterhütte, die

Straße, das erleuchtete Eßzimmer, das Klopfen der Wasserpumpe, das Raunen des Meeres, vereinzelte Sterne, ich stehe auf, mein Kopf wird immer klarer in dieser wohltuenden Stille, ich gehe langsam zum Büro zurück, um sie anzurufen, vielleicht die Stimme von Gaddi zu hören oder das Baby und um alle zu fragen, wie sie den Seder verbracht haben.

Der erste Tag des Pessachfestes

Doch läßt es mir keine Ruhe,
das Wissen, daß wir,
ob vereint oder getrennt,
ein Ding gemeinsam sind.

EUGENIO MONTALE XENIA

Schon ist es Morgen. Das ist es nun. An der Wand glänzt ein neuer Schatten wie ein dünner Streifen Quecksilber. Schalom letzter Tag. Wer hätte gedacht daß er so schnell kommt? Nun sind es nur noch Stunden. Heute um Mitternacht tritt euer Vater geschieden und scheidend also den Rückzug an. Ein schwindelerregender Besuch aber der Knoten ist durchschnitten. Nicht ohne Fehler aber ich bin frei. Von jetzt an das Vergessen. All die kleinen Widerlichkeiten. Vielleicht wird nur ein Augenblick von allen bleiben vielleicht nicht einmal das. Der Flug der Scheidungsurkunde durch die Luft in ihre ausgestreckten Handflächen und das Erschauern der Rabbiner um dich herum. Greises zahnloses Judentum du bist immer noch fähig einen im unerwartetsten Augenblick zu erschrecken. Ein Hauch von Mysterium. Schalom Mörderin. Also habe ich es mir nicht eingebildet. Noch ein paar Stunden und du befindest dich über den Wolken wirst in einer grauen fremden Morgendämmerung in einer großen amerikanischen Küche landen von stillem Vorstadtlicht erfüllt. Ein ruhevolles kaltes Exil. Der alte Israel kehrt zurück und legt seinen nunmehr frei gewordenen Namen neben den dicken, weißen Bauch. Frühstücksbrei und Kaffee bevor du dich entkleidest. Eine schlaffe Erektion. Aber mit unendlicher Geduld. Dort bist du keine Enttäuschung. Nur Staunen und Dankbarkeit daß du überhaupt existierst. Daß du bist was du bist. Aber wieviel Uhr ist es und wo ist meine Uhr überhaupt?

Die Tür schließt sich der Lichtstrahl verschwindet und der fiel herein. Ja'el tastete sich, schwerfällig und geduldig, geräuschlos, zu meinem Bett hin, schlug vorsichtig den Deckenzipfel zurück und suchte zwischen den Laken herum. Sanft legte sie meine Hand zur Seite und zog vom Fußende zwischen meinen Beinen ein kleines, weiches Bündel hervor.

»Ja'eli?«

»Pst . . . schlaf weiter, Vater. Ich nehme nur das Baby mit.«

»Rakefet? Ist sie noch hier? Das darf doch nicht wahr sein . . . ich habe sie ganz vergessen . . .«

»Sie hat dich anscheinend zum Einschlafen gebracht . . .«

Im ersten Dämmerlicht des Morgens wurde das niedliche, dickköpfige Nachtgespenst emporgehoben, die Faust geballt, ein Überbleibsel ihres nächtlichen Tränensturms, ihr Kopf hing zart und haltlos nach hinten, für eine Sekunde öffnet sie ihre Augen, ein Aufflackern von blauem Licht in der jetzt leerlaufenden, energischen kleinen Maschine.

»Du hättest mich aufwecken sollen . . . wie kommt es bloß, daß ich sie nicht gehört habe?« sagte Ja'el.

»Unsinn . . . warum denn? Jede zusätzliche Minute mit ihr und mit euch . . . ich kann sie doch nicht einfach weinen lassen. Wieviel Uhr ist es?«

»Noch früh, Vater . . . schlaf . . . schlaf wieder . . . du hast einen langen, schweren Tag vor dir . . .«

»Aber wieviel Uhr ist es denn, Ja'li?«

»Noch nicht mal sechs . . . schlaf doch . . .«

»Meine Uhr ist verschwunden . . .«

Ich stieg barfuß aus dem Bett und suchte sie zwischen den Decken. Ja'el bückte sich und befühlte mit der Hand die große Windel, und da öffnete sich das geballte Fäustchen, und ein glänzendes Objekt fiel aufs Kissen.

»Sie hat sie dir geklaut«, lachte Ja'el »aber wenigstens war sie so anständig, sie dir im Schlaf zurückzugeben.«

»Komm, gib sie mir einen Moment. Es fällt mir schwer, mich von ihr zu trennen.«

Ich streckte die Arme nach ihr aus und nahm sie auf den Schoß, küßte leicht ihren warmen Mund und die so vertraute Form ihres Kiefers. Plötzlich seufzte sie ganz tief.

Die Tür schließt sich der Lichtstrahl verschwindet und der Schatten nimmt wieder seinen still zitternden Platz an der Wand ein. Ich stehe immer noch barfuß auf dem kalten Boden die warme duftende Uhr in meiner Hand mit dem Zifferblatt nach unten. Setz der Zeit nur einmal ein Ende. Laß es ein Tag ohne Uhr sein. Verzichte darauf. Steck sie in die Tasche neben den Paß und das Flugticket. Laß sie in der Dunkelheit vor sich hinticken und du tritt aus dem kalten Winkel ihrer Zeiger in das nebelhafte Licht das durch deine Lenden kriecht die dich tragen werden laß sie dich durch die Windungen dieses Tages steuern bis hin zum Einstieg in das Flugzeug um Mitternacht Ja'el und Zvi und auch Asa und Dinah die versprochen haben heute zu kommen laß jeden von ihnen mit dir machen was sie wollen. Du gehörst ihnen heute bist du nur für sie da auch für Gaddi der dir auf seine Art ans Herz gewachsen ist sogar für das Baby sogar für Kedmi auch für ihn sei's drum. Du wirst auch für ihn heute Geduld haben für diesen Mann der mit seiner haltlosen gehässigen Zunge ständig Unruhe stiftet doch seitdem du ihm geholfen hast »seinen Mörder« zurückzubekommen ist er dir gegenüber milder geworden hat auch er sich beruhigt. Auch für dich Kedmi ich stehe zu deiner Verfügung treibe nur deinen Mutwillen mit mir sogar mit Haifa finde ich mich ab dieser formlosen Stadt die einmal eine war aber nun zur bloßen Summe ihrer Stadtviertel herabgesunken ist. Du wirst dich auch mit Haifa abfinden im neuen Licht des Festtags im Duft des Frühlings. Den ganzen Winter hast du von Tel-Aviv geträumt den Leuten den Plätzen und am Ende ist die Zeit vergangen mit diesen ewigen Besuchen im Krankenhaus. Aber macht nichts. Der Knoten ist durchschnitten der Scheidungsbrief durch den Raum geflogen. Beim nächsten Mal wann immer das auch sein mag. Diesmal wird es ein Abschied für lange. Mein kleines irritierendes Land du wirst auf mich warten müssen jetzt brauche ich Ruhe. Was sagte er doch gleich wieder damals in der Nacht in der Küche dieser kleine Mann dieser Calderon die dunklen Augen tief in ihren Höhlen versunken – gib mir Zeit. Die geschürfte offene Haut deiner wunden Identität zu bedecken. Ein nervöses Land. Und mit welcher Leichtigkeit er ohne zu überlegen auf seinen Anteil an der Wohnung verzichtet hat. Gib mir Zeit. Aber der Knoten ist durchschnitten. Eine

neue Freiheit. Der Schatten wandert an der Wand die Fenster-
scheiben klirren ein Bus startet und erschüttert die tiefe Morgen-
stille. Ich gehe zum Fenster ziehe den Rolladen hoch und ein
Windstoß fährt herein. Da ist die Bucht eingehüllt in Morgen-
dunst. Die Zeitungen sezieren das Land auf jeder Seite spekulie-
ren munter darüber ob es eine Zukunft hat Kedmi sagt es
siebenmal am Tag tot aber hier ist es so friedvoll und sicher
hingestreckt seine Schornsteine stossen gelassen grauen Rauch in
den niedrigen Himmel. Die Wirklichkeit ist stärker als alles
Denken sie überrascht sogar sich selbst.

Auch Kedmi hat es nicht geglaubt, bis sie an der Tür klingelten,
als wir mitten im Seder waren. Wir saßen mit den Haggadahs in
unseren Händen da, und ich befürchtete für eine Sekunde schon,
daß sie selbst im Gefolge ihres Anrufs eingetroffen sei, aber
Kedmi stürmte zur Tür, und da stand er im Halbdunkel des
Treppenhauses, um sich auszuliefern. Zuerst erkannte ich ihn
nicht in seinem weißen Hemd, gekämmt und frisch rasiert, seine
kleinen Knopfaugen wütend funkelnd, bis ich das verschlagene
Lächeln Kedmis wahrnahm. Er faßte den jungen Mann an beiden
Händen, als ob er Angst hätte, daß er ihm wieder davonlaufen
würde, und schon überschüttete er ihn mit seiner Redeflut.
»Oho, was für ein Gast! Schaut mal her, schaut alle her, was wir
hier haben! Nachdem wir nun damit fertig sind, Papa und Mama
zu beglücken, werden wir die Polizei ein wenig erheitern. Aber
kommen Sie, kommen Sie nur, treten Sie ein, wir müssen uns
schleunigst etwas ausdenken, wie wir verhindern können, daß
aus dieser Urlaubsnacht noch zwei weitere Jahre für Sie werden.«
    Der junge Mann stand schweigend und düster in der Tür, zog
sich vor Kedmis Berührung zurück, versuchte sich seinem Griff
zu entziehen, Müdigkeit lag in seinen Augen. Er drehte sich um,
und aus der Dunkelheit des Treppenhauses tauchten zwei weitere Gestalten auf, ein kleiner, kräftig gebauter alter Arbeiter mit
einem fadenscheinigen Anzug und einer grauen Schirmmütze,
eine Plastiktüte in der Hand, und eine dunkelhäutige Frau mit
ungepflegtem Haar, von undefinierbarer Abstammung, eine Art
Zigeunerin. Kedmi erkannte sie sofort und rannte auf sie zu.

»Bitteschön, meine Herrschaften, Herr und Frau Müller, kommen Sie, treten Sie ein. Sie stören überhaupt nicht, wir werden eine kleine Pause einlegen, Gott wird sich ein wenig gedulden müssen. Kommen Sie, setzen Sie sich.«

Mein Herz zog sich vor Mitleid mit dem Vater zusammen, der so unbeholfen dastand mit seiner dunklen Frau, die eigentlich zu jung aussah, um die Mutter des jungen Mannes sein zu können. Ich stand sofort auf, um ihnen Platz zu machen, bot ihnen meinen Sessel an. Auch Ja'el erhob sich, während Kedmis Mutter sich mit einem huldvollen Lächeln aufrichtete. Nur Zvi lümmelte sich in seinem Sessel und musterte den jungen Mann eingehend. Wir brachten noch mehr Stühle, aber es schien ihnen alles sehr peinlich zu sein, und sie waren unsicher, ob sie sich uns anschließen sollten. Sie schauten ihren Sohn an, und es fiel ihnen sichtlich schwer, sich wieder von ihm zu trennen.

»Aber setzen Sie sich doch, trinken Sie etwas ...« drängte Kedmi in einem Anfall von perverser Fröhlichkeit. »Vielleicht möchten Sie Wein ... Sie können das Glas haben, das wir für den Propheten reserviert hatten ...«

»Sie haben die Polizei noch nicht informiert?« fragte der Vater mit einem starken deutschen Akzent.

»Nein, ich habe beschlossen zu warten, ob Ihr Sohn wirklich erscheinen würde. Wer weiß, er hätte ja plötzlich Lust verspüren können, auch noch die Feiertage bei Ihnen zu verbringen, ha, ha, aber macht nichts ... macht nichts ... wir werden der Sache eine religiöse Wendung geben, hm? Wir werden sagen, daß er davongerannt ist, um in die Synagoge zu gehen ... waren Sie wenigstens in der Synagoge? Nein? Aber wir machen schon noch einen reuigen Sünder aus ihm ... wir werden ihm eine Kippah aufsetzen ... uns wird schon was einfallen, das einen entsprechend guten Eindruck macht. Ich habe am Nachmittag im Gefängnis angerufen, und sie haben Sie immer noch in den Wäldern gesucht, den ganzen Tag schon, sie waren ganz vernarrt in die Idee ... sie haben sogar einen Hund mitgenommen, einen Schnüffelspezialisten, wie im Kino, und mit einem Hubschrauber ein paar Runden gedreht. Sie haben wirklich wunderschön Räuber und Gendarm gespielt. Euer Familienseder hat den Staat sicher gut eine viertel Million Lirot gekostet, aber das ist nicht weiter tragisch, nach den Feiertagen werden sie das Geld wieder neu drucken ... Kommen Sie, setzen Sie sich, keine Angst, ich werde Ihnen das nicht auf die Rechnung setzen. Ich warte schon noch auf den Onkel aus Belgien, vielleicht wird die Polizei ihn in den Wäldern finden, ha ha ha ...«

Kedmi Kedmi wer bist du nur wo haben sie dich her? Mit deiner haltlosen Redeflut deiner sarkastischen Selbstgefälligkeit mit deiner aberwitzigen Taktlosigkeit deinen abartigen geschmacklosen aber dennoch überraschenden bisweilen sogar anarchischen Witzen. Und doch liebt Ja'el dich das habe ich erst bei diesem Besuch gemerkt. Und sie beherrscht dich mit ihrem passiven Schweigen manipuliert dich mit verborgener Kraft. Wer bist du wirklich Kedmi? Eine israelische Spezialmischung die sich immer nach vorne durchboxt ...

Die Morgenschleier zerreißen lösen sich nach Norden hin auf ein reines Licht überspült die Bucht. Wie schnell hier der Tag heraufkommt. Und dort draußen im Westen wartet die Dunkelheit auf dich kriecht hinter dir her noch ein paar Gratisstunden und sie wird dich wieder eingeholt haben. Ein paar geschenkte Stunden du wirst sie nicht zurückgeben müssen. Wieviel Uhr ist es? Wieviel Uhr kann es sein? Du öffnest die Tür zu dem dunklen Gästezimmer Zvi liegt eingerollt auf dem Sofa schläft tief und fest sein weißer Arm baumelt lose herunter seine Armbanduhr glänzt auf. Du kannst nicht widerstehen gehst hin und nimmst die schmale Hand die er dir im Schlaf hinhält drehst sie um die Uhrzeit zu sehen fünf nach sechs. Er blinzelt einen Moment lächelt und rollt sich wieder wie ein Embryo zusammen. Du gehst ins Eßzimmer auf dem ausgezogenen Tisch ist kein Geschirr mehr nur noch das fleckige Tischtuch du läßt dich auf den Platz am Kopfende fallen auf dem du gestern abend während des Seders gesessen bist stützt den Kopf in deine Hände. Von irgendwoher blitzt ein Gedanke auf.

Hier, neben dir, vor ein paar Stunden, saßen seine schweigsamen Eltern. Zuerst wollten sie sich nicht dazusetzen, aber ich bestand darauf, bis sie schließlich blieben. Kedmi nahm den jungen Mann zu einer kurzen »Lagebesprechung«, wie er das nannte, beiseite, erklärte ihm, was er zugeben solle und was nicht, und daß es hauptsächlich darum gehe, den Verdacht zu zerstreuen, daß er ausgerissen sei, um die Beute zu verstecken. Wieder kam es mir zum Bewußtsein, daß Kedmi den jungen Mann wirklich für einen Mörder hielt und daß er versuchte, jemanden zu verteidigen, an den er nicht glaubte. Schließlich ließ er ihn irgendein Papier unterschreiben, auf dem stand, daß er sich freiwillig ausliefere, danach raste er zum Telefon, um die Polizei anzurufen, bestand darauf, nur mit einem bestimmten Beamten zu sprechen und sonst keinem. Währenddessen saßen die Eltern mit uns beim Seder, vor Sorgen völlig durcheinander, rührten das Weinglas, das vor ihnen stand, nicht an. Die Frau hatte den Kopf gesenkt, und der Vater beobachtete uns mit wachsamen, harten Augen. Gaddi schaute sie feindselig an, aber ich lächelte ihnen freundlich zu.

»Er wollte nur den Seder mit uns verbringen«, erklärte die Frau, zu Ja'el gewandt. »Er wollte nicht, daß wir alleine bleiben, er ist unser einziger Sohn . . .«

»Sind Sie seine Mutter?« fragte Ja'el sanft erstaunt, und die Frau nickte schuldbewußt. Dann fingst du an, den Vater ein bißchen auszufragen, und es stellte sich heraus, daß er ein dickköpfiger, aber naiver deutscher Jude war, bedeutungsloser Überrest einer Immigrationswelle, die hier vor vielen Jahren an Land gespült worden war, aber wegen seiner unflexiblen Begrenztheit war er sein Leben lang nur ein einfacher Arbeiter geblieben, und jetzt befand er sich in totalem und prinzipiellem Konflikt mit seiner ganzen Umwelt und sackte allmählich auch in seiner wirtschaftlichen Position immer mehr ab.

Kedmis Mutter hatte plötzlich die Eingebung, daß die zwei durch ihren Sohn auch irgendwie unter ihren Schutz geraten seien.

»Machen Sie sich keine Sorgen, mein Sohn wird ihn retten.«

Die Frau richtete vertrauensvoll ihre Augen auf sie, flüsterte ihren Dank, aber der Vater explodierte.

»Aber er muß überhaupt nicht gerettet werden, er hat absolut nichts getan . . .«

Kedmis Mutter lächelte wissend, verblüfft über seine Dickköpfigkeit, aber sie wich nicht von ihrem Kurs ab. »Auch wenn er jemand umgebracht haben sollte, Jisrael wird ihn retten, Sie werden schon sehen.«

Gaddi neben dir fragte mit erregtem Flüstern dazwischen.

»Wen hat er umgebracht, Großvater?«

»Niemand, überhaupt niemand«, riefen wir wie aus einem Mund.

Zvi lächelte vor sich hin, immer noch in seinen Sessel gelümmelt, und spielte mit der kleinen Haggadah, die er in den Händen hielt.

»Warum kommt dann die Polizei, um ihn mitzunehmen?« beharrte Gaddi, ernst und gewichtig.

»Weil sie glauben, daß er jemanden umgebracht hat, aber dein Vater wird beweisen, daß sie sich irren ...«

Der Vater des Mörders schaute jetzt auch Gaddi feindselig und wütend an, wir waren alle verstummt und hörten die laute Stimme Kedmis am Telefon dröhnen, arrogant, aggressiv und unnötig provozierend, nur Zvi saß seelenruhig da, sein Blick glitt mit ironischem Lächeln über uns alle, seine Finger schichteten einen kleinen Krümelhaufen aus Matze auf dem weißen Tischtuch auf. Schließlich kam Kedmi zurück und zog den jungen Mann hinter sich her, als ob er Angst hätte, daß er ihm wieder entkommen würde, und er strahlte übers ganze Gesicht.

»Zu guter Letzt haben die Schwachköpfe es begriffen, sie werden gleich kommen ... los, kommt, bringen wir schnell den Seder zu Ende, bevor die Party hier steigt ...«

Die Eltern sprangen sofort erschreckt auf. »Dann gehen wir besser«, sagten sie niedergedrückt. »Wir haben Sie schon genug gestört.«

»Aber warum denn? Aber keineswegs«, erhob sich Zvi galant. »Warten Sie doch mit uns, bis die Polizei eintrifft, dann können Sie sich von ihm verabschieden.«

»Ja«, schloß sich Ja'el an. »Vielleicht möchten Sie gerne in ein anderes Zimmer gehen, sie könnten dort in Ruhe mit ihm allein sein.«

»Aber weshalb denn?« protestierte Zvi, der auf mysteriöse Weise zum Leben erwacht war. »Kommen Sie doch, setzen Sie sich zu uns, wenn es Ihnen nichts ausmacht, Sie werden hören, wie unser Vater singt.« Und er lächelte mir zu, machte neben sich Platz, holte einen Stuhl, plazierte den jungen Mann darauf und verteilte die Haggadahs von neuem. Als ich sah, wie er den Jungen anschaute, fuhr mir die Angst in die Glieder. Kedmi war einen Moment lang überrascht, aber dann stimmte er schnell zu, vielleicht wollte er den Jungen nicht alleine im nächsten Zimmer lassen, wo er ihm wieder entkommen könnte. Die Eltern setzten sich zögernd wieder auf ihre Plätze und hörten dem schwachen, unsicheren Gesang zu, den ich anführte, mit Kedmis Mutter und Gaddi hinter mir. Nur wir drei sangen wirklich, der Rest summte nur mit. Dann war der Seder vorbei, und wir saßen immer noch alle um den Tisch und warteten auf die Polizei.

Kedmi ging zur Eingangstür und machte sie auf. »Für den Propheten Elias« zwinkerte er uns zu. Plötzlich war es totenstill. Wir waren unerklärlich stumm geworden, bis auf Zvi, der dem jungen Mann auf einmal mit glühenden Wangen etwas zuflüsterte, worauf dieser ihn unbehaglich und verständnislos anschaute. So warteten wir einige Zeit, bis wir schließlich schwere Schritte auf der Treppe hörten. Kedmi rannte zur Tür. »Hört bloß, wie sie daherschlurfen«, mokierte er sich. – »Nur im Fernsehen gibt es Polizisten, die rennen.«

Endlich tauchte ein dicker Wachtmeister, geschmückt mit einem Schnurrbart, schwer atmend in der Tür auf. Er hatte einen großen Revolver an seiner Hüfte und einen kleinen Zettel in der Hand. »Wohnt Jisrael Kedmi hier?«

»Ja, ja« sagte Kedmi rasch. »Seid ihr endlich da. Bloß im Fernsehen bewegen sich die Polizisten je schnell, in Wirklichkeit seid ihr schwerfällig wie ...«

Aber er hatte den Satz noch nicht beendet, als der Wachtmeister Handschellen aus seiner Tasche zog und sie Kedmi mit verblüffender Geschwindigkeit anlegte.

»Schluß mit dieser Klugscheißerei, Bewegung ...«, und er begann Kedmi hinauszuzerren.

»Moment, Moment mal, Sie Verrückter«, begann Kedmi zu toben. »Ich bin der Rechtsanwalt, lesen Sie doch den Zettel erst mal fertig ...«

Zvi brach in ein seltsames, schallendes Gelächter aus, während wir anderen uns um den Wachtmeister drängten. Gaddi neben mir wurde ganz zappelig und biß sich auf die Lippen. Der Mörder ergriff den Polizisten am Arm und sagte mit ruhiger Stimme zu ihm: »Hören Sie, ich bin das, das bin ich.«

Aber der dickköpfige Wachtmeister blieb ungerührt, war nicht bereit, seinen Irrtum einzusehen, er stand stur und schwerfällig da, nur seine Augen lachten heimlich, als ob er sich über den Tumult amüsieren würde, den er veranlaßt hatte.

»Was heißt da ›Ich‹?«

»Ich bin der Verdächtige, der ausgebrochen ist.«

»Sind Sie Jisrael Kedmi?«

»Nein, ich bin Joram Müller.«

»Und wer soll das sein, Müller?«

»Das bin ich.«

»Ich habe hier keinen Müller, nur einen Jisrael Kedmi. Aber wenn Sie unbedingt wollen, kommen Sie auch mit.«

Kedmi wurde fuchsteufelswild, klirrte mit seinen Handschellen und schrie »Sie lassen mich jetzt auf der Stelle frei, Sie Vollidiot. Ich bin sein Rechtsanwalt!«

Der Wachtmeister gab ihm einen harten Stoß und zerrte brutal an seinen Handschellen. »Hören Sie auf, mich anzupöbeln! Ich habe hier nur Jisrael Kedmi auf dem Zettel stehen. Sind Sie das?« »Ja, aber...« »Alles andere ist mir egal.«

Da trat ich zu ihm, faßte ihn leicht am Arm und fing an, ihm die Sache in einfachen und klaren Worten auseinanderzusetzen. Er hörte mir zu und begann endlich zu begreifen, während Kedmi stumm und bleich vor Wut dastand, mit haßerfüllt funkelnden Augen. Der Wachtmeister zog ein Funkgerät aus seinem Gürtel und versuchte eine Verbindung herzustellen. Es fing zu pfeifen an, und er wandte sich an Ja'el und bat sie um ein Glas Wasser, legte das Gerät auf den Tisch, nahm das Glas mit der freien Hand und stürzte es hinunter. Endlich gab das Ding Sprechlaute von sich, und die Stimme einer jungen Frau fragte »Wen wollten Sie verhaften?«

Der Wachtmeister sagte es ihr. Es herrschte kurzes Schweigen, während Kedmi das Gerät mit seinen Blicken durchbohrte.

»Gibt es dort einen Joram Müller?« fragte die Stimme weiter.

»Ja«, antwortete der Wachtmeister.

»Dann nehmen Sie ihn fest. Er ist der Entflohene. Ich muß

Ihnen noch mitteilen, daß Sie vorsichtig sein sollen, er ist gefährlich.«

Der Wachtmeister machte Kedmi los und lächelte »tut mir leid, tut mir wirklich leid.« Und er legte die Handschellen dem Mörder an.

Kedmi, mit zusammengepreßten Lippen, machte einen Satz von ihm weg und rieb sich die Hand. »Ihren Eltern sollte es leid tun, sie auf die Welt gesetzt zu haben, und jetzt unterschreiben Sie mir hier dieses Papier, daß er sich freiwillig übergeben hat.«

Aber der Wachtmeister schaute das Papier nicht einmal an, das ihm hingehalten wurde. »Ich unterschreibe gar nichts. Ich habe einmal so ein Papier unterschrieben, und das hat mich zwei Jahre in der Beförderungsordnung gekostet. Wenn Sie wollen, kommen Sie mit uns aufs Revier.« Plötzlich kehrte wieder das sorglose Lächeln auf sein Gesicht zurück. »Es tut mir wirklich leid, aber hier stand nur Jisrael Kedmi.«

Doch Kedmi sagte tiefverletzt mit kalter, haßerfüllter Stimme: »Ihnen braucht es nicht leid zu tun, Ihren Eltern sollte es leid tun, der Polizei sollte es leid tun. Es ist nicht Ihre Schuld, daß Sie ein Kretin sind ...«

Der Wachtmeister verlor seine Gemütsruhe nicht und lächelte weiter, während seine Hand mit dem Revolver spielte. »Nehmen Sie sich in acht, Herr Kedmi.«

Aber Kedmi, wie ein wütendes Kind, war noch nicht fertig. »Jetzt soll ich mich auch noch in acht nehmen?! Wofür? Vor was soll ich mich in acht nehmen ... Sie sollten sich vorsehen ... Sie werden sich wundern, wo Sie mich noch überall treffen werden ... aber jetzt Schluß mit diesem Affentheater, ich komme mit, Mutter, komm, und ihr auch alle ...«

Er war in Weißglut. Wie schnell er beleidigt war. Aber ich achtete gar nicht so sehr auf ihn wie auf Gaddi, der seinen Vater anstarrte. Die Festnahme hatte ihn schwer getroffen, und er hing verwirrt an mir, hielt meine Hand umklammert, suchte Unterstützung. Der Junge wird dir fehlen, dachte ich. Zu Anfang, in der ersten Nacht, als du hier ankamst und sie dich in sein Zimmer brachten, um ihn dir zu zeigen, bist du bei seinem Anblick fast erschrocken, wie dick er war, ein kleiner Kedmi, aber ohne dessen verrückte Launen, düster und eigenartig. Als er dich dann

am ersten Tag aufweckte, am Nachmittag in der kalt regneri-
schen Dunkelheit, der strömende Regen an die Fenster schlug,
da warst du wieder erschrocken, wie er vor dir stand, eingehüllt
in einen schwarzen Regenmantel, einen alten Lederhut auf den
Kopf gestülpt, eine Zuckerzange in der Hand, du warst fast
sicher, daß der Junge zurückgeblieben war, wenn nicht gar
psychisch gestört. Aber dann hast du gelernt, ihn zu verstehen,
seinen klaren Geist zu erkennen, auch wenn er düster war und
kaum lächelte, ein kleiner Pessimist, fast erdrückt von seinem
Vater, an dem er so sehr hing und über den er doch in einem fort
urteilte. Du warst erstaunt, wie er dir von seinen Eltern erzählte,
die er mit so komplexer Deutlichkeit schilderte. Er hat bei
diesem Besuch sicher auch ein Urteil über dich gefällt, in seinem
dumpf brütenden Schweigen. Wie konnten wir so dumm sein
und ihn ins Krankenhaus mitnehmen, wir haben uns vor ihm
zum Gespött gemacht, er stand da und studierte uns, sogar als
Asa auf sich selbst einschlug und du auf die Knie fielst, hat er
nicht mit der Wimper gezuckt, nicht einmal, als dieser Riese ihm
sein Spielzeug aus der Hand riß. Ob er sich an dich und diese
hektisch verrückte Woche erinnern wird, bis du wiederkommst?
... Nur, wann wirst du wiederkommen?

Der Schatten neben mir bleibt beständig an der Wand haften ein
hauchdünner wattiger Streifen der sich im Morgenlicht auflösen
wird. Hinter dir und vor dir vertieft sich die Dunkelheit über
dem Ozean. Schon ein Gefühl von dumpfer Müdigkeit aber
besser ein müder Tag als ein Flug ohne Schlaf. Unwillkürlich
kneten meine Finger an der Narbe herum mein psychosomati-
scher Tick wie Conny sagt die immer meine Hand wegnimmt
und die Narbe mit ihrer Zunge liebkost. Mit so viel amerikanischer Güte mit solch kühner Freigiebigkeit. Und plötzlich wollte Dinah sie sehen. Wie sehr ich erschrocken bin. Es war also
keine Einbildung. Das Bedürfnis sie allen zu zeigen. Schon ein
Zwang. Auch dir kam es seltsam vor wie du in dem überfüllten
Café dein Hemd vor ihr aufgeknöpft hast. Asa war so wütend er
mit seiner Kleinlichkeit konnte das nicht verstehen. Warum
mußte sie es ihm erzählen? Sie lächelte heiter war glücklich
überhaupt nicht erschrocken sie notierte sogar heimlich etwas in

ihr Notizbuch vielleicht wird sie dich und deine Narbe in einer ihrer Geschichten oder Gedichte verarbeiten. Sie ist fast noch ein Kind. Eine Schönheit die ihre Macht noch nicht kennt aber du hast ihr gefallen. Die Freude sie in Kürze wiederzusehen. Sie kommen extra um sich von dir zu verabschieden. Langsam verrinnt die Zeit der Tag verbirgt noch Überraschungen. Und wieviel Uhr ist es?

Die Schlafenden bewegen sich unruhig in ihren Zimmern. Frühmorgengeräusche. Die schönste Tageszeit. Alle waren sie spät zu Bett gegangen. Zvi hatte beschlossen, zur Polizeistation mitzukommen. Kedmi brachte seine Mutter und die Eltern des Mörders nach Hause. Ja'el verfrachtete Gaddi ins Bett, als ich, mit einem Mal ganz allein am verlassenen Tisch zurückgeblieben, mir gegenüber, wie durch Zauberei, einen jungen Reporter von einer Lokalzeitung sitzen fand, der lautlos durch die offene Tür hereingekommen war. Kedmi, der schlaue Fuchs, hatte ihn herbeizitiert, um über die Affäre zu berichten und bei der Gelegenheit gleich ein wenig Publicity für sich selbst herauszuschinden. »Sie sind alle weg«, sagte ich zu ihm, »aber ich werde Ihnen genau erzählen, was passiert ist.« Und ich setzte ihn wie einen Schüler mir gegenüber und begann ihm die Geschichte zu diktieren.

Schwere schlurfende Schritte. Gaddi kam verschlafen aus seinem Zimmer und ging mit geschlossenen Augen zum Klo. Sein Schatten schleppte sich ihm über den Boden nach, bis er vom Teppich verschluckt wurde.

»Gaddi« flüsterte ich.

Für einen Moment hielt er inne, als ob er eine innere Stimme gehört hätte, und dann setzte er seinen Weg zum Klo fort. Man hörte die Spülung gehen, und er kam wieder zurück.

»Gaddi«, rief ich wieder flüsternd, ohne aufzustehen.

Er blieb stehen, richtete seine geschlossenen Augen irgendwo ins Halbdunkel, als ob ihn ein Geist rufen würde. Dann schlüpfte er mit seiner Hand unter die Schlafanzugjacke, legte sie auf seine Brust wie ein zwergenhafter Napoleon und ging ohne zu reagieren weiter.

Mein Herz flog ihm zu, ich folgte ihm in sein Zimmer. Er lag schon wieder zusammengerollt unter der Decke, machte ein Auge auf und schaute mich an. Ob er sich an mich erinnern wird? Konnte ich mich so tief in ihm einnisten, daß er mich nicht vergessen würde? Ich setzte mich auf sein Bett, spürte die Wärme seines Körpers, nahm einen leichten Uringeruch wahr.

»Weißt du, daß ich heute abreise?«

Er nickte.

»Wirst du dich an Großvater erinnern?«

Er überlegte kurz, und dann nickte er wieder.

»Hast du vorher nicht gehört, daß ich dich gerufen habe?«

Er antwortete nicht. Seine großen Augen musterten mich ruhig in der Erkenntnis, daß der Geist von eben nur Großvater gewesen war. Wieder tastete er unter der Decke langsam mit der Hand nach seiner Brust.

»Was tut dir denn weh? Und wo? Mutter wird morgen mit dir zum Arzt gehen, und du wirst mir schreiben, was er gesagt hat. Du bewegst dich einfach nicht genug, treibst zu wenig Sport, läufst nicht genug.«

»Wohin?« fragte er.

»Allgemein.«

»Das hilft nichts«, sagte er hoffnungslos, merkwürdig frühreif »es sind meine Drüsen, man muß sie mir herausschneiden.«

»Unsinn, gar nichts muß herausgenommen werden. Du bist ein wunderbarer, gesunder Junge, du mußt dich nur ein bißchen mehr bewegen. Komm, steh auf, vielleicht möchtest du jetzt ein wenig mit mir gehen.«

»Wohin?«

»Nur so, ein Morgenspaziergang. Es ist noch kein Mensch auf der Straße, wir beiden werden die einzigen sein.«

»Gut« sagte er, aber er machte keine Anstalten aufzustehen. Ich ging mich anziehen, beobachtete den schwächer werdenden, schleierzarten Schatten, der durch den Vorhang huschend sich zu einem hellblauen Fleck wandelte. Abschied. Noch achtzehn Stunden. Der Knoten war durchschnitten. Freiheit. Die Grenze gezogen, und die Wunden würden schnell vernarben. Nichts mehr von ihr oder der *anderen*. Fort mit dem Wahnsinn. Ich wusch und rasierte mich mit langsamen Bewegungen. Und dort draußen zog sich die Dunkelheit zurück, mischte sich langsam mit dem Licht. Ich warf einen Blick auf Gaddi, der noch im Bett lag, die Augen geschlossen. Eingeschlafen. Ich ging in die kleine Küche und machte die Tür zu. Gespülte Geschirrberge und zugedeckte Essensreste. Ich setzte Wasser auf, öffnete einen der Schränke und entdeckte ein Brotvorratslager, das sich Kedmi für die langen Feiertage beiseite gelegt hatte, daneben ein langes Brotmesser. Was hatte ich ihr versprochen, daß ich sie so sehr enttäuscht habe?

Ich trank gerade meinen Kaffee, als sich die Tür öffnete, Gaddi in seiner Schuluniform hereinkam und sich die Augen rieb. »Wunderbar, du bist ja aufgestanden! Möchtest du vielleicht etwas essen? . . . Nein? Willst du nicht doch etwas?«

Er überlegte, kämpfte mit sich.

»Also nein. Dann vielleicht wenigstens ein Glas Milch?«

Er willigte ein. Ich goß ihm ein, und er trank es hastig, streckte unwillkürlich die Hand nach der Matze aus, brach ein Stück ab und steckte es still und leise in seinen Mund.

»Iß«, sagte ich, »du willst doch nicht hungrig bleiben.«

Er aß die ganze Matze auf. Ich stellte das schmutzige Geschirr ins Waschbecken, und wir gingen, kamen an der Schlafzimmertür vorbei, die einen Spalt offenstand. Kedmi lag groß und breit auf dem Rücken ausgestreckt da, seine Hand über Ja'els Gesicht gelegt.

»Komm, wir lassen ihnen eine Nachricht da«, sagte ich, nahm ein Stück Papier und schrieb: *Wir machen einen Morgenspaziergang, sind bald zurück. Großvater.*

»Unterschreib du auch« sagte ich zu Gaddi, und er setzte fröhlich seinen Namen darunter.

Draußen war der Morgen schon angebrochen, aber es war noch sehr kühl, ein zögernder Frühling, der sich selbst noch nicht sicher war. Wieviel Uhr konnte es sein?

Gaddi schien sehr zufrieden, die Straßen so still vorzufinden. »Sie schlafen alle noch vom Seder« sagte er. »Wieviel Uhr ist es?«

»Ich habe meine Uhr in meiner Tasche gelassen. Ich werde den Tag heute uhrlos verbringen.«

»Warum?«

»Weil es mir leid tut, daß meine Zeit hier zu Ende geht.«

Er lächelte.

»Und du hast keine Uhr? Ich werde dir Geld dalassen, und morgen gehst du und kaufst dir eine.«

Er schlug vor, zu seiner Grundschule zu gehen, wollte sie mir zeigen. Wir gingen den Hügel hinunter und betraten einen großen, rechteckigen Hof, der mit einer Schlammkruste bedeckt war, die die Abdrücke unzähliger Füße aufwies. An der Mauer des Schulgebäudes hing eine große Uhr, die genau acht zeigte. »Sie steht immer auf acht«, erklärte Gaddi, der plötzlich ganz lebhaft wurde und die Umgebung zu erforschen begann, sich bückte und in dem verkrusteten Schlamm nach etwas suchte. Auf einmal kniete er sich hin und grub eine große, bunte Murmel aus, die er in seine Tasche steckte.

»Ich hab sie gefunden«, murmelte er vor sich hin und suchte weiter, die ungewohnte Stille an dem ihm so vertrauten Ort genießend. Er fühlte sich ganz zu Hause, rannte zu einem kleinen steinernen Vorsprung am Ende des Hofes, sprang hinauf und stolzierte darauf herum.

»Wo ist dein Klassenzimmer?« fragte ich.

Er zeigte mit der Hand hin, und nachdem er vergeblich ein paar verschlossene Türen probiert hatte, fand er eine auf der Hinterseite, die sich öffnen ließ. Wir gingen hinein, schritten die langen Gänge hinunter, deren Wände mit Bildern von verstorbenen nationalen Größen bedeckt waren, getrocknete Blumen, Parolen und Bibelverse, Landkarten von Israel ohne Grenzlinien. Eine Heimat, die immer noch darauf bestehen muß, eine Heimat zu sein. Ein Geruch nach Schule, zerquetschten Bananen. Seitdem die Kinder groß geworden waren, hatte ich nie mehr einen Fuß in eine Schule gesetzt. Ich begann Gaddi zu erzählen, daß ich auch ein Lehrer war, aber einer, der Lehrer unterrichtete, und er nickte mit dem Kopf, von der Auskunft zufriedengestellt, führte mich ins zweite Stockwerk zu seinem Klassenzimmer, dessen Tür zu seiner großen Enttäuschung abgesperrt war. Nur ein Haufen von Tischen und Stühlen stand an der Wand. Wir gingen wieder hinunter, während er eine Tür nach der anderen probierte. Wir traten wieder auf den Hof hinaus, der in hellem Sonnenlicht strahlte. Die Rolläden der Häuser ringsumher waren noch heruntergelassen. Er sprang fröhlich auf den steinernen Vorsprung, dick und rotbäckig, redete aufgeregt mit sich selbst, ging hin und her und spielte offensichtlich den Direktor oder einen der Lehrer. Aus einiger Entfernung beobachtete ich, wie die Sonnenstrahlen auf sein Gesicht fielen, das einem gemästeten Boxer ähnlich war.

»Wer ist euer Direktor?« fragte ich ihn, als er wieder heruntergeklettert war und zu mir zurückkam.

»Wir haben keinen Direktor, sondern eine Direktorin«, murmelte er verlegen.

»Tut dir das Herz noch weh?«

»Nein.«

Kein Gedanke daran. Wir verließen den Schulhof, und er schlug vor, mir nun seinen ehemaligen Kindergarten zu zeigen. Wir gingen die Straße wieder hinauf, bis wir zu einem kleinen Steingebäude kamen, das in einem Wadi eingebettet lag. Eine steinerne Treppe führte hinunter. Er sprang über die Stufen, durchquerte den Spielplatz mit den Schaukeln und dem Sandkasten und probierte die Tür aus, die sich tatsächlich öffnete. Ich folgte ihm. »Da ist jemand drin« flüsterte er.

Wir traten ein, hörten Stimmen und entdeckten, daß der Kindergarten vorübergehend in eine Synagoge umfunktioniert worden war.

»Entschuldigen Sie bitte«, sagte ich zu den paar Männern, die drinnen standen und versuchten, ein Seil durch die Mitte des Raumes zu spannen, offensichtlich, um die Frauenabteilung zu markieren.

»Aber bitte, treten Sie doch ein ... wir werden bald genug sein, um mit dem Gebet beginnen zu können«, sagte einer von ihnen.

»Nein danke ...« stotterte ich. »Wir wußten nicht ... mein Enkel wollte mir nur seinen alten Kindergarten zeigen ... rein zufällig ... wir sind nicht darauf vorbereitet ...«

Aber sie ließen nicht locker, sie hatten alles da, aus einer Pappschachtel holten sie sofort Gebetschals, Gebetbücher und Kippahs heraus, alles brandneu.

»Kommen Sie, setzen Sie sich, wenn es Ihnen nichts ausmacht. Wir probieren diese Örtlichkeit heute zum ersten Mal aus. Die Stadtverwaltung hat uns zum Fest den Kindergarten zur Verfügung gestellt ... es besteht Nachfrage hier im Viertel ... wir fangen gleich an ...«

Ich warf einen Blick auf Gaddi. Er betrachtete neugierig seinen Kindergarten, der sich in eine Synagoge verwandelt hatte. »Möchtest du ein bißchen hierbleiben und zuschauen, wie die Leute beten? Warst du schon einmal in einer Synagoge?«

»Nein.«

»Hat dich dein Vater nie mitgenommen?«

»Nein.«

»Dann komm und schau es dir an ... setzen wir uns ein bißchen hin ... ruhen wir uns aus ... wieviel Uhr ist es?«

Wir setzten uns auf die kleinen Stühlchen. Die vier oder fünf jungen Männer, die den Platz organisiert hatten, ordneten die Stühle zu Reihen, funktionierten einen Puppenschrank zu einer heiligen Lade für die Thora um, die sie aus einem großen Karton holten und hineinlegten, improvisierten ein Gebetspult, angeführt von einem jungen, dynamischen Rabbiner mit englischem Akzent, und witzelten amüsiert über den Kindergarten, den sie erobert hatten. Jemand schlug eine Zimbel. Soviele Jahre waren vergangen, seitdem ich zum letzten Mal eine Synagoge in Israel betreten hatte. Und hier war nun eine mit diesen jungen Leuten, sehr unreligiös aussehende junge Leute mit ihren Kippahs, die ihnen die ganze Zeit vom Kopf rutschten, die so vernünftig und realistisch zu sein schienen.

»Wohnen Sie hier in der Gegend?«

»Nur besuchsweise. Ich bin bei meiner Tochter hier ...«

Durch das Fenster, im zunehmend heller werdenden Licht, konnte man das grüne Tal sehen, das noch vom letzten Regen glitzerte. Olivenbäume übersäten in hellen Grünschattierungen die Hänge, bisweilen von dunklen Höhleneingängen unterbrochen. Rings um uns lagen große, bunte Spielwürfel in fröhlichen Farben, an den Wänden wieder Sprüche über gutes Benehmen und gute Sitten und Hundebilder aller Art. Gaddi, mit einer großen, schwarzen Kippah auf dem Kopf, rannte schon herum, untersuchte begeistert die Namen an den Garderobeaufhängern, erklärte dem Rabbiner, wo eine Schere zu finden sein könnte, und ich, auf meinem provisorischen Synagogenstuhl, war zufälliger Augenzeuge dieser religiösen Renaissancebewegung.

Nur noch ein paar Stunden. Ein letzter israelischer Tag läuft ab. Und dort draußen die hinter dir vor dir sich vertiefende Dunkelheit die wartet. Am Ende also keine Einbildung. Sie saß dort auf der Stufe in ihrem weißen Leinenkleid unter dem weißen Kittel stark groß und ruhig während hinter der dünnen Holztüre dieser Fanatiker um unsere Ehe kämpfte versuchte Aufschub zu gewinnen. Aber die Zündschnur ist abgebrannt. Sie hat gelächelt nicht im mindesten bedauernd sich an ihren Wahnsinn klammernd wie an den Hals eines kauernden wilden Tieres. Ich glaube nicht an ihre Genesung Kinder nehmt euch in acht ihr wißt nicht wie tief diese Wurzeln reichen. Du hast mich enttäuscht. So ruhig so klar. Habe ich dich enttäuscht? Enttäuscht weil ich nicht auch wahnsinnig geworden bin. Tut mir leid aber ich konnte nicht. Habe ich dir das denn jemals versprochen?

Neben mir unterhielten sich zwei der jungen Männer über irgendein Laborexperiment, anscheinend waren sie Wissenschaftler von der technischen Hochschule hier. Gaddi kam zurück und setzte sich neben mich, sein schweres Profil, sein Doppelkinn erinnerten mich plötzlich an Ja'el, als sie klein war. Seine Augen huschten interessiert umher, während sich seine Hand unbewußt wieder zu seiner Brust hinstahl, tastend, sanft drückend.

»Warum legst du immer die Hand da hin? Tut dir etwas weh?«
»Nein.«
»Warum dann?«
»Wenn es anfängt, dann drücke ich drauf.«
»Was anfängt?«
»Der Schmerz.«
»Du gehst morgen mit deiner Mutter zum Arzt. Diese Geschichte gefällt mir gar nicht. Er wird dir auch erklären, wie du ein bißchen abnehmen kannst, was man essen soll und was nicht. Beim nächsten Mal, wenn ich zurückkomme . . .«
»Du kommst zurück?«
»Sicher.«
Drei junge Frauen betraten unter lautem Gelächter den Raum. Die Männer standen auf. »Wie schön, daß ihr gekommen seid!« Sie scherzten über den Kindergarten, zeigten ihnen die Miniklos

und setzten sie dann hinter das Seil, das sie gespannt hatten. »So, hier. Es ist unter allen Umständen verboten, das Seil zu passieren.« Gelächter. Es war eine Art Abenteuer für sie, sie probierten eine Prise Religion. Weitere Leute trafen ein, stiegen die Stufen hinunter und bestaunten den Platz. Der junge Rabbiner hüllte die Männer in die Gebetschals, klärte sie über den Segen auf. »Schaut mal, wir sind zehn, es kann losgehen.«

Im Fenster ist ein kleiner Zipfel vom Meer zu sehen, eine herrliche Aussicht. Im ersten Jahr drüben sehnte ich mich schrecklich nach dem israelischen Landschaftsgemisch, aber allmählich begann ich andere Landschaften lieben zu lernen, die vor allem im Herbst und im Frühling so atemberaubend waren. Jene von uns, die die Geburt Israels sahen, dachten, wir würden es für immer zu beherrschen wissen, einfach durch einen Knopfdruck immer wieder umdirigieren können, und doch, hier war es unserer Kontrolle entglitten, voll seltsamer Mutationen, andersartiger Leute, merkwürdiger Verquickungen, neuer Energiequellen aus unvorhergesehenen Richtungen. Die klare Linie ist verwischt. Wenn es wenigstens eine Heimat sein könnte. Ob es sich jemals zu einer solchen auswachsen wird? Asa, mach langsam mit der Bewegung des historischen Chaos, zwinge nicht zuviel davon mit Gewalt herbei.

Die Blicke der jungen Frauen hinter dem gespannten Seil, ein Duft nach Parfüm weht herüber. Du hast erst in Amerika deine Anziehungskraft entdeckt. Jüdische Frauen mittleren Alters, sie haben keine einzige deiner Vorlesungen versäumt, nicht einmal im tiefsten Winter im Schneesturm. Der große alte Mann aus Israel. Der Apostel, der sich ins Exil begab, sich zu einem Apostel in eigener Sache verwandelte und sich jetzt in der Anonymität der geheizten, unterirdischen Einkaufszentren herumtreibt, Kleiderstoffe befühlend und Damenhüte prüfend, auf Conny wartend. Conny, ich habe meine Hälfte der Wohnung weggegeben. Sie lag wie eine Leiche da, hatte sich selbst an die Bettpfosten gebunden und du so taktvoll und geduldig.

Vorläufig blieb es bei zehn Männern.

»Es tut mir leid«, flüsterte ich dem Rabbiner zu. »Ich hatte nicht die Absicht, ich kam nur zufällig vorbei.«

»Bleiben Sie wenigstens zum Anfang da, es werden gleich noch mehr Leute kommen. Nur zum Anfang.«

Er näherte sich dem Gebetspult, erklärte mit ein paar Worten die Beschaffenheit des Morgengebets und begann mit einer sanften, klaren Stimme die alte, vergessene Melodie zu singen.

Herr der Welt, dessen Herrschaft begann,
bevor alle Schöpfung ihren Anfang nahm.
Und wenn alles vollbracht nach Seinem Willen allein,
Sein Name wird noch König sein.

Und wenn das All nicht mehr ist,
wird Seine Herrschaft noch sein,
des Ehrfurchtbaren auf ewig allein,
und Er war, Er ist und Er wird sein,
in aller Herrlichkeit.

Und Er ist Einer und neben Ihm keiner . . .

Ein junges Paar traf ein, blieb am Eingang stehen und schaute zu. Ich kam von meinem Stuhl nicht los. Erschöpft. Die Zeit verrann. Aber wieviel Uhr war es? Der Raum begann sich zu füllen. Der Karton mit den Gebetschals leerte sich. Die Sonne blendete durch die Fenster. Der klare Gesang. Hartnäckiges Hin und Her der Gedanken. Schreckerfüllt. Gaddi schaute sich um, irgendetwas beunruhigte ihn. Ein kleiner Junge mit verbundenem Kopf war hereingekommen, begleitet von einem Mann in Offiziersuniform. Der Junge erkannte Gaddi, zeigte auf ihn und begann mit seinem Vater zu flüstern. Gaddi wurde noch unruhiger, zupfte mich am Ärmel.

»Wann gehen wir?«

»Gleich.«

Die Liturgie nahm mich völlig gefangen, ich schloß meine Augen, ringsherum tiefe Stille, das wohlerzogene Schweigen von Profanjuden, die das ununterbrochene Gemurmel und Gesumm, das das Gebet in einer orthodoxen Synagoge begleitet, nicht kennen.

»Mama und Papa werden sich Sorgen machen«, beharrte Gaddi und stand von seinem Platz auf.

»Gut, also gehen wir. Wieviel Uhr ist es bitte?« fragte ich einen jungen Mann neben mir. Er zeigte mir stumm seine Uhr, aus Angst, einen Laut von sich zu geben.

Ich nahm den Gebetschal und die Kippah ab, übergab sie, ohne aufzuschauen, einem Neuankömmling, der gerade zur Tür hereinkam. Der kleine Junge mit dem verbundenen Kopf stand ebenfalls auf und begann auf uns zuzusteuern, aber Gaddi lief schnell die Stufen hinauf, und wir traten in den Frühlingstag. Die Straße war jetzt voller Leute, Erwachsene und Kinder, Autos strömten den Hügel hinunter. Ich hielt meinen Kopf immer noch gesenkt. Was für ein Schuldgefühl sie dir einzuflößen imstande waren. Nicht daß du je an Gott geglaubt hättest, aber du hattest es auch nicht eilig, dem Ganzen eine klare Absage zu erteilen. Laß Gott aus dem Spiel, hat Naomi von Anfang an gesagt.

Wir gingen die Straße hinauf, wieder nach Hause. Gaddi lief in ein Stück Wiese hinein, suchte etwas und kehrte mit einer gebogenen Eisenröhre zurück. Er blieb neben einem Baum stehen und pflückte Blätter für die letzte Seidenraupe, die sich noch nicht verpuppt hatte. Plötzlich hatte ich das Gefühl, daß wir von einem Auto verfolgt wurden, das langsam hinter uns herfuhr. Ich blieb stehen, und auch der Wagen hielt sofort. Das Licht auf der vorderen Fensterscheibe reflektierte so stark, daß es unmöglich war, den Fahrer zu erkennen. Wir bogen in eine enge Gasse ab und stiegen die Treppen zur Wohnung hinauf. Das Wohnzimmer war noch dunkel. In der Küche fanden wir Ja'el und Kedmi am Tisch sitzen, der sich unter der Last des Frühstücks bog, mit Pitah und Matze nebeneinandergestellt. Beide aßen heißhungrig. Kedmi war noch im Schlafanzug und hatte glänzende Laune.

»In der Nacht hast du unsere Tochter geklaut und in der Früh ist es unser Sohn, wie soll das weitergehen, Großvater?«

»Gaddi hat die ganze Zeit Schmerzen in der Brust. Ihr müßt morgen mit ihm zum Arzt gehen.«

»Ihm fehlt nichts«, sagte Ja'el. »Das ist bloß Einbildung.«

»Trotzdem . . .«

»Ist gut, wir gehen mit ihm zum Arzt«, sagte Kedmi.

»Versprochen?«

Er schaute mich belustigt an.

»Versprochen. Wo wart ihr?«

Wir erzählten ihm von der neuen Synagoge im Kindergarten.

»Ich hab's euch doch gesagt, daß sie diesen Staat übernehmen« spottete Kedmi »in Kürze werden wir am Samstag nicht
mehr Auto fahren dürfen. Wir werden Rollschuhe fahren
müssen.«

Ich fragte ihn, wie es gestern abend auf der Polizeistation
ausgegangen war. Es stellte sich heraus, daß er tatsächlich eine
Beschwerde gegen den Wachtmeister erreicht hatte, der nun
angeblich bis an sein Lebensende nicht mehr befördert werden
würde. Ich forschte ihn nochmals über diesen Jungen aus, ob er
wirklich der Überzeugung war, daß er ein Mörder war. »Was ich
glaube? Was macht das schon aus, was ich hier denke. Ich muß
mich darum kümmern, daß der Richter nicht zu der Überzeugung gelangt.«

Ja'el servierte mir das Frühstück.

»Wieviel Uhr ist es?«

»Hat dir Rakefet die Uhr zerbrochen?«

»Nein, ich habe sie nur im Zimmer gelassen.«

»Halb neun. Zählst du schon die Stunden?«

»Nein, warum?«

Das Telefon klingelte. Ja'el telefonierte kurz und kam zurück.

»Das war Asa vom Busbahnhof in Tel-Aviv, sie sind schon
unterwegs.«

Eine unbestimmte Erregung packte mich, und ich ging in mein
Zimmer zurück, kniete mich neben meine kleine Reisetasche,
holte den Paß und das Flugticket heraus und überprüfte von
neuem das Abflugdatum. Ich las auch die Vollmacht, die ich
für Asa vorbereitet hatte, nochmals durch und warf schnell einen
Blick auf die unterzeichnete Scheidungsurkunde. Ein Schatten
bewegte sich an der Zimmerdecke, der meine, oder war irgendetwas anderes im Raum? Ich legte meinen Schlafanzug zusammen und packte ihn in die Tasche. Der Himmel draußen war
strahlend blau. Da entdeckte ich an der Straßenecke unten
wieder das weiße Auto, das uns verfolgt hatte. Der Fahrer
schlenderte über die Straße, ein magerer Mann in einem weißen
Anzug.

Ich eilte zu Zvi, der immer noch im halbdunklen Wohnzimmer schlief, sein weißer Arm zu Boden hängend. Er öffnete seine Augen mit einem langen Seufzer.

»Vater? Wie spät ist es?«

»Schon nach neun.«

Er seufzte wieder tief.

»Zvi, steh auf, mir scheint, daß dieser Mann da unten auf dich wartet.«

»Wer?«

»Dieser ... dein ... du weißt schon ... Calderon ...«

»O du lieber Gott, ist er schon wieder da? Es ist zum Verrücktwerden mit ihm ...«

»Stehst du auf?«

»Gleich ... was ist denn? Es ist erst neun, und heute ist Feiertag ...«

»Vielleicht sollte ich ihn heraufbitten ...«

»Nein ... soll er doch warten. Er ist daran gewöhnt ...«

Er wickelte sich in seine Bettdecke und schloß die Augen.

»Du solltest trotzdem aufstehen.«

»Gut ... gleich. Es hat doch Zeit. Hast du Reisefieber?«

»Nicht besonders.«

»Aber du freust dich, wieder zurückzukommen?«

»Es fällt mir plötzlich schwer, mich von euch zu trennen.«

»Oh ...«, er drehte sich auf die andere Seite.

Kedmi las Zeitung, und Ja'el brachte die Wohnung in Ordnung. Ich schaute aus dem Fenster und sah den mageren Mann immer noch am gleichen Platz stehen. Er rauchte wartend eine Zigarette. Ich schwankte einen Moment lang, doch dann entschloß ich mich, zu ihm hinunterzugehen. Als ich unten war, stand er da und schaute zu den Fenstern der Wohnung hinauf. Plötzlich bemerkte er mich. Er machte unwillkürlich eine Fluchtbewegung, hielt aber sofort inne, lächelte und streckte mir seine Hand entgegen.

»Herr Kaminka ... Schalom ... ich wußte nicht, daß Sie mich erkannt haben ... Wie haben Sie den Seder verbracht?«

»Recht angenehm. Und Sie?«

»Es ging ... Hauptsache, daß es vorbei ist ... es wollte und wollte kein Ende nehmen ... Der Bruder meiner Frau, er dehnt es von Jahr zu Jahr länger aus, aber schließlich ging es auch vorbei . . .«

»Warten Sie auf Zvi? Er schläft noch . . .«

»Sicher, sicher. Ich weiß, daß er noch schläft . . . Ich habe etwas mit ihm zu besprechen, eine Veränderung, von der ich das Gefühl habe, daß sie ihn interessieren wird . . . aber es macht nichts, wenn er schläft . . .«

»Eine Veränderung?«

»Ach, nur eine Geschäftsangelegenheit . . . nichts Großes . . . es kann warten . . . Und wie geht es Ihnen, Herr Kaminka? Ich hörte, daß Ihre Scheidung geklappt hat. Ich habe Zvi gestern zu ihr gefahren, und ich hatte den Eindruck, daß sie es ziemlich gut aufgenommen hat.«

»Vielleicht möchten Sie heraufkommen . . .«

»Gott bewahre! Nicht zu dieser Tageszeit . . . ich werde hier im Auto warten. Ich habe ein Radio, es ist alles da. Ich habe mich nur in der Uhrzeit geirrt, deshalb bin ich aus Versehen zu früh dran . . . macht nichts . . . und überhaupt, Sie stehen kurz vor der Abreise . . .«

»Aber nein, Herr Calderon, bitte kommen Sie doch mit hinauf. Wir werden Zvi aufwecken . . .«

»Nein, auf gar keinen Fall! Es ist nur . . . ich bin bloß . . .«

Er begann plötzlich am ganzen Leib zu zittern.

»Es ist nur, daß ich . . . eigentlich war ich auf dem Weg in die Synagoge . . . ich reise sonst nie an Feiertagen . . . ich habe meinen Gebetschal und das Gebetbuch bei mir im Auto, ich war eigentlich auf dem Weg in die Synagoge, und plötzlich kam mir der Gedanke . . . die Verzweiflung . . . daß er mich verlassen will . . . sagen Sie es mir doch! In der Nacht damals haben Sie mir soviel Kraft gegeben, von dieser Kraft zehre ich immer noch . . .«

Ich berührte seinen leichten, warmen Arm, und er klammerte sich an mich, sein Gesicht zerknittert und mit roten Flecken übersät, als ob er Rouge aufgetragen hätte, seine Augen wie zwei tief eingesunkene Kohlestücke.

»Kommen Sie, trotzdem, kommen Sie mit mir hinauf . . .«

Sein Gesicht leuchtete auf.

»Er hat nichts darüber gesagt . . . Zvi . . . nichts über mich gesagt . . .«

»Nein . . . ich weiß nicht davon . . . Aber kommen Sie jetzt mit hinauf und trinken Sie etwas . . . wir werden ihn aufwecken . . . er hat lange genug geschlafen . . .«

»Das ist nicht gut für ihn, dieses lange Schlafen in der Früh, das hindert ihn am Vorwärtskommen. Ich habe es ihm schon gesagt, aber er wacht eine Stunde, bevor die Börse aufmacht, auf und glaubt, daß das genügen würde, um sich einen Überblick über die Marktlage zu verschaffen. Aber heute ist Feiertag, warum sollte er nicht schlafen, das macht doch nichts . . . er wird nur ärgerlich werden, wenn wir ihn aufwecken . . . ich sollte vielleicht trotz allem eine Synagoge hier in der Gegend aufsuchen, um noch etwas vom Gebet mitzubekommen . . . auch wenn das Morgengebet schon vorbei ist . . .«

Er fuhr sich über die Augen.

»Kommen Sie, ich zeige Ihnen eine kleine Synagoge, die heute aufgemacht hat . . . Gaddi und ich sind in der Früh spazieren gegangen und haben in seinem alten Kindergarten diese Synagoge gefunden . . . die Leute aus der Nachbarschaft haben sie neu eingerichtet . . .«

»Es ist bestimmt keine sephardische Synagoge«, sagte er zögernd »nur die Aschkenasim fangen seit neuestem an, wieder zur Religion zurückzufinden . . . und ich habe im Moment einfach keinen Nerv für diese ganzen neuen Melodien. Aber macht nichts, ich werde trotzdem gehen. Wo ist das?«

Er holte seinen Gebetschal aus dem Auto und legte ihn sich um, setzte eine schwarze Kippah auf, kurbelte die Autofenster hoch und verschloß die Türen.

»Als ich heute früh ins Auto einstieg und beschloß, von Tel-Aviv wegzufahren, hatte ich das Gefühl, daß die Straße unter mir in Flammen stehen würde. Noch nie in meinem ganzen Leben bin ich an einem Feiertag oder Schabbat gereist. Nur gut, daß mein Vater tot ist und es nicht weiß. Aber ich werde dafür büßen, ich werde Gott zurückgeben, was ich Ihm genommen habe, ich führe Rechnung darüber . . . Es ist nur, daß ich so verzweifelt bin. Der ganze Boden rutscht mir unter den Füßen weg, und ich werde noch ein todkranker Mann von dem allem, das weiß ich.«

Er packte meine Hand.

»Und er hat wirklich nichts zu Ihnen gesagt? Er hat Ihnen nicht gesagt, was er vorhat?«

»Nein.«

»Aber ich weiß es, doch, Sie brauchen mir gar nichts zu sagen. Ich weiß, daß er mich fallenlassen will, ich fühle es. Wenn er nur eine Frau wäre ... aber wo soll ich jetzt einen anderen Mann finden, in den ich mich verlieben kann? Das Ganze ist eine Katastrophe für mich, war es vom ersten Augenblick an ...«

Er stand im Sonnenlicht an der steinernen Treppe des Kindergartens, fiebrig, mit weinerlicher Stimme. Drunten schaute es nun schon eher nach einer normalen Synagoge aus – Kindergewimmel, betende Stimmen, Männer, die mit Gebetschals an der Tür lehnten. Ich wollte ihn trösten, ihn miteinbeziehen.

»Ich werde mit Zvi darüber sprechen ...«

»Nein, auf gar keinen Fall! Er würde schrecklich wütend auf mich werden, Sie hatten schon genug Sorgen, und heute nacht fahren Sie außerdem noch ... Ich habe Zvi schon gesagt, daß ich Sie liebend gerne zum Flughafen bringen würde ... Sie werden mir sehr fehlen, Herr Kaminka. Sie werden allen fehlen ... ich gehe jetzt hinunter, vielleicht beruhigt mich das Beten ein wenig. Sagen Sie Zvi, daß ich in Kürze komme und ihn abhole ...«

Sein langer gekrümmter Schatten geht auf den abwärts führenden Stufen in Brüche der Kindergarten verschluckt ihn er ist verschwunden. Und du wo bist du? An der Betonmauer dein erstarrter Schatten übergroß geschmückt mit Blattwerk wie ein Spitzenkleid. Sie werden mir fehlen. Mit welcher Schnelligkeit sich das Lachen zu Schmerz wandelt. Sie werden mir fehlen. Dein Schatten ist nun ausgelöscht. Das kühle Licht. Der Himmel präsentiert sich in seinem tiefsten Blau. Die Luft bewegt sich sanft. Sie werden uns allen fehlen. Dein Innerstes stülpt sich nach außen diese sinnlosen Schmeicheleien eines abgewrackten erledigten alten Mannes. Und trotzdem. Gehen immer weiter und weiter. Gerade einfache Straßen mit Eukalyptusbaumreihen. Heimat ob du je eine Heimat sein kannst. Ein kleiner Hund mit hocherhobenem Schwanz lotst einen großen Hund der die Nase am Boden hat hinter sich her. Kinder Leute Verkehr auf der Straße. Wieviel Uhr ist es? Ein wuchernd grüner Einschnitt zwischen zwei Häusern. Ein Gefühl von Tiefe. Es darf nicht gesagt werden nicht einmal gesagt aber der Staat Israel ist nur eine Episode. Oder die Geschichte hat vielleicht Erbarmen. Asa das Erbarmen der Geschichte hörst du du solltest auch mit solchen Begriffen arbeiten. Geh weiter und weiter. Leicht. Noch ein paar Stunden. Vielleicht die Zeit anhalten. Du der du gedacht hast dich davonzustehlen wirst ihnen plötzlich fehlen. Sie sind nicht einmal böse auf dich. Dein großzügiger Verzicht hat alle bestochen. Asa und Dinah kommen den ganzen Weg hierher sie hängen trotz allem noch an dir. Sich hineinwerfen in das kleine Tal verschluckt werden einem Pfad durch die duftend verschlungenen Sträucher folgend wo sich ein neuer Blickwinkel auf die Bucht eröffnet und von weitem Hundegebell. Die klumpigen Gebäude der technischen Hochschule gegenüber. Sich erinnern. Die müden Augen von diesem Licht ausspülen lassen. Am Anfang die Sehnsucht nach einer anderen Landschaft aber du hast gesehen daß Landschaften ersetzbar sind. Du läßt dich auf einem Stein nieder öffnest sofort dein Hemd setzt die Narbe der Luft aus betrachtest sie eingehend und kratzt lustvoll daran ganz allein in dem saftigen feuchten Gestrüpp. Messerschlächterei in der Morgendämmerung. Keine Einbildung auch keine Reue. Sie hat sich wahllos verdoppelt von mir das Unmögliche verlangt ein Versprechen einzulösen das ich nur symbolisch gegeben habe nur als ein Meilenstein des Sehnens. Ist es überhaupt denkbar? Und wenn ich sie enttäuscht hätte und wenn ich mich gefürchtet hätte aber es war nicht so der Hund kann es bezeugen. Eines Tages werden die Kinder verstehen was wirklich passiert ist.

»He, da ist jemand . . . irgendein alter Mann«, hörte man eine junge Stimme von oben her schreien, und sofort tauchte eine Kolonne von Kindern über meinem Kopf auf, ließ sich herunter und entrollte sich wie eine bunte Schlange aus dem Gebüsch, trampelnde Füße gingen auf dem Pfad fast an meiner Nase vorbei, kichernd und flüsternd.

»Wieviel Uhr ist es, Kinder?«

»Gleich elf . . .«

Die Kinderschlange ging tiefer ins Tal hinein und verschwand im Dickicht. Ich kletterte hinauf, ging an der Synagoge vorbei, aus der jetzt wieder ein Kindergarten geworden war. An der Tür glänzte ein schwarzes Schloß. Das weiße Auto war verschwunden. Kedmi stand mit Schlauch, Eimer und Lumpen in Blue jeans vor dem Haus und wusch sein Auto, strenge Befehle an Gaddi erteilend, der herumrannte und ihm half.

»Sind Asa und Dinah schon da?«

»Nein.«

»Ist Zvi aufgewacht?«

»Warum? Hat die Börse heute offen?«

»Wieviel Uhr ist es?«

»Früh genug für ein paar weitere Spaziergänge.«

Ich lief schnell die Treppen hinauf. Die Wohnungstür stand offen, aus der Nachbarwohnung drang Lärm, und ein Radio spielte. Ja'eli stand in der Küche und spülte. Das Baby saß jauchzend in seinem kleinen Stühlchen und schwenkte eine Flasche mit einem großen Sauger.

»Schläft Zvi noch?«

Ja'el lächelte gelassen. »Er will nicht aufwachen, du kennst ihn ja, wie er in der Früh ist.«

»So geht das nicht, ich werde ihn aufwecken.«

Und ich stürmte ins dunkle Wohnzimmer, zog den Vorhang auf, rollte die Jalousien hoch, ging zu ihm hin und schüttelte ihn.

»Schluß jetzt, du Faulpelz, steh auf!« Unverständliche Wut packte mich. »Jetzt steh schon auf, du fauler Hund!«

Ich zog ihm mit einem Griff die Decke weg. Sein Schweißgeruch. Er fuhr erschrocken in die Höhe, verwirrt und betroffen.

»Was soll das?«

»Steh auf! Was heißt hier, was soll das? Ich reise in Kürze ab, Asa und Dinah kommen gleich, und du aalst dich hier in der Wohnung herum!«

Er versuchte die Decke wieder hinaufzuziehen, aber ich riß sie ihm wild weg. Dieses verkommene Gesicht, rein und glatt, meine Gesichtszüge als junger Mann.

»Was ist denn in dich gefahren, Vater? Bist du plötzlich wahnsinnig geworden ... Wieviel Uhr ist es?«

»Schluß damit, verstehst du nicht?! Alle sind schon längst aufgestanden ... Schluß ...«

Er setzte sich auf, hockte sich auf seine Fersen zwischen das zerwühlte Bettzeug, stützte den Kopf in seine Hände und betrachtete mich beunruhigt.

»Ich glaube, ich habe wieder von dir geträumt . . .«

»Du träumst von mir?« Ich brach in hysterisches Gelächter aus.

»Du meine Güte, los, jetzt steh auf.«

»Willst du es dir nicht anhören?«

»Nachher, nachher, zuerst stehst du auf . . .«

Ich drehte das Radio auf volle Lautstärke, und ein mächtiger Chorgesang überflutete die ganze Wohnung. Dann eilte ich zu Ja'el zurück, die dabei war, das Baby zu baden.

»Komm«, sagte ich enthusiastisch, »laß mich dir helfen.«

»Weshalb denn, Vater? Ruh dich aus, du rennst die ganze Zeit herum, und du hast doch noch einen langen Tag vor dir . . .«

»Nein, ich will mich nicht hinlegen, ich möchte die Zeit mit euch noch auskosten. Komm, gib sie mir, ich werde sie dir halten.«

Ich begann das Baby vorsichtig auszuziehen, legte ihr eine frische Windel unter. Ja'el füllte die kleine Wanne mit Wasser. Dampf stieg auf und beschlug die Spiegel ringsherum. Ich zog ihr das Hemdchen aus, löste ihre Windel, es roch durchdringend nach Stuhlgang. Ich richtete Seife und Puder her und prüfte die Wassertemperatur. Draußen waren die Stimmen von Kedmi und Gaddi zu hören, die zurückgekommen waren. Der Chorgesang schwoll an, ein Frühlingsfest in einem Kibbuz, ein Ansager verlas Bibelverse. Werden diese alten Rituale tatsächlich noch fortgesetzt? Stimmen der Nachbarn, die hereinkamen und um Milch baten, ein israelischer Morgen. Ich zog mein Hemd aus, um es nicht naß zu machen, hob den nackten, rosigen Babykörper hoch und versenkte ihn ganz langsam im Wasser, summte, schwatzte mit ihr, versuchte sie zum Lachen zu bringen. Ja'el wollte mir helfen, aber ich winkte ab. Sie beobachtete meine energischen, praktischen Bewegungen mit Erstaunen.

»Du wirst uns fehlen . . .«

»Was werde ich?«

»Du wirst uns fehlen, Vater, im Ernst, jetzt weiß ich erst . . .«

»Unsinn, ihr werdet endlich ein wenig Ruhe haben . . .«

»Nein, es wird traurig werden ohne dich morgen ...«

»Kedmi wird froh sein ...«

»Nein ... in den letzten Tagen hat er eine Beziehung zu dir bekommen ... ich fühle das ... er zeigt es nicht, und doch ...«

»Ja ja, ich weiß ... er ist ein guter Kerl ... Ich habe mich auch irgendwie an ihn gewöhnt ...«

»Er ist wirklich kein schlechter Kerl ... man merkt es bloß nicht so richtig ... wie er redet ...« Sie wurde rot.

Ich lächelte und schwieg. Rakefet fing an, mit ihren Händen fröhlich im Wasser herumzuplantschen. Ihre zarte, unschuldige Scham. Plötzlich fielen mir Gaddis Worte über ihre Ähnlichkeit mit Naomi wieder ein, und ich umfaßte die kleine Gestalt kräftig, damit sie mir nicht aus den Händen rutschte. Zvi kam angezogen herein, wusch sich das Gesicht und rasierte sich, drängelte sich zwischen uns durch und schaute mir staunend zu. Das Baby schloß seine Augen, während ich sie auf dem Wasser schwimmen ließ.

Raum für sie alle zu haben. Ein verrückter Gedanke. Dort draußen erreicht die hinter dir vor dir Dunkelheit ihren Höhepunkt. Eine kühne Witwe die sich in dem großen Bett in eine Tote verwandelte. Leidenschaften ohne Ende. Nur noch ein paar Stunden bis du aus ihrer Mitte verschwindest und vielleicht tut es ihnen wirklich leid. Die Sehnsucht nach dir wird bleiben. Aber wirst du ihnen wirklich fehlen?

»Das genügt, Vater.«

»Noch einen Moment, du siehst doch, wie es ihr gefällt ...«

Der Chor im Radio, starke Sopranstimmen in einem israelischen Oratorium. Kedmi drängte sich herein, und auch er schaute vergnügt zu, wie ich das Baby im Wasser schwimmen ließ, während er sich die Hände wusch.

»Du wirst uns fehlen, Großvater. Was werden wir morgen ohne dich anfangen?«

»Ich habe es ihm gerade schon gesagt ...«

Er ging wieder hinaus, machte das Licht aus und ließ uns im feuchten, mit Dampf vollgesogenen Halbdunkel zurück. Ja'el breitete ein großes rotes Handtuch aus.

»Das reicht jetzt, Vater.«

Ich fischte die Kleine aus dem Wasser und gab sie ihr, und sie wickelte sie rasch ein. Es klingelte an der Tür, Leute kamen herein, Gaddi klopfte an die Badetür.

»Sie sind da, aus Jerusalem.«

Tiefe Rührung ergriff mich, die beiden wiederzusehen. Ich rannte halbnackt aus dem Bad, mit tropfenden Händen. Sie standen wie ängstliche Fremde im Lichtquadrat der offenen Eingangstür. Sie sah sehr verändert aus, trug ein schwarzes, langärmeliges Kleid mit einer Art Nonnenkragen, irgendwie altmodisch und religiös, hatte eine schwarze Lacktasche in einer Hand, einen Blumenstrauß in der anderen, hochaufgerichtet auf ihren hochhackigen schwarzen Schuhen, als ob sie in Trauer wäre. Ihr Haar war in jungenhafter Manier kurzgeschnitten, eine blasse, schwarze Kerze, als ob sie erwachsener geworden wäre, seitdem ich sie zum letzten Mal gesehen hatte. Sie unterhielt sich mit Kedmi und warf mir einen besorgten Blick zu, als sie mich sah. Die Schönheit ihres so außergewöhnlich modellierten Gesichts mit seinen hervorstehenden Backenknochen und den großen klaren Augen hatte sich verändert, war tiefer und verinnerlichter geworden. Sie senkte den Kopf, als ob sie Angst davor hätte, mich wiederzusehen. Asa bemerkte mich gar nicht, wurde unwiderstehlich vom Bücherschrank angezogen, wo er neben Zvis ungemachtem Bett stehenblieb. Ich eilte ihnen nach, mein Herz klopfte völlig grundlos, von neuem von ihrer Schönheit betroffen, wie damals auf der Straße in Jerusalem neben dem Taxi.

Ich streckte ihnen beide Hände entgegen. »Kinder, wie schön, daß ihr gekommen seid. Wir sind gerade dabei, Rakefet zu baden, ich bin ganz naß . . .«

Kedmi stand groß und breit in der Mitte des Zimmers und zwinkerte ihnen zu.

»Er macht sein Praktikum bei uns.«

Sie lächelten verlegen.

»Setzt euch, setzt euch doch. Das Chaos, das ihr hier seht, ist echte Kaminkaart.«

Er setzte sich als erster in den großen Lehnstuhl.

Die zwei betrachteten mich schweigend, meilenweit voneinander entfernt, und ich, anstatt in mein Zimmer zu gehen, ging auf sie zu, halbnackt wie ich war, und umarmte und küßte Asa, der zurückwich.

»Keine Angst, das ist bloß Wasser. Danke, daß ihr gekommen seid« murmelte ich, wieder gerührt. Er antwortete nicht. Ich wandte mich ihr zu, wollte sie auch umarmen, aber sie wich ebenfalls vor meiner Nacktheit zurück. Ich lächelte, beugte mich über die Blumen in ihrer Hand, um daran zu riechen, aber sie hielt sie ganz fest und drückte mir nur flüchtig, ziemlich kühl die Hand.

»Wie geht es dir, Jehudah?« fragte sie.

»Du siehst ja ... mein letzter Tag ... wie habt ihr euren Seder verbracht?«

Asa warf uns von der Seite einen scharfen Blick zu und murmelte zwischen den Zähnen: »Ganz wie es sich gehört ...«

Aber sie gönnte ihm keinen Blick.

»Und wie geht es deinen Eltern?«

»Gut ...«

»Ich muß mich noch von ihnen verabschieden, daß ich es ja nicht vergesse. Vielleicht sollte ich sie jetzt gleich anrufen ...«

»Sie würden sich sehr freuen ... aber nicht jetzt ... am Abend ... sie gehen an religiösen Feiertagen nicht ans Telefon ...«

»Natürlich ... natürlich ... heute abend dann, daß ich es bloß nicht vergesse ...«

Ich legte ihr plötzlich den Arm um die schmalen Schultern.

Ja'el kam aus dem Bad, mit dem Baby auf den Armen, das glänzend geschrubbt und gekämmt war, verpackt in ihre weißen Windeln. Mit einem bewundernden Ausruf drehte sich Dinah zu ihr um, reichte ihr die Blumen und nahm ihr mit anmutiger Bewegung Rakefet ab. Zvi kam ins Zimmer, frisch rasiert, gekämmt, im Feiertagsaufzug, machte eine leichte Verbeugung vor Dinah.

»Wann seid ihr denn von Jerusalem weggefahren? Noch in der Nacht?«

Er ging zu Asa und umarmte ihn »mein kleiner, bedeutender Bruder.« Er schreckte auch vor ihm zurück, während er zu Ja'el hinüberschaute. Er näherte sich ihr schüchtern, umfaßte sie warm und küßte sie sogar, hing sich an sie wie an eine Mutter.

Ich fühlte einen Stich in meinem Herzen. Auf einmal waren wir alle verlegen und gerührt, nur Kedmi, in seinem Sessel versunken, knurrte vor sich hin.

»Russen, Bolschewiken, knutscht euch nur ab, nachher steckt ihr euch das Messer rein und geht Tee trinken.«

Ich erstarrte vor sprachlosem Entsetzen. Trotz allem also eine solche Ungeheuerlichkeit. Wie konnte er nur so reden? Aber die anderen hatten es anscheinend nicht gehört. Ich war verstört. Durchs Fenster strich ein kühler Luftzug, der mich erschauern ließ. Ich eilte in mein Zimmer und zog ein zusammengelegtes weißes Hemd aus der Reisetasche. Die Uhr geriet mir zwischen die Finger. Sie zeigte acht, war stehengeblieben. Ich zögerte einen Moment und legte sie dann in die Tasche zurück. Ich holte wieder meinen Paß und das Ticket heraus, überprüfte sie und fand die Vollmacht für Asa, die ich zusammenfaltete und von einer Hosentasche in die andere schob. Mir war schwindlig. Wie konnte ich Raum finden für sie alle?

Die Linie die zwischen ihnen allen verläuft plötzlich stehen mir fast die Tränen in den Augen mein Schatten taucht unter dem Bett auf und ich stoße meine Tasche drunter räume ringsherum ein bißchen auf. Noch ein paar Stunden. Bleib stark. Sie wollten dich glücklich machen sind extra wegen dir gekommen. Du hast Macht über sie. Und trotzdem hast du dich vor der Schande gefürchtet. Jetzt verstehen sie daß du ihnen verlorengehst. Ja warum auch nicht? Sie ahnen es nicht. Der Gedanke daran wird ihnen das Herz zerreißen. Sie liegt da eine nackte glatte jüdische Witwe. Frigide Tollheit. Und du namenlos küßt jede Zelle. Schreckliche sanfte Leidenschaft aber wer hätte gedacht daß ein Kind daraus werden würde?

Gaddi kam herein.

»Mutter läßt fragen, ob du Tee willst.«

»Natürlich, mein Liebling, komm mal her ...«

Und ich drückte den dicken, schweren Körper an mich.

»Geh und zeig Asa deine Raupen und Puppen. Als er so alt war wie du, hat er auch solche Experimente angestellt.«

Ich wischte mir die Tränen ab, zog mir das Hemd an, band

eine Krawatte um, kämmte mich und ging zu ihnen hinaus. Ja'el und Dinah waren mit dem Baby im Kinderzimmer verschwunden, Zvi räumte sein Bett auf, während Kedmi ihm sagte wie. Asa stand allein auf dem Balkon, rauchte und betrachtete die Landschaft, brütete verbohrt. Wie er dagestanden hatte in dem kleinen Büchereipavillon und kaltblütig auf sich einschlug. Der Flug der Scheidungsurkunde. Was ist los mit ihm? Zerrissen, gebrochen von ihrer Schönheit. Gaddi näherte sich ihm mit einer Schuhschachtel und zeigte ihm die weißen Kokons. Asa nickte geistesabwesend, schaute zu mir hinüber. Ich ging zu ihm hin.

»Nun, wir haben nicht viel voneinander gesehen, ein ziemlich kurzer Besuch.«

»Wie war es?«

»Was?«

»Dort.«

»Alles in Ordnung. Ich habe es dir schon am Telefon gesagt. Die Zeremonie an sich war sehr kurz.«

»Hauptsache, es ist vorbei.«

»Ja.«

»Und Mutter?«

»Was Mutter?«

»War sie in Ordnung?«

»Inwiefern? Doch . . .«

»War sie ruhig?«

»Ja, warum nicht?«

»Ja'el hat erzählt, daß dort irgendein Rabbiner war, der versuchte, Ärger zu machen.«

»Das war nicht so schlimm . . . so ein junger fanatischer Rabbi . . . aber Rabbi Maschasch ist mit ihm fertig geworden . . .«

»Und sie will wirklich dort raus . . . stimmt das? Wird man sie entlassen?«

In seine nüchterne Stimme schlich sich ein besorgter Ton ein.

»Ich weiß nicht . . . vielleicht . . . der Arzt hat gesagt, es gäbe keinen Grund, warum sie nicht . . .«

»Aber wohin denn?« unterbrach er mich unwillig.

»Ich weiß es nicht, Asa, wo immer sie hin will . . . sie gehört euch, nicht mir . . .«

»Hat sie dir nichts angedeutet?«

»Nein ... aber ich habe sie auch nicht danach gefragt ...«

»Sie hat nichts von Jerusalem gesagt?«

»Jerusalem?«

»Ach, nicht so wichtig ...«

Er haßte sie wirklich.

»Weißt du, ich muß dir noch eine Vollmacht geben, damit du meinen Anteil an der Wohnung auf ihren Namen übertragen lassen kannst.«

»Aber warum ausgerechnet mir? Warum gibst du sie nicht Kedmi oder Zvi ...«

»Nein, gerade dir, weil ich es so will ... Zvi ist fähig, Blödsinn zu machen, du weißt, wie er in Geldangelegenheiten ist ... und Kedmi geht es nichts an. Ich will, daß du es machst, das wird dich nicht viel Zeit kosten.«

Er musterte mich schweigend.

»Und was gibt's sonst, was ist los, wie geht es deiner Vera Zasulitsch?«

Er errötete plötzlich heftig, betroffen auffahrend.

»Wieso Vera Zasulitsch ... was meinst du damit?«

»Nichts ... bloß so ... deine Schüler ... ich erinnere mich noch an die paar Minuten, die ich von deiner Stunde gehört habe ... ich bin ganz begeistert über die Art und Weise, wie du vorträgst ... von deinen Ideen ... wirklich ... ich war sehr bewegt ... vergiß nicht, mir deinen Artikel über die Geschichte zu schicken, diesmal verspreche ich zu antworten ... es tut mir so leid, daß ich damals nicht reagiert habe ... es bedrückt mich richtig ...«

»Schon gut.«

Zvi kam mit Dinah ins Zimmer herein, unterhielt sich angeregt mit ihr. Kedmi lümmelte immer noch in provozierender Haltung in seinem Sessel, eine Zeitung in der Hand, und beobachtete uns, seine kleinen Augen schweiften mit spöttischem Lächeln herum, bereit, jeden Moment loszuschlagen.

Ja'el servierte den Tee. Das Licht war ein wenig schwächer geworden, und die Luft war nicht mehr so warm, ein zarter Schleier bedeckte die Sonne. Der Tag hatte seinen Höhepunkt erreicht, und plötzlich erlahmte seine Kraft, der Frühling war noch schwach. Draußen lagen die bewaldeten Hänge, die weißen Häuser, gedämpfter Autolärm drang herein. Ja'el stellte die Gläser hin, ihr schweres Gesicht leuchtete. Dinah half ihr mit stiller Anmut. Ich lächelte ihr zu, versuchte eine Unterhaltung mit ihr anzufangen, aber sie entzog sich mir, blieb reserviert. Gaddi brachte ein Tablett voll heißem Pitah. Asa fragte Kedmi etwas bezüglich der Aussicht, und dieser gab ihm die gewünschte Auskunft. Zvi begann Witze zu machen. Meine Augen wanderten über meine Kinder, die hier vollzählig an meiner Seite versammelt waren, glitten weiter zum Fenster, folgten der Bucht bis zum Ende zu den weißen Felsen von Rosch ha-Nikrah, die sich plötzlich ganz deutlich in der Ferne abzeichneten.

Heimat wirst du je eine Heimat sein. Dort draußen der Horizont meines Ausbruchs. Meine Ohren nehmen nur ein schwaches Raunen wahr schreckliche Müdigkeit sie trinken Tee beißen in die warmen Pitahs. Schwaches Lichtgeriesel. Mit halbem Ohr höre ich Zvi etwas von seiner Therapie erzählen. Seine überkluge schillernde Sprache. Habe ich sie auch enttäuscht? Sie sind nicht länger meine Richter. Das ist eine Tatsache. Ich ihr seltsamer enteigneter Vater. Kedmi beginnt auf die Politik überzugehen. Asas Gesicht leuchtet auf. Einen Moment lang prallt sein Denken vor Kedmis Zynismus zurück aber dann greift er an fällt ihm in die Flanke. Spekulationen Beispiele die er von den verschiedensten Orten aus den verschiedensten Epochen bringt in ausgedehntem Kontext. Eine präzise und reiche Sprache wenigstens das habe ich ihnen mitgegeben. Sprache. Ausdrucksfähigkeit. Zvi in einem Lichtkegel wärmt sich in der Sonne hält sein Teeglas zwischen Daumen und Zeigefinger genau wie ich wirft sein hübsches Gesicht mit der bestechenden inneren Leere seines Lachens in die Runde. Es klingelt an der Tür.

Gaddi rannte, um aufzumachen, kam zurück und ging zu Zvi.
»Da ist jemand für dich.«
Zvi seufzte, machte keine Anstalten aufzustehen, schloß verzweifelt seine Augen.
»Was soll man da machen? Sag ihm, er soll hereinkommen.«
Calderon trat zögernd und verlegen mit gesenktem Kopf ein.

Ich stand schnell auf, um ihn unter meinen Schutz zu nehmen, hatte Angst, daß Kedmi ihn verletzen würde, wollte ihn den Anwesenden vorstellen, aber er schien schon alle zu kennen, eilte herum, um alle Hände zu drücken, nannte jeden bei seinem Namen.

»Ich weiß, ich weiß«, murmelte er. »Frau Kaminka, sehr angenehm, sind Sie also aus Jerusalem eingetroffen . . . Doktor Kaminka . . . Frau Kedmi, Herr Rechtsanwalt Kedmi . . .«

Er strich Gaddi über den Kopf, zog aus seiner Tasche eine Tafel Schokolade heraus und gab sie ihm. »Sehr angenehm allerseits.« Seine Augen vermieden es ängstlich, in Zvis Richtung zu schauen. »Es sind alle hier, fehlt nur noch Rakefet. Wo ist sie?«

»Sie ist im Bett . . .« sagte Ja'el lächelnd.

»Nun, ist es Ihnen gelungen zu beten?« fragte ich ihn leise.

»Ja, danke. Ein bißchen vom Mussaf.«

Er zog ein Päckchen Zigaretten heraus, reichte sie herum, warf einen verstohlenen Blick auf Zvi.

»Trinken Sie Tee oder Kaffee?«

»Nein, danke, gar nichts. Ich bin nur für ein paar Minuten gekommen. Das Wetter schlägt um . . . Wann genau geht Ihr Flug?«

Ja'el ging zu Kedmi hinüber und flüsterte ihm etwas zu, aber er blieb in seinem Sessel ausgestreckt, schaute sich nur genüßlich um.

»Was muß besorgt werden? Es ist doch alles da . . .« antwortete er ihr unwillig.

Aber Ja'el griff nach seiner Hand und versuchte, ihn aus seinem Sessel zu ziehen.

»Willst du, daß ich dir helfe, Ja'eli? Laß doch mich kochen, du kannst dich bei Asa und Dinah erkundigen, ich kann das.« Auch Dinah bot ihre Hilfe an. Aber Ja'el zerrte an Kedmi »Steh auf, nur einen Augenblick, los.« Doch er blieb an seinem Platz kleben.

»Macht doch nichts, Ja'el«, sagte Asa »wir werden essen, was da ist. Wir haben sowieso keinen Hunger.«

Calderon sprang auf.

»Vielleicht könnte ich Sie alle zum Mittagessen einladen, auf meine Kosten selbstverständlich. Es gibt ein sehr nettes, ein Gartenrestaurant, direkt am Karmel.« Ja'el lehnte ab.

»Aber nein, das ist nicht nötig, danke, wir werden alle hier essen.«

Doch Kedmi griff die Idee auf. »Vielleicht sollten wir wirklich zum Essen ausgehen, warum denn nicht?«

»Aber auf meine Rechnung«, beharrte Calderon eifrig. »Es wird mir ein Vergnügen sein, Sie einzuladen. Ein Abschiedsessen für Herrn Kaminka . . . unter der Bedingung, versteht sich, daß alles auf meine Rechnung geht . . .«

»Das ist nicht das Problem«, lächelte Ja'el. »Ich habe nur schon alles vorbereitet . . . und Sie sind auch eingeladen . . .« Und wieder versuchte sie Kedmi aus seinem Sessel zu zerren. Aber Calderon war von seiner Idee begeistert und wandte sich an Zvi, um ihn zu überzeugen. Der grinste aus seiner Ecke zu Ja'el hinüber.

»Mir macht es nichts aus wegzugehen . . . wie ihr wollt . . . das Restaurant ist bestimmt gut, darauf könnt ihr euch verlassen, an Geld fehlt es ihm nicht . . .«

»Sehr seriös, mit leichtverdaulichem, geschmackvollem Essen . . . man kann im Garten essen . . . deutsche Küche . . . echt europäisch . . . wir gehen manchmal von der Bankleitung aus dorthin . . .« Aber Ja'el weigerte sich eigensinnig, fast wütend.

»Nein, wir werden hier essen, ich habe alles schon vorbereitet . . .«

Calderon versteifte sich noch mehr, mit fast hysterischer Entschlossenheit fuhr er fort:

»Es ist im Garten, wir würden eine ruhige Ecke bekommen . . . könnten dort in aller Ruhe zusammensitzen . . . warum sollten Sie sich denn das antun . . . die letzten Stunden mit Ihrem Vater, ich bitte Sie, es geht alles auf meine Rechnung . . . es wird mir ein Vergnügen sein, Sie alle zu bewirten . . .«

Er steigerte sich in unverständliche Erregung. Seine Erwähnung des Vaters berührte uns alle peinlich. Nur Kedmi war amüsiert, allerdings auch verblüfft. Sein Mund stand offen, als ob er gleich in Lachen ausbrechen würde.

Ich erhob mich und legte einen Arm um Ja'el. Mein Schatten richtete sich auf und flutete über die Gitterstäbe des Balkons.

»Warum nicht? Vielleicht sollten wir ausgehen ...«

Dinah saß in ihrem schwarzen Kleid in der Ecke, kühl, in sich zurückgezogen und aufrecht, ihr unglaubliches Gesicht wie eine helle Flagge über allem.

Deine Kinder. Das Messer in die Morgendämmerung gerichtet. Noch ein Weniges und du wärst nicht mehr gewesen. Ob es ihnen etwas ausgemacht hätte? Dein Schrei im Morgengrauen. Und Zvi so langsam.

»Wir könnten wirklich weggehen« sagte Asa, »warum willst du denn so absolut nicht, Ja'el?«

Schließlich stand Kedmi auf. »Eine gute Idee, warum denn nicht? Wozu sollst du dich denn zwischen deinen Töpfen abrakkern? Das Essen läuft uns nicht davon, ich und Gaddi werden es morgen essen. Und du hast doch bloß noch ein paar Stunden mit deinem Vater zusammen.«

Aber Ja'el, verwirrt durch ihre eigene Dickköpfigkeit, die sie nicht gewohnt war, wandte sich wieder an Calderon.

»Wirklich vielen Dank, aber wir haben alles da. Setzen Sie sich doch zu uns.«

Er begann auf einmal richtig zu zittern.

»Ich würde Ihnen so gerne Gesellschaft leisten, aber es ist schwierig für mich, wegen ... wegen des Brots ... nicht daß ich irgendetwas dagegen sagen will ... es ist Ihr gutes Recht ... Sie haben die Freiheit ... aber ich kann einfach beim besten Willen nicht ... vielleicht gilt das auch für Frau Kaminka ... nicht daß mir etwas passieren würde, so naiv bin ich nicht ... hier, ich fasse es sogar an« und er nahm mit Fingerspitzen ein Stück Pitah von der Platte und legte es behutsam wieder zurück »gar nichts passiert mir, ich weiß, aber ...«

»Gehen wir, Ja'eli«, sagte ich. »Warum auch nicht, es wird bestimmt nett ...«

»Und die Kinder?«

»Wir nehmen sie mit ... aber sicher ...« – sprudelte Calderon, »der Platz ist für Kinder sehr geeignet ... es ist dafür vorgesehen ... ich kann das Baby nehmen ...«

Kedmi brach in lautes Lachen aus.

»Vielleicht störe ich Sie ja auch?« – Er stand todunglücklich da und schaute zu Zvi hinüber, der schwieg.

»Das fällt Ihnen jetzt ein?!« Kedmi packte ihn gutmütig und drängte ihn in eine Ecke. »Nein, nein ... das ist schon in Ordnung ... kein Grund zur Aufregung ... bei welcher Bank arbeiten Sie denn ... und wie alt sind Sie eigentlich?«

Sie werden dich heute noch glücklich machen.

Es war wirklich ein hübscher Platz, direkt am Karmel, inmitten eines Kiefernwäldchens, zu dem man über einen schmalen Pfad gelangte. Kleine graue Kieselsteine knirschten unter unseren Sohlen. In der Ferne, zwischen zwei Häusern, war ein Fleckchen Meer wie ein Taschentuchzipfel zu sehen, ein Altenheim in antiquiertem Stil, aber sehr gepflegt. Im Garten unter den Bäumen saßen einige beleibte ältere Frauen in bunt geblümten Seidenkleidern, zwei kleine alte Männer in dunklen Anzügen, die vor Gesundheit strotzten, wanderten friedlich herum und betrachteten uns mit Wohlwollen. Das mit hellem Holz getäfelte Restaurant war nicht mehr das Neueste, aber sehr sauber. Die Kellner, schwarz gekleidete Araber mit weißen Krawatten, eilten auf uns zu.

»Wo sollen wir uns hinsetzen? Draußen oder drinnen? Aber vielleicht wird es Rakefet hier zu kalt? Aber es ist eigentlich gar nicht so schlimm, setzen wir uns draußen hin ...«

Calderon lief ins Restaurant hinein, holte den Geschäftsführer, und dieser gab sofort Anweisung, einen großen Tisch herzurichten. »Sie können ja draußen sitzen, und wenn es Ihnen zu kalt wird, kommen Sie einfach herein.«

Der Himmel hatte sich bewölkt, das Blau wurde zu Grau, es wurde kühler. Aus dem Restaurant sprangen zwei große, magere, langhaarige Hunde mit ergrauten Schnauzen, wohl Zwillinge, die uns langsam umkreisten, mit schwach pendelnden Schwänzen, mit der Nase am Boden schnüffelnd, kraftlos auf den Kiespfad sinkend, als wir die Hand nach ihnen ausstreckten. Inzwischen wurden schnell Stühle herbeigetragen und eine weiße Tischdecke aufgelegt. Calderon rannte hin und her, Asa beugte sich über einen der Hunde, kraulte ihn leicht am Kopf.

»Was ist eigentlich mit Ratio, ist er zurückgekommen?« fragte ich Zvi.

»Warum nennst du ihn immer noch Ratio? Er heißt Ho-ra-ti-us. Nein, gestern waren wir dort, er ist jetzt schon seit vier Tagen verschwunden. Aber er wird schon zurückkommen. Er kommt immer zurück.«

»Du bist wirklich ein gemeiner Kerl«, wandte sich Asa direkt an Kedmi, »warum mußtest du ihn so an der Nase herumführen, was hast du denn davon gehabt?«

Kedmi war beleidigt.

»Über diesen Hund konnte man echt den Verstand verlieren ... habt ihr denn noch nicht genug Ärger?«

»Aber warum hast du ihn so weit weggelockt?«

»Ich? Was soll ich getan haben?« fragte Kedmi in aller Unschuld.

»Was kann ich denn dafür, daß er hinter meinem Auto hergerannt ist? Ich habe schon genug damit zu tun, mich darum zu kümmern, was vor dem Auto herumläuft ...«

»Es ist hübsch hier, nicht wahr?« drängte sich Calderon dazwischen. »Das müssen Sie doch auch zugeben, Frau Kedmi?«

»Sehr hübsch«, räumte Ja'el mit traurigem Lächeln ein.

»Vater ans Kopfende ... Vater ans Kopfende ...«, rief Calderon und setzte mich als ersten hin. »Sie bestimmen alle anderen Plätze ...«

»Kommt, setzt euch neben mich, Kinder«, sagte ich zu Dinah und Ja'el. »Komm, Gaddi, setz dich auch her ...«

Zvi trieb sich im Garten herum, im Halbschatten der Bäume, bedachte die Alten mit einem arroganten Nicken, die bei seinem Anblick ihre Unterhaltung unterbrachen und uns gespannt beobachteten. Calderon eilte zu ihm, flüsterte ihm etwas zu, versuchte ihn am Arm zu nehmen, erstickte vor Liebe, aber Zvi schüttelte ihn ab, ohne ihn auch nur anzusehen. Zwei Kellner deckten schon den Tisch mit Tellern und Besteck, lächelten dem Baby zu, das an einen Extratisch neben uns gesetzt worden war, einen großen Korb Matze vor sich. Ich sah, wie sie zwischendurch immer wieder einen verstohlenen Blick auf Dinah warfen. Auch sie waren von dieser Schönheit, die ihre Blicke magnetisch anzog, überwältigt, und es war ihnen eine Ehre, sie bedienen zu dürfen. Asa ging allein herum, schaute sich um und setzte sich dann ans andere Ende des Tisches. Auch Kedmi ließ sich nieder.

Zvi kam als letzter. Er nahm sein Messer in die Hand, musterte es eingehend, prüfte es mit den Fingerspitzen und starrte mich an, immer noch stehend.

»Wenn ich daran denke, Vater, daß du in ein paar Stunden schon nicht mehr da sein wirst . . . diesmal wirst du uns wirklich fehlen . . .«

Ich lächelte mit glühenden Wangen, der Magen drehte sich mir um. Die Stimmen, der Wind, die Bewegung. Ich wandte mich zu Dinah, die schmal und jungfräulich neben mir saß, ihre parfümierte Haut hob sich weiß von ihrem geheimnisvollen schwarzen Kleid ab. Sie war immer noch merkwürdig entfernt von uns allen, beschäftigte sich nur mit dem Baby.

»Ist etwas los?« fragte ich sie und schaute zu Asa hinüber, der ganz allein am Tischende saß. Plötzlich traf es mich wie ein Blitz, sie sprachen nicht miteinander, seitdem sie gekommen waren, hatten sie kein einziges Wort miteinander gewechselt.

»Ist irgendetwas?« fragte ich nochmals.

»Nein, gar nichts«, lächelte sie.

»Das ist wirklich ein hübscher Platz hier . . . Danke, Calderon . . . ein sehr passender Ort . . .«

»Ich sagte es doch . . . habe ich es nicht gesagt . . . wirklich wie in Europa . . .«

Dinah neben mir flüsterte mir errötend und mit glänzenden Augen zu:

»Hättest du vielleicht ein bißchen Zeit für mich?«

»Sicher . . . was für eine Frage . . . wofür denn?«

»Ich möchte dir etwas vorlesen . . .«

»Was? Ach so . . . hast du etwas geschrieben?«

Sie nickte.

»Sicher . . . mit dem größten Vergnügen . . . wann immer du willst.«

»Aber es ist ziemlich lang . . .«

»Das macht nichts . . . wir werden Zeit dafür finden . . .«

Ich drückte ihren Arm.

»Ich freu mich so, daß ihr gekommen seid. Dieser ganze Besuch ist wie ein schneller Traum . . . der Abend, an dem ich in Jerusalem war, erscheint mir wie aus einer anderen Zeit . . . ist alles in Ordnung bei euch beiden?«

»Ja.«

Aber sie war immer noch ganz verkrampft. Währenddessen füllte sich der Tisch mit Matzekörben, Weinflaschen, Gewürzen, Platten mit aufgeschnittenem Gemüse. Die Kellner schenkten die Gläser voll und reichten uns die Speisekarten. Kedmi schaute schnell hinein und murmelte »nicht mal so wahnsinnig teuer.«

»Ich habe es Ihnen ja gesagt, ich habe es Ihnen ja gesagt« krähte Calderon. Der Oberkellner kam an den Tisch, ein geschliffener älterer Araber von schwerer Statur, und stellte sich neben mich.

»Guten Tag, Bitteschön ... was möchten Sie bestellen? Ich vermute, es ist Großvaters Geburtstag ...«

»Falsch geraten«, schoß Kedmi dazwischen, »es ist ein Scheidungsfest ...«

Der Kellner lachte ungläubig.

»Großvater verläßt das Land. Macht Sie das glücklich? Einer weniger von uns ...«

Der Mann war verrückt, mit diesen völlig unvorhersehbaren, unmäßigen Ausfällen. Calderon war entsetzt. Ja'eli legte ihre Hand auf Kedmi's Arm, das ging zu weit. Aber der Kellner lächelte ungerührt.

»Das kann nicht Ihr Ernst sein ... warum sollte man dieses Land verlassen wollen, was ist so schlecht daran?«

»Für euch vielleicht nichts. Ihr meint ja schließlich, daß es euch gehört«, fuhr Kedmi mit unerklärlicher Giftigkeit und ungerührt fort.

Diesmal verdunkelte sich das Gesicht des Kellners, das Lächeln gefror ihm auf den Lippen.

»Genug, Kedmi, Schluß damit« zischten Zvi und Asa angewidert. Es war schlicht zum Wahnsinnigwerden mit ihm.

»Also, was möchten Sie bestellen?«

Wir berieten uns, Calderon bestand darauf, daß wir alle eine Vorspeise nehmen müßten, auch Gaddi, sogar das Baby.

»Mir zuliebe, tun Sie es mir zuliebe ...« flehte er.

»Jetzt reiß dich zusammen, Rafael« fuhr ihm Zvi ärgerlich über den Mund. Und Calderon verstummte.

Das Essen war wirklich gut, zarte Schnitzel, knusprig gebratenes Fleisch, delikat gekochtes Gemüse, klare Suppe, gehackte Leber, große, weiße Kartoffeln. Asa und Zvi unterhielten sich am Tischende, und Calderon in der Mitte sprach mit Kedmi, der heißhungrig in sich hineinschlang, während er Informationen über die Bank einholte. Der Wein war mild und trocken, Lichtflecken tanzten bisweilen darüber und verschwanden. Rakefet wippte in ihrem Stuhl, ein großes Stück Matze in einer Hand, krähte während des Essens vor sich hin. Die Hunde stolzierten über den Kies, festtäglich gekleidete alte Männer führten eine kleine alte Dame, die sich auf sie stützte, langsam vorwärts, während sie angeregt miteinander plauderten. Weitere Tische wurden für sie gedeckt, die Ober liefen hin und her, brachten den Alten kleine Schnapsgläser. Sie teilten einander gedämpft knappe Anweisungen auf Arabisch mit, bedienten uns angenehm und aufmerksam. Ja'el, wieder beruhigt, aß hungrig, Gaddi schaute umher, merkte kaum, was er aß. Ein kühler Wind fuhr durch die Zweige. Ja'el, von Dinah ununterbrochen befragt, erzählte ihr alles mögliche über Rakefet. Auf einmal tauchte zwischen Dinahs Fingern ein kleines Notizbuch auf, in das sie hastig etwas hineinschrieb. Ich berührte sie und zwinkerte ihr zu »das Notizbüchlein ist also noch da . . .«

»Immer . . .« Sie lächelte mich liebenswürdig an.

Der Wein stieg mir zu Kopf. Kedmi hatte mit dem Ober wieder Frieden geschlossen und scherzte mit ihm, versuchte sich mit ein paar Brocken Arabisch. Ich hätte zu gerne gehört, worüber sich Asa und Zvi am anderen Tischende unterhielten. Kedmi, der schon einen ganz roten Kopf hatte, lobte das Essen und lud sich den Teller voll. Calderons Augen huschten besorgt hin und her, ab und zu machte er dem Kellner ein Zeichen, während Kedmi auf einer Serviette Aktiennummern notierte, die er ihm diktierte. Asa und Zvi rauchten noch während des Essens.

»Beim Essen wird nicht geraucht, Kinder«, rief ich ihnen zu.

»Von wem haben wir das wohl gelernt?« lachte Zvi.

»Über was redet ihr, sprecht doch ein bißchen lauter, ich möchte es auch hören.«

»Über Geschichte . . .« lachte Zvi in seiner charmanten Art.

»Was ist das, Geschichte?« fragte Kedmi.

»Alles«, antwortete Zvi. »Das behauptet wenigstens Asa.«

»Was, alles?«

»Sogar unser Essen jetzt.«

»Sogar das Essen!? Das gefällt mir«, und Kedmi spießte ein Stück Fleisch auf seine Gabel und steckte es sich in den Mund.

»Hmmm ... was für ein angenehmes Stück Geschichte ...«
Was für ein vulgäres, perverses Denken.

»Aber wenn es alles ist«, fragte Calderon verwundert »was kann man dann daraus lernen?«

»Gar nichts ...« sagte Kedmi wie aus der Pistole geschossen »wir essen sie, bis wir ins Gras beißen ...«

»Nein, im Ernst«, beharrte Calderon, an Asa gewandt »ist es möglich, Dr. Kaminka, zu verstehen, was geschehen wird, vielleicht eine Lehre für die Zukunft zu ziehen und Irrtümer zu verhindern ...?«

Asa nickte ernst.

»Wirklich?«

»Man kann sie nicht verhindern, aber man kann sich gegen sie immunisieren.«

»Immunisieren???«

»Man kann die Bedeutung erfassen, den Geheimcode der Vergangenheit und daraus eine Art Serum destillieren, es der Menschheit mit Gewalt injizieren, um sie auf die kommende Katastrophe vorzubereiten: das ist die ganze Lehre der Geschichte.«

»Was für eine Katastrophe, Asa?« fragte ich verblüfft.

»Die Katastrophe, die kommen wird ... die unvermeidlich notwendige ...«

Dinah unterbrach ihre Unterhaltung mit Ja'el und drehte Asa ihren Kopf zu, als ob sie ihn zum ersten Mal sehen würde. Verlegenes Schweigen herrschte. Sie sprachen nicht miteinander, soviel war klar.

Rakefet begann zu wimmern. Calderon stand auf, um sie hochzunehmen, aber ich kam ihm zuvor und nahm sie auf den Arm.

»Kann mir jemand noch etwas Fleisch reichen, bitte ... das Essen ist ganz ausgezeichnet«, sagte Kedmi, dessen Wangen langsam eine dunkelrote Färbung annahmen. »Und du hörst jetzt gefälligst auf, uns zu erschrecken, Asa ...«

Plötzlich Erschöpfung. Es ist als ob du versinkst. Der Wein kreist durch deine Glieder. Wieviel Uhr ist es? Ich nehme Dinahs schmale Hand drehe sie leicht und schaue auf ihre Armbanduhr die Buchstaben statt Ziffern hat eine jüdische Uhr. *Alef Chet* ein Uhr fünfunddreißig. Die Dunkelheit vor dir hinter dir dort draußen wird von einem violetten Lichtstreifen gespalten. Schnee auf den Straßen hartnäckiger eisiger Schnee fest gegen die schnellen Schneepflüge gedrückt. Eine Scheidungsfeier. Wie kann er es wagen. Nimmt sich Freiheiten heraus. Mutter warum? Ihre Worte. Mit was habe ich sie enttäuscht? Ich habe mich gefürchtet ich hatte immer Angst vor ihr sogar in den ersten Jahren wenn wir zusammen schliefen. Und plötzlich auch noch doppelt. Der Geist ist schwach mag sein. Habe ich zuviel versprochen? Liegt hier meine Schuld? Plötzlich wiegt das Denken so schwer wundersame Last. Wieviele Dinge sich alle auf einmal ereignen. Dort draußen bricht die Dämmerung durch. Sanfte deutsche Töne unter den Bäumen. Sie sitzt auf der Stufe sie geht herum sie liest ein Buch bereitet sich vielleicht schon darauf vor morgen entlassen zu werden. Der Hund in irgendeiner der Straßen vielleicht schon überfahren. Eine schwache Erektion. Der Flug der Scheidungsurkunde durch die Luft. Conny nackt in der Luft hängend. Eine jüdische Speise. Du gibst mir Wirklichkeit nicht nur ideale Werte. Der Oberkellner hinter mir füllt mein Glas nach ich lächle ihm zu. Er schaut mich freundlich an. Für einen Moment der Wunsch das Hemd zu öffnen und ihm meine Narbe zu zeigen. Zvi flüstert Asa jetzt etwas zu Kedmi beugt sich mit rotglänzendem Gesicht nach vorn um es auch zu hören. Gaddi ißt und ißt das ist unmöglich jemand muß ihn stoppen. Ja'el und Dinah wispern miteinander. Nur Calderon allein wendet mir sein ausgelaugtes Gesicht zu will etwas sagen will etwas hören.

Plötzlich fiel mir die nächtliche Begegnung mit ihm ein.

»Und die Maus? Was ist eigentlich aus der Maus geworden?«

»Ich gab sie schließlich erwischt. Ich habe eine Falle mitgebracht und sie gefangen. Am Morgen hörten wir sie zuschnappen.«

»Und was haben Sie mit ihr gemacht?«

»Ich gab sie der Stadtverwaltung.«

»Der Stadtverwaltung?«

»Ich legte sie in der Früh neben das Eingangstor der Tel-Aviver Stadtverwaltung, damit sie die Entscheidung fällen würden, was weiterhin mit ihr geschehen sollte.«

»Ha, ha, ausgezeichnet!«

»Aber ich fürchte, das ist nicht die letzte Maus, die dort herumrennt, ich habe noch eine gehört . . .«

»Was für eine Maus?« fragte Gaddi.

»Herr Calderon hat in der Küche eine Maus entdeckt und sie gefangen.«

»Wo denn?«

»In der Wohnung deiner Großeltern in Tel-Aviv . . .« sagte Calderon.

»Meiner nicht mehr. Ich habe darauf verzichtet.«

»Ja, ich habe schon gehört . . .« beeilte sich Calderon zu sagen »ein überraschender Entschluß . . . dramatisch . . .«

»Dramatisch«, ich lächelte ihm zu »das ist das richtige Wort.«

»So mit einem Schlag auf fünf Millionen zu verzichten . . .«

»Fünf Millionen? Nein, jetzt übertreiben Sie aber, Calderon.«

»Aber es sind wirklich fünf Millionen.«

»Die ganze Wohnung ist insgesamt vielleicht ihre drei bis vier Millionen wert.«

»Nein, da täuschen Sie sich«, erhitzte sich Calderon »das Haus ist alt, aber es ist eine ausgezeichnete Wohnlage. Im innersten Stadtkern, in der vielversprechendsten Gegend von Tel-Aviv.«

»Sie übertreiben wirklich . . .«

»Überhaupt nicht . . . Tatsache ist, daß Zvi schon einen Käufer hat, der bereit wäre, ihm für die Wohnung neun Millionen zu zahlen, und das ist noch nicht das letzte Wort . . .«

»Was?« ich fiel aus allen Wolken. »Er will sie verkaufen?«

Ein Haufen Geld und mit solcher Leichtigkeit. Ich schaute zu Zvi hinüber, der es sich in seinem Stuhl bequem gemacht hatte und Asa etwas erzählte, der leichte Anflug von Lächeln auf seinem Gesicht, sein zarter Hals, seine einnehmenden Bewegungen. Calderon folgte ihm hingebungsvoll mit seinen Blicken. Er wird noch irgendetwas aushecken und uns alle übers Ohr hauen.

Aber ich verließ das alles. Dort draußen, über der Ebene der gefrorenen Seen, loderte nun gleißendes Morgenlicht auf. Die Laster mit ihren roten Lämpchen fingen an über die Autobahnen zu stampfen wie riesige, fliegende Weihnachtsbäume. Plötzlich verdüsterte sich der Himmel, eine kleine schwarze Wolke verdeckte die Sonne. Alle hoben ihre Köpfe. Die Alten stießen Freudenrufe in Deutsch aus, sie fühlten sich wohl an Europa erinnert. Und ich war ohne alles, man hatte mir alles genommen, für was ich je gelebt hatte. Nur einen verfügbaren, geschiedenen Namen hatte ich noch. Wieder von vorne anfangen. Rakefet fuhr auf meinem Schoß zusammen und begann im Schlaf zu schreien. Ja'el stand auf, um sie zu nehmen, ich versuchte sie zu wiegen, aber ihr Schreien wurde zum Brüllen. Ja'el gab ihr die Flasche, aber sie stieß sie weg. Dinah erhob sich, nahm ihr das schreiende Baby ab und begann mit ihr auf und ab zu gehen, während sie sie schaukelte. Die Alten um uns herum wurden ganz aufgeregt und erteilten gute Ratschläge, aber Rakefet schrie weiter, ein herzzerreißendes innerliches Weinen. Ja'el nahm sie wieder und löste ihr die Windel, aber sie hörte nicht auf zu weinen.

»Ja'el«, knurrte Kedmi. »Tu was.«

Aber ihr Schreien wurde immer lauter, als ob sie von allen bösen Geistern besessen wäre. Gaddi wurde ganz aufgeregt.

»Wie damals, genau wie damals, bloß war ich da allein mit ihr! Siehst du jetzt, daß sie einfach nicht aufhört! Aber damals war ich allein mit ihr!«

Sie wanderte von Hand zu Hand, man klapperte mit den Schlüsseln, sogar der Oberkellner versuchte sein Bestes, ließ aus der Küche irgendein altes Spielzeug, einen kleinen Wollhund bringen, aber Rakefet weigerte sich, ihn auch nur anzurühren, brüllte schmerzlich, bis sie ganz blau im Gesicht war. Ja'el erschrak.

»Wir müssen nach Hause fahren« rief sie Kedmi zu.

»Moment, was ist mit dem Nachtisch . . .«

Calderon stand auf, um hastig einen Nachtisch zu ordern, aber Rakefets Gebrüll war ohrenzerreißend. Ja'el, in Panik, begann Kedmi anzuschreien. Wir erhoben uns alle.

»Es ist bestimmt nichts Schlimmes . . . sie wird bestimmt gleich aufhören . . .« redeten wir beruhigend auf sie ein.

Ja'el blieb unerbittlich. »Wir fahren auf der Stelle nach Hause!«

Ich ging zu Zvi und Asa, die abseits standen und sich immer noch miteinander unterhielten.

»Ihr müßtet euch öfter treffen. Über was redet ihr denn die ganze Zeit?«

»Über den Zarenmord«, lachte Zvi. »Asa hat mir haarklein erzählt, wie der Zar ermordet wurde, welcher war es, hast du gesagt?«

»Alexander der Zweite . . .«

Ich lachte auch.

»Gut, wir fahren« gab Kedmi schließlich nach.

»Schade«, sagte Calderon. »Vielleicht sollte ich sie zu einer Spazierfahrt mitnehmen, meine kleinen Töchter habe ich auf die Weise auch immer zum Einschlafen gebracht.«

»Nicht nötig . . . wir werden gehen . . .«

Dinah und Ja'el bemühten sich um das Baby und sammelten alle Sachen ein.

»Wir fahren ins Krankenhaus, Vater« sagte Zvi. »Geh dich ein bißchen ausruhen, du siehst schrecklich blaß aus. Du hast noch einen langen Tag vor dir. Wir werden vielleicht dort in der Gegend den Hund suchen. Mutter wird bald rauskommen, und dann kehrt der Hund ins Krankenhaus zurück und sie ist nicht mehr dort, und gerade er hat es nicht verdient, dort alleine zurückzubleiben. Kommst du mit, Asa?«

Asa zögerte.

»Fahr zu ihr, Asa«, ermunterte ich ihn. »Sie wird sich sehr freuen, dich zu sehen.«

»Also gut.«

»Und Dinah?«

»Sie bleibt hier. Es hat keinen Sinn, daß sie mitkommt.«

»Wann kommt ihr zurück?«

»So bis um sechs, es bleibt noch genug Zeit. Das Flugzeug startet erst um Mitternacht.«

Calderon drängte sich zwischen uns.

»Nun, was habt ihr beschlossen?«

»Wir fahren ins Krankenhaus, kannst du uns hinfahren?«

»Aber sicher.«

»Deine Frau in Tel-Aviv wird noch wahnsinnig werden.«

Calderon schloß schmerzlich die Augen. Ein schwaches Lächeln glitt über seine dünnen Lippen.

»Ich habe eben für das Fest die Familie gewechselt. Na und?«

Der Kellner kam mit der Rechnung und flüsterte ihm zu.

»Wie wäre es, wenn wir die Rechnung teilten?« schlug ich vor.

»Kommt gar nicht in Frage, es ist mir ein Vergnügen.«

»Das ist wirklich so ...« grinste Zvi.

Ich schaute ihm direkt in die Augen.

»Versuchst du wirklich, die Wohnung zu verkaufen?«

Er wurde blaß und drehte sich zu Calderon um.

»Mußt du immer alles weitererzählen, was bist du doch für eine alte Klatschbase.«

»Entschuldige ... verzeih mir ... Ich dachte, dein Vater wüßte es schon ...«

»Du willst von meinen Gedanken Besitz ergreifen, es genügt dir nicht, daß ...«

»Nein ... ich ... Moment ... Zvi ...«

»Genug, du Verräter ...«

Gaddi zog an meinen Kleidern »sie warten auf dich.« Kedmi drückte auf die Hupe.

Dinah und Ja'el waren schon im Auto mit dem Baby, dessen anhaltendes Gebrüll sich hinzog. Dinah hatte kein einziges Wort zu Asa gesagt. Der Motor sprang an, ich stieg ein.

»Was ist denn, mein kleiner Liebling ... was ist denn?«

Das Auto fuhr rückwärts zum Tor hinaus. Für einen Augenblick sah ich die drei beieinander stehen: Calderon, der versuchte, vor Zvi auf die Knie zu fallen und Asa, der ihn festhielt.

»Er ist hingefallen« sagte Gaddi.

Wieviel Uhr war es?

Und ganz plötzlich, ohne jede Vorwarnung, verstummte Rakefet mit einem Mal.

»Ganz genau so war es damals auch!« Gaddi konnte sich gar nicht mehr beruhigen. Kedmi hielt an.

»Jetzt ist sie still. Sie wollte bloß nicht, daß ich einen Nachtisch bekomme. Es war gerade richtig hübsch dort, vielleicht sollten wir umkehren.«

Aber Ja'el schrie: »Herrgott nochmal, fahr heim, Kedmi.«

»Du nennst ihn Kedmi?« wunderte sich Dinah.

»Niemand nennt mich besonders gern bei meinem Vornamen, ein Israel reicht. Er ist wirklich nett, dieser Alte ... warum behandelt er ihn so schlecht ...«

»Hör auf, Kedmi, nicht jetzt.«

Aber er war in Hochstimmung, pfiff vor sich hin. Der Schatten des Autos huschte von Gehsteig zu Gehsteig. Die Straßen waren verlassen, ein stiller Feiertagsnachmittag. Das Wetter sah nach Regen aus. Rakefet gab keinen Laut von sich. Ihre blauen Augen waren weit offen und trocken, völlig bewegungslos.

»Was hat sie bloß?« ängstigte sich Ja'el.

»Gar nichts ...«

»Wieviel Uhr ist es?«

»Noch ein paar Stunden, und du wirst in die weite Welt abschwirren, Jehudah ... dir geht's gut ... und uns läßt du hier ganz allein mit Begin sitzen ...«

»Aber du hast doch für ihn gestimmt?« fragte Ja'el erstaunt.

»Na und?« Er brach in Lachen aus, ließ seine Hände übers Steuerrad tanzen.

In der Wohnung war es dämmrig geworden. Rakefet schlief, ihr Kopf hing nach hinten. Ja'el hatte sich wieder ein wenig beruhigt.

»Was wollte sie? Was hatte sie bloß?« fragte sie und brachte sie zu Bett. Auch Gaddi ging ins Kinderzimmer, legte sich auf seinen Rücken, die eine Hand auf seiner Brust. Plötzlich eine solche Trostlosigkeit ringsumher, die schmutzigen Teegläser, Zvis offene Tasche. Kedmi ging zum Kühlschrank, holte Schokolade heraus und bot uns welche an, als süßen Abschluß.

»Wir werden uns in mein Schlafzimmer setzen«, sagte ich zu Ja'el. »Dinah möchte mir etwas zeigen.«

Ja'el und Kedmi gingen in ihr Zimmer. Dinah ließ sich auf meinem Bett nieder, streifte ihre Schuhe ab und zog die Beine, goldfarben in ihren Seidenstrümpfen, hoch. Ihr schmaler Schatten war ein verschwommener Fleck an der Wand. Der Kopf drehte sich mir vom Wein. Sie zog ein dickes Bündel engbeschriebener Seiten aus ihrer Tasche und musterte mich mit glänzenden Augen.

»Du bist der erste«, sagte sie weich.

»Was heißt, der erste? Asa hat es noch nicht gelesen?«

»Nein.«

»Warum denn nicht?«

Sie zuckte mit den Achseln. Ein seltsames Mädchen. Wie eine schwarze Kerze, mit bläulicher Flamme brennend.

»Ist etwas zwischen euch?«

»Warum fragst du?«

»Ich fühle es. Es ist, als ob ihr miteinander im Kriegszustand seid. Ihr habt bis jetzt kein einziges Wort gewechselt.«

»Wir reden nicht gerade viel miteinander.«

»Warum nicht?«

»Das ist eben so.«

»Kann ich irgendwie helfen?«

»Dabei nicht.«

»Aber seit wann ist das so ... daß ihr nicht mehr miteinander redet ...«

»Seit Mittwoch.«

»Vergangener Woche?«

»Ja.«

»Aber das ist der Tag, an dem er mit mir mitgefahren ist.«

»Ja.«

»Er muß in sehr schlechter Verfassung zurückgekommen sein, es war schwer für ihn dort, er ist nicht schuld daran.«

»Ja, ich weiß. Er hat mir erzählt, daß er sich vor euren Augen selbst geschlagen hat.«

»Er hat es dir erzählt?«

»Ja, ich weiß es, aber das ist es nicht.«

»Was dann?«

»Nicht jetzt.« Sie war plötzlich ungeduldig. »Bist du bereit zuzuhören?«

»Zuzuhören?«

»Ja, ich möchte es dir vorlesen.«

»Ach so, du liest es mir vor ... gut, keine schlechte Idee. Wenn dir das lieber ist, schön. Ich setze mich hierher. Wie heißt die Geschichte?«

»Sie hat noch keinen Namen ... das ist nicht so wichtig ... aber du mußt mir versprechen, daß du mir aufrichtig deine Meinung sagst ...«

Sie holte eine Brille aus ihrer Tasche und setzte sie auf, was ihre Schönheit nur noch verstärkte. Sie begann ganz ernsthaft, mit leiser, ein wenig heiserer Stimme, langsam zu lesen, ihre Augen auf die Schrift geheftet, eine zarte Falte zeichnete sich auf ihrer weißen Stirn ab. Ihre Sprache war kompliziert, lange, verschlungene Sätze, ein eklektischer Stil. Manchmal Substantive ohne Verben. Beschreibung eines Abends in Jerusalem, durch die Augen einer Frau gesehen, einer nicht mehr ganz jungen Sekretärin, die aus dem Büro kommt, Beschreibung der Straße, sie geht in eine Bank, sie möchte ein Kind haben. Lange Schilderungen, die sich bisweilen wiederholten, aber da war ein klarer, sinnlicher Ton, ein Rhythmus, drei bis vier Takte in jedem Satz. Hinter dem Fenster wurde der Himmel zunehmend grau. In der Wohnung herrschte gemütliche Stille. Dinah kreuzte die fast streichholzdünnen Beine unter ihrem Kleid, löste sich kaum von ihrem Manuskript, las langsam und ruhig, mit präziser Betonung, hob kein einziges Mal ihre Augen, als ob sie Angst hätte, meinem Blick zu begegnen.

»Entschuldige, Dinah. Vielleicht sollten wir das Licht anmachen.«

Ich versuchte mich zu konzentrieren. Der Gedanke an die Wohnung in Tel-Aviv quälte mich. Wenn Zvi sie verkaufen würde, wäre auch sie ohne ein Zuhause, und dann würden sie wieder nach mir rufen. Tiefe Stille ringsumher. Plötzlich war neben mir hinter der Wand ein heiseres Stöhnen zu hören ... war das Kedmi? Ich hielt den Atem an. Sie schliefen miteinander ... Sein Flüstern drang an mein Ohr. »Was machst du nur mit mir?« Zweifellos ... und die Leidenschaftliche war, wie es schien, Ja'el ... so hatten sie wenigstens das gemeinsam. Ich erhob mich unbehaglich von meinem Stuhl und stellte mich ans Fenster. Dinah hob den Kopf, ärgerlich über die Störung, in ihrer Stimme zitterte ein leichter Vorwurf.

»Hörst du noch zu? Soll ich weiterlesen?«

»Natürlich ...«

Sie fuhr fort. Diese Frau, diese Büroangestellte, die keinen Namen hatte, eine ca. Dreißigjährige, war einmal für kurze Zeit verheiratet gewesen und hatte sich von ihrem Mann wieder scheiden lassen. Jetzt plante sie, ein Baby zu kidnappen. Sie fuhr mit dem Bus in eines der neuen Jerusalemer Viertel, um sich eines zu suchen. Die Beschreibung der Gegend ähnelte ziemlich der Nachbarschaft, in der die beiden wohnten. Die Sekretärin begann einer Frau nachzugehen, die einen Kinderwagen schob und betrat hinter ihr einen Supermarkt. Die Schilderung wurde langsamer und ausführlicher.

Auf der anderen Seite der Wand schwollen die Geräusche an. Kedmi grunzte. Ich dachte, wie treffend es war, daß er ausgerechnet grunzte, wenn er kam. Und Ja'el, hatten wir es nicht immer gewußt, daß sie hinter all ihrer Passivität und Sanftheit einen harten, dunklen, leidenschaftlichen Kern verbarg. Und sie hatte nicht einmal die Schule geschafft. Das Gekeuche schwoll zu einem fast komischen Crescendo an. Eine verrückte Situation. Ich hatte Angst, daß Dinah es hören würde und ging leise auf die andere Seite hinüber, lehnte mich mit meinem ganzen Körper an die Wand, um die Geräusche zu dämpfen.

Aber sie war zu versunken in ihre seltsame Geschichte, um irgendetwas zu hören. Die Worte strömten weiter in ruhigem Fluß. Beschreibungen der Läden, der Waren, ausführliche Einkaufslisten. Es war etwas Unentwickeltes, Verhaltenes, Junges in der Art und Weise, wie sie Gefühle beschrieb, doch sie hatte ganz entschieden Talent. Die Begabung mit Sprache umzugehen, die Fähigkeit, eine Handlung langsam zu entwickeln. Aber um was drehte sich diese Phantasie? Worauf wollte sie in Wirklichkeit hinaus?

Hinter der Wand war das leise Schluchzen Ja'els zu hören und Kedmis teuflisches Lachen. Dinah nahm ihre Brille ab und hob beunruhigt den Kopf. Ich fühlte, daß ich rot wurde. Sie musterte mich ernst, verwundert darüber, daß ich mit dem Rücken an die Wand gepreßt stand.

»Ist etwas?«

»Nein . . .«

»Hörst du noch zu?«

»Natürlich höre ich zu.«

Aber meine Gedanken schweiften ab. Erhoffe nichts von mir, sagte ich zu ihr, ich bin kein Ersatz für den Mann, an den du nicht glaubst und nie glauben wirst. Und ich kann die zweite Frau nicht mehr lieben als die erste. Verlorene Zeit. Und du hast verzichtet, als ob du schuldig wärst. Du hast die Schande gefürchtet. Die Schande. Die Tränen stiegen mir im Hals hoch.

Die Frau passierte mit zwei Milchtüten schnell die Kasse und ging zur Taschenaufbewahrung, wo neben der Theke der Kinderwagen mit dem Baby stand. Mit einem Ruck hob sie es hoch, ging hastig mit ihm hinaus, rannte zur Haltestelle und stieg in den ersten Bus. Beschreibung des Himmels. Der Körperkontakt mit dem Baby, das ein wenig zu wimmern beginnt. Sie fuhr ins Zentrum, wechselte den Bus und ging schnell zu ihrer Wohnung. Eindringliche Schilderung eines Treppenhauses mit Eimer und Besen. Sie legte das Baby auf ihr Bett. Direktere und schnellere Beschreibungen, der Rhythmus zog an. Aber was für eine seltsame Idee!

Ich setzte mich wieder in den Sessel. Auf dem Boden vor mir lag ein kleiner Wattebausch, den ich geistesabwesend aufhob und zwischen meinen Fingern zu zerreiben begann. Ich war bewegt, was für eine merkwürdige Geschichte. Dinah las immer weiter, das Blau ihrer Augen vertiefte sich, ihre zarte Brust hob und senkte sich mit ihren Atemzügen, ihre Wangen waren leicht gerötet, ihre Stimme wurde kräftiger und intensiver. Die Schilderung der Nacht, die die Frau in ihrer Wohnung, eingeschlossen mit dem weinenden, gestohlenen Baby verbringt. Plötzlich klopft es an ihrer Tür, ihr Vater ist zu einem unerwarteten Besuch eingetroffen, er ist ein lästiger Alter mit Hut, ein Bohemien. Es versetzte mir einen Schock, als ich erkannte, daß sie ein paar Details von mir geborgt hatte, um die Gestalt zu formen. Die Frau versteckte das Baby im Bad, drehte das Radio auf volle Lautstärke, und schließlich wurde sie den alten Mann wieder los.

Meine Finger waren mit einer Art Schleim bedeckt. Ich starrte sie an. Die Watte sonderte eine klebrige lebendige Materie ab, die vielleicht ein zerquetschter Schmetterling oder eine Raupe war. Ich schauderte. Einer von Gaddis Kokons mußte auf den Boden gefallen sein, und ich hatte ihn nun zwischen meinen Fingern zermalmt. Ich rannte zum Papierkorb, um das Zeug hineinzuwerfen, säuberte meine Finger mit einem Stück Papier.

Aber Dinah bemerkte es nicht einmal. Sie fuhr hartnäckig mit

Lesen fort, die Geschichte ging weiter. Die Tage vergingen, und die Frau war an ihre kleine Wohnung gefesselt, hatte Angst, aus dem Haus zu gehen. Nur in der Nacht stahl sie sich hinaus, um etwas zum Essen zu besorgen. Die Zeit verstrich, aber niemand kam, um einen Anspruch auf das Kind zu erheben. Langsam kam ihr der Verdacht, daß es vielleicht etwas zurückgeblieben sei. Eine Art merkwürdig verworrenes Ende, vielleicht symbolisch. Ein Ende ohne Schluß.

Draußen war es fast dunkel geworden, der Tag hatte sich völlig verwandelt. Das Manuskript raschelte in Dinahs Händen, als sie es wieder zusammenbündelte. Sie schaute mich immer noch nicht an. Schließlich nahm sie die Brille ab und streckte sich mit glühendem Gesicht.

»Es war langweilig für dich . . .« stellte sie fest.

»Nein, ganz und gar nicht.«

»Dann sag was.«

Verwirrt begann ich meine Eindrücke wiederzugeben, die Geschichte zu analysieren, wie ein Schüler, der vor seinem Lehrer steht, sagte ihr, was ich davon hielt. Sie hörte gespannt zu, las mir jedes Wort von den Lippen ab, ganz still, ihre Finger spielten mit dem Deckenende. Ich versuchte aufrichtig zu sein, war aber gleichzeitig auch vorsichtig mit meinen Worten. »Ich bin verblüfft, wirklich bewegt, es steckt viel Kraft dahinter, ich müßte es nochmals lesen, das Ende ist noch unklar, keine wirkliche Auflösung, es muß noch verdeutlicht werden, die Phantasie ist vielleicht noch ein wenig kindlich, aber sehr komplex, ja, es gibt Wiederholungen, aber auch unvergeßliche Schilderungen, wie der Eimer und der Besen am Treppenhauseingang, aber es liegt auch irgendetwas Beängstigendes darin, dieser Augenblick, als sie das Baby ins Bad bringt, als ihr Vater kommt, einen Moment lang hatte ich wirklich Angst vor der Frau, davor, was sie zu tun imstande sein könnte . . .«

Sie hob ihren Kopf mit gespanntem Interesse.

»Du hast dich vor ihr gefürchtet? Komisch . . .«

»Ja, für einen Augenblick hatte ich wirklich Angst, sie würde das Baby vielleicht umbringen . . .«

»Es umbringen?« Sie schien belustigt. »Aber hat sie dir kein einziges Mal im Lauf der Geschichte leid getan?«

»Nein, kein Mitleid . . . es war ein anderes Gefühl . . . ich muß noch darüber nachdenken . . .«

Sie stand plötzlich auf, strahlte ganz glücklich und zufrieden, umarmte und küßte mich, schmiegte sich an mich.

»Und ich habe mich so schrecklich davor gefürchtet, was du sagen würdest . . .«

»Vor mir gefürchtet? Aber Kind, warum denn?«

»Du wirst uns sehr fehlen . . . Zvi hat recht . . .«

Ich strich verwirrt über ihren schmalen, gestutzten Kopf. Ja, der Abschied würde schwerer sein, als ich dachte. Ihr habt mich heute glücklich gemacht.

»Der einzige, dem es nichts ausmacht, ist Asa . . .«

»O nein, das ist nicht so, aber er würde es nie zugeben. Dazu ist er zu stolz . . .«

Plötzlich ließ sie mich los, lief zu ihrer Tasche, holte das Notizbuch heraus, blätterte darin und schrieb etwas hinein. So kindlich. Ich betrachtete meine klebrigen Finger, an denen eine Art Flügel klebte. Ich ging ins Bad, um mir die Hände zu waschen. Noch ein paar Stunden. Und ich hatte einfach verzichtet. Sie konnte morgen schon entlassen werden, vielleicht würde sie wieder heiraten. Der Gedanke, der Gedanke daran, woher kommt er nur? Alles beginnt zu wanken. Ich wusch mir gründlich die Hände, betrachtete mich im Halbdunkel des Spiegels – ein müdes Gesicht, das trockene, graue Haar, die entzündeten Augen. Ich nahm die Zahnbürste und putzte mir die Zähne. Trügerisches Denken. Noch ein paar Stunden. Vielleicht sollte ich mich rasieren, der Flug würde lang werden. Dort drüben war der Morgen angebrochen. Conny zählte die Stunden. Keine junge Frau mehr, und bald würde sie ein Kind bekommen, vielleicht ein geistig behindertes. Und ich hatte alle Brücken hinter mir abgebrannt. Enteignet. Heimat, warum konntest du keine Heimat sein? Ich ging aus dem Bad, den Gang hinunter, Gaddi lag mit offenen Augen auf seinem Bett, sein Gesicht hatte einen gequälten Ausdruck. Ich küßte ihn wortlos und ging in mein Zimmer zurück. Dinah saß immer noch in Strümpfen auf meinem Bett, die Brille auf der Nase, las ihre Geschichte noch einmal für sich selbst durch, höchst zufrieden damit. Eine kleine Karrieristin. Eine Schriftstellerin, eine von denen, die nichts tun wollen, keine Kinder wollen, nichts arbeiten wollen. Er wird noch alle Hände voll mit ihr zu tun haben. Phantasien. Ich ging ins Wohnzimmer. Im Haus herrschte Stille wie das Echo einer ausgeklungenen Saite. Draußen war es jetzt dunkel. Vielleicht würde es regnen. Ich ging aufs Klo. Mein Gesicht im Dämmer über der kleinen Wasserschüssel erzitterte und löste sich auf. Was willst du wirklich? Fünf Millionen mit solcher Leichtigkeit, als ob es nicht dir gehört hätte. Im Gang stieß ich auf Kedmi, im Unterhemd, schlafzerzaust und schlaftrunken, säuerlich riechend. Er lächelte vor sich hin und ging aufs Klo.

Ich ging in mein Zimmer zurück. Dinah war immer noch zu versunken in sich selbst, um mich auch nur anzuschauen. Ich beugte mich über meine Tasche, holte Paß und Ticket heraus, steckte sie in meine Hosentasche, nahm die letzten Dollars und legte sie in meine Brieftasche. Ich zog meine Jacke an und setzte den Hut auf.

»Ich komme gleich wieder. Sag Asa und Zvi, daß ich bald wieder zurück bin.«

Jungen und Mädchen in den blauen Hemden einer Jugendgruppe schlenderten die Straße hinunter. An der Ecke neben dem Kiosk war ein Taxistand. Ich stürzte mich ins erste Taxi und setzte mich auf den Rücksitz. Wie spät war es? Der Fahrer war ein älterer Mann mit mürrischem Gesicht.

»Fahren Sie nach Akko, von dort aus werde ich es Ihnen dann genau zeigen.«

Er ließ den Motor an.

»Einen Augenblick«, – ich tippte ihm auf die Schulter »nehmen Sie auch Dollars?«

»Haben Sie keine Lirot?«

»Nein, leider nicht. Aber wir können den Kurs in der Zeitung nachschauen, Sie werden nichts verlieren.«

Der Schatten des Taxis schoß voraus, den Hügel hinunter zur Bucht, bog in die Hauptstraße nach Osten ein, wo der Verkehr stärker wurde. Die Stadt war ruhig gewesen, aber die Straßen waren voller Spaziergänger. An der großen Kreuzung des alten britischen Checkpoints wandte sich das Taxi nach Norden, folgte der Straße, die an der Küste entlanglief, fuhr durch die Industriezone, die Vororte, passierte eine Ampel nach der anderen. Der Fahrer schwieg, kein einziges Wort kam über seine Lippen, er machte nicht einmal das Radio an, und ich war froh darüber, daß er keine Unterhaltung anfangen wollte. Plötzlich war auf der linken Seite, im Westen, das Meer zu sehen, starke, gleichmäßige Wellen, auf deren Gischt deutlich erkennbar das letzte Sonnenlicht glitzerte. Die Südwestseite des Karmels schälte sich klar hinter uns heraus, schwer und üppig, eine große Wolke schwebte darüber und versank hinter ihm. Ein rosiges Licht. Hier oder in Minneapolis, es war jetzt das gleiche Licht. Das Taxi beschleunigte seine Fahrt nach Norden, zu den schlanken Minaretten der Moscheen von Akko, die sich im Wasser spiegelten. Wir kamen nahe an sie heran, fuhren über die Eisenbahnschienen. Der Verkehr wurde dichter.

Ich beugte mich zum Fahrer vor.

»Fahren Sie nicht in die Stadt hinein, umgehen Sie sie von rechts.«

»Aber wo wollen Sie hin?«

»Ich leite Sie schon, fahren Sie nur an der Stadt vorbei nach Norden.«

»Aber wohin?«

Ich nannte ihm den Namen des Krankenhauses.

»Warum haben Sie das nicht gleich gesagt? Geheim, oder wie?«

»Ich wußte nicht, daß Sie den Ort kennen.«

»Sicher kenne ich ihn. Sie sind nicht der erste und werden nicht der letzte sein, den ich dorthin fahre.«

Das Taxi umfuhr Akko zur Rechten. Sanfte Pastellfarben, eine Reihe von Eukalyptusbäumen, Stände mit Korbwaren, da kam auch schon der alte Bahnhof mit seinen Güterwagen, die im goldenen Sonnenlicht erglänzten, das immer stärker wurde, die Wolken waren nicht gewichen, sondern die Sonne sank herab. Staubige Straßen, Araber verkauften Pitah, Autos parkten am Straßenrand. Eine Kreuzung. Eine Straße bog nach Osten in Richtung Galil ab, aber wir fuhren geradeaus weiter, immer nach Norden. Eine weitere Kreuzung, und wir überquerten die Eisenbahnlinie, die zum Meer abschwenkte, der westliche Horizont war leergefegt, die Sonne befreite sich aus den Wolken, die jetzt aufstiegen, während sie sank. Das Taxi wurde langsamer.

Eine Autoschlange hatte sich gebildet, Gehupe, irgendetwas war auf der Straße da vorn passiert. Ich beugte mich ungeduldig vor und sah ein Hunderudel mitten auf der Fahrbahn rennen, während die Autos hupten und versuchten, sie nach links abzudrängen. Dann kam das gelbe Schild mit dem Namen des Krankenhauses, und wir bogen nach Westen ab, mußten die Schlange von der Gegenspur nach Süden abwarten. Die Hundehorde rannte jetzt schwanzwedelnd neben dem Wagen her, schnappte danach und drehte in die Felder ab. Schließlich gelang es uns, in die schmale, gerade Straße einzuschwenken, die direkt zum Krankenhaus führte. Zum vierten Mal jetzt. Wieder hier. Gestern warst du sicher, daß du nie mehr hierher zurückkehren würdest. Das Meer, die Sonne jetzt in Augenhöhe, der Horizont, der Berg im Rücken. Noch ein paar Stunden und ich würde abfliegen. Die Pavillons, die Bäume wie Scherenschnitte, daneben aufrecht und schlank ihr Schatten im gelblich trüb zerfurchten Licht des Spätnachmittags. »Halt!« rief ich.

Er wurde langsamer.

»Halten Sie gleich hier, Fahrer«, sagte ich und griff nach seiner Schulter. Er stoppte und drehte sich ärgerlich zu mir um.

»Was ist denn los?«

Von weitem hatte ich neben dem Tor das weiße Auto von Calderon und ein paar Gestalten daneben entdeckt. Mir fiel wieder ein, daß Zvi nie ins Krankenhaus hineinging.

»Halten Sie hier!«

»Was haben Sie denn?«

»Warten Sie hier auf mich, ich bin in einer Viertelstunde wieder da.«

»Ich kann Sie bis zu den Pavillons bringen, sie lassen mich immer hineinfahren . . .«

»Nicht nötig . . . bleiben Sie genau hier stehen und warten Sie auf mich. Ich komme in einer Viertelstunde zurück, allerhöchstens einer halben. Sie können auf mich warten.«

»Nein.«

»Warum nicht?«

»Ich habe hier schon mal einen halben Tag auf jemand gewartet, der reinging und sagte, daß er gleich zurück sei, und ich schätze, daß er vor einem Jahr nicht mehr rausgekommen ist.«

»Nein, hören Sie, ich bin kein Patient . . . ich muß mir nur ein Dokument von dort holen. Ich kann Ihnen die Rückfahrt gleich bezahlen.«

»Das ist nicht nötig. Zahlen Sie mich nur für die Fahrt hierher und für die Wartezeit, sagen wir eine Stunde.«

»Gut. Könnten Sie mir nur noch sagen, wieviel Uhr es ist?«

Rötliche Sonnenstrahlen fallen schräg auf die grünlichen Dollarscheine. Er hält sie gegen das Licht als ob er wüßte wonach er sie zu prüfen hätte. Ich steige aus und wende mich sofort nach links den Feldern zu lasse die Straße hinter mir durchquere die Furchen mit der jungen Saat in der feuchten Erde zwischen denen Sand vom Meer liegt steuere auf die Zaunlücke zu die die Patienten erwähnten. Das gelbliche Licht färbt die grünen Keime bläulich als ob ich durch ein keimendes Meer ginge. Auf der anderen Seite nach Norden hin die Gebäude einer landwirtschaftlichen Siedlung ein Traktor kreist mit langen Bewässerungsrohren beladen und verteilt sie in den Feldern. Mein riesig langer Schatten pflügt durch das Feld. Heimat was hindert dich daran eine Heimat zu sein? Also keine Einbildung sie wollte mich umbringen. Wenn sie sich mit Wahnsinn begnügt hätte wäre ich hiergeblieben und hätte mich um sie gekümmert aber sie benutzte ihren Wahnsinn um eine alte Rechnung zu begleichen. Ich habe sie enttäuscht? Jetzt werde ich sie wirklich enttäuschen. Dort drüben mahlt Conny ihren Kaffee in der vollautomatischen Küche. Eine schwangere Frau allein denkt über das Wie nach. Ich werde mir meinen Teil zurückholen. Und schon gelange ich an die alte niedrige Betonumrandung bedeckt mit vertrockneten Kletterpflanzen mit einem beeindruckenden Stacheldrahtverhau bespickt aber nicht um die Patienten aufzuhalten sondern wie es scheint um einen eventuellen Sturmangriff von Terroristen zu verhindern. Aber wo ist die Lücke? Nur Ranken Sträucher und schmutziges Gestrüpp. Plötzlich endet die Einfassung und da ist eine Öffnung allerdings auch voller Drahtverhau. Sollten sie mich getäuscht haben? Ich gehe weiter die Umrandung beginnt wieder wird niedriger der Beton geht in alte Steine über vielleicht Überbleibsel eines römischen Aquädukts die hier in der Gegend verstreut sind. Ich klettere hinauf die herausragenden Vorsprün-

ge als Stufen benutzend und von oben erblicke ich das Krankenhaus die Rasenflächen die Pfade sogar den kleinen Büchereipavillon. Der Flug der Scheidungsurkunde durch die Luft. Ich drehe
mich um und kann das schwarze Taxi sehen das vor den Eisenbahnschienen neben Calderons Auto geparkt steht.

Ich muß mich beeilen.

Es ist noch nicht richtig dämmerig es ist der Kampf der
Wolken mit der Sonne der das Licht zersplittern läßt. Erst einmal
im Krankenhausbereich drinnen weißt du deinen Weg. Das
vierte Mal in zehn Tagen. Wieder hier. Ruhe bewahren. Das
Recht seine Meinung zu ändern. Da ist die kleine Baumgruppe
der Gummischlauch ringelt sich auf der Erde daneben steht
jemand der langsam um einen kleinen toten Strauch herum
hackt. Es ist der Riese stumm in seine Arbeit versunken. Ich gehe
dicht an ihm vorbei aber er bemerkt mich nicht. Schnell das
Dokument zurückfordern und es zerreißen dem Rechtsanwalt in
Tel-Aviv eine Annullierungserklärung geben. Ich drücke mir
den Hut tiefer ins Gesicht. Die Tür zur Bücherei ist offen die
Schlammpfützen sind verkrustet. Kein Mensch. Stille. Zartes
Licht der Furcht. Die wiederhergestellte Milde des Frühlings-
abends. Da ist ihr Pavillon. Vor drei Jahren als ich sie zum ersten
Mal besuchen kam regnete es unaufhörlich sie saß eingewickelt
am Ofen und hörte zu wie ich ihr vom Schnee in Amerika
erzählte. Damals versprach ich ihr zu schreiben.

Langsam betrete ich den Pavillon auf alles und jeden vorbereitet was und wer es auch immer sei. Die Reihen der Betten teils
gemacht teils ungemacht und neben einem der Fenster sitzt auf
einem Stuhl eine kleine Frau um die vierzig überelegant gekleidet
einen großen Koffer neben sich liest eine Frauenzeitschrift. Sie
schaut auf ein schnelles Zucken geht über ihr Gesicht. Ich nehme
meinen Hut ab und nicke ihr zu.

»Verzeihung, wissen Sie vielleicht, welches das Bett von Naomi Kaminka ist?«

»Es tut mir leid, aber ich bin selbst erst gerade angekommen.
Ich kenne niemanden hier.«

Aber ich habe ihr Bett schon erkannt der breitrandige Strohhut liegt darauf. Ich haste zu ihrem schmalen Schränkchen hin
hier ihre Kleider ihr rötlicher Hausmantel der Schal den Ja'el ihr

in meinem Namen gekauft hat. Ich öffne die Schublade und wühle herum die Hundekette klirrt Parfümfläschchen Salben Arzneitüten und hier auch Papiere ein Bündel mit meinen Briefen die Scheidungsurkunde eine friedliche weiße Taube die Verzichtserklärung auf die Wohnung ein Exemplar der Vollmacht für Asa. Ich nehme die letzten zwei Dokumente falte sie zusammen und stecke sie in meine Jackentasche drehe mich um und will an der Frau vorbeigehen die kein Auge von mir gelassen hat.

»Entschuldigen Sie . . . ?«

»Ja . . .«

»Warum durften Sie hier so einfach herein?«

»Was meinen Sie damit«, lächelte ich ihr zu »das ist das Bett meiner Frau . . .«

»Aber haben Sie keine spezielle Erlaubnis gebraucht?«

»Nein.«

»Ist es Männern erlaubt, hier hereinzukommen?«

»Aber sicher.«

»Mein Mann hat nämlich gesagt, sie würden ihn nicht hereinlassen. Vielleicht hat man ihm etwas Falsches gesagt, oder er hat es mißverstanden . . .«

»Er hat das wohl falsch verstanden . . .«

»Weil er mich ganz plötzlich verlassen hat . . .«

Sie erhebt sich und nähert sich mir parfümiert, etwas ängstlich flüstert plötzlich.

»Wissen Sie vielleicht, ob das zufällig eine religiöse Einrichtung hier ist?«

»Religiös? Wieso denn das?«

»Sie haben mich so schnell hierhergebracht. Ich hatte am Sederabend eine Art kleinen Nervenzusammenbruch, und der Kassenarzt hat uns direkt hierhergeschickt, und ich glaube . . . ich fürchte, daß sie uns aus Versehen in eine religiöse Anstalt geschickt haben. Mein Mann ist Offizier in der Armee und kennt sich damit nicht so recht aus . . .«

»Aber wieso denn religiös? Warum denn . . . ?«

»Es sieht so aus, die Wände . . . die Betten . . .«

»Nein, es gibt hier vielleicht ein paar religiöse Patienten, aber . . .«

»Und die Leitung? Die Direktion?«

»Nein ... es gibt überhaupt keinen Grund dafür ... das ist doch von der Regierung hier, vom Gesundheitsministerium ... etwas Staatliches ...«

Sie ist beruhigt, lächelt traurig.

»Verzeihung« sage ich »wissen Sie vielleicht, wieviel Uhr es ist?«

»Halb sechs.«

Ich nicke ihr zum Abschied zu nehme meinen Hut ab und verabschiede mich sie setzt sich wieder auf ihren Stuhl berührt ihren Koffer steckt zögernd den Daumen in den Mund. Es wird langsam dunkel. Ich gehe in Richtung Tor zurück gewahre den turmhohen Riesen der immer noch dasteht regungslos in seiner lose herunterhängenden Hand eine Heugabel wartend. Plötzlich weiß ich daß er auf mich wartet. Er hat mich erkannt. Ich mache auf dem Absatz kehrt durchquere wieder die Halle mit den Bettreihen lächle der kleinen Frau liebenswürdig zu die mir mit ihren Blicken folgt zögernd ihren Daumen aus dem Mund nimmt graziös ihre nackten Beine übereinanderschlägt so klein und aufgeputzt. Ich betrete die kleine Küche am Ende der Station und gehe zum Hinterausgang hinaus. Das Wispern des Meeres aus einer anderen Ecke. Hundegebell. Da ist das grünliche Büchereigebäude von hinten. Die Bank im Garten zwischen den hohen Eukalyptusbäumen hier standen wir. In der Nähe ein weiteres Gebäude mit Gittern von innen her schwach erleuchtet. Die Dämmerung wird schnell dichter. Ich mache einen Umweg um den Rasen zur Linken ich fliehe schließlich nicht bücke mich pflücke ein Blatt ab und zerkaue es das Gefühl von frischem duftenden Grün in meinem Mund. Ich erreiche die Einzäunung von Süden her beginne daran entlang zurückzugehen tauche in die Büsche die daneben angepflanzt sind das Hundegebell wird immer lauter dazwischen ein Heulen als ob einer der Hunde verletzt sei. Ich habe mich nie vor Hunden gefürchtet aber diese Töne sind fast unheimlich. Die Betonmauer hört auf hier ist sicher das Loch ich dringe durch das Gebüsch aber es ist ein Irrtum es ist die Öffnung mit dem Drahtverhau und der haarige Körper eines mageren Tieres windet sich staubaufwirbelnd darin. Jenseits des Gebüschs höre ich andere Hunde bellen aber auch menschliche Stimmen. Es ist mein alter Hund der da verwickelt und gefangen heult die Erde mit seinen Pfoten aufwirbelt. Plötzlich sehne ich mich nach ihm.

»Ratio« rufe ich »Ratio! Horatius!«

Er hält inne hebt seinen Kopf und schaut mich an unsere Blicke treffen sich. Er wedelt wie verrückt mit dem Schwanz. Von der anderen Seite des Gebüschs höre ich die Rufe Zvis.

»Horatius! Horatius! Er steckt hier drin, Mutter.«

Und Naomis Stimme von weitem. »Wo ist er denn?«

Erregtes Hundegebell und Asas wütendes Gebrüll »Haut endlich ab hier!«

Ich bücke mich schnell und verstecke mich hinter einem Busch höre sie im Licht des rötlichen Sonnenuntergangs kämpfen.

»Er ist hier! Er hat ihn anscheinend gerochen! Vater??«

»Er steckt hier fest, man muß ihn rückwärts herausziehen!«

Über den Zweigen erspähe ich das weiße Haar von Naomi.

»Zieh an seiner Kette!!«

»Er ist wahnsinnig geworden! Wie ist er dort überhaupt hineingeraten?!«

Ich verharre bewegungslos auf meinem Platz sehe von weitem die Straße das schwarze Taxi das neben den Gleisen wartet seine Haube nach Osten zur Hauptstraße gewandt eine Autoschlange die zum Krankenhaus einbiegt. Sie schreien dort außerhalb der Umzäunung und ich bin hier drinnen hinter einem Busch festgehalten was für eine Vertauschung der Rollen.

Jetzt! Ich ziehe die Dokumente aus meiner Tasche überfliege sie hastig und zerreiße sie zu kleinen Schnipseln grabe ein kleines Loch in die Erde stecke sie hinein und bedecke es mit Erdklumpen und Steinen. Eine innere Ruhe überkommt mich. Ich muß den Rechtsanwalt vom Flughafen aus anrufen und ihm die Annullierung mitteilen. Scheidung ja. Die Wohnung nein. Meine unveräußerlichen Rechte. Ich habe dich enttäuscht? Was habe ich denn versprochen? Ich stehe auf und trete geduckt den Rückweg an. Versteckspiele. Ich werde Richtung Meer hinausgehen. Seelenvolle Farben lassen einen feierlichen Sonnenuntergang in der Ferne auflodern. Wieviel Uhr ist es? Zeit genug. Zeit genug. Ich betaste das Ticket und den Paß in meiner Tasche.

Autos fahren ins Krankenhaus hinein bringen Patienten nach dem Fest zurück. Stimmengewirr Lichter gehen in den Pavillons an. Ich gehe wieder über den Rasen und da steht immer noch der Riese neben dem vertrockneten kleinen Strauch sticht mit der Heugabel darin herum. Er ist völlig verblüfft mich zu sehen ich lächle ihm zu. Erstaunlicherweise glänzt an seinem Handgelenk eine große Uhr. »Wieviel Uhr ist es?« frage ich ihn aber er schaut mich nur bestürzt an antwortet nicht. Ich lüfte meinen Hut zum Abschied und gehe weiter.

Dein Kopf dreht sich aber in dir herrscht Ruhe. Dieses Hutgeschwenke war ein wenig übertrieben. Du betrittst wieder den Pavillon die kleine aufgeputzte Frau eilt dir entgegen.

»Oh, gut daß Sie zurückgekommen sind. Es gelingt mir nicht, hier das Licht anzumachen.«

Ich versuche es am Schalter, aber es rührt sich nichts.

»Anscheinend ein Kurzschluß«, erkläre ich ihr »aber es wird bald jemand kommen und es reparieren.«

Also keine Einbildung. Hier bin ich töte deinen Geliebten den Geist der gekommen ist. Und wenn ich sie enttäuscht habe? Scheidung ja. Die Wohnung nein. Feilschen wir nochmals. Zwei Frauen. Ganz genau. Bitte vielleicht würdest du mich gerne nochmals umbringen. Ich werfe mich auf Naomis Bett. Messerscharfes Denken. Ich lege den Strohhut beiseite und strecke mich darauf aus die letzten Sonnenstrahlen schimmern auf den weißen Laken. Ich werde hier auf sie warten. Die kleine unglückliche Frau beginnt neben meinem Bett hin und her zu gehen.

»Verzeihung, Herr...«

»Kaminka.«

»Ich kann mich nicht erinnern, was Sie über das Abendessen gesagt haben.«

»Das Abendessen?«

»Wann es ist und wo?«

»Im allgemeinen hier, aber vielleicht wird wegen des Feiertags heute im großen Eßzimmer gegessen...«

Sie nickt und ringt ihre Hände.

»Ich fühle mich so schrecklich verlassen. Ich habe nicht einmal die Kraft, meinen Koffer auszupacken... alles hier ekelt mich so an... sie haben meinen Mann nicht hereingelassen... und er ist ganz einfach so weggegangen . . . er ist Offizier in der Armee, er hat es immer eilig . . . immer muß er zu seinem Regiment zurück . . .«

»Sie werden sich daran gewöhnen . . .« Ich nicke geistesabwesend mit dem Kopf auf dem Kissen. »Sie werden sich sicher daran gewöhnen . . .«

»Aber wie? Wie denn?« sagt sie verzweifelt.

»Sie werden schon sehen . . . man wird Sie gut behandeln . . .«

»Ich hoffe sehr . . .« sie lächelt kindlich. »Glauben Sie, daß man hier im Meer baden darf? Ich tue das so gerne . . .«

»Warum nicht?«

Sie schaut mich eindringlich an wieder von erneuter Besorgnis gepackt.

»Aber wo ist Ihre Frau? Wo ist sie?«

»Sie wird gleich kommen . . .«

»Was für eine Frau ist sie . . . glauben Sie, daß ich mit ihr Freundschaft schließen kann . . .?«

»Bestimmt . . . sie ist eine sehr nette Frau . . . Sie werden sie schon noch kennenlernen . . .«

Sie beruhigt sich wieder streicht ein wenig in meiner Nähe herum zögert noch ein bißchen und geht dann wieder zu ihrem Platz legt den Koffer aufs Bett öffnet ihn holt einen Morgenmantel und Hausschuhe heraus legt sie vor sich hin und beginnt still zu weinen.

Plötzlich hört man Geräusche von rennenden Leuten. Ich springe instinktiv auf und stürze in die Küche sehe Ezechiel hereinkommen der jemandem hinter sich etwas zuruft.

»Er ist nicht hier, das war er nicht, ich habe es doch gesagt, ihr täuscht euch!«

Er läuft zu Naomis Bett zieht die Schublade auf holt die Hundekette heraus rennt wieder zurück und ist verschwunden.

Ich gehe zum Bett zurück. Alles greift ineinander. Die Sonne fügt sich mit Präzision in das Fensterquadrat ein. Die elegante kleine Frau sitzt kraftlos da Tränen strömen über ihre Wangen. Der Gedanke läßt mich auf einmal nicht mehr los.

»Warum weinen Sie denn? Weswegen hat man Sie überhaupt hergebracht?«

»Sie dachten, daß ich versucht hätte, mich umzubringen, aber ich habe es ja gar nicht versucht ... vielleicht habe ich daran gedacht ... ich wollte sie nur erschrecken ... aber sie dachten, daß ich wirklich ...«

»Das ist doch nicht so schlimm ... schauen Sie, hier wird man Sie gut pflegen, Sie werden bald wieder hinausdürfen ...«

Ich kann mich nicht von Naomis Bett losreißen ich lege mich nicht darauf ich betrachte den Stohhut der auf dem Kissen liegt und die offengebliebene Schublade. Hauchdünnes Innenleben. Du denkst an die Hälfte der Wohnung die du dir zurückgeholt hast ein halbes Gästezimmer ein halbes Arbeitszimmer ein halbes Schlafzimmer eine halbe Küche ein halbes Bad die imaginäre Linie halbiert die ganze Wohnung. Ich nehme meinen weichen Hut vom Kopf und setze statt dessen den Strohhut auf. Die Frau in der Ecke schaut mich an aber es gibt schon kein Zurück mehr. Ich nehme Naomis Leinenkleid fühle den zerknitterten Stoff schnüffle daran sie hat im Laufe dieser fünf Jahre ihren alten Geruch verloren und sich einen neuen zugelegt. Das Kleid fasziniert mich plötzlich. Ein Schauer läuft mir über den Rücken. Wütend auf mich selbst lege ich mein Jackett ab ziehe mir das Kleid über den Kopf zwänge mich hinein kämpfe einen Moment verfange mich im Stoff für einen Augenblick der Dunkelheit aber dann gibt es nach und fällt lose über meinen Körper sauber und steif. Ich sehe wie sich das kleine Gesicht der Frau in der Ecke mit Schrecken erfüllt ihre Lippen beben.

»O nein, warum? Sie machen mir Angst ... o warum bloß? Erschrecken Sie mich nicht so, bitte ... warum haben Sie nicht gesagt, daß Sie auch verrückt sind?«

Ich schaue sie nur streng an sehe wie das Kleid leicht um meine Beine spielt bücke mich um die Hosenränder hochzukrempeln bis meine weißen Knöchel sichtbar werden. Die Sonne versinkt ganz langsam im Fensterquadrat. Ich nehme den weichen grauen Schal und lege ihn um meine Schultern suche plötzlich einen Spiegel. Die Frau zittert beißt sich wimmernd auf die Finger.

»Nein ... nein ... bitte nicht ...«

Ich gehe zur Tür und wieder steht dort der Riese die Heugabel lose in seiner Hand lauschend. Auf der Straße kommen Autos angefahren und da kommt auch Asa angelaufen. Ich gehe zurück und verstecke mich in einer Ecke die Frau beobachtet jede meiner Bewegungen totenblaß am Ende ihrer Kräfte ihre Augen flackern im Dunkel. Asa kommt herein und tastet nach dem Lichtschalter. Geschichte als geschlossener Raum? O nein es gibt immer einen Weg hinaus. Ich erstarre in meiner Ecke nur die Ränder des Kleides flattern ein wenig während er in der Dunkelheit durch den Raum geht mit zögernden Schritten und mein Jackett auf dem Bett entdeckt.

»Vater...?« Er bleibt stehen und ruft sanft nach mir. »Vater...«

Er kann mich spüren ganz sicher aber er wagt es nicht näher zu kommen. Er hält an. Ich bin bereit. Bringt mich um. Ich bin was ich bin. Was abläuft läuft ab. Ich habe das Meine getan. Plötzlich springe ich aus meiner Ecke hervor mit dem Rücken an ihm vorbei und renne durch die kleine Tür der Küche zum Hinterausgang. Nach draußen. Ich habe Zeit in Hülle und Fülle Ticket Paß und Geld habe ich bei mir. Zeit im Überfluß. Die halbe Wohnung ist mir wiedergegeben. Das Taxi wartet. Ich laufe den Pfad hinunter an Autos vorbei die Patienten ausladen die das Fest im Schoße ihrer Familie verbracht haben und nun noch deprimierter sind. Ich bewege mich in meinem Frauenkleid zwischen ihnen eine neue ungekannte Kühle an meinen Knöcheln plötzlich eine Flut weißen Mondlichts. Noch immer gedämpftes Hundegebell von fern aber das Heulen hat aufgehört. Sie haben Ratio sicher befreit und er ist mir schon eiligst auf den Fersen. Diesmal darf ich das richtige Loch nicht verfehlen.

Ich wende mich der Einzäunung zu. Mein Schatten der einer plumpen Frau schleppt sich mir mit gestochener Deutlichkeit nach. Ein kühler Wind. Treibende Wolken. Alles Symbole ich weiß es und lächle vor mich hin. Und wenn mir das eine solche Befriedigung verschafft daß es mein Leben zerstört?

Ganz plötzlich taucht er vor mir auf dieser Riese dieser stumme Koloß von einem Mann. Er macht gar nichts seine überlangsamen Bewegungen sind wie ferngesteuert steht mir gegenüber auf dem schmalen Pfad versperrt ihn mit seinem Körper starrt mich nur an. Ich glaube sie nennen ihn Musa es kommt mir wenigstens so vor obwohl er ein Jude ist das ist sicher. Nun was ist mit dir? Habe ich dich auch enttäuscht? Auf einmal beginnt er zu stammeln »Na-omi... Na-o-mi...« Ob er dich meint oder ob er sie warnen will? Es ist möglich daß er uns wirklich verwechselt ... Er stammelt weiter oder richtiger er grunzt eine solche Verwirrung geht über seine Kräfte ich muß ihn beruhigen er hat keinen Humor das ist der urwüchsige eindimensionale Wahnsinn in Reinform. Ich nehme den Schal ab und werfe ihn auf die Erde knöpfe das Kleid auf aber das macht ihn nur noch wütender urweltartiger Zorn läßt ein Knurren aus ihm herausbrechen. Die Hauptsache ist keine Angst zu zeigen und sie nicht zu berühren sie sind wie Hunde wenn sie Furcht riechen stachelt das ihre Wut nur noch an. Ich versuche das Kleid auszuziehen aber ich verheddere mich. Vielleicht sollte man sich auf ihn werfen. Ein schicksalhafter Mann. Ihn bloß beruhigen. Aber jetzt fängt er an seine Arme zu schwenken er ist sich nicht einmal bewußt daß er eine Heugabel in ihnen hält. Was für ein Schlamassel. Plötzlich steckst du ganz furchtbar in der Klemme.

Internationale Belletristik bei DVA

Neil Gordon
Das Vermächtnis
Roman aus dem Amerikanischen
von Benjamin Schwarz, 416 Seiten

Lesley Glaister
Die Unausweichlichkeit weiblichen Seins
Roman aus dem Englischen
von Monika Elwenspoek, 372 Seiten

Joyce Carol Oates
Das Spukhaus
Erzählungen aus dem Amerikanischen
von Renate Orth-Guttmann, 352 Seiten

Marguerite Yourcenar
Das blaue Märchen
und andere Geschichten aus dem Französischen
von Andrea Spingler, 96 Seiten

Boris Chasanow
Der Zauberlehrer
Roman aus dem Russischen
von Annelore Nitschke, 256 Seiten